白莲剑影记

民国武侠小说典藏文库·赵焕亭卷

赵焕亭 ◎ 著

中国文史出版社

赵焕亭及其武侠小说（代序）

赵焕亭，民国时期著名武侠小说家，被评论界和学术界称为"北赵"。他本名赵黼章，但发表作品上均写作赵绂章，生于清光绪三年正月初六，卒于1951年农历四月，籍贯直隶省玉田（今河北省玉田县）。

据新的有关资料记载，赵焕亭祖上是旗人，隶汉军正白旗，始祖名赵良富，随清军入关，携家落户在距离丰润与玉田交界线不远的铁匠庄。第五代赵之成于乾隆三十六年考中辛卯科武举，于是赵家迁居至玉田县城内西街，由此在玉田生活了一百多年，至赵焕亭已是第十代。

赵家以行伍起家，入清后应有相当经济地位，但无籍籍名。自赵之成考中武举，赵家在地方上开始有了一定名声。之成子文明曾任候选布政司理问，孙长治更颇受地方好评。据光绪《玉田县志》载："赵长治，字德远，汉军旗籍，监生，重义气，乐施济，尤能亲睦九族，世居丰之铁匠庄。悯族中多贫，无室者让宅以居之，捐附村田为义田以赡族。卜居邑城西街，遂家焉。嘉庆癸酉、道光庚子，两值饥，豁全租以恤佃者，计金三千有奇，乡里称善人。"

赵长治的儿子赵大鹏克承家风，再中己酉科武举人，至其孙赵英祚（字荫轩），则一变家风，于清同治九年中举人，同治十年连捷中第二百七十二名进士，位列三甲，曾三任山东鱼台知县，一任泗水知县，还曾署理夏津、金乡等县，任内主修过鱼台和泗水县志。

赵英祚生四子，长子黼彤，附贡（即秀才）。次子黼清（字翊唐）光绪二十年中举，二人似未出仕。三子黼鸿，字青侣，号狷庵，光绪十九年举人，二十一年二甲第七十六名进士，入翰林院，三年后散馆以工部主事用，1903年复入翰林院，1907年选任为江苏奉贤知县，但被留省，直至次年年底方才正式到任。辛亥革命爆发，他弃官而走，民国时又担任过常熟

1

县知事。据说他和著名藏书家铁琴铜剑楼主人有交往。赵黻鸿大约于1918年去世。四子黼章就是赵焕亭。

抗日沦陷期间,《新北京报》上曾刊登了一篇署名雨辰的《当代武侠小说家赵焕亭先生小传》(以下简称《小传》)。作者自承"与先生为莫逆,知之甚详,因略传梗概"。据该文介绍,因赵英祚长期在山东为官,赵焕亭的出生地实际是济南,玉田系籍贯所在。

赵焕亭在济南念私塾,还和其二哥、三哥一起,拜通家至好蒋庆第和赵菁衫二人为师,学诗和古文。

蒋庆第,字箸生,玉田人,咸丰壬子进士,文名响亮,著有《友竹堂集》。他历任山东武城、潍县、峄县、章丘等地知县,官声很好,甚得百姓拥戴。赵菁衫,名国华,丰润人,进士出身,曾为乐安知县,"以古文辞雄北方,长居济南",著有《青草堂集》。《清稗类钞》中说他"清才硕学,为道、咸间一代文宗"。赵自署的集句门联很有趣:"进士为官,折腰不媚;贵人有疾,在目无瞳。"(赵的左眼看不见。)

赵焕亭的开蒙师父叫赵麟洲,栖霞人,学问好,对教学有独到见解。

兄弟三人在名师的指导下,学业大进,在济南当地读书人中号称"玉田三珠树"。据《小传》所述,赵菁衫看了兄弟三人的习作,曾感叹道:"仲、叔皆贵征,纪河间皆谓兴象,且早达。季子虽清才绝人,然文气福泽薄,是当作山泽之癯,鸣其文于野耳。"

果然,黼清、黼鸿二人很快先后中举、中进士,黼章则"独值科举废,不得与焉"。根据赵焕亭在小说中留下的只言片语,他参加过乡试,而且应该不止一次。在短篇小说《浮生四幻》开头,他写道:"光绪中,予应秋试于洛(时功令北闱暂移河南)……"

北闱秋试移到河南举行,在清代科举考试历史上是独一无二的,发生于光绪二十八年和二十九年,考试地点在今河南开封。原因是受到义和团运动和八国联军攻占北京等事件的影响,本该于光绪二十六年举行的乡试被迫停办。赵焕亭究竟参加了其中哪次乡试不详,但显然没有中举,之后科举就被清政府宣布废除。

在其武侠小说《大侠殷一官逸事》第十七回中,也有一小段作者的插入语:"……原来那四十里的石头道,自国初以来,一总儿没翻修过。您想终年轮蹄踏轧,有个不凹凸的吗?人在车子里,那颠簸磕撞,别提多难受咧！少年时，入都应试，曾亲尝这种滋味……"

据最后的寥寥十几字推测，赵焕亭在河南参加乡试之前，还曾经参加过在北京的顺天府乡试，估计以光绪二十三年丁酉科可能性最大，他当时已经二十一岁，正当年。其兄赵黼鸿、赵黼清分别于光绪十九年、二十年中举，那时他不过十六七岁，一同参加的可能不是完全没有，但应该不大。

无论如何，赵黼章一袭青衿的秀才身份应该是有的，只是两次乡试都不成功，待科举废除，就再没机会了。传统上升之路中断之时，他还不到三十岁，但没有因此而茫然，继续认真读书。《小传》中说他"矻矻治诗文辞如故"，同时大约为践行"读万卷书，行万里路"的古训，"北之辽沈，南浮江汉，登泰山，谒孔林，登蓬莱、崂山，揽沧溟，观日出而归"。游历之余，他还注意记录、搜集山东、河北等地的风土人情、逸事趣闻，老家玉田本地的名人掌故逸事更是他一直关注和搜辑的对象。这一切都为他后来的小说写作积累了大量素材。这些素材和人生经历是上海十里洋场中的才子们所不具备的，也是赵焕亭终成为"北赵"，并与"南向"分庭抗礼，远胜同期南派武侠作者们的一个重要原因。

赵焕亭正式开始投稿卖文的写作生涯，据其在 1942 年《雨窗旅话》一文所述，始于民国初年。文中写道："民国初，颇尚短篇之文言小说。一时海上各杂志之出版者风起云涌，而文字最佳者，首推《小说月报》并《小说丛报》，以作者诸公，如恽铁樵、王西神、钱基博、许指严等，皆宿学名流，于国学极有根底也。余见猎心喜，乃为《辽东戍》一篇，试投诸《小说月报》，此实为余作小说之动机，并发轫之始。"

《辽东戍》刊登于《小说月报》第五卷第二期，时间是 1914 年 4 月。但据目前发现，早在 1911 年 6 月的《小说月报》第二年第六期上就刊有署名玉田赵绂章的短篇小说《胭脂雪》。关于这篇小说，赵焕亭在《辽东戍》篇末自述中是承认的，他写道：

> ……有清同光间，吾邑以诗古文辞鸣者，为蒋太守箸生、赵观察菁衫，世所传《友竹堂集》《青草堂集》是也。予以通家子，数拜榻下，伟其人，尤好拟其文，随学薄不得工，顾知有文学矣。时则随宦济南，书贾某专赁说部，不下数百种，于旧说部搜

3

罗殆尽。余则尽发其藏，觉有奇趣盎然在抱。后得畏庐林先生小说家言，尤所笃嗜，复触凤好，则试为两篇，各三万余字，旋即售稿去，复成短章《胭脂雪》一首，邮呈吾兄于京邸。兄颇激赏，以为殊近林氏。兄同年生某君，则驰书相勖，后时时为之……

赵黼鸿1907年离京赴江苏任职，辛亥革命爆发方逃回北方，是否在京无法确定，由此推测，赵焕亭的两篇试笔小说以及《胭脂雪》或许写于1906至1907年间。只是《胭脂雪》何以迟至1911年才发表，且赵焕亭似乎并不晓得此事，令人有些费解。倒是他自承笃嗜林氏小说，连所写短篇小说路数都被赞极有林氏风格，倒是研究赵焕亭包括晚清民国作家作品的一个新方向。

林译小说曾带动鲁迅、郭沫若、周作人等主动了解、学习西方文学，并促进了西方文学名著在中国的进一步译介，在文学史上已有定评。俞平伯先生晚年更认为"林译小说是个奇迹，而时人不知，即知之估计亦不高"。林译小说对于当时青年人的影响，用民国武侠、言情名家顾明道的话说："青年学子尤嗜读之，无异于后来之鲁迅氏为人所爱重也……以为读林译，不但可供消遣，于文学上亦不无裨益。"范烟桥在《林译小说论》中说，民初众人都在模仿林，赵焕亭之言正可为一有力旁证。

关于赵焕亭中青年时期的其他职业信息，目前仅知进入民国后，他曾经有若干机会可以入幕当道要人帐下，但他放弃了。雅号"民国老报人"的倪斯霆先生曾提及，据说赵焕亭民国后曾做过《汉口新报》的主笔，可惜未能找到这份报纸和相关资料，也尚未发现相关的新资料。

自1911到1919年之间，赵焕亭在《小说月报》和《小说丛报》上共发表小说十七篇，有十余万字。是否同期在其他报刊上有小说刊登，目前尚无线索，但凭这些精彩的"林味"文言短篇小说，"当时名士如武进恽铁樵、常熟徐枕亚、无锡王蕴章、桐城张伯未、费县王小隐、洹上袁寒云、粤东冯武越，皆与先生驰书订交或论文"。

赵焕亭后来稿约不断，小说连载与副刊专栏在京、津、沪等地报纸杂志全面开花，持续二十余年之久，应与结交了这么一大批南北方的著名报人、编辑和文化人有很大关系。

当 1923 年来临之际，赵焕亭进入了小说创作的"爆发期"。

1月，《明末痛史演义》六册出版。

2月上旬，武侠小说名作《奇侠精忠传》开笔，此时他已四十五岁。该书直接就以单行本面貌出现，初集十六回初版于 1923 年 5 月，此时"南向"的《江湖奇侠传》第十回刚刚连载完毕，结集的第一集似尚未出版。赵焕亭的写作速度相当惊人。

10 月，长篇武侠小说《英雄走国记》开笔，取材于明末清初的各家笔记，描写南明志士的抗清故事，全书正续编共八集。

自 1923 年到 1931 年这八年间，赵焕亭除了完成上述两部百万字的长篇武侠小说之外，还陆续写下了《大侠殷一官逸事》《马鹞子全传》《殷派三雄》（含《殷派三雄续编》未完）、《双剑奇侠传》《北方奇侠传》（未完）、《山东七怪》（未完）、《南阳山剑侠》《昆仑侠隐记》（未完）、《惊人奇侠传》《奇侠平妖录》（《惊人奇侠传》续集）、《情侠恩仇记》（连载未完）、《蓝田女侠》和《不堪回首》（历史小说）、《景山遗恨》《循环镜》《巾帼英雄秦良玉》等十六部各类体裁的小说，至少五百万字，创作力之旺盛十分惊人。

进入 20 世纪 30 年代后，赵焕亭的新作以报刊连载小说为主，多数是武侠小说，少数是警世小说，如《流亡图》。1937 年"七七事变"爆发，华北彻底沦陷，遍地战火，赵焕亭的连载就全部停了下来。截至 1937 年 7 月 15 日《酷吏别传》从报上消失，目前已知和新发现的京、津、沪三地报纸上的小说连载共十三部，分别是：

北京：《范太守》《十八村探险记》《金刚道》《剑胆琴心》《鸳鸯剑》；

天津：《流亡图》《姑妄言之》《龙虎斗》；

上海：《康八太爷》《剑底莺声》《侠骨丹心》《鸿雁恩仇录》《酷吏别传》。

以上这些小说多数都未写完即从报刊上消失，连载完毕的几种，如《流亡图》《剑胆琴心》等也没有结集出版单行本。需要单独提一下的是，《剑底莺声》就是《马鹞子全传》，只是在结尾部分做了一点儿删改。

此时的赵焕亭已经年近花甲，岁月不饶人，伴随而来的是精力和体力的持续下降，对于写作质量的影响不言而喻，这一点其实在 20 世纪 20 年代的写作大爆发后期就已经有所显现。当然，稿约缠身、疲于写作也同样影响到写作质量。而20世纪30年代全国时局的不停动荡——"九一八事变""淞沪抗战""华北事变"……对于社会的安定造成相当的影响，自然也波及报纸的生存乃至写稿人赵焕亭的生活和写作。

再有一个影响赵焕亭写作状态的重要原因，即赵妻张引凤于1932年夏天去世，对赵焕亭的打击异常大。他曾写了一副悼联，刊登在《北洋画报》上，文曰：

夫妇偕老愿终违何期卿竟先去；
儿女未了事正重此后我将如何？

张赣生先生评此联语"痛极反似平淡，一如夫妇日常对语"，可谓一语中的。赵焕亭本来于1933年开始在上海《社会日报》上一直连载武侠小说新作《康八太爷》，到3月份突然暂停，刊登了一批于1932年10月间写下的文言掌故小品，在开篇序言中更道出了对亡妻的深切怀念之情："则以忆凤庐主人抱奉倩神伤之痛，以说梦抵不眠，复冀所思入梦耳……以忆凤为庐"，专栏名"忆凤庐说梦"。原来，妻子周年忌辰临近，勾动了他的伤痛，于是停下武侠小说连载，转发"忆凤庐说梦"，足见伉俪情深。但从另一方面看，丧妻之痛对武侠小说创作有着直接的影响，也毋庸讳言。

当北方京、津及至上海一带战事暂告一段落，沦陷区的生活和社会局面也相对稳定下来，赵焕亭与报纸的合作又有所恢复。自1938年至1943年的六年间，他陆续写下《侠隐纪闻》《黑蛮客传》《白莲剑影记》《天门遁》《侠义英雄谱》《风尘侠隐记》《双鞭将》《红粉金戈》《荒山侠女》等九部小说，不过遗憾仍然继续，这些小说中只有《双鞭将》的故事勉强告一段落，聊算是不完之完。其他的均是半途而废，有的甚至只连载数月就消失不见，最长的《白莲剑影记》连载三年多，但从情节看，似还远未结束。

从有关信息推测，"七七事变"前后，赵焕亭已在玉田老家居住，抗战期间似也未曾离开。作为当时知名的小说家，自然经常有人向他约稿。从作品遍地开花的情况看，赵焕亭对于约稿有求必应，或许因此备多力分，造成不少作品烂尾，当然不排除有报方的原因。另外一直流传一个说

6

法，谓那时不少作品实为其子代笔，或许这是造成作品连载未完就遭下架的另一个原因，不过目前没有发现确凿证据，仅聊备一说而已。

1943年以后，报刊上就看不到赵焕亭的作品了。目前仅发现一篇《忆凤庐谈荟·名士丑态》于1946年发表在上海的一家杂志上。同年12月，北京《一四七画报》记者曾发文，征询老牌作家赵焕亭近况。两周后，《一四七画报》报道："本报顷接赵焕亭先生堂孙赵心民来函，谓赵焕亭先生及其哲嗣彦寿君，刻均在玉田，此老仍康健如昔，知友闻知，均不胜欣慰。"

之后的报刊和市场上，再也没有出现赵焕亭的作品，但他在武侠小说史上，已经占据了应有的位置——"北赵"。

1938年金受申《谈话〈红莲寺〉》一文中即出现"南有不肖生，北有赵焕亭"一语，估计这一评语的真正出现时间应当更早，因为针对二人的武侠小说成就，在1928年5月的《益世报》上，就刊有署名木斋的读者发表了《评〈北方奇侠传〉》一文，该作者指出："近时为武侠小说者极多，而以（赵焕亭）氏与向恺然氏为甲。"并认为："（赵焕亭）氏之长处为能以北方方言、风俗、人情、景物，一一掇取，以为背景。盖氏本北人，于此如数家珍，而向来技勇之士，亦以北人为多，故能融合于背景之中，使卖浆屠狗之徒跃然纸上，读者亦恍若真有其人，为其他小说所不易见。其描写略似《七侠五义》及《儿女英雄传》，而卓然自成一家，盖颇具创造之才，非寄人篱下者也。"

对于与赵焕亭齐名的、同为武侠小说"甲级高手"的"向恺然氏"及其小说，木斋却并没有做进一步评价和比较，反而以当时著名的南派通俗小说家李涵秋与赵焕亭做比较，认为"苟取二氏全部著作之质量较之，则赵之凌越李氏，可无疑也"。

从这个角度看，木斋虽然把赵焕亭与向恺然相提并论，但他对赵氏武侠小说特色的评论，可以用之于任何小说。或许木斋心中对于小说类别并无定见，一定要遵循小说上的标签，但从另一方面来说，赵焕亭小说的"武侠特征"与向恺然相比，颇不相同。

简而言之，"南向"偏"虚"，而"北赵"重"实"。"南向"《江湖奇侠传》等小说是玄奇怪诞的江湖草莽传奇故事；"北赵"《奇侠精忠传》等小说则是在一幅幅市井、乡村生活画中，讲述的历史人物传奇故事。

虽然是传奇故事，总的来说，赵焕亭小说中的大部分故事都有所依据而非向壁虚构。《奇侠精忠传》据一部《杨侯事略》敷衍而成，《英雄走国记》则采明末笔记中人物和故事而成书，《大侠殷一官逸事》来自河北蓟县大侠殷一官生平逸事，《山东七怪》《双剑奇侠传》则依据山东济南、肥城一带真实人物的乡野传闻等。对于情节中涉及的历史事件，他的基本态度也是尊重历史记载，如《双剑奇侠传》中，浙江诸暨包村人包立身率众抗拒太平军，最后兵败身死。赵焕亭基本是完全采用相关笔记记载，连所谓的法术传说也照搬。为了故事情节的充实与好看，他当然会做一些发挥和演绎，比如把包立身这个普通农人改为武艺高强、韬略精通的英雄，同时还有好色的毛病，但这类演绎都不会改动历史事件本身的结果。

而对于不涉及历史事件本身的内容，赵焕亭就表现出化用材料的本领。在《续编英雄走国记》中，有一段谈到广西的"过癞"（俗称大麻疯，一种皮肤病）之俗，当地女子若不"过癞"给男子，自己就会发病，容毁肤烂，于是，很多过路人因此中招，而一个广东公子因女方多情善良，得以免祸。该故事原型出自清代著名笔记《客窗闲话》，发生地本在广东潮州府，"发癞"人也是男方，不惧牡丹花下死而中招。幸得女方情深义重，主动上门照顾，后来无意中让男的喝了半缸泡了乌梢蛇的存酒，癞病豁然痊愈。赵焕亭改变了故事发生地，发病人则改为女方，于是，一方面表现了女子的多情重义，另一方面又展现了男子一家的明理与知恩图报。治癞之方则仍然是那半缸乌梢蛇酒。

"北赵"的重"实"，还体现在小说内容的细节上。举凡山东、河北等地的风景名胜、美食佳肴，或出自前人笔记如《都门纪略》之类书籍，或出自作者往来京、津、冀、鲁各地的亲身经历。就连书中不经意间写到的地方风物，也同样是实景实事。《北方奇侠传》中有一段情节写向坚等几兄弟于苏州城外要离墓前给黄萧饯行。此地风景如画，"左揖支硎山，右临枫泾"，不远处是"隐迹吴门，为人赁春"的梁鸿墓。笔者曾根据上面这段描述向苏州一位熟悉地方文史的朋友询问，他证实苏州阊门外确有支硎山这个古地名，今天见不到小山了，清代曾在那里挖出过古要离墓的石碑。

赵焕亭的长篇武侠处女作《奇侠精忠传》，洋洋洒洒上百万字，以清朝乾嘉年间杨遇春兄弟平苗、平白莲教事为主干，杂以江湖朝野间奇侠剑客故事以及白莲教的种种异术奇闻，历史味道看似浓厚，然而里面有关奇侠剑客的内容所占比例并不算大，平苗和平白莲教的战争与武打场面也有限，倒是杨遇春师兄弟及各色人等的日常生活与交际、各类生活琐事的碰撞与解决则占了相当大的篇幅，农村空气中漂浮的乡土气味仿佛都能闻得到。其他长篇小说如《英雄走国记》《北方奇侠传》《惊人奇侠传》等也莫不如此。

一触及生活内容，赵焕亭手中的笔就显得格外活泼，村夫野叟村秀才，恶棍强盗恶婆娘，还有诸如闲唠家常和赶庙会的农村妇女、混事的镖师之类过场人物，其言语举止、行为谈吐，或粗鄙，或斯文，或虚伪，或实在，展示着世间的人情百态、冷暖人生。比如《大侠殷一官逸事》中，名镖师李红旗的镖车被劫，变卖家产后尚缺几百两银子赔款，以为和北京镖局同行交往多年，这最后一点儿银两多少能得到点儿帮助，结果各位大小镖头该吃吃，该喝喝，拍胸脯的、讲义气话的、仗义执言的……表演了一个够，最后镚子儿不掏，躲的躲，藏的藏，还有捎回点儿风凉话的，把李红旗气得半死。已故著名民国通俗小说研究学者张赣生先生称赞这段文字不让吴敬梓《儒林外史》专美于前，而类似的文字在赵氏小说中也不止一处。

虽名"武侠小说"，而满纸人世间的生活百态与人情勾当，使得赵焕亭小说表现出与大部分武侠小说颇为不同的特色。书中的侠客奇人们更多地表现出"世俗气息"或曰"世情味"，而缺乏"江湖气"。他们活动的地方多在乡村、市镇乃至庙会中、集市上，除了头上被作者贴上个"大侠""武功家"之类的武侠标签外，其日常言语、行为与普通市民、村民并无二致。若说"南向"小说中人物是"江湖奇侠"，那么"北赵"书中人物最多称得上是"乡村之侠"。即使是已成剑仙的玉林和尚、大侠诸一峰、南宫生等，也没有在名山大川中修炼，反而在红尘中如普通人般生活，有当塾师的，有干算命的。《奇侠精忠传》和《英雄走国记》属于赵焕亭小说中历史类武侠，书中正反面人物各个盛名远播，也仍然近似普通人，而无我们常见的武林人面目。

应该说，这样的侠客源自他心中对"侠"的认识。在《大侠殷一官逸事》（1925年）序言所述："予独慕其生平隐晦，为善于乡，被服儒素，毕世农业。侠其名，儒其实，以是为侠，乌有画鹄类鹜之虑乎？……俾知真大英雄，必当道德，岂仅侠之一途为然哉。"

再如次年所写的《双剑奇侠传》，男主角山东大侠梁森武功大成之后，"恂恂粥粥，竟似一无所能，武功家的矜张浮躁之习，一些也没得咧。……绝口不谈剑术。春秋佳日，他和范阿立有时巡行阡陌之间，俨然是一个朴质村农"。活脱脱是大侠殷一官的又一翻版。

可见，"儒其实"才是赵焕亭认可的"侠"之本质，侠行、侠举只是外在表现。真正的英雄豪杰，必是重操守、讲道德的人物，苟能如此，又不一定只有行侠一途了。他有这样的认识，无疑与前文述及的自幼年即长期接受儒家思想的教育密不可分。其实，在更早的《奇侠精忠传》中，他就是完全按照儒家的做人标准来写主人公杨遇春，一个类似《野叟曝言》主人公文素臣般的完人。其人武功高强，处处以儒家的忠孝礼义廉耻观念要求自己，也教导、劝诫贪淫好色的师弟冷田禄，更像个老夫子，不像个名侠，刻画得不算成功，但"侠其名，儒其实"的观念已经形成，并一直贯彻到后面的作品中。如1928年写的《北方奇侠传》，主人公黄向坚事亲至孝，终于学成绝艺，最后万里寻父，同样也是"儒其实"的表现。

就这一点而言，"北赵"之侠或又可称为"儒侠"。"南向""北赵"之别不仅在于两人的地理位置之不同，也在其侠客属性有所不同。

作为"儒侠"的对立面，自然是"恶徒"，武侠小说中不能没有这样的反面角色。赵焕亭自然不能例外。值得一提的是，赵焕亭小说中的不少主要的反面人物并不是一出场就开始作恶，甚至很难说是一个恶人，如《奇侠精忠传》中的冷田禄，虽是名师之徒，但屡犯淫行，品行不佳，但在杨遇春的不断劝诫与行为感召下，心中的善念在与恶念的斗争中，曾一度占了上风，于是冷田禄力求上进，千里赴京，追随杨遇春投军，在平苗战役中立了不少功劳，但最后还是恶念占了上风，彻底滑入邪魔外道中。又如《大侠殷一官逸事》和《殷派三雄》中的赵柱儿，本是聪明孩子，性格上有缺点，虽有师父、师兄的提点、劝告，但终不自省，终于蜕变为真正的淫贼。《马鹞子全传》中的主人公马鹞子，由乞丐小童成长为武林高手，然而不注重品德修养，逐渐热衷功名富贵，不论大节与是非，反复无常，最后羞愧自尽而亡。马鹞子王辅臣是真实的历史人物，最后结局确实如此，小说中发迹前的故事多是赵焕亭的自行创作，讲述了一个武林好汉如何变为热衷功名、三二其德的朝廷走狗的历程。

上述这类角色身上都或多或少反映了人物性格的复杂和多变，赵焕亭或许并非有意塑造这样另类的武林人物，但与同期包括之前的武侠小说相比，大约是最早的，有些角色也是比较成功的。

对于这些角色包括书中的真恶人，其为恶的途径与发端，赵焕亭却处理得很简单，基本归于一个字——淫。恶人无不是好色之徒，也往往由各类淫行，终于走上为恶不归之路。更有甚者，普通人物也往往陷入其中，招致祸端。如此处理人物未免过于简单，只是赵焕亭在这类事情上的笔墨也花得有点儿过多。

顺带一提的是，时下论者都认为"武功"一词用于形容功夫系赵焕亭所创。其实他用的也是成品。清朝著名笔记《客窗闲话》续集里有《文孝廉》一文，其中就有"我虽文士，而习武功"一语。准确地说，赵焕亭的贡献是在民国武侠小说中率先使用而非创造该词的新用法。赵焕亭自己肯定没有想到，这个词竟然成为日后百年间武侠小说作者的必用词语，也成为日常生活中的常用语。

赵焕亭的武侠小说具有其他名家所没有的"世俗风情"，以此似完全可以单独撑起一个"世情武侠"的门户，与奇幻仙侠、社会反讽和帮会技击诸派别并立于武侠小说之林。

作为掀起民国以来武侠小说第一波高潮的领军人物"北赵"，作品无疑极具研究价值，可惜一直未能得到应有的重视。1949 年新中国成立后，直到 20 世纪 90 年代才有零星的赵焕亭武侠作品出版，至今二十多年间，仅出版过四种。

此次中国文史出版社全面整理出版的赵焕亭武侠作品，大部分是新中国成立后从未出版过的，所用底本也尽量选择初版或早期版本，即使如出版过的《双剑奇侠传》《奇侠精忠传》《英雄走国记》和《惊人奇侠传》，也都用民国版本进行校勘，由此发现了不少严重问题。《奇侠精忠传》漏字、漏句和脱漏段落十余处，近 2000 字；《惊人奇侠传》漏掉了大约 15 万字；《英雄走国记》20 世纪 90 年代的再版只是正编。这些意外发现的问题已经在此次整理中全部加以解决，缺漏全部补上，《续编英雄走国记》也将与正编一起出版。

此次出版的作品集中，还有几部作品需要在这里略做说明：

《南阳山剑侠》是赵焕亭写于 20 世纪 20 年代的文言武侠小说；

《江湖侠义英雄传》，又名《江湖剑侠英雄传》，系春明书局1936年出版的长篇武侠小说，封面、扉页均未署有作者名字。从赵焕亭所撰序言看，也许另有作者，他则如版权页部分所示，为"编辑者"；

　　《康八太爷》和《风尘侠隐记》都是未曾结集的报纸连载，也没有写完。为了让广大读者和研究者全面了解赵焕亭20世纪30年代和40年代不同时期的小说特点，特地予以抄录，整理出版；

　　《殷派三雄》在天津《益世报》上一共连载四十回，未完。天津益世印字馆出版单行本三册，仅三十回。此次出版据报纸补充了未曾出版的最后十回，以示全貌予读者。

　　笔者多年来一直留意赵焕亭的有关资料，幸略有所得，今效野人献芹，拉杂成文，期副出版方之雅爱，并就教于识者。

　　是为序。

顾　臻
2018 年 8 月 20 日于琴雨萧风斋

目　录

自　序 ……………………………………………………… 1

第　一　集

第一回　石秀才谐诗丧命
　　　　花胳膊聚盗鏖兵 ………………………………… 3

第二回　争坝口龟村败绩
　　　　战洄溪老将施威 ………………………………… 14

第三回　法化寺无影败北
　　　　王八坑赵枉偷堤 ………………………………… 24

第四回　徐娘子夜遭凶暴
　　　　普济僧无意戮奸 ………………………………… 34

第五回　感旧事侠僧叙异
　　　　敦族谊无赖奸谋 ………………………………… 45

第六回　遭劫掳飞镖逐寇
　　　　小游戏猎兔逢凶 ………………………………… 56

第七回　活人变畜突来花匪
　　　　侠女诛奸俄觐异禽 ……………………………… 66

第八回　莫笑童心寻古洞
　　　　且从异地觐奇人 ………………………………… 74

第九回　窥富室偷窃得良师
　　　　护桃园李希观异物 ……………………………… 85

第 十 回　李希儿误走真剑气

　　　　痴和尚蓦然斗神蛟 ·············· 97

第 二 集

第十一回　参禅斗法齐东野语

　　　　谈鬼说狐姑妄余之 ·············· 105

第十二回　羊肉馆衔杯激老将

　　　　通州城无赖戏娇娘 ·············· 116

第十三回　观裸妇忽觏暴汉子

　　　　斗强梁又来白头翁 ·············· 127

第十四回　脱缧绁别母走长途

　　　　抗贼军舍身全大义 ·············· 134

第十五回　斗凶獒旷野逞英风

　　　　探虎穴城楼施绝技 ·············· 148

第十六回　逞贤吏壮士碧血

　　　　盗侠骨红妆丹心 ·············· 156

第十七回　奔长途悲啼侠女

　　　　话往事喜庆鸿鸾 ·············· 169

第十八回　斗白猿苍鹰引路

　　　　拒双豹古洞观奇 ·············· 179

第十九回　诛巨豹小侠施绝技

　　　　弑师长天佑堕邪途 ·············· 191

第二十回　得圣经邪教诞生

　　　　施奇技感恩敦友 ·············· 201

第 三 集

第二十一回　起衅隙屡动刀兵

　　　　　窥同门忠言逆耳 ·············· 211

第二十二回 闹贼店人腿制胜
　　　　　战仙山赤拳英风 ·········· 222

第二十三回 宿野肆鸡黍飨客
　　　　　逢凶顽剑底成交 ·········· 244

第二十四回 纵淫风小仙倡乱
　　　　　忧国事君起兴师 ·········· 266

第二十五回 白莲兴乱妖气罩襄郡
　　　　　碧发激流火并诛奸人 ·········· 287

第二十六回 邬一娘料敌决胜算
　　　　　斐壮士赤手建奇功 ·········· 309

第 四 集

第二十七回 钟帮头知过献奇谋
　　　　　龚教目诈降夺九港 ·········· 329

第二十八回 襄水操军老将退冷斋
　　　　　谷城决胜莫忠降白教 ·········· 352

第二十九回 王无双威震沙河
　　　　　夏教目火烧正寨 ·········· 373

第 三 十 回 蓝千总拒谏失要隘
　　　　　贾一鹤侦敌献奇谋 ·········· 394

自　序

古语云，物必自腐而后虫生之，岂不信哉？夫奇衺之民，自汉代五斗教以来，薪尽火传，代异其名。沿及有清之白莲拳匪，皆一脉之传。当其发也，必乃政弛岁馑，文恬武嬉，或有司以掊克贪婪为治之时。民怨其上，蠢然思动，而邪教煽惑有资，乃祸不可止，有清之白莲教尤其最著者也。予闲居之暇，乃捡摭当时教乱之事迹，并流传之逸闻，勒为斯编。本书自龟村起衅，引叙白莲拳匪之乱，群侠奔走国事，如嵩山就艺，秦樾之突来，痴僧癫道之奇迹，贤吏王并天殉国之忠节，勇士李希儿拯贤之义侠，王湘纶乔装盗骨，李姆姆大义灭亲，写尽帼巾娇柔英武，贤母正义训子，悉以至性中之忠孝为归。以下斗猿诛豹，得宝剑奇书，白莲诞生，群侠出世，妖女张小仙倡乱，总兵马君起忧国，马君起计擒张邦才，向金满淫乱襄郡，屈伯通义会群英，张良扶病抗白教，斐起水淹九道湾，屈伯通投书杀齐林，马君起为国捐躯，王美贡八卦堡鏖兵，冯天佑女色背盟，等等节目，不可备叙。此均为本书警策处，非仅眩刀光剑影之精彩，以悦人耳目，实欲俾为民上者，知修政即弥乱之道。世岂有太阳丽真，阴魅群舞者哉？

辛巳夏五月朔焕亭氏识于忆凤庐

1

第　一　集

第一回

石秀才谐诗丧命
花胳膊聚盗麾兵

铁骨秉英风，全凭一剑名，五洲满足迹，四海遍豪声。碧血不轻溅，丹心向弱生。唯思旧事举，慷慨为谁雄？书表山东德州，夙称人杰地灵，且百姓天性好武，普通之家均具高深武功。休说男儿以刀剑为生命，即是那红妆袅袅、弱不胜衣的女娘儿，若一旦遇事，一般的是提提鞋子，绾绾髻儿，登时来个马上三枪，好不伶俐。当有清中叶，为德州武事最盛之期，差不多连总角小厮也是终日踢跳，每人挎一柄小竹刀，玩得不高兴登时便大杀大斫，打得鼻青脸肿。哪个若是畏缩，便算差了人种儿，这也不在话下。

单说德州之南约五六十里许，有一小小山庄，这个村儿虽处在荒陬僻壤，风景却十分幽致。开门向山，丛蔚禾丽，一泓清湍却从腰泻下，萦回环绕了这片山庄。每当春秋佳日，那山茶烂漫，小溪中白鹭横飞，真有赏玩不尽之景。这山庄处在这山清水秀之间，便名涧溪村。村中渔樵咸宜，百姓特殊富饶，安居乐业，等闲连个偷儿都是稀见的。每逢什么节，村民便三五相约，大吃大喝，吃得烂醉，一溜歪斜，非三更时分绝不能抛脚到家，正是：

> 鹅湖山下稻粱肥，豚栅鸡栖对掩扉。
>
> 桑柘影斜春社散，家家扶得醉人归。

这山庄中，真是一个世外桃源，等闲想不着之乐趣。百姓工作之余，便集在野肆，闹壶老白干，或在沙滩上谈天，将旧有的武事完全抛得有影

3

无踪，旧有的武壮少年也都漫散得七零八落。武事既愈，一般子弟无事，很有修些文墨的，居然出了三五秀才。在这小小庄村出个秀才，是破天荒的事。那些秀才也便自居非闲，整日集会同年，晃着袖儿，满街乱串。一个个咬文嚼字，酸得肉麻。

秀才中有一石姓，村中索性去其名儿，呼他为石秀才。这人甚为和气，因他诙谐善谑，不拘小节。这洞溪村之东有一村落，地势颇像一龟，名为龟村，人俗呼为王八坑。这龟村与洞溪村不过相距四五里之遥，完全借用这洞溪灌溉田园。洞溪村撑有坝口，每年必须本村灌溉毕，方放水入龟村。龟村之西有一土山，风景甚好。每当春秋佳日，骚人墨客往游者很多。可笑这土山，遥望活脱脱的一个大龟，昂首伏在那里，因名卧龟山。山下小溪曲折绕山而过，两岸垂杨，山麓粉壁亭台。

一日那石秀才与二三友人去游龟山，正是顾盼赏玩风景，突见溪畔蠕蠕爬上一大龟，石秀才等拍手大笑，因提笔写了一首歪诗。诗云：

> 春在龟山里，何须彼此伸？
> 风流其共赏，俱有过来人。

这首诗正题在一板似的壁上。原来这龟村名副其实，满村小娘儿都如杏花村小娘儿一般，生性最淫，女子无一洁白之身，据说也是受这龟山风脉。村人主张修理此山，在动工后三五日，村中男子均闹病，有的烂耳破鼻，闹得乌烟瘴气。大家正不知怎的缘故，突闻一阵钟鼓大鸣，村人晓得会中聚人，一定有什么事，于是齐集在一座关帝庙中的会议厅上。早见那建议修山的老地长，抱了头踞坐在矮椅上，见了大家勉强起来逊座。一个口快的少年道："喂，老村长今天怎的了？为什么弄得鼻青眼肿？想是又与谁怄气。"

老村长张开青红眼儿，向这少年一瞄诧异道："咦，你老兄真是乌鸦落在猪身上，见人黑不知己皂。"

少年用手一摸，自己脸面似的脸竟成了老癞皮。大家听了，彼此对瞅了半晌，原来大家都是一般病。老村长发话道："老朽忝为村长，本意为整理龟山，以修村誉。不想竟触龟神之怒，降我们大过。"说着伸出一指，指着自己面孔说出一番话来。

原来老村长建议修山，不数日自己觉得浑身甚不舒服，起了无数颗粒。老村长正诧异得什么似的，伏案呻吟，忽见一将军昂然立于面前，金盔银甲，手中红缨大戟，瞪起圆标碧眼儿叱道："吾神奉上帝之命，镇守一方，已历千百万年，不意汝等竟敢大胆凌辱。吾神念尔等无知，姑且饶恕尔等。汝为一村之首，速即醒悟。"说着大戟一挥，只见波涛滔天涌来，震天价一声巨响，那将军化一大龟，向村长再三点首，泛波而去。老村长吓得狂呼大叫，只闻稀里哗啦一声响，加着自己夫人叫道："老害邪，整日东磕西撞，灌腆黄汤子，醉了撒酒疯，该天报了。"

老村长睁目一看，夫人站在面前，自己却躺在地下。一条方案支着脚儿盖在自己背上。老村长连忙爬起，恍然晓得是做了一梦。老村长同夫人收拾什物，细味梦境，恍有领悟，知是卧龟山山神示警。急急跑到会议厅，亲自拿起钟杆，当当当便是几下。顷刻村众齐集，老村长发表意见，将修山之工改建庙宇。按梦中所见之人画起神像，便是龟神，其余神像都是些鱼鳖虾蟹之类。这个庙宇告成，村中病者登时痊可。可是妇女淫奔认为定例，因此各村都将这神话作为笑谈。天长日久，便流传出两句口号，是：

卧龟山头尖尖，龟村的王八有几千。

因此龟村之人非常恶闻王八二字，这且慢表，单说石秀才乘兴题了这首歪诗，自引为笑乐，几人拊掌大笑，声震林木，兴尽而返，不想竟因此惹出风波。过了几日，石秀才早将游山之事忘在脑后，那日正闷坐在家中，忽然有人唤道："石爷在吗？"接着叩了几下门环。

石秀才匆匆跑出笑道："老刘哇，你真会赶嘴。俺约你早些来，你偏不早不晚赶上俺午饭。今天你老嫂做了几条懒龙儿，咱们哥俩儿饮杯白干，弄条懒龙儿怎样？"

说着哗啦开了后门，早见三五精壮汉子，个个绾起朝天髻儿，露着青筋暴露的健臂，鼓起蛤蟆眼，叉手而立。当头一个红眼睛汉子见了石秀才突然道："什么老刘？俺老田且给你条懒龙儿吃再讲。"说着一抖和，哗啦啦一条黑索早飞上石秀才脖颈上，不容分说，牵了便走。

石秀才认得他是龟村泼皮少年田老四，于是道："田大哥别这般开玩笑呀，人看了且不雅相。"

老四冷笑道："哈哈，姓石的真把人冤苦了，哪个和你开玩笑？"

石秀才脚不沾地般已被人一溜歪斜牵走，一径地奔向龟村而去，大家摸头不着。

隔了一夜，洞溪村长王仁晓得，登时大怒，急会同本村当事人和诸父老商议办法。王仁发话道："俺忝为一村之首，负护庇村人之责任。如今龟村竟敢越境拘人，实于人情不合。诸位兄弟有何意见？"

突有一人叫道："昨日俺略有所闻，石秀才吟了一首诗，竟惹龟村之怒，因此将他捉走。俺们赶快差下人去要人就是。"

大家一看，却是一个少年，生得虎背蜂腰、面目清秀。动作之间，精神百倍。这人姓耿名裕，号啸红，乃是一名武师之子，幼年怙恃早丧，依祖母秦氏长成。秦氏武功精通，当年有个女侠名秦月娟，威名久著江湖，便是耿裕之祖母了。秦氏虽精通武功，可是一些未曾教与孙儿耿裕。因为当年耿武师尽得月娟真传，义气如云，疏财好交，武功深造，一生未曾遇敌手。不想那年耿武师又揽了一趟买卖，行经嵩山之下，遇大盗云里飞单身劫镖，不想被耿武师一剑战败，削落一耳。云里飞怀恨逃脱，武师也未在意。不想武师老年不涉江湖，只自己闭门奉母，享些天伦之乐，却是祸从天降。

一日，不速客来访，武师见了，登时一怔，原来这客人生得吊眉突目，黑锅底般的面孔，只是少了一耳。武师已恍然，那客人伸出铁锥般的二指，一言未发而去。武师从此终日不乐。二日后三鼓时分，秦氏闻得一阵刀剑声，急结束查看，早见耿武师尸横后院。秦氏知是仇杀，哀痛一番。耿夫人抱了耿裕勉强办理丧事，丧事毕，也便一头病倒，追随武师于地下去了。秦氏抚养孙儿，深恶武事，从此不提武事，所以一些不肯传与耿裕。以上都是后话，这不过略为表述罢了。

且说耿裕提议去要人，大家都未决定，早见一文绉绉秀才先生探着长脖儿，瞪起胡椒眼，两片干瘪腮下披分着黑油油的燕尾短胡，满额暴起青紫筋，脖儿晃了两晃，伸出二指长爪，向空中画了两个圈道："啊哟，这还了得？随地吟诗也是俺们书生本色、骚人的韵事。龟村他竟敢蛮横，欺压乡党，凌辱斯文。"说着手儿一挥，很是义形于色。哪知一下正打在案上茶杯，稀里哗啦滚落地上，溅了自己一身淋漓。

大家正在捣乱，早见一人飞奔过来道："好叫诸位爷台得知，方才咱村快腿张六到来，有要事待禀。"

王仁叫有请，早见一个精壮伶俐汉子匆匆而入，向众人施礼。众人一望，正是本村快腿张六。王仁道："老六，有什么事快说来。"

张六喘息道："今天早晨领王老爷之命，打探石秀才消息。可是小的出村三里许，见一只狗衔一只人脚，小人跟踪寻觅，早见一僵尸在芦苇中，已血肉模糊，被野犬吃去头脑。好在小人认识石秀才鞋，因为他这鞋还是小人与他从市上买得的呢。石秀才被害是无疑的了。"

大家听了登时大哄，王仁道："莫乱莫乱，谅石秀才随便吟着首诗，绝不致要命。怕不是误认？如今之计还是依相公之计，差人去要人。龟村如不交人，再作道理。当年龟村为坝口曾与洄溪村纷争，后来解和，龟村颇受咱村指挥。如今咱只须闭塞坝口，使溪水横灌南村入大河，使龟村农事不当，自然诸事附咱村了。"大家听了无不道善。

耿裕沉吟道："这坝口既是二村生命，犹如兵家要塞，不可不早派人守护。"

王仁道："无须如此，龟村绝想不至此。况且咱村尚有精通水性的黄泥鳅赵枉、水中蛇解大用，即使他占有坝口，亦不难夺取。"

耿裕心中暗笑，王仁早已差下村中精细少年苟全王利本二人，率领六七健壮汉子，赴龟村要人。苟全和王利本二人本是旧武社红人，也是各村中虎将，提起来皆是铮铮有声。王利本习得好闷棍，生得膀阔腰圆，虬须虎目，一张大麻脸，油面黑花，说出话来闷浑浑。苟全绰号穿山甲，因为他身躯短小，瘦而且敏，上高跃下的功夫委实不错。平生练了一手好双刀，当时办理武社，和一班少年保守村坊，很有些名声。后来武社少年漫散，也便罢手。二人当时拿出当年气概，雄赳赳率众风也似卷向龟村，这且按下。

再说石秀才那日无故被田老四捉弄，一径拥入龟村会事所，早见内中出入许多人，见了石秀才横眉竖目。见当时一精壮汉子，生得身躯伟大，红黑面孔，满腮刷子胡儿，咧着鲇鱼口，却是三片。石秀才认得是龟村大泼皮少年花胳膊袁德，左右尽是龟村少年泼皮。当时袁德见了石秀才喝道："姓石的，俺们夙常不错呀，你怎的随地骂人？"

石秀才方说得一个不敢，早被人推倒一阵乱棒。一个文质彬彬秀才如何当得？一阵惨号，一缕冤魂竟向道山荡去。袁德尚且喝打，见石秀才一声不哈，方才晓得已死，急用冷水喷来，已不中用。

大家慌了手脚，袁德笑道："俺老袁纵横江湖二十余年，杀个人儿不当碾个蚂蚁，这也值得大惊小怪？快快抛出庄外就是。"于是将石秀才尸身拽死狗般地拉出庄外，袁德晓得洄溪村定然要人，于是分拨壮汉，村头要路吩咐排下巡夫。

次日苟全王利本二人气汹汹地各带了随身武器，领庄众直奔龟村。早见五六壮汉结束伶俐，在庄头来回踱着。见了苟、王一众人，登时瞪目喝道："来人慢进，刻下庄主有令，现在四外不静，须防宵水。"

苟全叱道："休得胡说。俺洄溪村绰号穿山甲苟全便是，昨天贵村泼皮田老四未知何故，硬生生将俺村石秀才捉去，特来索要。"

只见龟村一个细条汉子，一条脖儿长而且细，瘦得瘪腮凹目，两个胡椒眼便如鼠子一般，一面盘起耗子尾巴似的小辫，听了苟全之言，突然一挺长脖，拍胸哈哈大笑道："好没来由，什么十秀才九秀才，俺都不晓。只是昨天俺们田头子弄来一个爱骂人的汉子，打了一顿放回去了。你们竟敢胡厮赖，须知俺水骆驼这手八仙拳不是好惹的。"说着长脖儿乱晃，早拉开手势，一面笑嘻嘻的，意态十分轻视。

苟全道："咱二村凤日和睦，却谈不到的。只交出石秀才万事皆无。"

水骆驼大怒骂道："瞎眼的东西，再要胡缠，咱便敬你一拳尝尝。"

王利本再也耐不得，早一个旋风跃过，照水骆驼当头一拳。水骆驼急闪躲过，随手一个推倒泰山，一拳掏过，利本偏身闪过，便是一个下取单手式，水骆驼着慌，赶快退两步便是一脚，早被利本一手抄着，单臂一送，水骆驼已哼哧一声，仰巴跤跌翻。利本大笑来捉，水骆驼已一个鲤鱼打挺跃起，正接着利本来拳，二人各自用力后拉。利本力大，两和滴溜溜转了两个圈儿，利本一手抓着水骆驼长脖儿，往下一按，水骆驼挺脖儿乱钻，闭得青筋暴露。利本用力一推，水骆驼随手势跄跄踉踉撞出丈许，还一跳丈八高地道："好小子，真歹毒。若非俺这脖儿有些来头儿，早离了腔子。"说着谩骂而去。

那些壮汉早被苟全和众人打得七零八落，逃入村中。苟全利本一径打入，突然一声喊，早见水骆驼倒提一把风也似的单刀，斜刺转出，叫道："姓苟的慢来。"

说着望后一招，早有数十壮丁转过，当头一人，苟全认得正是袁德，左有田老四、许点脚，右有李通和刘铁、王一枪。好些人都是龟村泼皮，各自有两手武功。

　　袁德怒目冷笑道："老苟你这是何苦？石秀才无故辱骂敝村，老实说合村公愤，将他送与阎王老子。"于是将石秀才如何辱骂说了一番。

　　原来石秀才合当倒运，他那日吟了一首歪诗，原是笑话似的，不想正题在袁德之宅壁上。龟村之人本来最怕提王八二字，他偏描得如亲眼见一般。也是袁德三房四妾自己照顾不来，他家中厮仆也都是袁德替身。无形中袁德头上赠上百十个绿巾儿，袁德只作不知。这次石秀才正骂着他心窝，登时大怒，于是召集龟村众龟儿将此事说了一番。众龟儿听了不知怎的，心里各个集了一种又酸又辣又苦，不知是哪种味道，一个个气愤填胸，登时大家议妥，推袁德为首，预备泄恨。袁德本是一个大泼皮，练得一身武功，平日交结江湖，杀人放火也是常干的勾当，登时正遂心意，即日差下田老四去捉石秀才。田老四也是袁德一党，武功也还来得。当时将石秀才一顿打死，龟村父老等见事不好，忙劝袁德罢手，向洄溪村赔个话儿也就罢了。袁德大怒道："洄溪村自寻苦恼，在前数年洄溪村曾踞坝口，使水不得灌入咱村，欺人已甚。俺正想报仇，如今怎肯罢手？"说着凶睛一瞪，早吓得众人倒退而回。

　　当时苟全见袁德势大，即想暂时罢手，回头再作道理。哪知王利本闷浑浑，早已大叫："老袁王八羔儿，还不缩头？难道你龟村尽是王八，无人晓得不成？还待石秀才点出呢？"

　　袁德闻言，登时气得直跃起丈八高，大叫："反了反了！哪个敢去与我拿下？"

　　只闻劈雷般一声大叫道："李俊愿往。"早见随声尽处跃过一个威凛凛汉子，手中一柄雪亮单刀，一个燕子穿云式卓立当场。

　　王利本已挥混铁棍吼一声冲过，大叫"李俊休走"。声尽处，早双手抡棍劈头便是一下。李俊偏身让过，利本已一个连环步法，嗖嗖嗖棍如长蛇，一连四五下。李俊不暇招架，被利本一个毒龙出穴式，轻轻一棍向李俊背上一缠，喝声"滚你妈的蛋"，李俊早随棍张手舞脚地飞起丈八高，啪嚓一声正砸在水骆驼身上。水骆驼正伸脖瞪眼观战，猛然一砸，登时一个后坐儿，吭哧一声，二人压得好摞摞儿。

袁德大怒，猛一甩大衫，就要跳过。田老四叫道："割鸡焉用牛刀？看小弟捉这黑厮。"

田老四甩脱英雄衫，百忙中抢了一条丈八长矛，着地一抖，银花漫散之下，便是一个怪蟒出穴式，向利本心窝刺去。利本横棍突地一拨，早拨开矛势，纵身而进。田老四久惯江湖，有什不晓？知利本棍法不弱，急望后一退，矛尖点地，一个艄公反篙式，倒退丈许。

苟全见利本久战恐吃亏，拔出双刀霍地一分，一个燕子穿云式飞过，替回利本。田老四长矛已重复抖来，原来武功中兵器长短相交，二人相距丈许，久则短兵必败。如二人接近，久了长兵则败，此是至要。故田老四见利本挨近，赶忙后退，然后取攻势。闲话休提，且说田老四见苟全替回利本，已双刀翻舞杀来，老四不敢怠慢，抖矛接战，二人登时搅作一团，直杀得翻翻滚滚，烟尘乱抖，半晌不分胜负。

苟全见急切攻不胜，就地一滚，双刀左右取近下路，老四卸矛反身，一个金鸡捉食，只见矛花漫散，便如水晶泻下，突突突一连数矛刺过。苟全双刀左右分拨，只听叮叮当当刀矛相碰声。苟全趁势一个旱地拔葱式，拽刀飞起丈余，就下势一个随风扫叶，老四着慌，急归竖矛来挡当儿，苟全已一刀平削下，正中头上软巾，连辫发整个儿削落。老四抛矛一个箭步跃出老远，苟全飞步赶过当儿，早见利本领自己人和袁德拼命杀在一起。

袁德和中一双索鞭，凶神一般，杀得双目皆赤。洄溪村人已被杀二人，其余负伤退下，只利本挥起闷棍敌住袁德，且战且走。苟全见势不好，不敢赶杀田老四，反身来助利本。袁德部下许点脚、刘铁、李通、王一枪等叫喊一声，一齐奋进，刀枪剑戟，耀目生花，将苟全围了个水泄不通。苟全一人如何敌得？早被王一枪一个下扫，扫了一个跟斗，被龟村捉去。利本见苟全被捉，自己人都逃去，只剩自己一人，一时心慌，趁势卸棍退下便走。袁德等大叫"王利本休走"，大踏步赶去。

利本正走之间，只闻有人叫道："败将慢来。"声如牛吼，粗而且闷。利本一看，却是一黑汉，生得矮而且粗，一脸堆腮肉，偏鼻蛤儿口，一双小眼略透个缝儿，手中一双铁锤，摆着肥屁股奔过。利本一望，却是武大郎尚新。于是双手擎棍，一个开门炮直搠过去，矮子体笨，只双锤来挡，利本却又缩回棍头，只掉棍斜刺一扫，正中矮子双腕，二锤都被扫落。利本近一步一把捉牢，用平生力举将起来，往后一抛，恰好袁德虎吼赶来，

10

突然眼前乌黑，说时迟那时快，啪嚓一声，碰个正着，二人一齐跌倒。利本趁势得脱，一口气奔回洄溪村。早见黑压压一行人，单刀铁尺拥来，正是洄溪村人。

因苟王二人与龟村杀起大败，其手下死二人，其余奔回报信。王仁大怒，立集村中壮丁，推孔达、甘连城、赵桂、解大用四人带领救应。王仁在村中一面布置防守，一面差人去寻旧朋友速来助战。当时利本见了众人，草叙一切，大家大叫了不得，龟村竟敢如此蛮横。说着大家入庄，留十余人守村头，一行人到关帝庙会事所，见了王仁叙说苟全被捉，并死了两个庄丁。王仁气得暴跳，连夜会集村众，商议战和。少年主战，老年主和，正在纷争不定，忽人报龟村有人到来，王仁急叫少候，于是排列健丁，赵解孔甘王等分列左右，王仁入座引上使人。一霎时左右引上一丑汉，生得兔耳鹰腮，蒜头鼻儿，一张大口直咧至耳岔。满面豹皮油麻，连腮帮子棕刷短须，大踏步抢将来。左右一声军威，震动天地，单刀冷却，映日无光。那汉斜目溜一下儿，哈哈一阵冷笑，十分睥睨。当王仁面前丁字式站定，双手叉腰，一翻白蛤眼瞅定王仁，移时道："在下沈成龙，为好友袁德所邀，特来下书。"

说着从怀中摸出一封书信，左右方要来接，成龙早嗖一声飞抛上王仁案头。虽是一纸书儿，气力却十足。王仁打开一看，原来是一封要挟函。因袁德一阵将洄溪村打得落花流水，袁德自谓天下无敌，因召集村众商议攫夺坝口和两村公有稻田。龟村因为被石秀才骂得气恨难出，又见洄溪无能人，正好趁势压制。大家商议居然成功，袁德于是大招其旧友，均是江湖朋友，预备与洄溪村打降。一面修书与洄溪村，差惯贼沈成龙送去，随带观其虚实。

当时王仁看罢来书大怒，命左右叉出沈成龙，成龙早就一跳丈八高地谩骂而去。王仁怒气不息，方要亲自攻龟村，突有人报道，龟村人进占坝口，并扼住东西要路，所有稻田尽归龟村所有。王仁吓得一个颤抖翻落椅下，左右扶起。王仁道："俺悔不听耿相公之言，竟有此事。刻下稻禾将熟，如何是好？"

只见一健壮汉子立起叫道："龟村欺人太甚，若再含忍，恐将来尽受其辱。不如趁势从村中挑拣壮丁，加速锻炼，以为吾村守卫。"

王仁大悦，当日召集村人，挑选壮汉共千数百人，分成五大队，赵、解、孔、甘、王各领一队，登时满村金鼓震天，闹得乌烟瘴气，十分紧张。

且说成龙返回叙说一番，袁德怒道："好好好，王仁老儿竟敢如此倔强，俺已派人占得坝口，不日稻儿将熟，先割他娘的再说。"

说着命带上苟全，左右一声喊，拥了苟全，已被捆得秋鸡子般，一步一棍打来。见了袁德挺然站住道："老袁你不必排得这假威风，俺是见过的。俺苟全铁铮铮的汉子，岂肯屈服你这般龟窝？杀害由你，左右拼着一腔热血结识你。"说着昂然站定，双目瞪得琉璃球儿般。

袁德哈哈笑道："龟老哥好汉子，俺们凤日不错呀，叙个交儿如何？"

苟全叫道："你这毛贼鼠窃，哪个与你论交？"说着飞起一脚，把袁德面前桌儿踏翻。

袁德大怒，叫斩首报来。苟全啐了一口，昂然已出大厅。左右拥出，明晃晃单刀架在苟全脖子上，苟全道："朋友，爽利点儿呀。"

那持刀的方双手抡起雪亮大刀，就要削下，突然当啷啷一声，似乎单刀落地，接着啊哟扑通一声，苟全张目一看，见持刀之人仰八叉跌翻，单刀抛出老远。左右四五人如木雕泥塑，一个个哈腰瞪目不敢动。苟全不由己地被人携起，但觉得两耳风声其速如电，顷刻闻得一片金鼓大作，有人叫道："小施主，前面便是泂溪村了，刻下正在练兵。龟村人多势众，并且有十数个绿林大盗，武功十分了得，不可大意。欲胜龟村，非贵村中一位老太太不可。切细访查，不然全村尽殁，将沦于盗薮，免不了一番淫掠涂炭的。"说着恍然剑光一闪，如飞鸟转翅般，却不见一人。

苟全如梦如醒，不知是生是死，可是自己分明闻得有人对自己说话，怎的会是梦呢？苟全清醒过来，突然站起左右一望，见一片荫深的松林中，隐隐透出粉红色墙壁来，微风吹过，哗啦啦一阵铁马声，正是泂溪村头的一座古刹，名静慧寺的。苟全明白是被人所救，但不知救自己的是个什么人，有如此本领。听那人言语，分明是个僧家，但是静慧寺内有个老和尚，已七八十岁，整年地连山门都挪不出来，风吹就倒之形儿，绝对没有如此本领的。

苟全正在迷茫茫地乱想，突然一阵金鼓声随风飘来，将苟全的思想吓退，急急奔入泂溪村，远远地就看见村头高高悬起两个旗帜，交叉着随风飘扬，村垒上许多壮丁单刀长枪，来回逡巡。苟全晓得泂溪村已然与龟村旗鼓相当，这正是村中警备。想着已到村口，村丁认得是苟全返来，急报上王仁等，大家迎出，见苟全狼狈形儿，一齐惊愕，询问所以。苟全随大家入厅，细叙被救经过，但未知救己命的是何等人物。

王仁道："天不绝人，此定有仙助。"

苟全道："俺自被袁德所困，倒得了龟村一些消息。可是自得到这个音信，俺便晓得龟村已是骑虎难下。因为袁德召集匪人，据说当代大盗邢无影和花嘴豹等均在龟村。"

王仁道："这里下书的沈成龙，也是燕北大盗，亦在龟村。"

苟全道："沈成龙何足道及？邢无影俺曾听说，生得秀如好女，生平习得一双纯钢锏，来去无踪。他若抡起双锏，风雨休想侵入。曾纵横千百官军中，杀人如麻。可是连带兵管带均未得见其形儿，真是一个滚马大盗。他本名邢飞烈，因其来去无形影，江湖上便呼之为邢无影。可是现在已年近七旬，与花嘴豹均是同年老贼，手下不知伤了多少性命。此贼不除，俺村定遭涂炭。"

第二回

争坝口龟村败绩
战洄溪老将施威

上文王仁听了苟全之言，吓得面目皆更，手足无措，连话都说不出来。正在鸟乱个不住，人报张老率其门人到来，王仁闻报，拍手跳起，连帽儿都不顾戴，趿着鞋子和众人迎出。早见门外四五英雄少年，一色的青巾裹额，当头扎起燕尾式侠士巾，腰束四指宽流云飞蝠生丝板带，外氅内透出紧身窄袖战衣，足下牛皮快鞋，各挎刀剑，威风凛凛，拥了一个紫面长髯的老者。那老者生得身长八尺，紫面长须，身穿一件青色钟式衫，腰束土黄色布带，足下家常鞋子，头上一顶草帽，屁股后边垂着一个又长又宽的刺花烟袋，手中提了一条三尺长的紫竹烟筒，只那烟锅儿便有酒杯大小。见了王仁等笑嘻嘻地趋上，一把握了王仁的手道："老弟少见哪。哈哈，光阴真是快得很。就如老弟你也这把胡儿了。"

大家说着，一径入内。王仁与大家介绍相见了，王仁道："敝村因为一些小事，与龟村发生争执，小弟凤日懦弱无能，武功是不消说，张老兄是深知的。遇一点儿事俺就没有准心骨儿。好在俺生平交下几个相当的朋友，没别的，俺便想到张老兄身上，一定能替小弟分心。"

张老笑道："是呀，不过俺这些年来对武事疏淡多了，眼看着一班旧友凋零过半，还有些觅不见下落的，只剩下老朽这把枯骨还在挣命。俺前天见到你派下的人，晓得贵村与龟村之事，起事虽由石秀才，但区区之事，何至害人命？俺此来并非助战，本想与二村和解，如二村有不听俺言的，俺便并力攻打。"说着哈哈大笑，精神漫溢，十分矍铄。

王仁道："张老兄虽是个老和事，可是龟村现下已然召集好些大盗，预备打降。即使龟村愿意和解，那些贼盗如何肯听从善罢？"

张老道："龟村不过集些毛贼鼠窃之辈，何足道及？"

王仁道："这可不尽然了。龟村中有当年大盗邢飞烈、花嘴豹等，均多年巨盗。"

张老耸然道："这还了得？龟村竟敢窝巨盗。邢飞烈等年已古稀，当年均俺之劲敌，可是屡以江湖情面相关，与老朽颇讲些义气。如此更好了，今日俺便龟村走一趟，与二村和好，看看如何。如果龟村不纳俺言，再作道理。"说着双目一张，两道电光般。手抚长须哈哈一阵大笑。一面从屁股后头摸出烟袋，装满烟锅儿，吸得烟气腾腾，哈着腰向王仁道："老弟，你也闹一家伙如何？这烟儿委实不错。还是俺当年漫游，从关东带来的呢，一向未舍得吸。前天你嫂子做了一个新烟袋儿，便随带满装一袋儿。"说着拿过烟袋儿，细细看那刺绣。

王仁一看，上面却刺的是一展翅老鹤，毛羽委实生动，上有四个红字，是"鹤唳于天"。王仁晓得其义，原来张老名啸生，乃是当年一位侠客，与大侠余隐、吴小峰、耿雄飞、秦月娟均是一流人物。不过近些年来旧朋连续亡去，啸生便无心世路，居家纳起福来。随便收了四个门生，长名赵大坚，次名郑英、沈晓天、吴立四人，均深得啸生真传，武功十分了得。可是那郑英少年浮华，生得面如好女，多疑善忌，聪明达于极顶，只是滑佞不堪。张老时用言指导，可是天性难移。张老无法，深抱不安，只好任其所以。这次郑英闻听洄溪村与龟村发生争执，王仁来请张老，他便也随来。临行张老将四人叫在一起，着实教导一番，四人唯唯从行。张老背后的少年，便是四人了。

张老年少时，与王仁十分相契。因为王仁也是个慷慨少年，义气如云，家财万贯，便终日客满座儿，不消数年，铁桶般家业被王仁好客济贫弄得精光，自己老年却非常狼狈。好在王仁虽武功稀松，却交下几个响当当的朋友。在王仁当年未曾结识张啸生时，只耳闻得有一张武师，威震江湖，绿林朋友闻风披靡。可是张啸生虽做着走镖的买卖，道经之处，真是除恶安良，闾里安堵。他做买卖也是为奉养老母之故，每有所余，赌注贫孤。

某次王仁闻得啸生督镖道经洄溪村，王仁大喜，出数里接迎，以图一见。哪知等到日色过午，未见到来。王仁暗想：莫非啸生有名无实，闻听俺王仁在此，避道而过？想着便想转去，随从人叫道："兀的那不是来了吗？"王仁随着看去，见远远林中转出一行人马，如飞奔来。隐隐望见一面大旗，上面并无字儿，只画了一支老长的烟筒和一个烟袋儿。袋上一只飞鹤。王仁摸头不着，顷刻来人已近，望见王仁等一行人喝道："瞎眼死囚，难道望不见旗帜吗？还不远远避开？还待怎的？"

王仁趋上道："在下王仁，本村人氏，闻说张壮士道经敝村，特来迎接，结个交儿罢了。哪位是张壮士？愿赏个脸面。"

押镖人知不是歹人，笑道："多有唐突，原来是王爷。刻下张武师不在此，俺们替谢盛意。"

王仁正色道："俺王仁走遍江湖，结交四方豪杰，哪个不知？张壮士既不赏脸，也没得说。刻下天色不早，便请庄内歇宿，免招江湖朋友笑话。明日送行，再不会错的。"

镖友哈腰笑道："谢你好心，可是张镖头实未在此，俺们还得连夜赶过前镇，只好改日登门拜谒。"

王仁道："在与不在且无须说了。俺未闻走镖武师不跟随的。"

镖友正色道："实不相瞒，张武师每次走镖均是如此。只因江湖朋友均晓得他的了得，只望见这旗儿便远远避开。"说着摆大旗。王仁方晓得张啸生竟能如此心服江湖，于是再三留镖友不下，方放过去，从此更想一见啸生。

哪知不数日，竟有一硕大汉子拜访。接见之下，互通名姓，方知便是自己心中景仰已久的张啸生了。原来张啸生后来听镖友说王仁接迎之事，啸生道："王爷慷慨好交，俺久思拜谒，竟未如意。今俺只好特特走一趟，方不负王爷丹心。"所以竟来拜谒。

二人接谈之下，均相见恨晚，订了莫逆之交。啸生一住十余日，欲去，王仁老是不放行，一连盘桓个把月方才分手。这次张老拿的烟袋儿仍刺上白鹤，不忘当年英雄而已。这都是后话慢表。

单说龟村召集江湖大盗，欲趁势起事，绿林朋友大遂所愿，投来的很多。袁德自苟全脱逃后，以为洄溪村定有能人救护，因此夺了坝口，也便戒备起来。一连二三日二村皆无动静，袁德召集部下群盗商议办法，田老四攘臂道："洄溪村欺俺们太甚，如不趁势杀得他心服，日后定然与俺村作对。依俺看来，与他个迅雷不及掩耳，使王仁老儿羽翼不全，正是机会。"

花嘴豹道："不可不可，王仁虽然武功不深，但是江湖朋友特多，岂可如此草草？倘若他备下能人，俺们何能取胜？凡轻敌者必败，不可不慎。田兄小心为上。"

田老四怒道："量一王仁何足道及？如此小心，俺们何如退守本村，两不相扰呢？"说着退出。

正乱着，来人报道："有一老人自称张啸生，来访庄主。"

袁德听了，登时一惊，望着邢飞烈等道："张啸生是哪个呢？啊哟不好，莫非是当年张武师老儿？"

大家猜解不出，邢飞烈冷笑道："张啸生，一定是那老儿了。俺听说他与王仁原是莫逆，想是被王仁邀来的。"

袁德慌了道："俺闻张啸生虽年老，犹劲健如当年。并有四个狼虎般门生，他如帮王仁如何是好？那只好看他来意，得和则和。"

花嘴豹奋然道："袁兄如何灭自己威风？即使老朽无用，尚有邢老哥，难道还怕他不成？"说着别转头去，望了大家，表示不以为然的意思。

袁德无法，只叫有请。须臾只见一个紫面飘须老翁蹒跚走来，袁德迎上，互相报了姓名，与诸贼相见，一一握手。袁德本想试试张老臂力，用尽平生力一攒，张老却一面哈着腰与大家周旋，袁德便觉手中攒了火炭一般，连忙缩手，已然是半臂发麻。邢飞烈花嘴豹等与张老却能握手并立，两不相动。可是众贼也都相惊，因张老能力制众人，实是了得。

大家一拥进入大厅，张老吸着烟筒，笑得弥勒佛一般，望望大家道："老朽久疏江湖，不想今日又与诸豪杰见面，真是有缘。老朽此来原为二村之争持，欲为和解，不识袁兄肯从敝意否？"

袁德昂然道："合理则从，可是如袒护一方，即请勿开尊口。左右那坝口所有稻田，必须归敝村独理，如此则息兵矛。不然定使王仁做俺阶下囚。"

张啸生听了，笑道："那如何使得？俺意令你二村并领坝口及稻田，石秀才之事则无须提，只须大家出些钱，悯石秀才家小就是。"

袁德愤怒，厉声道："石秀才自来寻死，那又何须提？坝口稻田本来该归敝村，任他三头六臂之人来说，也是无用。只他有能人便来夺取。"

张老双目一张，哈哈一声大笑，声震屋宇，告辞竟去。

张老说不动袁德，只好返回，距泂溪村二里许，突闻金鼓大鸣，一阵杀声，须臾见一片黑压压人众奔来，一个个血殷透衣，冠不整，履不齐，奔跑如飞。张老大惊，正这当儿，嗻嗻一阵马蹄声，从村中转出两匹战马，上骑二少年战将，一色的青布包头，短衣甩裤，手中长矛，腰佩刀剑，大叫赶来。却是张老门人吴立和赵大坚。

张老止住二人，二人忙下马分立左右。张老道："想是龟村已先派人攻打涧溪村来？"

二人道："正是，刻下捉下他首领田老四。"

张老道："穷兵不追，可速返。"

二人随张老回村，王仁迎出，张老道："袁某嚣张无反悔意，如今只好与他鏖兵。"

王仁亦叙田老四攻要之事，原来当张老去龟村当儿，田老四因不服花嘴豹之言，登时领了部下，旋风般杀入涧溪村。早有人报入涧溪村，王仁得报大怒，亲自率众人登村垒，望见田老四和许点脚二人步下伶俐，将部下已分作雁翼式，许点脚手中一条七钱飞叉哗啷啷一抖，三股钢锋曜出千百道霞光，大叫搦战。

王仁大怒叫道："哪个与俺捉下？"

只闻暴雷般大叫道："在下愿往。"

王仁一看，却是孔达，雄起起叉手站定。王仁道："孔兄小心。"

孔达已一个旋风跃下，抢起一双铁筷子，向后一招，率部下一声大喊，冲出门外。许点脚不等孔达布阵，已大吼冲过，抖叉便刺。孔达偏身闪过，撑起双筷左右一分，拨开叉光卷入。战了三五合，不分胜负。许点脚抽叉一旋，便是一个恶虎出山式，白光一闪，已刺向孔达当胸。孔达掉筷一拨，哪知许点脚叉法确实不弱，随手掉叉一跃，叉柄拈孔达背上只一缠当儿，孔达已一个斜跟斗跌出老远。

点脚大笑赶过，早有一马冲来，大叫"吴立在此"。声尽处一马抢到，点脚未及回顾，早闻得脑后刀激风声。许点脚反叉一隔，只闻咔嚓一声响亮，飞叉断折。点脚一个踉跄就地滚出老远，连忙一个鲤鱼打挺跳起，早见马上一少年壮汉，生得凛凛逼人，手中一柄门扇般大斫刀，拍马赶过。点脚双手持了半截叉杆，连忙向马上乱打乱扎。吴立挺刀一搅，点脚叉杆击落，忙跃身欲避，田老四大吼冲过来救，又被赵大坚一马当先截住，杀在一起。点脚怎敌吴立？只身儿随刀转了两转，化作两段。

吴立见田老四和大坚杀得烟尘抖擞，不分上下，纵马去助战。哪知田老四敌赵大坚尚吃力，何况加上吴立？吓得手忙脚乱。龟村人见势不好，水骆驼手中持一柄泼风单刀，只瞅着不敢动。想了半晌便扬刀一招，来个齐上。孔达亦挥部下杀过，顷刻杀得血肉横飞，一片乌烟瘴气中，发出哭叫声。这时田老四已被杀得斜斜连连，百忙中挺矛一旋，就想逃走。大坚抖矛一个怪蟒盘崖式，田老四向上一跃，将刀铺平扫下，只闻叮叮当当，刀矛相碰。田老四拨开来矛，就地一滚，跳出圈外而逃。吴立赶去，长刀一挥，着地扫过。老四上跃未起，已被扫落一足，鬼嘶般一声昏倒。龟村壮丁见首领皆无，正是蛇无头，登时乱窜逃走。吴赵二人赶了一程，撞见张老方返回。

当时王仁叙罢经过，张老道："今二村既然相持不下，村防且疏忽不得。俺看龟村中江湖朋友很多，内中还有一僧人，却不知其法号。可是他行动比众不同，武功根基特深。其他不足虑，即此僧定非俺所能敌。唉，可惜俺好友吕少游多年未知下落，如得少游俺无可忧了。"

王仁道："事已如此，只好拼力去干。"

于是大集村人，商议战和。村中父老无一主和，于是大选壮丁，一切训练均委张老。张老叹道："俺本为你二村解和，不想不成，免不了杀生。但如此也说不得了。"

于是拔武将十余人，每人领一队健丁，造旗旌，铸刀剑，顷刻满村金鼓大作，一队队壮丁荷枪带刀，沿垒巡逻，连妇孺均担任输送。不一二日，兵士精神甚好。

洄溪村大整村备不表，且说龟村自张啸生解和未成，张啸生冷笑而去，袁德与邢飞烈等道："张某虽老，但壮健不亚少年，此去不可不防。"

沈成龙笑道："袁兄勿虑，谅啸生老儿不敢小看俺们。且今天了凡大师被邀到来，更无可畏的了。"

原来了凡是一漫游和尚，武功十分了得，一柄宝剑千百人休想近他。这次他云游至此，无意邂逅邢无影，二人本是江湖好友，邢无影便荐了凡于龟村，便是张老所说的和尚了。

袁德听沈成龙之言，也便将张老未放在心下，正商议进攻洄溪村当儿，突有人报道，田老四未领军令私自去取洄溪村。袁德惊道："了不得，谅田老四如何敌得张老?"方大点兵将出发，田老四部下已大败奔回，并折了许点脚、田老四二人，只有水骆驼带领残兵逃回。袁德大怒，气得暴跳，便要亲自率兵去攻洄溪村，大家好歹拦住。

次日天将发晓，袁德已传令齐军，尖厉厉一声军号，登时兵士齐集听令。袁德升帐，左右排列诸盗，都已结束得劲健。袁德发话道："昨日田老四败战，俺村大失锐气，今天哪个敢去首先袭敌?"

花嘴豹叫道："老朽不才，愿先下洄溪。"

袁德大悦道："老兄武功深造，正是先锋之才。"

于是发下令箭，花嘴豹为先锋，点一部兵马。花嘴豹拿出当年威风，抢了一柄三环套月式大斫刀，飞身上马，击鼓催军，火杂杂杀向洄溪村。袁德又点李通、李俊兄弟作一队，刘铁、王一枪作一队，水骆驼、尚新作一队，向洄溪村一齐进发。袁德和了凡、邢无影、沈成龙等守村。

且说洄溪村自捉了田老四，张老道："袁德必发大军来攻。"于是将田老四枭首，血洒洒一颗首级，高高挂在村栅前之斗竿上。张老连夜点兵移将，分守村垒。一夜无事，次晨天发晓，突闻一声尖厉厉军角，接着一阵鼓声，张老急叫："众将小心，龟村已击鼓进军。"

顷刻突闻海潮般一阵大乱，人报龟村差劲目花嘴豹拥兵杀临垒下。张老登垒一望，只见一队兵马向着晨曦，在垒下排开阵式。鼓声起处，早见花嘴豹横刀跃马闪出，满腮虬须，衬起黑油油的面孔，便如周仓一般。突地扬面大叫道："俺花嘴豹奉袁庄主之命，洗你村庄。那张老儿快来较量一下。"

早有一壮目大叫道："在下甘连城，愿取花某首级。"

张老一望，那汉生得虎背熊腰，结束伶俐，正是二等目。张老道："花某虽老，武功精深，非他人可比。甘兄须小心。"

连城已大吼冲出栅门，后面随着一部健丁。甘连城哗啦啦抖开一双索鞭，向后一分，一部健丁随着化作雁翼式排开，单刀闪处好不威武。花嘴豹见一少年将军，马上大笑道："小哥不要鲁莽，快叫张老下来。"

连城大怒，挥鞭跃过便盖。花嘴豹兜马闪过，掠刀一个劈风式，电一般斫向连城。连城就地一滚，方闪过去，花嘴豹用一个毒蛇探穴式，上起下落，一连十余刀，平铺扫过。连城着慌，一双索鞭反抖不开。张老望见大叫不好，急叫郑英接应当儿，花嘴豹大吼一声，大刀搅开索鞭，随手一削，连城已被连肩削作两段。

花嘴豹杀得性起，接住郑英二人杀起。郑英步下短剑，放开门户，化作一团白气，兜住花嘴豹长刀，二人战够多时，花嘴豹大吼，一变刀法，只闻飕飕风声，刀光起落，便似数个长刀般，郑英休想越近一步。郑英知道自己取不了胜，不过招架而已。急虚晃一剑，跳出圈外。早有沈晓天、苟全、王利本齐出，截住花嘴豹杀起。郑英亦反回助战，四人围了花嘴豹杀得烟尘乱抖。花嘴豹力战四人，绰绰有余。

正在难分难解，突闻洞溪村壮丁大乱，望前两路拥过。沈晓天等着慌，只好退回。花嘴豹就势挥刀赶上，早有一众人马分三路冲来，正是龟村后队。李通大叫"花兄少息"，说着三路人马已乌压压排开，喊声如雷。李俊、李通跃在当场，大叫"王仁早早受缚"。张老大怒，叫将俺宝剑拿过。早有沈晓天捧过一柄锦革云剑，与张老佩在胯下。张老回顾王仁道："王老弟同小徒暂守村垒，俺先怯他一战，以振军心。"说着身形一晃，只觉滴溜溜一个旋风，已不见了张老。

李俊正在耀武扬威搦战，赵大坚挺剑方想应战，突然一道白光电也似的径奔李俊，李俊只怆慌地啊呀一声，已一片血光溅出老远。李通吓得转身便走，但见白光全敛中，一个白花胡儿的老头儿一身便装，只手中拽剑站在自己面前。李通知是张老，不敢接战欲走，仿佛张老又在目前。李通骇急，挥刀力斫，但觉一阵凉风拂来，已被张老轻轻攫去单刀。李通吓呆，被赵大坚一足放翻捉去。

水骆驼单人不敢迎战，和武大郎尚新二人分两路并进，以为张老定顾不开。水骆驼手中长枪，探着长脖，一个怯飞脚抢过，当张老面前嗖的一下，只见张老身儿一旋，已不知动向。水骆驼挺脖瞪眼地四下乱瞅，不防尚新摆动肥臀，挺胸抢过，手中短斧便如地方鬼般，二人一不留神，砰的一声碰在一起，碰得水骆驼腹部生疼，尚新头部昏花。二人略一退步，早见那张老收剑立在当场。尚新大怒，狠命地撞过，斧光起处，嗖嗖嗖便是一个连环进取式。张老更是老练，只单臂纵横，瞅空儿向尚新腕上轻轻一捏，尚新但觉半身发麻，斧儿落地。张老身儿一旋，尚新的矮躯随着一旋，啪嚓栽倒。这时水骆驼见战不胜张老，突然得计，趁张老与尚新格斗当儿，悄悄转向张老背后，端着那枪四平八稳，冷不防向张老后心嗖的便是一下。张老略一纵身，影儿不见，可巧尚新一个狗吃屎跌倒，一纵肥臀本想起来，不料水骆驼一枪，虽未刺到张老，却给尚新屁股上安个了大尾巴。尚新矮躯一扑，一声未哼，去寻武二老弟去了。水骆驼越发着慌，只闻张老在自己背后哈哈大笑。水骆驼叫声"我的妈"，拔步便跑，只觉脖颈上被人捏了一下，一条长脖真成了骆驼脖子，再也扬不起，跑回本阵。

这时刘铁、王一枪已与王利本、苟全等杀得难分难解，百忙中见张老一人杀伤四人，心慌欲走，偏偏苟全王利本等紧紧逼住。花嘴豹见势不佳，大叫冲过，早见一道白光登时随在马前，晃来晃去。花嘴豹抢刀斫去，只见影儿一旋，便不见了。突背后有人道："朋友别不害羞了，俺在这里呢。"花嘴豹兜马望去，早见张老抱剑站在马后，便如无事人一般。花嘴豹大怒，挥刀斫去。张老挺剑接战，二人登时杀在一团，吆吆喝喝数十回合，不分胜负。

花嘴豹用尽平生力，恨不得一刀将张老劈作两半。张老却是从容不迫，一柄剑化作闪电般，兜着花嘴豹长刀。花嘴豹兴起，吼一声一个劈倒泰山式，双手抡刀劈下。张老剑光一闪躲过，就手一个蜘蛛牵丝式，身儿轻轻一伏，飞起丈八高，唰一声撑剑刷下。好花嘴豹，急将刀一旋，挡过来剑，火速兜马退跃丈许，方挺刀接战，可是心中胆怯，不敢大意。趁张老来势，一个平扫，拦腰削过。张老缩身闪过，一个旱地拔葱式，飞起丈余，平撑宝剑，一个天女采花式，只见一片白光漫溢刷下，这一招儿好不厉害，完全趁轻身之法，使剑光蔽住身躯不可，否则遇有劲敌，只竖刀一拨，登时着伤。当时花嘴豹见了大惊，可是花嘴豹久历江湖，知张老剑术非己能敌，急一个镫下藏身，张老已一剑将坐马斫倒。花嘴豹一个急跃，跳出丈余远，展开飞行术，嗖嗖嗖顷刻里许。花嘴豹回顾无人赶来，收步方舒过一口气来，却见远远林中转出一人，向花嘴豹道："花朋友对不住，老朽送客倒走在头里了。"花嘴豹一看却是张老缓步走来，登时大惊，知张老足下功夫非常人可比，转步欲走，张老叱道："住了！"唰一声飞过，花嘴豹当觉得耳朵奇痛，张老道："花朋友听真，俺是手下留情，不然有八个也结果你了。俺权且记下你命，借你活口传个信儿。"花嘴豹恍如做梦一般，张老已缓蹬去了，转入森林不见。花嘴豹惊愧奔回龟村，一路觉得耳部生痛，用手一摸，耳朵早失。

再表张老返回，见龟村败逃，四散而走。王一枪、刘铁等均带伤而去，王仁率众鸣鼓赶去，却为张老拦回，凯歌归村。众目把抢得的李通献功，王仁大悦，将李通暂押。当时大吹大擂，杀牛宰马，大飨士卒。王仁等一班父老向张老谢贺，张老道："花嘴豹被俺削下一耳。"说着掏出，王仁亦令悬在栅门，以示威武。张老道："这不过侥幸而已，从此更须小心。龟村颇有能人。"当日洄溪村宴会，一个个吃得一溜歪斜，尽欢而散。

且说龟村连连败北，袁德着慌，花嘴豹又叙张老有神出鬼没之功，不可轻敌。袁德吓得面如土色，暗道：花嘴豹乃绿林中响当当的朋友，尚且如此狼狈败返，像俺如何及得花兄？邢无影见袁德吓得呆愣愣的，于是道："俺自被袁兄邀得，一向未曾效力。今夜俺单身入洄溪村，刺杀王仁和张老儿，便诸事都化灰尘。谅一洄溪村失去梁栋，何敢抗战？"

袁德跳起来道："邢兄此计大妙，但须小心了。"

邢无影哈哈大笑道："老朽虽这个年岁，但劲健不减当年。袁兄但听好消息就是了。"

袁德喜甚，传令整军，将残兵重整，以备邢兄成功回头，便统众去洗泂溪村。正乱着，张千兄弟和朱老么到来，有事相商。袁德叫有请，顷刻三个汉子拥入，一个歪嘴斜目的细条汉子便是朱老么，那两个生得黑油面孔，扫帚眉，短脖颈，便是张家兄弟。三人均是荷笠草鞋。袁德欠身道："坝口重要所在，你兄弟如何擅离防地？"

三人道："因有事与袁兄商议。"

袁德令坐在两旁，张万道："俺闻今日俺村又战败，俺有一计未知肯用否？"

袁德道："张兄请说来，大家斟酌。"

张万竖起二指，侃侃说出一席话来。原来袁德自占了坝口，便派了他三人去防守，恐泂溪来夺。因他三人均是很好的水中功夫，张千能在水中伏半日之久，张万能泳数里，朱老么能空手入水，扎猛捉鱼。这日他三人守着坝口，忽人报龟村又战败，三人大惊，张万望着水发了回呆，突然笑道："有了有了，俺们何不扼住坝口，使水流入泂溪村中，虽漫不了他村庄，也使他屋倾垒塌，人畜无有立地。"

三人商议妥，便来见袁德献计。袁德听了果然合理，登时大悦，令三人饭毕返防听命。

三人去后，已初更敲过，袁德召集众目，叙说张万之计。了凡道："此计虽好。如果泂溪村中有能人，则俺村立成钱鳖，非有多人防堤不可。不如俟今夜邢爷成功返来再讲。"大家道善。

说话已三更敲过，邢无影道："时光不早了。"说着便去结束。移时邢无影已结束伶俐，头上青布包头，身穿青色密纽夜行绸衣，下身兜裆甩裤，半截腿裹内，明晃晃的一双牛耳攮子，背负一尺长利剑，好不威风凛凛。

袁德大悦，忙叫酒来，就亲自斟起，敬与邢无影。邢无影一饮而尽。袁德道："邢兄此去，定然成功。俺且备席酒儿，单等与老兄贺功。"

无影又取了镖囊佩在腰下，向大家道声再会，身形一晃，影子不见。但觉烛光略昏，接着窗外如飞鸟展翅般唰一声便静，大家无不惊异。

欲知无影飞行探庄和二村水中争战，且看下文细表。

第三回

法化寺无影败北
王八坑赵枉偷堤

　　且说那无影别了众人，施展飞行功夫，一连几跃翻出墙外。略一迟
疑，倾耳远听，但闻远近更柝相闻和犬声乱吠。一处处虫声合鸣，夜鸟凄
啼。突然微风吹来，窸窸一阵落叶声。一钩淡月微微放些光线，远远一
望，便如落了满地薄霜般，和着几点疏星一闪一烁，夜色倒十分好玩。无
影无心赏玩夜景，趁着月色，展开步法，只闻嗖嗖嗖一路好跑，电也似的
一条黑影径奔洞溪村。顷刻早逢见一片林木中笼护了一个村庄，一阵阵溪
水激流声，加着村垒上更柝相传，一声声号令声传入无影耳中。无影久惯
江湖大盗，哪将这小小村庄放在心上？
　　于是加紧步下，穿过一片深林，正行之间，突觉一阵微风拂过，接着
啪的一声，一件东西打在自己头上，气力十足，觉得生痛。用手一摸，起
了个很大的爆栗。无影大疑，忙旋身摆剑护住面门，运目四瞅，并无甚异
处。移时唰的一声，如飞鸟展翅般一阵凉风拂耳而过。无影大惊，忙一伏
身，却闻一阵乌鸦乱叫。无影仰首一望，自己正处在一棵大树下，上面一
个很大鸟窠。无影方释然，以为定是鸟巢掉来的泥块，于是不疑，抖擞精
神前进。提起丹田罡气，身如燕儿般刷过，一霎时来到洞溪村。无影驻足
倾耳，见无甚动静，一纵身一个随风扫叶式，嗖一声飞过，距村垒已两丈
远。无影伏身倾听去，只闻村垒上更柝连连，许多壮丁穿梭般巡哨。
　　无影急纵步伏垒下，突然垒上有人叱道："什么人？"
　　无影伏身不动，移时一人道："俺分明看见一条黑影刷过，想是老黄
爷子又来作怪。"
　　无影听得是二巡丁，已逶巡过去。无影趁势一个鹞子翻身式，双手扳

住垒檐，一个倒卷翻上。好无影，施展浑身功夫，真是耳听八方，目观四路。足下拽开流水步法，风儿飘絮般跃下村垒。倾耳静听，村中甚静。沿着一条小巷转向前街，无影心中暗道：俺曾闻说洄溪村会议之所却在村西头儿一座法化寺内，想那王仁定然宿在内中，俺何妨去探探看？于是纵步要走，突然梆梆梆一阵更柝声响，接着踢踏足声，似乎有人走来。无影回顾，见一株老槐生得枝柯荫深，有四尺粗细。无影闪身躲在树后，探首窥伺。早见两个精壮更夫一面谈笑鼓动梆锣走来，在头的那个荷了条明晃晃的标枪，标枪杆儿上挂着一面铜锣，一面走一面敲动。后面却是一个生得不满三尺的矮哥儿，地方鬼一般。手中更梆，腰下柄单刀，刀头却擦在地下，二人前后厮趁而来。

前面那个出了街头，突然驻足喝道："呔，哪里走！"

无影大惊，方想跳出，却见二更夫驻足听了听，矮子笑道："喂，老二呀，你只管大惊小怪，拿神见鬼地闹什么？"

前面的道："你不晓得，这几日自龟村来扰，王爷有令小心在意。俺这叫打草惊蛇，倘若龟村有能人前来，俺这一吓就许吓跑他。"

无影听了，方知二更夫用的诈语，于是探首望去，见远远红灯一闪，又从那边转过二更夫，百忙中无影却闻得一阵臭烘烘扑鼻而来，无影一瞅，早见那矮更夫撅起个肥而且大白亮屁股，正在屙屎。那更夫道："快点儿呀，一会儿就要换班了。"

矮更夫长长出了一口气道："俺刚运足气力，屙出个头来，被你一说话，却憋回去了。"

那面来的二更夫走过，见持标枪更夫一人站在那儿，于是道："哟，武大哥呢？"

那矮更夫一面整裤儿，一面骂道："扯你妈的蛋，你便是那武大哥的浑家潘金莲。"说着奔过，二人厮扭作一团。

持锣更夫道："哥们儿，别只管开玩笑呀，俺们是干什么的，岂可如此疏忽？今天张爷多派下几个兄弟上夜，因为龟村二次战败，定然不肯甘休。他村中有个老不死的王八蛋，名叫什么邢无影，武功十分了得。恐他来趁夜做手脚，便如法化寺中王爷和张爷宿在内，也都是百十个巡逻，俺们更须小心。"说着四人分头而去。

邢无影被骂得只好干瞪眼儿，望得四更夫已去，一纵身飞上房去。心中暗道：是了，方才更夫说王仁等宿在法化寺，俺此去定然成功。于是潜身蹑足，飞行而去。真是速如鹰隼，连一些声息都无，一径奔村西头而去。

无影运目四观，并不见什么法化寺，觅了半晌，方见一排老树遮蔽处，隐隐发出灯光。无影望去，正是一所敞大寺院。于是奔去，见内中连连尽是巡梭的壮丁，每人荷了单刀铁尺，戒备森严。寺内前层一连二殿，后面许多闲房，却灯光闪出。无影晓得王仁等定在后面，于是飞身跃过。见内中甚敞，三面围房，并无正房，东配房中灯光闪闪，院中三五壮丁荷刀巡哨。无影哪将那些壮丁看在眼里，从天井轻轻一跃，就势一个顺水行舟式，跰直双足，两臂紧挟腰身，右手斜拽宝剑，猫儿般轻轻伏在房檐上。

只闻内中有人道："王爷不休息吗？"

只闻又一人道："不知怎的，这几日来俺睡梦不安。据张爷说，龟村很有能人，怕他来做手脚。俺因此更成惊弓之鸟。不怕风儿吹动窗纸，也要疑心有人了。"

先说话的那人又道："王爷纵横江湖半世了，怎的如此胆小呢？"

无影于是顺檐溜下，一个倒挂式，身儿垂下，舌尖舔破窗儿望内一瞧，见一个伟大老头儿，生得着实有些精神，正秃着头坐在椅上，一个燕眉美目的和尚立在旁边谈话。无影知道那老头儿定是王仁了。

只见王仁又道："也不是胆小，谨慎是无错的。和尚你且坐着谈谈。"

和尚念了声弥陀佛道："时光不早了，小僧也要去睡。王爷你只管坦然睡去，倘然那邢无影来做手脚，尚有张爷呢。将他擒下，剥掉皮儿，鞔一面大鼓，留在寺中永镇山门，倒也好得紧……"

一个"紧"字未说出，早见剑光一闪，和尚吓得啊哟一声，一个后坐儿。早有一伶俐夜行人挺剑直奔王仁。王仁大惊，大叫"捉奸细！"一面抛起座椅掷去。那夜行人挺剑隔开当儿，王仁已拔出佩刀，与夜行人在房中旋了一圈儿。王仁瞅空跃出门外，那人早已如线牵着般随着飞去。但见数十壮丁拥过乱斫，夜行人将剑一拨，荡开众人，一道白光径奔王仁。

正这当儿，嗖的一道电光冲过，却闻张老骂道："好秃厮，竟敢在俺面前卖弄手段？"说着早与夜行人杀了两个回合。

张老认得是邢无影，于是加紧剑锋，与无影二人一声不哈，团团杀在一起。顷刻只现出两团白气，着地流走，休想瞅见二人身形。杀到紧急处，只见剑光如风点梨花般泻下，一低一落，映照万道霞光飞绕，将大家都看呆了。二人战够多时，不分胜负。王仁已调赵大坚、郑英等，喊一声冲过助战。无影力敌张老还有些吃力，何况再加上张老如虎门生？于是向大坚虚晃一剑，唰一声跃上房去。张老大叫赶去，但见无影身形一晃，顷刻越垒不见。

张老道："无影天生捷足，不可追及。但他来非一人，尚有一僧人，快快搜拿。"

于是大家四散觅找一回，并无影儿。张老诧异道："怪呀！分明有一钢镖从窗外打入俺的屋中，刻下那镖在俺屋之明柱上。"

于是大家趋至张老屋中，早见一支明晃晃的钢镖，牢实实地陷入柱中，只露着一半和一缕红绫子衬带。王利本上前去拔，但如钉住一般，于是吼一声跰起双足，两手用力摇了两摇，只听咔嚓声柱儿破裂，王利本早一个仰八叉栽翻，两手擎镖，双足高高飞舞起来。大家将他扶起，利本叫道："吓，好劲儿！倒踬得俺老王屁股生疼。"于是将镖给大家来看，却见上面钻着"普济"二字。大家均莫名其妙。

原来张老白日劳乏，夜里又须防夜行人，睡得特殊不稳。正在蒙眬当儿，突觉一阵屋瓦细碎声，一物破窗而入，啪的一声钉在明柱上。张老大叫，一旋身儿抛椅跳出当场，张开电也似的目光四下一瞟，早见对面屋上站着一人，张老大叫"贼子休走"，一个就门跃鲤式，蹿上房去。但见那人身儿一转，正是个大和尚。荡开肥大缁衣，如乘风云一般，顷刻失去踪影。正这当儿，突然一阵喊杀，张老随声奔去，正是王仁宿处。早见王仁已被一人杀得仓皇，许多壮丁撑着刀剑却无处落手。看那夜行人正是老贼邢无影，被张老一阵杀败，方救得王仁。当时大家诧异这镖的来路，时已天亮，于是张老将镖收起，慢慢访查。

却说邢无影败兴返回龟村，袁德早已备下丰盛酒筵，预备贺功，哪知无影非但未得手，却险些丢掉性命。无影望了酒筵好不惭愧，于是略叙行刺经过。大家道："洄溪村既有戒备，下手是不易的。"

了凡道："不错，今天云鹏兄和沙兄到来，只俟明日一战，不难活捉啸生老儿。"

袁德大悦，早见两个怪魔似的老儿踞在案首，连忙起来逊谢道："老

27

朽无能，何足道及？"

原来这二老儿一名窦云鹏，生得短小精干，一副长瘦脸，两道扫帚眉，一双圆标标的胡椒眼，偏鼻翻口，衬起黑油油的燕尾短须，两只兔耳，却剩一个了，看光景浑身没得半斤肉，处处暴筋露骨。生平习得一身武功，因其来去如风，身轻如燕，绰号云里飞。一名沙进，生得身躯伟大，面如锅底，疙瘩眉，鲜眼睛，一个月牙口，满腮棕刷胡，衬着一个赤溜溜的酒糟大鼻头，便如火燎鬼似的。善用一柄钢铁槊，重五十余斤。步下腾跳如兔，怒起逆发倒竖，使泼铁槊，有万夫不当之勇，绰号黑煞神。二人亦为袁德所邀。

当时无影大败兴头，大家就座饮宴，直至天晓方散。

次日袁德大整兵甲，欲攻泂溪村，突想起张千兄弟之计，于是与大家商议。了凡道："那么就先用此计亦可，但是那溪堤须细细查看有无缺处。"

张万道："俺们早已查过，所有缺裂完全修好，只俟令下。"

于是大家商妥拨张家弟兄和朱老么率领一部久惯水中壮丁，去守坝口，一面下了闸门。那水流不动，只沿堤而起，浩浩荡荡，波涛滔天涌起。

且说泂溪村中王仁正和张老讨论二村争执之事，忽然一人飞步抢入，见了王仁只管张了大口，断珠般大汗连连溜下额角。王仁一看却是张六，于是道："老六有话慢讲。"

张六长长舒了一口气道："啊呀我的王爷，可了不得了。刻下龟村竟将坝口扼了，欲利用溪水淹俺村坊。刻下龟村已掘了俺村东堤，水已溢过来了。如二道水堤冲塌，俺村顷刻便成鱼鳖。"

王仁听了惊得一个抖战，连椅儿栽翻，左右救起，王仁连连叫苦。张老道："王兄勿慌，俺们可速拨人守堤。只要水堤不塌，则俺村可保。"

王仁于是招请水中健将黄泥鳅赵枉、水中蛇解大用二人商议，二人到来，王仁道："这水堤的防守，你二位甚是明了。如今龟村派人偷堤，你二位斟酌个法儿。"

赵枉沉吟道："王爷勿慌，想俺村水堤因为去年连连大雨，恐怕溢水，所以新砸下筑脚，甚牢稳的。水浸是不怕的。可是他定派人来偷村，俺们何如先拨人守堤，再派两个精通水性的先掘他堤。虽然灌不着他村庄，但

28

他村禾稻也便附水而去。"

王仁道："不可不可，那许多庄稼是很不易成熟的。龟村失此禾稻，生活便发生问题了。"

赵枉笑道："王爷真个可笑，龟村既下此毒手，委见得是要俺合村生命，此时如何顾得这些？若不然俺们便袭他村东的王八坑堤，使水泄过就是。"

王仁悦道："正是如此。袁德虽罪大恶极，岂可累及多人？"

于是妥协，水路完全归赵解二人防守。二人得令，选了二百精壮庄丁，尽是赵枉解大用二人手下旧日渔户。每人一柄飞叉，打起精神，一齐登堤，守住水堤。赵枉手中一条雪亮鱼签子，着地一抖，颤巍巍散出千百道银光，头上牛皮蛤式帽，浑身白布缠腰，外面紧紧罩一件漆鳞鱼肚色牛皮衣裤，上带紧围领儿，下面蹬一双薄底蹬水袜儿，膝下腿裹里插了一双牛耳攮子，一纵身躯，哧一声钻入水中，顷刻试了个回旋，好不伶俐精健。那解大用生得鬼气白皙面孔，细长身儿，善用一柄单刀，水中功夫甚是了得。自己又特制了一双套爪钢抓。它本是在水中用以捉鱼的利器，哪知这钢抓非常轻便，用好钢铁打成，能套在掌上，五个锥子般铁爪，护住指头，遇敌只轻轻一抓，便是五个窟窿。解大用入水衣便是靠那薄薄牛皮制成，用漆蜡泡透，能沥水而轻软。

这时二人全身装束，各带随身武器，巡视长堤。眼看得那水势上涨，浮盈盈距堤尺许，就要漫过。赵枉正督众赶筑堤儿，见水中咕嘟嘟冒一溜泡儿，赵枉忙伏身，就起泡处嗖的便是一鱼叉，哧一声没入水中，连个水花都不溅起。顷刻一片血红翻上，赵枉大叫水下有人，解大用单刀一挥，许多渔户一齐一个猛子扎入水中，只听哧哧哧顷刻影儿皆无。解大用当先入水，张目一看，早见一个跣身汉子，肩头只管突出血水，渗入水中。手中还挺着一条长枪，正挟了双臂游鱼般逃走。大用赶过一把掐了脖儿，提上水面。只一抛上堤，众渔户也便分头守住各处。大用提上那汉，控尽腹水，那汉子一个寒噤连连啊哟，移时张眼一看，见众人荷刀围了自己，知道被捉。

大用叱道："你这汉子，竟敢大胆偷堤，想是受袁德主使，快快说来饶你不死。"

那汉子一双牙齿捉对儿打得山响，抖着道："不瞒爷台说，俺是南村人，被袁德重金雇得来偷堤，不想被捉。"

大用笑道："谅你一个人竟敢如此？你可识得俺吗？"

那汉子看了看道："那不是解爷吗？俺们南北相住，怎么不知道呢？"

解大用道："你既识得俺，岂不晓得俺水中功夫？"

那汉连连讨饶，赵枉道："饶你不难，俺来问你，刻下龟村堤防如何？"

那汉道："不瞒二位说，俺号瞎摸海，名白顺，也是久做渔船生活。因近年来生意不佳，听说袁德集人，所以俺便异想天开，想发一注财，便投入龟村。今日被差偷堤，龟村水路只有张千张万兄弟和朱老么三人是首领，其余也都是村内渔户。"

赵枉笑道："张家兄弟俺是领略过的，不过能在水中多伏些时罢了，有何能为？也不过和俺老赵似的，水中漫摸。俺们解大哥水中能见人，却不难制他了。白顺你助龟村，本当掉头。今且饶你，你愿回去就去。"

白顺道："多谢不杀之恩，俺只好留贵村效力了。"

大用大悦，与他敷上肩伤，暂且休养。白顺道："刻下张千等正听俺消息，何如乘其不备之际，派下能人戳破他水堤？这水势便下。"

赵枉道善，解大用欲去，赵枉道："自己堤防为重，解兄水中比俺强得多，还是俺去偷堤，解兄守堤为妥。"

于是赵枉率了五十余精通水性的，一齐入水。直奔龟村之王八坑长堤而去。大家抖起精神，顷刻已到。赵枉等恐龟村有防备，于是一个上浮，从水中透出头儿，望上张望。哪知赵枉未及张望当儿，早有人叱道："什么人！"接着唰一声一支明晃晃钢镖打来。赵枉偏身躲过，说时迟那时快，早见堤上大叫捉奸细，哧哧哧有四五人扎入水中。赵枉见势不好，忙一个顺水行舟式跃出老远，身儿上浮不敢沉下，只将鱼签子左右乱戳。正这当儿，早有四五个大汉浮上水面，一个丑汉手中一柄单刀，大叫"张千在此"。

赵枉认得他，于是笑道："老张且慢，那年夺船你已输在俺手，还敢来送死吗？"

原来他们皆是渔户首领，每人领一部渔户打鱼，各有境界。如旁的渔船误入自己的渔境，便不客气地登时将那越境的渔船留住，作为己有。一年张千的船误入赵枉的渔境，被赵枉留下，张千不服，邀人打降，又被赵枉打得落花流水。

当时张千听了大怒，大叫抡刀闯过。赵枉一缩身形，没入水中。张千运足气力，往前一跃，方离开地位，赵枉早一鱼签儿从水中直搠上来。见张千已闪开，一个青蛙蹬波式赶过，挺签一连四五下搠过去。张千挥手拨开，就手挨签一刀削下，赵枉掉签一闪，随手一个下取，一签向水下刺过。张千见势不好，一个猛子没入水中。这时已有四五健汉已刀枪齐上，赵枉抖擞精神，接住厮杀。顷刻闹得波浪滔天，水花如水晶般四溅，好一场大战。

　　这时张千已邀来朱老么，率众杀下。赵枉一人抵挡不住，被杀得大败奔逃，一股股红血水漫水而流。赵枉见势不好，大叫风紧，呼哨一声，哧一声缩入水中，率部下人逃去。朱老么张千二人赶了一程，也便返回。

　　赵枉返回，与解大用商议战事，突然天色阴晦，一阵微风飕飕吹过，接着噼啪啪黄豆大小雨点落下，顷刻檐滴流下。雨虽不大，可是点儿甚密。赵枉急道："了不得，溪水落雨期涨，何况被其扼住坝口呢？"

　　解大用悄然，突有人报堤下水涨将起来，解大用急叫速速赶筑堤防。正这当儿，只闻咚咚咚一阵鼓响，接着喊杀连天，赵解二人惊得直跳起来，早有快报来道："好叫二位爷台得知，龟村趁水势拨来数只大船，前来搦战。"

　　赵枉大怒，与解大用结束登堤，雨势越落越密，早见数只战船，上面旌旗飘扬，当头一只大船，刀枪剑戟中拥护了两个怪魔般汉子，正是张千张万兄弟。张千手中一条九节单索鞭，腰下一把单刀。张万拿了一双板斧，赤足大骂。赵枉呼哨一声，只有十余大船斜刺里荡将来，与龟村战舟相对摆开。赵枉与大用率众登舟，这时众人已被雨淋得湿漉漉。泂溪村船上一声战鼓，催船而进。两下船只相距丈许，赵枉早挺鱼签望张万嗖的一下，张万大叫，双斧一摆，早拨开来签，一个箭步跃上赵枉战船，就势一连几斧。赵枉手中长签如何施展得开，左右闪过来斧，抛了鱼签，抢了一柄飞叉，哗啷啷一抖，接着张万，二人杀将起来。

　　赵枉一紧飞叉，围绕周身一片雪亮。张万双斧霍霍，瞅个冷子一个乌龙探爪式，一斧直搠向赵枉。赵枉偏身闪过，随手一个怪蟒盘崖式，一直奔向张万咽喉。张万挺斧隔过，就手一个顺风扫叶式，明晃晃大斧早刷过去。赵枉避之不及，就船上一滚，哧一声钻入水中。张万好不狡猾，随手拾起赵枉鱼签，二目注视水中，望得赵枉从水中钻出头顶，叫得一声张

31

万，下音未出，张万观准赵枉，嗖的便是一下。赵枉着慌，随手一抄，正抓着签柄，望后一带，张万正探身边刺赵枉，未提防被赵枉一拉，扑通一声，随着滚入水中。赵枉忙抛了手中鱼签，一个投梭式，唰一声抢过去捉张万。张万分水来战，二人赤手一阵大打，闹得水花四溅、洪涛滔天。

赵枉一个劈倒泰山式，一拳掴过，却为张万接着，二人一齐用力，扭作一团，滴溜溜沉入水底。二人索性闭目乱踢乱打，战了多时，赵枉力大，一把揪牢张万辫发，张万劈手来隔，被赵枉一手拧个倒背。张万一个前扑栽倒，水浸入口中，连连闭气，再也来不及，一连喝了十余口，噎得半死，被赵枉提上，抛上自己战船捆了。

早见解大用率部下与张千大战，杀得血肉横飞，血水流满船板。这时雨小得多了，可是那水距堤不过半尺上下，就要漫过。有许多处水显已漫透堤沿。赵枉抢起张万一双大斧，一纵身飞上张千大船，解大用与张千正性命相扑，突然张万被赵枉提上船捆缚，张千慌了，一纵身跳入水中逃走。解大用大叫，哧一声一个猛子没入水中赶去。赵枉率众杀得龟村壮丁哭喊连天，一半下水逃走，一半死伤被捉。

话说解大用入水，早不见张千影子。解大用大惊，暗道：难道张千水性比俺高吗？于是观察水势，早见一道旋涡随水荡然而去。解大用随着一个青蛙蹬波式，早泳出两丈开外，纵目观看，见张千正蹬起波涛，鱼儿般刷过去。原来久惯水中的皆能查看水势，水儿虽然浑然不开，可是前面如有人行，水必作旋状，拉起老大长道儿。解大用虽天生精通水生，水内能张目视物，已是难得。可是他在水中只能望出丈余远，再远则目力不及了。当时解大用忙分开水势赶过，照张千顶上一个耳光。张千晓得有人，连忙后缩一步，拔出佩刀，一个金刀劈风式，大用望得分明，早已躲得老远，只随手拨撩得张千乱杀乱斫。大用暗笑之下，却见一条影儿分水而来。大用一看，却是那瞎摸海白顺，手中持了一把钻堤的钻透山，大长杆六棱钻儿，风也似的卷过。大用大惊，忙转向张千身后，伸出钢钩般的金爪钩儿，只向张千头上用力抓下，张千一声未哈，登时了账。

大用更不怠慢，泅水赶上白顺，跟随其后面。顷刻已来到龟村，见那水势十分汹汹，满堤上尽是龟村健丁守住。只见白顺向堤望了望，似乎挺钻作势的样儿。解大用恍然，知白顺想是念洄溪村不杀之恩，前来窃堤。大用恐堤下伏有毒弩水箭之类，于是摸起一块巨石，砰的一声砸过去，只见一道旋涡直旋上水面。大用未理会当儿，说时迟那时快，早哧哧哧雨点般射入许多铁弹石块之类。大用一个坐水沉下，早有许多水卒兜将来，手中长枪乱搠。大用虽精通水性，可是龟村水卒百余人浮上水面，只用石瓦之类乱丢下来。大用大怒，转身浮上水面，纵起一双铁爪，早捞翻四五人。只见一丑汉子蹬波而来，大叫"老朱在此，哪个敢来逞能？"大用一看正是朱老么，手中一双雪亮柳叶长刀，大吼奔来，接着大用杀起。

大用一手拔出分水短叉，观准老么一连四五分叉飞过。老么双刀一分，拨得飞叉叮当乱响。二人这一接手，直杀得波浪滔天，水花激起数尺。战了半晌，不分胜负。老么大怒，瞅个冷子双刀一招，水卒一齐杀过来，长枪霍霍，如千百道银蛇般搠来。大用使泼短叉，战不两合，抵敌不住大败，一个鳄鱼入水式，踘起二足，哧一声影儿不见。龟村众水卒齐叫道："解大用能水中视物，小心足下呀！"

大家只管长枪望水中乱戳，正这当儿，突见堤上守丁惊慌乱跑，一个窄窄堤儿，能容多少人？匆慌间竟挤在一起，结了个大团儿，再也休想解开，推得跌跌滚滚。朱老么大惊，早有人叫道："不好了，这儿透堤了！快来抢堵呀！"许多人都聚去抢堵，突然那边又叫道："这边也泅透了。"

朱老么大惊，知道有人偷堤，忙叫众水卒入水捉人，自己去领众砸下沙袋木脚。正堵好一处，那边的许多人又乱成一片，沙袋连连投下，铁锤起处，五六尺长木柱儿砸下，可是那堤亦泅得土水圮下，一股泥浆涌出。大家锅滚般叫将起来。

未知堤儿如何，且看下文表白。

33

第四回

徐娘子夜遭凶暴
普济僧无意戮奸

再表龟村堤儿透水，朱老么抢堵之下，却又有好些处湿洇洇的，顷刻泥水拥出，众人抢之不上，一齐飞步跑去。突然震天价一声怪吼，堤儿陷落两丈余长，一片洪涛雪白地泻下，直冲得磨盘大小镇脚石球儿般乱滚。有两个堵堤壮丁未躲开水路，一连翻了十余个跟斗，一隐一现的影子不见了。不消顷刻，水已平稳多了，直泻了一二日，水方入溪，可是龟村的一片禾稻也便随水逝了，所余的便是一片浩白无垠的白浪，被水吹得绉纹叠叠，非常鲜明。洄溪村民众大悦，家家焚香叩谢天佑。

这其中却气坏了袁德，知道又伤了张家兄弟，气得暴跳如雷。大叫道："这还了得？王仁老儿终究要你死无葬身之地。不想俺此计又失败，真真气死我了。"说着立时要亲自率兵攻取洄溪村。

了凡合掌道："老衲虽无能，愿取王某及张老首级，献于阶下。"

袁德悦道："为小弟之事，何敢劳大师法趾？"

了凡笑道："袁兄也特过谦了。只今日俺便扮作游僧混入洄溪村，不难下手。"

袁德道："不可不可，张老在此已见着大师，他此次如何不识得呢？"

了凡笑道："小僧哪怕他知得，更恐他不识呢！"

袁德惊道："张老久惯江湖，武功深造，非常人可比。恐他识破大师行踪，难免性命之忧。"

了凡道："张啸生老儿耳闻未敢断然是老衲，只他目睹当儿，早要他丧在俺飞剑之下了。"

袁德惊耸异常，未敢深信。了凡已脱去身上袈裟，更上一套旧缁衣，

34

足下一双薄底僧鞋，携了一升斗大小紫金木鱼儿，一条长而又粗铁禅杖，重七八十斤，等闲人休想携得起。了凡却随手携了，轻如草刺。袁德吓得目瞪口呆。

了凡道："老衲一生便积下这点儿法器。"说着擎起那木鱼，哈哈大笑，屋瓦都塞窣作响。

邢无影道："大师一生闯荡江湖，从未遇过敌手，俺是晓得的。"

了凡听了，突然面带戚容，移时仰起红紫面孔，一闪双目，凶光四射道："那也不尽然，老衲平生可算无敌手，只有嵩山吕少游为老衲劲敌。可是少游早名绝江湖，想是已死去多年。老衲横行江湖，又有何可怕的？"

说着荡开肥大缁衣，缓缓而去。大家送出，了凡连头不回，直取路奔向洄溪村，顷刻影儿没入森林，大家回去静听消息不表。

单说了凡到得洄溪村，渡过洄溪，逡巡了一番，来到村栅下，扬头一望，早见十余壮丁荷刀巡来，见了了凡喝道："什么人敢来此鬼祟，小心拿你斫下脑袋。"

了凡故意做出吓一跳似的，倒退了两步，蹒跚珊仰起头来。一个壮丁笑道："没的胡闹了，你真是拿不着蛤蟆连老癞也摸一把。你看不见是个老和尚吗？"大家说笑而过。

了凡叫开栅门混入，挨门募化，敲得老大木鱼隆隆山响。街坊无不讨厌得什么似的。一连勾留四五日，龟村与洄溪已一连见了两阵，互有损伤。了凡好些日未得着张老和王仁影儿，可是了凡却不着慌，因为了凡该死的东西又在洄溪作起孽来，一连奸污三五少女。好在他一生惯技，来去无踪，身法特殊敏速，因此并未泄破。了凡所以迷恋住了，把自己来意完全置之脑后。

这日二村又大战一场，洄溪大获全胜，将龟村杀得落花流水。王仁大悦，摆下酒筵，令部下诸目卒尽一日之欢。大家便分头去玩耍。

且表那村中的苟全，因二村久持，不分胜负，杀伤许多村丁，何日是了？因此愁眉不展，慢慢溜街散闷。特闻一阵木鱼十分洪亮，并有叱道："你这和尚，整日串街坊，沿街募化，也没有定出数来的。"

苟全一看，却是一家小肆门，老实实坐着一个和尚，生得凶眉暴目，嘴角上却有明显一处刀伤，身边放着一条黑油油的禅杖，手中托定木鱼，闭着目，只管击得震天价响。两边围了许多人来看，只见肆中老板提出一串钱，哗啦声抛入木鱼中，这一串老钱也不算少了，一个小肆能有多大捞摸？和尚方住了敲。老板赶忙去拿那禅杖，想递与那和尚。不想使出吃奶力气，憋得面孔红虫儿般，刚刚抬起一头。和尚笑着只随手拿了而去。苟全暗惊道："真个可怪，看这和尚凶恶异常，定非善类。就他那禅杖至少也有七八十斤轻重，他只随手拈起，可见其膂力了。明日俺当报告张老，以防意外。"想着径去。

正行之间，有人唤道："苟相公吗？家里坐歇吧。"

苟全抬头一看，却是本村的徐娘子。捋起一双玉臂，穿一身家常青布衫，头上绾起凤头式髻儿，腰下软布紧束，那长大垂儿一径垂到那着鸦青色的尖尖金莲下，意态十分风致。

原来这徐娘子却是本村一个卖豆腐的徐矮子老婆，这徐矮子生得不满三尺，眉目倒垂，鼻偏口歪，简直是个妖怪。娶个老婆却八九分姿色。邻右无不咄咄暗叹，好块肥羊肉，偏落在狗口中。要是徐娘子也便认命，随便将徐矮子喝来喝去，却是听说。因此他夫妇倒还得安闲日月。徐娘子消闲还揽了些针黹，多少得几百老钱，以佐日用。苟全便住在徐娘子的后街，每日都要经过她门首，所以十分厮熟。

当时苟全笑道："不当哩，过一会儿便要赴会所去了。"说着欲走。

徐娘子笑道："前些日子，那边老太太拿过来的鞋子搁了多日，俺也没工夫做。这好些日龟村屡来骚扰，生意也不得做，所以俺消闲做好了。昨天俺想送去，因听说村中近来很有些奇特的事发生。不是前天王家姑娘，多么稳重，便生生……"便红了脸儿，一手拢着鬓角，滴溜溜一掉眼光道："哟，可了不得。"说着低头啐了一口，向苟全道："苟相公，您将那鞋子带去好吗？"

说着迈开细碎莲步，跑向自己门首，道："真是竟说话忘拜年了，俺听得那卖线的鼓铛子，想买绉线，净顾与苟相公说话，却忘记了。货郎儿既去，改日再说吧。"说着回头瞅瞅，啐道："好怪相。"

苟全一面趄过，一面回头一看，却是那化斋和尚，正斜倚在一株老树旁，十分暇逸，嘻开臭口，一双电也似的目光直勾勾地盯在徐娘子身上，耸动红溜溜的大鼻头，只管空嗅。徐娘子已跑入门去，苟全大怒喝道："你这和尚，不去乞化，只管瞅人家娘儿怎的？"

和尚一敛目光冷笑道："何曾看掉她一块肉？老子未高兴呢，高了兴何止看看？"

苟全怒甚奔过，和尚已扬长竟去。村人拉住苟全道："理他怎的？一

36

个野和尚，明日禀上王爷，逐出村外就是。"

苟全方才罢手，于是赴娘子家取了鞋子，一径奔回已家，将鞋交与母亲，穿了甚为合适。苟老太太道："俺穿别人做的鞋子，不是夹脚便是式样不合适。所以我的鞋都求徐娘子做。上月徐娘子还给做了两件单衣，连手工钱都不要。这回做的鞋子，你便将手工钱与她带过去吧。"苟全唯唯。

母子正在说话，忽门外有人叫道："苟爷在吗？"

苟全连忙跑出去开门一看，却是张六。苟全笑道："张六哥闲暇呀。"

张六笑道："俺哥们儿多日未吃喝一顿了，今天王爷特备了几桌酒席赏下，时光不早了，俺们吃个尽兴去如何？"

苟全道："这几日没得捞摸，口中几乎淡出鸟来。那么也不让老兄屋里坐了，咱就开路走吧。"于是禀明老太太，和张六把臂而去。

二人趁着一抹斜阳、红云飞舞当儿，顷刻来到会中，早有许多人在大吃大喝。有猜拳行令，一阵阵猫声狗吠地怪叫，十分难听。二人都不理会，一径挤入。见大酒大肉，穿梭般地端上，二人更不声响，只管酒肉齐进。从酉时吃到二更敲过。张六早醉得泥人一般，溜在桌底盹睡了。苟全想去扶他起来，自己也觉得头脑不清，恐怕大醉，停杯不饮。已有八分酒意，一溜歪突撞过，把张六忘在脑后，自己胡乱撞出会所，径奔已家。

刚刚转过徐娘子门首小巷，突见一条黑影旋风般旋过徐娘子矮垣。苟全驻足，但见几点疏星拥护了一钩新月，媚斜地挂在天空。微风吹过，那蓬头小树摇摇摆摆，似乎活动起来。苟全趁醉骂道："妈的你竟敢来吓唬俺，什么妖鬼都避得远远的，你们还敢如此摇摆？"说着大怒，拔出佩刀，照一棵小树当头横旋过去。只听咔嚓声响亮，树头砍落一半。苟全哈哈笑道："原来你们也是如此无用。"百忙中觉得头顶生疼，酒已痛醒，用手一摸，头上起了一个老大爆栗。苟全回望小树，不觉失笑。这爆栗却是那树落下砸的。

苟全慢慢返家，酒气已煞，便头部昏昏，浑身仍是不得劲儿。方穿过小巷，突闻一阵悲悲切切，苟全倾耳便闻不见了。走不几步，已来到自己门首，见自己母亲正在门首张望，手中一盏红灯。苟全见了，忙趋上扶了笑道："孩儿贪吃喝，倒使母亲不安。"

苟老太太道："你且进来，俺告诉你。"

母子掩门入去，苟全持灯扶了老太太进屋，老太太道："今天总是心惊肉跳，方才俺听得一阵哭声，加着有人低声叱喝，仿佛发自徐娘子家。

近日村中传说很不安静，全儿你且去听听去。徐娘子住在这儿，孤零零一人，俺替她害怕。"

苟全道："可不是的？孩儿也似闻得。徐哥现在也在会所，每夜上夜打更、守门，也须充个人儿。那么俺便向她宅后听听去。"

说着结束停当，佩了单刀。苟老太太道："徐娘子的后扉正对俺门首，你便绕过听听，没声息便速返来。"

苟全连连道喏，一径奔出墙外。顷刻来到徐娘子宇外，方就矮垣倾耳，突见一物映目明亮，挂在一株老树的横柯上。苟全翻身飞上墙去，就势一跃，两手抓住树柯，一个珠帘倒卷式翻上去，一把捞着那物，却是一个大木鱼，黄澄澄的金光四溢，很有些斤两。苟全大惊，想起日间那恶和尚之事，不由替徐娘子捏一把汗。暗道不好，于是携了木鱼，一个随风落叶式刷下，稳当当落在平地。苟全晓得徐娘子院子的地势，于是一连跃过两道矮垣，早望见室内灯火大明。苟全心中乱跳，不敢久息，蹑足前进。

突见窗上人影一晃，却是个女子裸体影儿，接着徐娘子低声央告道："师父多积阴德吧。"

苟全伏窗一看，早见徐娘子赤裸裸的一身雪白肉色，只穿足下一双睡鞋。再望那边椅子，踞坐着一个伟大和尚，披氅着缁衣，露着紫色健肉，正在笑眯眯端起一杯酒，一饮而尽。一双尖厉目光直向徐娘子周身刷来。一面一踱酒杯笑道："娘子你再敬俺一杯酒，俺便去了。"

徐娘子泣道："师父高手儿吧，俺一个女人家，赤身露体的，也便罢了。"说着斟满一杯酒送过。

那恶和尚双手来接，只单臂一旋，早将徐娘子揽入怀中。徐娘子大哭力挣，和尚一手拔出戒刀叱道："你再倔强，俺便不留情了。"

苟全看了大怒，大吼一声，将那木鱼从窗外唰一声打入，只闻啪嚓一声响亮，屋内登时灯光熄了。苟全急拔刀护住面门，正这当儿，只见屋内黑沉沉飞出一物，接着当啷滚落地下，溢出满地白汁。苟全并未见人出来，正在张皇四望，突见屋上人影一闪，正是那和尚，不知何时已到屋上。

苟全大叫："淫僧快快下来受死！"

那和尚哈哈一阵大笑道："原来又是你这小厮作怪。"说着扬手飞出一物，径奔苟全。苟全见势躲之不及，只就地一滚，一个蹬倒山式蹿出老远。只闻轰隆隆一声巨响，登时目前白了一片。却是那物落在短垣上，将垣砸塌。苟全暗惊，心说不好，再看飞下那物，正是恶和尚手中随便携带之禅杖，那和尚已飘然跃下屋来。

苟全不管好歹，双手抡刀，向和尚当头便是一个金刀劈风式，直累得自己往前一探身，和尚却转自己背后。苟全大怒，使泼单刀，大骂大欢。和尚赤手纵横，步步逼紧。苟全觉得十分吃力，勉强支持两合，早被和尚铁臂一旋，轻轻将苟全单刀捏去，唰一声抛上屋去。苟全抵挡不住，返身便跑。和尚叫道："你惯爱瞅俺形踪，如今却要你认识俺。"说着一张凶睛，精光四射，拾起禅杖吼一声虎也似赶去。

这时苟全已跃出矮垣，望见和尚赶来，落荒而走。和尚叫道"哪里去"，风一般旋过，疾如鹰隼。苟全着慌，四顾无藏身之地，和尚已赶过，苟全忙闪在一株树后。和尚大吼，一杖打来，啪嚓一声将树干打折，轰隆声树头落下。苟全一溜烟似的逃走，和尚飞身跳过，苟全已临村垒下，四顾越发荒僻。和尚纵声大笑，一个老虎扑食式扑过，苟全闪无可闪，急切间翻上村垒，不管好歹，一纵身跃下垒去。只见一道黑影直从自己头上旋过去，落在前面，却是那和尚，已飞落前面阻住去路。

苟全转身沿垒急走，顷刻一片深林中现出一座巍巍古刹。苟全大喜奔去，翻身跳入。和尚随在后面，大叫随着跳入。苟全晓得这古刹名静慧寺，乃是洄溪村第一大寺。内中只有老僧，已七十余见，法号普济，等闲价不离开寺院。当时苟全忙转头殿，来到后殿，转入佛廊本想隐躲，和尚已紧紧虎吼赶来。苟全无法，双手抽起佛廊活栏木，大叫拼命杀过去。不两合，和尚禅杖起处，一双木棍齐飞上天空去了，苟全已一个跟跄跌倒。

那恶僧桀桀一声怪笑道："你破俺好事，却要你消受一杖。"说着飞身抢过，一条怪蟒似的铁棍起处，向苟全头顶径刷过去。

只闻有人叫道："慢着害人，污我佛地。"接着锵啷一声响，似乎有人架过铁杖。苟全如大梦初醒，张目一看，那恶和尚手中提了一柄禅杖，呆痴痴地望着对面一个老僧，正是普济老和尚，此时却不是凤日风吹便倒的样儿了。只见普济老和尚秃着头儿，斜披了一件袈裟，足下软履，腰束四指宽莲花板带，倒提了一把三尺长剑，精光四射。那淡淡的月色，早被剑光笼遮了。

苟全诧异之下，突然想起自己初次入龟村，被袁德捉下，险一点儿掉了脑袋，被人救去，闻其声便猜到是个和尚。看这普济和尚的形踪，真有些古怪，救俺的一定是他了。苟全想着，早忘了自己怎的到此，只向普济叫道："师父救我。"

只见普济突然面目皆更，夙日一副慈善面孔不知哪里去了，向那恶和尚刷过一双电光般二目，冷冷地一笑。那恶和尚便如鼠子见了猫般，只管倒退。移时普济仰面哈哈大笑道："姓冯的，还识得老衲吗？唉，一别数十年，老衲足迹遍天下，并未觅见你，不想自投上门来。旧事重提，你还有何说？"说话间面目皆厉，不知是喜是戚。

那恶和尚尖厉的一声冷笑，声如怪吼，十分难听，霍地一张双目叫道："和尚不要如此张致，冤有头债有主，今天俺便拼着一腔热血结识你便了，难道俺怕你不成？"

说着一掉禅杖，风火般刷向普济。上中下三路满是杖影纵横，一片唰唰风响。普济叱一声，剑光一闪，但见一道白光直卷入杖影中。二人各逞神威，直杀得天地昏暗，将个苟全吓得钻在佛龛下张望。两个和尚战了多时，不分胜负。普济一紧剑锋，就地一旋，早有一片白茫茫剑气直扫下去。那恶僧更不理会，只撑起禅杖，大吼一声，飞起丈八高，抢开禅杖，一个旋风扫叶式，一片乌云似的盖下。普济腾身一跃，闪过来杖，二人如驾起云雾，如空中旋转大战。普济仗剑突破杖影，施展轻身功夫，立化一团白气，兜住那和尚禅杖。那和尚吼一声，旋过禅杖，登时化作一团乌云。哪里还看出二人身形，但闻叱咤之声，从那两团黑白气中溢出。战到酣畅处，真是轻尘不起，腾挪无声。百忙中静悄悄，但闻风雨之声夹着铮铮兵器磕碰声。

顷刻黑白二气左右一分，早见普济和尚衲衣一旋，一道剑光直冲入禅杖中。那和尚禅杖虽运用如风，普济剑光却不时袭入。移时普济抽剑，一个引风式，那和尚一条怪蟒般禅杖直趁隙搠过去，只见普济身形一晃，挺剑顺着削过。好恶僧，掉杖一拨挡过。普济赶忙一进身，嗖地伸出钢钩似五指，就势抓着来杖，一手仗剑砍过。那恶和尚偏身闪过，随便飞起一足，将普济剑踢飞，却一面拔戒刀，一个回头望月式，明晃晃的刀锋径奔普济。好普济，偏身一闪，伸出一指向恶和尚手腕一戳，当啷啷戒刀落地。当时二人各自用力夺那禅杖，恶和尚力不及普济，于是提起一口气，身如飞絮，延禅杖刷过去。普济见了，大叱一声，双手齐举，一径将禅杖连那恶和尚一齐扔上天空，恶和尚真个了得，一个轻燕掠翅式，抛了禅杖轻轻飞下，落在那兽背上，一旋身形竟想逃走。早见普济一道电光似的赶过，一把拉下，二人重行落在寮中，四手揪牢，一场厮打。拳脚齐奋，一阵劈、拦、搠、踩，团团转了四五十合，未分胜负。

恶和尚突地一变拳法，卷入普济拳影中，一个下扫，普济闪过。那和尚早就势一个掬心式，普济随手一隔，旋身一个大推手，拨开来拳，一拳打过。恶和尚随手一缠，一个推倒山式，普济故作跌翻，恶和尚大悦，哈哈一阵狂笑，飞身抢过，一足向普济腰下啪一声踩下。普济就地一滚，那和尚一足正踩在三尺薄厚的青条石上，登时破裂，落足这处已成粉碎。这时普济已一个倒旋，跳向恶和尚背后。那和尚正一足踩空，望前一探身当儿，普济早飞起健足，恶狠争踢过。说时迟那时快，那和尚闪之不及，已随着飞起丈把高，翻着斜跟斗落下，啪嚓一声，一头触在石阶上，登时脑浆迸流，死于非命。

诸位读者定然看至此处要发生疑问，那和尚既然具那高深武功，绝不会被普济踢起，便失了自持力摔死的理由。可是其中却有个原因，那普济足下岂同寻常？一足已将那和尚股肱踢折，纵使你有泼天本领，也施展不得了。

当时普济和尚将恶和尚结果性命，敛容收式，仰天大叫道："好友屈伯通兄弟，血仇就戮，可以瞑目地下了。"说着面色戚戚，似乎有许多说不出的话。

苟全这时已吓得呆在佛殿下，只望着普济说不出话来。普济一眼瞅见笑道："那不是苟相公吗？"

苟全大悟，自己还萎缩在此，于是爬出，向普济纳头便拜道："师父神威，真真可敬。望师父不弃朽材，弟子愿扫帚门下。"

普济连忙扶起道："苟相公这是怎的了？老衲有何能为？那么刚才小施主怎的与那佛门败类邂逅呢？"

说着，让苟全到方丈室内。室中只一草榻，地下矮几上一盏油灯，灯光如豆，发出绿莹莹光亮。禅床上放着一个古黄色锦匣，壁上还挂着一柄古剑。苟全坐了，细一说徐娘子之事，普济恨道："作孽作孽，真是死有余辜。苟施主幸遇老衲，不然则有性命之忧了。"

苟合道："俺看那恶僧与师父仿佛厮熟似的。"

普济慨然叹道："唉，回思已往，尽如烟云过眼，不堪闻问的。"说着连连慨叹不置。

苟全愣然半晌，知普济来路非凡，也不敢深询。

普济又道："苟相公侠情可风，正老衲之流。这泗溪村人杰地灵之地，

41

将来大有人才。当年侠女秦月娟亦隐居村中，向无人晓得。可是老衲自皈依佛门，久疏世路，亦无心武事，也偃倦得多了。唉，秦月娟当年居吾辈之长，乃秦樾之长女。吾等同年十数人，均呼之为娟姑。她老人家自嫁耿吟天，夫妇英雄，遍踏江湖，四方震慑。后年事已高，夫妇倦江湖事业，家居不出。其子耿雄飞袭父母之志。唉，不幸中途丧生。唉，雄飞老弟呀……"说着落下老泪，苟全亦为之凄然。

普济挥泪道："追思已往，真也不堪回首了。今雄飞老弟血仇已为老衲探得踪迹，老衲当亲自登门拜见娟姑，指与她老人家血仇匿处。并且洄溪村不日将有大难，合村将殁于众盗之手，非她老人家不能解此危。"

苟全听了，想起自己自龟村被人救了，一向未明救己者何人。今普济提出侠女秦月娟，自己倒闻老年人说过。细想起来，秦月娟此时已成了个老太太了。在自己被人救出，那人曾说救洄溪村必须本村一个老太太，这救自己的，一定是普济僧了。

当时苟全心中盘算着，不由得扑通跪倒叩首道："承师父两番相救，真是重生父母。"

普济笑着扶起道："老衲本一世外人，早已疏绝世路了，是以不敢再露形迹。真是天缘凑合，竟使苟相公无意识老衲形迹。可是好友屈伯通血仇因之就戮，也是无上之喜。"说着竟纵声狂笑。

此时天光大明，只闻洄溪村中一阵阵军号随风送来，普济道："天光不早了，苟相公也该返去了。老衲当亲莅贵村中，尚有事未了呢。"

苟全唯唯道："那么院中那死贼竟怎的回事呢？"

普济笑道："不要着急，俟后定然有明了之时。苟相公你先返去，到徐娘子家里看看吧。"

苟全听了，突然想起不知徐娘子怎样呢，自己母亲惦得要坐卧不安的。于是普济趋出院子，见那恶僧狗也似的卧在阶下死去。普济拿出一彩瓶，向恶僧尸上一抖，只见一道浓烟，白茫茫顷刻散遍，只闻沙沙一阵怪响，移时竟缩化作枯灰，白浓异常。普济将化的灰儿装入瓷瓶，苟全吓得呆愕。

普济道："不必迟疑，快快去吧。"

苟全别了普济，径奔洄溪村垒下，此时天已大明，可是六七月时光，天气早得很。苟全仍然一跃，从垒上过去，还到徐娘子颠颏矮垣，自己一柄雪亮单刀还摆在房上，室内静悄悄。苟全方想进去，见院中一口铁锅，背儿朝上，黑烟上布了许多白色浓汁，却是那恶和尚正在威吓徐娘子，被苟全一叫闹，和尚仓皇无影身物儿，四顾见一锅豆浆，新烧出尚未入压盘，和尚端起，唰的一声抛出，只见白汁淋漓，弄得满院豆汁，和尚方才随后抢出。当时苟全入内，见桌椅歪斜，地下两盘豆腐上一个老大木鱼，却是被苟全一木鱼打入，正落在豆腐上，顷刻豆腐四飞，杯儿壶儿都滚落地下。那边床榻上堆着徐娘子衣裤、鞋子、袜儿、腰带等项，左边墙角下还有一木盆水，一个矮凳上，一条浴巾，似乎徐娘子浴后。再觅徐娘子，影儿都无。苟全大惊，四顾见床下帏儿纵缩，于是掀起一看，早见徐娘子裸身撅伏其中，见有人掀帏，吓得颤抖不已，连叫"师父饶命"。

苟全顾不得一切，叫道："徐嫂儿不要害怕，苟全来救你，恶僧已然授首。"

徐娘子听了，半晌方悟，张目认得是苟全，苟全又连连呼唤，徐娘子嘤咛一声先哭了，慢慢从床下爬了，一身雪白红润肉色，沾了许多尘垢蛛网，见了苟全直羞得无容身之地。

苟全道："徐嫂你的衣服在哪里，赶速穿上，如此甚不雅观的。"说着叹息避之不迭。

徐娘子已如梦初醒，想起自己所遭，不由得连连泣涕。一面趁苟全避出，匆匆向身上略拭，穿好衣服。苟全提进一人，徐娘子一看，却是徐矮子，一个矮小身躯，被人捆得馄饨一般，浑身乌黑尘垢，只管张了双目呆望。苟全与他解开绳绑，从口中掏出堵塞，半晌方站得起身儿，望望苟全再望望徐娘子，大嘴一张，哇的一声哭了。

苟全笑道："徐大哥想是受了委屈，快快说来。"

徐娘子飞红了脸，向苟全早已拜下道："幸亏苟相公搭救，俺不然已被那贼污辱。"说着泪如断珠般流下。

徐矮子已住哭，与徐娘子向苟全叙说经过。原来徐矮子这是消闲回来，两口儿将豆腐做好，徐娘子便趁着火儿温了浴水，自己去沐浴。方才浴毕，只听矮子叫了一声有贼，便无声了。徐娘子忙来穿衣，早啪的一声门儿被人踢开，凶神似的闯入一个伟大和尚。徐娘子已一个颤抖赤体栽倒，和尚大笑过去，一面就床头倚下禅杖，一面扶起徐娘子。徐娘子认得便是那白日瞅自己的恶僧，心道不好，勉强站起，那和尚一振戒刀笑道："好一个美人儿，不要害怕，快快与俺斟酒。"

徐娘子无法，只好赤身露体，与那和尚斟了几杯酒。和尚狂笑道：

"你道俺是和尚吗？俺乃是当年杀人不眨眼的冯天佑哩。"

徐娘子几乎吓死，原来当年冯天佑飞行江湖，杀掳淫掠，简直是个妖怪。绰号小兰花，十数年无踪，不想撞至此，又变作了和尚。徐娘子知道免不了被小兰花污辱，思想脱逃之计。小兰花竟将徐娘子揽了便想无礼，幸苟全赶到。今当苟全避出，突闻垃圾堆中只管吭哧，似乎猪崽拱地。苟全一望，徐矮子四脚朝天被人捆了一个蛋儿，正喘息力挣不脱。于是将他整个提来。

当时两口儿一齐跪地道谢不迭，苟全笑道："不要如此，俺还要赶紧回家看看去。俺母亲不定怎的悬心呢。"

正说着，外面有人叩门，徐矮子出去开了，正是苟全母亲觅来。闻说徐娘子之事，只管念起豆儿佛来。一面咒骂小兰花死贼，如此无人道，死后不得翻身，要他脱成猪狗。徐矮子听说苟母昨天特特打发苟全来查看，不然便了不得了，感激得跪地碰起响头来。苟母笑道："可了不得，哪有见死不救之理呢？也值得道谢？快别这样客套。俺帮着收拾收拾屋里外面。"

说着早抢起扫帚，便来打扫地下豆汁。徐娘子道："作孽作孽，俺们不是说替老太太分心，怎的倒劳你老帮忙？"说着一把夺过扫帚，随手将苟母按坐在椅上。

苟母突然站起来笑道："你瞧俺真老悖晦了，只管在此胡乱，却将客人丢在家中。全儿呀，今早你张六哥一连找你两次了，刻下还在咱家等你，不知急得怎样转磨呢？所以俺出来寻你。这里既无事，那么咱们回家吧。"苟全唯唯。

徐娘子道："俺亦不留老太太了。这里乱七八糟，留你老也无法待。过几日俺定与你老叩头去。"

说着将苟全母子送出门外，徐娘子还感激得涕泣连连，望得苟全母子无影而回，与徐矮子收拾一切不表。

且说苟全扶了母亲，一径来到己家，推门而入，早见张六正在来回大踱，头上大汗黄豆大小滚下，一面伸长脖子外瞅，见了苟全跳起来劈头说道："我的苟爷，你还回来呀？走走走，会中正寻你不见呢。"

欲知张六寻苟全有何事体，且看下回分解。

第五回

感旧事侠僧叙异
敦族谊无赖奸谋

书接上文，单说张六见了苟全连叫"走走走"，苟全笑道："六哥怎的如此忙呀？"

张六跌脚道："老弟你不晓得，老哥哥立了一点儿功。同时张爷发下将令，吩咐老弟速调查奸细。俺得令之下，寻你半晌了，不知你撞向哪里去。劝老弟年轻人要提正鞋儿，走正路儿。你这一夜未归，一定是溜在小白鞋、挨挨酥那些私窝儿厮混。唉，也说不得，年轻人火性旺是免不了的，像俺老张这样一脚一个坑，牢牢稳稳是没得的。"

张六这一番夹七杂八的话，倒将苟全招得笑起来，道："张老哥你究竟立的什么功啊？"

张六道："你不用问怎的立功，反正捉下一个奸细，却是被俺跟踪访得的。"于是拉了苟全便走。

二人厮趁转出小巷，早见一个妖俏俏的妇人，跋着鞋子，一头蓬发，一面走一面谩骂道："好小子，竟讲拾老娘便宜，老娘是干吗的呀？"一眼看见张六，嗖一声赶过，一把揪住张六胸襟叫道："好哇，老娘哪怕你逃向王八窝中去。今天你便说个分晓，老娘细皮白肉的，四面交与你三面半，你便想刮个干净利落。难道老娘许下愿了舍与你？动不动你那苦瓜婆子垂下驴子脸，还向老娘唠唠叨叨。"

这时张六一面挣扎一面叫道："有话咱不妨回去谈，这样拉拉扯扯太不雅观呀。"说着急得青筋暴露，

妇人道："这便不雅观了？等我揭拨揭拨你那雅观事。"

张六急得用力一挥，妇人脱手一个后坐儿栽翻，登时跳起来，揪散鬓

发，便奔张六。苟全连忙阻住妇人，一看正是法化寺后住土娼王小脚。苟全莫明其中的事儿，王小脚早连跳带骂道："好好，你竟敢打俺。你便在会中当一份差事，也须讲个理。难道老娘怕你不成？"

一阵污骂，张六缠不过，向街坊借了几串老钱把与她，王小脚登时将钱揣起，一手理上鬓发道："不是的呀，你家里的若不骂俺，俺也不寻你。没别的，多给街坊添麻烦了。"说着，向大家一个万福，姗姗而去。

张六见小脚去了，一张红虫脸红上加红，吭哧哧地道："没的真晦气，大起早儿什么事体？"

苟全暗笑得肚痛，道："张老哥有你的，真是一脚一个坑儿，牢巴巴的稳当。"

张六笑道："得了，苟老弟你饶俺吧。可是俺若不招她还捉不着奸细呢。"于是与苟全二个厮趁着说出一番话来。

原来张六自昨天晚上与苟全二人赴会所吃酒，吃得大醉，溜到桌底下睡了。许多人都吃得醉昏，哪个来理他？张六睡了一觉，梦中呕吐，酒已八分醒了。张目一看自己却睡在地下，桌上杯盘狼藉，一阵阵酒臭扑鼻。张六耐不得，勉强爬起来，觉得浑身乱晃，站立不稳，胡乱撞出，本想出法化寺望己家而去。不想撞向后门，出去再寻不清路途，只按着小巷走去。抬头一看，皓月稀星，十分娇媚，一片霜也似的月光照耀得万物倒也清晰。

正行之间，只觉胯后只管咻咻乱嗅，张六趁着酒醉暗想，一定又是黄老爷子，惯会和俺开玩笑。等俺吓他一下。想着反身一足蹴去，突闻汪汪两声狗叫。张六回头一看，却是一个苍花大狗，正摇头摆尾地和张六递爪。张六认得是王小脚家的看家狗，因为张六常上她家去，所以厮熟。那狗见了张六，一径随在背后。当时张六自语道："啊啊，原来俺走错了路径，无意中却跑到此处。俺因近些日为村中事奔波，竟将小脚丢得冷清清。那么俺便趁闲寻她乐一家伙。"

想着高兴，拔步一径转回。来到一所矮垣的小朱门下，用手推了推，关得紧绷的。张六暗想，想小脚知道俺没得闲来寻乐子，自己早生安闲睡去了。俺且从垣上跃过，堵她个老白羊才好耍子哩。想着一跃翻上垣去，纵身跃下。那苍花狗见张六已然跃过垣去，急不能随过，只唧唧乱叫，挠得那门山响。张六全不理会，一径奔向小脚宿屋。越过二门垣，只见小脚屋里灯光大明，并男女调笑声。张六登时一怔，于是暗道：好哇，小脚竟另招相好了。移时窗上人影一晃，正是小脚赤裸裸影儿。接着有男子声音道："好人儿，别只管和俺捉迷藏了。"说着一个巨影一晃，似乎向小脚扑去。接着咯咯一阵嘶笑，还加着滚扭之声。张六伏窗一窥，不觉得醋意大发，一股特殊味儿直冲顶门，却不知是酸甜苦辣咸，五味俱全。原来小脚正和一个野男子在床上学妖精打架，滚得好白羊。张六于是返出门外，向大门上只砰砰砰一阵乱打乱砸，几乎将大门砸废。

复又返回，只闻屋中小脚笑道："听着这雷也似的砸门，一定是张六来了，那还了得？那你应避一避吧。"

那男子道："什么话？张六是哪个王八蛋？凡事须有个先来后到，嫖婊子俺钱花在那里了，大爷高兴玩，没的便让头水。"

张六听了大怒，骂道："什么野鸟竟敢骂俺，俺今天非捋掉你毛不可。哒，好小子滚出来。尝尝你太爷的拳头。"

这一声不打紧，屋内诧异之下，早见窗上男子影儿一晃，似乎已穿上衣服。张六已大吼，啪啪两脚将门踢开，一个箭步抢入，早见一个男子敞披大衫，跋了鞋子站在地下。王小脚急切穿衣不上，抓了一件被单胡乱裹了身体，只叫别动手。

张六指着小脚骂道："泼淫妇，你竟敢招来野鸟骂俺，好好好。"说着向那男子早啪啪便是两拳。那男子更不示弱，偏身躲过，随手回敬。张六大怒，丢开步法，二人登时一场嘶打。张六揪住那人胸膛，那人双手来隔，二人旋了一个圈儿。张六一个下扫，那男子一个狗吃屎栽倒。张六抢过一脚踩了那男子腿胯，抡起铁钵般拳头砰砰一阵好捶，突然一回头早见那男子腿下露出一把明晃晃的攘子，张六大惊，先将那人捆了，拔下他攘子，细细一看，那人并不是本村人。因张六在村中简直是个地方，谁家几个猫儿狗儿他都晓得，哪有不识得的人呢？

当时瞅瞅攘子心有所疑，于是叱道："你这汉子竟敢大胆探俺村庄。俺已跳跃查你多日了，今日被捉还有何说？"

那汉子一声不哈，张六过去便是一个耳光。汉子张目道："俺便是龟村来的，你便怎的？不要慌，要你等死于非命。"

张六知道是奸细，无意得了个奸细，真是可喜，登时大悦，叫小脚拿过一条绳来，重又捆了一遍，想要提向会所，又恐那汉同人听了劫去，却将那汉提向屋角，将许多桌椅之类遮了，又将床上一块湿漉漉不知什么布儿硬塞入那汉口中。转回望向小脚，吓得将身上披的被单落下，只赤着身儿呆望。张六一把将她揽入怀中，笑道："还亏了你呢，不然这奸细如何得捉?"说着向小脚腮上便是一乖乖。

小脚斜倚着身儿，乜着眼儿，将身一摇道："都是你，好些日不来，俺所以趁空想捞些油水，不想又遇了丧门神。"说着一阵乱推挣。

张六索性将她抱紧道："都是俺的不是了。好在捉下一个奸细，也算有你一半功劳。那么王爷赏赐下来，还亏得了你吗?"

小脚噘着嘴，将身故作一扭道："你不用和我含着骨头露着肉的，等闲将我抛得孤冷冷，连个饱饭都尝不牢靠。"

张六听了，如何按得住，一阵肉麻，接着小脚拿腔作势，将张六要挟得服服帖帖。二人狂了一阵，已是天光发晓。小脚昏昏睡去，张六心中有事，加着欲火败下，看了小脚觉得十分讨厌。暗骂道：若不着这个婊子，俺张六凭两条腿两只手也吃香喝辣，没的只管把来血汗钱添在婆子沟中。累得俺老婆都穿了屁股帘儿。哪知终无意中却语出来，小脚蒙眬间仿佛闻得张六婊子娼妇乱说。张六再望望小脚正龇牙咧嘴睡着，一头乱发蓬在枕上，简直自己怀中搂了一个活僵尸。登时一阵恶心，悄悄起去，结束停当，将捉得那汉子扛在肩头，一手拿了那牛耳尖攮，悄悄开门溜出，一径送向会所中。却将小脚之事完全瞒下，只说夜里巡哨捉得。

王仁大悦，登时将那汉弄下，一阵皮鞭早将实话打出。原来是龟村派下奸细，来打探虚实，并随意寻觅了凡怎的一去数日未返，不想被捉。原来这汉乃是龟村无赖子，本领虽稀松，贼智特多，惯领个匪盗，污个良民等事，十分可恶。王仁早恨他，当时叫悄悄将他枭首。一面派张六苟全等侦查了凡下落，所以张六连连去寻苟全。

却说王小脚一觉醒来，随手一摸张六却不在身边，张目一看，红日满窗，张六不知何时溜之大吉了。小脚本想趁势多捞摸些油水，见张六不辞竟去，登时大怒，胡乱穿起衣服，蓬头撒脚，一径寻向张六家中。哪知张六的坐家婆因张六时时溜向私窝儿去，恨得牙痒痒的，见小脚来寻张六，登时醋性大发，指着脸子骂道："骚娼妇，万人骑的东西，你就是稀罕男人家，也须有时有晌。"小脚一个泼辣土娼，知甚羞耻？当时二人一阵跳骂，几乎揪扭在一起。经人劝走小脚，不想偏遇着张六。

当时张六和苟全一面说笑来到会所，早见张老和王仁正商议两村相持之事，并差多人探查了凡行踪。王利本道："前天俺还看见一个老和尚沿门化斋，手中一根铁禅杖，想一定是他了。"

苟全笑道："好叫王爷张爷得知，这了凡下落俺是晓得的，已被静慧寺老和尚普济诛戮了。"

王仁张老听了，一齐惊得直站起来，连道："究竟怎的？快快说来。"

苟全将夜间之事从头到尾说了一遍，大家无不惊怔。张老诧异道："咦，这普济和尚是哪个呢？俺闯荡江湖四十余年，并不晓得普济的名字。啊哟哟，俺又仿佛在哪儿见过普济二字。"

王仁道："那天邢无影来行刺，张兄不是看见有一个和尚似的，同时发现一支钢镖，上有普济二字。难道张兄忘了吗？"

张老愣然道："啊啊，是了是了。当下俺将那镖收着呢。普济既诛了凡，看其慷慨情形，一定有些来历。上次钢镖示警，正是暗中救我等。武功超越，非我等所敢望及。普济当年又与屈伯通昆仲为友，亦俺之好友。老朽当亲往拜谒法相。"

说着与王仁一同起身，只带苟全欲赴静慧寺。突有人报外面普济和尚来拜见，张老王仁等慌忙迎出。早见一个老和尚僧装齐整，见了众人合掌念声阿弥陀佛，王仁施礼请入客室，王仁道："为敝村之事，有劳法驾，并承师父诛了逆僧了凡，为敝村造福不少。"

普济道："老衲入疏世路，岂敢为贵村之事破我清寂？不过老衲当年未了之事，亦不敢忽略。"

王仁等听了怔然道："师父言语奇特，想是大有来历。不知可能一叙？"

普济凄然道："回想当年，真有不堪回首之慨。不过如烟云过眼，何足道及？及好友屈伯通血仇就戮，老衲心事已了，从此便当隔绝世路，了此残生而已。"

张老听了，一双目光直瞅向普济，移时道："师父既与屈伯通为友，可识得老朽张啸生吗？"

普济听了惊得立起来，向张老细细看了看，突然一把抓住张老纵声大笑，声震屋宇。望着说道："故人一别，恍已十数载。人海沧桑，老弟你也这个年岁。追思豪侠一世，老哥哥竟皈依佛门。数载清磬红鱼，倒也清闲得很。"

张老怔然之下，细细一端详，不由得又惊又喜，却是当年嵩山之大侠吕少游，但是不知怎的做了和尚。二人故友相逢，格外喜悦，反倒相对怔了起来，不知说什么好。

移时普济方道："自荆襄分手，鸟乱中吾辈各自飘零，但不知刻下诸位兄弟还健在否？老衲自皈依以来，一向无心世路，那么张老弟你近况如何呢？想是居家纳起福来了。"

张老叹道："小弟亦如兄长一般心事，不过情形各殊罢了。"

王仁等见他二人说得十分亲热，百忙中二人形色似笑似戚，仿佛都心中积了万般未了之事。

张老又道："原来了凡便是他哩，怪不得俺赴龟村张得他有些异样。既然伏诛，俺心中便大大地安慰下来。伯通兄弟血仇也便昭雪了。"

普济合掌哈哈大笑，王仁等见答不上言语，只瞅了发怔。张老突然想起，方与大家介绍。王仁等早惊慕得一齐拜倒，普济连忙合掌连道："罪过罪过，老衲如何提得起？"

王仁笑道："原来大师便是当年大侠吕少游啊！在下真是有眼无珠。大师居静慧寺已二三年之久，在下并未拜识，多多得罪。"

普济笑道："老衲本是频避世俗，只归心佛门。就那耿家老太太，老衲虽识，亦未尝一露行迹，王施主哪里便识老衲呢？"

王仁听了莫名其妙，细细一询问，普济道："施主且静听老衲从头叙一叙当年之事，颇可遣兴。唉，也便可慨得紧哩。"说着一竖二指，娓娓说出一番话来，听得众人惊悚异常。

作者写至此，加紧笔墨，唯恐读者先生们嫌我蹒蹒跚跚，不赶紧打开这闷葫芦。可是看小说便如神龙，见首不见尾，以惊奇的笔法，突见天地，峨耸峰峦，节目曲折，隐隐现现，方有趣味。如平白叙事，打板的瞎先生说书一般，那便淡然无味了。

书接上文，且说普济原来姓吕名少游，号天一。旧居嵩山的一个山庄中，村名石帆峪。因这个村庄处在峰峦耸翠之间，天然秀木轻笼，一泓清流绕泻而下，远远一望，便是扯了一块天布。从这幽秀风景中，遥见那村庄，正是漂漂荡荡的一叶野航，是以又名石帆村。这村僻介诸峰之间，风景是写不尽的雅致。村中风俗朴质，百姓富饶，等闲价不离山，消闲了大家饮个太平酒。逢什么佳节，只村中扮演些秧歌，或成群结队唱个莲花落的俚曲，便是他们的娱乐。真是活了七八十岁，不知道村外是什么样儿。这且不表。

且说村中有一富绅，姓石名蕴周。家积万贯，疏财好交。一般邻近村贫，无不受石蕴周之恤，因之人都称为石善人。这石善人一生修得福寿双全，膝下只有一女，取名亚男，善人夫妇视如掌珠。好在亚男生得聪慧异常，五六岁发育得白白致致，窈窕身躯，蛾眉杏眼，衬起粉白色鹅蛋脸儿，真如玉娃子一般。这时石善人已有四旬余，犹抱伯道之戚，不想石夫人竟然有孕。某日夫人梦一伟男子，仗剑驱逐一群豺狼狐兔之类，风也似的奔来，夫人大惊，吓得大叫大喊，突闻丫头道："夫人醒来。"夫人恍然梦醒，丫头道："想是夫人梦中惊吓，喊叫起来。"夫人略叙梦境，也未理会。突然腹中刀绞般生疼，早有稳婆等收生，产下一男，非常肥大，啼声甚强。石善人正在花园赏玩景色，听说夫人临娩，石善人暗祝天降一男。反回书室，早有肥脚大丫头跑来与善人报喜。石善人询问得知是弄璋之喜，夫人小儿均好，石善人放下一颗心。亚男只管跳来跳去，口中念诵："得个小弟弟，这回俺表哥们又多了一个伴儿。"

原来石帆村中有一秀才，姓吕名进，为人和气伉侠，家中也是守了铁筒般家私。这吕进虽是文人，可是尤好骑马试剑，意气如云。偌大家私被他心中一个义字不几年支配得精光，他都不理会，只终日纵酒高歌，伴狂漫游。随行之物便是一柄古剑、几本旧书。说出话来都带些古怪，可是细味他的话，并不古怪，十分达情近理。他原是从十载寒窗熬出来的，才学是不消说，真有经天纬地、控古绝今之学。可是自乡试中了个秀才，以后连试落第。吕进索性不求功名，也便湮忽下来。娶得石善人之妹为妻。后来吕家中落，很得石善人些接济。

吕进生有一子，取名少游。生得白皙面孔，伟大身躯。天性甚慧，犹好武事，吕进消闲也教与些诗书，少游过目便牢牢记下。石吕两家相距不远，所以少游时时去寻亚男去玩耍。好在他二人甚为和气，从未吵过嘴。

这村之北有一旷场，在前十余年乃是村中武社的练武场，后来武社少年凋落，也无人操持，内中的石锁、铁沙袋、铁屑桶、标枪等项，便如古董般陈列起来，等闲无人过问。少游一日跑出，觉得好玩，一连玩了两日。亚男每日晨起，急急吃过早饭，便等少游来邀去玩耍，哪知少游一连两日未去，亚男大疑，莫非表哥他病了？那么俺看看他去。想着就一径跑向他家，见少游母亲正在为少游补缀衣裤。亚男问过姑母早安，随便说了几句话，一径跑向后园寻觅少游，又跑内宅各屋全看了，并不见少游影子。亚男怀疑之下，不敢问姑母，便得告辞返回。不想方过小巷，早见少游和一个同年相公前后厮趁而来。一路说笑，看光景十分愉快。那相公生得干瘦瘦，头上一圈短发，顶剃了个大月亮。一双黑胡椒眼，特殊光亮。行动非常轻捷，跳前跳后，便如猴子一般。

亚男见了叫道："哈哈，表哥你们玩得好呀，怎不知会俺一声儿呢？"

少游正和那小厮说得高兴，突然吓了一跳，抬头一看亚男，于是笑道："表妹，俺们玩得好哩，却忘了招呼你了。"说着拉了亚男的手，向她一说。

原来少游自发觉练武场好玩，每日去耍。什么石锁呀、标枪呀，玩个尽兴方返。这日又去玩耍，正拿了一条标枪抡得乱旋，突然哈哈一声，从树后抢出一个小厮，头上顶了一圈式柳条盘帽，腮上挂了一绺绺的青草假胡，手中还撮了一个大知了，只管哇哇乱叫。少游认得是本村常学究的儿子，小名秀儿的。是村中有名顽皮小厮，生得便如猴儿似的，爬高纵低，翻个跟斗，非常伶俐。他生得虽干瘦，体质坚强，十来岁两臂有力如虎，每日在村中乱窜，逗得村中孩子哇哇叫，等闲都不理他。见秀儿来了，一群孩子登时散去，秀儿无意思，也便不去寻人玩，只一人玩耍。

这日秀儿又将邻人孩子打哭，找向常学究。学究每日为秀儿不知吃人多少骂，无奈秀儿天生顽皮，再也改不得。常学究气得无法，只好不去理他。当时学究一顿大杖将秀儿打出，可是常秀儿总是嬉皮笑脸，一路采些长草作为胡子，来到练武场，爬上柳树，捉了一个大知了，折下柳条编个帽圈，顶在头上，正在摇摇摆摆玩耍，听有人踢跳，秀儿偷眼一望，却是少游，登时跳出。

当时少游笑道："秀儿你怎的也跑到这里来？"

秀儿一面作势凑过来笑道："这话奇哩，这是什么稀罕地儿？难道只许你来不成？"

少游道："不是呀，因为这儿僻静得很，等闲没人来。"

秀儿道："不错，俺就爱我僻静所在，又有刀儿枪儿，真个好玩。"说着一个跟斗翻向那边，随手提了石锁，走了两个圈儿。

少游诧异道："咦，你也拿得起吗？"

秀儿笑道："俺因为那些旦旦子总躲着俺，所以俺常来弄这物儿。又好玩又免惹得他们动不动便哭，寻向俺家。从先俺只能提起，现在却能举得高高的，必是臂力越使越有劲。"

少游笑道："不错，那么俺们每日来玩如何？"

秀儿拍手叫道："好好。"

于是二人每日相约，玩得尽兴方返。秀儿虽顽皮过甚，却听少游的话，这其中却憋坏了亚男。

当时亚男不悦道："表哥你们竟管自去耍了，却不约俺去。"

少游道："明日俺们一同去如何？"

说着三人分手。从此三人每日去玩，恍已数月。

亚男的弟弟发育非常快，取名鹤声。石善人夫妇喜悦非常。村中在小儿周岁，均来道贺。善人不免周旋一番，正在和座客谈天，忽进来一个仆人，向善人垂手说了几句话，善人皱眉道："他不是出外了吗？怎的又返来胡闹？那么多把他几两，要他自己寻个生活也不错。"

仆人领命去了，晚上客散，善人入内室，夫人接见，善人道："今天客人特多，直乱得俺发昏。俺方想歇歇，那狗儿又来吵闹，硬说柜房吃了他的银子，俺又把与他几两，呵斥一顿方去了。"

夫人道："那等人却给不得脸，饿狼似的，喂不熟。其实咱家慈善已非一日，狗儿若肯学好，拉他一把算什么呢？上月狗儿不是出门了吗？怎的又撞来？"

善人道："那样人还有一定？俺听说现在白莲教蔓延得遍地皆是，虽未大部传到这里，很有些小部匪人趁势崛起的，到处抢掳欺诈。官府更提不得，不但不加制止，却很有些教中信徒。唉，真也无法。狗儿那厮也结合了些流氓土棍胡闹。"

夫人惊道："可了不得。他怎的也混入？俺看不如将他安置在咱家，每月开拨些工资，这不过是圈他性儿罢了，倒省得他各处胡撞。将来弄出事来，咱还脱得了清静不成？"

石善人道："这何尝不是？明天俺将他叫来，和他商议一下，试看如何。"

当夜夫妇又谈了些家常，一宿无话。次日晨起，善人用过早饭，老管家进来垂手道："今早狗少爷就来了，背了一个小包，说要赴湖北投军，向老爸借些川资。小人因狗少爷惯会说谎话，不敢与他。老爸看怎办吧。"

石善人皱眉道："狗儿这厮又胡闹，什么湖北？投什么军？"

管家道："据说现在流传了一种教门，名白莲教。在陕西、湖北、四川等地非常兴隆，普通的官府也都入教，所以教中势力特大，左右不过是乱象而已。前两天俺们这一带还来了些奇怪的人，头上皆是白巾裹头，口中念什么白莲圣士，普救黎氓。信之则生，不入则死。还夹七杂八地说了些妖鬼神话，将村人唬得什么似的。四外村中流氓土棍已然组织教坛，入教的真也不少。"

石善人听了叹道："由此看来乱象已造成了，左右百姓遭难。这都是官中养成。咱山从未通过异样风气，如今俺看风俗也坏透了。狗儿在哪里呢？将他与俺叫来。"

管家唯唯去了，移时领一个獐头鼠目汉子走来。管家先入禀告，然后打起帘子，让那汉子入去。那汉子见了善人一个大安，然后垂手站在下面。善人道："你坐那儿，俺有话和你说呢。"

那汉子道："大伯你老人只管教训，侄子是没出息的。"

善人道："你听我说，我听说你要去投什么白莲教。你不要迷惑，从古各教门不外邪说，没有能成事的，终究一败涂地。内中不知湮没多少有为少年。一个人必须看事而行，迈足必须稳当当，不然一生便算了。你听俺话是再没错的。一个人不怕没饭吃，只要行正走中，俺劝你便罢消此念吧。"

那汉唯唯，善人道："俺这儿后园缺个长工，你补个班儿如何？"

那汉子道："大伯吩咐甚好，俺便不去了。"

善人大悦，即日令他上工去看守后园。

原来石善人兄弟二人，久已分爨。善人之弟早已亡去，只剩弟妇刘氏与一子度日。家中与善人一般的资财，富有得很。可是农业大无人料理，善人便代管其事。其子小名狗儿，大名嗣先，从小娇生惯养，长到二十岁左右已能撑家，石善人将家事完全交与他。狗儿经手两年，早已弄得两头不够。后来方知狗儿生性下贱，专结交些狐朋狗友，每日各自乱撞，许多土娼为他老包，那白花花的银子水也似的流去。许多混混儿见这样一个财神爷，谁不想捞摸一把？拈手便是金银。于是大家设下陷阱，将狗儿银子弄到手。狗儿还感激得什么似的，真有牺牲老婆拉财神的，狗儿只落得一个色足。不消数年，产业被他抢得精光，将刘氏活气死。狗儿好歹挖个坑儿掩埋了，自己抱了肩儿去寻好友。是好友赏个吊八，不然赶出大门之外，是常见之事。

偏偏狗儿不长志气，总是下流。不时去寻石善人。善人不时周济狗儿，从善人处弄得钱来，便登时送向赌场娼门。善人晓得大呵斥一顿，索性不与他。狗儿大恨，当了善人是不敢怎的，只悄悄溜入善人家，偷了个尽兴。善人大怒，将他送向村公所，敲了一顿放出。狗儿恨恨之下，无计可施。看看善人门外趴着虎羔子般看家狗，狗儿大悦，于是返回，弄了两个干馍馍吃了，一径钻入屋中睡了一觉。

到傍晚时分，狗儿一骨碌爬起来，跑到石善人后园后街的一家半掩门儿，名叫小白马，见了狗儿一沉脸子道："贼天报，你又来显什么魂？老娘却缺不着你。"

狗儿嬉皮笑脸地凑近，一手抚了白马肩头道："你不要这样，俺也不想动你的禁脔。可有一样，人别将事瞧得不够一寸长，猫儿狗儿还有脱毛换皮的时候呢。将来俺走上洪运，弄个一官半职的，你不希望稳牢牢一品夫人吗？"

小白马一摆肩头，连连大啐道："发家养活发家子，败家养活猴僵尸。看你这样儿也得当朝一品。俺也不是说，当你有钱时，俺也未巴结你。现在不离老板，没的胡吵，你便山字擦山字吧。"

狗儿索性嘻着嘴笑道："真个的，俺有些事和你商议商议如何？"

小白马以为狗儿又没得饭吃，前来胡缠，当时双手一推道："没商量的，俺近些日生意不好哇。"

狗儿晓得她的意思，于是道："唉，人穷了便这般不济事，好好一笔肥钱，白送来人都不肯接，这是从哪里说起？"

小白马听了，不知狗儿何意，于是一笑道："谁要你有人无人的便瞎扑哧。"说着回身跑入屋中。狗儿大悦，一径随入。

狗儿和小白马有何要求，且看下文细表。

第六回

遭劫掳飞镖逐寇
小游戏猎兔逢凶

　　且说狗儿狂喜之下，随着赶入屋中。将小白马先一把提牢，揽入怀中。小白马乱挣乱扭，狗儿早香了个肉麻。小白马挣脱，向狗儿啐道："俺就知道你没甚正经。"

　　狗儿道："真个的，今天夜里你便预备些老白干，将锅灶弄好，等着俺亲自出马，手来擒来后便下锅哩。"

　　小白马道："俺可不信。这可是光腔下赌场，怎的去怎的回来。自己连饭混不上，还吹这大气哩，真不害羞。"

　　狗儿跳起来道："得了，钱到交货，俺不愁你不给俺个舒展。"说着竟去。

　　小白马后面连啐带骂道："饿不死的贼天报，还想一口一个石大爷的时候呢？"说着砰一声将门关牢，几乎将狗儿后腿关在门内。

　　狗儿恨道："好臭花娘子，等着俺的。"说着，捏唇儿打了两个响嘴梆，哼唧着大姑娘洗澡的淫歌，一径奔石善人后园。

　　却说小白马咒骂返回，自己暗想，若不着这贼天报打了半晌搅，俺晚饭已熟。时光不早，俺只好买块豆腐就剩馍吧。想着去床沿褥下去取钱，影儿不见。小白马诧异自语道："怪呀，俺这儿分明是两吊老钱，还是昨天阎歪嘴与俺的呢，怎的便没了呢？"寻了半晌不见，突然想起，一定是狗儿随手捞去了。不由大怒咒骂道："偷俺的钱真有些缺德。俺夜夜挣命，不消说腿子劈得生疼，气儿都出不匀乎，他若花俺的钱，哪辈子要他脱成俺，也要他尝尝个中滋味儿。"咒骂着随便吃些饭，半饥不饱地睡了。腹中只管咕噜噜乱叫，再也睡不去。

56

忽听大门外砰砰砰敲得雷一般，小白马一翻身爬起，心中暗道，这一定是阎歪嘴或许和尚来了，今夜俺不愁没好酒大肉吃嚼，明天不愁手中空虚。想着去开门，哪知门外却是石狗儿，已迈入一足。小白马大怒骂道："你这穷骨头，又来胡缠怎的？老娘不是来一个算一个，没得钞儿仍是你是你的，我是我的。"说着连推带搡。

狗儿急道："这是什么时候了，只管乱嚷乱叫？少时你瞧着不就是了嘛。"

小白马越怒道："饿不死的穷花子，又来骗老娘。"

狗儿见她不信，回手抛入一物，毛茸茸的，直与小白马亲了一个乖。小白马登时一个寒噤，闹了个后坐儿。狗儿早抢入门内，回身将门关牢，将小白马从地上抱起，香了一口道："我的人儿，你看这不是钞儿到了吗？皮儿肉儿杂碎，少说也值三五两纹银。"

小白马一看，却是一只虎子似的大苍花狗，颈上一条绳索，紧紧系牢，那狗儿已气憋死了。小白马登时一扭身躯道："俺故意用激将法激你，不然配有这横劲？"说着一指戳在狗儿额上道："小天报今夜可要老实些。"咬着牙，乜着眼睛给了狗儿一个麻木。

狗儿早饿虎扑食般抢过，将小白马抱住。小白马乱挣乱动，狗儿道："俺嘱咐你备些白干，可买来吗？"

小白马道："俺只有两吊钱，还被你偷摸去，哪能买酒呢？"

狗儿哈哈笑道："和你明要你是不给的，若不着这两吊钱，如何打得鱼儿上网？"

原来狗儿乘小白马不备，真个将褥下两吊钱捞去，一径跑向煮肉小肆买了两个猪蹄。狗儿拿了奔石善人园后，一路嗅那蹄儿，馋涎滴下，不由吃些边头肉脑。已来到石善人后园，见门儿关得紧牢，狗儿跳入园去。见两只大狗正蹲着，狗儿常往石善人家，猫狗皆熟。当时二狗见了狗儿，摆尾过来，狗儿就手开了园门出去，早有一犬随去。狗儿掏出备下的绳索，系了一个活结儿大圈，将猪蹄抛与那犬，那犬一口吞下，狗儿早将两个投在绳索中，那狗探头去吃，狗儿一提绳索，登时将狗颈索牢。那狗望后乱缩，狗儿用力拉，越前拉狗偏后缩，因此结儿越拉越紧，被狗儿不时勒死，径奔小白马处。

小白马本住在石善人后街，仅隔柴篱。石善人园中菜蔬也不知被小白马窃去多少。当时狗儿和小白马二人将狗拽入，狗儿动手，顷刻剥掉皮儿，开膛净腹。小白马早起火切成大块，下锅炖起。狗儿一面与小白马挑逗风情，一面嗅那狗肉味儿，恨不得一刻入口。

移时有人叫道："开门呀！"接着啪啪啪叩了几下。狗儿惊道："坏了坏了，一定是许和尚等来赶嘴。"

小白马出去开门，随着进来二人，狗儿一看，却是自己嫖友阎歪嘴许和尚两个宝贝。和尚手中携了一只王八壶，歪嘴手中捏了一双圆磨手，来回滚磨着，口中哼着小曲走来。见了狗儿道："咦，老狗今天怎的又混到这里来？"

狗儿道："歪嘴惯爱小瞧人，难道就许你来嫖吗？凡事有个先来后到，那么你便滚蛋。"

许和尚只管望空乱嗅，转了一个圈儿，张见锅中喷香的狗肉，跳起来叫道："运气运气。"说着咽的一声咽了一口馋涎，劈手便捞。

狗儿一把架住和尚一臂道："慢着慢着，你们要吃肥狗肉，须有个说儿。别只管嘴头上抹石灰。"

许和尚道："俺没吃你的呀？"

狗儿道："什么？俺费事劳力地弄来，方想解解淡嘴，你们若想抄白食是不成的。"说着便推。

许和尚道："别闹别闹，俺不白吃你的。俺这王八壶中满满一下子白干酒，正好打个平浮。"

狗儿大悦，阎歪嘴早一手揽了小白马，当头一个响梆，狗儿跳过推开道："你们今天有商量没有哇？不然便请开路走。左右她一人不能容下咱三个。"

阎歪嘴笑道："咱哥们儿什么过不着呀？真是有钱大家花，有老婆大家稀罕。那么便让你头水儿。"

狗儿喜得大跳，许和尚早捞了两块肥窝半生半熟地吞嚼，狗儿跳去推着和尚，二人厮扭一团。百忙中不见了阎歪嘴和小白马，狗儿大疑，跑去一看，早见阎歪嘴将小白马放翻，正在猴上身去。狗儿吼一声抢过，拽了阎歪嘴一只腿子，狠命地大拽。阎歪嘴就爬在白马腹上，忽见狗儿从中下手，直急得爷爷祖宗央告。

这且慢表，且说石善人家业阔大，每日夜间都要自己巡视一番。这日来到后园，忽闻一阵男女嬉笑声，内中分明有一人声音厮熟，不由细细听去，想起定是狗儿又混向私娼小白马家中。善人想着这不争气的东西，不由愕然倾耳。只闻一阵阵淫声浪气，并有两个野男子声音，口中只管唱起《大姑娘出浴》《黄昏月》等混账调子，句句刺入耳鼓。善人暗叹，忽闻一阵狗肉香气随风扑入鼻中，石善人暗道：作孽，这群宝贝又不知将谁家看家犬偷吃了。正想着，只闻吱扭扭一声响，微风吹来，接着两三响。善人循声看去，园门大敞大开，一只黄色狗蹲在门下，似乎恐有贼人进来。善人自语道："园丁真个疏忽，这园屡次失落东西，还不谨慎，连大门都不关闭，明天得说与他们。"说着自己去掩门，却不见那苍花犬，也未在意，将门闭好返回。

行经短篱下，只见小白马家房中灯光辉煌，竹帘倒卷，斜对石善人短篱，早瞧得清楚。见一个男子正是阎歪嘴，虎也似的踞在小白马腹上淫戏。床沿上狗儿瞪得一双眼睛黎鸡般望着那二男女，似乎馋得异常难受。时起时坐，再也待不稳，早一手抚定白马一乳，一面亲了个嘴，一面瞅瞅地下站着的许和尚，意思恐怕他先尝肥脔。狗儿脱得赤条条，下身好不难看。善人痛心刺目，暗叹狗儿下贱如此，不堪造就了。想着呆呆望了天空，不由得坐在井石上。

小白马处声音都静，只哧哧笑声不绝。移时阎歪嘴道："石老哥俺不是小瞧你。像你这糟蛋货，还想乐子呢？既要吃香喝辣，小娘儿由性儿弄，便须长个本领。你属耗子般胆儿，还干什么呀？若是俺老阎有那财神爷似的大伯，可不愁没银子花了。"

善人望去，见阎歪嘴站在地下，石狗儿便如死狗似的委在白马脚下，神情似乎困极，一些不动。见阎歪嘴向他说话，慢慢抬起头来，有气无力地道："老阎真说得好轻松话，俺大伯虽是财神爷，可是成年价月俺去搅得不少，已够瞧的了。再想吃香喝辣弄小娘儿也出在俺伯身上，如何使得？"

阎歪嘴哈哈一阵冷笑，故作不语。许和尚正用大碗盛来香喷喷的狗肉，拿起王八壶，对嘴喝了两口，斜着眼睛一睒，啪的一声蹾在桌子上道："说你尿还不承认，天生这般贱骨头。人要与你吊八百便承受不起的。"

狗儿懒洋洋一个懒腰爬起，许和尚早凑过去道："你们是一家的，多捞他些是正当。"说着拿起案上一把菜刀，揪住狗儿笑道："你不会如此吗?"

石善人听视之下,早一个寒噤,暗叹世风不古。自己平生乐善好施,不想竟有人觊觎暗害。只见狗儿连连摇手道:"不成不成,俺大伯虽常喝叱俺,可是一般周济。这如何使得?"

许和尚败兴道:"得了,像你这人一辈子如此了。"

说着,三人和小白马大吃大喝起来,一面猜拳行令,猫声狗气地乱喊乱叫。

石善人如木偶般肃住了,半晌方悟,慢慢返回,好不闷闷。也不露声色,暗道狗儿还有些良心。

过了几日,狗儿又来借物。石善人将他叫来,与他些粮米之类,数落一顿去了。自那日石善人家的苍狗竟失踪,石善人心中明白,知道一定是狗儿偷去,在小白马家炖着吃了,也未声张。

这时白莲教已经传遍,好在皆是本地无赖之辈,借此捞些吃喝而已,百姓提起来恨得咒骂不迭,也无人参加。狗儿越来胆也越大了,竟与些匪人混在一起,终日胡撞。将房屋也卖掉,便想混入白莲教中,被善人留下看园,狗儿上工倒也克勤。石善人大悦,慢慢查看狗儿,情形也好得多了。将园中整理得干干净净,连个砖头柴刺都看不见。石善人喜悦之下,多多赏励一下。

这日石善人晚上蹓向园中,突见从短垣上跳入二人,善人连忙闪向树后。见那二人径奔狗儿房中,却是阎歪嘴许和尚二人,善人吓得胸中乱跳。移时三人一同又越垣而去,善人也未声张。次日将狗儿叫来,将他辞掉。狗儿知道事泄,一言未发,跺跺脚离开善人家。善人又把与他几两银,要他谋个生活。狗儿拍拍腰胯道:"不瞒你老说,俺缺不着银子花的。"说着扬长而去,将善人气得发昏。后来闻得狗儿竟结合匪人李大磕巴有不轨行为,善人为之发指。

不想过了月余,一夜善人正亲自算了算出入账目,只闻上夜人叫道:"有人了!"善人一个颤抖,算盘落地,顷刻不知怎的好。这当儿早闻尖厉厉一声呼哨,善人三步两步跑出院内,早见护院武师马三多领了家丁,单刀铁尺乱糟糟赶过。早有三五大汉,结束伶俐,趁月光之下,嗖嗖从屋上跳落垣上。马三多究竟不弱,早翻手一镖打过,一道电光似的径奔一贼。那大贼正拽了单刀,大叫"弟兄们下手呀",突地镖到,扑哧一声,正中肩头。那贼啊哟一声未了，扑通栽下墙去。早有四五家丁赶过去，捉了捆牢。那垣上众贼大叫风紧，接着一声呼哨，又有四五大贼箭也似的跳入。善人忙闪向柴草垛隙中，家中丫头厮仆吓得跌跌撞撞，乱藏乱躲。有四五大贼横刀跳入院中，与马三多杀在一起。三多使泼单刀，一团白光兜了众贼，战了多时，不分胜负。直杀得烟尘乱抖，一阵刀剑相碰声。这时有五六贼已蹿入内宅，倾箱倒柜，大掠起来。正这当儿，只闻当当当一阵警锣声，随即来了一行村丁，呐喊杀来。马三多见帮手来了，抖起威风，连劈二贼。众贼大叫风紧，一声呼哨，一齐跳过垣去逃走。

马三多恐院内无人，不敢追赶。同村丁搜寻一遍，不见贼人影子。只各房中皆箱倒柜翻，善人从柴中钻出，吓得半死。许多丫头仆妇见有贼来，从被窝中爬出，百忙中抓起上身短袄当裤儿望腿上乱穿，有的越忙越抓不着衣裤，还有好容易抓得一裤，慌得两腿只管望一个裤腿中伸，结果谁也莫穿上一个衣服，只精光乱跑乱钻。这儿藏藏，觉得不稳，又跑向那方，却有人早已狗也似的钻伏在内。在这刹那当儿，贼人已杀门而入，一个个五色抹头，提了单刀，便如火燎鬼似的，众人吓得挤了一堆老白羊。贼人已去，还兀自吓得抖个不住。石夫人却和亚男抱了小孩，影在堂屏后，贼竟未见。

当夜乱得沸腾腾，天光大亮，村丁散去，石善人将二死贼与一活捉的交村会中，掩埋贼尸，将活捉的提来，大家一看，不是别人，正是村中大青痞阎歪嘴。村正大怒，一顿大板，究出真情实话。原来狗儿自被善人收留，看守后园，他不几日便勾结阎歪嘴、许和尚、李磕巴等人，乘夜行抢，把来赃物便存在善人后园。狗儿自被善人辞掉，心中怀恨，于是想起阎歪嘴在小白马处曾提醒自己，俺何不以此泄恨？想着跳起来道："妈的，就这买卖来得老辣。俺还装什么鸟，索性干他妈的。"狗儿将心一横，与众贼备好，由狗儿先入园内，开门放入大家。村正派人捉来狗儿，先敲一顿，收起送县。不想途中被李磕巴等劫去，并杀伤数人，竟呼啸而去。

且说善人遭此变故，幸未伤人，还是万幸。督家丁收拾一切损物，重赏马三多。这时国家太平，不过传说白莲教将起，这也不过江湖伏隐的一种匪人。

光阴真箭也似的快，恍已过了数年。善人幼子已八九岁，生得十分魁梧，红白面孔，剑眉虎口。亚男已十四五岁，庄静而且活泼。长长身躯，丰腴面孔，两道柳眉遮盖下的星眸，含了欲漾水儿般珠睛。一头青丝分绾了三个抓髻儿。她每日不爱稳坐闺中，生平羡慕红妆侠骨的吕四娘。她常常偷偷瞧马三多练武，居然慧心记得牢牢的。有时吕少游来寻，二人虽不会武功，偏爱武事，将马三多之技暗暗学来，蹿越掼击，倒也来得。却说常学究之子秀儿，自与少游亚男每日赴武场抡刀弄枪，也与少游亚男似的，一般地得了低度的武功。好在他天生捷足，更比猿猴快得多。

这日天气晴朗，少游约了亚男去游山景，二人于是带了弹弓标枪之类，预备随便打些野雀山兔之类。少游道："秀儿打得好石子，俺们何不约他去？打些野味吃，倒十分可口。"

亚男笑道："秀儿很好玩。人都说他淘气讨厌，其实他们是不知他的特性是聪明不羁、随便游戏罢了。"

少游道："正是正是，秀儿天性特高，将来不可限量。俺恐他要趋出世外。"

二人说着来到秀儿家，见秀儿母亲正在寻找秀儿，见少游二人，笑道："你二位想是来寻秀儿，那孩子早晨便出去了，现在还未回来呢。你小哥俩屋里坐呀。"

少游道："不了。"说着返身走去。

秀儿母亲道："吕相公若看着秀儿，叫他家来吧。因为这些日只管闹拍花匪，专拐小人儿。你们哥俩儿也别远去呀，可了不得。"

少游答应，与亚男一径而去。出了村头已在山腰中，于是二人寻径上山。眼望着山茶烂漫，耳听着山涛如吼，二人披开长草，刺了满身荆花儿。穿过一带深林，便见平川之路，两旁青蔚锦绣山花，夹了羊肠曲径，地下满布鸡卵大小石子，二人看得光亮异常。

少游道："这倒好玩得紧。比咱村西首水道上的石子好得多。可惜秀儿未来，他最喜欢用石子打雀。这般好石，咱且拾回些送与他好吗？"

二人随手拾些石子，装入袋中。一面采些鲜艳野花，随手插在头上。坐在镜面似的青石上，四下一览，真是云天渺合，万家鳞次。峰峦回环之下，笼护了无数村坊。高下山泉，清湍接下泻下，便似扯了一匹白布，潺潺之声聒耳不绝。山禽合鸣，回环青空，与那红云低下相接，一阵阵樵牧歌声，随风隐隐，真个是目睹胜景，心旷神怡。

少游大悦，亚男拍着手儿笑道："俺看人能够久居这个幽致地方，倒是不错。那红尘扰扰，真是腻烦极了。这所在便如趋出红尘的极境了。"

少游连连点头笑道："男妹说得不错。你看许多人都晓得这个道理，可是哪个能领悟呢？"

正说着，一片乌云遮了太阳，唰啦啦一阵微风吹来，旋得地下残叶滴溜溜乱转，遍山都簌簌作响，现出一片阴晦气象，顷刻又是个凄凉景况。少游慨然道："男妹你看，天地随时变更，便如人生一世的浮沉。将来我辈不知何如，恐怕也如这逐风的残叶，虚度一生。"说着二人不约而同一齐叹息。

风吹云散，顷刻又是晴朗天色。二人正对景叙意，突然闻有歌声。二人倾耳只闻得末尾两句是：

> 终朝无所事，唯见白云飞。

亚男道："咦，这是秀儿的声音呀。"

少游却静默默地道："好好，就这两句多么自然逸致，俺若能如此也便足意了。"

话未说完，只见一只山鸡展翼飞来，突然戛然一声，一翻翅儿跌着斜筋落下，在地上只管振翼欲飞，却已折了一翅。亚男跳过捉了，一面诧异道："怪呀，这是谁呢？能飞石打雀？"

早见林中电也似的跑来一人，大笑道："你俩怎的也跑到这儿来呀？"

少游一望真是常秀儿来了，亚男拍手道："俺听歌声是你呢，你怎的知俺们在这里？俺两个去寻你，并来告诉你家中，俺们是游山景。"

秀儿听了登时闹了个大愣道："石姑娘说什么？俺却不晓得呀。"

亚男于是一说所以，秀儿笑道："俺早饭后便去寻你二人。"说着一屁股坐在石上，喘了一口气接说道，"真也奇怪。俺就好打雀儿。这鹰大如雕，仅翅儿一张，便丈来长短。俺随手将咱每日常玩的铁球翻身打去，那鹰真个了得，只一啄衔了去。更可怪的是那巨鹰钢钩似的铁爪，抓了一柄三尺长的剑盒。俺惊悚之下，飞步逐鹰影儿赶去，累得俺要死，看那鹰飞入山中，俺也便赶上。幸俺的脚步敏捷，一路跟斗连连，不知栽了多少跟斗，还把鹰丢掉了，再也寻不着它的去向。俺看山景倒十分雅致，所以随便游玩，打几只山雀，回去烧吃。"

说着从腰下解下一串各种山雀，亚男拿过，将那只山鸡也拴在一起。少游道："常老弟真好身手，俺那石子便发得不如你准正。"

　　秀儿笑道："凡事一惯。俺在先也是一般，后来俺每日练习，不但正准而且气力比先大多了。"

　　亚男咻咻地笑道："俺打石子很没深功，俺家武师马三多，俺看他打弹子，轻便且准正力足。俺偷偷地学来他的打弹身法。"说着拿过弹弓，四下一瞅，恰树上一只啄木鸟，正在两爪紧紧抓住树干上，梆梆梆地长喙咬开树皮觅虫儿吃。亚男一拧纤腰，返身一弹，一张粉淡脸偏仰，斜斜目光一瞟，突地嫣然一笑，那啄木鸟早已应声落下。

　　少游秀儿喝起彩来，亚男笑着，两朵红云上双颊道："人家马武师许多射法，俺因为不便与他请教，这是偷学来的一点儿，不过取个乐儿罢了。"

　　少游道："真个的，刚才常老弟说的苍鹰真也古怪。俺们应当根究根究是怎的一回事。"

　　秀儿道："不错，那鹰一定大有来历。不然不会攫着一个剑匣，光亮亮的似乎是铁质。俺曾听说书的讲过，古时很有些名剑，是轻易不能出世的。如要得名剑必须深明剑气，因为这名剑久湮地下，便发出一道光霞，与日月光霞相映。剑如年久则通灵性，虽是说书中所讲，便亦得有些道理。你不见古书中也常载有名剑？想是一定有的。"

　　少游道："名剑是有的，可是需识剑的来赏识。这苍鹰定是什么奇人畜养，也未可知。"

　　亚男笑道："还是表兄见识高。看那苍鹰攫剑匣一定是个理由。"

　　三人大谈特谈，非常高兴。少游定要侦探这苍鹰去处，秀儿道："那鹰越飞越高，一定栖在极峰上。"

　　少游道："极峰有蛇岭、雀愁、摘天岭、云遮峰，最高的还有天台岭。俺们是不敢望及的。"

　　秀儿道："山不在高，只曲折幽僻便是绝境。"

　　亚男道："俺们别只管闲谈，咱再溜达一会儿，也该回去了。"

　　少游道："正是，近来咱村悄悄来了一种拍花匪，专骗小人儿。咱若回去晚了，免不了又要家中惦念。"

　　三人说着起身，少游道："常老弟你不是喜欢打雀耍子吗？在这山麓一条窄径上，石子颗颗粒粒都是光滑堪用的。"

秀儿道："可惜未拿个布袋来多弄些去。"

亚男将山雀和弹弓挂在腰上，三人厮趁寻归路。秀儿一面走，随手用石向长草中乱掷，突地蹿出两只山兔，唰一声从草中跳起逃去。秀儿无意中发了一石，打死一兔，那一只落荒逃走。亚男连忙取弹弓，兔已去远，于是扣弹赶去。一弹仓皇未中，亚男大怒，丢开步下电也似的赶去。秀儿少游拍手大笑，望着亚男情影一朵红云似的。

突然林中转出一樵夫，对着秀儿少游二人笑道："二位是来游玩吗？"

少游二人望去，见那汉生得吊眉鼠目，糟鼻翻唇，腮上短须，满面油漆的黑麻皮，手中电光似亮晶晶月牙板斧，头上裹条土色包布，精光四射的双目直刷过来。秀儿甚是机灵，见生巴巴汉子，恐不是好人，于是一拉少游，望望亚男已不见她的情影，少游大惊。

欲知亚男落在何处，且看下文分解。

第七回

活人变畜突来花匪
侠女诛奸俄靓异禽

话说少游秀儿一回头再望亚男影儿不见，二人惊得轰的一股热气直撞上脑门。二人飞步赶去，转过一道曲径，便是一带的什沓层峦隔绝。二人驻足，爬上山麓，乃是一个岔路。山口虽分明，可是漫地野葛山荆，二人回顾，了无亚男身影，急得黄豆大汗珠连连滚下。秀儿细细查看，在这一带长草有些颠扑。秀儿道："石姑一定到此地来了，你瞧好好的草怎会扑倒呢？"

少游大悟，于是二人分头去赶。单表少游焦急之下纵步如飞，赶了一程，见分出好些岔路，不知望哪条路上走好。于是大喊男妹，喊得嗓子都哑。倾耳听了听，哪有一点儿动静？四静山空途远，万峰渺合。一阵阵凄风渐沥，怪鸟嘶啼，只自己喊叫山空谷应，仿佛有许多鬼魅接着自己声儿相叫。少游见无亚男影儿，返步而回。一路脚步错乱，百忙中又觅不见秀儿，自己所经过路途再也寻不清。

少游抬头看看日色平西，残阳射在峰上，非常鲜明。有数片薄薄红云，几与头顶相接。山禽四飞，仿佛渺入一抹残阳中，越显得向晚之时光了。少游不知所之，急得带哭。在这刹那间，那一点残阳变得火也似的红，那几片晚霞渐渐散没，山中万物都被丹红色的晚霞笼罩了，顷刻朱色阳光暗淡，从暗淡又变作青黑颜色。飕飕一阵晚风吹来，太阳落去了，唯西方尚留下微微的淡红光亮。一钩淡月早妩媚地挂在天空，许多闪闪烁烁的小星，围得月亮密层层，已是入夜时候了。

少游自己徜徉，本想寻归路，却迷了方向。于是纵步飞跃，一不留神，被葛条兜了个跟斗，摔得发昏。忙抓起来当儿，突然有人叫道："你这相公，这般时候怎的还在这里？想是迷了路径。快不要乱走了，你瞧两旁深壑，黑水茫茫，落下去还了得吗？快随俺来，送你回去。”

少游抬头一看，说话汉子十分厮熟，却是那樵夫。再看自己，几乎吓死，却站在一窄窄石梁上，两边滔滔巨波，牛吼似的奔流。山风暴起，沙石乱飞，顷刻天地黑乌乌的，哪有什么晴朗月色？似乎群峰乱动，就要塌下，许多蓬头小树都幻成鬼物跳舞着奔来。少游大叫，那男子连连招手，少游顷刻迷惘，随着他奔走，如腾云驾风似的迅速。移时下了山径，好一片平川大地。忽闻得咩咩羊叫，那汉驻足回头道：“那不是你的家吗？”少游一看连说不是，男子狞笑当儿，一把拉了少游，只望一家门内一推，少游身不由己地跌入。见内中有三四羊羔，有的捆了，有的系着双角，只管相与咩咩乱叫。少游愕然之下，早见那汉子拿来一条绳索，似乎向自己头上挽了几挽，同羊羔系在一木桩上。自己心里明白，却说不出话来，知道已被匪人所骗，只无力抵抗。

那汉子搁下短斧，拿起瓦罐饮了一阵水，自语道：“老八怎还未来呢？莫非发现好货不得手？”说着掖起短斧，早有人道：“喂，大小子，你今天如何呀？妈的别扭，俺发现一只好货，毛色不用提怎的干净利落了，准能兜售千八百银。可是她机警异常，不但不上钩，而且撞破网。俺的手段不高，还得你去走一趟。她在南岗下呢。”

大小子听了大悦，跳起来道：“俺今天险些一网打两只鸟儿，不想那一只不知跑向哪里去。虽是劣货，但也值十数两头。”说着去了。

这且慢表，单说石亚男自己一人赶捉山兔转入山口，那兔被赶急，急蹿上山峰。亚男大怒，娇叱一声，随着赶上。披籐附葛，那兔赶得无处躲，蹿入石隙中。亚男堵住隙口，自语道：“这回你往哪里跑？”搬开石头，探手掏去，哪有兔影子？原来内中空洞洞通长大沟。亚男恍然，兔一定从那边逃走了。当时气得噘了小嘴，喘过一口气来，怔了一会儿，觉得有些劳乏，随便歇坐在石上。突然想起秀儿少游还在等自己呢，于是收了弹弓，抖抖衣上土，丢开倩步，一径跑下山去，可是少游秀儿已去寻找亚男。

当时亚男不见少游秀儿，忙登高一望，也不见影子，惊怔之下，心中暗想俺且等一会儿，他二人也许寻回呢。于是张望半晌，日色平落山头，还不见二人影子。亚男慌了手脚，连忙跑下寻找，顷刻日色西下，黑暗暗的幸有一钩新月的淡光，霜也似的铺满山。亚男夙日胆量甚大，于是挺手中标枪开路，一径闯去。一路走一面娇声喊叫，这一来却引了歹人。

只见从林隙转出一短汉，生得矮而且肥，手中一柄砍柴风亮月牙斧，背上一束山柴，向亚男一望，似乎一怔，于是道："姑娘怎的到这里来？俺是本村樵夫，送姑娘回去如何？"

亚男何等伶俐，恐是歹人，于是一挺标枪道："不当哩，俺生在山家长在山家，整日盘桓山中，打个野味，哪里有不知路径的理？"

汉子哈哈一笑道："刻下歹人特多，姑娘不如早回。俺家便在这山下居住，请在敝处歇歇脚如何？"

亚男故意道："俺有标枪弹弓，怕什么歹人？"说着已返身走去。

那汉不语，只喃喃两声，似乎说些什么。亚男顷刻头眩眼花，觉得天地昏沉。一阵雷雨之声，山风起处，沙石乱飞，目前一道深涧，黑澄澄洪水翻滚。亚男一阵迷惘，侧身欲走。对面洪波牛吼似的冲来，前面那汉子只管招手相呼。亚男回头望望，早有十数只凶猛狮虎咆哮跳过，张开大血口，露出钢牙扑来。亚男怆慌之下，知道那男子定是歹人，左右深涧，后有猛兽，只好望那条路上走去。可是自己一个女儿身，生恐被人陷害，于是旋了两转，见水势汹汹，可是久而不进。亚男天性是极高智慧，早又恍然一定是邪术。于是闭目奋力望涧中一跃，不想蹾得双脚生痛，一个后坐儿跌翻。亚男大怒，娇叱一声，突地云开雾散，明朗皓月，仍是沉沉夜色中。

亚男早挺标枪寻那男子，早已不见了。亚男趁怒追寻，见那矮汉已转入林木中。亚男好奇心炽，竟飞步随去，悄悄蹑在背后。那男子蹿入万木阴深中，亚男随入，霎时过了森林，便是一壁峭壁隔绝路途。那男子驻足望了望，一径奔向一处，转向一株枝柯横伸的老树后。亚男蹑足隐入长草，半晌不见那男子出来。亚男诧异之下，绕在树侧，悄悄一窥，只见藤葛满岩，一径下垂，蔓生得接山遍地，那男子却不知哪里去了。

亚男大诧，心中暗想，莫非是什么妖物作闹？突地咩咩两声羊叫，将亚男吓了一跳，闻声看去，似乎在藤葛之中，接着有人说话。亚男大疑，不禁发指，双手紧握标枪。微微山风吹处，藤条四披，隐隐透出光亮。亚男恍然，一定是个山洞，被长藤蔽了视路。于是悄悄用标枪一拨，果然是空洞洞。亚男索性要侦个究竟，伏下一窥，内中十分宽大，石台上放着一个破瓦罐，一盏油灯发出绿莹莹的火光，两峭石上放着乱七八糟许多物儿，什么王八壶、熟猪蹄、布袋干馍之类。靠石台下坐着一獐头鼠目的汉子，正向那短汉子说话，讲什么货色皮毛。亚男心中暗道：俺曾听老人家说过，拍花匪是有一种暗语，大约就是此意了。

再向内望去，靠一堆层石中筑起的短垣，内中发出咩咩羊叫声，一根从石隙中滋生的老树根，弓形地扎在地下，上面系了二三小羊，在咩咩哀叫。亚男诧异之下，只见短汉替出那鼠目汉子，亚男大悦，暗道：是了，他二人俺一定要吃亏，俟他二人分手，俺一个一个捉住他们，岂不妥当？想着急闪向巨石后面，早见那鼠目汉子手拽板斧蹿出，四处瞅了瞅，一径向南走去。亚男更不怠慢，悄悄跟去。

曲曲折折来在一处小山冈，那男子驻足四下乱找，自语道："妈的，老八总是马马虎虎，他说这儿有好货，一定是见妖见鬼。不然三更半夜，谁家女孩子还敢自个儿来玩？"说着仿佛真有鬼物一般，将斧一抖，跺足喝道："哒，什么妖物！竟敢来捉弄俺们！俺外号小阎王，凶得很哩。"

亚男见那汉自惊自怪，自己便先爬上远远一株小树上，看得好笑，于是摸出一块石子，一扬手掷将去。那汉子正挥斧护了面门，突地扑哧一声，一石陷入左目中。那汉啊呀一声，大叫有鬼。亚男听了，不由咯咯娇笑。那汉大悟，索性张开独眼，早望见亚男一条倩影影绰绰隐在树上。那汉大吼奔过，亚男连发二石，均被那男子挥斧拨飞，抢向树下，双手抡斧，只啪啪几下，砍向树干。亚男在树上觉得岌岌乱晃，大惊之下，将标枪拽了。那男子又一连几斧，只闻震天价一声巨响，小树栽倒。亚男竭力一蹬，接着别的树柯，随身一跃过去。枝柯过细，上下乱荡，咯吧吧乱响。亚男急就势一个轻燕掠翅，轻轻飞落。那汉子已吼了一声，挺斧赶来。一个金刀劈风式，一斧劈下。亚男偏身闪过，后退两步，抖开标枪，便是一个毒蛇吐芯，一道白光，一径刺到。那汉只一翻手腕，当的一声隔开。亚男标枪拨向一旁，那汉子一个箭步抢过，单臂来撺亚男，亚男闪之不及，只望前一纵身，竟从那汉胁下跳过。那汉想不到亚男身躯短小，而且灵捷，一旋身当儿，亚男早从后掉手一标枪，正中那汉股上。那汉痛得望前一扑，吭哧声狗吃屎跌倒。亚男咯咯一阵娇笑，挺枪赶过。那汉早一个鲤鱼打挺跳起，抢开板斧，大跳杀来。亚男抖开标枪接着，战了三五合，不分胜负。

那汉斧势如风，一片斧光嗖嗖嗖刷将来，将亚男带得后退。那汉一个劈倒华山式，一斧狠力劈下。亚男后退，却碰在树上，急中生智，一斜身蹿向树后。那汉猛地一斧未劈着亚男，却劈在树干上，一个风也似的斧头整个陷入木中。那汉着慌，急双手用力拔斧，双足跺着吼一声，只听扑通一个后仰，双手擎了斧头，双足高高扬在空中乱舞。亚男趁势一个怪蟒出穴式，一枪刺入那汉腹中，只一搅，那汉痛得平地跃起，怪叫一声死去。

亚男见刺死歹人，心中暗想道：既然发觉他们黑幕，即须穷搜其根。即如那汉子邪术迷俺未果，但不知有多少被迷的呢？想着雄心陡壮，随手拿过那汉短斧，掖在腰下，一径奔旧路直至垂藤之老树下。正要悄悄偷窥，只闻有脚步声，亚男忙藏在草中，只见那矮汉正在那边小解，闻得亚男声响，往后瞧着，一面系裤，一面说道："这一定是遇见黄大仙了。俺无意中冲撞您，一个仙家怎会与俺凡人置气呢？求您不要生气，保俺们货发顺利，下次一定买两只肥鸡子敬您。"

亚男大怒，突出一枪，一道银蛇似的奔向矮汉。矮汉猛吓了一哆嗦，一个"仙爷"未出口，亚男已一标枪刺入臂上。矮汉认得亚男，大叫便跑。亚男娇叱一声赶过，突地矮汉猛一回身便是一斧，亏得亚男身形轻快，忙一伏身跃开躲过，掉枪一个反刺，那汉早反身一斧，当的一声与标枪相碰，激了一溜火光。亚男旋身一跃，抖枪一个急刺式，一连三五枪刷过，那汉大怒，吼一声纵步挥斧，拨开来枪杀入。二人战了三五合，亚男本来未习武技，不过天性特高，又性好武事，偷瞧得马三多习技所得。力杀一人，已然乏困之甚，何况又敌矮汉，当时觉得气力不接。那汉狂笑，一紧斧锋，兜了亚男，口中还污言乱语。亚男着慌，虚晃一枪，跳出圈外便跑。那汉大笑道："乖乖儿，看你能逃向哪里去？"纵步前赶。亚男连发数石子，因慌忙未中，看看赶上，亚男绕树而走。

正在危急，突然月色微昏，从天上射下一双神灯。只见一只巨鹰展翼飞来，疾如流电。一双神目便是两个红灯，只向矮汉用翅膀一扇，那汉子已球儿似的飞起丈八高，落下跌折了腿。那鹰忽地影儿不见。亚男过去挺枪想刺死那汉，忽想起必须留他活口。于是且不管他，用枪先拨开垂藤，先摘下一串死雀山兔抛入，自己随着钻入山洞中。只闻哇哇孩子哭声，亚男看去，那些山羊不知怎的，竟变成数个男女孩子。每个被人捆了手足，有的系了辫发，少游亦在其中，被人牢系辫发，呆呆地俯首站定。

亚男大诧，少游却长长舒了一口气，大叫道："好混账东西，竟敢邪术害人！"

亚男过去叫声表哥，与他们解下绳索。有的孩子撇嘴儿只管怪哭。少游愕然道："男妹你怎的也在这里？莫非也被匪人所骗吗？"

亚男略叙所以，少游如梦方醒道："啊啊，俺恍记得俺三人来玩。那么秀儿呢？"

亚男道："并未见到。"

少游惊道："俺若不是男妹舍命相救，恐怕难免一死。秀儿不知下落，恐是凶多吉少了。"

亚男道："秀儿天赋更高，绝不会落奸人之手。俺也是无意中为好奇之心所驱使。"

少游道："匪人不知用何邪术，竟使人迷惘，使入其术中，还能使人变音。俺看在这深夜时光，俺二人且去寻找秀儿。恐还隐伏别的匪人尚未可知，秀儿岂知便不被人骗了去？"

亚男道："正是，反正今夜黑沉沉也寻不得归路。"于是劝止众儿哭声，并向他们道："俺是来救你们的，匪人已被俺杀死，现在夜深了，不能送你们回去，俟天明你们随俺到俺村中，定有人送你们回家。"众儿唯唯，少游又在各处搜寻，并无甚藏匿。

亚男提了标枪，掖了短斧，少游从石台旁觅了自己的标枪，着地一抖，向亚男笑道："男妹你太累了，这次俺自己去吧，你歇息歇息。"

亚男笑道："不可不可，还是俺二人去妥当。如果真遇匪人，互相有个照顾。俺这一次头一个匪人被俺杀死，乃是石子之功，不想一下将他的眼打瞎了一只，第二个就不成了。啊哟，真个奇怪，日里秀儿说见一苍色巨鹰，俺夜里却见一大禽，俺迷眯眯地也未瞧真，那禽儿竟一翅将那匪人扇向空中，把腿摔折了。不然俺也便死在他斧头之下了。"

少游惊道："这也奇怪。这大禽一定是个异物，这不似乎是救你一般吗？"

亚男道："深山古木间，恒有灵物，真使人捉摸不清。"

亚男说着肚中咕噜一阵怪响，随即笑道："跳闹了一天一夜，还是日里早上吃的饭呢，委实有些撑不起腰来了。"

少游道："真是的，俺将饿忘掉了。这一句话不打紧，俺也直不起腰来了。"

只见一个被难的小女孩子生得伶伶俐俐，眉目清秀，举止不同寻常孩子。她自被亚男救了，一声不哭，只向亚男道谢，并将亚男呼为姐姐。当时她四下瞅了一番，乌黑的小眼睛精光四溢，于是道："你二位若饿了，不会吃吗？"

亚男笑着拉了她的手道："你这小妹妹真吓痴了，这里不是饭馆酒店，吃什么呀？"

小女孩笑道："俺自被匪人骗来，只将俺绑了。俺悄悄将绳咬断了，本想俟那两个贼出去，俺好将同被捉的放开跑了，不想被二贼看见，将俺们每人拍了一掌，口中不知嘟念什么，我们都滚地变成羊羔，口中说不出话来，只会咩咩地叫。那二贼却从那里拿出酒壶、干馍、糕饼、猪蹄、狗腿之类吃嚼，后来又放在原处。二贼出去了，才将这位相公捉来的，俺记得清清楚楚。"说着一指少游，接着道："不错吧？"

少游道："俺不记得了，只知俺们都是小羊儿。"

亚男听了大笑，小女孩笑道："这种匪人既居深山中，他的吃粮定有陈余的，俺们何如搜搜看呢？"

说着便奔过去向一凸出的青石上扳，那石却是活动的。少游亚男二人一齐去帮她扳下，内中却是一个空洞，放着许多食物，什么胡饼、面卷、油糕，还有一个整熟的猪头。大家一齐动手拿出，放在石台。亚男又爬上石壁，取下王八壶和布袋里的干馍。亚男笑道："俺真糊涂，在俺窃窥此洞时，早已就见这酒馍，却一时忘掉了。"

当时少游将众孩子叫来，大家围了石台，同食了个尽兴。小女孩一面吃，一面与亚男说话。亚男方知她是南山旋峰峪村中的，这个旋峰峪与石帆村首尾相接，不过相距里许的路程。女孩子姓陶名倩姑，乃是一武举人之女。父母早年下世，只随了祖母陶老太太度日。家中衣食颇足，陶老太太娘家姓朱，乃是山东巡抚朱惕之女，后嫁与陶相祖。陶相祖乃是当年大侠陶子，陶老太太名朱琴声，也有很好的武功，不过根基不深。现在只携了倩姑度日，倒也安适。

当时亚男少游知道陶倩姑非田家女儿，亚男道："怪不得俺看倩妹举止与人不同，原来却是名门之女。想倩妹一定习得很好的武功，等改日俺一定要去请教的。"

倩姑听了不由粉颊上添了一层薄薄红云，摇头笑道："不敢不敢，俺只跟俺奶奶学一点儿，俺奶奶倒是很愿意俺学武功，不过她老人家年岁既高，俺等闲不敢劳她老人家，在耳旁唠唠叨叨的使老年人心中不静，所以俺便忽略下来了。"

亚男见她说话非常合理，一把拉了她手，只管爱得瞅了笑。两个羞花似的俊脸接在一起怔瞅，移时亚男转过目光，瞟向少游道："表哥你看倩姑真不离名门风度，改日俺们一定要上她家去玩玩。"

倩姑笑道:"那可好哩,就恐你不去。"

少游笑道:"别的不用说,俺们若多去两次,武功一定可以进步。"

亚男大悦,只管拍着手咯咯娇笑。他们一群兄弟姐妹说话间将所有食物吃得精光。少游道:"时光不早了,俺们去吧。"

亚男略整衣带,提了标枪欲去。倩姑笑道:"男姐你要累了,俺就替你去去也可以。"

亚男也觉得太累了,于是笑道:"那更好了,俺在此等候如何?"说着将标枪递与倩姑,自己留下短斧防身。倩姑擎了标枪,十分得手,随少游厮趁而去,亚男看守儿童不表。

且说少游与倩姑一面走一面说话,倩姑道:"俺二人只在一起,千万不要离开,不然又要失落,那还了得?"

少游笑道:"正是。俺们若不是走岔了路,哪有这事呢?"

倩姑笑道:"真是事儿天定,若是吕兄不错了路径,俺们也便不得了,一定被匪人弄走的了。"

二人说着转过山弯,倩姑随手将地下枯枝插在路上。少游心中暗道:倩姑为人真个精细,竟恐失了归路,先以枯枝为记。如此看来,俺们不如她了。

二人又随手拾些石子,装入衣袋中。一路蹿高纵低,披荆分葛,曲曲折折回环行去,穿过几处森林,转过带带曲径,山路越走越坎坷凸凹,遍地荆棘。少游当先开路,用短斧斫下荆棘,拨分而进。移时觉得乌黑路途不分,二人仰头观看,却误入山峡,上面尽是荫荫翠葛纵横,遮蔽天空。一阵阵怪鸟凄啼,远远山兽狂吼。

二人大惊,倩姑低声道:"了不得,俺们走上危途。这处一定是那阎王峡,俺听说此处不但猛兽纵横,而且多毒蛇山魅,这还了得?"

少游望前张了张道:"匪窟多在山阴深处,你看那二匪人竟在那葛藤掩护之下做了秘窟,岂知这其中不能隐藏歹人吗?"

倩姑道:"俺闻阎王峡人迹罕到,有大伙猎人竟然裹足,何况俺二人呢?"

少游道:"倩姑说得对,你看前面发出碧色光霞,不知何物。"

倩姑望去,果然一闪一烁,光霞万道,有时光线竟冲空直接星月,不过刹那杳然,移时复起。当时二人奇异,不由前进。

欲知二人究竟探得光霞为何异物,且看下文表白。

第八回

莫笑童心寻古洞
且从异地觑奇人

却说少游和倩姑二人望着前面光霞隐隐闪动，不由引起探奇之心。真是新出犊儿不怕虎，竟直进去。只觉阴风飕飕飕袭人毛发，阵阵阴霉气味扑鼻，仿佛有什么鬼物的影形。少游将斧当头护住面门，来到一片林树下，转入参差细碎滑石路上，两旁细石夹了一径光如镜般的细沙窄路。

倩姑一拉少游，附耳低声道："俺听俺奶奶说过，有宝器之地必有巨兽。巨兽住处方圆里许必有异路。你看这窄径何等平坦，连残叶枯草都不可见。"

少游愕然，二人说话间，突然一阵怪风。

着地旋来，腥臊异常，寒凉刺骨。风虽特大而烈，可是轻尘不起，枝叶不飘。倩姑少游一齐大惊，倩姑道："了不得。"说着拉了少游藏入石穴。

喘息未定，只闻暴雷一声怪叫，二人吓得抖个不住，一双牙齿捉对儿打在一起。就石隙往外一望，早见从山口跃入一只苍花巨豹，吼一声驻足四嗅，在那细沙窄径上细看了看，然后从乱石子路上慢慢走过，一径望那层山石上行去。少游倩姑二人哪里见过这稀罕，早吓得抖个不住，目光送着那豹屁股。那豹一面走，一壁回头四望，一双电也似的目光，与二人眼光打了个照面。吓得倩姑往后便倒，少游登时魂儿几乎吓掉。如那豹闻得声响，二人一定丢了性命。

少游倚在一块石上，狠命地将倩姑一把抱了。亏了一阵山风刮过，草木簌簌作响，那豹径上了山岩。忽地怪蟒般巨尾左右摆动，打得岩石乱滚，突地霹天一声暴吼，接着又是两声，那豹掉转回来，早见凭空又跃过

74

一只巨豹，花纹灿烂，光彩异常，落在碎石山麓上，张开双目，四下一瞅。张见先那豹，一拱爪儿奔去。二豹相见，探头摆尾，舐嘴咬唇，十分亲热。厮趁转过岩石，便是五六尺高长草直立，青蔚异常，一丝不倒。二豹走近草处，距丈远伏身一跃，从草上跳过去便不见了。二人惊得相顾不敢说话，半晌不见什么动静，只有前面一道彩霞，笔直地接上天空，时起时落。

少游以为二豹去远，拉了倩姑低声道："好险啊！这山中还有两个凶物呢，怎的一向未晓得呢？"

倩姑道："不要前去了，这二豹一定是看守什么宝器的。你看韬光飞处，便是宝物放光。俺不是说着吗？有宝器定有巨兽，老人家之言不会错的，咱返去吧。"

少游低笑道："二豹已去，又有何怕呢？"

倩姑道："二豹何曾去来？分明是跃入长草之中隐伏了。"

少游道："倩姑你要不敢去，便等俺如何？俺要去看个究竟。"

倩姑正色道："死何足惜？不过家有祖母于心不忍。吕兄既然要去，俺一定陪伴的，但须小心从事。因俺等无武功知识，倘一遇险，一生有为之身便从此湮没了。"

少游听了，连连道："是，倩姑高见，绝是不错。俺们小心就是了。"

说着二人径出，悄悄爬上山石，不敢走石上，只沿细沙蹑足而去，一些声响都无。一条窄窄沙径上留下了许多痕迹。从细沙径上便可直接穿过山岩，两边都是数尺高的长草，笼成一条长巷般。走了十余丈远，转过一个螺旋状的窄径，二人悄悄趄过，连两边的草儿都不敢挨。转了四十余转，突地光亮射得人双目难睁。二人悄悄一张，更无甚异处，只一平镜似的青石，上有旋纹，那光霞便是从石上放出。少游正张得出神，倩姑忽地仰头上望，吓得一个寒噤。原来这窄径直接穿入岩内，越走越低。上面层岩围护，草长数尺，不时清风吹来，一阵阵腥臊气味，还有什么吃嚼之声，一定是豹所居处。倩姑一拉少游，寻旧径而返。一气跑出山口，累得大汗淋漓。时已天光发晓，二人不敢久待，仍回旧路。月色早已没下，乌黑异常。多亏倩姑插的枯枝能识来路，曲曲折折寻见垂藤山洞。

亚男正在洞外张望，见了二人劈头便道："秀儿呢？"

倩姑笑着拉了她的手道："未寻见。"于是将探阎王峡之事细细一叙。

75

亚男惊道："好险啊！莫非秀儿被豹子食了不成？这可如何是好？"

三人正说着，忽地锣声大振，远远一片火把飞也似的奔来。隐隐有人叫道："吕相公！石小姐！"

亚男道："这一定家中失了俺们，找来了。"

火把将近，少游大叫道："在这里呢!"

连叫数声，火把方转过来，正是石帆村地保领了一行健汉赶来，内中有两个仆人和一个武师马三多，均是石善人差下的。当时大家见了亚男少游，还有一个女孩子，三人雄赳赳提了标枪阔斧，王地保手中一条门闩，油乌乌丈多长，就地一拉，喘了一口气道："我的爷，可累死俺了。俺们寻了一夜了，你们怎的能钻在这里？别的不用说了，咱们回去是正经。"

这王地保为人老成，对于村中一切事项很肯负责，近两天本村李大户办丧事，将王地保请去指挥一切，一天到晚二更后方得吃顿饱饭，累得筋骨生疼。这日地保方从李大户家中返回，先解衣躺在床上舒舒乏，正在梦中呻吟，觉得浑身不得劲儿，突地门外擂鼓似的砰砰砰一阵大敲，并且甚急。王地保翻身骂道："这一定又是刘小秃那小子，他因族中地亩纠纷，俺们向县里疏通。俺是无偏无向，一概谢绝。今天寻找一天了，索性不理他就是了。"

可外面已敲得震天价响，一面大喊："王大爷，快快开门呀！俺家丢人了。"

王地保无法，只好披衣跋着鞋儿走出，一面道："是了，我的刘大爷，你家丢人丢脸，于我何事？老实说，俺是两手不沾尘。"

说着开了门，却是一怔。门外的是石善人，带领看家武师马三多等人，刀枪齐备。当时地保道："哈哈，原来是石老爷，得罪得罪，您有何事呢？"

善人道："俺家亚男和吕家相公今天游山走失了，同时常学究的孩子秀儿也不知哪里去了。"

原来亚男少游每日一处玩，或在吕家，或在石家，晌午往往不归。这日亚男一日未回家，善人以为一定在少游家吃饭了，少游母亲以为少游在石善人家，两家都未寻找。不想晚上初更未返，好在村中安定，也未理会。石夫人等了一会儿不见亚男返来，夫人道："亚男这孩子越发无管无束了，整日乱跑去，哪像个姑娘样儿？"于是派人去寻。

少游母亲正在门外张望，见了石家来人道："俺家少游怎的还在那儿？什么时候了？这孩子。"

石家人道："咦？小相公未在那儿呀。俺家小姐与小相公早晨就出来玩，俺家老爷以为一定在姑太太这里呢，怎的未有吗？"

石氏大惊道："了不得，这些日风言风语说四外来了些拐匪，快快追寻。"

正说着，常学究走来道："秀儿这孩子在您家吗？今天一天未回家。唉，真没法，活淘气死人，吕嫂快告诉他回去吧。"

石氏怔道："秀儿也未回去吗？这一定是被人骗去了，快快报地保去。"

石家人飞跑返去，进门便大喊大叫，石善人晓得了，心战肉跳，于是率同马三多和仆人去寻王地保。

当时王地保皱眉道："啊呀，前天东村里失了两个幼童，俺还未信呢。想一定遇见拍花匪人了，那么咱们连夜搜寻，或者可以追着。"

秀儿的母亲听常学究说三个孩子均不见下落，吓得随后赶来，向王地保等道："今天善人家的大小姐与吕小相公去寻秀儿去游山，可是秀儿早晨便出去了，并未一同去。求王爷分心寻寻。"

王地保忙忙穿齐衣服，抢了一条门闩，请善人回去听信，自己又约了村丁和马三多等一行人，闹嚷嚷径奔山上去。一路灯笼火把，鸣锣击鼓，在山麓觅了半晌，不见踪影。地保大怒，率众赶上山中，分头寻找。地保道："此山深处莫过阎王峡、紫藤崖，阎王峡山路曲折，人迹罕到，他们或者入了紫藤崖迷了路途也未可知。"于是寻来了。

少游又略叙亚男杀匪人之事，王地保大怒，跳起来挺门闩便走。大家拉住。王地保叫道："好王八蛋，且要你尝尝这家伙。"

于是挣脱，大家知道他是醉猫子性儿，越扶越倒，惯爱玩这马后炮，索性不理他。王地保奔在伤腿的矮汉身边，方骂了一声"好混蛋小子"，那汉忽地一翻白眼，双手往前一扑，扑在地保脚下，一片殷血直溢过来。王地保一个寒噤，叫声"我的妈"，门闩早已脱手倒地，登时吓得抖了个后坐。大家哈哈大笑，扶起地保。地保没事人般道："俺这几年上了些年纪了，若当年铁铮铮的时候，这个小蛋子哪禁俺一口涎也唾他个跟斗。"说着一摸短胡，身上还颤抖不住，大家肚里暗笑。

于是亚男等引王地保等进了山洞，将众难儿叫了出来，随王地保返石帆村，然后再送回各家。由两个健汉将短汉捆了，用王地保的门闩抬上肩头，一行人跑下山来。到得石帆村，已旭红般的日光升起多高，村中的炊烟漫布了天空。

到得善人家，善人夫妇正在门外焦急地望着，蓦见亚男等来了，方放下心，石夫人只管念起豆儿佛来。大家入内，善人早已备下酒肉请大家吃。王地保笑道："石爷别只管这样客气，俺们一年到头扰您，这点儿小事还算事吗？"于是大家谢一声入座，狼吞虎咽吃个尽兴。善人又拿出些辛苦钱与大家分，另与地保十两一封银子，差人送往地保家中。地保领众而去。

少游告辞欲走，善人道："你且坐会儿，吃过饭去不迟，俺已着人去告诉你母亲。"

少游唯唯，善人又问少游亚男入山一切，二人从头叙述。善人笑道："亚男很有些英雄风度，居然大胆诛奸。你们若肯习武，后日俺访求良师教习。但是习武事就须知守身，不然便流落。一生总以武事为防身济困，即不失正轨。俺虽不识武功，可是诸事尽是一理。你二人之胆略天性均有超人之处。"

二人大悦，亚男道："孩儿何足道？南村的陶相祖比我们强得太多了。"说着拉了倩姑细细将倩姑家世一叙。

善人惊道："相祖俺是晓得的。"拉过倩姑细细看了看，叹道："真是将门虎了。俺家与陶家世代交厚，不过自陶相祖去世，其子陶一峰夫妇继先世之志，纵横江湖数十年，与俺甚为熟识的。俺呼为叔婶。这倩姑与俺乃是一辈之老兄妹了。"说着哈哈大笑。倩姑连道不敢，善人正色道："不要如此客气，俺们都是一家人，改日俺一定去府上拜见老祖母。唉，可惜一峰叔婶早年去世。"说着老泪欲滴，望了望倩姑，却又忍回强笑道："为人生死有定，岂是人力所能挽住的呢？"

倩姑不由凄然，又被善人用话混过，于是令亚男少游呼倩姑为姑，倩姑仍呼二人为兄姐。

当时善人夫妇陪了数个男女孩子吃过饭，差人送回各家，尽是左近村中孩子，只少一个秀儿。善人差人寻了两次也未见，常学究急得终日打旋儿，秀儿的母亲每日双目泪汪汪，一次次地跑在大门外张望，便如疯狂一般。有时半夜三更大叫秀儿的名字，有时做梦不是秀儿被豹子吃了，便是被骗拐走，只管哭叫。善人看得心中难忍，细细究问捉来那矮拐匪，并无余党了。于是告诉秀儿母亲不要惦念，一定失踪了，不日或有人送来。

秀儿母亲哭道："拐匪虽无有余党，可是吕相公不是说张见豹子吗？岂知俺的秀儿不是被豹子吞入肚了？"说着又捶胸大哭。

石善人劝慰一番，正乱着，王地保来寻善人，商议将捉的拐匪是否送县。善人道："老地保正应自由决定的，怎的寻俺商议？"

王地保道："俺觉得送县免不了又招来些班头狗腿的来咱庄胡敲乱诈，索什么鞋钱酒钱人情钱的等等，吵得你通忙不了，吃他呵斥有些合不来。"

石善人道："这怎办呢？"

地保道："他虽是拐匪，也是初犯，且双腿已折，就放他去吧。"

善人沉吟道："老地保随便吧。"

王地保道："那么俺便省一番事。"那残疾匪人感激得流涕，慢慢爬向别村乞讨生活不表。

且说石善人自秀儿失踪，替学究夫妇心中难过，陪着落了许多泪。这日从学究家返回，行至巷口，突唰一声飞来一物，善人一看，却是一巨鹰站在前面，高三尺余，浑身黑花斑纹，一双精目，铁钩利口，钢锋似巨爪，背上负了一锦纹篓儿。善人吓了一跳，想起亚男曾说秀儿张见苍鹰，想一定是它了。吓得不敢前进。刚想转回，只闻有人叫道："石大伯不要害怕，它驯顺得很。"

石善人听了，一看却是秀儿，与一须眉如雪道貌岸然之道士走来。石善人惊道："秀儿，你上哪里去了？"

秀儿嘻着嘴道："大伯不要问了，且到俺家细谈吧。石姑少游回来没有？"

善人道："早日就返来，你母亲正惦你惦得带死带活的呢。"说着与道士拱手。

道士早打躬道："慈悲慈悲，老善士上姓？"

石善人一说名姓，又请教道士仙乡道号，方知道士姓秦名槐号临溪。说着已到秀儿家。常学究见了秦槐，由善人指引相见。常学究见秦槐道貌超尘，长髯垂腹，飘飘有仙人之态，非常敬重。秀儿烹了茶来，又向鹰背上解下锦囊，那苍鹰振翅飞上屋顶。石善人让秦槐客座，学究善人陪了。

学究道:"学生与仙师素不相识,敢劳仙师玉趾辱临寒舍,送回犬子秀儿,实深感激。"说着便是一揖到地。

秦樾早稽首道:"不敢不敢,小道非为送回公子,乃有所求。"

说着从秀儿手中拿过一块光净如玉的方石,大如升,启开内中却是空的,从内中拿出一锦纹匣儿,放在桌上。学究善人一齐注目,见匣上一行古字,学究望了,都不认得。秦樾恭谨放下道:"此乃飞剑秘诀。"于是指匣上四个蚯蚓似的大字道:"这便是'飞剑秘诀'四字。"又指边上一行小字道:"这是白鹤仙翁秘藏和某年月日。若按记载考来,已埋在洞中两千余年,而今该出而问世。可是在武功根基不深,未造绝境之期,此书是无用的。非得剑术造诣至极端,来去能无形无影,练身轻如风,罡气通流周身,运用自如,能随意所至,便是剑术达于极顶了。再精心学习,便入化境。此书便是说飞剑之术,虽是有书而须有能读之人。小道不是大气小观一切,恐怕除小道之外,能识此书的也便稀有了。"说着哈哈大笑,声震屋宇。

学究知秦樾定是个异人,但与秀儿怎的相遇却不知了。秦樾又接说道:"贵公子骨格非凡,且清中之清,天性敏慧之至,将来不可限量。若得名师就艺,绝不失侠肝义胆。"

正说着,突地帘儿一启,跳入一个清秀男儿,后面一个玉娃娃般女孩子,每人结束伶俐,手中一柄阔刃板斧。学究一看,乃是亚男少游二人,手中板斧乃是山中得来的,闻说秀儿返来,特寻将来的。当时二人望见秦樾,登时一怔,睁着黑乌乌的小眼睛呆望着。

秦樾见了二人,细细端详一番,站起来笑道:"石帆村风脉雄胜,为人杰地灵之地,将来人才辈出。你看这二幼儿均非凡辈,天赋高超,犹具侠骨,真文武齐才,奇人也。"

说着招手,二人过去施礼。秦樾拉了二人,笑得须眉飘然,询问二人武功,二人均道未得门径。秦樾笑道:"不得名师,空失天假之材。"于是慨然道:"小道足迹遍江湖,未见如此材质。"说着微微而笑。

石善人听了,心有所触。察看秦樾言语行动奇怪,知为异人。于是道:"小儿等性均好武,惜无名师。"

秦樾道:"小道望气至此,以为此山中定有名剑,因剑气恒与万山剑气相接,知为雄雌剑气。万山剑气通红如火,突起劲强,为雄剑无疑,此山剑气青碧，刚而柔，定是雌剑。吾知得雄而雌易得，急至万山，而剑已为二神猿所夺得。即使俺得雌剑难制神猿，吾将来于神猿飞剑之下。"说着神色怆然，接说道："此山分明隐有剑气，不想是一飞剑秘诀。得此何愁不伏神猿？小道为此奔驰数年之久，不料终无缘法，又落在贵公子之手。小道一生练功，望先生垂成。"说着向学究善人稽首道："请赐观秘诀，以成吾功，未知可否？"

常学究笑道："仙师所叙，学生不知其详，望细细赐教。"

秦樾笑道："贵公子得飞剑秘诀一书，小道竟乐而忘言了。"说着从头一说。

原来常秀儿自那日与少游亚男分手，秀儿追寻亚男，跑了一程，不见踪影。秀儿暗道：俺先返去吧，不然追不着亚男，再失了少游还了得吗？于是返回，却失了旧径。好容易寻着，已天色乌黑了，不见亚男少游影儿。秀儿大恐，心中暗道：他二人一定走失了，在这时光哪里去寻？俺先返去是正经。到村中约来村丁寻找，倒妥当得多。于是想望旧路走，偏偏迷了方向，一径走向山去。随手折了一条木棍，恐遇什么山兽之类。

行了一程，觉得山路难走，一处处林木阴森，夹了曲曲折折的狭径，径上乱石纵横，细草如茵，可是都编成了毯儿一般，荆棘蔓延得遍山都是，处处碍手碍足。趄过狭径却失了山路，只遍山荒草，处处参差顽石。亏得还有些淡淡月色照着，秀儿仓皇之下，越走越钻入僻境。只闻得自己足声，与山兽野鸟的怪声乱鸣。山风吹来，那蓬头小树便如鬼魅般影绰绰向自己跳来一般。秀儿索性一定心神，大踏步乱跑起来，撞到一处山峡里，再也寻不着出路，不但山草藤葛扼了山径，连两峡壁都在天空搭了个天然巨盖，狭径的岩石整整夹了坎坷羊肠曲径。

秀儿急得要哭，只好沿径走去。心中暗道：俺只走直线，一定有到头的时候。于是挺胸前进，行了一程，越发难走。一阵阵阴霉气味扑鼻，秀儿暗道：这一定到了山阴，不然怎的这气味儿呢？抬头一看，自己却入了一个敞大山洞。秀儿望了望，内中还不怎的黑暗，绿莹莹的有些萤虫乱飞。秀儿随便走入，内中很平坦，尽是大石堆成。寒气袭人，毛发皆竖。秀儿不由一个寒噤，自语道："好冷呀，怎如冰洞似的呢？"

于是又走了里余，见山壁上两扇青石大门，从内中射出光霞。门上两个丹书大字，是"碧虚"二字。秀儿望着，觉得古怪，不由用手摸摸大门，觉得光净如镜。突然门吱扭扭开了个缝儿，秀儿吓了一跳，探头内望，见内中分外光明，碧色光霞隐隐射出。秀儿悄悄走入，内一月牙式山口上，上一横额，是天然生成。石上镌有"白鹤仙洞"四字。秀儿不由一怔，暗道：这一定是仙人洞府，俺且偷瞧瞧。

说着迈步入了月门，内中石床石几，靠石床头一圆形大石，上有对掩之双盖。秀儿随手启开石盖，探手取出一石匣。正在出神，忘其所以，只闻飕飕飕一阵寒风吹来，那石门动了动，吱吱作响。秀儿大惊，飞步抢出月门，两手抱紧石匣儿，刚出得石门外，只闻震天价一声响亮，直将秀儿震得一个跟斗栽倒，半晌方爬起来，看看石门闭得连缝儿都没有。秀儿拾起石匣抱了，望望石门还后怕，出了一身冷汗。心中暗道："仙人洞中之物，一定是仙品。这石匣中不消说什么仙丹仙酒，吃了能长生不老。想得高兴，一径跑出山口，早将寻找少游亚男二人忘在脑后。

出得山口，仰见天空净如碧水，一钩斜月已转挂向西方，许多星点已闪烁得暗淡了。徐徐的山风飕飕地吹来，刮得山上枯叶唰啦啦旋在一起。秀儿不由悚然，加紧两步，想跑出山峡。突闻扑扑扑一阵惨苦响，月色登时暗淡了，接着怪风突起，沙石乱滚。秀儿忙伏身，早见一条巨蟒粗如巴斗，从山洞边一个岩穴探出半截黑漆似的巨身，亮如镜面。许多碗大的鳞甲，时张时合，一颗巨首上有红冠，血口上一钢锥似的独角，张开双目便是一双明月，光映数里。那蟒正在扬起怪身，张开血口，喷出一缕白茫茫雾气，接连星月。从白气中映出一道茶杯口粗细的丹红色雾气，来往于白色雾气中，时起时落。

秀儿吓得藏之不迭，可是早被那蟒张见了，只别转头来，那雾气一径喷过来，秀儿不禁浑身麻木，一个寒噤望后便倒。那蟒已纵出长身，连连怪吼，似乎甚怒。秀儿迷惘之下，只见一道霞光带得那蟒雾气全消，只连连怪吼。这时似觉被人挟了，腾云驾雾般去了。但觉两耳生风，顷刻来在一处静寂所在。

秀儿卧在石榻上，张了双目，见一长须道长站在前面，长甲捏了一碧色丽瓶，倾出丹黄色药丸两粒，向秀儿道："小相公你中了蟒毒，且将此药吞下，可救你不死。"

秀儿听得分明，只望了道长，说不出话来。那道士将药粒弹入秀儿口中，秀儿觉得十分清香，咽下顷刻，腹中咕噜噜一阵怪鸣，出了遍身水也似的臭汗，立时轻松了。一骨碌爬起，见自己又来到一山洞中，内中有一蒲团，条石上铺了草棉，便是宿榻。那边一块六棱石，上面放着一个草篮、一个瓦钵，床头一锦纹剑匣与一木篓，靠石边倚了一柄龙头杖。那道长穿一件钟式缁衣，流云飞蝠云鞋。头上绾起鬏髻儿，腰束土色垂云软带，笑容可掬地站在床下。秀儿暗道：这一定是仙人了。口称仙长。道士扶了笑道："小相公不要误会，小道名秦樾，道号临溪。敢问小相公高姓？"

秀儿道："俺姓常，乳名秀儿，住在石帆村中。偶然游山与同伴失踪，不想窥见山洞奇观，险被怪物伤害，多蒙道长搭救。"

秦樾叹道："小道半生之功，不及相公缘法，当得宝篓。"

正说着，突唰一声飞入一巨鹰，双爪抓了一方石匣，正是秀儿所得。秀儿望望那鹰，诧异道："咦？此巨鹰我见过呀。原来是道长所豢养的。"

于是一说自己见一鹰攫剑匣，自己的铁球还被鹰衔了去呢。那鹰听了似乎晓得，过去从石隙中衔出一铁球，正是秀儿的，秀儿大奇。那鹰放下那石匣，向道士婉转叫了一会儿，又用利爪抓来一石抛起，铁翅一扬，早扇出洞外。然后又叫了一会儿，点首退后。道士一面与它舒展逆羽，一面笑道："劳你了，只要夺回此篓即是。那蟒亦是天生神物，来看护此宝篓的。"那鹰点首。

道士又道："来客了，你去寻些山果来食。"那鹰飞去了。

道士笑道："此鹰小道在长白山中所收，亦是千年老鹰，很知些人事，非常灵捷。当它在长白山时，特殊凶骜，为害一方。长白多猛兽，虎豹熊罴均为其驱使，与小道拒战三日，方伏我飞剑之下，与小道结为道友，这数年来很得它些力量。当小相公被毒蟒所困，小道正携鹰逶巡山中，希图得些灵物以成吾道，不想遇见相公被毒气喷倒。亏小道运用飞剑阻住蟒毒，方得救相公之命。这石匣乃是一宝物，得此书能千里之外飞剑往返袭敌。那毒蟒乃天生灵物，看守此宝篓的，故此毒害窃此宝篓的人。那蟒已寿四千余年，每日夜则吸收天地精气，已练成丹气，即是白雾中之红线了。"秀儿唯唯。

秦樾道："此丹气能飞行天地间，百里之外取人首级。便是剑客之剑习得剑气合一，便能随便流走。那蟒的丹气也是此理。此蟒修炼多年，吾不忍诛他，故只用剑避了它毒气，救相公之命便罢。但是此蟒将来不知善恶，倘或为恶，其道已成，则是吾的劲敌了。"

这时那鹰已衔来整枝的异果和山兔獐鹿之类，那道士只吃些山果，秀儿也不知名地乱吃个饱，那鹰只吃肉类。道士道："小相公你若吃野味咱便烧吃。"于是焚起山柴，烤鹿脯山兔。

秀儿一连住了两日欲返回，并惦念亚男少游不知生死。道士道："不必念念了，他等虽逢凶，已被鹰儿救了。现已返去。过两日咱一同下山，赴贵府上，小道还有所恳求呢。"

秀儿只好住了，遍山绝景皆旷入目中，道士又随便说出自己来历，将个秀儿听得怔愣愣的。

欲知秦樾怎个来历，且看下文分解。

第九回

窥富室偷窃得良师
护桃园李希观异物

且说秦樾叙说自己来历，原来秦樾乃当年侠盗，绰号青衫子。凭一柄三尺钢锋纵横江湖，威服绿林豪客。可是青衫子虽为盗，却侠声蜚远，专事义举。那贪官污吏他那宝剑不知饮了多少头项血，那孝子节妇，他也不知暗中扶助多少。秦樾原籍燕北，幼年怙恃早失，家中本有铁桶似的家私，不过秦樾那时年幼，家产完全被族人所攫，秦樾反成了业障，在攫他产业的家中吃碗瞪眼食，每日被叱来喝去。秦樾苦熬几年，已十余岁，心中暗想道：一个男子哪里便寻不着饭吃呢？何必受此鸟气？想着竟去，一路乞讨，倒得个温饱。

秦樾在乞丐途上走了两年，自觉终不是个了结。他天生一副好相貌，身体十分魁梧，十多岁两膀有数百斤之力，足下敏捷异常。真是人是衣服马是鞍，秦樾一个美材竟埋成废铁，无人来将他锻炼成器。竟日在街头巷尾巡讨吃，饱了便卧在阶上大睡特睡。醒了一抹污脸，手敲着半块木钵，又歌又唱，每每蹲在村塾墙外听学生诵读，手中讨得几百老钱，便买本旧书，日日朗诵，街人人士均拿他当作痴子。偏有几个好奇的人，见他呆愣愣嗜书如命，竟有自谓爱才提携人才，常时与他些诗书，令他诵读。秦樾真也古怪，只过目便了然。

后来他又改了方针，每日到习武场参观。一日见众意气少年正抛石锁赌力气，秦樾见一三尺高粗如牛的黑油麻汉正拽了长衫骑马式站定，将上两袖，将耗子尾巴辫子抖下重盘起来，提起一口气来憋得油面通红，向大家龇牙一笑，单臂抓了地下石磴掬手，吼一声提得离地二寸余。大家喝彩，那汉砰一声放下，将地砸个坑儿。向众人道："好久没玩了，觉得气

85

力差得多。"

众少年道："还是牛大哥有些牛劲，俺们不敢试手的，碰折筋骨可不是玩的。"

短汉得意笑道："俺牛如虎不是吹大气，像这七八百斤石礅，简直没人能玩它。"

秦樾望了不由扑哧一笑，牛如虎眯着死猪头眼，望见秦樾一笑，于是道："你这花子敢笑俺吗？俺若高兴与你这一下，你却受用不了。"说着油钵大小拳头朝秦樾当头一晃。

秦樾笑道："百十斤石头俺是不摸，如摸它便似球儿般滚开。"

如虎大怒，秦樾笑道："那么咱便玩玩。"说着，过去向石礅笑道："你还在这里碍手碍脚的，滚开！"说着一足蹴去，石礅球似的飞出丈八远。大家望了吓呆，半晌方雷也似的一声彩。

秦樾笑道："献丑了。诸位莫笑。"说着扬长而去。大家一寻牛如虎，早已溜之大吉。秦樾膂力过人，是无人不知了。

这日秦樾又吃喝饱了以后，便睡在庙后石上，正在蒙眬之间，突闻有人拍掌的声音，接着庙内便啪啪的两声。秦樾一望，见一獐头鼠目汉子趱来，望望庙内低声道："刘大哥，咱们别只管耽搁，你瞧已初更敲过，俺们也该上班了。"说着扳垣一反身跳过去。

秦樾大疑，于是也悄悄随过去。见那汉径奔大殿，早有四五汉子结束劲捷，正把了王八壶轮递着喝酒。排成个圈儿，当中放了两盆干烧牛肉。众汉大把捞起送入口中。一个满面黑紫瘢麻汉子，生得突目偏鼻，眼角红线，蓬着一腮帮子线刷短胡，便似个火判。大家见了，獐头汉子拉了同食，那汉向麻男子施礼道："刘大哥，咱兄弟已齐了，该着号令了。"

刘大哥道："老九那么你便快吃喝，咱好做活儿。"

秦樾心中暗道：那刘大哥分明是县里捕头刘头儿，想是他们今夜要办案。

只闻刘大哥道："兄弟咱干这没把柄的买卖，须要小心呀。你们不见俺是什么身份吗？"

老九道："大哥放心，绝不会错的。好汉做事好汉当，哥们儿咱哪个蹓了脚自己攮一锥子。"

众汉听了拍胸道："对，咱哥们儿只有脖子上交铁铮铮朋友。"

秦樾大诧，暗道：这一定不是好事，俺且看个水落石出。

刘大哥又道："老九今天踏开路线了，还是哪座山呢？"

老九道："村东孟家山是吃的住的，何必舍近求远呢？"

秦樾乞讨混了两年之久，每日栖宿之所不外古庙破窑，与群盗匪诸多接近。听得刘大哥之言，方悟是一群盗匪，用黑话谈说抢掠某家。于是心中一想老九所说村东孟家山，一定是孟大户了。哈哈，孟老儿奸诡阴诈，每每走动官府，倚势欺压乡党。他那铁桶似的家私完全是榨间里的油水。并且听说孟老儿假名济贫，用十两银子骗了一个如花小姑娘，充了下房。好，恶人天报，该！

秦樾想着，随手拔起地下插得一行行的青树枝儿。这时众盗从佛爷腔中取出兵器，刘大哥手中一柄单刀，跳起来一个口哨，众盗一齐散开乱寻。秦樾忙一头钻入深草中。只闻一盗诧异道："怪呀，这枝青儿谁拔起的呢？快快搜寻。"

只闻一声呼哨，众盗齐集，早有一贼将秦樾从草中揪出。刘大哥挥手中单刀便是一下，却被老九挡住道："不相干，这不是乞儿秦樾吗？如此正好，他的膂力特大，正好用以搬运货物。"

于是向秦樾低低一说，果如秦樾所料，并邀秦樾参加。秦樾心中暗道：俺果不加入必遭毒手，况且俺每日晃当当也不是事，俺便加入又有何不可呢？

于是加入匪帮中，当夜将孟老头儿家抢得精光，秦樾也得好些油水。秦樾却不用去，都把来济与乞丐中的寡妇孤儿，自己仍是花子。

秦樾一连干了数次，官中风言风语晓得秦樾为匪。因他得来钱随意把与别人，一个花子哪里来的许多银钱？上次抢孟大户，秦樾亲自将孟老儿打了两个嘴巴，对面斥说孟老作恶，并骗人女孩子。孟老虽当时未认清，后来一经细想，一定是秦樾，因仿佛见他一身褴褛衣服，分明是个花子。于是报上官去。亏得刘大哥乃是捕头儿，先得了信，知会秦樾悄悄溜了。

又转到一方，探得一方巨富姓伊，家中只一老太婆，携一女孩子度日。伊老太太已八十余岁，女孩子是伊老太太孙女，名玉珠，生得窈窕身材，白粉色面孔，长长柳眉下一双杏眼，丹红小口，两旁泛起秋云，旋了微微凹窝，袅袅婷婷，十分秀色。伊老太太家无恒产，却不知从哪里阔来。院中石阶均亮晶晶照人，据说是银板所包，上有金条缠的花儿。更奇的是入门的庭柱，左右各盘一龙，张牙舞爪，昂起升斗大小黄澄澄金光四溢的脑袋，直对一个如斗的红玛瑙球儿。据人说那二龙头为金质，双睛能放光，乃是四颗大珠。秦樾探得大奇之下，不由起了一种好奇心，一转念心中暗想道：不要疏忽，伊家既有这宝物，敢明放着吗？一定有武功高深之人看守。且她家中又无男子守着此等巨产，一定容身不得，即那土豪污吏也欺她孤寡。越想越奇，于是索性探个究竟。

这夜月色昏淡，微微有些光线，趁着徐徐的夜风吹着，秦樾便结束停当，脱去鞋子，穿了一双露脚趾的软底薄袜，腰束一条麻绳儿，自己试试身法，觉得伶俐异常，于是赤手而去。来到伊老太太垣外，一跃而入。见内中静寂异常，只有淡淡月光铺遍满院，照得花木影儿迷离，倒在地下。夜风吹来，花木荡来荡去。一片阴森森藤架，从内院直蔓延到垣外，许多垂丝似的弱条儿影绰绰摇摆。秦樾跳上后院中，倾耳一听，静悄悄的，于是蹑足上了偏房，早见院中精致异常。天上一钩斜月映在阶下，化作无数月亮，两旁明柱真个盘了个二龙戏珠式子，金光四溢，二龙的目中射出万道光霞。

秦樾见所未见，竟忘其所以，呆呆地望了出神。突闻有人道："珠儿呀，你今天的功课完了吗？"

只闻娇滴滴的女子声音道："奶奶想又要赏月耍了了，俺的功课早已稀熟烂透。"

接着一阵金莲细碎，加着拐杖拄地声。秦樾忙缩向房后观望，早见两个垂髫丫头，扶了一个白发如雪的老太婆走出。随后跑出一个十五六的绝色女子，手中拽一柄三尺长宝剑，润脸在月下分外鲜艳。张开星眸，一双精光射出，四下瞭了一下。秦樾忙缩身不迭，只见那女子拽起长裙，掖向腰带，露出一双锥子似的铁尖莲足，一面摆得一双耳环来回打悠儿，一面笑向老太婆道："昨天碧桃那丫头打出袖箭大有妙招，今天还要她演来。奶奶看如何？"

一个俊秀丫头笑着一掩樱口道："小姐惯会拿我的短儿，我演更好了，老太太一高兴指点两句，比多学数月强得多呢。"

秦樾恍然，那老太婆一定是伊老太太，女子便是玉珠了。早见那叫碧桃的丫头走过，挂好镖牌子，上有大小孔儿，伊老太太笑道："你们用些功，这里还有不速客呢，看了要笑话的。"

那丫头唯唯，百步之外反身一袖箭，打向镖牌，当孔而飞过，然后低下反滚，曲腰反射，偏足双发，一连映出好些花样，那箭亮晶晶飞过，镖孔不过与箭粗细相等，竟能不偏一些，牌儿不动穿过。

秦樾正望得愣怔惊诧，只见碧桃一翻身早一道电光直奔秦樾，秦樾仓皇之下，那白光早啪一声，正打在秦樾张望处之屋脊上，距秦樾不过分寸远。秦樾吓得张了大口，半晌合不拢，移时只叫了声"我的妈"，反身便跑。总觉前面影绰绰的，有一个玉珠倩影。秦樾反身，又在前面。秦樾心中着慌，不由哇哇哭起来。被玉珠提了脖领掷在伊老太太面前。伊老太太笑得佛儿似的，碧桃和那丫头都掩口咯咯地娇笑。

伊老太太拄着拐杖笑道："俺这一向还未闹过贼呢，他一个小厮竟敢来窥俺，真也好胆气了。"

玉珠抿嘴一笑道："这厮没用得很，空长了个人胚子。"

伊老太太向秦樾望望，正色道："你们不要小瞧了他。你看他骨格岂同寻常？"

于是向秦樾道："你不要害怕，你且叙说叙说你的来历，俺不难为你的。"

秦樾见伊老太太非常和蔼，不由心中一石落地，从头到尾一叙说，直到怎的闻伊家阔绰，并非想偷窃，乃是观奇罢了。

伊老太太听毕叹道："可怜可怜，一个年轻的孩子，便有如此侠风，将来岂可限量？这一说你一定是好武的。"

秦樾道："不敢，不过知道武功是能防身济困而已。"

伊老太太惊得站起来道："秦樾天性特厚，好武而知武功之节谨，可惜空有此人此志，却无处问津。那么你便在俺这儿吧，每日不过洒扫庭院，汲水浇花，还有些零散活儿。"

秦樾心中暗道：俺正习武得不着门径，在伊老太太家虽充个小厮，每日也得接近武事，多少得一点儿指教。当时大悦，向老太太再拜。

伊老太太将秦樾安置了，与秦樾做了一身粗布衣裤，打发在后园持役。秦樾克尽其职，将后园草木修理得齐齐整整，砖头草刺等闲都看不见。秦樾每日天发晓即起，每日得闲儿便朗诵自己那几本诗书。一晃已过了月余，秦樾是一时不怠。

到月底，伊老太太将秦樾叫去，令红杏丫头取出二两银子，向秦樾道："你每日辛辛苦苦，这是一点儿银子，你拿去买些酒吃。"秦樾谢了，接银揣入怀中而去。

过了两日，伊老太太赴园中，不见了秦樾，园门大开，只有两只青猊虎也似的踞在门口。老太太心中暗道：秦樾手中有了钱，一定悄悄溜出去吃喝。

伊老太太也未理会，一径回去。刚转过一畦葵花，只闻秦樾声音笑道："劳你两个了。"

伊老太太就花逆境一窥，早见秦樾踅来，两个青猊左纵右跳，十分亲热。秦樾向青猊道："这园垣儿矮矮的，俺照顾不到。你两个多替俺吧。"

那二青猊一齐拱爪，似乎领命。秦樾从怀中摸出两个肉蹄儿放在地下，二猊拱拱爪儿，各衔了一个蹄子，如飞分头奔左右园门去了。秦樾身入茅屋，伊老太太望得古怪，又悄悄踅回，隐向茅屋窗头的一架木香下，只闻秦樾屋中玩弄什么似的。伊老太太伏窗一窥，见秦樾正踞在土炕上，面前堆着许多书儿。秦樾嘻着嘴，望了书儿眯眯笑得佛儿般，移时自语道："多得老太太拉拔，不然俺哪里能得到这些书参阅呢?"

伊老太太心中大喜，暗道：秦樾人才不可多得，俺将传与绝技以成其才。于是返回。次日便将秦樾叫去，玉珠见秦樾进屋，早站起来。

秦樾慌悚异常，低头站在伊老人太面前道："老太太呼唤小的，不知何事?"

伊老太太笑道："秦樾不要拘束，你且坐下谈话。"

秦樾连道："小的怎敢? 老太太有事只管教训。"

伊老太太道："俺自收留你便知你是奇才，如今你可愿意就艺吗?"

秦樾出乎意外，只心中暗想，不敢言语。老太太道："俺窥你月余，你的坚志恒心皆人所不及，果能用心习技，俺便收你做个门生。"

秦樾听了慌忙拜倒道："老太太错爱，只恐小的朽材不堪造就。"

原来老太太自收下秦樾后，早知秦樾非等闲人，处处留心，每日必悄悄亲自察看秦樾行动。见秦樾工作休息均有定时，一些儿总未错过。老太太又故意与秦樾二两银子，看他做何用处。哪知秦樾得了银子后大悦，偷空跑出，买些诗书，又被老太太看在眼里。

当时伊老太太收了秦樾正式拜师，秦樾脱去佣衣，穿起青绸衫，脑后抛了乌黑大辫，真是蚕眉凤目；面如傅粉，唇如点脂，虎背熊腰，与玉珠叙兄妹之礼。秦樾和玉珠坐在下首，伊老太太笑道："俺一生虽怀绝技，可是向未传授弟子。秦樾便是第一个了。"

秦樾道："弟子已来月余，未敢请教老太太之来历，如尔可能一叙，使弟子打破久积的迷惘。"

老太太咯咯笑道："秦樾你是俺家人了，可以告诉你的。你知道明末大侠有一伊青野，那便是先夫了。说起这话来已在五十余年之前，连珠儿都不晓得。今天俺索性说说。"

玉珠秦樾都静悄悄望着老太太的干瘪口，伊老太太饮了一杯茶，慢慢地说出一番话来。

原来大明崇祯年间，大盗张献忠李自成作乱，杀人如麻。真是白骨如山，血流成渠，闹得天昏地暗，无一处干净土，便有些侠客自动谋杀大盗。

且说静海县多山，在诸山环抱中，有一绝境，俗名白石沟。其中有一大明遗民隐居，结草为庐，只依樵采为生。此人名伊惕字青野，习得文武通天，有经天纬地之才。少年义气如云，恒纵游山清水秀间，或徜徉市上，见有不平，便挺身相助，披发而走。静海后补令汪并天与伊惕交厚，慕伊惕为奇人，竟以女湘纶配伊惕。

湘纶虽一女性，得其父幼授诗书，偏偏湘纶颖慧异常，过目成诵，文气颇高。她消闲除诗书之外，犹能武功。汪并天本深精内派武功，尽授与湘纶，凡蹿跃击刺湘纶都来得。并天爱如掌珠。

并天一生无子，尝叹膝下空虚，无继己之志。湘纶笑道："怎么天下事便都是男子做成吗？"说着双臂一振，浑身骨节咯吧咯吧一阵响亮，娇笑道："俺就不信，俺偏要替女人争争这口气。将来俺一定纵横江湖，只凭一剑，也要人晓得女人不是无用的。"

并天笑叱道："痴丫头，别只管逞疯哩。"

湘纶一转倩影，迈开细碎莲步，风团般跑去。方转过箭道，只见一个小厮如飞跑来，几乎与湘纶碰个满怀。湘纶叫住小厮，小厮手中一个名刺递与湘纶看，原来上书伊惕二字，湘纶心中暗道：伊惕这人还叫人可敬，年岁不大，文武却齐备。俺父亲常说自己闯荡半生，只认伊惕为奇才。俺今天倒要看看他是什么人，莫非三头六臂不成？父亲便说得神仙似的。

想着拿了名刺，半晌方递与小厮。省时并天笑着走出，湘纶忙隐在花垣下窥视。不一时并天携了一位英俊少年，大说大笑起来，正是伊惕。生得剑眉虎口，白洁面孔，身长七尺，穿一件便衫，肥而且大，从内中露出锦剑鞘儿。湘纶暗道：莫怪父亲常说此人，真个好表相。想着也未在意而去。

过了一日，突地管家捧了一柄宝剑、一部黄皮书，上面红绸扎彩花，湘纶心中正疑惑当儿，早见一个伶俐丫头扭头折项跑来向湘纶乜着眼儿，抿嘴一笑道："小姐大喜呀。"

湘纶一怔，早已猜想到一定是父亲与自己择婿了，故作不知笑道："呆丫头，没的胡说，喜什么呀？"

丫头笑道："俺们姑老爷生得白致致，魁魁巍巍，又能咬文嚼字，骑马击剑，真是选文是状元，论武是将军。还有一件，俺可不说哩。"说着丢开情步跑去。

从此湘纶竟下嫁伊惕。那时流寇遍地，张献忠盘踞蜀中，李自成占了山西陕西等地，其余小股不可胜记。这一群魔头真是天降杀星，贼匪所过之处，便要断绝人烟，杀得天地昏暗，枯尸遍野，血流成渠。每逢天气阴霾则阴雾渺冥不开，觉得有许多鬼魂唧唧，磷火如电，一片凄凄哀境，使人欲绝，这也不在话下。

湘纶自嫁伊惕，真是郎才女貌，天假良姻，小夫妇无事便谈书说剑。光阴荏苒，恍然已年余。李自成已攻下山西五台，直逼宁武。亏得那守宁武关总兵周遇吉（号萃庵）为人忠耿善战，文武卓绝古今，率部下把守宁武。这时京师混乱，外城好些营武不下数万兵士，直隶河南屯了好些兵不去救护，将个崇祯皇帝却瞒在鼓里。

一日，湘纶拿了一双青布袜儿觅人做，方一出门却碰见对门住的李妈妈倚在门外，手中揿了许多山草，编织雨笠，望见湘纶笑道："伊娘子闲在呀，俺家坐吧。"

湘纶笑着走过道："俺就是手拙，一双布袜儿竟做不成，想寻人帮帮忙。"

李妈妈道："哟，你们一个小姐身份，哪里来得？把与俺吧。"

湘纶道："有劳妈妈。"

李妈妈一偏头儿道："啊哟，快别说这个，俺老婆儿一年到晚无时无刻不麻烦娘子，怎还说这个呀？"

原来李妈妈旧居山中，在她二十余岁就孀居，守了一子名李希儿，生得短小身躯，紫黑面孔，一脸豹皮麻，脚下天生伶俐，顽皮异常。李妈妈有一片果园，每年收入还够母子生活。李妈妈当李希儿十余岁便要他看果园，自己揽些针黹，得几百老钱补助用度。

　　一年秋季，李妈妈果园秋桃初熟，红艳艳遍坠满枝，非常美观。希儿每日爬上桃枝玩，饿了摘肥大桃子吃个尽兴。那时发现一个大桃，生得非常肥大，希儿用手一捏，尚未十分成熟，心中暗道：果熟一时，俺便等它熟透了与俺母亲摘去。因为母亲少了门牙，专好食烂软物儿。过了一天去觅那桃子，已然不见了。希儿诧异，必是自己记错枝儿，于是又寻了一枝肥熟桃子，暗暗掇了记号，过了一日依然不见。李希儿大疑，以为有了偷桃贼，四下觅寻足踪，一些儿不见。忽发现桃枝上垂下一红封包儿，希儿拿下打开一看，却是小小一个银锭。希儿越疑，索性不响，夜时藏在隐处窃窥，移时一条黑影飞来，速如鹰隼。一直奔向桃林深处，似乎各枝都寻觅过了，又风团似的越垣而去。李希儿大惊，暗道这一定不是贼。那小小身形，又那样地快，像似飞禽之类。次晨起来向枝上去看，又发现一银锭。李希儿连查看多次，都未落得个实在，于是告知李妈妈。李妈妈道："不要声张，无论什么人偷去，也不算什么。再者他偷了还留下银子，也算不得是偷。"希儿唯唯。

　　这日希儿负了一荆筐下山与人家送货，刚下山麓，只见一个茅亭已圮下一角，希儿暗道：俺走得很干渴，且到痴和尚那儿望望，有水饮一口。那痴僧真好耍子，俺那年八月在山中，等闲见他不着，不知他还在此不呢？

　　原来在白石沟山麓来了一个野和尚，生得闷浑浑，浑身上下肮脏得要命，且蹁一足。自他来此，自化了一个茅亭居住。自从他来到，直至希儿降生时已七十余年，可是父老们晓得他的也死去大半，他却依然旧态，容颜不更。等闲不出茅亭，所吃之物每日备了一桶清水、许多山果，自己耕了一片山田，供他吃米汁儿。他亭中只一陈旧竹筐，内中有僧衣帽、经书等类，乱七八糟，落得尘土也有一寸厚。壁上挂了一柄三尺宝剑，已尘土迷了鞘纹。他每日携带的是一条精铁禅杖，重七十余斤。他有时出去游游，便一连四五月不返，不出茅屋也便数月。他每日在屋外摆了一爿卦摊，据说占得非常灵验，卦礼不拘。

曾有一乡妇失了一个戒指，她对院住了一个银匠夫妇，那银匠每日担了担兜售生意。那日这乡妇失了戒指，左思右想，怎会失的呢？俺多日未出门外，只他来了一次。啊啊，想起来了，一定是银匠的小娘妇昨天上俺这儿串门儿，随手捞去了。好吧，那日你丢了一只鸡，硬说是俺养的大芦花公鸡一样，俺吃她奚落了个尽兴，直到现在俺这口气没处去说，今日她也现在俺眼里。说着一径撞过去，到银匠屋中鳌鸡般四外乱寻。只银匠婆子在家刷洗小孩儿，银匠出去做生意。银匠媳妇见乡妇意态奇异，于是放下孩子笑道："咦？某大嫂怎的进门就相家似的呀，快炕上坐坐。"

　　乡妇一瞪三角眼，指着银匠媳妇道："别的不用说，快快把出俺的戒指是正经。人有脸，树有皮，别等俺叙说出来。"

　　银匠媳妇诧异道："某嫂，怎的？难道是和我开玩笑吗？俺这儿戒指是有的是，只是钱到交货。"说着咯咯一笑。

　　乡妇大怒，跳起来道："好好，你真装得好憨头。狗拉屎狗知道，昨天你上俺屋中闲坐，弄个孩崽子拉溺得熏死人，俺替你擦屎擦溺，最后捋下戒指放在桌角上洗洗手的空儿，便被你捞去，还敢抵赖吗？"

　　银匠媳妇见是真事儿，不由大怒道："某嫂，俺们凤日不错呀，俺会偷你吗？再一说心正不怕鬼叫门，脚正不怕鞋子歪。"说着拿出一木盒打开，内中好些簪儿环儿、戒指之类，因道："俺家是做此生意的，戒指是缺不着，便请你查看。"

　　乡妇一个个看了，都簇新晶亮的戒指，委实不能说是自己的。当时没得说，于是叫道："你不要在老娘面前弄这圈圈儿，一定是你那歪邪汉子早晨随担挑兜售去了。"

　　妇人特性，她的汉子每日天杀乱骂，就忌人家说不好。当时银匠媳妇大怒，跳起来指着乡妇骂道："老无耻，老娼根，几天你没摸汉子便歪刺得待不着。难道为你俺家汉子便不做生意吗？"

　　乡妇本来是个泼辣货，她的汉子早已死去，勾搭了好些新相好，银匠媳妇这一句话正拨在她心缝，登时恼羞成怒，于是奔过去打，一面骂道："烂娼根也不怕嚼舌根，老娘这个岁数天知道地知道，你尽管寒碜人。"说着一头撞在银匠媳妇小肚儿上。

　　银匠媳妇觉得小肚被一硬硬邦邦的尖头撞得生疼，小脚儿望后便退，突地一个仰面朝天翻倒，两只尖脚鞋子脱落，白丫儿舞在天空。乡妇早已莽熊似的跨上，二人登时乱撕乱咬，滚骂作一团。乡妇挟起银匠媳妇一只腿，本想拉下她裤儿，不想捉了白丫，袜儿脱落，内中裹带散下，一股臭气直扑向乡妇鼻孔，熏得发昏当儿，银匠媳妇两腿乱蹬乱踹，不想一足竟将乡妇绊翻。银匠媳妇早已飞步撞过骂道："老无耻竟想脱俺白腔，且要你现身说法。"

说着捉了乡妇双腿，满屋大拉大旋，一径拉出院中，早有许多观众。在院中旋了一个圈儿，乡妇两手死命揪了腰下，说时迟那时快，几个邻妇赶来拉的当儿，乡妇裤儿一松，早白羊似的乱蹬乱踹，不用说怎的难看了。许多男人大呕躲闪，银匠媳妇手中擎了裤儿猛地一个后坐。邻妇见委实不像话，夺过裤儿好歹与乡妇穿上，二人索性坐地不起，大事污骂。

众邻妇问明所以，一妇拍手道："这也值得吗？那山脚下来了一个野和尚，据说非常灵应。那天张大户失了一头小耕牛，去问和尚，他说落在西边一家大杂院内，快去寻吧，不然将不见了。张大户忙去寻，村西本来皆是旷地，哪里有大杂院呢？后来觅到一处破窑，内有一群花子，正剥了黄牛皮，肥肥牛肉将要下锅。你们说灵不灵？花子哪有一家子的呢，一定是大杂院儿了。还有一次，俺那日新卖了一只大芦花鸡，得了几百老钱，失落了，去问痴和尚，和尚连成两卦都说未失，最后俺还是从俺的那儿寻着了。"说着脸儿一红，一转目光道："还是去寻痴和尚吧。"

大家道善，早有二人飞跑去将痴和尚弄来，那和尚言语颠倒地道："混账东西，昨天我的卦盒让人家借去，照着那样儿打造一个。"

那乡妇听了似乎一怔，右手捏了鼻头噗噗从鼻中挤出清涕，用袖儿抹干眼泪，一骨碌爬起，一面抖着土垢一面道："得了，俺认丢了个戒指就是了。"

银匠媳妇道："不成不成，这明不明暗不暗的，俺却背不起这黑锅盖。"说着一把拉了乡妇。

和尚静默一会儿，用禅杖划着地道："有了，来了。"

大家一齐怔着，有的道："一个呆和尚信口胡说，信他呢？"

和尚笑眯眯地望了那媳妇一眼道："这是比不了吃肥鸡脯，整个咽入肚。我知了也拿它不出。"

媳妇红了脸，心中扑扑乱跳。原来那媳妇的婆母昨天炖了一只肥鸡，媳妇瞅个冷子捞一块入口中，正在口中吞吞吐吐烫得吃不下，只闻婆母走

95

动声音，媳妇大慌，一打恨咽入腹，噎得半晌不出气。当时和尚一口道破她隐事，所以她红了脸。

正在捣乱，只闻门外砰砰砰有人连敲数下，接着有人道："某姆儿呀，昨天拿去的戒指样儿俺师傅吩咐与你送来了，俺还忙得很呢，放在这门限下，你快来取吧。"大家听了，一齐跑出去看。

欲知门外是什么人，且看下文分解。

第十回

李希儿误走真剑气
痴和尚蓦然斗神蛟

且说大家跑出一看，只见门外阶石上放着一戒指，一个小沙弥正趋下石阶。大家见了迟疑一会儿，不由合声大笑。有的道："真的无风不起浪，莫想到某嫂儿真个偷了和尚。"大家的目光不由专注在乡妇身上。

原来乡妇空床难守，勾搭上了一个和尚。那和尚昨天到乡妇处幽会，二人狂了一会儿，乡妇要求和尚与她打一戒指，和尚便随手捋下她手上戴的戒指做样子，天亮匆匆而去，乡妇竟忘掉了，竟觅人打了个不亦乐乎。闻痴和尚说自己卦盒被人借去做样儿，登时想起昨夜之事，不得劲儿竟想下台。当时大家方信和尚之灵。

闲话表过，再说希儿一径奔向茅屋，见和尚正仰面睡在地下，身边放着四五个肥大鲜桃儿，希儿看了看，认得是自家山桃，不知怎的到和尚这里。正在出神，和尚已一翻身坐起，抄起一桃便是一口见核，一面笑道："猴儿真听话，每日送上鲜桃，但须防备惹出失主来。"说着望着希儿笑道："小施主请用个桃儿如何？"

希儿笑道："俺家多得很，和尚请用吧。"说着跑向茅屋，一阵顽皮嬉笑。

最后张见和尚年久放在屋角下的荆筐，心中暗道：和尚这筐儿总未动过，他内中不知是什么东西。俺就爱他那柄宝剑，不知又藏在哪里。说着随手拉倒荆筐，只见尘垢迷天，希儿用手掏摸出一个花石匣，觉得好玩，随手抽开石盖，刚刚透些光线，和尚已发觉，大叫抢入，劈手便夺，说时迟那时快，早见从匣中铮的一声飞出一道霞光，一阵寒风逼得希儿毛发皆悚，光霞映目昏花，刹那当儿，霞光破屋而出，将希儿吓倒在地。

和尚顿足叫道："老衲一生未敢妄杀一物，今被你走俺飞剑，非饮血不返。"

于是不顾希儿，跑出屋外，闭目运用神功，口中吐出一道白光，飞上天空，直横绝了天日。突地一声霹雳，日光顿消。从对面飞上霞光，被和尚白光吸了，方要收返，只见飞来一道碧色光线，和尚似乎一惊，手指剑气与碧光搅作一团。但见霞光纵横飞绕，天地为之变色。阴晦昏暗之气色中，发出一种异音，万物悄静，风吹草木皆显得凄凄凉凉。刹那间阴晦天色变得红澄澄，那道碧色光噼噼啪啪一声响，从茶碗粗细碧光，突然溢散数倍，光霞也比先暗淡了。和尚运用的白光白得越发透明，紧紧绕了碧光追逐着，互相推进。移时碧光扑的一声随着挫下半截，白光已紧紧逼过，碧光似跃似退地挣扎着，渐渐没了。和尚运用白光铮铮有声，移时回转，似乎收入鼻孔一般。

和尚随便坐在地下，紧紧闭了双目，提上丹田罡气，散满周身。移时浑身骨节咯吧咯吧一阵怪响，突地一张双目，电也似的两道精光直射向希儿。希儿吓得呆了，望了和尚不敢言语。和尚却笑道："小施主不要害怕，这正是烧纸引鬼了。若非老衲剑气久练精绝，则将死于怪物毒丸之下了。"

希儿怔了半晌，长长抽了一口气道："师父那筐中还有怪物吗？"

和尚趐过笑道："不要迟疑，刚才你所走之白光乃老衲之神剑。"

希儿仿佛也听人家说过，剑可通神，久练则入化境，随人罡气流走，千里之外，心神所指，而剑气运用自如，如身所莅止。于是希儿恍然道："师父原来是个奇人，一向无人晓得。"

和尚拉了希儿道："小施主你能识俺隐迹，与老衲可算前缘不浅。而且小施主天生侠骨忠心，必须得老衲传授一些绝技。唉，也不过天定不可免的罢了。"

正说着，突地跳入一四尺高大黑猴儿，望了望希儿，睁着黄澄澄怪眼光，向希儿细细一打量，似乎惊愕。和尚笑道："猴朋友哪里去耍子？这般时候才返来。你可识得这客人吗？"

黑猴跃过，吱吱叫了两声，指指希儿，指指肥桃。和尚笑着向希儿道："这桃儿还你家的呢，那是俺携它经过你那桃园外，望见你桃已熟，所以它每夜去偷食，无以报答，却将我每日所得卦钱抵账。"说着哈哈大笑。

希儿恍然，怪不得自己见一黑影，小而伶俐，原来是猴儿。这时猴儿拿了一盆亮如镜石片似的东西，交与和尚，向和尚吱吱乱叫，一面抓耳挠腮，一面伸着手指西望地比招式。和尚接了那物一看，却是一片亮晶晶钢铁般鳞甲。和尚一怔道："猴友你哪里得来的此物？"

猴儿仰头望着天空，手儿乱绕，口中吱吱突地一头钻入床下，做出惊慌之态，然后出来似乎四下寻找，突然后退两步，拿了那鳞甲旋了个圈儿交与和尚。希儿望得好笑，和尚却静静看着，然后笑道："劳你了。此甲分明是怪蛟之甲，你得来一定费大事了。方才你望见天空剑气便是我的飞剑。"

猴儿听了似乎一愣，两手吓得抱了头。和尚道："此蛟与我斗了多时，最后敌不了我的飞剑，死在剑下，但不知落向何方。"

黑猴用手向那边一指，然后支腿乱蹦，翻红眼望望天空。和尚道："是了，一定在山中深处了。"

猴儿点头，和尚把与它桃子吃着，手脚头仍是闲不着地乱动。和尚向希儿道："方才被你放走了我的飞剑，我恐误伤生命，所以运浑身多年罡气去收回飞剑，不想被怪蛟张见我的飞剑。但是怪蛟可不知伏在哪里，想一定是两千年以上之神物。因为它已能修炼得漫吐毒气，笼护了它的毒丸。那蛟、蟒、蛇、蚰、猿、虎、熊、豹均系灵性之物，这些东西自他降生后一百年内，未伤过一生，则能隐伏不食，性灵能知天地阴晦，察五行六气。五百年后则避之深山绝境，修炼内体，千年能吸日月精华，久则练成丹丸，能随意纵横天地之间。再久则能乘风云化隐形影。看那怪蛟喷吐毒气，只能运飞毒丸，尚不能腾化，它那毒丸便如剑仙之飞剑，所以它望见我的剑气而用毒气收我飞剑，以助它丹丸成就。若是我不迅速去运挥罡气相接，俺的飞剑一定被怪蛟所得，我多年神功完全化尽，定死在怪蛟毒丸之下。怪蛟既诛，我之飞剑又脱化一步，使我得怪蛟之丹丸合其双睛，我剑则入至境，化为仙了。"说着哈哈大笑。

希儿闻所未闻，于是拜倒求教。和尚道："你与我有缘法，我的飞剑成功亦是你所助的。你在初步习武功，与我是不能盘桓久了的。"说着十分凄然，接着说道："凡事天定，你看刻下天下大乱，流寇遍野，将来的世态变迁也即不堪闻问了。并非无有救亡之人才，不过大明气数将尽，人不能逆天。话虽如此说，人还须尽人事。你是天生一个铜筋铁骨的志士，望你尽力进取。唉，你左右不能追随我的，可是为国捐生也不愧丈夫一生了。那么我便授你浅近的武功。"

希儿唯唯，和尚道："你先返去吧。我须同猴朋友入深山绝境，寻找死蛟，取得它丹丸和宝珠。你过十日后来此，我与你有一月零三天的缘法。请你就去吧，不必留恋。到约定聚会之日不要误了。"

希儿答应走出，忽想起我是下山与人送货，还得送去，不然回头妈妈要和我索货钱，是不得了的。想着从地上携了货筐，辞别和尚。猴儿也送出门外，希儿笑道："你如果爱吃桃儿只管去取。"猴儿点头，依依而别。希儿一径寻向买货人家，交对了货，得了两八钱银子返回。到了山中已二更时分。

不知不觉过了一月，希儿的武功，徒手兵器以及接战之法、飞檐走壁之功完全得到了，可是未臻化境。这时痴和尚也加紧了教授。一日痴和尚将希儿叫至面前道："我与你不过还有两日的盘桓了，你的武功虽然得到了初步，但不足应世。希望你在别后续习年余，以你之天性，即可了解武功之佳境。"

希儿唯唯之下，觉得心中难舍，不由得凄然泪下。痴和尚笑道："人生聚散无定，哪有久不散之筵席呢？"

希儿暗想道：俺真愚笨，即使俺离开这里，俺在家一般习技，不明之处尽管来此请教，何必如此依依？

希儿想着，以为灵妙不过，当时转戚成喜。痴和尚道："你所习的武功其他都可应用，只击剑差得远矣。这里有一柄宝剑和数篇秘要剑诀。"说着拿出几篇手抄剑诀、一柄宝剑，痴和尚又道："此剑非名剑，不过锋利胜普通之剑，你佩了做个纪念吧。剑自古通神，不过在于何人运用罢了。新武派均宗为兵器之首，习剑秘术首重气功身法，步法次之。故习剑当首练气，丹田之气提布周身，为内之持。身法剑式为外之功，气功久则精，精深则化，化而为罡，乃周身精气积而发乎自由运用，此内气柔功。剑术习至此地步，虽草刺之脆柔，亦能运用如利剑。昔越女与猿公较剑，越女只以竹枝而胜猿公，即是此理。"

希儿唯唯，牢牢记住。痴和尚又道："此数篇剑诀你拿去习练，就你数日受我指点的剑法，无不应手。"希儿拜收了。

次日希儿熟习一日一夜，很有心得。这日便是希儿就技的一月零三天了，希儿晨起做早功，猴子跳来，一个龙门跃鲤式从希儿头上刷过。希儿大笑，拉开手势，竟与猴儿放上对，打得烟尘乱抖。两个各逞能为，一阵风团儿般旋转，影子都不见了。打了五六十合，不分胜负。希儿一面接战一面想道：师父曾说俺能敌得猴子便是成功之日了。突想起今天满期了，心中一阵难过，忙虚晃一拳，跳出圈外。猴子也停了身式，望着希儿连连点头，表示佩服。

突然矮垣上露出一毛茸茸的东西，仔细一看，却是一道士。一顶瓦楞道冠却是一个整个狗脑袋皮做成，两边还直舒着双耳，一径遮到双眉下，露着亮晶晶的眮目，张着鲜红大嘴，正在望得摇头晃脑，两只狗耳朵随着摆动。希儿望了怪相叱道："什么人敢窃窥俺？小心俺的拳头是没长眼睛，说不定就飞到你脑袋上，要你受用不了。"

那怪道士忽地龇牙一笑，口涎喷出丈八远，便如毒雾一般。早有两个细碎星儿飞向希儿腮上，觉得如针刺似的一阵生疼。希儿一面用手抹去，却未在意。那道士只望着希儿汪的一声，纯粹是一声狗叫，声如巨雷，竟将希儿和猴儿吓了一跳。接着汪汪汪一阵犬吠，希儿大怒，跑出垣外，见那道士浑身穿的是翻毛狗皮衣，自头上瓦楞狗皮冠一径到足下的云履，也是狗皮蒙面，拣那竖生的黑花皮毛蒙在前五指上，活脱大狗爪，正在支脚探头地张望。

希儿赶过去，伸出一双钢钩般双手，跃起来抓向道士肩头，本想用力一扳，将道士扳倒，不想双手方抓上肩头，便如抓着铁头，百忙中硬中带柔，哧溜一下双手脱了肩头，希儿落在地下，站脚不住。紧步地望后退了数步，一个仰面朝天栽翻。道士便如不知道似的，还只管向垣内汪汪狂吠。希儿怒极，跳起来又奔过去，道士转过头来，汪汪两声，扬长走去。足迹所到之处，斗大顽石便成粉末。希儿将气也吓掉，呆呆地望着道士风团儿般没入深林。半晌长长地吸了一口气，吓得躁汗淋遍满身，心中暗道：幸而俺未紧逼他，不然他给俺一下，就那顽石都变成碎屑的力气，俺恐怕成肉泥了。

想着后怕不已，跑回屋中。望见痴和尚正将那多年未动的旧筐儿忽然整理起来，屋中打扫得干干净净，墙上挂了多年的一柄剑也摘下放在禅床头。希儿笑道："师父整理什物怎不唤弟子，还自己动手呢？"

和尚笑道："你哪里会整理？"

希儿暗笑道：师父真古怪，俺便是不中用，扫个屋儿阶儿还不至不成呢。

和尚又道："不成不成。"

希儿心中扑地一跳，暗道：莫非俺无意中说出话来吗？忽然想起怪道士，于是道："师父，刚才来了一怪道士，浑身穿狗皮，也不说话，只汪汪地狗叫，并且力气很大。"于是将道士足碎顽石说了一遍。

和尚笑眯眯地道："晓得晓得，他叫狗皮道人，乃老衲世外好友，练得神功通天，身如清风。他已四百余岁了。"说着望望日光道："日已过午，过一时你家去吧，好好习练武功，不可疏懈。好在你天性忠耿，我也无可嘱的了。"

希儿唯唯道："弟子自就艺于今，屡请师父来历，并未见示。望师父一叙以解茅塞。"

和尚笑道："正是哩，你且静处一会儿，听我叙说。"说着闭目垂眉，移时一张双目，射出万道光霞，娓娓叙出一番话来。

读者诸君欲知和尚说些什么，且看下文分解。

第 二 集

第十一回

参禅斗法齐东野语
谈鬼说狐姑妄余之

　　书表痴和尚娓娓说出一番话来，作者提前声明一下，作者向来笔墨中避免神怪，以下这段未免近乎神，越出武侠范围，按故老旧传写实。诸君姑妄听之。

　　原来痴和尚法号寂禅，幼在终南山中为人牧羊。山中有个古刹，名宝寂寺，寺内有一老僧，据人说他已有数百岁。因山民一辈一辈地传下，子子孙孙已历十几代，可是自他们幼年一直到寿终，老僧仍是老僧，可是他们不知传下几世了。那僧人天生一双银眉，号称银眉禅师，能知过去未来之事，并习得一身金钟罩硬功。银眉禅师等闲不出山门，诵经之外且好弄箫。每当深夜，禅师鼓箫声闻四野，数里之遥能闻箫声悠扬，仿佛御风从空飘来的，响音嘹亮，清彻霄汉，人皆闻箫而忘睡。

　　那时痴和尚方十余岁，家中贫甚，父母早亡。他生来便不知姓氏，当他父母去世，他便随了一舅姑度日，不一年舅姑也死去。痴和尚不过三四岁，流落街头巷尾哭叫。街坊见他可怜，胡乱与他些残饭，将他委在一个柴棚边，一个狗窝中便是他的屋子了。痴和尚真个未冻饿死去。光阴如梭，恍然已四五年光景，痴和尚也知沿门讨要，维持生活。身躯发育得特殊壮健，两膀有数百斤之力。人看他力大，时常将他叫去做个短工，或担个力气活儿。痴和尚做事认真，大家都喜欢他。后来便与人牧羊，每天流浪山清水秀间，度着那闲逸生活。痴和尚大悦，傻吃傻喝，困了便睡在山上。许多羊围了个大圈，将他围在当中，居然和个王子似的。痴和尚常到宝寂寺寻银眉禅师谈天，日久厮熟，村人均说痴和尚是个痴子，痴和尚也便认是痴子，终日颠三倒四。

这日，他又赴宝寂寺，见银眉禅师正盘膝打坐，便如泥塑般。痴和尚暗道：这个耍子倒不错，你看老和尚垂眉闭目，多么庄严静寂。于是也如法坐在一边，觉得一阵阵心头乱跳，浑身筋骨暗中摆动作响，脖筋涨得生疼，膝盖酥麻。睁目望望老和尚，佛儿一般，气儿调得匀匀乎乎。痴和尚爬起一蹶一点地去了，望望羊群，许多羊都卧在山麓翻胃大嚼，痴和尚复又返回，只闻禅师房中呼呼作响。痴和尚暗道：那银眉老和尚会做些奇怪事，俺看他这会儿竟是什么玩意儿。于是悄猫似的溜到禅房窗下，望内一窥，吓得倒吸一口冷气，连忙伏在窗台上。只见老和尚依然坐得塑偶一般，气儿呼吸都有些伏闭了，面前正立着一个披发火燎鬼怪，生得红毛发飞蓬，碧蓝眼凸突，珐蓝面孔，猴心般大红血鼻，一张巨口突如鸟喙。正伸了一双小簸箕似的巨掌，十个铁钩指头跃跃作势，长喙中喷出白茫茫雾气，呼呼呼直逼老和尚。可是那白气竟齐齐地距老和尚尺来远，痴和尚大奇，替银眉禅师流下一身冷汗。

移时那怪物尖厉厉的一声怪吼，声音慄厉，将痴和尚吓得毛发均竖，不由打了一个寒噤。只见银眉禅师鼻孔中喷出两道白气，一吸一吐地垂下膝头，一片霞光逼得那妖怪越发难看。那妖怪一阵扑跳，满屋生风。禅师越来越沉寂，便如睡了似的。鼻下的白气越垂越大，忽地一声响亮，和尚鼻注白气突地细如游丝，精亮如电，披分了飞出，那妖怪早不见了。痴和尚吓得不敢再留，一径跑出禅寺。

这时已天色向晚，天空一片片红云飞舞，一行行山雀逐着晚霞平飞。淡淡的斜阳平落在远远的一带山峰上，近一带的层山青翠也都变成淡黄色，阴阳特殊分明。痴和尚一面盘算所见之异，一面驱了群羊返回，到羊圈里已天色黑沉沉的。

痴和尚胡乱吃过晚餐，暗想银眉禅师究竟是人是妖，不然怎的有妖怪与他耍子呢？啊啊，莫非禅师会拘鬼之术也未可知。俺索性看他个究竟是怎的回事。于是打定主意走出，忽然想起，倘若遇鬼不是玩的，又回去寻了一柄砍柴利斧，掖在腰下，一径飞奔宝寂寺。

痴和尚天生捷足，顷刻到了，见山门紧闭，一阵阵箫声悠悠传来，痴和尚知道又是禅师鼓箫，于是趁势一跃上垣，见内中云枝姜姜，遍寺院长草青蔚，正殿佛前香火尚着，两旁佛廊内许多怪道佛，一个个龇牙咧嘴十分难看。痴和尚更不理会，一跃而下，同时仿佛见一道黑影一阵跃过正殿，奔向后面禅院。痴和尚略一迟疑，只闻哟了一声，却是一只梅花鹿，如驾风云般而过，痴和尚越奇。这时箫声越发悠扬婉转，痴和尚闻了竟忘其所以，一径奔向禅师后禅房院中，早见窗下那鹿伏地倾耳，见了痴和尚更不动。痴和尚过去伏在窗下偷窥，见银眉禅师正鼓箫。痴和尚忘其所以顶破窗纸，那箫声登时便息，只见银眉禅师大叱道："孽畜竟敢屡屡相扰?"说着空拳远远向痴和尚一击，痴和尚觉得一股冷气碰向脑门，一个寒噤咕咚倒地，那梅花鹿早已吓跑了。

禅师听得咕咚一响大疑，出来一看，见了痴和尚倒地呻吟，于是道："咦？你不是牧羊的痴儿吗？怎的到此？"说着将痴和尚扶起，一同来到禅房中。银眉禅师道："老衲以为又是孽畜肆扰，失手伤了小施主，幸而老衲有挽救之法，不然生命危险。"

于是拿出一玲珑透明晶石小瓶，磕出两粒丹丸儿，用指甲弹入痴和尚口中，温水送入，顷刻痴和尚觉得一阵馨香扑鼻，一点点沁入心房，吸气觉得皆香，而且凉爽异常。移时肚中咕噜噜一阵响亮，银眉禅师伸出一手，摸遍痴和尚全身，便如火熨斗似的热，又令痴和尚闭目少息。顷刻，痴和尚觉得丹田出了一股热气，一径上行慢慢散布四肢。用手摸摸身上湿淋淋的一身冷汗。

银眉禅师笑道："好了好了。"

痴和尚一伸双膀，一个懒腰，打了一个哈欠，精神复原。于是笑道："俺因观奇而来，不意冲撞师父，望祈恕罪。"于是将日间之事说了一遍。

银眉禅师道："那时老衲正练神功，小施主来老衲是晓得的。因这坐功不能随意惊起，必须以稳重沉寂为主，且老衲多年之功将成，很有许多妖物也在成形化体，前来相扰。小施主你所见之妖怪即是了。可是他现在破我真法，倘我心无持主，在志忑之线上，则一生苦功均提于妖怪之巨掌，只能佐妖道成，而我则为他驱使，或丧生都未可知。"

痴和尚听了，心中茫然。银眉禅师接着说道："小施主与老衲盘桓多日，老衲早见小施主非世上人，与我有缘法。可是人生悲离欢聚，均在生命中造定，可是人在阴中积德，亦能反天数，久修内体亦能归正果。老衲想小施主一定羡慕我了。"

痴和尚道："俺在山中牧羊，村中均呼俺痴儿，可是'痴儿'二字是个无心胸之人，但是彼辈俗目，俺固认为痴儿，但是非痴儿的亦不过茫茫混浊，俺看此只知世路悠险，唯皈依我佛为净，是以恒来师父处请教，望师父指俺明途。"

银眉禅师道："你小小年纪，将来有为之事正多，岂可如此了？"

痴和尚下拜道："俺一介俗子，固不足污佛地，尚请师父戒化。"

银眉禅师扶了痴和尚道："你能识老衲于风尘中，正是天定缘法。老衲修功将成，正缺一门人传我衣钵，那么你便在我门下吧。"

痴和尚大喜再拜，称银眉禅师为师。从此痴和尚便不牧羊，削发为僧。这时银眉禅师一心正果，每日修炼金身，只饮清水而已。得闲也教痴和尚诵经识字，与他取个法号寂禅。寂禅每日随了银眉禅师习诵经识字，不数月很有心得。他也是天生慧敏，问一知十，能转思多少理想来。

银眉禅师大喜道："你天赋特高，我将传你绝技。"寂禅拜领，从此每日习技。

光阴荏苒，水也似的流过去。一晃年余光景，寂禅天生才智，早将银眉禅师技艺习得纯熟，此时禅师每日诵经盘坐，寺中什物时常乱飞乱响，并一声声怪鸣，时有所闻。寂禅不识所以，这时他的剑术练得已很有根基。

一日禅师打坐闭气，寂禅从山下担上一担水来放下，又持帚扫院堂。闻一阵女子说笑声，寂禅每日踅向山门外玩耍，山庄人见他憨头憨脑，见人只会龇牙一笑，再问他便糊涂乱说，大家便呼他痴和尚。当时他听有女人说笑声，觉得一定又是山庄中的妇女来烧香还愿，也未理会，忙匆匆跑去执行，不想跨出佛堂，女子声音却发在老和尚禅房中，一阵阵娇声浪气。寂禅大疑，悄悄伏窗一看，见银眉禅师正在打坐，一双白眉毛长长地遮住眼帘。倚和尚身旁一个绝俊媳妇，一手揽了老和尚手儿，斜斜倚了粉颊，乜着眼儿卖娇。一面扳起一只腿，露着白嫩嫩小腿，放在老和尚膝上，一面提着浪声嗓与老和尚亲了个乖。寂禅大怒，知道又是什么妖类，但不敢进前。因为老和尚曾嘱咐过，听得什么异事不可鲁莽，不然有性命之忧，于是退去。

过了一时，银眉禅师忽唤寂禅。寂禅过去，见禅师坐在蒲团上，寂禅站在下首，银眉禅师道："刚才你张见异观吗？"

寂禅唯唯，禅师道："不日我将与你诀别了。在这数日中每有妖物来搅扰，这妖物便是南山多年老狐和一梅花鹿。二物均是将脱化之物，与我抗衡。可是我为人类，少一遍脱化之功，是以道深。二物均非我敌手。每于我行功方来扰，可是我有丹气足杀二妖。但既费多年之神功修至此地位，何忍再杀生？且他二物皆道将成了，此时我虽不除二物，亦能归正果脱化，所以姑息他等。但日后二物道成，尚不知善恶。善则可佑一方，恶则屠杀至千里之外。大约自古迄今，彼等道成者甚多，不过均不守性，妄杀纵淫，因之遭天诛，或永久不能入仙境。刚才你所见之美女，即妖狐所化，当你初睹之怪魔，即那梅花鹿。"

寂禅道："那梅花鹿？弟子初来曾见一鹿，窃听师父鼓箫。"

银眉禅师笑道："鹿本为神的，能寿数千年。故此物成道者甚多。每得道均息深山古洞中，不入世俗，亦不搅红尘万物。此鹿与我同功道深，不过其究为兽类，故恒来窃听我诵经鼓箫，其得之可佐其道成。从此后你不可来窥异，因为妖物一心要破我法身，吸我丹气而成其道。若被你惊搅，彼将迁怒必杀你。你现在无抵抗妖物之力，是以必戒。"说着拿出一旧箧指着道："此乃我剑术手书秘本，内中深奥之至。你如肯深究至理，自浅而深，深而精奥，自精奥而后脱化，不可轻视。"

寂禅拜倒唯唯，银眉禅师又取出一柄七寸长利剑一口，真是霞光万道，湛如秋水。银眉禅师拔出，那剑只管铮铮作响。禅师把玩一会儿道："此剑神物，随我百余年，今将与它诀别了。"那剑突然铮的一声，禅师道："你想是不愿离开，但是依然使你去依名主，和我有何分别呢？"于是用袖拂拭入鞘道："此剑能自由流行天地间，并能预警吉凶。你看它脱出鞘来一定有警儿了。你且受收此宝器，且珍重之不可忽视。好在你深悟禅机，又是天生奇人。我也不多说了。还有一件便是这山中二妖物，将来不知如何，你须负起震慑之职。如果二物不守本性，可飞剑诛之。"

寂禅答应，接着书剑，于是道："二妖物搅扰怎的？"

银眉禅师道："妖物不能逞其邪，空与我一层锻炼，此时促其速成，又有何惧？你三日后之第四日正午，速来看我，切记。"于是令寂禅速去。

寂禅离开银眉禅师，自己且居前禅院，将禅师传授之书剑悄悄藏在正殿佛龛后，生恐妖物得去。在这三日中间，银眉禅师禅房中时发出阵阵异声。这日是第三日了，怪声越厉害得风声如吼，飞沙走石，天地皆阴晦，黄澄澄的颜色非常吓人。只闻银眉禅师处海啸般怪响，并一声异音闹过半日便息。寂禅心念禅师，想去看看，又受了禅师之嘱不敢去，只好忍耐。

下午又闻得许多异声，一阵阵淫声娇语传来，继续闹了一夜。寂禅吓得颤抖不已，好容易熬到天晓方息。

到天色正午，寂禅看准一影急急跑去，只银眉禅师坐得一丝不动，七窍喷出火光。寂禅吓了个后坐，突然想起银眉禅师这一定是身归正果，吐真火烧炼金身。那火光一出一入，寂禅忙跑下山去，净桶提来天雨之水，从禅师顶上慢慢滴灌下去，顷刻真火旺吐，焚化金身。在这时候只闻一阵神乐悠扬，寂禅跑出去一看，早见银眉禅师乘莲花宝座腾云而去。寂禅望空再拜。

从此寂禅继续修炼在宝寂寺中，将银眉禅师传与之剑术秘诀深深研究。他本来武功深得禅师绝艺，又加着他悟性甚强，从混然之中了解剑术绝技。不过年余，剑气竟能流走周身。

这日寂禅正在后山练剑，只闻隆隆一阵怪响，接着山崩似的一声响亮，寂禅也未理会，不想返回寺中，偌大一个寺院竟颠塌仆地，只剩一层正殿。殿上瓦已散落好些。寂禅大异，以为一定是寺院年久失修之故，是以倒塌下来，于是扔在脑后。不想数日后时时闻得咯喳声，山空谷中发现好些死野兽，血肉模糊，似乎是互相咬伤而死。

一日夜里，淡淡的月色笼罩了遍山，寂禅踏了月色上了高峰，对月练剑。剑光漫溢，刚刚吐起，突然刷过一道碧茫茫的光线，霞光逼人，径奔寂禅。寂禅大惊，忙收剑光，那光霞腾空而起，接着又飞出一道红光，二光搅作一团，逼得月色昏淡，山空沉静。唯闻二光线流走发出异音，两道光霞互相映绕追逐。

寂禅暗道：这光霞似是剑气，但其伸缩大不似剑气之沉。啊啊，是了，那南山老狐时时对月飞丹，吸取太阴之精，那红光一定是它了。

正要乱想，只见碧光一点一点地弱下去，移时霹雷一声，碧光唰一声没下，红光登时飞腾起来。一片红霞越发映得遍山血色，沿各山峰刷过，电一般速度。寂禅恐是敌袭，急将飞剑抖手飞出，只见白茫茫一道电光登时截断那红霞，两道红白彩虹各不相下，互相抵住了。

突然有人道："师父一人恐难敌妖狐之法，小道不才，尚可助一臂之力。"

寂禅回头一看，却是白发飘然的道士，身披鹤氅，足踏云履，一顶道冠上光彩照目，腰束盘云带，长髯覆胸，相貌好不古怪。那道士张口吐出一道碧莹莹丹气，正是那碧光。寂禅心中憧憬着，一面挥剑抵抗狐袭。但见三道霞光绕在一起，少时红光渐弱，蓦然失其踪迹。那道士道："淫狐桀骜之至，可趁势诛戮。"

寂禅收回剑道："不可，此狐费多年之功，练至此地步，岂可随意破它神功？天地不容。"说着方要请教道士仙观道号，那道士突拱手化阵清风已渺。寂禅在山中所见多奇异，也未理会，不过以为什么山神或灵物之类，于是返寺。

过了三五日，忽然来一梅花鹿，口中衔了一支异草，放在寂禅面前。寂禅拿起一看，那异草生得形如钉蘑，从根至顶紫微微的颜色，明净异常。许多紫色筋线分布得清澄澄，根下一段白色命根，晶白如玉，并无细微毛根，看着鲜嫩得很。寂禅不识什物，只把了细想，仿佛记得银眉禅师曾说过，深山绝境有一种灵植，名为灵芝，天地万物不能得见，唯鹿能食之，故鹿寿不死。凡夫得食可以粗壮筋骨，增长智慧。僧道食之可修真身。此草为鹿衔来，一定是灵芝了。但是一个野鹿怎的不避人而送来灵芝呢，这是怎的回事？

想着看那鹿已化为那日夜里的道士了，向寂禅两三稽首道："小道号梅花道士，乃一得道梅鹿。自银眉禅师功成正果，小道屡屡相扰，不过想吸禅师之丹以助己成。禅师法高竟登极乐，小道念禅师不杀之恩，遂一心修正。正隐于灵岩洞中，不涉他处。不想南山妖狐无事寻非，那日到小道洞中声言银眉禅师登极乐后，神剑与秘箧均失去了，一定落在小道之手，是以隐于灵岩日事修炼不出，要求分一宝器。小道实未知落在何地，辩白不清，妖狐竟驱山兽与小道决战，空伤生灵。小道乃与妖狐约战，不想战败，幸蒙大师神剑救护，得免不死。无以为报，特供一仙芝。此芝生在灵岩洞深处，无人可知，已数千年，食之与肉芝同功。大师食此芝享寿无终，脱凡入仙境。"说着连连拱手。

寂禅大喜，请道士同坐谈起道法，甚是超妙。从此每每相聚一处谈法，甚是相得。寂禅自食仙芝后，真个身如轻风，不食五谷，练就天丹能流行天地间。那梅花道士也便就此听寂禅讲经说法，脱化入仙境，久镇终南山。

那南山妖狐道虽深，可是不守真性，纵欲好杀，将终南四境搅得天翻地覆。一日来了一个道士，身披狗皮，头上足下无不狗皮，说话也带汪汪之声，可是与人向未说过话。见了寂禅梅花道士方说话，自称狗皮道人。三人接谈之下，互相佩服，这狗皮道人习得铜筋铁骨，道法通天，自幼修炼在崆峒，寿已数百岁。他虽得道成仙，性好游戏。终日漫游四海，只不言语，作狗叫声。这次来终南山乃望气而来，知此山一定有高僧高道，所以特来觅世外道友。

当时三人纵游全山，狗皮道人道："此山虽好，只有妖气。"

寂禅道："南山现有狐怪，不守真性，小僧因其道将成，数千年之功不忍诛戮，使其枉费苦修之功，是以它还在山中不自警觉。"

梅花道人道："妖狐与小道同功，只是不悟正果，只练毒丹杀人。小道虽能超化，可是尚不敌他。"

狗皮道人笑道："天地灵物甚多，独狐鼬不能成正果。因其悟性速而性不真，我辈不诛它只使它为害一方，将久也遭天诛，何如早收服它呢？"

寂禅道善，于是由梅花道士赴南山寻妖狐。妖狐不知何时下山耍了，狗皮道人道："由此可知妖狐之性了。既安心修炼，岂可下山？只使灵性漫散。"

于是纵上高峰张望，见狐乘风返来，满面阴气，一定是吸得真阴之精。狗皮道人用手一指，一道剑气刷过去。妖狐随即吐出毒丸抗战，直闹得山摇地动，峰岩塌陷，天地为之昏淡。梅花道士寂禅二人急挥法器助战，妖狐抵之不住，想收丹遁去，不想被狗皮道人将丹丸吸入腹中，妖狐大惊，就地一滚欲遁，早见狗皮道人飞剑平刷过来，将狐斩杀。三人收剑，狗皮道人得了狐丹，胜再修千年。

作者写至此不禁掷笔大笑，这数篇胡诌未免过于迷信了。可是此一段作者也是听父老所谈，根据是无处追寻，请诸位姑当一段《封神演义》或《西游记》看即是了。

闲话揭过且写正文，再说狗皮道人等自诛妖狐，与梅花道士寂禅在山中漫游多日，狗皮道人告辞欲去，梅花道士不舍坚留，寂禅道："梅道兄且安心自修，小僧也要漫游去了。"

梅花道人笑道："一人去了还不舍，何况大师也欲去呢？那么小道也追随去吧。"

狗皮道人大悦，于是同二人一同下山分手。寂禅来到白石沟便暂栖止了，每日漫游山中，见人呆笑，人呼为痴和尚。有人询他法号，他便憨憨地道："痴和尚便好极了。"人以为他不言不笑，偶尔说句一定等于灵算，不想有所疑难，一问他便道着。大家以为他不过卦灵，肉眼凡胎，哪里晓得是个神僧？寂禅在白石沟住了一晃百余年光景，村人只奇怪他的长生，也无人理会他。

一日寂禅携了禅杖纵游山中，忽来了巨猴，浑身黑毛，两目生光。寂禅暗道：咦？此地不是产猴之地，哪里来的猴子呢？只见那猴子从右边一株老村上略一纵身，已出数丈远，直落在寂禅面前，一回手唰一声一物飞来，径奔寂禅。寂禅顶上金光早避过来物，却是一块晶石。寂禅暗说猴子竟出手害人，真个可恶。那猴子早风也似的刷过，便如乘风云般，只管在寂禅顶上乱旋。寂禅大悟，此猴一定是个灵物。于是一纵法身，禅杖就石上一拄，一条禅杖哧一声穿入石中。猴子见了吓得回身便走，寂禅大叱，望空一击，猴子应手卧倒，双膝点地，向寂禅跪下点头讨饶。

寂禅叱道："孽畜不知伤了多少人，今方遇我。"

猴子摇头吱吱乱叫，寂禅道："你是哪里来的？"

猴子望西南一指，吱吱叫了两声。寂禅道："一定从远路来的了。"

猴子摩了自己头顶，指指寂禅。寂禅道："你愿皈依吗？"

猴子叩首，寂禅大喜，于是收了猴子。那猴子练得浑身如铁，刀枪难入。天生捷足，来去如风。性爱游戏，它这次见了寂禅不过游戏而已，不想却撞着神僧收服，可见猴子缘法之深了。当时寂禅收了猴子，每日纵游。这日来到李希儿桃园，竟偷了个尽兴。寂禅以为不义，将占卦所得卦礼把与猴子抵换桃儿吃。这日猴子出去玩耍，寂禅却无意邂逅希儿，收做门人。被希儿放走神剑，招了一场祸害。亏得寂禅法高，收回神剑，斩了怪蛟。

再说那猴子自那日出去玩耍，展开身法腾云飞起，顷刻出白石沟四五百里，在一处深山绝峰上采了许多异果，自己先吃了个饱，又采些想带回献与寂禅。正用软草束了，四顾山清水秀，舍不得去。一面徜徉着赏玩，突然天空一声异响，猴子大惊，见一道神光直刷过去。猴子一见，知道是剑气，或山中灵物修得真身吐出丹丸，若不幸少时定然粉身碎骨。于是伏身在穴中，扬起头儿眇了碧色神目张望。突然又飞来一道白气，将剑气笼了收回。猴子心中暗道：好了，这一定是我师父的神剑。但据师父说，一向不曾运用，今天想是有什么事体。

正想着，那边飞起一道碧光，直接了白光。两道光线顷刻搅在一起，在天空追逐游走，精光耀目。移时天地皆暗，只有一双霞光飞绕，映出万道光霞。猴子张开神睛，都有些目光映返不出。如是被霞光所逼，二光战够多时，碧光低下，震天价一声响亮，碧光顿缩。猴子身在高峰，望得分明，那白光自碧光低下，紧接着哧一声追随而下。白光都聚在那遥遥山头上，时起时落。同时并闻得一阵阵怪吼，少时便息。白光自缩回，只遥望见一片烟尘，犹自远远迷茫空际。

猴子知道一定山中发现怪物，为剑气所诛。于是奔去，顷刻来到一座层岩，自己已然身纵极峰，俯视万物无余。猴子运用目光，早张见一巨涧中一片血殷，在涧边水涯，半没在水中一个血淋淋怪头。猴子沿路过去一张，见山涧中污水都溅上山头，沿涧许多小树连根拔倒，那涧边石岩已成粉碎。猴子吓得搔手不迭，再望水中红澄澄漂了一截巨物，浑身明亮，放大碗大甲片护了周身，如同漆油一般。仰着青黄色肚儿，张着四只钢爪，都扎入泥中。一颗巨头飞在涧涯，顶上一只钢角，口边肉须，好不狰狞。将猴子吓得掩目不迭，百忙中拾了一片巨甲献与寂禅。

当时寂禅打发李希儿去了，方同猴子来到涧边，寂禅认得那物是一巨蛟。寂禅道："你既然修炼得如此火候，何必再思损人利己，自寻丧生？老衲不诛你，你必杀我。好在你之心未善，天亦将诛戮你了。"于是顾猴子道："此名蛟，秉天地阴气而生，多发在山阴古涧间，类与龙同，性好杀，每伏涯边吸食人兽。蛟年久则入海与龙斗，龙如斗败必为所食，此蛟则居海中统辖大海，泛波淹没沿海居民。此蛟看光景已寿二千余年，能伏气不食，练就一种丹气，能流行天地间。每日吸食日月之精气，助其脱化。它见我剑气，故来攫取，想吸得我之飞剑，用丹气杀我，利我之精气，比其再修数千年之功，造成仙体，能腾飞天地间。不想弄巧成拙，反丧在神剑之下，他的深功也便非常可惜了。"

说着连连慨叹不置，于是取出一瓶药粉，向蛟头上一抖，而蛟头顿化如水。寂禅用剑向蛟二目一搅，突地精光四射，水晶球似的随着出来二珠，寂禅袋入囊中，又取下那蛟独角，光亮异常，玲珑可爱。猴子指着吱吱乱叫，寂禅道："此角乃蛟之宝，我得此可遁海水。因此角为蛟分水而生，持此角入水，水避分五尺之外不浸，因名避水角。此蛟浑身是宝珠，每一骨节中含一珠，大如鸽卵。不过珍贵更无他用。唯其二睛则不然了，

114

日夜放光。以我真身罡气飞二珠流行天地间，不亚剑器。"猴子点头，同寂禅返回。

寂禅说至此，将个李希儿惊怔得呆了，时而惊叫，时而缩首吐舌，猴子却也坐在一边抓耳挠腮。希儿道："猴兄你大见识，比我强得多了。"猴子缩脖弄个面孔，吱吱地叫。

寂禅笑道："你哪能比猴朋友呢？它秉天地而生，已寿千余年了。灵性不亚于人，且性甚大将来有超世之日。希儿你不过一介铁血汉子，逐时日老去，哪能相提并论呢？"

希儿咋舌，寂禅望望日影道："是时候了，日后有缘还可一见。但世态变迁，是说不定的。望你修身自爱，遇时势定有你出头之日。可只是遗憾罢了，好在落得忠心赤胆，也不枉凡夫之一生了。"于是令希儿速去。

希儿以为寂禅不过令自己返去，日后还能凡事请教的，唯唯携了寂禅的书剑，别了师父，一径返家。拜见了老母，李妈妈见希儿返来大悦，询问所学之技，希儿一一说与她，听得李妈妈越发喜悦。希儿一连在家四五日，将寂禅等等奇异说与李妈妈听，李妈妈如听古迹似的。

这日希儿想起寂禅，一径跑去看望，还拿了些山果送与猴子。真是乘兴而去，败兴而返。原来希儿下得山麓，一径奔向茅屋，一脚入内，冷清清的一群山雀在院中啄食，见有人来突啦啦飞去。希儿心中乱跳，入得屋中，扫得干干净净，一尘皆无，可是失了寂禅影子。希儿纳闷之下以为一定是出去游玩，正徘徊一会儿，只闻有人笑道："李相公吗？想是来寻和尚的。他于五六日前去了。"

希儿一看，却是与寂禅住处相距不远的山麓边的张大麻子，负了一束山柴笑着与自己说话。当时希儿听了之下，如当头打了一个霹雳，震得头脑皆昏沉了。怔了半天方笑道："张老哥不要开玩笑，究竟大师哪里去了？"

张大麻子笑道："谁与你开玩笑呢？你不信就罢了。俺也不说了。"

欲知张大麻子与希儿怎么开交，且看下文。

第十二回

羊肉馆衔杯激老将
通州城无赖戏娇娘

且说张大麻子和希儿说毕，索性负柴转身便走。希儿笑道："张老兄慢走，且说个究竟。"

张麻子作势道："算了吧，你不是说俺打哈哈吗？"

希儿笑着过去，只向大麻子脖颈上略微一捏，大麻子缩脖啊哟作一团，央道："老兄弟罢手呀，我细细告诉你。"

李希儿笑道："那么你就说吧。"

大麻子道："就是那天晚上我打得一捆山柴下山，遇见老和尚了，还携了一个猴子，同行有个披狗皮的怪老道，当时俺道：'和尚哪里去？这般时候了还不攒破窝闹一觉儿？'和尚笑道：'老衲与施主永别了。因知道定遇着施主，所以也未去拜别的，就请施主传与小徒希儿一个话吧。他一定要被一场灾难，要他少贪闲事。'说完走了，转眼都失踪影。俺记了此话，所以每日斫柴必到这儿看看，或者遇见你。如今说完了，放我去吧。"

希儿听了大失所望，将带来的山果送与张大麻子拿去吃。大麻子去了，希儿在茅屋四外逡巡半晌，方垂头奔脑而去。心中记下了寂禅嘱咐之言，终日扎在屋中不出，免遭事非。

光阴如箭，一晃五六年光景，希儿整天价熟习寂禅授与之剑术秘本，数年大有心得，练得身轻如燕，有力如虎。每每与人开玩笑，大家皆瞧不见他的形影，他的武技早传遍各地。

这时在直隶省发现了一名大盗，绰号赛灵官，生得身长丈来高，巴斗大小的脑袋，赤发黄须，凹目凸睛，扫帚眉直漫散入鬓。酒糟赤鼻，鲇鱼口，龇着一口黄铜似的钢牙，一嘴巴子黄亮亮虬须，如针刺一般。他如遇敌即赤了上身，露出健臂，浑身细鳞，简直是个妖怪。纵横燕北多年，杀人如麻，且好淫，连县府太爷都不敢声响。因为赛灵官来去无踪，稍不留神便被他听了去，马上给个过节就受用不开，因此赛灵官便肆行一方，每日明来明去，哪个敢道不字？将那一带百姓搅得日夜不安。

京东迁安县新来一个县尊，偏是忠耿异常，到县先访盗贼。探得赛灵官纵横北地多年，登时大怒，拍案道："这还了得？那几任官儿难道是聋瞎不成？怎的不赶紧办案呀？"

典吏官听了，连忙用手掩了那官儿的口，变色道："了不得。老爷难道不要头颅了吗？"于是低低一叙赛灵官之凶鸷。

那官儿却是醉猫子，登时跳起来道："唔呀，咱是干什么的？既受命于朝廷，岂可不尽臣子之心？如此上无以报君恩，下无颜对百姓，简直失了人味。"说着一掌拍向自己头上道："我既受君之恩，此物便是国家的了。"立命四老爷办贼。

这四老爷便是典吏的别号，普通均呼为四老爷。当时典吏吓得缩了头颈，张口吐舌，只好勉强应命，吩咐捕头办案。捕头约会了邻县捕快，届期相助。哪知各县捕快闻说赛灵官的厉害，届期溜跑了。迁安捕头不知就里，寻向赛灵官，他正在掠了小娘儿拥了大睡。捕头见约人未到，用绳索将赛灵官捆在床上，用木棍拧紧。赛灵官醒了被人捆了手足，大怒吼了一声，咯吧吧一响响亮，绳索立断，连床带人翻倒。捕头等吓得乱跑，早被赛灵官赤手捞住三五个，随手撕碎。怒气未息，略穿衣裤，捞了生铁棍，寻向县府。那四老爷早得了消息，仓皇无法躲闪，吓得抖作一团。忽然得了一计，用白纸封了自己门儿，上书四老爷不在，以为千妥万当。

赛灵官先奔大狱，放出罪囚，狗嚎般乱抢乱叫。赛灵官走出大狱后，典吏房门外白纸书了四老爷不在，门外早有许多罪囚手中木棍菜刀之类，来杀典吏。因为这典吏刻毒得厉害，每日思想新鲜方法收拾罪囚，榨取金钱。囚人房中一到深夜便如鬼嚎一般的惨痛声发出，皆是典吏施刑榨财。这时囚人纵出，先想杀他解恨。当时赛灵官一脚将门踢开，典吏正蹲在门下窃听，一个仰面朝天倒地，吓得闭了双目，叫爷爷祖宗。最后咧开大嘴，大骂"县太爷害了我也"。赛灵官大怒，铁棍一挥，典吏登时化为血饼。

赛灵官和罪囚杀上县府，那官儿正挺胸脯肚，手中一柄宝剑，大叱贼囚竟敢目无官长，一句话未说完，已随着赛灵官铁棍粉碎，可怜一个忠心

117

赤胆官儿，竟死在贼人之手。

赛灵官晓得杀了县官儿非同小可，率众呼哨一声逃之夭夭，来到静海一带作案。朝廷震怒之下，行牒捉拿赛灵官。这时赛灵官居然又摇摆至通州，被捕快侦着行踪，不敢下手，大家七言八语去邀请能人。

捕友孙八道："除非赴白石沟去请伊惕，不然谁也敌不了。"

捕头万太道："伊爷虽然武功绝艺，但他性儿古怪，没准儿就来。如数百里跑去碰软钉那是玩的吗？俺看不如请海王庄的白老爷。"

孙八拍手道："妙妙，白老爷离此不过十几里，那么头翁便蹓一趟如何？只有一样，白老爷虽武功了得，只是多年不管外事，又加着上了些年纪，恐怕请他不易。"

万太道："真个的，前天俺还见他老人家在小酒店独自把酒大吃炒爆豆，嚼得咯咯山响。"

孙八道："不错，白老头儿行踪是不定，他是家居得不高兴了，便各处闲散。好在哪里都是朋友，那么俺们便分头寻寻，或者还在本城中呢。"

正说着，一老者满面皱纹，颔下雪白胡儿，穿一件直裰，胳肢窝里夹了一条拐杖，笑眯眯如飞跑来。老八道："真是活人好念叨，说着他老人家竟来了。"

大家一看，正是白老头儿，笑得弥勒佛似的向大家招手。原来这白老头儿名白嗣，原籍通州北，海王庄人氏，家中富有。白嗣少年意气，疏财好交，一个铁桶般的家私都被他交友交去。他习得一身武功，恒漫游江湖间，只凭一剑结识了天下英雄。性好游戏，狂放了一辈子。这时候年岁高了，居家不问外事，人都呼为白嗣翁。白老儿与万太是旧交，万太当了捕头，有些难办之案件便求教白老头儿，很得白老头儿帮助。万太每年逢时望节去拜望白老头儿，可是这时有什么棘手案件，白嗣翁再也不肯为他帮一手儿，也是自己年高不忍再结仇江湖罢了。

当时万太等见了白老头儿，呼一声围上。白老头儿笑道："你们又合计什么事呢？"

万太眼一转笑道："没事没事，兄弟们谈天罢了。唯白老哥怎的这闲散呀？"

白老头儿道："俺有什么事？左右每天吃个饱乱蹓动了。"

万太笑道："真个的，咱哥儿多日未吃喝一顿了，白老哥你若无事，咱便坐回小馆如何?"

白老头儿笑道:"俺别的不中了,若论吃喝却没够。"

万太笑道:"别的一定有用,不然俺忙里偷闲为啥事体呢?"说着四顾捕友道:"刻下事忙,你们分头干事去。"

众捕友闻声呼一声把臂去了,这里万太拉了白嗣翁一径奔向一家小馆。白老头儿一看,见那小馆虽然漆黑燎蜡的门面,内中顾客却是纷纷扰扰,当门横着一块字迹模糊的招牌,上写"羊肉馆"。二人走进去,只见内中油包似的跑堂穿梭价忙。见了万太笑道:"咦?头翁稀客呀!怎的一向未照顾哇?一定是把来白花花银两都送上后坑的挨挨酥了。"

万太大笑道:"放屁放屁,俺这儿忙得屁股都要丢,不要开玩笑,今天俺领来一位上客,快做来可口饭菜。"

堂倌笑嘻嘻将万太和白老头儿导向一间静室,用围巾抹净桌椅,二人坐下。堂倌叉腰笑道:"头翁您吃什么菜呀?点来好叫灶。"

万太道:"都有什么好菜?"

堂倌道:"烧羊肉、炮羊肉、炒羊肉、熏羊肉、菊花羊肉、鳗鱼羊肉,再不然还有高汤烩羊杂、红烧羊蹄筋。您吃什么好吧,左右离不了羊肉。"

万太笑道:"俺们白大哥上些年岁了,牙口是不济事的,便来个羊肉团、泥羊肉,越不费吃嚼越好。"

白嗣翁笑道:"万兄真看老哥哥成个没用人了?如羊肉都吃嚼不动还干什么呀?只等着当棺材瓢不成?"

说着哈哈一笑,十分透着矍铄。一面从屁股后头摸出三尺长短毛竹烟筒,一个尺来长宽大烟袋儿,上面花不溜丢地扎了些花鸟。白嗣翁就袋儿装满茶杯大小一烟锅儿,噗噗吸着笑道:"万兄你尝尝这老关东烟如何?"

万太道:"不当不当。那么白兄还有本事吃嚼,堂倌你便拣可口的只管弄将来。"

堂倌嗾的一声跑去,拉起怪嗓子叫菜。只闻灶上刀勺乱响,这里白嗣翁吸得烟气腾腾道:"人老了真没用。你老嫂说俺颠吹倒打,俺觉得老伴不减当年。因为俺每日早晚练功,觉得一般煞伶。就后园十余个梅花桩儿,俺每日拔三次,可见硬邦邦小伙子还不及俺这老巴棍子呢。"说着哈哈大笑,声震屋宇,四顾很透着老当益壮之概。

万太听了,哼一声叹道:"谁说不是呢,俺们这个年岁将入土的人了,

119

没有瞧得着，只好咽咽愤气。当年豪气只好让人新叫响儿的年轻人了。你看八里庄的刘一枪、束门外的铁裆吴四，都是咯吧吧的响儿，见人家扬眉扯眼，很透着瞧不着咱这老一级的了。"

说着酒饭端上，罗列一桌儿。是四碟冷荤，一碟醋羊肚，一碟羊头脸，那两碟是熏肉脯，五香眼肉、一大盘红烧肥羰、一盘清蒸肉团、两壶老白干。当时二人吃喝起来，白嗣翁听了万太之言，登时斟满一杯酒，一吸而尽，随手一羰加精带肥羊肉飞入口中，嚼着笑道："哈哈，人就是那不长眼，就那吴四刘一枪之辈，均托人靠亲地央求俺传他一点儿武功。可是武功岂能轻传？他们所得的也不过是外派花招，及得什么事？也来张扬，不过哄些力巴头罢了。谅万兄你也晓得些，怎这样捧他们臭脚呢？"

万太听了，心中大喜，暗道这老儿若硬请他帮忙是不成功，须得设法激起他的性儿不成。当时打定主意，于是道："白兄说的是，谁拿他们当朋友呢？这一带各县武功著名的，除了静海伊惕，别人是提不到的。"

白嗣翁一蹾酒杯，笑道："着哇！万兄真个没瞎眼睛。伊爷俺是会过的，只那次他特慕名来访俺，因为俺每日过访朋友，不知名姓的就得过三五个。俺见了名刺，以为这伊惕不过也是慕虚名的朋友，传出话去，因事离家。伊惕大怒：'俺听说白老儿名高望重，很够朋友，原来一般如此呀！'哈哈——声冷笑，换步便走。俺听得分明，忙飞步跑出道：'得罪得罪，俺白某以为又是俗家来扰，那么请寒舍一叙如何？'伊惕转身，当时早一把握牢俺的手。当时俺看伊惕不过一个公子哥儿，生得白皙如女子，哪里在意？哪知握手之下竟将俺吓了一跳。他那五指便如钢钩儿。当时俺不敢急慢，别老了老了的再栽这个儿。于是单臂用力，方抵住伊惕。不然已被他掀个跟跄了。后来与他一接谈，方知他是纯粹内派武功。"

万太道："不错不错。"

正说着，突见一人在帘外只管晃来晃去，万太喝道："是哪个呀？"

声尽处钻进一人，白嗣翁一望，却是捕友孙老八，蝎蝥蝥走来。万太道："老八敢是有什么事？"

白嗣翁已将老八掇在座上，老八道："便是方才俺探得大盗赛灵官潜入城内，衙内早有命令捕捉他。当时俺探得，所以急急来报头翁。"

万太刚斟了一杯酒送到唇边，突闻此事，一个颤抖，杯儿落地，闹得满襟淋漓不堪。老八道："头翁没的着急，趁他方落下城中，且莫惊动他，赶紧差人去请铁砂掌王老一，别人是不敌的。"

万太沉吟道："真也没法，王老一距此尚有二三百里，来一个往返即须四五日，如何够得上？"

白嗣翁见二人捣鬼，不由道："万兄啥事呀？"

万太皱眉道："不用提怎的别扭了。便是大盗赛灵官落在城中，被俺伙友侦知，因赛灵官是行文久缉了的大盗，不得不下手办案。但是没有能人敌他不得，必须去请铁砂掌王老一，他在乐亭泊头镇住，不尽耽搁时光吗？唉，可惜俺和白兄这个年岁，风吹便倒的样儿，不然何必大远地非去邀请王老一呢？人家还不准高兴不高兴呢。唉，没的说了，人老事事争不得强，只好请王老一施展绝技，马上擒贼了。"说着冷冷地与白嗣翁斟满一杯，垂头丧气。

老八愤然道："真个的，咱哥们儿卖卖力气，给他个齐上，也或者敌得了赛灵官。如此便不请王老一那野鸟。"

万太道："自家没本事就别说这风凉话。谁拿着头颅做儿戏呀？"

老八道："不然只好赶快差人去请王老一。"

只见白嗣翁只管连连举杯，看着二人发笑，也不答话。万太道："白兄会过王老一没有。"

白嗣翁道："王老一倒还罢了，是否赛灵官的对手尚是问题，不妨请他试试看。"

万太听了只好干瞪眼，这激将法却没得用。只见老八一摸短须拍案道："真他妈的没世界了。赛灵官那厮在天福居吃酒、挑小娘儿，好不抖神，还打听头翁下落和白嗣翁武事。店家哪知就里，本来白老爷武功深造，于是一叙说，赛灵官哈哈大笑道：'什么人都称武功家，如这等人多得很，只好咬俺鸟都够不着。'当时俺想发作，见赛灵官正拉了一个行娼调笑，一瞪凶睛将俺火儿吓掉，悄悄溜之大吉了。像俺这样人才算得上郎胆呢。"说着一瞟万白二人，不动声色。

万太大怒道："得了老八，你便连夜去请王老一，捉拿赛灵官，与俺哥们儿挣挣面孔。好哇，这小子真把人冤苦了。"

白嗣翁目光如电，加着喝点儿酒，竟闹了个关老爷脸儿。一阵阵须眉轩动，忽听万太说请王老一来挣挣面孔，登时大怒，哈哈一阵冷笑道："万兄你也特自不长进了。现在放着老哥哥你怎的总吵请王老一挣面孔？

俺虽这个年岁，还有黄忠之勇、廉颇之智。难道人老了便不是朋友吗？谅一个赛灵官毛崽子有什么能为？"

万太见事有头绪了，故作吃惊，一吐舌儿道："可了不得，白兄的武功俺是深深领略过的，这一带提起白兄，哪个不竖大指儿？不过您现在上了些年纪，久疏武事，又搭着赛灵官年轻力壮，武功精细，非比寻常狗盗之类。他天生得身长一丈高，巴斗大脑袋，真是青脸红发，巨齿獠牙。休说他那单刀了得，只他赤手纵横，一双钢钩般利指，抓着登时五个透明窟窿。简直不是人类，便如鬼怪一般。俺以为白兄年事过高，哪能再玩这个？如缩下二十年，俺一定要敦请白兄。"

这一套不软不硬的话白嗣翁哪里容得，登时叫道："好哇，万兄你竟瞧不着老朋友了。那么你不必管了，事事由俺就是。"

说着白须杜撰，纵声哈哈大笑，没事人似的连连举杯。最后抄起酒壶对嘴咕嘟嘟灌了一气，掷壶桌上，笑道："万兄看俺白某可捉得赛灵官毛崽子？"

万太慢条斯理地道："若在当年何须说呢？这个年岁您千万别开玩笑，一生英名是不容易挣来的。白兄要看热闹，等王老一到来，俺去知会你不迟。"

白嗣翁大怒，反倒说不出话来，只有冷笑。万太笑道："老八你连夜赶下去吧，千万将王老一掇来要紧。"

老八应声一抹嘴，匆匆跑去。白万二人酒饭罢，会了钞，一径出店。万太道："白兄随俺去吧，帮俺料理料理捕房事儿，什么刀枪绳锁的都须预备停当。别等老一到来，下手捕人再抓瞎，不晚到屁股沟子里去了？"

白嗣翁笑道："万兄真是量材录用，像俺这朽巴棍子，只可用以与人拿个绳索、提个刀的，别的是照顾不上。可是且由自你。"说着晃起两袖如飞自去。

万太叫道："白兄受累了，容改日负荆如何？"

白嗣翁一言不发，顷刻影儿不见。万太大喜，一跳丈八高地口中打了两个响萝卜，哼唧着小曲而去。

且说白嗣翁自别了万太，暗道：万太竟小觑俺。俺人老技不老，难道这当儿便不是当年英豪的白嗣翁了吗？唉，人的眼睛歹毒不过，即如万太还如此炎凉不定，又说什么王老一，他不过练过数月铁砂掌，曾一掌击死

122

一牛犊儿，便红起来了。啊啊，上次在蓟门那一群宝贝想栽俺个子，在树林候俺，假作剪径，王老——削掌过，却被俺单手抓牢来掌，唰一声捋掉一层油皮。这时候老万竟抬举他，不是笑话吗？

白嗣翁正在出神低头行去，突与人砰一声撞个满怀，白嗣翁忙道得罪得罪，那人一扬丑脸子，望望白嗣翁嘟念道："原来是个老胡子，不然非让他咬俺鸟不成。"说着扬长掉臂而去。

白嗣翁见那汉子生得狰狞伟干，粗声野气，以为一定是本地泼皮少年，也未在意。于是出了城，奔向海王村。这海王村不过距城十几里路，白嗣翁步下如飞，顷刻便到了，胡乱过了一夜。

次晨白嗣翁用过早饭，穿了一身便服，带了烟筒匕首之类，百忙中又弄了个镖囊塞在腰下，决定去捉赛灵官要个面孔，当时直奔通州。进得城内，就茶棚内喝了会儿茶，方要趑去，见万太等把臂而过，白嗣翁忙缩足，俟万太等过去，方挟了拐杖出来，沿处饭馆走过。不见什么赛灵官。于是想起北城一带半掩门处一定能踏访的，于是去了。转过一条小巷，见两个泼皮少年横目溜眼走过，一色的紧身秀裤，身披大氅，足蹬球鞋，当头五色结成彩穗儿，下面腿裹打得紧绷绷，显明的人字花儿中扎了双明晃晃雪亮的匕首。一个生得掀鼻瞪目，蛙口糟鼻，那一个却白皙面孔，稀疏疏一些细碎白麻。见了白嗣翁丢眼一瞅，麻子笑道："不相干，却是个老儿。咱的人怎还未到呢？"

糟鼻笑道："这样死候，却不是法子。那鸟汉子一径钻入龟窝不出，俟咱人到齐，寻上去捉牢那鸟汉，先捋掉他毛。"

麻子道："可恨那婊子竟舍了咱的老交，一唯服侍那妖怪般野汉子。等俺逮着她再说，先剥她精光，给她个响屁股。"

突有人叫道："麻哥那却不是玩法，不坑煞俺那鼻大哥吗？"

白嗣翁回头一看，却是一群泼皮，一个个打扮得奇奇怪怪，嬉笑趑来。当头一个泼皮生得又黑又粗，龇牙咧嘴，死猪头眼，地方鬼一般。猪八戒爱俊儿，矮子还插一朵颤巍巍的粉色花儿，鸭步儿走来。胯下单刀，刀头已擦在地下。

糟鼻笑道："放你妈的驴儿屁，小心你浑家偷了海和尚就是。"

大家一阵撕皮，麻子笑道："俩人可齐了，究竟怎的办吧？"

矮子一缩脖道："哈哈，真把咱冤苦了。咱的老相好都被野岔子生生夺去，这个气如何出得？那野鸟既稀罕婊子那话儿，咱却敬你个那话儿尝尝。"

说着掏出一物，大家一阵大笑。白嗣翁看去，不由好笑。原来矮子手中拿了一尺长短粗如白萝卜的木橛儿，正在一手比着圈儿穿那木橛。

糟鼻道："好好，咱便寻上去如何？"

众泼皮一声喊，风也似的卷去。白嗣翁也未理会，顺便向一座土地庙后蹓去。原来这土地庙后是两个斜巷，僻静得很。一向那些私娼不约而同地一齐钻在这巷中，巷名艳脂巷。一入巷口，见出入的都是些街牙地痞之类，见了白嗣翁有的嘟念道："咦？真是末年节儿了，像这个老儿至少也有六七十岁，还寻花问柳的干这档子？真也莫怪俺们年轻人火性旺，一霎离不了小娘儿。"

一个道："胡说胡说，难道此巷便不许老人来吗？"

那个道："你瞧这老儿东张西望，挟了把棍子，委实有些老健。还说什么呢？"

二人说着，一齐回头瞅瞅白嗣翁，一个扑哧一笑，低声道："那老儿便是大名赫赫的白嗣翁了，体面不过的人儿，原来也郎当不哧地暗含着弄这个开心。真成了老来少了。"说着二人嬉笑而过。

白嗣翁听了暗笑，也未在意，一径入巷。见两个小女孩正在扭着半裹的小脚踢毽子，一个道："张妞儿她们竟吓得不敢出来玩，皆因春铃小婊子招来一个野汉了，生得怪模怪样，不知为了什么事，与李麻子等打了一场。俺听说因为春铃和那野汉子玩，不和李麻子玩。"

那个大一点儿的听了，似乎晓得些男女之间，登时红了脸道："你别胡吣了，春铃嫂听见不撕你屁股。咦，真是活人好念诵，你看铃嫂来了。"

小女孩道："咦，看铃嫂白白的脸，光光的头，尖尖的脚，好不得人心。怪不得李麻子等都争着跟她玩。"

白嗣翁看去，却是一个伶俐俐的少媳妇，生得窈窕身材，鹅蛋脸儿，头上乌黑的头发绾成高髻，一身湖色内衣，外罩粉色套衫，一双莲钩蹬了一双鸦青凤头鞋子，手中一个荆筐，内中鱼肉油坛酒壶之类，满满一筐。扭扭捏捏走来，似乎十分吃力，累得粉面红白分明，鼻尖上数颗汗珠。见小女孩胡噪，放下菜篮喘了一口气，一把揪住小女孩髻儿笑道："看你小小人儿竟管胡说八道，等明儿与你寻个麻女婿。"

小女孩一面挣一面笑道："咦，你的麻女婿来了。"

白嗣翁回头一看，却是那麻子泼皮，刚转过巷角竟自缩回，少时一声口哨，只闻啪啪啪，奔马般转过一群泼皮少年，正是白嗣翁所遇见的那一群宝贝。这时那小媳妇刚从地上提起菜筐，只见许多泼皮一个个横眉溜眼，呼啦一声将小媳妇围了。两个小女孩吓得乱嚷怪哭跑去。那小媳妇飞红了双颊，急得小脚乱跺，嘤咛一声哭了。

麻子叫道："烂娼根，你竟敢抛掉俺们，正眼都不加，反弄来一个鬼怪般野汉子。你别觉他膀子大胳膊粗，早晚要他晓得俺们厉害才好。你这篮的鱼肉一定是孝敬那王八蛋的。"说着啪一脚将篮儿踹翻，酒肉弄了满地。

矮子捋起鬼怪膀子叫道："这婊子非给她个厉害不可。俺且问你，那野汉子火燎鬼一般，你爱他哪里？难道竟贪他大鸟不成？"

小媳妇哭道："快别这样闹，人看了多寒碜？俺愿意吗？不过他拳头了得，你们撑不起个儿来，反怨俺。俺有何法呢？"

矮子大怒道："好好，你竟敢奚落俺们，试试俺撑起个儿不？看你扎括得花朵一般，一定为的是那野蛋子瞅了欢喜。"

说着一把揪了小媳妇，众无赖一齐上手，小媳妇连哭带叫，不消顷刻小媳妇白羊似的，被泼皮剥得精光，只穿着一双袜儿。酥胸毕露，两个鼓蓬蓬的嫩乳支起老高，小肚上蓬蒿之下，影绰绰的好不难看。老实实一个模特儿。众无赖哈哈大笑，小媳妇白屁股上早被人拔了两个萝卜，那矮子更是老辣，一手揪起小媳妇一只腿，不知掏向何处，一手擎着那木橛道："俺不念你以先的好处，早给你这一家伙尝尝了。"

糟鼻笑道："得了，武大哥留点儿阴德吧。"

矮子乜着眼道："咦，老鼻你又心疼了？少时俺捋掉她毛儿，看你的猴相跳把戏。"

糟鼻顺手一推矮子，登时一个后坐，一颗头不偏不斜正钻向小媳妇裆中，百忙中跳起大呕大吐，嘴角下还沾了几根黑油油的毛儿。众无赖大笑，呼啦声散去，只抛下小媳妇白绵羊般缩作一团，流着泪一寻衣裤，影儿不见。

白嗣翁见不像话，想去取衣裤掷与小媳妇，原来小媳妇的衣裤早被麻子随手抛上一株十数丈高的杨枝梢上去了。

当时白嗣翁方要过去，突见转过一个凶眉暴目的汉子，见了小媳妇登时一愣。

欲知后事如何，且看下文分解。

第十三回

观裸妇忽觑暴汉子
斗强梁又来白头翁

且说白嗣翁见来了一凶眉暴目汉子，正扬起丑脸抢过，一见小媳妇白羊一般，正贼王八挨千刀地乱骂。那汉见了诧异道："咦，你这不是疯了吗？怎的竟精光跑上街头？幸亏街上没有人，不然不羞煞吗？"说着一手抄起小媳妇一臂。

小媳妇只管打坠嘟噜地哭道："都是你招惹李麻子等，一窝蜂也似的只齐趱来胡闹。"

那汉道："想又是他们作怪。好好，等着俺的，非给他个厉害不可。那么你的衣裤呢？"

小媳妇道："被他们扔没了。"

那汉抬头一望，早张见红红绿绿的衣裤飞上枝梢。随即趱向树下，锋利的目光早将白嗣翁打量一下，嘟念道："这个老儿倒饱得风流眼福，他一定是个丧门鬼。昨天傍晚被他撞了一下子，半夜就被李麻子等搅得俺怀中美人儿都顾不得取乐。今天俺那人儿被人剥得精光，这老儿又趱来了。真着眼儿看光腚。"

白嗣翁听了心中突地一跳，原来这汉子便是昨天与自己撞个满怀的陌汉。当时白嗣翁心有所触，索性装作村老儿，将杖抛在地上，蹲身墙下晒太阳儿。只见那汉到树下，两手抱了树干，手移足随，哧哧哧猴儿一般，顷刻爬上树去，身法非常伶俐。白嗣翁心中暗道：得了，虽是那话儿吗？俺听说赛灵官那厮生得丑八怪似的，看这汉子的脸子倒应了这话儿。

这时那汉子已然直至树梢儿一枝碗口粗细横柯上，微风吹过，摇摇晃动。小媳妇也忘了赤体，竟扬起俊脸上望。只见那汉脚踏横柯，如蜻蜓点

127

水一般刷过，轻轻拿下衣裤丢下。只双足一点，那枝柯上下起落，就起势双足用力一纵，嗖一声一道人影飞过，直奔主干杈树上，就势一个轻燕掠翅式，挺直身躯，双足紧并，一道风儿似的刷下，轻轻落在地上。小媳妇吓得张口结舌，一手拿起衣裤，竟忘了穿。

那汉子笑道："好人儿，快穿起来吧。"

小媳妇飞红着脸儿，丢了一个眼风，匆匆结束起来，一径跑去，到了一家青门儿进去。那汉子便掉臂跟入。

白嗣翁大喜，记下那门首有一株横陈枝柯的老槐，刚想趱去，见一人从巷头一晃影儿，颇似万太。白嗣翁也不在意，起来望望日影已然平西，掸掸土要返去。有两只狗跑来便捡食地下鱼肉，突然一片杖影从一柴门内飞出，却是一十五六岁小厮，用木棍将二狗轰跑。他却捡起地上荆篮，拾起鱼肉等物，一并装入篮中，笑道："很好的肥鱼肉，为什么白喂了狗呢？洗去尘土一般受用。真是什么都是口福，他们一场胡闹，却便宜俺了。喂，玉石呀，快拿去交与妈去。"

早有一个小女孩跑来，将篮提去。这里小厮大唱大跳，突然将木棍一晃道："夏侯渊我的儿呀！"说着摇头晃脑。

白嗣翁大喜，于是趱过道："小哥你唱的一定是《定军山》了，可是刚才这个大轴子你未张见。真个笑煞人。"

小厮一看来了个老儿，笑道："咦，俺怎未看见呢？就是昨天夜里，他们还打了一场子呢。"

白嗣翁道："真的吗？俺不信，和谁打呢？"

小厮道："等等俺告诉你。"说着过来，和白嗣翁对面坐在地上道："便是方才那小媳妇，名叫春铃，人都管她叫门户人家。俺也不懂怎个讲儿？只是她那儿无日无夜招些野汉子，一阵阵猫声狗气。就刚才那李麻子等，都是常上她那儿踏脚的。俺听王狗儿说，他和春铃住一院，有一天他听得春铃等咶咶乱笑，狗儿以为她一定偷着玩什么好东西，想瞅空儿抢个玩玩。原来春铃正脱得精光，和李麻子等炕上滚屎蜣玩。方才春铃准是和他们又滚屎蜣玩恼了。前两天春铃又有一个伴儿，便是取衣裤的汉子。他两个新玩得高兴，不理李麻子等人了。李麻子等所以常来打架，听说昨夜李麻子等找去，都被那汉子打跑了。"

白嗣翁听小厮说得稀里糊涂，仿佛明白一定是争风吃醋。小厮自去，白嗣翁随意走去，落在小店中。吃过晚饭，已初更时分。白嗣翁歇了一会儿，似乎盹睡着。醒来当儿店中一切声息都无，只有马厩内牲畜吃嚼声儿和各室客人酣睡声。嗣翁忙结束停当，带了随后兵器，噗一声吹灭灯，掩门而出。拿出当年本领，真是目观四路，耳听八方，只轻轻一纵身，飞上房去，猫儿一般，一些儿声息都无。跳出店外，沿街径奔土地庙。一路施展飞行术，一道旋风似的刷过，顷刻来到街头，转向庙后，来到艳脂巷。远远地早张见老槐影遮下一个青门，正是那小媳妇香巢。

白嗣翁到了树边，见门闭得紧紧的，赶忙爬上树去，纵目四观，见满天星斗闪闪烁烁，一钩淡月已斜斜挂在西方。夜风吹处，树叶籁籁作响。微淡的树影已倾倒在地。白嗣翁方要就势跃上房去，突闻有人呻吟。白嗣翁纵目下望，原来不相干，却是一个大花子，横不椰子躺在房檐下，似乎是睡梦中呓语。白嗣翁更不怠慢，一个随风扫叶式，轻轻飞落房下，施展步下轻功，提气一跃，早上了二层房。四顾沉沉的夜色，万籁无声，那院中靠东墙下一架青蔚蔚的紫藤，生得十分茂盛，蔓延直接后房。

白嗣翁一跃而下，在院中倾耳听听，房中却沉静静。心中暗道：这般时候料那门户人家正度得快乐时光，怎会一些声响都无呢？正想着，突闻小脚走动声，白嗣翁急闪入藤下窃窥，见角门开处，灯光一闪，趔来二人，却是一个小媳妇，扶了一个老太婆。

小媳妇笑道："俺就懒得打她那里过，那儿整天什么人都有。今天你老看那怪魔似的汉子，还只管瞅俺，怪不好意思的。"

老太婆道："今天你高妈妈请俺上梁山，偏偏范家聋老奶奶也好凑数，输了串老钱，谁也不用想散，她总要捞梢。偏偏冲了财神爷，越捞越输。范奶奶气得眼都红了。还不错，被她傻儿子掇弄去了，不然还散不了场呢。因为天晚了，便借一步从春铃娘儿中穿过。"

白嗣翁听了，知道春铃还在后边住，这却是婆媳二人斗牌转来的。见二人趔入室中，忙一个顺水行舟式，出了藤架下，就势一个鹞子翻身，飞过墙去。早见一个敞大院落，靠东一处小小矮屋透出灯光，沿南两楹大屋被篱圈围，隐隐灯光射出，并人嬉笑之声。白嗣翁向矮屋内偷偷一瞅，却是一个园佣，正坐得四平八稳，手中还提了一个木风车，正在绩麻捻绳儿。

白嗣翁见了却没相干，于是奔向篱下，只闻女人声音笑道："哟，俺这时惊魂未定，谁耐烦瞎开心呀?"正是春铃声音。

白嗣翁翻身飞入篱内，只闻一男子粗声野气地道:"好没道理，昨夜好好一场乐子，被那群王八蛋搅得大煞风景，是俺这悄声当儿，不然都要他脑袋挨屁股。谅今他们不敢来了，好人儿，快给俺个快活。"接着哧哧乱笑，见窗上老大人影一晃，啧啧两声。春铃娇声道:"看你这急色儿，俺偏不。"说着似乎扭身儿，一阵撕扯声儿似的。白嗣翁连忙跃上房去，一个珠帘倒卷式，垂身檐下，戳透窗纸一看，见内中明烛高烧，罗帏半掩，日间所见的丑汉正坐在床沿，一手拉了春铃。这时春铃一身的淡装，红扑扑的娇脸，撒脚裤儿，上身粉色衣裳，已半掩着斜斜地露出一个乳峰。似笑非笑，媚眼瞅着那汉子。那汉子涎着丑脸，一把将春铃揽入怀中，先在香腮上香了两口，春铃就势揽了那汉脖儿，哧地一笑道:"俺就爱看你那急猴相。"

那汉直勾勾眼光看定春铃俊脸，那一只手再不会闲着，不知摸向春铃什么所在。春铃纤腰一扭，嗔道:"好没人样，你要那么着须小心李麻子等来搅闹，俺可不禁吓了。"说着一拉那汉，抿嘴一笑道:"若不招你，俺何苦与李麻子等挫偌大劲儿呢? 即如今天被他等剥得精光，那矮子还要……"说着一头扎入那汉怀中。

那汉再也顾不得，一面与春铃脱去上身衣服，一面道:"好人儿，都是俺的不是。俺若在那里，早敬给他们一顿拳脚了。"

春铃忽地笑道:"真个的，你一人怎便降伏他十多人呢?"

那汉道:"何止十余人? 想俺当年纵横千军万马中，那军官不知毁掉多少。"

春铃听了忽地花容失色，那汉道:"乖儿不要怕，只你好好服侍俺，只俺舒适一下，千百银不算数儿。就我那行囊中还有两千余银子，就都把与你吧。"

春铃听了只管呆怔，呆呆的目光观了那汉，再也不移开。那汉笑着，早将春铃赤条条搂过，低声道:"我便是江湖名闻的赛灵官了。"

春铃吓得脸色一个劲，身不由己地被赛灵官放翻，便要如此这般。百忙中闻得窗外飞鸟展翅一般，唰一声便静。赛灵官久惯江湖，有什么不晓? 当时不顾没人样，只伏在春铃身上倾耳静听。突地微风吹处，窗上疏影交摇，仿佛一道电光似的刷过，疾如鹰隼，一些声息都无。

赛灵官大惊，忙推开春铃跃起，一面系好腰带四顾当儿，早见窗上一个小孔，还湿漉漉的呢。方想从后窗跃出，说时迟那时快，突然嗖一声一物突窗飞入，明晃晃地直奔赛灵官。赛灵官大惊之下，忙一伏身，只闻砰啪哗啦一声响亮，春铃大惊，叫声妈，一径赤条条溜倒床下。这时赛灵官大叫不好，噗一口吹灭灯，只听屋外有人道："喂，朋友快出来吧。你不是左打听右打听你白老爷吗？白老爷就在这里呢。"

赛灵官知道来了劲敌，于是闭目摸了单刀，带了镖囊。诸位你道赛灵官为什么吹灭灯后才取兵器，还有闲工夫闭目养神吗？原来夜行人的规矩是灯明不拒敌，暗室不进取。因为在屋中灯光缭乱，如屋外来了劲敌，切不可便出。因人的眼睛在灯光之下突视暗处，便如瞎子一般，必须先灭灯光，紧闭双目，突地睁目，虽暗处亦恍见一切。在灯光灭后，外面的敌人也绝不会赶到房中。因为屋中黑暗，不知敌人隐在何处，如突遭袭击，非命中不可。

闲话揭过，且说赛灵官提了单刀，挑帘一径飞出，一个燕子穿云式落在院中。忙手撑单刀风儿似的一旋，护住面门。早见房上一人正揭瓦打来，赛灵官偏身闪过，那人已随着飞瓦一个毒蛇入水式，挺直身躯，双腿紧并，两臂夹了腰身，唰一声飞落当场，好不轻疾伶俐，连点儿声息都无。

赛灵官大惊，来人一定非常之辈。百忙中一瞅，却是一个老头儿，生得松躯伟干，长须飘飘，一身便衣，腰束土布带，足蹬快靴，秃着头，只绾了一个别鬏儿，活脱的一个村老儿，正是日间看春铃光屁股的老头儿。手中更没兵器，只一杆三尺长短旱烟筒，一个烟锅儿便如茶杯大小。赛灵官看了，心下恍然，于是单刀一指道："你那老儿，俺与你夙无冤仇，何苦呢？你那老胳臂老腿的，如何敌得俺。"

那老儿哈哈大笑，声音远震，夜阑人静，笑声相应，好不吓人。于是道："赛灵官贼蛋球儿，你竟敢骂俺？可晓得老侠白嗣哪能吃这腌臜。"

赛灵官听了登时一怔，原来此老便是白嗣，但是自己何曾骂他？分明是找岔儿。大怒之下，抢刀杀过，瞬息当儿，早一道刀光翻转着砍过十余刀。好白嗣翁，只彷身搅入单刀中，一阵低伏纵闪，疾如飞隼。随了赛灵官的刀光流走。赛灵官大怒猛跳大斫，势如疯虎。百忙中刀锋一紧，洒下一片雪花，直掼向白嗣翁头顶。白嗣翁见势凶，一跺双足跃出丈八远近，回身一抖烟筒，一片乌云似的兜住赛灵官刀光，团团旋转起来。二人各逞神技，杀得尘雾迷漫、星月惨淡。直杀了一个更次，不分胜负。一个是凶猛取势，一个是从容不迫，相接大战簇起两团云气，互相追逐。

　　赛灵官以为白嗣翁虽然武功绝世，可是这时年已老耄，哪里在意？见白嗣翁只运用烟筒纵横，分明是个癫老儿来送死，想着一紧刀锋，从烟筒光中突出，旋身一个毒龙探爪式，笔直的一道刀光径取白嗣翁咽喉。只闻白嗣翁大叱一声，偏身闪过，侧身一个鞘里藏锋，斜刺里飞过一烟筒，赛灵官踊身一跃闪过，落在白嗣翁背后，大吼一声，一个劈倒泰山式，一道明晃晃的刀光已距白嗣翁分寸，刻不容缓的当儿，只见白嗣翁身形一晃，滴溜溜如一个小旋风，早已影儿不见。赛灵官大惊，急望前一跃，就势返身一刀，当的一声，白嗣翁的烟筒锅儿正打在刀上。原来白嗣翁早已转向赛灵官身后，就势一烟筒直奔敌人屁股戳去。好赛灵官真不含糊，更不回顾，只反背一刀，救了自己屁股，不然真个险门子。

　　当时白嗣翁一烟筒未戳着，翻手便是一个急刺法。赛灵官已掉转虎躯，一片刀光直泻下来。白嗣翁不敢怠慢，一个拨草寻蛇式，拨开刀光，进一步一烟筒直戳过去。赛灵官急闪，一个龙门纵鲤，轻身跳起丈八高，撑起白茫茫单刀劈下。白嗣翁就地一滚，早已飞滚在赛灵官身后，一个烟筒刚刚戳着他后脑。赛灵官已大吼一声，返身一个玉带横腰式，刀光闪闪平刷过去。这一招儿好不歹毒，因为这一招儿全在身形臂力，刀光平起，直袭敌人中腰，只消敌人稍一含糊，登时便要从腰折断，好不厉害。当时白嗣翁见刀势已到，闪是闪不出，因刀在中腰，左右前后都闪不得，忙提气退一步，嗖一声跃上赛灵官头顶，抢起烟筒便是一个乌云盖顶，一片黑气，嗖嗖嗖就下落势刷下。赛灵官忙一矬身，单刀一搅，已分开烟筒，就势一个叶底偷桃，一道刀光已堪堪削在白嗣翁下部。白嗣翁大惊，忙一个随风扫叶，就势滚落地下。一紧手势，烟筒纵横，散出一片乌云。赛灵官见了，忙紧刀锋接战。二人各抖威风，化作两团云气，只有叱咤杀声及兵器叮当相碰之声。

　　白嗣翁见赛灵官武功真个了得，于是左纵右跳，引得赛灵官疯虎一般战了百十合，锐气大消。白嗣翁就地一滚，一路烟筒光纵横，分化出前后左右门路，兜了赛灵官。这套武技是从滚蹚剑法化出来，分八开门户，就仿佛八卦剑的式子。全凭提气轻身之功，每一招兵器落势须沉着稳速，随着步法流利方才成功，不然身法手法不相济，处处是破绽。白嗣翁一生专练此功，不知制服多少英雄好汉。当时赛灵官一柄刀上下翻飞，真是一些破绽都无。见白嗣翁这一路烟筒，四围袭来，仿佛旋风一般翻滚，自己的刀锋也被兜裹了。四顾都是白老儿，便如黏在身上一般，竟跟跄跄撞出老远，背上如火炬，痛彻后脑。赛灵官大怒，哇哇怪叫，抢刀卷过，接着白嗣翁重又杀起。不十余合又被白嗣翁击了五六肥耳光，打得头昏眼花。一个不留神，白嗣翁飞起一脚，险一点儿将赛灵官踢倒，跟跄抢至墙下。自知不敌，大叫"白老儿改日再会"，一纵身飞上墙去。

白嗣翁不接受这个要求，登时哈哈大笑道："贼囚攮的，真个瞎眼，俺是受捕头之请来捉你的。"

赛灵官听了，早已越过房去。白嗣翁双足一跺，飞身赶上。到得房上，早见一条黑影箭也似的蹿上前房，白嗣翁忙展开轻身术，流星似的赶去。二人前后突突突飞过两层房，来到前院，不见了赛灵官。白嗣翁在房四下一瞅，早已了然，取下屋瓦向紫藤架下打去，早有一条黑影风儿似的翻出墙外。白嗣翁赶去，见赛灵官已飞身上了临街之墙。白嗣翁大叫"贼囚休走"，话音未尽，倏然赶到。赛灵官着慌，跳下墙去。白嗣翁翻上墙头，见赛灵官闪向树后，突闻有人长长一个呵欠，嘟念道："请将不如激将好。呔，贼囚攮的你看家伙吧！"呼的一声，飞过一物，直奔赛灵官，啪嚓一声，赛灵官啊哟未出，闹了个后坐儿。

欲知后事如何，且看下文分解。

第十四回

脱缧绁别母走长途
抗贼军舍身全大义

话说嗣翁看见飞过黑油油一物，旋转着直奔赛灵官。赛灵官出其不意，登时闹了个后坐。白嗣翁一看，却是檐下那花子突然跳起，将赛灵官打个后坐的暗器却是他那条打狗棒。这时赛灵官已然健跳而起，单刀一晃就要逃去。白嗣翁大叫"泼贼休走"，一个轻燕掠翅式唰一声赶过，随手烟筒起处，兜着便是几下。赛灵官跑不脱，只好大叫拼命。一柄单刀风火裹上，二人登时杀在一起。这一场恶战真是性命相扑，直杀得烟尘乱飞。百忙中见那花子叫道："日娘的，你着家伙吧。"接着嗖一声跳将过来，拾起他那打狗棒，抡圆了照搂头一下，一闪躲过，随手一个白蛇吐芯，一道雪亮刀光直奔花子咽喉。花子大惊，吓得叫声"我的妈"，就势一滚，被一足蹴在臀上，球儿似的滚出老远。跳起来骂道："好贼娘养的。"趁势杖影纵横，重卷上来。

这时白嗣翁与赛灵官生死关头，大杀大砍，赛灵官杀得眼儿都红了，势如疯虎，拼掉性命大杀。白嗣翁虽武功深造，不过与他战了个平手。二人谁也休想占半点儿便宜。赛灵官手儿眼儿一身都在对付白嗣翁，可恨那花子一条打狗棒总不离赛灵官屁股后头，苍蝇一般起腻。杖影纵横，使出许多奇招，更不合功法，非常难防。什么掏裤裆、扎屁股、戳腰眼、撩痒筋等等怪招儿，将个火星乱爆的赛灵官拨撩得怪吼连连，休想拨开花子，气得目如铜铃，虬须乱动，恨不得一刀将花子剁作百瓣，方才解恨。哪知花子步下却非常伶俐，只随在屁股后乱转，赛灵官恨极，偶尔一刀搠去，花子早已跳出老远，转眼间早又跟上来，直腻了半晌，赛灵官委实拨撩不开，臭汗如雨。

白嗣翁一紧烟筒，一片黑影兜过来，赛灵官一不留神，啪的一声，亏得赛灵官脑皮很有功夫，还起了个老大爆栗。赛灵官心慌，忙一闪当儿，花子大叫看枪，赛灵官大叫一声，双足一纵，飞上墙去。原来花子看准赛灵官一闪身，于是掉杖便是一下，正戳透屁股，赛灵官大叫越上墙去，白嗣翁大叫纵步赶去，突地嗖嗖一连打过数支钢镖，直取白嗣翁要害，白嗣翁左纵右跳闪过。花子一看赛灵官已影儿不见，再瞧白嗣翁也不知何时去了。

时已东方发晓，一声声鸡鸣送入耳中，花子撮唇突地一个呼哨，只闻啪啪啪奔马似的抢过一群公人，一个个雄赳赳，单刀铁尺。花子道："刻下贼望北城逃去，恐越城而走。白嗣爷赶去了，你们火速截断北城去路。"公人答应，飞也似的去了。这里花子更不怠慢，一径出了艳脂巷口，纵开步法顷刻影儿不见。

且说白嗣翁自闪过贼人打来的连环镖，再望赛灵官已然影儿不见，于是急跃上墙去一张，早见一条黑影直望北飞去。白嗣翁展开飞行术，箭也似的赶去。见那黑影跃上城垣，白嗣翁大惊，恐怕越城而逃，就大费手脚了，于是加紧步下。当黑影跃上城垣，白嗣翁早飞身奔向城楼，见那黑影正是赛灵官，一径奔向城楼，本想就一处城缺下城。白嗣翁暗笑，见赛灵官来至切近，于是叫道："朋友快来此处藏身。"

赛灵官一怔，四顾无人，觉得轻风一摆，早见人影一闪，已转到自己身后。好赛灵官急望前一跃，已被白嗣翁一把抓牢后腰带，大叫"哪里走"。赛灵官惊急智生，只单刀一摆，削落带结，白嗣翁倒闪了一个跟跄，只手中一条带儿，赛灵官已飞上城楼。白嗣翁随着赶上，赛灵官返身一刀搠来，白嗣翁一闪当儿，就势一个鸳鸯脚，正踢中赛灵官虎口，当啷啷单刀脱手，飞起丈八高，翻着银花落在楼下。赛灵官大叫不好，并起钢刀似的铁掌削来，却被白嗣翁一把接着，就势下部一腿扫过，赛灵官一跳未起，早被白嗣翁单臂一送，赛灵官就势落下楼去，随手翻身一镖，直奔白嗣翁飞去。白嗣翁一矬身形，随手抄个正着。这时赛灵官已没命般便跑，白嗣翁将接得之镖赶紧打去，扑哧一声，赛灵官翻身栽倒，原来一镖正中腿部。

白嗣翁哈哈大笑，跃下楼来。突地一声喊，早拥上一群公人，将赛灵官绳索齐下，捆得球儿似的。赛灵官大骂道："白老儿，俺赛灵官堂堂汉

135

子，杀人放火，纵横半世，今天只凭一腔热血结识你。"早见捕友孙老八照赛灵官啪啪两个耳光，赛灵官凶睛一瞪，一个冷森森面孔，破口大骂。孙老八见那怪相，吓得屁滚尿流，就这样乱糟糟地拥了而去，白嗣翁喜气洋洋地随在后面。

到了捕房，白嗣翁笑道："得了，俺这柯巴棍子还真万幸捉得他，你们便去销差领赏吧。"说着扬长竟去。

转过捕房，早见一人奔马般赶来。白嗣翁一看，却是那花子，不容分说捉牢自己一臂便道："罪过罪过，俺正与您备了个贺酒，便请白兄光临，容俺负荆如何？"

白嗣翁听了花子这一套话，不知所谓。那花子一抹脸儿扑哧一笑，白嗣翁方恍然，原来那花子正是捕头万太。自己前前后后一想，里面一定有些周转。当时万太不容分说，拉了便走，一径到了捕房，早见内中一张桌儿摆好杯儿筷儿，万太道："白兄跳踉半夜，先品一点儿茗如何？"说着退出。

早有人献上香茗，白嗣翁真觉渴了，喝了几杯。万太已更了便服走来，笑道："白兄辛苦了，且容俺谢个劳儿如何呢？"说着扑通一声跪倒。

白嗣翁忙扶起道："万兄怎么如此多礼起来？"

万太道："俺们且吃杯酒，详细谈谈如何？"说着推白嗣翁坐了上座，万太与众捕友下首相陪。

少时酒筵罗列，大家一面谈话。万太道："白兄莫怪，俺一向办案均多得自白兄之力，如俺这哥们儿哪里是赛灵官对手呢？没别的，只好仰仗白兄。"

白嗣翁笑道："万兄看你越觉得乖觉了，你何曾与俺商议一句话来，这时又送空头人情。"

万太大笑道："怎的未与白兄商议？俺未说去请王老一吗？"大家听了都哄然大笑，万太接着说道："王老一未请到，果然请出一个老英雄来，老实实捉得赛灵官，幸运幸运。只这当子白兄就该多吃一杯。"说着斟个满杯，送到白嗣翁唇边，白嗣翁一吸而尽，方晓得自己却中万太激将之计，不由好笑起来。

原来万太自羊肉馆激动白嗣翁，果然白嗣翁生气走了，万太返到捕房，孙老八道："白嗣翁气走，俺们更摸不着把柄了。白翁言语恃傲，摔撇了白翁了。"

万太道："那老儿就爱上倒劲儿，你们赌好吧。"于是大家预备下绳索，分头而去。

次日天色很早，果然见白嗣翁踅来，急报与万太。万太大喜，于是令捕友结束起来，假作匆忙样儿从街上一蹓，果然张见白嗣翁在小茶棚中品罢茶，刚想出来，张见万太等却又缩回。万太只作未见，心中大悦，于是过去对捕友道："怎么样？白嗣翁一定赌上气，你们不见他在茶棚中，刚走出棚来，见俺们却又缩回，这便是那话儿来了。"

于是万太便暗中跟定白嗣翁，见白嗣翁溜入艳脂巷，他也便跟将去，果然跟着赛灵官行踪落在门户人家春铃那儿。见白嗣翁看众无赖的恶作剧和询问小厮，知道白嗣翁已意下了然。当夜万太扮作花子，果见白嗣翁踅来，一径跃入春铃院中，半晌方听砍杀之声。万太心中不慌不忙，因知道白嗣翁武功一定能收服赛灵官。过了一时，果见赛灵官跳出，隐在树后，所以万太发了一条木棒法宝。那许多捕友是早经万太布置妥当的，是以一声呼哨，顿时齐集。万太遣开捕友，自己知道赛灵官定然就擒，便一径返回捕房，备下酒席，单等与白嗣翁道劳。

白嗣翁听了万太之言笑道："万兄真有你的。可是再有这一遭儿，你只好去请那王老一什么张老二去吧，俺再也不上当了。"大家说笑当儿，已天光大亮。酒散后，白嗣翁自赴店中去不提。

且说万太天明将赛灵官押解入衙，这时全城轰动，都知道北城杀斫了一夜，捉得大贼赛灵官，过一会儿就要解衙。大家晓得了，谁不想去看看这个大魔王究竟什么样儿，巧许还许是三头六臂。这一传说，街上攒三聚五，一行行的观众一个个伸了长脖等着看那魔王。

移时一阵锣响，当头飞来十余快马，上面骑着都是雄赳赳的健丁，劲装佩刀。观众一齐向后闪退当儿，早见一行步下劲装健捕，一个个瞪目提刀，有两个架了一个火燎鬼似的丑汉，生得逆发突睛，身高丈许，巴斗大的脑袋，东张西望，咧开血口只管哈哈冷笑，声如鬼嚎。腿上虽一块血淋淋镖伤，一般地跳浪大唱大骂，就这样乱糟糟拥过，早有许多观众随在后面。赛灵官正行间，突地咯噔站住，睁开鬼怪般琉璃眼，四下一瞟大叫道："俺赛灵官铁铮铮一个汉子，杀斫了半世，那官军健捕也不知被俺夹生劈杀多少，真是滚马好汉。诸位看俺这头颅，可算得铮铮吗？"

观众震天一声好，赛灵官方纵声狂笑，便要拔步。不想有人哈哈大笑道："俺听说赛灵官是个汉子，一定生得天神一般，原来这野魔模样，与俺咬鸟儿都不成。"说着大呕大吐。

　　赛灵官听了，登时止行，四顾一看，早见一棵树丫上正骑了一个二十左右岁少年，正瞅了自己发笑。众捕快知道要出岔子，急道："朋友真是咯嘣嘣的，一个小厮理他做什么？走哇！"说着一拥想趱去。

　　赛灵官一翻白蛤眼道："干鸟吗，朋友你既小觑俺，可能结个交吗？是好汉快报个名儿。"

　　众捕快早向那少年一阵摇手呵斥，只见那少年便如未见一般，哈哈一阵冷笑，拍胸道："朋友，听真，好汉不更名姓，便是白石沟的李希儿。"

　　赛灵官冷森森的眼锋直刷向李希儿道："好好，再见吧。"说着一拥而去。那少年也跃下树来自去了。

　　诸位想还记得这李希儿，便是静海县白石沟李妈妈的儿子，得痴和尚传得绝技。自痴和尚去后，他便隐在白石沟，将痴和尚所赠之书剑细心研究，武事大进。恒挟技遍走江湖，不知结识多少英雄好汉。这次来到通州，便想转道返里。不想闻人说捉得大盗赛灵官，李希儿在江湖早已闻得人说，以为一定是个英俊汉子，特特爬上高树张望。不想一看那怪形儿，不由好笑。哪知这一笑不打紧，险一些陪绑就戮。

　　当时李希儿从树上跳下，也未在意，一径奔静海，到了家中拜见李妈妈。见李妈妈甚是健壮，希儿大喜。李妈妈道："对门的伊爷新娶的娘子，你快去贺喜。"

　　李希儿道："伊兄与孩儿甚是相得，他那极精妙的太极剑法还是和俺习的呢。他与谁家结的亲呢？"

　　李妈妈道："伊爷真个是福气，这新娘子生得天仙似的，知文识字。并且最合伊爷脾气的便是武功，听说是县太爷王并天的小姐。"

　　李希儿道："王老爷孩儿也会过，气概威严得很，大不似俗吏，而且武功精深。既是王老爷的小姐，武功一定不会错的。孩儿自然得先去贺喜的。"

　　于是更了新衣，拿了喜礼过去。伊惕听说是李希儿来了，顾不得一切，飞步跑出，二人相见之下，把臂大笑。李希儿呈上喜礼，便是一个大揖。伊惕还礼不迭，笑道："李兄怎也拘起俗来了？"于是拉了直入一个静室，却是伊惕书房。

故人相见，非常亲热，说得热窑一般，竟把好些贺客丢在客厅。半晌伊惕方想起，跳起来道："啊哟，俺真欢喜糊涂了，那边有许多客，主人竟失陪起来。"

李希儿道："贺客不过都是村中乡亲，那么俺也便当趸过相见，方是道理。"

于是随了伊惕直入客厅，许多贺客都衣冠鲜明，见了李希儿争道阔别。

直闹过一日，李希儿返家，次日又趸去。伊惕道："李兄哪天咱得空大谈一回，你一去数年，一定大有经历，结识得江湖奇士。"

李希儿道："什么阅历？不过得些江湖知识。真个的，新嫂儿俺是要拜见的。"

伊惕道："正想去与李姆姆叩头去呢。"

希儿连道："不敢不敢。"

伊惕早引新夫人出来拜见李希儿，伊惕笑着一指希儿道："这便是大名赫赫的李希儿了。"

新娘子将李希儿俊眼一瞅笑道："久仰大名，便是俺父亲还不时念诵。明儿快与他老人家去个信儿，就说李兄到了。"

李希儿道："不当不当，俺一定去拜谒的。伊嫂俺闻说颇得尊亲绝技，真是巾帼奇才，日后俺一定要请益的。"

伊惕忙道："李兄这理是你谦辞了，俺们的武功哪里及得你呢？这次你来得正好，不怕你尽量教与俺们些。"大家一阵说笑不提。这新娘子便是前文所叙的湘纶了。李希儿一连三五日在伊惕家盘桓，每日高谈阔论，只要一有旁人，他们便登时把话搁起来。

这日李希儿正在家中帮母亲烧饭，突然门外有人叫道："李爷在家吗？"接着啪啪啪叩了数下，希儿连忙跑出，开了门，见一行横眉瞪眼的县里公人，见了李希儿问道："李希儿在此住吗？"

李希儿道："正是。"

公人道："请来有些话说。"

李希儿道："有什么事儿请讲吧，俺便是李希儿。"

公人听了道："啊啊，那么更好了。"说着一公人在李希儿背后，一抖黑索，一径套在李希儿脖子上。

李希儿道："这是怎的了？有话慢讲呀！"

公人冷笑道："什么快讲慢讲的，到大老爷堂上自然有人与你讲。"说着牵了一径去了。

李妈妈吓得哭喊没法，快找伊惕说明所以。伊惕道："怪呀，李兄新到家，这是哪桩事呢？妈妈不要慌，俺有道理，只今天俺便赴县谒见俺岳父，或者不难通融一下。"

李妈妈想起本县太爷便是伊惕老泰山，登时大喜，再三悬托。伊惕道："不须多吩咐，李兄之事当尽尽力的。"说着劝走李妈妈，自己结束停当，飞马直奔县城。

约莫半日工夫，到得县城，进衙拜谒王并天，慢慢谈到李希儿之事。并天道："此不过是上司行文嫌疑犯，已然捉了，不日赴通州销差。"

伊惕道："李希儿这人大约岳丈还晓得，此人便是当代大侠痴和尚之弟子。"

并天想了想道："不错，俺恍惚晓得，是前几年见过的，好一个英雄汉子。他怎的竟与赛灵官有交儿呢？"

伊惕道："赛灵官江湖大盗，俺听说被老英雄白嗣翁战败就擒，已多日了。怎的又出了这个岔子呢？"

并天道："此中情形不能尽知。不过闻说赛灵官声言与李希儿结党，所以将李希儿逮捕。"

伊惕道："李希儿之为人岳丈还不深悉吗？还请从中解剖。合则结大盗之罪亦不在小处。"

并天道："上司索差，俺无决判之权，如何是好？只好俟销差后再具保呈了。"

伊惕大失所望，连日返回，深锁了眉头，对李妈妈只好支吾。伊惕为了李希儿之事，赴通州打探消息，再没个分晓，只听赛灵官一口咬定李希儿。真是贼咬一口入骨三分，竟将李希儿收入大牢。伊惕急得头顶冒火，于是又奔返白石沟，连结山村父老，递文呈保。不想不及具呈，一夜里李希儿忽然返来，满面惨愤之色，见了李妈妈请过安，急道："为孩儿之事使伊兄各处奔走，刻下俺已杀了赛灵官贼囚，越狱而逃。"

李妈妈听了，吓得一个颤抖坐在地下。希儿道："母亲不要怕，事不宜迟，母亲便躲向伊兄处，稍避过官中风头，再作道理。"说着扶了李妈妈，将家中什物趁夜里收拾停当，李希儿先赴伊惕家，越垣而入。在院中悄悄唤道："伊兄睡着吗？"

伊惕正在蒙胧之际，似乎听得李希儿呼唤，乃蹦跳起，开门抢出。未想到李希儿已在门外，正扑个满怀。伊惕道："李兄你深夜返来，一定有个原因。"说着一把拉了李希儿一臂，望屋中便走。

李希儿道："伊兄不要急，咱就别室闲谈吧。"

这时湘纶已结束起来，一手拢着鬓上乱发走出道："李兄返来了，便请屋中坐吧。不是外人没什么忌讳的。"

李希儿道过惊，三人一齐入房内，李希儿一说自己被捕之事。原来李希儿自那日在通州戏耍赛灵官后，也未理会，匆匆返家。哪知赛灵官虽将掉脑的时候，还不肯修些阴功，录口供的时候，他还一口咬定，还有静海白石沟的李希儿在案，当即差了公人领了行文，赴静海捉拿在逃犯李希儿。

当将李希儿交案，赛灵官却大笑道："咦，朋友，咱二人生杀半世，生死在一起，也倒罢了。"

李希儿大怒，一口涎唾在赛灵官面上道："俺李希儿堂堂汉子，纵横江湖，总以认侠为根，一柄剑结识天下英杰，那贪官污吏、恶霸强梁，不知被俺屈服多少，哪个不知俺李希儿是个热血男儿？岂肯与你狗盗为伍？"

赛灵官突然冷笑道："哥们儿，别丢脸了。谅头掉碗大疤，算什么呢？也值得如此隐隐藏藏。"

李希儿怒极，恨不得一拳将赛灵官打透肚皮。二人若不是有堂役架了，一定滚打作一团。活该那李希儿倒运，那州官儿是个要钱官儿，其他是不晓得，只要你钱来登时眉开眼笑，天大事都通融得过。听得李希儿之言，登时脑海中幻出一个影子。

原来前二年光景，这州官儿新任到来，别的先不问，只先探查本地富户。李希儿早已留神，不想过了个把月，那官儿竟受一笔贿，是本城一个富媚，只一个小女孩，相安度日，倒也安乐得很。不承想被一劣绅侵占不动产，那劣绅贿入千百银子，州官大喜之下，笔尖一掉，坐媚妇下了阿鼻地狱。不想夜里州官所得贿银正一封一封地藏起，乐得搂着婆子一夜价颠颠倒倒。次晨起来，顾不得洗漱，先打开箱子，去把玩银子。不想一开箱

141

儿，登时倒吸了一口凉气，几乎吓丢魂儿。原来好些丧掉良心的昧心银子，连一银渣儿都不见了。州官儿又痛银子，又是害怕。以为通州竟如此难治，贼老哥竟敢大胆偷上衙中，于是大怒。细细一想，非得正正法度不可，于是差捕快各处兜拿。

过了十余日，连个贼影不见。州官儿无法，只好拿捕头出气，一阵屁股板子，将捕头打得乱嚷怪叫。官儿正叱打，突然噼噼啪啪脑后着了数下肥巴掌。州官儿吓了一跳，大叫了不得，一定有奸人搅乱，快捉快捉。健捕齐出，早见李希儿晃起两袖，无事人似的走去。捕快均认得他。那官儿噪道："没用的东西，你看那汉子晃里晃当的，一定是他作怪。说不定那肥耳光便是他发的呢。快快捉来。"只见典史老爷匆匆走来，附州官儿耳边低低喊喳一会儿，那州官儿变貌变色，悄悄退堂。从此谨记李希儿之名，恨得牙痒痒的只是无法。

当时李希儿被赛灵官喿案，那官想起当年丢银之事，不由大恨。不问情由，登时与李希儿加上了大盗罪名，一下子打入死囚房，不日便法场执刑。李希儿大怒，思想无策。这夜李希儿愤恨之下，只用力一挣，胳膊粗细绳索咯嘣挣断，双臂一分，刚要跳起，脚下还锁在铁环上。李希儿神力过人，双手一剥，早已脱身飞出大狱。寻到赛灵官囚房，见那贼正馄饨似的睡着，李希儿拼起一掌削去，赛灵官巴斗大脑袋已连着一块皮筋垂下前胸。李希儿一径奔向衙中，将赛灵官的大脑袋直举在州官儿住室床头，作为清供。事毕连夜返静海，昼伏夜行，次夜方到。

当时伊惕听了道："赛灵官是个要犯，岂可擅杀，李兄又越狱而逃，罪上加罪。"李希儿道："俺将远避，请伊兄照顾俺老母。"于是趁夜将李妈妈接在伊惕家，所有之物完全移过，人不知鬼不觉，搬运一夜。次日李希儿悄悄下岗，又复远游。过了数日，果赶来好些公人来捉李希儿，见李家空洞洞，一个人也无，拘来地保，方知李希儿母子数日前已逃去。公人横眉竖眼，村中勒索而去。

李妈妈在伊家一晃年余，官中消息沉静了，李妈妈方悄悄回家，这时湘纶已生一女，取名玉珠。李妈妈念伊惕之恩，时常替湘纶做针黹，或看小姑娘玉珠。

一日李妈妈在湘纶处谈天，伊惕慌慌走来道："前些日岳丈被朝廷升任武职总兵，守飞狐口，刻下大盗李自成自山西分六路大兵取直隶，闻白羊山、娘子关等处均失守，飞狐口真凶险得紧哩。"

湘纶听了，因老父从军，不由坐卧不安，饮食俱忘。李妈妈慌了手脚，百般劝解。湘纶道："俺父年高，夙日忠正，这时飞狐口不守，一定不能生还。"

伊惕慌得打探消息，听说守白羊山的将军乃是李希儿，不由纳闷儿道："希儿兄怎的到白羊山了呢？"

李妈妈道："希儿离家年余未有信，或者另有原因。如得希儿与王老爷会兵，互相有个照顾。"

湘纶听了，反将心放下了许多，只嘱伊惕探访消息，只闻得贼势甚大。一日之内惊闻数传，真假却不能得知，山民大慌，纷纷预备避贼，弄得全村日夜不宁。伊惕惦念王并天，想赶赴飞狐口接应，湘纶大喜，即日收拾随行，结束登程自去。

李妈妈因湘纶一人，院中空虚，便移到湘纶处做伴。年月不静，李妈妈等太阳西下，便将大门加闩，将小姑娘交与湘纶看了，就院中玩耍。李妈烧熟晚餐，天色已然慢慢沉黑下去。突然门外敲得一片山响，李妈妈慌忙跑出，不敢轻启门户，只叱问哪个。门外人道："娘，孩儿回来了。"

李妈妈登时一愣道："希儿吗？怎的竟转来呢？"说着慌忙启门。

湘纶听说李希儿回来，惊得跑来。李希儿问过李妈妈安，与湘纶施礼。李妈妈道："闻你在白羊山，刻下军事正急，怎竟弃职转来？"

李希儿道："娘别急，白羊山还提得吗？"

湘纶心中怦怦乱跳，急道："白羊山怎样呢？想飞狐口也于濒危了？"

李希儿摇手道："不瞒嫂嫂说，白羊山早已失守，俺即退守长丘河，其中很有些周折，咱屋中细谈吧。"说着随手关好门儿，从地上抱起玉珠笑道："珠侄女还识得叔子不呢？"玉珠已三岁，瞪着小眼瞅李希儿笑。李希儿将她抱入屋中，李妈妈湘纶随入。

湘纶早捏了一把汗，生恐李希儿败回，不消说飞狐口也免不了被贼。当时李希儿放下玉珠道："伊兄呢？"

湘纶道："因为听说李兄守白羊山，俺父亲提兵拒在飞狐口。因他老人家年高，他今日赶赴飞狐口助战。"

李希儿拍膝道："怎的这样不巧伊兄便去了呢？徒劳往返。"

湘纶慌了道："怎么，难道飞狐口失守了吗？"

李希儿吃吃地半吐半咽，只瞅着李妈妈。湘纶道："不须瞒我，飞狐口一定失守，俺父亲哪能生还呢？"说着哭倒于地。李妈妈挥泪扶起，躺在床上，呜咽不止。

李希儿道："嫂嫂何不明如此？王老爷身为大将，为国死有何不可？且王老爷被贼生擒，未卜生死。"

湘纶止恸，李妈妈道："生死由命，人死得所，无足痛惜了。希儿你究竟怎的返来呢？"

李希儿道："娘有饭俺吃一点儿，细细叙说如何？"

湘纶道："真将俺闹昏了，竟忘了问李兄吃饭没有。"

李妈妈端上晚饭，大家同吃，湘纶勉强吃了一碗汤饭。玉珠见李希儿大吃大喝，呆愣望着。李希儿笑道："珠侄女你笑俺吗？"

玉珠道："不。"

李妈妈道："叔子杀贼饿极了，是不是？"

玉珠道："是。"

李希儿大笑。须臾饭罢，大家净手。玉珠同李妈妈到厨下去收拾家具，李希儿在房中踱来踱去。湘纶道："俺看这次闯贼作乱，不易除的。"

李希儿点头咋舌道："除谈何容易，不入皇都便是天佑。刻下李自成自飞狐口入直隶，直逼京师。当俺那年遭官司逃走，漫游至山西。那时山西完全匪贼区域，只岱州总兵忠正。俺便投在周将军麾下。李自成后攻破岱州与宁武关，俺率残退守白羊山。白羊山正面对长丘河，正是入飞狐口处。俺打听飞狐口总兵是王大人，于是与王大人通声气。不想贼势旺盛，攻破白羊山，俺守长丘河又破，慌入飞狐口。那时王大人正陈兵以待，见俺十分欢喜，分兵作双营，俺与王大人统兵对立大营。等了多日，探得贼未出动。不想那日忽然快探报说，贼已自娘子关一带抄过，同时长丘贼大举进犯，飞狐口腹背受敌。那日夜里，贼围王大人营，炮火连天。俺急统兵接迎，不想中贼计，中途被大贼目郖同劫断联络，四面贼兵水也似流来。俺剑劈郖同、郭德、满天星等大贼，冲开血路返寨。寨上一声金鼓，乱箭齐下。亏得俺宝剑拨箭而走，直杀了一夜。天光亮了，俺仍念王大人，几次冲入贼军，均被劲弩射回。午后王大人营破被捉，俺见势孤逃走返来，刻下未知如何。本想约同伊兄赶去救王大人，又不巧伊兄去了。"

湘纶又恐伊惕误落贼手，又痛老父，不由嘤嘤哭起来。李希儿道：

144

"嫂嫂莫念，伊兄心细得很，一定量力而行，绝没错的。俺因箭伤过重，休养几日，打探消息再说。"

李妈妈已将玉珠哄睡，打发希儿返家去宿。当夜李妈妈与湘纶通宵不曾合眼，天将晓，湘纶蒙眬中觉得金鼓齐鸣，自山弯转过一队队大贼，当头绑定一人，正是王并天，挺胸骂贼。湘纶急怕，不由梦中大哭。忽被人摇醒，枕边湿透。李妈妈正抱了玉珠道："娘子怎的了？梦中还哭。你瞧隔一夜光景，娘子你瘦削多了。如此还做得什么事体？如娘子这样人，怎如此窄量？"

湘纶望见李妈妈说着，拭挥老泪不止。湘纶道："妈妈不要惦念，俺自能宽心。"于是顾珠儿道："你怎尽要妈妈抱着？"

玉珠赶忙溜下，与湘纶递过衣衫。湘纶起来洗漱毕，就手整理房中。李希儿趄来，玉珠远远叫着叔，李希儿笑着拍手。

湘纶道："李兄好早哇。"

李希儿道："俺早已山路蹓了一圈，想起当年俺就艺时代，直到如今，人海沧桑，使人触目感慨。便如俺师的茅庐，还有痕迹可寻呢。"说着，似乎不胜唏嘘之状。

李妈妈已将早饭做熟，隔了一会儿，用过早饭，李希儿又将自己辗转贼围血淋淋讲说，听得李妈妈失声掩面。李希儿道："娘你年岁高了，经见也多，大约也未见过这年月。便那李闯贼所至，登时一片灰烬，休提百姓之生存了。真是尸积如山，血流成渠。就如长丘之战，闯贼久攻未下，怒气之下，竟驱来数千良民，男女老幼一齐布在阵前，号令一下，数千之命附之一刀，拖入河中，河水均红，水竟不流。真是天意，匪贼为乱，还有上万老鸦，专食死人，便那家犬无所归宿，也结队行凶。那群千八百，一个个吃尸吃得大如牛犊，红睛狞毛，只稍瞅见人影，登时群逐，势不可当，凶得紧哩。所以逃民防贼，还须防犬。"

李希儿在家一连住了四五日，决定再休养二三日即去。这日突然伊惕返来，见了李希儿道："李兄巧极了，咱快走吧。你怎脱得这干净利落？"

李希儿草叙一切，伊惕诧异道："咦，那么李兄归来多日吗？唉，现在时局又变动了。"便说李闯已破京师。李希儿大惊，伊惕道："俺们小民谈不到国事，只那王大人被李贼捉了，现下正缚在前门城楼上，表示如有不降贼之官，便如法炮制。所以那些官蛙儿吓得藏藏躲躲，俺们设法救王

145

大人是正经。"

湘纶听说王并天现押城楼，登时道："既然如此，只今日俺便动身，赶赴京都，偷救俺父返来。"

伊惕道："说得怎如此容易？李贼派骁将数人，率兵看守。且城楼高峻，哪易登呢？还是明天俺去一去妥当些。"

李希儿道："那么俺陪伊兄走一趟如何。"

伊惕大喜，过了一夜，次日伊惕李希儿二人结束，藏兵器去了，直奔京师。一路早见逃民鸠形鹄面，一群群地奔驰，哭声震野。

且说湘纶李妈妈自李希儿伊惕二人走后，不由得心惊肉跳。过了两日，山中已然传说贼锋破皇都，吓得山民昼夜愀愀。李妈妈因李希儿伊惕走后，心中不安，每日趄出探听消息，又将家中一切什物整理，以备逃避灾难。

光阴如矢，一晃五六日光景，不见李希儿伊惕一点儿消息。一日湘纶向李妈妈道："自李兄等去后，俺心中一向悬念。近二日只管心惊肉跳，他二人又无消息。倘有疏忽，可怎知道呢？俺想明日俺去探听消息，妈妈你看管玉珠就是。"

李妈妈慌了，道："娘子岂可轻动，女儿身究竟不方便，还是听候消息妥当。"

湘纶坚欲去，李妈妈挥泪道："娘子如去凶多吉少，岂不念小姑娘？而王大人生死未卜，怎便轻动？"

湘纶没法，只好罢了。耐过四五天，仍未见李希儿伊惕之信，李妈妈暗想道：伊爷希儿一去十数日，怎没个音信呢？唉，当兵乱之际，死生是没一定的。想着长吁。

突有人叫道："娘啊！"李妈妈突然惊起跑出，哪有一人？湘纶闻声望见李妈妈惊呼之态道："妈妈怎的了？"

李妈妈挥泪道："娘子不好了，希儿死了。"

湘纶道："妈妈莫疑，怎会呢？"

李妈妈道："方才俺分明听得是希儿呼娘，怎便不见人呢？一定是魂灵儿到家。"

湘纶听得李妈妈说，不由陪了李妈妈挥泪。正这当儿，突然啊哟哟一声，接着跟跄跄撞入一人。李妈妈湘纶望去，正是伊惕。只见伊惕浑身浴血，蓬头垢面，腮颊上一处镖伤，双目赤如鲜血，凶神一般，卓然站定，半晌方牛吼似的吁了一口气，咬得牙根咯咯怪响。突然道："李兄呀，你死得其所，伊惕这头颅哪得售主呢？"说毕乱指道："闯贼呀，伊惕不死，一定追你头颅。"说完蓦然栽倒。

李妈妈湘纶知李希儿死了，挥泪大哭，一面将伊惕扶上床，半晌方醒过，已不能转动。顾湘纶道："为救王大人之死，李希儿丧于敌手。俺不幸内伤过重，勉强逃回，亦早晚人了。你当遵俺嘱，盗回李兄首级，全咱之交。王大人已尸体无存。"

李妈妈端上姜汤，伊惕饮下，精神好一点儿，细细一叙。原因自那日与李希儿赴京，二人事急，一路步下如矢，好在二人均有绝顶武功，顷刻数十里之遥。当时傍晚赶到安次，数百里之遥未免过劳，伊惕道："今夜不能再赶路了，只好歇一夜再走。"二人落在野寺中，是夜月白风清，天空如水，二人把干粮食起，小溪饮水，一夜二人昏沉沉睡倒。

欲知后文，且看下回。

第十五回

斗凶獒旷野逞英风
探虎穴城楼施绝技

且说李希儿伊惕宿在野寺，一觉直到天光大亮，二人急忙收拾登程。遇有小村店买了些酒食，日色过午，将入大兴界，早见许多难民扶老携幼纷纷奔逃，一片凄惨惨哭声，使人心酸。二人向难民一打听，方知贼已在京师大掠，四出奸淫，杀戮之惨，天地为之昏暗。二人兴叹而去，赶到大兴城内，已空洞洞，一人也无。入城已被贼焚掠一空了。这大兴在京师之南，近畿之县落，所以先当贼锋。二人不敢宿在城内，只拣僻野处休息，入夜烽火连天，哭声震野，自远而近，徐徐飘入耳鼓。二人凄心惨目，哪里能入睡，只睁了眼睛望那一处处火光，好容易熬到天明，二人依然前进。

行不十数里，一带松林，挨松林之东一处高阜，便如土山一般，二人自阜下转过，对面便是松林。突然鬼吼似的怪叫，接着奔跑之声。二人大惊，早见十余难民狼狈奔来，转过阜头，直伏在深草中。二人迟疑之下，早见呼啦啦自林中风团般旋过百十野兽，奔驰如矢，一面呜呜有声。伊惕大叫不好，李希儿早拔剑在手，大叫："野犬到了，伊兄小心呀。"

声尽处，众犬奔到，吠声震耳。李希儿大怒，舌尖上起了霹雳，一道剑光直刷过去。众犬势大，威胜虎狼，嗖嗖嗖一齐扑上。李希儿霍地一旋身，宝剑如电，早有二巨犬头飞落，余犬似乎一惊，一齐止步。不想后面赶来诸犬正撒开腿狂奔，一时止不住，扑通通一片乌云相似撞过，与前面之犬砸在一团，百十犬竟互相撕咬起来。登时一片吠嚎之声，远入霄汉。李希儿伊惕趁势连诛十余猛獒，其余犬见了有人相犯，顾不得自家咬死架，居然如列阵似的，一齐后退。一个个舒眉展眼望着伊李二人。在这刹那间，人声犬声一齐均息，只闻得犬的喘息声缕缕不绝。

李希儿久经大敌，在犬阵中也冲突过多次。犬群大批均是千百头，它们行走如羊群一般，一定有几个牛犊大小巨獒当先，便如王一般。只那几个大犬头之所向，便呼的一声万头立转，不定哪一方遭殃。诸位读者莫笑作者造谣，在李闯作乱之际，因家之空虚，犬无所归，便聚在一起食尸，越聚越多，居然成了大队。一般地冲州过府，其凶不亚于贼势，不过少个奸掳。后来清帝定鼎，四海归一后，贼虽没有了，犬乱却闹了六七年呢。

闲话少叙，且说当时李希儿知道犬性是畏强欺弱，这时你只活腻一退步，休想逃出性命。因为犬料定你是无能为了，非咬碎你不可。李希儿见犬排列，昂头望着，有待发之势，于是大叫："伊兄杀呀！"二人双剑雪亮刷过去，李希儿一个白刃拨风式，平撑单剑，排头扫下，犬正怔怔呆望，登时滚落五六犬头，其余犬大吼齐上。伊惕一个龙门跃鲤式，飞身落在犬后，挺剑刺翻数犬，其余围了李希儿，只有十余犬奔伊惕回头便走，数犬怒吼赶去。伊惕足下何等捷疾，引得诸犬狂奔，猛地一反身，当头三巨犬竟扑空。不想后面巨犬赶到，张开大口，向伊惕汪的一口咬下，伊惕早就地滚开，后群数犬直扑倒前面巨犬，一口咬个正着。二巨犬就地一滚，威毛一抖，顷刻回敬两口，四五个大犬滚咬作一团，剩下三四大犬围了伊惕。伊惕见势就诸犬扑来之下，霍地闪开，诸犬猛然不见了伊惕，齐扑一团，转不开。伊惕大叫，单剑如电挨地扫过，诸犬爪儿登时应手飞去，一齐摔倒。那五六大犬还狂争大咬，伊惕挺剑连杀二犬，余犬怒扑，伊惕伏身让过，随手抄着一巨犬后腿只猛地一带，抡起打翻数犬，余犬见厉害，吓得窜逃。

伊惕拽了那犬去助李希儿，正有数十犬围了李希儿，噪声震天。许多血淋淋狗头飞滚。伊惕自后抢上，抡起手中那犬，啪啪啪一连盖倒数犬，冲入犬群，一阵乱盖，诸犬见势不佳，早有许多跑出，远远地汪汪狂叫。尚有十余只红眼卷毛巨犬还在争斗，被伊李二人奋力斫杀，余者狂逃。这一战直杀了半日，死五十余头巨犬。

李希儿唤出难民，询问京师究竟。难民道："刻下闯贼为收拢民心，已止杀了。不过小股贼尚多奸掳得厉害。唉，老天真不睁眼，贼未了又有犬害，幸亏爷台救命，不然定被犬食。"伊李急于赶路，别过去了。难民多日未食，只把死犬烧来充饥不提。

149

且说伊李二人弄了一身狗血，一径奔向大路。距京师不过二三十里之遥，二人就林内歇下，商量怎的进京。

伊惕道："贼既止杀，进城大约无碍。"

李希儿道："如咱二人这样儿，贼会不疑吗？还是隐藏在城外，趁夜飞行入城，救得王大人返来就是了。"

二人计定，就空民房歇下，搜些残米煮饭吃了。赶到京师，二人就城外隐藏了，单等夜里行事。好容易熬到二更时分，果然不闻杀声。李希儿将所余鸡卵残米觅干柴煮吃，听得远远更梆敲了三更，伊惕道："是时候了。"

李希儿道："不忙，贼人必须入梦方好下手。伊兄咱却吃些东西。"

二人鸡蛋米饭倒吃得十分顺口。饭后二人带剑前后去了，一路伊惕道："俺们初入虎穴，一不许着急，免得失手，二不许离，免得互相照顾不到。"

李希儿唯唯，说话间穿过一带密松林，行不远便是永定门外。是夜皎月当空，不过为阴云遮了。影绰绰望见在下似乎许多兵丁，荷刀游巡。二人不敢大意，伏身沿路旁短枝下前进，直抵城下。二人伏身倾耳，只闻一声声更梆环行不止，城上有四五成群的贼卒巡视。伊惕轻身一个飞燕掠翅式，直刷过护城河。李希儿随后掩过，两条黑影箭也似直抵城根伏下。

突然城上贼卒大叱道："什么人！"

移时又一贼人笑道："你瞧你尽管失惊道怪。"

一卒笑道："你不晓得，俺闻北京很有些能人，据说偌高的城墙只一纵便上。方才恍惚有两条黑影，说不定是那话儿。"

那一卒道："得了，俺是老北京，这城下据说黄爷子最多，你若冲犯它，登时与你个儿过。轻了要你自己抠屁股、抿眼睛，再不然要你老婆明天大白日的光溜溜偷野汉。"

那卒听了失惊道："啊哟，了不得。黄爷子祖宗，千万别这样开玩笑哇，那俺可真成了贼王八了。"

伊李二人几乎失笑，二卒一路捣鬼自去了。李希儿解下过山龙软索，猛地一抖，直飞上城头，就下落势一拉，早已抓紧，就势挽索飞登，直临城头。撒下软索，伊惕接了如法上城。李希儿将索收了，二人登城一望，黑沉沉一片夜色笼罩了古都，灯火已熄，只有一处灯亮人喧。伊惕低声道："李兄，咱是为王大人而来，别的事不管呀。多一事不如少一事。"

李希儿唯唯道："既说王大人押在城楼，正是顺永定门大街直行也不远，咱来个手疾脚快，事后回去，免俺娘与嫂嫂担心。"

伊惕点头，李希儿轻身一个顺风飘絮式，唰一声跳落城内，伊惕随后飞下。方转过巷口，便是一溜巨石堆着，数株青松生得枝柯横陈，蔚然荫蔽形容。伊惕方欲前进，突然李希儿一伸手拉住，早见对面小巷转角透赤灯光，梆梆梆一阵更声，二人忙转回树后。李希儿身躯伶俐，伏好，伊惕只伏在石后，就隙处一张，自小巷内有两个精壮更卒并行而出。一个高大，担了一杆标枪，枪杆上挂着一盏红灯，灯上还有"天下太平"四个大字。一个短粗，手中更梆，带了一柄鬼头刀，二更卒走出巷口，矮子突然停梆止步，四顾猛然叱道："什么人？快快捉下。"

李、伊大惊，伊惕以为被更卒张见了，方要杀出，只见二更卒竟然止步倾耳，高更卒道："你看你惯会拿神见鬼，想张见你死爹了吗？动不动吓人道怪。"

矮卒笑道："喂，老包哇，你刚脱掉黄嘴有啥见识？老哥哥干十多年了，用这诈语很有效验。干啥说啥，卖啥吆喝啥，咱干这把戏，必得有个灵通劲儿，像你那死巴棍子似的，只好打一辈子更。"

高卒扑哧一笑道："你呢？"

矮卒缩脖道："耗子拉木锨，大头在后儿呢。咱走着瞧吧，也离不了是个更手。"

二人大笑，矮卒叹道："就如人家李大疙瘩、小石头等，人家落个贼名也值得，真个大马金刀跳荡过几年。咱呢？不消提的。"

高卒笑道："人别不知足。你瞧你家还有养瓜婆子，俺呢，光棍儿一条。如今小娘是由性弄，元宝不离身，还想怎的？石头等也不过一张嘴，搂小娘也须一个个的，真个论战，他一定当先牺牲头颅，咱却自在逍遥，比他强多了。你若想骑大马、挂大刀，明天你不会试一下子吗？"

矮卒诧异道："老包又说什么鬼话弄俺？"

高卒正色道："你还不晓得吗？因为咱主子新到北京，凤日虽是个血淋淋强盗，如今也要做个样儿，出榜招贤。文武两组，考验中选，马上大头子。"

矮卒吐舌道："可恨俺老子生平便未教俺念书，虽胡乱在塾中读过《三字经》《百字姓》，早就饭吃掉了，不然这个机会一定稳当当状元一个。"

高卒笑道："那么你杀斫十几年，也是马蹄下爬出来的老将军，何妨试一下？"

矮卒扑哧一笑道："得了我的爷，别怄俺了。你看俺一行弟兄百十人，只剩下俺们四五人脑袋还长脖儿上，因为俺们腿快眼快，打仗只望无敌处杀，看势不佳，溜之大吉。喂，老包记住了，这秘诀再没错的。不然俺十几年怎混来呢？"说着缩脖大笑道："你看，考武功用得着俺吗？实在手无缚鸡之力，敲几声更梆还可勉强，别贪大馍吃了。"说着，梆梆梆敲动更鼓说笑而去。

李伊二人眼望着红灯转过小巷便不见了，二人踅出，伊惕笑道："方才二更卒诙谐很有些意思，他们说考选文武，想是闯贼也收起贼面具，学斯文。"

李希儿道："可惜俺们未捉下二更卒，探询王大人是否押在前门楼上。"

伊惕道："是呢。如果贼将王大人转押，咱不等于大海捞针吗？胡撞到何时是了？"

于是二人议妥，纵步赶去。到小巷口一张，早没有二卒影子了。李希儿道："二人已去，咱不可久延，且去探查再说。"

于是重又返回，行不数步，只见林木中隐隐出来三四人影，天空薄薄的云遮住月光，究竟不甚沉黑。李伊二人止步，但见嗖嗖嗖自松隙穿过三四长人人影，直奔将来。伊惕忙一拉李希儿，隐在巨树后张望。那数条人影越走越近，一路说笑，却是四个健贼，一色的青布包头，足下快靴，每人一条亮晶晶标枪，似乎是上夜巡哨。

四人前后走着，一高条子大贼一路走，只管嘟嘟嘟的大屁连珠般放下，余贼扑哧笑起来，高贼道："他妈的，无日无夜尽管忙，连泡屎都没空屙，累得臭屁连连。"

一堆腮贼笑道："得了，老驼倒说得好听，你只管少弄回小娘屎就屙净了。真是属老驴上套的，不是屎就是尿，一齐到了。便如前天，全队待发，你还光溜溜不舍那小娘。今天该咱上夜，懒得你一摊泥似的。"

那所谓老驼的笑道："老鸦落在猪身上，见人黑不见己皂。没别的，俺先舒通舒通肠子再说。"说着直奔伊、李伏身之处。

伊、李大惊，突地老驼啊哟一声，踉跄跄栽倒，余贼大笑。原来老驼不留神，为蔓条儿绊了个跟头。老驼气急败坏地缓缓爬起，吸溜着道："坏了，这一下摔出头儿来了。"于是就势蹲下，撅着白亮亮大屁股正对着伊惕。伊惕避之不迭，暗道倒霉。只见老驼吭哧用力，余贼有的小便，有的哼着小曲乱望。

堆腮贼道："趁空俺也净净肠子。"说着蹲在老驼右边。

老驼道："见人屙屎你屁眼痛。"

突然堆腮贼稀里哗啦一阵屎尿，老驼扑哧笑道："你的眼子倒痛快。俺好容易屙出头来，又被你吓回去了。"

那二卒道："俺们慢慢走着，如何？"于是二贼先去。

伊惕心中一动，堆腮贼已站起整衣。伊惕自树后悄悄一张，老驼正憋气大屙。伊惕悄悄挺剑自老驼屁股后往上一兜，老驼急切怪叫一声，滚倒死掉。堆腮贼还不知所以，拍掌笑道："报应报应，今天怎尽管跌跟头了？"说着过去，意思想去扶。望见老驼还在伸手蹬腿，堆腮贼大惊，回头便走，大叫有人。一句话未说完，早见一道剑光刷过，凉水似的架在脖颈上。堆腮贼恍惚见一麻脸伶俐汉子叱道："你敢叫一声，小心狗头。"突闻大叫"什么人"，接着两条标枪刺来，却是那二卒闻声返来。李希儿正宝剑搁在堆腮贼脖了，须手一削，登时了账。伊惕早挺剑与二卒杀在一团，三晃两晃，伊惕踢翻一贼，二贼狂呼"捉奸细"，好在城根距民房甚远，巡卒未到。李伊二人恐贼发觉，李希儿顺手一剑杀死滚倒之贼，那一贼气急败坏，欲叫不出，只挺枪唰唰乱搠。伊惕一个疾风扫叶式，一剑荡开来枪，一剑斫入，吓得那贼就地一滚，直滚到李希儿足下，李希儿随势一脚重将那贼踢返，伊惕宝剑擦贼头顶一削，顶发均落。

伊惕低叱道："敢嚷一声，小心贼头。"说着宝剑向那贼亮额上一擦道："俺且问你，守飞狐口的王大人现在哪里？从实说来。"

那贼抖着道："好汉饶命，俺是新入贼党，有个王大人，听说押在前门楼上，有大悍目邬赤、李同、张乐保三人率百余健丁看守。俺听说闯贼为的是使人惊惧其威，所以不杀王大人。"

伊惕道："你既实言，俺不杀你。"

于是将那贼捆得馄饨一般，一径送上枝梢，倚在柯杈上，用衣襟堵了口，吓得那贼不敢动分毫，不然便有成肉饼的危险。李希儿早将三死贼一一投过城去，二人方直奔前门城楼。

一路不敢走大街，一齐飞跃上民房，一路蹿房越脊，直抵前门。二人悄悄溜在护城河沿，伏身张望。见城楼上大旗飘摇，一盏盏灯笼照耀，许多长大健卒往来巡梭。伊惕悄悄一拉李希儿道："不易下手得很，咱今夜只观形势下手，否则日后再说，不可大意。"

李希儿点头，二人展开飞行功夫，唰一声落在城根，张望不能登楼。李希儿道："伊兄你瞧，贼恃楼高不易登临，虽有防备也不过是楼下。咱试自城上过去如何？"

于是搭上软索，二人一齐上楼。城楼下正有十数步卒巡哨，可是贼处红灯光亮，观暗处极是不易。伊李二人收索溜边鱼似的将近城楼，急伏下身，倾耳听得巡卒谈笑。

一卒道："明天会武，不论咱军中人与百姓，均许会试，可是百姓谁敢出头露面？昨天主子说着，若有百姓出头，一定是奸人，就手一刀了账。你说霸道不霸道？"

又一卒打了呵欠道："好困哪，俺说什么好，弄个贼囚整日看守，何如给他一刀？他痛快，俺也舒坦。你瞧人家，小娘元宝日夜满腰满抱，咱呢？两手空拳，连个小娘也捞不着。"说着似乎气愤，接着道："谁耐烦这个。"接着当啷一声，似乎扔下单刀，只管谩骂。

余卒道："俺们真呆痴了，干这营生便是剃头刀擦屁股的勾当，知道哪天首级不辞而别呢？如此是乐一天是一天。喂，朋友，走哇，咱也找乐子去。左右没有敢来这儿弄玄虚。"当啷啷似乎一齐投卜单刀。

又闻一卒道："咱这叫公事，兄弟不要乐不够，过一会儿早来。"

李伊二人望着一条条黑影一径飞跑下马道，呼哨散去了。李希儿忙一拉伊惕道："机会到了。"二人直奔楼下，见对面四五张方桌椅凳之类，十数大卒磕头眠着。二人全不理会，自楼门掩入，复又退回。原来内中尚有五六卒盹睡，一个个枕了单刀。李希儿拉了伊惕到僻处道："咱还是一人巡风，一人入内。"

伊惕道："俺手法不及李兄，你便入内，俺与你巡风如何？"

李希儿道："好好，以拍掌为号。"

李希儿匆匆去了，更不走门户，只一个紫燕穿帘式，轻身飞上楼檐，倒拽着一柄短剑，提上一口气，突突突一径飞跃上二楼。就楼檐兽角处站定，向内倾耳。夜静人寂，一些声儿都无。想从窗穿入，望望窗上满覆木闸板，李希儿自檐前直临窗下，见自起檐直排列着劲弓。李希儿飞跃而过，在二楼绕一圈，就北面楼窗半启，李希儿大喜，悄悄伏过。见窗门半动，正有许多弩箭排列着。李希儿想望内张又张不见，望望上檐大悦，一纵身双手扳檐，翻身登楼，唰的一声，一个珠帘倒挂，整整张见楼内灯光大明，有四个大卒半盹在一溜板凳上。西角下铁笼内缚定一人，正是正大无私的王并天。

李希儿见了不由心急，望望窗下可入，只毒弩排列。心生一计，一个轻燕掠水式轻轻飞落。用宝剑轻轻一拨窗门，急伏身，铮铮一阵弓弦声，弩如飞蝗，只有五六支自下平射而出。李希儿久惯万矢中，宝剑轻轻拨落，纵身跳起，飞身登楼窗，伏身唰然飞入。宝剑一荡，灯下一片晶光，连点儿声息都无。李希儿入楼，蹑着脚儿，先望望盹卒，只有一片睡声。李希儿更不怠慢，宝剑一晃掖在胁下，直奔王并天。

并天正蜷在笼中，见是李希儿，连连点头，知道来救，低声道："李壮士身入虎穴，想是为俺来了。俺身为总兵不能杀贼，实愧于心。壮士请速去勿念俺。"

李希儿四顾睡卒，悄声道："令爱实念大人。"

王并天似乎大怒，须眉乱动，只顾李希儿身入虎穴，不肯发作，只道："湘纶怎不晓事以至如此？危险之地，壮士速去。"

李希儿道："飞狐口不能相顾，此时再不救委实于心不安。"

说着去开铁笼，早已落锁。李希儿大急，单臂一拉，铁棍立折。自笼内挟了王并天便走。笼折有声，震醒守卒，大叫有人。李希儿大惊，拔起铁棍掷去，应声打死二人，其余梦中惊起，一个个呆怔怔跳起，只管乱撞。李希儿一手提剑，一臂挟了王并天便闯。十余贼大喊一声截住去路，李希儿大怒道："李希儿在此，谁敢抗俺！"

贼人听说李希儿，吓得骨软。因李希儿自五台、白羊、长丘之战，一柄剑杀贼如麻，所向披靡，贼中呼为天将军。李希儿有钱大豹皮麻子，贼人只望见麻子便走。当时守卒大叫便走，李希儿趁势挺剑自后一个疾风扫叶式，贼头乱滚，贼卒逃不脱，狠命狂呼来斗。这一来不好了，楼下大乱。

欲知李希儿救得并天否，请阅下文。

第十六回

逞贤吏壮士碧血
盗侠骨红妆丹心

　　且说楼下一阵大乱，杀杀杀喊成一片。李希儿大惊，生恐围了楼走不脱，挺剑便闯。嗖嗖嗖迎头跃上十余长大贼，一色的标枪搠来。李希儿荡开标枪，早有两个悍目步下统兵杀上。李希儿一看叫苦不迭，原来便是飞狐口悍贼邬赤李同二人，每人手中一柄单刀，怪叫杀上。那邬赤乃是山西人，生得身高九尺，头大如斗。黑黢黢面孔，凹目突睛，巨口血鼻，逆发飞蓬。当捉牢敌人，夹生劈作两半。凤日连李闯贼都须让他三分。可是白羊一战，几乎送命在李希儿手中，因此邬赤望见李希儿切齿。可是贼性惯得多。

　　当时李希儿仗剑大叫："李希儿在此，快来送死。"

　　邬赤登时一愣，后面健卒已蜂拥而上。李同将刀一招，与邬赤二人当先叫声"杀呀"，当时刀枪乱卷冲上。李希儿挟了王并天，横剑站在楼门，健卒长矛麻林相似突过。眼光闪处，万点梨花。李希儿撑剑一荡，激飞来矛，挺身便闯。健卒喊声如雷，早有三五大贼自楼上滚下。李希儿右手宝剑丢开解数，回绕满身，白光缭绕，贼卒矛锋哪能刺入？亏得李同邬赤左右齐上，单刀如雨。李希儿挟了一人，究竟不得手，又恐并天受伤，向楼下冲不数步，被贼困住。

　　邬赤趁李希儿宝剑激开长矛，进一步一个蜻蜓出水，着地飞起一刀，白光一闪，直取李希儿颈项。李希儿伏身闪过，好邬赤着力一掣单刀，只闻铮的一声，单刀早已翻下，一个玉带横腰，平撑刀锋，竟一片雪也似拦腰截下，吓得李希儿忙宝剑虚刺，偏身闪开，那一刀几乎削着并天。李希儿尚未站稳，健贼长矛早嗖嗖嗖一连搠来，李同就势一紧刀锋，直削李希

156

儿。李希儿一纵，想回身登楼，突闻暴雷般大叫："李希儿留下首级！"接着刀激空气之声。李希儿大惊，猛然反臂一剑，铮然一声，激出一溜火光。李希儿忙一偏身，一道刀光直劈而下，却是邬赤。已就李希儿闪处飞步抢上楼，自上袭来。当时邬赤运足臂力，猛然一刀，以为这一下至少要李希儿头颅两半，不想一斫空，直抢上来。李同正挺刀刺过，不防邬赤一刀咔嚓一声，李同左肩带臂劈落，惨叫一声直抢下楼去。邬赤双目皆赤，凶神一般大叫，反身直取李希儿。李希儿早直登楼上，邬赤单刀一招，健贼拥上，李希儿生恐贼人尽登，自己越发难闯，只据住楼门，单剑如风。邬赤怪吼如雷，怎当得小小楼门能容几人？竟争不过李希儿。

邬赤因楼下诸贼不知就里，还只管上拥，乱蛆似的搅挤作一团。邬赤后无余地，李希儿一剑刺来，竟无处闪躲。邬赤大怒，挥剑斫翻二卒，忙举刀一挥，意思想令余众退下，不想楼下诸贼均是看主将刀头退进，以为招呼，喊一声冲上。这一来不好了，前面的贼卒急切后退，后面直上冲，双方搅作一团。白刃相加，顷刻人头飞滚。邬赤气得怪吼，突然一声尖厉厉惊号，接着哨声连连。邬赤手握单刀，同了四五小头目冲杀上来。小头目手中长矛唰唰戳来，李希儿宝剑激开，顺手一个顺水推舟式，早挨一个小头目矛锋削过去，惨叫一声，小头目双手应声削落。又一个趁势来个怪蟒翻身式，着地一抖长矛，白亮亮飞奔李希儿。李希儿大叫来得好，就剑收势，一翻健腕，当啷一声拨开长矛，进一步宝剑轻轻一抹，小头目早已了账，翻个跟头撞下楼去。二小头目吓呆，被李一剑剁翻一个，那一个回头便走。

邬赤怪叫，气得黄发飞蓬，拽刀赶来，一脚踢翻那小头目，一纵身截住李希儿。斗不十余合，突然人影一晃，李希儿大惊，以为贼人自后攻入。偷眼一望，却是伊惕。大叫："李兄风紧，快随俺来。"李希儿心慌，生恐被贼围困，虚晃一剑纵身登楼。伊惕直奔楼窗，李希儿大喜，一溜烟赶过去。伊惕叫道："李兄速走。"李希儿一个鹞子翻身，飞上楼窗，掩身跳下。窄窄的楼檐，只沿墙而走。伊惕飞上楼窗，邬赤赶到，伊惕反手一镖，邬赤单刀一挡，当啷一声格落，伊惕早已影儿不见。邬赤飞上窗，见李希儿正挟了并天，丢开流水步法，自兽角处一个轻燕掠水飞下，伊惕早已不见了。邬赤欲赶又手脚不当事，只好疾驱下楼。

楼下贼兵如蚁，大悍目张乐保、闻大山、满天星等齐围来，大叫"休走了李希儿"。邬赤大叫："李希儿已劫得王并天飞下楼来了。"张乐保听了，忙单刀一挥，兵士四散，延城垣都布满了。白刃翻飞，杀声震天。

且说伊惕巡风，见势不佳，急飞身上楼，招呼李希儿二人抢出楼窗，李希儿挟了并天未免处处碍手脚，伊惕先下楼去，见贼兵自马道拥上，急忙拍掌，李希儿一慌，险些滑下，飞落二层楼檐，檐宽不过二三尺，坡斜不易着足，还须防备毒弩。这时贼军四下兜来，遥见李希儿越檐上行走，速如飞鸟。群贼大惊，欲上不得。满天星手中一条短戟，大叫"兄弟们放箭呀"，这一声提醒全军，左右箭如飞蝗。李希儿大怒，将心一横，右手挺剑舞得泼水不入，当当当拨得乱箭纷纷坠下，不能近身。李希儿且舞且走，身冒矢石，直至正南楼上避箭。贼军见李希儿竟拨矢而走，生恐走脱，喊一声围来。李希儿正从南面跳下，早有十余长大健贼虎吼起来。李希儿怒极，长啸一声，猛地一止步，数卒前进势猛，收足不住，被李希儿一剑激开长矛，顺手宝剑一扫，扑通通搠死五六人，其余奔驰而来，应声倒地。李希儿挟了王并天一跃而出，早见伊惕一个紫燕穿帘式直从贼卒头上跳过来，大叫"李兄速走"。贼卒眼看二人绕楼而过，竟不敢追赶。

张乐保、满天星张见李希儿绕到南楼，急合兵赶来，与伊惕李希儿正撞个对面。伊惕切齿挺长剑截住张乐保满天星二人，大叫："李兄速去，伊惕死于此了。"李希儿挟了并天，宝剑杀条血路冲过。只见马道早有悍目邬赤把守，闻大山自后直突过来，李希儿四顾，不由长叹。并天叫道："李兄速去，莫以俺为累。"李希儿虎目一张，叫道："李希儿不死，决与大人共患难！"说着，接着闻大山厮杀。

闻大山手中一柄单刀直上直下刷过，李希儿让过来刀，旋身闪在大山背后，霍地一剑，大山偏身闪过，随手一个拨云摘月，转身单刀突入宝剑锋中。李希儿健腕一翻，一个金丝缠腕，霍地一带宝剑，铮然一声，闻大山单刀应声飞去。闻大山慌了手脚，李希儿大叫，一腿扫下去。闻大山蹿纵身跳起，突然李希儿大吼，一个鸳鸯脚，就将闻大山踢起丈八高，啪嚓一声直摔落城下。

邬赤等一齐赶到，伊惕恐李希儿有失，舍了张满二人，飞步赶来相救。张乐保满天星统兵冲来围困，伊惕剑劈大悍目向林、牛四狗等。满天星见伊、李英勇，挟了短戟与邬赤二人拼力截住伊惕，张乐保与大头目花嘴豹等接住李希儿。李希儿正与张乐保死命相扑，不防贼目暗放一箭，正中李希儿左肩，猛然左臂一松，并天落地，早被贼卒夺去。李希儿面如喷血，大叫猛地拔下肩上之矢，切齿挺剑搅入乐保单刀影中。李希儿虽然中矢，究竟少了一人之累，跳纵如飞，一柄剑满地乱滚，哪里有人影？张乐保一个金刀劈风，当李希儿头顶劈下，李希儿身形一晃，已然影子不见。乐保慌忙回顾，李希儿剑光一闪，咔嚓一声将乐保劈作两半。

花嘴豹手中一双戟舞得乌云一般，一个二龙戏珠式，双戟一分，左右两道戟锋搠过。李希儿伏身闪过，花嘴豹平撑双戟，乌云逐风一般，呼的一声直随着兜下来。好李希儿腾身一跃，随双戟起势飞上半空，就下落势一个撒花盖顶，宝剑如雪荡下。花嘴豹慌了手脚，就地一滚当儿，唰一声一剑削落顶发束带。花嘴豹吓得跟跄跄撞出丈八远，长发蓬头般披下来。李希儿大叫赶去，花嘴豹回头便走，李希儿不舍，绕楼一绕，正撞见伊惕被围了，满天星正铁戟乱搠，被李希儿自后一剑削去头颅，贼兵喊一声，竟不敢前进。李希儿大叫："今日事不成，只好俟异日了。伊兄随俺来。"逞着单剑当先，一路劈开血路，自楼头望马道便闯。飞身登城垣，大叫伊兄。突然邬赤远远发了一镖，直透李希儿当胸，直翻下城去。

伊惕惊得怪叫，双目几乎眦血，大叫："李兄有灵，且待我一步！"忽一回想，李妈妈湘纶均不知消息，岂可轻生？想着横剑冲下马道。花嘴豹正一手披发，一手持戟冲来，伊惕大骂逆贼，二人斗不三合，伊惕诈败往城头便走。花嘴豹赶来，伊惕返身一镖，花嘴豹一个不好未出，登时了账。邬赤赶到，伊惕已趁势杀下马道。贼兵如流水般冲下，伊惕见不易冲下，反身重又杀上，一翻身飞登马道短垣，一个随风飞絮飘下。只见火光冲天，惊锣震耳，贼兵掩到。当头一个火燎鬼似的大悍目，手中一条虎尾鞭，大叫飞天鼠在此。

伊惕眼都杀红，哪管好歹，有人便杀。登时二人放起对来。飞天鼠乃是贼中第一等悍目，有万夫不当之勇。当时猛地一撒单鞭，一长蛇似的突出，鞭锋如雪，直取伊惕。伊惕低头闪过，未及还剑，飞天鼠早连掣单鞭，一连数下刷来。亏得伊惕身轻步敏，不慌不忙闪过，就飞天鼠一鞭突来，侧身虚让鞭锋，猛地着力宝剑一拨，单鞭飞卷过去，险一些打在飞天鼠顶门上。飞天鼠慌得掣鞭之下，伊惕早追一步，一个白云绕垣，一道剑光距敌寸许。飞天鼠吓得就地一滚闪过，随手一撒单鞭，然后突然收回；竟将伊惕兜了个跟头。伊惕不敢突起，只滚身一个高山泻瀑的剑法，直从地上飞卷上剑花。飞天鼠慌了，单鞭着力一盖，伊惕闪之不及，挺剑来拨，索鞭已曲锋注下，啪嚓一声，直将伊惕盖了两个跟头。伊惕健跳而起，觉得一阵昏眩，心热如焚，哇地一口鲜血。飞天鼠已拽鞭赶来，伊惕心知不好，掏镖之下，镖囊已失。原来飞天鼠一鞭正着镖囊，因之失落。飞天鼠已然吼一声赶到，伊惕横心格斗，转战五六合，回身便走。飞天鼠赶去，伊惕一个大撒花，宝剑如雪直旋荡而出，飞天鼠见了大慌，止步不住，扑哧一声，一剑入腹。伊惕切牙着力一搅，飞天鼠怪叫一声，满腹肠胃随剑挑出死掉。

伊惕这时心痛如割，咬牙拽剑而走。贼兵拥来，围得水泄不通。伊惕仰天大叫道："伊惕今天当陪李希儿兄一行。"说着挺剑夺战。究竟心念湘纶李妈妈，欲返家报个消息。应手研死十数大贼，一个掠水式飞身跳起，宝剑平荡而下，贼头乱滚，直从贼人头上踏过，吓得众贼呐喊不敢后追。邬赤等自城上杀下，统众赶去，伊惕已直奔永定门而去，一路如风。

有三个健目挺矛怪吼赶去，伊惕竟仗剑止步，三人赶来，伊惕让过矛锋，反身杀过。三目见未中伊惕，吼声如雷，一齐翻身逐来，三条矛长蛇一般飞卷。伊惕料矛将到，霍地转身一剑，当一声拨丢一矛，趁隙进一步抢入，一把捉牢一贼，随手一剑削了个斜岔儿，鲜血喷了满地。那二贼吓得一分，伊惕纵步而走。二贼双矛左右突来，伊惕缩身而回，二贼抢在一团，伊惕一剑削死一个，那一个眼看鲜血喷了自己一身，吓呆了。伊惕顺手一送，一齐了账，扬长竟去。

邬赤赶来已影子不见了，贼人大搜一番，不见敌人踪迹，只在城根死了三个巡卒，树上如有人拉粗屎似的吭哧，却是一巡卒。取下一问，方知决是两个敌人。邬赤等不疑，在城下收了李希儿尸首。闯贼震怒，立命将王并天枭首，将李希儿首级在永定门城垣上竖立高竿，挑上示威。并天临刑骂不绝口。

且说伊惕自城上逃出，回望城头不由大恨，又不禁怆然流涕。觉得浑身力尽筋乏，一连吐了两口血。伊惕自知不好，连夜不息，飞奔静海。走了两日夜，不进饮食，方到家中。

当时伊惕叙罢，痛泪如雨道："弄巧成拙，反丧了李兄。大约王大人一定不保。"

李妈妈湘纶泪如断珠，湘纶痛父与李希儿之死，又见伊惕濒危，心如

160

刀割，倒在床上。李妈妈老来丧子，哭倒半晌。苏醒后道："希儿之死，不枉俺教养一场。"说着劝止湘纶，见伊惕已昏绝，二人不由复痛泪不止。

移时伊惕长吁苏醒，吐血数口。湘纶抖被扶住伊惕，玉珠也在床头抹泪。伊惕道："俺受内伤过重，得幸能返家一见。李妈妈也不要伤感，李兄魂灵有所托寄，比俺强得多了。俺旦夕之人了，俺料不日贼定来搜拿俺。你等速去。"

湘纶泣不成声，伊惕道："休要如此。"说着拉着玉珠小手道："日后此女非凡，可加意教养。李妈妈俺们长辈，尽倚托诸事。"说着声微如嘶，闭目而终。湘纶李妈妈玉珠哀声不绝。

李妈妈究竟年高识深，劝止湘纶道："事已如此，泣无益于事。凡事须看玉珠小姑娘。却须防贼来搜拿，不可久留的。"于是与伊惕装殓，即日殡葬于山阴。连夜收拾一切细软，逃下山去，暂避在他村。

果然闯贼探得伊惕，派大悍目刘宗敏连日赶下，一径抵白石沟。山民不知就里，奔逃一空。好在山中僻处，贼人寻不到，又未搜见伊惕，只大掠而去。亏得山民知贼入京，早有逃难准备，一切什物均藏于深山，虽有损失，幸而不多。

且说李妈妈湘纶避居，李妈妈道："娘子咱长久如此不是妥当事，俺有个干姐，嫁到东山沽子村张家，前数年俺们还会面。她只一人，人都呼她为张寡妇，为人和气不过。咱何不投去暂作栖身？"

湘纶道："妈妈随意打算，俺外无亲戚，暂避过一时再说。"

于是由李妈妈前导，连夜奔沽子村。不过十多里路，湘纶负了随身一切，李妈妈抱了玉珠，来到沽子村。最东头一家茅庐，近接山麓，柴扉短篱，一个很好的山家。柴门外一条细狗，睡得死掉一般，闻得有人走动声，有气没力地叫了两声。湘纶当先，那狗回头便跑，一径逃入柴门，掉头怪叫。

内中有老妇人道："是哪个呀？一定又是乖毛头那孩子又来逗狗。等俺捋掉你毛。"

说着启扉踅出一六七十岁老婆，正挽了双疙瘩臂，白浆浆的东西弄得满手。李妈妈急叫道："干姐呀，怎便出口骂人呢？"

那婆子挤眼细认道："咦，那可是希儿妈来了？哟，怪不得今天喜鹊喳喳叫，猫儿洗脸过耳朵，真有稀客到了。"说着抢过，一拍双手便去接玉珠，早有数点白浆水飞到李妈妈脸上。那婆子失笑道："这是哪里说起？俺正打夹纸，闻得狗叫，又以为乖毛头逗狗。"说着一拍双手咕叽一下道："你瞧俺也不给你接手了。噢，这位小娘子可俊煞人。俺听说希儿妈认了个干女儿，莫不就是她吗？"

李妈妈湘纶一脸忧郁，竟被那婆子闹得跑了，不由望了婆子好笑。李妈妈笑道："得了，你别驴唇不对马嘴地胡说八道了。俺告诉你，这小娘子便是俺常说过的伊娘子。"

那婆子抢起白浆手呱唧自打了个嘴巴道："罪过罪过，俺听说伊娘子是王大老爷的小姐，怎便胡说起来？没的烂脱舌头吗？"接着又是两掌，弄得两颊白腻腻的。

李妈妈一推那婆子道："你瞧好吗？乐疯了，当着娘子什么意思？还不快去看狗留客。"

那婆子一咧大嘴回头便走，忽又回头道："娘子莫怪，俺小名玉石，天生爱说爱笑，人都叫俺疯婆子。俺当家的在日，为了俺这张嘴，不知敬俺多少锅贴。可恨俺这鸟嘴，不知不觉两唇一碰便碰出话来。娘子您只当俺是放驴子屁，半有味无有的。"

湘纶不由掩口笑，李妈妈笑叱道："只管胡扯，俺们有急事求你呢。"

那婆子笑道："希儿妈你倒摸着俺小心眼儿了。俺跑跑颠颠，外带着收生洗孩子，拉个纤头，是再好没有，那么你求俺干哪一样呢？"

湘纶笑得红了脸，李妈妈笑叱道："胡说，这几样俺若求你真成老妖怪了。"

那婆子笑道："无论哪样，咱家里说吧。"说着扭进门，抄起锄头将狗逐走，请湘纶入内。

李妈妈笑向湘纶道："这便是俺干姐张婆子，为人好说笑，心眼却实在。颇可安避些日。"

于是随了张婆子入房中。一踏入门口，已见满榻零布碎角，一条光木板横在地下，板头一盆白糨糊。张婆子道："娘子莫笑，自俺当家去世多年，豆腐作坊关闭了，俺便胡乱买些零头碎布，打夹纸卖。多少赚个吊八百，零用便无须筹备了。"说着抓过榻帚一扫，将碎布装入篮中，腾出一榻，请湘纶李妈妈坐下。

李妈妈年迈，走了十数里已然很累，还携了玉珠。湘纶久惯踢跳，臂力何止数百斤，不觉怎的。李妈妈躺在榻角，张婆子先烧来滚水与大家吃。李妈妈一拉张婆子，低声告知避难之事。

张婆子惊悚之下道："想不到希儿与伊爷双双死掉。"说着望了湘纶，叹了一口气，老眼流下两点泪珠，赶忙拭过道："娘子只管住下来，俺这儿僻静得很，绝没人知道。"说着去了，将柴扉关紧返来道："因为村内七大姑八大姨的闲来串门，女人们嘴浅，倘说破是要的吗？"

李妈妈道："张姐你且烧些饭来如何？"

张婆子拍手笑道："真将我连吓带怕弄糊涂了。娘子连日逃难，来碗清水老米饭，倒是败火。山村里没得鱼肉烹炒的，来客便是鸡蛋。"

李妈妈湘纶扑哧一笑，张婆子怔了一会儿，左右开弓，两声清脆嘴巴道："娘子莫怪，俺说没有鱼肉，只有家下的鸡蛋敬客。"湘纶越发笑起来。

李妈妈笑道："干姐你别怄俺啦，你这个岁数老出本领了，还会下鸡蛋呢。"

张婆子拍掌笑道："娘子正在油煎火燎的心肠上，俺待着保你能散心破闷，比吃顺气丸解忧丹还强得多呢。"说着哈哈地笑着而去。

李妈妈湘纶歇了一会儿，张婆子已将饭做好端上来，大家吃毕，玉珠因连日奔跑惊吓，浑身发热未吃，睡着了。李妈妈帮张婆子收拾家伙而去，湘纶愁眉不舒，卧倒睡了，一觉醒来，已日落西山。玉珠随了张婆子到后园，携了雪梨来吃，拣好的与湘纶摘来数个，张婆子又收拾中间一个屋子，请湘纶与玉珠居住。湘纶道："张妈妈，倒与你添得多少麻烦。"

张婆子大嘴一撇道："可了不得，等闲俺哪能请得娘子来呢？您千万别不落忍的，倒要俺老婆子心里不舒畅。"

湘纶谢道："俺母女避难至此，一切多劳妈妈照应。"

张婆子笑道："照应什么呀？只俺老婆子有吃喝，您便属外了不成？"

李妈妈与湘纶母女避在张家，一住三五日，时当九月秋高气爽，一日湘纶与李妈妈道："家父与李希儿兄死于闯贼之手，俺心不安。明日决赴京探消息，或盗回首级。"

张婆子忙拦道："娘子不可大意，如李希儿伊兄尚不得手，况娘子一个女人？"

湘纶道："俺有宝剑防身。"

李妈妈道："娘子总以慎重为宜，娘子虽有本领，但一个女人究竟不方便。"

湘纶道："凡事须有转移，妈妈请放心，俺见势而行，绝没危险。"

李妈妈张婆子劝说不住，只好由湘纶扮作了猎人，担弓挎箭，带了一柄单刀，悄悄辞了张婆子，只身而去，李妈妈看管珠儿。

且说湘纶一路直奔京师，连夜赶路。随便打些山兔、野雀之类，把来用葛条穿了，两大串围挂在腰带上，不数日已到京畿。湘纶望望雄城连延，却被闯贼焚烧得瓦砾遍野，尸骨纵横，一派惨凄之状态，好不伤心惨目。湘纶拣林下休息，坐在青石上仰望，天光淡色，秋风袭人，虽一身夹衣，不当寒风飒飒。湘纶满目悲伤，不觉望见烟云景物都带愁意。突然一阵风儿吹来，枝上簌簌一阵落叶声，枯叶随风飘旋之下，湘纶呆呆望了，长吁一声，忽觉后面咻咻有声，将湘纶突然惊起。回头一看，却是两个长大贼卒，一色的劲装佩刀。一个狰狞大贼一手扳了湘纶肩头，咧开胡子嘴，只管端详那串野味。见湘纶回头，那卒于是道："咱问你这汉子，野味敢是卖的吗？他妈的，咱老爷鱼肉吃得晕腻腻，这野味倒是不错，改改口味。"

湘纶故作一惊，笑道："俺是乡下百姓，因为兵乱以后没得些米，委实饿不起肚皮。随便打些山雀野兔，把来换为吃。总爷您要吃将去就是，何必论卖与不卖呢？"

二卒大喜，一卒道："日娘的，咱主子讲说什么收买人心，下令封刀，若不然的话，哒，你这汉子刀头上交朋友吧。"

湘纶故作吓得一吐舌头道："不瞒老爷说，便将野味送您，俺早返去妥当，您高抬贵手吧。"说着去解山雀。

那一卒哈哈大笑道："咱哥们，这老乡怪有意思的，别只管吓人。"说着一拍湘纶道："不要怕，你这野味即是卖的，便好办了。老子有的是钱。"

说着一手探入衣内，似乎一怔。湘纶好不机警，登时道："老爷没带钱，只管先把去吃，下次俺猎得野味，再与您送去，请您瞧赏如何？"

二卒吐舌道："不当不当，俺且告诉你，因为俺主子有令在先，不得白吃人东西。再一说你苦哈哈的，下次你猎得野味，说不定俺们颠着屁股了。那你与俺送去如何，多把与你些钱就是。"

湘纶心中大喜，自己正无从入城之法，登时故作一惊道："不瞒老爷说，俺乡下人入城吓得猢狲一般。"

二卒笑道："不妨不妨，都有俺二人呢。"

湘纶点头随去，直入永定门。二卒一路与湘纶闲谈，一卒道："老乡你来到北京是第一次体面事，若在山西等地，终日和残局打搅。"说着一捏湘纶颈道："便是你也早当吃一刀了。体面虽体面，自前几日被伊惕李希儿悄悄闹杀了一场……"

湘纶听了不由浑身发软，面色慌张，赶忙一敛神色，二卒接着说道："俺们主子便禁止带刀入城。你虽是个猎人，这刀箭如何能入？"

湘纶故趑趄道："那么俺不去了。"

二卒笑道："你瞧跟俺们还怕什么？"

说着来到城下，一卒道："老乡你看那是什么？"

湘纶顺着那卒手指处望去，却是一颗人头悬在城头高竿上，不是别人，正是赫赫大名的李希儿了。湘纶猛见心如刀绞，不由啊哟一声，面色大变，双目昏暗暗。

二卒笑道："好胆量，一颗人头算什么？如俺们整天滚在人头鲜血中，倒乐得很。"

湘纶道："这动动便杀斫，可吓煞人。"

一卒道："俺告诉你，前几天来了两个奸细，前来救王并天。被俺们发现了，一阵杀退二奸细。嗬，厉害得很。连俺们军中大悍目死了好几个，最后逃走一奸细名伊惕，他是静海人，战死一名李希儿。哈哈，提起他来，俺军中都脑浆疼。因为他便是守白羊长丘悍将，如今死了，俺们主子恨他杀死许多悍目，将他头特挂在竿上，这首级便是他了。王并天也被主子杀了。不过王并天倔强得很，俺主人以为他是个硬汉，令人埋掉了。俺主人向来杀人不下数十万，没有埋过人，这还是第一次创举呢。"

湘纶听了酸心，双目之泪滴下，急用袖掩下，随二卒入城。见有三五大贼正在巡梭，突然张见湘纶，一齐奔过去，有的拉臂，有的牵襟，后面二卒只管玩弄背后两只野兔。湘纶大惊，生恐露了马脚。竟有一卒自后掀起湘纶衣襟，吓得湘纶急一闪身，亏得腰中一条带束得紧紧。先那二卒一分众贼道："你瞧你们多么厌气，一个野人也值得看马戏似的。看人家一个乡下老憨头，别吓着人家吧。"说着拉了湘纶便走。

湘纶故做出害怕样子，那二卒回头叫道："咱哥们儿，过一会儿这老乡还从此过，大家关照些的。"众贼唯唯。

二卒与湘纶径到本营中，付了一块整银。湘纶笑道："老爷请用就是，何必惦念这些事呢？"

二卒笑道："多少将去吧，守门弟兄均与俺们有小吸溜，方才俺不是说来多关照。再没为难的。"

湘纶称谢自去，一路盘算，想去刺杀李闯，与王并天报仇。回想甚为不妥，闯贼经过李希儿伊惕大闹城楼后，一定深有警戒，岂易得手？不如盗回李希儿首级，也尽朋友之心。想着转道来永定门，突闻有人道："咱老乡回来了吗？改日你有肥小兔与俺送两只来如何？"

湘纶抬头一看，却是掀自己衣襟的贼卒。于是笑道："当得当得，那么老爷俺送到哪儿呢？"

那卒道："只送到南兵马司牛通亮大营，找徐大个子便是俺了。"湘纶唯唯。

正说着，又跑来五六大贼，一齐困笼上来。湘纶生恐他们作闹弄出破绽，于是前走。众卒大笑拥来，徐大个一把夺过湘纶之弓，连拉两下，笑道："不错，还有些斤两。若论这个须让俺们了。"说着拍胸道："俺老徐不是吹大气，马蹄下翻转十来年，全凭一弓一把刀之力。喂，老乡你瞧俺的怎样？"

说着搭上箭，正有一只山雀飞来，徐大个观准，叫声"着"，嗖的一箭射去。只闻啪的一声，大家喝彩不迭，原来那一箭未射着山雀，正钉在一株树上。徐大个子登时涨红了脸道："俺凤日真是箭无虚发呢。"

一怪卒抢过，便夺弓道："老徐搁着你的吧，瞧俺的如何？"

徐大个扭身躲开道："俺就不信这个，俺在军中是有名的养由基，你瞧俺射那树上的小横枝。"说着连发三箭未中。老徐慌了手脚，脖粗脸红地挽定弓道："真个怪事。"说着一抹汗，搭箭观准树枝嗖的一下，不想用力过猛，弓弦兜得那箭竟滴溜溜乱转。众贼大笑，那徐大个汗如雨下。

早被一贼夺过弓笑道："好养由基，如此无用。不要叫老乡客人见笑吗？俺的射法实在是老黄忠留下的百步穿杨法。"

徐大个不肯示弱，劈手来夺，早被那贼拉在一旁道："得了，老徐你简直现眼。"那卒已招弓搭箭托的一声，大家彩声如雷。原来那贼一箭正

166

中树枝，挺胸笑道："怎样？老黄忠留传神箭不含糊吧？"

徐大个不服气道："今天俺手不顺，改日一定养由基大战老黄忠。"诸贼大笑。

那贼得意之下，回顾湘纶道："老乡，你能打得山雀，一定也会射了。那么演来如何？"

湘纶笑道："俺胡乱射得，不敢献丑。"

那卒得意道："怎的也总比老徐强呀。"

湘纶接弓在手，忽然计上心头，暗念道：李希儿兄有灵，快助俺取回首级。于是勉强笑道："诸位莫笑。"

贼众拍手道："看你的了。"

湘纶四顾，仰望李希儿首级正挂在城楼短堞上，一缕丝绳系了头发。湘纶扣矢四顾道："射那树枝不足为奇，看俺射那斗竿上飘着的绳儿取笑如何？"

众贼笑道："好，只怕你射不着。"

湘纶心如油煎，满目惨痛，猛地一抬头，望望李希儿首级，啊哟一声，双眼热泪欲滴。勉强忍回，只道："血淋淋人头，怪怕人的。"

众卒道："那便是李希儿之头。你射那绳，且小心挨着是正经。"

湘纶早引弓嗖的一箭，已然射去。只见斗竿上首级应声而落。贼众一声怪叫"了不得"。湘纶左手抽弓，一个蜻蜓点水式，突突突电也似的刷过去，就首级落处踊身一跳，直跃起丈余，右手轻轻抓着首级的头发。贼众见此绝技，一个个惊得伸脖瞪眼呆望着，半响方暴雷似的一声喝彩。

湘纶手提李希儿首级，一个轻燕掠翅直刷过来。只见湘纶面色大变，怆然下泪道："李兄英灵有所托寄了，冥中有知，可以无憾矣。"

贼众见湘纶"李兄李兄"地闹起来，登时大诧。老徐叱道："老乡咱们嘱咐你小心，不要挨着这首级，赶快去挂在竿上是正经。不然咱主子知道了，连俺们脑袋都得锥个脖腔，那还了得？"

说着劈手来夺。只见湘纶一转身，左手用弓一拨，徐大个登时闹了个跟头，跳起来大叫"反了反了"。

湘纶叱道："蠢贼休要做梦，俺乃静海伊惕之妻王湘纶，特来取回李希儿首级的。"

贼众大惊，大叫"捉，捉"。说着唰的一声，单刀如电，一齐抽出，纷纷直奔湘纶。这时湘纶挂了弓，拔出雁翎长刀，娇叱一声，一片雪花飘处，直卷入贼众单刀影中，左右一旋，叮当当荡开来刀，只一旋，早有一卒首级滚落地下。众卒大惊，霍地四下一分，呼啦声复撑刀兜上来。好湘纶长刀如风翻浪滚，与众贼搅在一团。湘纶轻力提气，丢开蜻蜓点水步法，轻如猿猴，捷似鹰隼。一柄长刀挥去，化作一片白云，转眼四五十合，早又有二卒头颅飞落，众卒发起喊来。

欲知后事如何，且看下文分解。

第十七回

奔长途悲啼侠女
话往事喜庆鸿鸾

　　且说王湘纶长刀如梨花着雨一般点下，转眼贼卒翻倒二人，徐大个拽刀大叫："哥们儿上劲呀，左右交对一颗头罢了。"声尽处四卒哈的一声，挺刀杀过。徐大个子趁湘纶一刀劈空，进一步一个白云绕顶，长刀白亮亮直取湘纶胫头。湘纶长刀一翻，着力一拨，徐大个单刀拨开，猛地一挥长刀，扑哧一声，真戳入徐大个小肚。湘纶一脚踢开尸，那三卒均呆愣了。湘纶杀得手顺，一个顺水投梭式，就刀势上起，削杀一贼，那二贼慌了欲走，湘纶长刀一旋兜过，二贼见逃不脱，吼一声反身来斗，二贼前后取势，与湘纶杀起。

　　只闻远远一声惊鼓，湘纶知道是贼已晓得，自己一定走不脱。偏那二卒单刀一步紧一步，不肯放松。湘纶大怒，正逢后面那卒趁湘纶与前面接战当儿，双手抢刀，着力劈下。湘纶哪敢反顾，偏身一闪，滴溜溜一转身形，已到那卒背后。啪一脚踢在那卒屁股上。那卒向前扑倒，竟将前面那卒撞了个踉跄。湘纶单刀一挥，正逢前面那卒被撞得收不住脚，不倒翁似的乱晃。湘纶娇叱一声，长刀卷处，连肩臂削了个斜岔儿。那一卒从地上爬起，正单刀斫来，见那卒扑哧一声，喷得自己一脸鲜血，吓得单刀未下，回头便走。

　　湘纶叱道："住了，俺且饶你不死，与闯贼带个话儿。只说静海王湘纶不日飞剑取他贼头。"

　　那卒抱头逃去，湘纶就死尸上拭刀，割了一块衣襟，将李希儿首级包了。正有十余守门贼卒赶到，眼看着湘纶提了首级，身形一晃，影子不见了。众卒吓呆半晌，方乱嚷怪叫地直叫入城去。贼将统兵闹了个马后炮，连个湘纶踪影都没得。闯贼得了消息，吓得搔首不迭，下令不准乡下人入城不提。

且说王湘纶提了李希儿首级，直奔静海沽子村，连夜赶行了三四日，到了沽子村，张婆子正在篱下淘米，见湘纶回来，连忙迎着。李妈妈自房中抱着玉珠走出道："娘子辛苦了。"

湘纶嘤咛一声哭了。李妈妈一手扶着湘纶道："娘子有话咱到屋中谈吧。"

湘纶止泣点头，大家入室。湘纶手指装裹的布包儿，面色凄然道："这是李兄头颅，为俺盗得。即便安葬，以慰英灵。"

李妈妈不由老泪怆然，不敢望视。张婆子赔泪劝止。湘纶休息一会儿，由张婆子备得一木匣，将李希儿之头入殓，悄悄预备香楮之类遮遮掩掩地葬于山林中。湘纶想起伊惕王并天之死，不由大恸，与李妈妈双双哭倒。张婆子挥泪焚起香楮冥钱，纸灰飞旋，化作白蝴蝶一般，越显得凄凉。张婆子劝止湘纶与李妈妈，相扶返家。

湘纶连日奔驰，伤感得小病了数日。李妈妈道："娘子咱得罪了闯贼，刻下贼势甚盛，咱不得不避的。沽子村虽妥当，但日久了，人无不知。咱避在此不是与张妈妈遗祸吗？"

于是即日收拾一切，把与张婆子十两银子。张婆子不舍，挨了一夜，次日清晨，李妈妈与湘纶携了玉珠，辞别张婆子，径逃出了沽子村。张婆子望得影儿不见，方含泪转去不表。

再说湘纶李妈妈连日赶程，可是茫茫大地，投奔哪里好呢？不由犯着踌躇。好在年荒岁乱，百姓游离逃难的成群结队，也便无人理会。后来便在河南流寓下来。湘纶经前番刺激，绝不闻外事。

一晃十来年光景，玉珠也十余岁了，出落得玉质多姿。每日随湘纶习武，颇得些精髓。李妈妈后来老死。湘纶有两个小鬟，便是前书表过的碧桃红杏了。湘纶自避居以来，金银流水一般济恤贫困，人皆呼为伊老太太，谁也不知湘纶来历。左近盗匪见伊家金银满室，作闹几次，均被伊老太太收服。原来湘纶自闭居，深恨闯贼，适闯贼败走，押了一批白银，被湘纶生生劫得，所以暴富。湘纶居闲精研武功，自成一派。伊老太太便是当年王湘纶。

前书表过，秦樾号临溪的，被伊老太太收为门人，方演述自己历史，便是自己女儿玉珠也是闻所未闻。当时伊老太太叙罢，十分凄然，不由道："追思已往，如过眼云烟，真有不堪回首之感。"听得秦樾玉珠惊奇道怪，碧桃红杏站在伊老太太背后，掩着小嘴，凝着俊眸，憨憨地笑。

秦樾就艺伊家五六年，武功大就。玉珠已双十，伊老太太以自己年高，又看秦樾非凡，于是将玉珠配与秦樾。一双英雄爱侣，真是天定良缘。秦樾技成，习得单剑。一日伊老太太将秦樾唤到面前道："丈夫志在四方，今你武功非寻常可比，岂可久托迹此地？人无论什么本领，必须阅历，以高阔眼界。即如武功一道，不走江湖不为精手。不过这江湖乃是实习阅历场地，所以久惯江湖，为武功家最高尚之称道，是说一人之见识阅历老练。"

秦樾道："小婿早有此意，因未得老太太吩咐，不敢自主。生恐武技不精，使江湖人笑话。"

伊老太太笑道："岂有此理？因为武技不精，方涉江湖，以广见闻。"

于是秦樾即日拜别伊老太太，单身纵游四海。三五年光景，结交许多英雄豪杰，专事侠举。南省倦了，返到北国，英名大著。贫乏的受其惠，强横贪污的遭其戮，因此一般官蛀儿提起秦樾，自己一定要摸摸良心，是否对得住，不然头颅不免拜辞脖腔。

一日秦樾漫游入陕，道经终南山。秦樾一想，终南山是陕西有名的大山，于是挟技登山纵游。一日忽来一憨头憨脑和尚，携了一古怪道士，二人蹒跚自林下而出，一路瞻望山景，意态十分潇洒，一个个摇头晃脑。秦樾惊怔之下，细细一望，那道士一身毛茸茸的满披狗皮，那和尚一头干疥一般。秦樾觉得古怪，方想趱过，突然汪的一声，秦樾猛然吓得一跳，四顾不见一狗。接着汪汪汪一阵狗叫，却是那怪道人。

突然想起当年自己习技伊老太太门下，伊老太太曾讲说大闹城楼的李希儿曾习技于憨头僧，后来憨和尚随了一个狗皮道人失踪，这一定是他二人了。于是拜道："弟子秦樾唐突仙师。"

怪道人并不言语，只汪汪两声，回头便走。和尚却笑得弥勒佛一般，憨憨地笑道："去去，万山归道。"说着蹒跚去了，转眼与道士腾云雾一般没入深山。

秦樾怔了半晌，恍如大梦初醒，呆呆转步，从此大有悟性。转道返回伊家，伊老太太已去世，只玉珠持家，将红杏碧桃二人择婿嫁了。玉珠自秦樾去后，不日产一女孩。

秦樾一去十多年，此女已十余岁了，取名月娟。生得秀丽绝世，活泼异常。每日只随其母学习武技。轻纵巧跳，搏击之功非常熟练。练就一双柳叶刀，更有一套绝技，便是排环飞刀。刀长七寸，完全为精钢打就，每袋十二把，分两手打出，百发百中。她每于黑夜百步之外，设六炷香火，每炷三根香合并，连环六把飞刀一齐发出，专取香火，香不许折。

秦樾自漫游返回，大变性格，性静而寂，每日仍攒头书剑，对娇妻爱女每沉吟搔首。不时携书剑纵游山水清秀间，一去便是四五日，或十多日不返。便这样悠悠岁月，一晃十多年，月娟出息得玉娃娃一般，嫁与当代名武师耿吟秋。这耿吟秋在北京与兴镖局充武师多年，一向未失过事。这不过卖个名儿罢了，其实耿吟秋并不随镖，他的标识是一面小旗，上绘一条索鞭，因为耿吟秋善用一条虎尾钢鞭，使泼便如一条怪蟒盘回，他那钢鞭不知收降多少绿林英雄。他生得粉面朱唇，眉清目秀，颇似个书生态度，不识他的谁也不相信他能纵横江湖。

这年秦樾道出河南，正是苦雨连连之际。那黄河之水泛滥起来，堪堪决口。秦樾欲渡，苦无有船只，正在淋得秋鸡子一般，远远眺望，接天洪波，翻翻滚滚，连个边垠都望不见。突然破风浪中驶来两只大船，船上十余劲装狞目汉子，一个个奇形怪状，船的横木上架了刀枪棍棒等兵器。众汉子望望秦樾，一个大汉道："哎，你那汉子可是从上游来的吗？那边有五六镖船可曾停泊？"

秦樾一望众汉，早已心下明了，又闻他们打听镖船，于是道："不晓得，俺是旅客，正觅不着船只，那么请你摇过船去，多把与酒钱如何？"

那汉大怒喝道："瞎眼的东西，你看不见船头旗帜吗？"

秦樾一看船上，果然迎风双插大旗，旗上绘了个赤条条女子，彩色逼真，做凝眸笑媚之态。左手抚在腹上，右手却提了一柄雁翎长刀。秦樾大惊，故作仓皇之态，倒步便走。一路寻思道：怪不得人说黄河女盗金妮子凶淫，真个如此。

原来黄河有个女盗，号金妮子，生得娇艳异常。习得一身武功，来去如电，等闲连她倩影都瞧不见。善用一双雁翎长刀，舞起来便见一团白光翻滚。她又打得一手精铁球，有万夫不当之勇。每每飘着一棵女彩旗，便是她的标识。金妮子雄踞一方，专劫重镖，有名的镖师不知丧生于金妮子之手有多少了。金妮子性喜淫，多蓄男妾，供其淫乐。官中虽屡次剿捕，可是金妮子居然统部下众贼抗敌，一阵杀得官兵落荒败走。金妮子见官中无可如何，越发大张羽党，其部下健将有过涧虎冯立、雪上飘文成等人。这次她又探得来了一行重镖，金妮子当即招集文成冯立等盗，预备劫镖。

文成道："黄河走镖的现下太少了，非有惊人本领是不敢押镖运。"

金妮子于是再探详细，方知押镖武师果是江湖闻名的耿吟秋。金妮子大喜道："俺闻耿某人少年英俊，武功绝伦，俺单要会会他。"

左右暗笑，知道金妮子就是见不得美貌少年。当时火杂杂预备下大船四只，先派大盗过涧虎冯立、铁腿鹤范老九等盗先蹚镖开船而进，金妮子调两只大船，自己与文成笑脸狼等随后接应。金妮子百忙中还载了二三健美男子，置在后舱取乐。

且说秦樾目睹此怪状，便想设法收杀金妮子，以除黄河巨害。想着回头一望，金妮子之船已岔入斜港中不见了，秦樾忙返身向上游行去。转过河岔子，从一丛碧芦中穿过，便是大堤。早遥见帆桅荡来，仿佛有数个大船。秦樾登堤一望，四只镖船一字顺下，遍竖镖局大旗。当头一只大旗，红旗白牙，明纹绣了一条盘回索鞭，一截一截的真如虎尾。船舱内七长八短数十镖友，一个个雄赳赳。风顺水急，船行如矢，直奔对方一丛深绿芦获而来，意思是泊船，顷刻四船相继穿在丛芦中泊下。

秦樾忙招手叫道："喂，你那船友可还渡客吗？"

镖友道："俺们这是镖船，不敢渡生客。朋友你如劳累，不妨上船歇歇腿子。"

秦樾趸过，镖友一看秦樾生得精壮，步下伶俐，暗襟之下透出剑尖，腰下并镖囊之类，登时一怔。镖友屈指捏唇呼哨一声，尖厉厉一声怪响，与水音相接，好不怕人。在这哨声中，船舱内一齐钻上许多镖行朋友。有一个二十年岁少年，生得白皙面孔，猿臂蜂腰，劲装佩剑，缠腰一条雪亮亮虎尾钢鞭，又腰卓立船头，精神奕奕，目光如电，好个气概。秦樾双目瞅过去，精光碰在少年目光，少年似乎一惊，忙抱拳趋上一步道："在下耿吟秋，因押有重镖，经过贵地，未惶拜谒，还望恕罪。朋友可留名姓，结个长交。"说罢哈哈大笑。

秦樾早已登船，忙笑道："不敢不敢，在下亦一旅客，因遇雨暂在船上休息一会儿。"

众镖友一个个手按刀柄，雄赳赳围定，连耿吟秋都认为秦樾一定是江湖朋友来蹚镖。江湖规矩，行途遇有生面客人，必须礼敬相接，款以酒肉。最后客人如有所请，须赠一二两予人。因为江湖专劫镖之大盗，分简单的两派。实党派多得很，总比两派居多。一是群盗结党，专踞要口劫镖。一是一人单干，可是作案则无定所。居镖行老手，便懂内中情形。他们最怕的是单人劫镖，名为独角盗。因此等盗一人单干，非有绝色本领是干不成。既能做独角盗，每出做活无不应手，非镖师所能敌，所以这独角盗没有一个失利的。可是此种盗多带侠行，他们有三不劫，便是国镖、商镖、民镖。只贪官污吏土豪劣绅之辈，大遭其殃。这独角盗便是江湖侠盗的别名。群盗结党劫镖的，内行呼有吃平沸，其党多至千人，少至数百人或百余人，其中有一首领，党中不论某人均呼盗首为老大哥。老大哥操有生杀之权，久押巨镖之名武师均与他们有个周旋，互相结个交儿，永不相犯。可是镖师每次过老大哥辖管之所在，必须亲自登门拜谒，呈上例银五百，否则老大哥便不讲交情了，马上给你个跟头。这吃平沸党中人多，却少能人，只老大哥以下三个弟兄，武功通晓，其余便是山盗之小卒一般。只要老大哥栽了个子，其余不战便走。所以此党在江湖间并不参挟制走镖武师。武师与绿林朋友本都讲论交情，看面孔，不然纵使武师有泼天本领，也免不了断头颅。因此镖行路遇单身生客，彼此打个招呼，多少须破费一点儿，这也是预防前途的危险。如果那生客接过镖行敬银，未加逊谢，置下而去，前途一定有绿林朋友在等候呢。生客接银笑嘻而去，亮镖走也是没事的。如镖行遇了生客，先将他请在上座，酒肉献罢，然后敬银，一封一封地摆在盘中，生客不知怎的接，一定是门外汉，镖行也是可恶得紧，登时便冷哈哈地叉出去。江湖走镖规矩简略如此，若细谈起来，至少须十几万言。此书中紧张的篇幅，哪能夹杂呢？就此揭过。

且表耿吟秋见了秦樾身形步法颇通武功，哪敢忽略。连忙追至后舱，互相通了名姓。耿吟秋久闻秦樾侠声，方才放下心来。此时细雨已收，天空片片乌云仍自追逐乱搅。秦樾道："在下纵游江湖十多年，闻说黄河大盗金妮子作乱，专劫重镖。耿镖师居然敢走吗？"

耿吟秋少年气盛，当时哈哈大笑道："打甚紧？俺每每行镖，都是硬干。她不来便罢，如不讲交情，咱便与她玩一家伙也不算什么。"

秦樾听了，觉耿吟秋口气真大，于是道："俺们都是闯练江湖的，这萍水相逢，总算有缘。江湖能人太多，耿镖师且小心为是。前面便有金妮子蹚哨船只下来了。"

耿吟秋听了，未免一怔，急令镖友竖起耿家旗帜，以慑水盗。秦樾不由望旗微笑，耿吟秋正色道："秦爷不要小觑此旗，颇能震慑江湖朋友。"

正说着，突然一声呼哨，从堤上扬长趔来一精壮汉子，生得身长七尺余，虎头燕颔，帚眉入鬓，鲜血眼睛，酒糟鼻头下一张蛤蟆口，周围连腮毛络短胡，跣了双足，肩上还搭了一条钱褡子，大踏步趔过，望望镖船微微一笑，拔步便走。耿吟秋究竟是江湖混过的，一看便知那汉子一定是个对头，于是想拱手上前，那汉已连连捏唇呼哨两声，有两只大船从岔港摆过来，船上只有二三船夫。秦樾一望，正是金妮子之船，想众盗一定躲在舱中，不由替吟秋捏一把汗。再看那汉子已扑地跳在水中，只溜下双腿在水中，上半身却洇在水面，其速如矢。秦樾大惊，耿吟秋一怔之下，忙竖起船桅，意思是作战的场面。那汉子已洇至金妮子船下，一翻身上了船，那二船撑船返回，转眼不见了。

秦樾笑道："耿镖师见吗？这便是金妮子之蹚镖大船，今夜且小心了。"于是告辞。

耿吟秋大疑，见秦樾如此突兀，以为一定是金妮子一党了，于是道："不妨不妨，不怕死的只管来。"

于是与秦樾握手，单臂运足气力，本想一下掀翻秦樾，要人晓得他的厉害。不想一握之下，秦樾一面哈腰，吟秋手上如被钢条束紧，火烧一般，不禁半身发麻。这一吓非同小可，直呆望了秦樾影子没入芦丛，方返船急吩咐镖友道："今夜一定有江湖朋友来劫镖。但观这秦樾来路尴尬，似乎与那鲜血眼睛汉子有些联络，大家小心了。"

镖友忙忙食过饭，将船又移向浅水之港边，因恐水贼惯水战袭击。耿吟秋这时心中怦怦乱跳，暗道，秦樾之膂力胜俺多多，何况其他呢？如秦樾一人来俺恐不敌，再加上金妮子等还了得吗？好在秦樾乃江湖侠士，俺押此镖实是国镖，与他论个交情，或不难化险为夷。深悔不该自居能为精深，招惹秦樾。百思无计可施，只好与诸镖友打起精神拼着干。

是夜清风，雨后格外清凉，飒飒地吹散天空乌云，几点疏星闪烁，捧了一钩斜月，越显得清冷。耿吟秋四只大船，哪里还敢掌灯烛？只沿船头伏下劲弓，众镖友的兵器闪动，映在月下赫耀光芒。夜风徐徐吹得船头大旗啪啪怪响，与那波浪激流之声益发怕人。耿吟秋巡视船头，镖友徐三胜、王魁、郝文龙、白兰四人，率了镖伙分头逡巡。突然沙汀栖鹭啾唧惊飞，直抄过耿吟秋船头。

吟秋叫道："兄弟们小心了。"便觉清风一徐，似乎一条黑影唰一声飞过。耿吟秋手持一柄单刀，四顾道："兄弟见吗？"

王魁郝文龙趸过道："耿镖头小心在意。今夜可不同以往，方才仿佛有一道清风似的黑影一闪，贼人有如此本领，可怎好？"

耿吟秋道："俺们四只船不如排并起来，以免顾首不顾尾。俺们遇敌也可以互相救护。"于是将四只船排开，搭上船板，真好一片战场。

正在掉好船只，忽然远远呼哨一声，随风吹来，早有两只大船矢速刷过，上面排头数十劲装大汉，刀枪闪动。耿吟秋大叫不好，又有两只快战船斜刺逐来，镖友忙齐声喝号，荷了长枪，麻林一般站在船头。来船将近，耿吟秋忙大喝道："来船慢来。俺乃久走江湖之耿吟秋，今押重镖，未能拜谒。朋友可通名姓，结个长交。"

来船未答，一径冲来。吟秋大怒，那来船相继赶到，距吟秋之船不过一丈余，一字排开。耿吟秋一看贼船每船头上站有十余大贼，当头一只大船扯起一面大旗，上绘一裸美人。吟秋与镖友大惊，知道逢了劲敌，来贼一定是金妮子了。

耿吟秋卓立船头，用刀一指叫道："俺耿某行镖数年，并未结仇与你，何故劫俺镖船？如不速退，莫怪耿某手下不留情了。"

众盗大怒叱道："耿吟秋休张致，快送上镖银是正经，免得动手伤人。"

耿吟秋大怒，掏镖在手，唰一镖打过，早有一贼翻身栽倒船头，未及挣扎，扑通滚落水中去了。群贼大叫："了不得，耿吟秋竟暗下毒手。"于是长篙点处，贼船冲过。早有数贼嗖嗖嗖一齐冲过，兵器一亮，就月光闪烁下扑来。

郝文龙白兰二人急忙接战，白兰用一条浑铁棍，郝文龙手中鬼头刀，那数贼大吼挺刀，便撞过去。白兰横棍截住，未及答谢，一贼当头一个金刀劈风式，白兰横棍一挡，当啷一声，那贼早后退一步，单刀早已脱手飞起，唰一声落水。郝文龙近一步一刀削过去，那贼赤手一格，咔嚓一声，连肩削落，随后一脚将死贼踢落河中。白兰王魁已叉棍齐上，一晃两晃，三四贼人相继喷血尸倒，都被抛入水中。

耿吟秋大笑道："原来如此，小辈竟敢劫镖，赶快回去，饶你不死。"

一言未了，霹雷一般飞身蹿过一贼，吟秋一看，却是那鲜红眼睛汉子。手中一条铁索流星，大叫道："可认得俺胡牛儿吗？"说着抖手流星飞起，呼呼呼一片白光直奔耿吟秋。白兰急挺棍来战，胡牛儿使泼流星兜上兜下，绕了周身。白兰挺棍一搅杀入，胡牛儿敛回流星，着地一抄，双手擎了铁索一个旋回，斜刺里兜过，一双霞光便是双龙出水式子，避开来棍。趁隙打入棍影中，速迅如电，只围了白兰团团乱转。白兰一不留神，早被胡牛儿一个单环套月式，着地飞过双镖，紧兜了白兰双足。白兰早已栽翻，胡牛儿随手一下，将白兰打得脑血溢流而死。

耿吟秋大怒，挺刀来战胡牛儿，又有两个大贼相继蹿过，一个生得细长身躯，枯瘦异常，长脖晃动，一个生得五短身材，肥而且粗，一嘴巴短须，二人一色武士劲装，手中单刀直奔过来。胡牛儿流星一闪，已兜抄过来，耿吟秋挺刀来战，郝文龙王魁二人急挺刀叉截住那二贼杀起。耿吟秋丢开刀法，霍地一跃，搅入流星影中，健腕一翻，一个拨云摘月式，一刀拨开流星，直奔胡牛儿。胡牛儿退一步横击一索，耿吟秋急掣刀当儿，胡牛儿一个犀牛望月式，反臂一下，亮晶晶流星直打将来。耿吟秋偏身闪过，进一步一刀，胡牛儿落索一击，嗖一声耿吟秋单刀飞起丈八高，直钉在船板上，余力犹劲，颤巍巍晃动不已。

胡牛儿已吼一声夺路分开流星便兜，耿吟秋真个不含糊，赤臂纵横，一个照面，唰啦啦从腰间抖开铁索虎尾鞭，突地飞起一条怪蟒，直搅入流星影中。胡牛儿不敢怠慢，先退一步。因这流星完全在手眼功夫，与用长矛差不多，必须距敌五尺之外，方能取胜。否则敌人欺近，流星索便抖不开，有结绕的危险，所以胡牛儿先撤一步。不想耿吟秋已挥鞭赶来，随手一个顺风扫叶式，一鞭搅入流星中，黑乎乎纵横飞起鞭式。胡牛儿大惊，勉强力持。

这时郝文龙王魁二人已与高矮二贼杀了个难分难解。王魁一柄三股钢叉哗啷啷一抖，一片白光翻滚，兜了五短肥贼的单刀，杀得吆吆喝喝。肥贼刀下如雨，转身便是一个劈倒泰山，王魁偏身闪过，一个龙门跃鲤式飞向肥贼身后，挺叉望后心便刺。肥贼反臂一刀，王魁一叉正刺伤肥贼虎口，单刀落在船上。王魁大叫掉叉，一个怪蟒分水式，却被肥贼接着叉头，二人大呼力拉。滴溜溜旋转一个圈儿，王魁劈开一手，揪住肥贼一臂，肥贼索性抛叉，双手抓住王魁。王魁急掷叉来搏，二人拳打脚踢，直搏倒船上，一路滚打，扑通一声，二人揪扭着滚落河中去了。

郝文龙与那细高条子大贼双刀相接，杀了五六个回合，不分胜负。徐三胜见郝文龙取不了胜，急抢起一条点钢枪，着地一抖，飞起一道银光，嗖嗖嗖向高贼当头四五枪刺过。高贼闪过，郝文龙刀光一闪，一个白猿偷桃式，一刀直取高贼咽喉。高贼偏身一闪，随手突出一刀，白光闪处，正与郝文龙刀势相接，锵的一声激出一溜火光。徐三胜抖枪便是一个金鸡食米式，枪锋荡起车轮大小一片白光，高条大贼急侧步欲闪，郝文龙就势一个顺水推舟，挨刀削过去。高贼闪之不及，齐腕落掉一只手。单刀尚在削落之手中攒了，一个跟跄，徐三胜一条枪将贼屁股后心一连突了五六窟窿，郝文龙赶过一脚，高贼翻着斜跟头啪嚓一声头触船根，红光崩流，手足一挣扎死掉。

群贼大怒，虎吼跃过二人，大叫："过涧虎铁腿鹤在此。"徐三胜抖枪卷过，接着过涧虎冯立，郝文龙截住铁腿鹤范老九，在船头杀得翻翻滚滚。这时胡牛儿敌不得耿吟秋，且战且走，想斗到船头溜下水去逃走。不想正在这格斗，高贼被郝文龙一足蹴倒，脑袋摔得粉碎，许多鲜血激在胡牛儿身上，胡牛儿一惊，被耿吟秋进一步袭入，鞭头钉在右手上，手腕登时折掉。耿吟秋掣鞭一个下扫，胡牛儿仓皇闪不及，鞭势已到，登时翻倒，双腿血淋淋，被吟秋踢落河中。

范老九与郝文龙杀了十余回合，不分胜负，耿吟秋趁怒掏镖在手，观准范老九便是一镖，扑哧一声打入脑中，贼尸翻倒。过涧虎虚晃一刀，回头便跑，徐三胜大喝一声，一个白蛇吐芯，枪锋起处，哧一声刺在冯立屁股上，冯立啊哟一声，翻身一个扎猛扎入水中逃走。

耿吟秋杀得性起，掣鞭方想跃过贼船，突见贼船中转出一女人，生得妖娆异常，浑身劲装，湖色外衫，内穿绸质窄袖短衣，下身红绸甩裤，腰束柔丝流花软带，当头结了一颗四屏珠结。头上粉色彩巾，紧兜青丝。足蹬凤头鞋子，彩绘之中隐隐露出锋芒钢锥。一双雁翎长刀明晃晃托在一个俊秀小童手中，此人便是金妮子。背后有健贼雪上飘文成、笑脸狼等人。当时耿吟秋一看那女人，一定是金妮子，看她那轻盈浅笑妖艳之态，不由大怒。金妮子袅袅地站在船头，一望吟秋，不由乐得小嘴合不拢来。

欲知后事如何，且看下文分解。

第十八回

斗白猿苍鹰引路
拒双豹古洞观奇

且说金妮子睁开星眸望见耿吟秋，不由咯咯一阵娇笑，回顾悍贼道："怪不得江湖人说耿某人英雄气概，看那少年真也好个俊样儿。"说着向吟秋道："喂，你可是耿……"金妮子只说了一个"耿"字，却笑得弯了纤腰，粉颊上越发添了一层娇媚道："你是耿吟秋吗？咱都是江湖上的英豪，何苦结仇呢？俺看你应该就那好些镖银降了俺，咱度那一块儿的安生日月，再好没有。"

吟秋不语，猛然一连发了三支钢镖，衔接相继打向金妮子。金妮子媚笑之下，惊蝴蝶一般赤了双手连接二镖，那一镖伏身闪过，扑哧一声，却将一大贼打倒。金妮子面孔一沉，蛾眉挑起叱道："耿吟秋莫不识抬举，俺不过爱你是个英俊少年。"说着一扬手，吟秋忙闪身，却是虚吓。金妮子扑哧笑道："俺若不看你那一点怪好的，早一镖结果你性命了。"

吟秋大怒骂道："贼淫妇无羞耻的东西，吟秋堂堂男儿，岂容你戏耍？"

金妮子令文成笑脸狼去捉吟秋，不可暗伤吟秋，二人应声跃去。雪上飘一柄宝剑，笑脸狼一条火尖枪，直扑吟秋。郝文龙徐三胜等分头护了诸船，吟秋抖鞭杀过，二贼霍地一分，枪剑齐上。吟秋掌鞭一施，簇起一片乌云，鞭头盘回，便如云中隐星，闪闪不定。文成恃足下轻捷，挺剑一个毒蛇出穴，直入鞭影中。吟秋掣鞭一盖，险一些将文成剑盖飞。文成忙就地一滚，转向吟秋身后，突然一个鞘里藏锋式直取吟秋。笑脸狼一枪刺来，好吟秋，旋鞭一荡，拨开枪锋，下面一腿扫过，笑脸狼正抖枪刺空，托地足下着了一腿，望前便扑。吟秋知道文成剑到，忙纵身闪开。文成一

179

剑刺去，正与笑脸狼扑在一起，二人吭哧一声，百忙中吟秋一鞭裹来，二人急一纵身，扑通啪嚓一齐抛了兵器跌倒。

吟秋掣鞭来杀二贼，突地一声娇叱，便见金妮子接了一双雁翎长刀，雪亮地左右一分，一纵轻躯，便如一朵彩云一般，已飘过船来。双刀一分，架开吟秋虎尾钢鞭。吟秋猛然掣鞭后退一步，便是一个风卷白云式，一旋单鞭簌起一团旋风，直搅入金妮子双刀中。二人盘旋大战，四五十回合，不分胜负。

吟秋一紧鞭锋，怪蟒一般兜过。金妮子更是不弱，只一分双刀，娇叱声着地飞起两道白云气，顷刻不见了二人身形。吟秋趁金妮子双刀搁空，只随手抖鞭，便是怪蟒翻身式，鞭光飞处，明晃晃的鞭锋直拄金妮子脑门。金妮子咯咯一声娇笑，一矬身形，平地卷开。吟秋单鞭啪嚓一声，将船板打透。顾不见金妮子，赶忙望前一跃，只觉冰凉的一阵轻风吹来，耿吟秋久经大敌，有甚不晓？知金妮子非同寻常，自己恐要栽个个子。于是反鞭一隔，铮然一声，火光四飞。耿吟秋急掣鞭就地一滚，金妮子已双刀霍霍，平削下来。吟秋一个金丝缠腕式，旋鞭一荡，金妮子已着地飞起轻躯，双刀刷过。吟秋见势不佳，双足一纵，凭空蹿出丈八远，四顾一下，但觉秋风一摆，一幅白嫩面孔已亲在自己腮上。吟秋回鞭就势一下，金妮子已一手掏着吟秋颈项娇笑道："这回看你还有何说？哪怕你不从俺来。"

耿吟秋一条单鞭，敌人已逼近，如何反得手？在挣命下突然有人哈哈大笑道："真也罕见，耿吟秋便敌不得一个女人吗？俺怎的告诉你来，说金妮子专来劫你镖船，你还不肯服气。"

金妮子猛然一听，未免一怔，连吟秋也莫名其妙。金妮子一怔之下，吟秋已反鞭一下，金妮子轻轻用刀一缠，早将吟秋来鞭接了，单腿将吟秋摺翻。金妮子拽刀娇笑起来。有二三大贼按住耿吟秋，突然一道白光，唰一声如飞鸟展翅相似，从船桅杆上突过，直取金妮子。金妮子猛然双刀乱架，铮铮刀剑相碰之下，只闻金妮子惨叫一声，一颗美人头，蓬蓬乱发，直滚在耿吟秋脚下。从白光一敛中，现出一威凛凛汉子。

这时郝文龙徐三胜已捉了文成，笑脸狼从水中逃走，其余众贼早已撑船欲走，早被镖友跳过船去截杀。众贼见金妮子已死，纷纷跳入河中逃去。耿吟秋趁势跳起来，看那诛金妮子武士正是秦樾。耿吟秋想起秦樾告警之言，不由惭愧拜倒道："在下少年气盛，望乞恕罪。"

秦樾忙笑道："可惜金妮子一身武功，竟落盗途。俺若非于桅杆上突然取势诛她，亦须费手脚的。"

耿吟秋道："秦伯武功先进，在下早有所闻。今幸拜识，望秦伯提携不才。"

秦樾见耿吟秋少年颇可造就，从今吟秋又从秦樾游二三年后，耿吟秋武功越发了得。这时秦樾性格已然有些古怪起来，纵游山水之外，便是寻僧道谈空说法，颇有些古怪。不二年玉珠也去世，秦樾守了一个女儿，偏生月娟不善针黹，每天随了父亲讲说武功。

一日秦樾练了一套功，月娟趄过，含笑望着。秦樾忽然道："都是你这丫头累了俺，不然俺这时一定拔出俗尘，做那逍遥生活。"

月娟憨笑道："你老人家逍遥哪儿去呀？俺不会跟去吗？"

秦樾笑道："憨丫头，俺与你定了亲，俟你有了归宿，俺一定远游的。"

月娟怔然。果然将月娟嫁了耿吟秋，过了二三年，月娟生一子，取名雄飞，聪慧得很，生得英俊异伟，好个气概。自六七岁从父母习技，后来习得一身武功，非常了得。

此是最后节目，暂且慢表。单说秦樾自将女儿月娟择了英雄夫婿，自己负箧漫游四五年光景，秦樾武功益深，已能导罡气流行，渐次能指运飞剑凌空飞翔，千里之外能取敌首。秦樾在长白山中，那时有一巨鹰作怪。长白山本产人参，许多养参富主也因此罢了参场，因为那鹰力能攫虎豹，来去如电，一双钢钩铁爪，多撕食人兽。其性凶狠，只见人必一一攫起，从空中投下，那人应声化为肉饼。秦樾仗剑入山，与苍鹰战斗，一连数次，争战三日方扣得苍鹰。可怪那鹰竟哀鸣不已。秦樾因苍鹰善战，于是忖解其意，放鹰入山。可是那鹰一总儿不肯去了，追随秦樾。秦樾倒很得苍鹰之力。

秦樾在望万山灵光赫耀，直冲斗牛。同时嵩山亦发现异光，不过碧莹莹之色，柔而不刚。万山光强而锐。秦樾晓得一定是雌雄二剑，晶气相吸。决心入万山觅雄剑，然后入嵩山取雌剑，则易得了。于是由苍鹰引路，直入万山。

且说万山本是有名大山，真是峰峦耸翠，洞壑幽邃。旋峰峭壁之下，涧深莫测。在这群峰掩护之中，有一绝境，名落虹冈。落虹冈深处产一白猿，此猿身高四尺余，浑身雪白，细毛，顶发披肩，双目如火球。恒往来山中极峰绝顶，便如一团白气翻滚上下，休想瞅见形影。白猿凶恶异常，能驱使虎豹作怪。白猿性淫，往往下山入庄村奸淫妇女。山村均认为山神化身，不但不敢抗逐，而且格外欢迎。如某家白猿莅临，都说是福大招得山神来。后来方知是白猿作怪，于是群起防备，可是弓矢都射不着它，反招恼白猿，攫死数十人。合村女人都被孽物所淫。

后来白猿越闹得凶，竟负了俊丽女人入山纵淫。白猿性妒，村中男子如被它见了，一定杀害，直闹得山民一空。可是白猿日行数千里，不算回事的，只孽物恋上人家媳妇，休想逃避。白猿身形捷疾，已然可惊，偏它又吃得一株灵药，从此身躯异发飘忽起来。

秦樾到万山中，早已闻得白猿为害，登时大怒道："俺正好趁此诛戮。"询问山民，说白猿已多日未来了，未知何故。秦樾也未理会，于是放鹰入山，自己带了干粮到得山麓，那苍鹰早已在候，见秦樾已至，展翅前飞，秦樾随后循鹰影弯曲入山。穿过密杂杂一片青松，便见一道羊肠窄径，细石平铺，杂生野草。两旁峭壁层岩，垂藤附葛，茵芳复结之下，双涧横隔，石梁高架。踱过石梁便是一角垂崖，沿旁荫松碧结，隐见一顶草亭。苍鹰早落在亭上，鼓翼长啼。秦樾到得崖下再也觅不见去路，旋转半晌，见壁立的窄窄狭径，长草复没，仰望一黑暗暗山洞。秦樾不管好歹，于是纵身而上，径过黑洞。却有许多垂藤掩遮，披开垂藤却有一线曙光透出。秦樾大喜，一连攀上，到了一处明朗境界，转过林木，便是草亭。

秦樾望去，不由纳闷。见一椽草亭之下，正有一个憨头和尚，一个怪道人相对坐定，瞅了呆笑。秦樾细细一看，登时一怔，原来和尚道士正是自己在终南山遇见之憨和尚与狗皮道人。秦樾连忙施礼，憨和尚睁开白眼看了一眼，一阵傻笑道："万山归道吗？哈哈。"

秦樾知二位一定是奇人，于是拜倒。狗皮道人总是汪汪狗叫，憨和尚却道："你是秦樾吗？当年终南山会见老衲，曾说万山归道，如今你便是老衲方外友了。"

秦樾一听顿生清静之心，于是道："弟子早有入道之心，今便请皈依。"

憨和尚却又不言，只瞅狗皮道人傻笑。狗皮道人对秦樾汪汪两声，和尚道："秦樾可以归道了。"

道人忽然正色道："秦樾真是有些缘法，可是你修道心重，与吾辈脱凡入化是不能相混的。刻下万山落虹冈有一宝剑为雄，嵩山一剑为雌。你可先思得雄剑，然后雌剑得之则易。嵩山尚有宝物可觅，得之不难向真道而行，切记切记。"说话之中，总带些汪汪狗声。

　　憨头和尚笑道："老衲等云踪无定，你可安心向道，日后劫难当助你成功。现下山中产一妖猿，欲得宝剑须及早觅，否则落到猿手，则难制了。"

　　于是口授秦樾练气要法、飞剑诀，必须习得纯熟，方可斗猿。秦樾谨记，是夜宿于草亭，睡了一觉，和尚道士均不知所向。秦樾便修道山中，按和尚秘诀练习，果然技进甚速。不二年飞剑指运自如，大不似以往了。可是在这二年中，白猿已发觉秦樾潜修，时来搅闹。秦樾因技未成，也未敢理会。

　　一日秦樾正在对月练剑，忽闻一阵阵妇女悲号声，十分凄切。秦樾寻去，越过山溪，便是一带环峰，中有悬崖，天然一个石洞，洞外寸草不生，只有许多青蔚蔚小枝兜了一个大圈儿。圈内平沙如粉，四五条青石陈列着。早见十余女子裸坐石上，还有的卧在沙上，那白猿正按了一青春少女交媾。那少女已面无人色，惨淡淡地啼叫。白猿似乎大畅淫意，越发起落得厉害，诸女人个个掩面。

　　秦樾大怒，轻身一跃，便如柳絮飘下，一些声息都无。大叫："孽物早来授首！"声尽处一道剑光，直取白猿。那白猿托地跳起，但见一团白气滚开，已然不见形影。又有一个裸女下体精血模糊，已然死去，秦樾张见心中不忍。突然一股寒气刷过，秦樾反剑一格，早见白猿手中一条短杆，身形一晃，着地兜下，簇起一片白云。秦樾知白猿道深，急挺剑搅入，人猿杀了个翻翻滚滚，只白光纵横，身形已然不见了。

　　战了半晌，白猿突然拽杆一跳，直飞起数丈，恍如腾云雾一般，手撑短杆搅下。秦樾伏身一跃，白猿落空，秦樾已反剑削过。白猿真个捷疾，滴溜溜一转身形，早已不见。秦樾四顾之下，白猿一杆点到，秦樾闪之不及，提起罡气散流周身。白猿一杆点在秦樾左膀，气力十足，便是秦樾那等武功，还翻了两个跟头。跳起来便走，一连蹿过几道绝峰峻岭。白猿长呼过去，秦樾拼命乱走，亏得白猿念些女人还未尽兴，于是望望秦樾，恨恨返回。

183

秦樾停足暗道，白猿道高技精，非己所及。想起憨和尚曾说落虹冈有一宝剑，得之可除白猿，俺何不先寻剑，然后诛猿？踌躇之下，但自己逃在这深山绝境，这是何所在呢？盘旋半晌，出不得山径。只处处峭壁奇峰，偶然得到了山径，到头却是巨涧。兜了双头的矗大石壁，攀登都没处着足。

正在进退维谷，突然天空一只巨禽翩然翔过，涧水中现着一只黑影，直刷下来，落在垂崖，啪啪啪扇动大翅。秦樾一看乃是那苍鹰，望着秦樾翘尾伸翼，似乎有所禀报，少时飞起重又返回。秦樾方明白苍鹰之意，一定是来引明路，于是望鹰影而走，果然弯弯曲曲来在一处山冈，苍鹰落在垂崖上面洞口，鸣叫起来。秦樾一看好个所在，四围均是蓬荫荫巨松，交生枝柯，山葛杂生，漫烂如锦。茵芳夹处，一条窄径，穿过石门便是没膝长草。

秦樾沉吟暗道："怪呀，这个去处人踪少见，怎还有曲径通于深处？并且前进无处可通。"正在猜疑之下，突然一阵怪吼，秦樾急闪在石后，见有二物比肩趄来，却是两只白熊，浑身雪一般，只二目圆彪彪红如灯炬。二物前后跃上窄径，左右顾盼，还在窄径沙石上细细看望，似乎小心有人从此经过。忽然后面白熊望见葱草扑倒一处，登时怪叫一声，前面那个早已掉尾扑过，二物作势，突然从扑草中蹿起一只苍花兔，一连两蹿，影儿不见。二物相顾拱拱嘴儿，似乎放心，一路嬉笑直入石门。秦樾悄悄出来，心中暗道，山中有宝，定有凶物守护，不消说此处一定是落虹冈了，宝剑便是藏在此处了。必然设法先诛二熊，然后取剑不难，于是招手，那苍鹰飞来，仍前导直返草亭。

过了两日，秦樾带了宝剑干粮，直至落虹冈，苍鹰早到，秦樾飞身攀过绝壁，已是落虹冈，沿青松遮处直入石门。石门却被乱石堆闭了。秦樾纳闷儿之下，搬开塞门口，忽然飕飕飕一阵长风，青松乱摆，震天价一声怪吼，从石隙飞出一雪团般白熊，怪吼扑来。秦樾正搬起一斗大石块，望白熊迎头投去，白熊一掉身已中后股，白熊一个跟头滚倒，威毛抖擞跳起，后股一片血淋淋。秦樾拔剑在手，就白熊猛扑势伏身闪过，进一步挺剑一戳，三尺钢锋直入熊腹。白熊托地一蹿，一溜鲜血，踉跄跄一连数个歪斜。秦樾大喝一声赶去，一连两剑，搠倒白熊，白熊惨厉厉怪叫而死。

在这声中，早有熊叫声相应。秦樾四顾当儿，突然呼呼的一声，从崖上直扑下一只白熊，见死熊似乎大怒，踊身扑过。秦樾一矬身形，挺剑杀过。白熊猛然一爪，险些抓牢秦樾。秦樾单剑削过去，白熊掣爪人立起来，一连四五纵，其速无比。亏得秦樾步下伶俐闪过，挺剑反刺熊腹。熊已掉身一矬，吼一声奋进。秦樾挥剑连斩均不中，反招恼凶性。山中斗大石块拨得弹丸般乱飞。秦樾急退一步，掏镖在手，看准熊目嗖的一镖，那熊猛然上扑，扑哧一下瞎了一只目。那熊大吼一声，一连两滚，尘埃四荡。白熊痛急，狠命攫去。秦樾伏身反腕一剑，刺入熊腹。左右一搅，五脏随剑流出，白熊连跌几个跟头死掉。

秦樾大喜，伏剑想入石门。突然苍鹰大鸣，振翼一旋，说时迟那时快，早有一道白光欻然飞到，却是白猿手中石块，望秦樾一连数下飞来。秦樾急闪开，白猿抖短杆荡开一片杆影，直取秦樾。秦樾挺剑接着，两个大战百十回合，翻翻滚滚，搅在一起，剑光杆影中遮了两个身形。秦樾让过猿杆，随手一个鞘里藏锋，斜刺里一剑削过，白猿一闪，撑杆飞起，就手一个倒劈山式，秦樾偏身闪开，白猿未等秦樾还击，短杆平铺兜下，疾如风雨。秦樾稍一含糊，登时一个跟跄。白猿挥杆打下，突然苍鹰一旋，一双巨爪抓牢短杆，秦樾跳起来便走。

白猿见苍鹰猛然抓了自己短杆，用了一个白蛇缠腕式，哧哧哧一径爬上，苍鹰双爪攫了短杆，急一松爪，白猿落地。苍鹰攫起一块巨石，猛然向白猿砸下，白猿就地一滚跳起来，石已临头顶。只一舒双臂，轻轻托石，抛在一边。苍鹰展翅一旋，张爪攫白猿头顶，白猿伏身一连打上数个石块，苍鹰偏身躲过，利爪抓牢二石块，矢离弦般刷过去，顷刻不见。白猿战败秦樾，一径入石门，进落虹冈山洞，轻轻取得一锦纹剑匣，打开一看，白猿喜得乱跳乱叫，拿起来却是一柄古剑，唰的一声抽出宝剑，真是寒风赫耀，湛如秋水。白猿跳舞一会儿，吱吱乱叫，收剑入匣而去。

却说秦樾诛了二熊，宝剑看看到手，竟被白猿逐走。次日携了苍鹰，仍去寻剑。落虹冈山洞只余一些猿足迹，哪有什么宝剑？秦樾知宝剑已落猿手，不胜懊丧，怅然返回。每日练剑，风清月白之下，常有剑气回环飞腾，百兽惊驰。白猿大怒，生恐秦樾与自己作对，于是与秦樾大战于落虹冈。秦樾运用罡气指运飞剑，与白猿斗了一日。白猿自得宝剑越发了得，秦樾剑气不但施展不开，白猿身形如风，步步逼人，几乎收了秦樾剑气。亏得苍鹰助战，秦樾趁势逃下山去。苍鹰因有利爪铁翼，与白猿战够多时，险些被白猿削落一翼。

苍鹰败走，随秦樾逃到嵩山。因秦樾闻憨和尚与狗皮道人说，嵩山藏有雌剑。自己望气，果然嵩山隐隐灵气凌空飞扬。白猿既得雄剑，生恐再寻雌剑，不如及早下手，于是漫寻嵩山中，多日未得宝剑。

一日秦樾忽然失去苍鹰，正在犹疑之下，突逢一巨禽凌空飞来，疾如流电，顷刻来到，落到秦樾面前，正是那苍鹰，一双铁爪攫了一尺三长短剑盒。秦樾大喜，原来那剑盒正是万山落虹冈绝境所藏之宝剑，自己刚刚张见，看看到手，却被白猿得去。当时秦樾忽见此剑匣，以为宝剑一定在内，登时大喜。苍鹰鼓翼长鸣，似乎报告一切。秦樾取过剑匣，打开一看，登时大怒。原来匣内哪有剑影，却是一条女人贴身裤，上面还带些红斑。原来那白猿机警异常，自得了宝剑后，生恐为人窃去，将剑藏得严密密，却将剑匣内塞入污物，不想真个被苍鹰窃得。当时秦樾恨道："妖物淫纵如此，一时也留不得。俟俺得了山中宝剑，先除妖猿。"于是吩咐苍鹰小心寻觅，与苍鹰分头去寻。

这日苍鹰夜寻诸绝峰幽境，为的是易察剑气。恰巧逢石亚男一个女孩子与匪人交战，被苍鹰铁翅打折匪人腿子，救了石亚男。同时常秀儿误入白鹤仙洞，取得飞剑秘诀，为神蟒所困。幸逢秦樾亦去取宝剑，巧救得常秀儿。

秦樾娓娓叙说来历，大家闻所未闻，惊奇不迭。常学究石善人等感佩无地，连连道谢。

秦樾道："施主且慢，小道谋诛万山妖猿，早有此心，因能力未及。今此飞剑秘诀，小道阅之，助我道成。想山中一定还藏有宝剑，书剑并参，不难诛妖猿了。望慈悲赐览。"

石善人笑道："道长不言，俺们早有此意。但请道长暂屈留几日，俺们还有奉告呢。"

常学究笑道："舍下跨院茅屋可居，清静得很，即便与道长收拾收拾，暂栖仙趾。"

秦樾稽首道："不敢不敢。"

石善人道："那么不如请道长赴俺家中，房屋现成得很。"

常学究道："不错不错。"

于是一行人拥了秦樾，到石善人家安置下。石善人悄悄向常学究道：

"刻下白莲教闹得厉害，已延及湖北、四川、河南、陕西四省，声势浩大。不但百姓完全白莲化，就是四省官方也与教中有连带关系。常兄不见几日来颇有些怪模怪样的教徒，散布来招募党徒。咱村也有些无赖加入，每人长枪大马，各处胡撞，左右不过强敛百姓。俺看将来不是好现象。"

常学究道："俺看乱象已成，百姓是免不了一番涂炭。俺闻石嗣先已入教中，成了一个小教目，手下千百党徒，凶得很呢。"

石善人道："狗儿吗？当年他所做之事，想常兄还记得，不想还未死掉呢？乱象既成，俺们石帆村中团备也该预备了，以防意外。亚男等俺想就秦樾道长之机会习学武技，将来不是没用的。"

常学究拍手道："石兄怎的与俺一个心理呢？俺秀儿生平爱武事，如此再好没有。"

于是善人学究二人去见秦樾，秦樾正在双手托了飞剑秘诀在几上展开，见二人进来，连忙逊坐。二人一说心意，秦樾笑道："二位施主不弃，小道正有此意。"

二人大喜。石善人喜悦之下，就将一所静院辟作塾馆。常学究道："学生只吕少游、俺家秀儿、石兄家之亚男姐弟四人，也便不少了。"

石善人笑道："还有旋峰峪之倩姑呢。昨天俺家亚男姐弟同了少游去拜谒倩姑之祖母陶老太太，邀倩姑入学，岂可忘掉她？若论世交，倩姑还是俺的小妹妹呢。"

常学究道："晓得，晓得。便是亚男少游诛拐匪时结识的小姑娘吧？"

二人正说着，突然外面有人笑道："哟，还有小儿天佑呢。"

声尽处帘儿一启，踅入一人，背后跟定一个毛头小厮。那人生得枯瘦瘦，细高身量，长脖颈，小脑袋，连脖带颈许多青筋暴露，一张白尪面孔瞪起一双圆眼，滴溜溜乱转。两片干瘪腮，双批燕尾黑胡，形态颇透着狡狯。背后小厮左手不离右手，拉定那人衣襟，扎在屁股后头。善人学究一看，不是别人，却是石帆村相对施峰峪村的冯先生父子。石常二人相顾一怔。

原来这冯先生要得好刀笔，等闲调词架讼，无恶不作。村中人认作冯先生是一堆狗屎，无一人敢沾他一点儿。饶是如此，他还无事生非。冯先生专卖假药，其实兜卖春药、打胎等项。他有个哥哥，早年去世，遗下寡嫂，亦不知被冯先生勾搭上了，生了一子，取名天佑，便是那毛头小厮了。冯先生缺德丑史谁都晓得，还假充个人物。石善人本来讨厌他，常学究一个道学先生，见这种人哪里能用正眼瞧。

当时冯先生摇摇摆摆，望了石常二人一揖，二人只好逊坐。冯先生一摸鼠须，口内吸溜着哈腰道："不瞒二位说，昨天俺听说石兄请一位高明先生坐馆，俺偏要讨个厌儿，没别的，算着小儿天佑，齐头六人再好没有。"

石善人听了冯先生厌气话，没得推辞，只好应允。哪知冯先生屁股如千斤闸，坐下不肯起来，东一榔头西一杠子扯起闲谈。常学究挨不过，早悄悄溜回，将个石善人厌烦得什么似的，好容易冯先生父子去了。

过了两日开馆，六个学生到齐，照例先拜孔夫子，然后正式拜师。秦樾将学生一一看过，独眼光看到冯天佑，半晌方收回目光，点点头叹了一口气。从此逐日授课，文武并进。六个学生真是棋逢对手，哪个也不肯落后。秦樾自石帆村授技，各村均知，都呼秦樾为临溪道人。六人之内，吕少游居长，石鹤声居最次。

恍已二载，少游等武功大就，各个擅斩龙擒虎之技。有时师兄弟姐妹游戏而来，互相扑逐，风团一般，连形影都无。内中武功吕少游最精，冯天佑天性敏慧，只赋性桀骜，阴狠淫狡，等闲不与少游等群居，只爱与陶倩姑石亚男同处。可是二人非常讨厌天佑。临溪道人当初授弟子时，便知天佑淫狡，本想不收，不过以为石善人所举，推辞不得，只好收下。处处小心，授与天佑武功亦疏。每日训导一番，天佑大恨。心中暗道，同是学生，贼老道便重他等，偏瞅俺不上。好嘛，看俺的手段。恨恨之下，刻苦前进，因此武功不落后。临溪道人一面授徒，一面熟阅飞剑秘诀。

这年寒冬将尽，塾中放假数日，诸生不肯返家，都恋着师长闲讲武技。陶倩姑返家看看祖母，复又返来。

少游道："老太太好吗？"

倩姑道："很好很好，就是前两天伤点儿风，今已好了。所以俺就速速转来。"

少游道："方才老师说，他老人家参阅飞剑秘诀，大有心得，剑术已入化境。唯有心中未了之事，便是嵩山中之藏剑未得，和万山中之白猿当诛。"

倩姑笑道："当年俺二人探山洞，张见二豹吓回。先生既说异宝必有异物，先生何不去寻觅呢？"

少游和倩姑遂去见临溪道人，一说当年之事。临溪道人怔然道："既有此事，定有宝剑无疑了。今趁闲去寻如何？"

少游道："好好，俺仿佛还记得途径呢。"

于是收拾一切，预备入山，却不见了天佑。秀儿悄悄一拉少游，二人踅在一边，秀儿笑道："寻天佑干什么？俺闻冯先生与天佑生气，不必找他了。"说着一笑。

少游怔然，秀儿笑着道："怔什么？过几日你一定会晓得了。这次入山，便是倩姑你我随先生去。石家姐弟因石老大伯患病，不能参加的了。"

少游惊道："大伯怎的了？病从何日起？咱当去看看才是。"

秀儿道："有三五日了。明天咱同去吧。"于是二人与倩姑随临溪入山。

时当冬寒，风景是提不到的，只有枯林在望，颓山屹然，与那积雪冰筋点缀冬景，倒也潇洒至极。师徒四人携了一应之物，顷刻登上中腰，山路已崎岖起来。羊肠窄径，盘回曲折。少游道："俺记得从此偏向东行，到一个去处，前面分数条小径，大约是当走偏中之路了。"

大家说着，果然来到一处，枯藤败木掩盖下，一条巨壑，两峰屹然对峙，中架石梁。少游笑道："这越发没错了。俺恍惚记得，那回俺与亚男妹妹过此石梁，俺被一块尖石险些绊倒，幸被亚男妹妹一把抄住，不然定成肉饼。"说着大笑。

临溪左右赏望山景，与少游等三人下得石梁，好在四人都有高深武功，步下如飞，看看当头一壁削成，直耸天空，没有去处。忽地似乎云影一闪，清脆脆一声鹰啼，倩姑仰起俊脸笑道："苍鹰来了。它怎的知道咱来此呢？"

临溪道："俺多日未出游，想它也寂寞极了。"

秀儿道："俺时常见它翱翔空中，怎会寂寞呢？"

临溪道人向鹰招手当儿，鹰已落在石壁。临溪等正因前面失了去处，茫然不知何往，那鹰已唰然落下，铁翼一扇，枯藤四披，却是一巨大山洞。秀儿跑去，倩姑道："慢着，看看有无豹子。"

秀儿已到洞口，一张笑道："稀奇得很，内中空洞洞的，还透着阳光。想是直通上面的。"

大家一看，果然一条上坡洞径，前面阳光煦煦透出。四人先后趑过，出得洞口，又是一番境况。

临溪道："好个去处，奇得很。"

少游道："这去处俺模糊了。"

倩姑道："不必管他，且得去再说。"

四人漫山行去，顷刻造极峰。四览一无余粒，临溪踌躇道："漫山寻一洞，等于大海捞针了。"

苍鹰飞来，临溪道："你能引俺们去吗？"

那鹰果然飞起，缓缓而进。四人按鹰飞的路线随去，不多时来在一处幽僻所在，万峰盘回，如一大海螺。盘升极顶，寒枝参差掩闭，沿狭径走去，却又平坦如砥。双行林木，排成小巷。少游悄悄一拉倩姑道："怎样？这定没错了。"

倩姑早望见对面巨洞，清风吹处，微尘不起，苍鹰早蜷伏在崖顶，望着洞内。

欲知后事如何，且看下文。

第十九回

诛巨豹小侠施绝技
弑师长天佑堕邪途

且说临溪道人与三个弟子来至洞口，见苍鹰不飞。临溪道人道："此洞想必就是了。"

倩姑道："当年俺来过的，张见二凶豹子，幸未被伤。还记得此处境况，确是无疑的了。"

临溪道人大喜，吩咐大家小心，一径入洞。内中净洁异常，枯叶不涸，巨石嵯峨之间，中为细沙窄径，四人沿径一直行去。少游道："前面高阜便是双豹栖止之所了。大家须要小心。"

秀儿笑道："谅个山豹有何能力？没有便罢，如发现豹子，俺定要捉一个玩。"

倩姑拍手嫣然一笑道："妙妙，如真有豹子，咱二人每人一个。"说着手抚剑柄，十分英丽。

少游正色道："悄声悄声，咱是专为宝剑，不是来杀双豹的，趁豹子不知，悄悄窃得，也便是了。"

临溪道人道："正是如此。"

倩姑道："恐怕不杀豹子，取不得宝剑呢?"

四人纷纷登高阜，少游为人仔细，悄悄蹑手蹑足，先爬上石崖，向下一张，内中方圆一个凹儿，广阔远数丈之大，四围青石围护，虽在严冬，几株青蔚蔚的桐枝枝柯交插，搭了一个篷儿似的，当中花木细草数尺，生成围状。一偏生石崖，整整掩盖下，便如半壁房屋。崖下两旁，岩堆成洞状，四下蓬头青松，下有许多枯草，似乎被甚兽卧了一个大凹儿，许多白骨血痕，好不惊心动魄，却不见二豹子。少游轻轻拍掌示意，临溪道人与

191

秀儿倩姑一齐飞登高阜，早见一切境况。

少游道："那桐枝交蔽之下，青草丛生，一定是宝器隐藏所在了。不然当此冬寒，哪来青草？"

临溪道人望了喜悦不置，少游将预备来的锄镐之类携过，不管好歹，抄起锄头先铲青草。不想锄头到处，扑哧陷入。用手分开一看，原来青草乃是生长得一个空圈，内中却是一个小洞，并不黑暗，只霞光闪闪，顷刻杳然。少游一怔当儿，秀儿倩姑双双趱来，惊怔叫异。

临溪道人道："如此宝器，定有豹子守护了。倩姑常秀儿汝二人可速守住洞口，以防豹子到来。你二人之武功绝能诛二豹子。"二人正在观奇，只好连喏去了不提。

且说临溪道人与吕少游更不迟疑，登时将洞口掘大，内中却有一块青石，少游临溪道人一齐动手，先起青石。那石厚而且大，费了半晌这功夫，好容易掘出棱角，由临溪道人运用神力，双手搬捞石角，喝声起，青石应声飞起，震天一声响，早有数株巨枝砸折。吕少游吃惊之下，望洞内空洞，踊身跳入，半晌抱出一铁匣，打开一看，临溪道人大喜，正是自己多年蓄志欲得之宝剑。抽剑一看，突然霞光万道，湛如秋水。少游目光几乎逼昏，不由失声喝彩。

临溪收剑，少游道："倩姑与常秀儿弟现在说不定与豹子分起上下来。"

临溪道人道："正是他二人之武功，何止敌二凶豹？故我放心。咱便看看去。"

少游抱起宝剑铁匣欲走，临溪道人捏唇一声呼哨，苍鹰正在崖头，应声飞来。临溪道："宝剑已得，便劳你带回去吧。"苍鹰铁爪攫起铁匣，展翼飞起，顷刻不见。

临溪道人携了少游迤逦出得山洞，却寻不见倩姑秀儿，少游大惊道："咦，怪呀，二人哪儿去了？没的被豹子伤了吗？"

临溪道人道："放心放心，绝没此事。"

少游疑虑之下，方想提声大呼，见林木中倩影一闪，正是陶倩姑走来，倒提着一柄宝剑，髻儿蓬松，粉颊上簇起两朵红云，见了临溪道人微笑道："那物倒狡狯得很，吃我赶到林下杀掉了。"

临溪道人道："想是发现豹子了。常秀儿呢？"

192

倩姑姗姗走过来笑道："好玩得紧。常兄追下豹子去。"于是一叙杀豹之事。

　　少游听了大喜道："俺与先生已得宝剑，遣苍鹰送顺家中去了。"

　　原来陶常二人领先生之命把守洞口。倩姑道："常兄小心呀，那年俺与少游曾窥见豹子，凶物定然出外觅食。"

　　正说着，突然山风暴起，飞沙走石。秀儿掩面，倩姑道："不好了，凶物一定返来了。"

　　秀儿道："咱且伏藏起来，且张看究竟。"

　　于是二人隐伏山石后，山风过处，接连数声怪吼，随着从对面崖上嗖一声纵落一只金钱巨豹，落在洞外。霍然一抖威毛，长尾左右摆动，电也似的双目四下看顾。蹑着爪儿，似乎查看有无敌警。移时拱拱前爪，似乎放心，吼一声跃入洞中。陶常二人张去，见那豹入洞，沿石张见细沙窄径上的足迹，似乎疑惑起来，纵鼻乱嗅。陶常二人正在好笑，突然霹雳一般一声巨吼，二人同时吓了一跳，早有一豹入洞，比前豹还要肥大，全身苍花，口中衔了半段人腿。前那金钱豹见苍花豹子直扑过来，苍花豹丢了口中人腿，二物拱爪舐嘴，似乎会议什么。苍花豹随了金钱豹子直临沙径，见临溪道人师徒足迹，似乎相与怔怔，移时二物吼一声，直扑高阜，似乎发觉有人窃入。

　　倩姑道："不好了，二物晓得咱入来，先生命咱二人看守洞外。放二物入内岂不扰得取剑？"

　　于是陶常二人相继跳出，大喝"凶物休走"。二豹子听得有人说话，登时反身扑来。陶常二人恐洞内窄小，不易格斗，一齐拔剑出洞外，倩姑未及转身，秀儿大叫"小心了"，突然一声巨吼，倩姑转身当儿，金钱豹子早已扑到身后，张开簸箕大小血口，当头便是一下。倩姑大惊，一滚之下跳起，秀儿已一个箭步跳在豹子背上，左手抓牢豹子颈项，右手抛剑，攒紧拳头，嘣嘣嘣打下。豹子乱跳怪吼，秀儿只如贴牢一般。那豹子哪禁得秀儿重拳滚倒，秀儿同时跌落。正是倩姑一剑刺杀豹子当儿，秀儿拾剑之下，那豹四足复起便跑，秀儿大喝飞步赶过去，展开飞行神功，眨眼不见人豹形影。倩姑料苍豹已不是秀儿对手，也未跟去。听得少游与先生说话，她已将剑就豹身上拭去污血，抚弄宝剑就石上休息一会儿，趑过林木，正逢先生与少游慌张寻找自己与秀儿。

193

当时少游道："常老弟追下豹去，落哪边去了？"

倩姑一指道："就那边。"

少游道："先生咱返回去吧，一路许碰常秀儿。"

于是师徒三人缓缓行去，行不二三里，见秀儿用葛条拽了一只苍花大豹，已然血污不堪。见了先生等抹汗道："这物劳我追十余里方诛杀。"

临溪道人大喜道："俺已得宝剑，皆你等之功。"

秀儿笑道："当俺追下豹子，遇二奇人，一僧一道。"

临溪听了道："怎么呢？"

秀儿道："当俺将豹拽过了那山口，僧道正踞坐松树下，和尚生得憨头憨脑，那道士越发古怪，浑身披狗皮毛茸茸的，见了人只汪汪乱叫。"

倩姑听了咯咯娇笑，临溪正色道："俺师到了，那道士曾说什么来？"

秀儿道："道士说话也带狗叫之声，俺只听他说，要俺告诉先生，诛白猿只怛然施术，定助一臂之力。"

临溪忙望那边稽首，少游等大奇，询问所以，先生只笑而不言，自语道："本当拜谒拜谒，但仙师游踪不定，恐不易的。改日还不见吗？何必如此急急？"

少游三人听了好不诧异，临溪忽笑道："人生聚散靡定，这二年的光景，俺的缘法总算很深，不要迟疑，过日便晓得的。快拽了豹子返去，剥肉烧吃倒格外别致。"

倩姑听了道："呀，忘了。俺杀死之豹也应弄来。"

少游道："一个已足，何必全弄去？"

于是常秀儿倩姑等合拽死豹返回石帆村，先生一路有异，哝哝自语。秀儿等将豹剥开，分与村人。

倩姑捋了一块豹肉返家，孝敬陶老太太，倩姑见了祖母，登时慌了手脚，原来倩姑上次看望祖母，老太太伤风好了，不想天寒气候不定，老人家重感着了，已变成伤寒症，真是老怕伤寒少怕痨，老太太一病不起。倩姑着慌之下，昼夜衣不解带，不多日老太太逝世，倩姑孤女哀悼之下，由各亲友治丧，秀儿少游均来吊丧，助理丧事。石亚男鹤声姐弟二人，因善人亦患重症，缠绵多日，亚男鹤声只苫灵前哭拜一番，即便返回。独冯天佑未来。

倩姑丧后受了点儿刺激，小病五六日，不想石善人病又严重了，三五日糊悠悠不进汤药。亚男姐弟慌了手脚。这日亚男鹤声侍奉善人，见善人精神转好多了，二人大悦。善人张开青色无光眼睛，面颊上有些微红，亚男姐弟急过去道："你老人家病相转佳多了，这时觉得如何呢？"

善人道："先把些参汤来。"

鹤声忙端过参汤，善人沾唇便令端去，双目又紧闭了，鼻息沉沉，又睡去了。这日向晚的时候，亚男姐弟见父亲病了多日，不知用了多少药饵，只如石沉大海。少游、秀儿、倩姑不断地看望，只冯天佑偶尔一晃身影便去。善人睡去一觉，直至天色将明未醒，亚男姐弟二人见善人睡沉，鹤声低声向亚男道："父亲睡好，姐姐你多日不眠，趁空眬一会儿，俺侍候可以了。"

亚男一个呵欠，真乏困极，就外室困倒。鹤声坐在椅上，一盏油灯对了床上的病人，愁闷之下，悄悄踱出，在窗外徘徊。这时晓风徐吹，疏星几点，尚在闪闪。一钩残月放出淡淡光线，几株花影疏远。石鹤声正在这景况下愁闷交加，呆呆地望了月色出神。猛一回头，几乎吓了一跳，恍然见一老者轻袍缓带，长须垂胸，正含笑拽杖花影下，顷刻杳然。鹤声几乎失声叫起，原来鹤声见那老者不是别人，正是病榻上的父亲。在刹那中，鹤声以为石善人不好，自己拽杖出户。鹤声心中茫然暗道，想是俺多日失眠，眼发花了？那边分明是有一人似的。

正在乱想，闻得善人微微转动，鹤声急跑入，见善人面色越发红润。鹤声端来汤水，善人只吸了一口道："亚男呢？"

亚男因心中惦念父亲，心神不沉，应声惊起趋入。善人见了二人，甚是喜悦。天已明了，少游随了吕进探病，善人见了吕进，不由伤感。吕进道："大哥有病应宽解才是。"

善人微喘道："刚才我仿佛到户外潇洒一趟，窗外的红梅已含苞欲放，只我吃的药屑竟弄得一石阶，过一会儿快吩咐佣工扫净，多显得狼狈呀。"

大家听了，无不诧异，独鹤声心中越发恍然起来。常学究父子与倩姑同到，看看善人，恐病人伤神，一会儿都散去了。倩姑自祖母逝后，仍与秀儿等在塾中研讨武功。鹤声随众人出去，悄悄一说自己所见，善人竟说药屑红梅之事，越发对了。大家怔然之下，吕进叹道："他老人家一生慈祥，寿元止此，是争不得了。刚才鹤声所见，正是他老人家神魂不守。"

常学究道："是的，刻下也该安置一切了。"

大家散去。当日善人逝世，鹤声亚男合家举哀，同亲友治丧。石善人一生恤及乡里，全村来吊，累得亚男姐弟浑身解散一般。亏得吕进常学究等人照顾一切。

鹤声正在灵前，突然抢入一人，扑地干号一阵，却是冯天佑。少游等将他拉起，天佑叹道："真真想不到，他老人家竟自逝世。"回顾倩姑，又道："唉，老太太也逝去，俺因家严也患病不起，又加些琐屑事体，不能脱身，所以未能往吊。"秀儿含笑睋着天佑，天佑不由红了脸，搭讪着走了。

石家丧事后，不想石老太太哀恸过甚，竟追随石善人于地下。亚男姐弟双丧怙恃，几乎恸死。石老太太窀穸后，新年已过。

临溪道人自得宝剑，逐日练习，每夜剑气凌空，已入化境。吕进古怪性子，因石善人一死，竟刺激得终日漫游，一日竟失踪不知去向。少游母子寻找数日不见，最后搜着吕进留书，声言入道，并嘱少游束身之道，不得入仕。吕少游谨遵父命。

又到开塾时期，吕少游、常秀儿、陶倩姑、亚男姐弟都到，独冯天佑未到。少游问倩姑道："你与天佑同村，想知得原因。"

倩姑道："天佑为人异性，每日胡闹，俺只闻他与冯先生怄气。"说着脸儿一红，接说道："其他事俺没空理会。"

秀儿早哧一笑，少游道："你晓得他吗？"

秀儿摇头道："不晓得的。"

过一会儿，秀儿将少游拉到僻处，方道："怪不得先生注意天佑。俺听人说，他与冯先生生气，为了一个金戒指。"于是低低一说。

原来天佑奸猾，贪淫狠毒是他天性，不过自入临溪道人门下，驯顺多了。天佑多疑性忌，总以为先生偏重诸生，怀恨在心。这日天佑寒假返家，一脚迈入门，正逢一妖娆妇人扭头折顶走出，后面冯先生迷齐双目望着，笑得弥勒佛相似。天佑认得那妇人，乃是村中半掩门子小白马。天佑大怒，暗道，好哇，怪不得那老怪物见俺回来，便抢风使火，原来如此。想着奔自己室中。

冯先生见天佑脸子怎会是意思，父子三四句话吵在一起，冯先生道："俺不知哪世缺德，生此逆子。"

天佑冷笑道："狗拉屎狗知道，何必问人呢？"

冯先生听了此话不打紧，顿时一肚子气郁在肚中。回来一想，自己某次一个寡妇不安于室，向自己寻打胎药，不但未保全她，反倒迫着连奸了多次，归根儿寡妇羞恨死在一条麻绳上。某次拐卖如花般大姑娘，啊哟，该死该死，天佑不是盗嫂生的吗？冯先生登时气悔昏倒，及至醒来，天佑不知哪里去了。冯先生勉强挣起，一头倒在床上不起。天佑高兴丢与些饭食残汤，不然便一二日连杯水都得不着，干得喉咙出烟。望望屋中一切物件，日渐稀少。

　　天佑到来，冯先生道："东西怎的没有了？"

　　天佑半晌道："许你嫖娼，难道就不许俺吗？"摔帘而去。

　　冯先生委顿床上，忽然踅入一人，却是小白马。冯先生见了不觉伤感，小白马先把冯先生些滚水吃了，冯先生道："俺遇此逆子，真也无法。希望你常来，递俺点儿汤水。"

　　小白马道："你不晓得，近来天佑颇注意我，恐怕被天佑张见的，俺便去了。"

　　冯先生因久病在床，无人伺候，见人舍不得。小白马刚出冯先生屋，穿过中室，正逢天佑在小解，小白马哟了一声缩回。天佑望着，龇牙一笑道："俺有点儿事与你说说。"

　　小白马过去，到天佑房中，天佑不容分说，一下将小白马按倒床上。小白马嚇嚇笑挣道："小蛋蛋子好没人样。"

　　天佑不哼一声，早将小白马脱光，自己跨上。小白马一个污货，半推半就，二人登时闹得淫声浪气。事毕小白马自去，天佑从此不时便宿在小白马家中。

　　这日小白马又到冯先生处，冯先生已要死带活样儿，白马肉麻一阵，冯先生向褥下掏摸半晌，摸出一包首饰道："你拿去吧。天佑晓得俺哪里当得？"

　　小白马接了掖在怀中，匆匆便走。说也凑巧，偏偏正逢天佑哼唧着小曲踅来。小白马心中有事，溜瞅瞅便藏。天佑大疑，抢过去拉住。小白马双手抱怀道："反了反了。"二人一阵撕扭，天佑从小白马怀中掏出首饰道："好哇，怪不得你鬼鬼祟祟只管来。"

　　白马滚地大哭，大骂道："你少说这闲话。这是你老子与俺的，以为偷你不成？"

于是大哭海骂，将冯先生父子丑事翻抖出来，好容易被人拉劝去了。天佑气呼呼奔入冯先生屋中，冯先生听得天佑小白马厮打，知道天佑居然与小白马勾搭上了，气愤之下，见了天佑合了双目说不出话来。天佑砰的一声将首饰扔在冯先生对面，冷笑道："好好，你病得不起床，是假是真呢？怎的弄婆子便对了病呢？这是哪里来的？"说着一指那首饰包。冯先生喘口气，登时昏过去，天佑自去。晚上谩骂而来，指冯先生骂了半晌。冯先生不动，天佑细细一看，冯先生不知何时死掉了。当时天佑没法，只咧嘴干号一阵。邻居知得了，帮天佑用芦席一包，两条木杠抛入乱尸地中。

当时少游听了道："难道冯先生死了吗？怪不得那日天佑说冯先生有病。常老弟俺们与天佑同门，必须指示于他。"

常秀儿道："可不是的，他自居人物，咱怎说呢？"

且说冯天佑生生将冯先生气死，天佑越发大闹起来，竟与本村一家富户姨太太勾搭上了。本来天佑生得一副美人坯子，偏偏善淫，将那姨太太服侍得颠倒。不消说，天佑手头登时阔绰起来。

冯先生病后，天佑探得临溪先生竟与吕少游、陶倩姑、常秀儿三人入山寻剑，登时大怒，暗道，先生偏重他们，为什么不约呼俺同去呢？说不定背着俺授与他们绝技。好在俺益发用心，武功并未落他等之后。想了一会儿，不由独自哧地一笑道："好发呆，俺若刺杀他，凭俺武功岂不纵横天下吗？哈哈。"

正在得意，突然有人道："咦，冯少爷独自叨念什么？"

天佑心虚，登时吓了一跳。却是小白马，一身簇新裤褂，扭将过来。见了天佑脸一红道："怪不得你一向不登俺门，原来勾搭上了她。可有一样，俺二人是同抱一杆，你把钱钞别只管塞向她怀里，不然……"说着停住下面话头，很有些挟诈之意。

天佑自与白马争吵之后，不知怎的二人又打得火热。天佑得了富户姨太太，想起小白马非常讨厌。当时见她如此说，登时大怒道："你休浪张，俺不怕勾搭十个八个与你何干？未弄到你身上。钱钞倒有，哼——"说着一推，将白马扑通推倒，直撞出门外。

小白马羞怒大骂，将天佑向富户家跟腿之事一齐抖出。天佑闭门不理，小白马骂了一阵，恨恨道："你毛浸等着俺的。"

天佑自小白马大闹，气得反锁门去了。在村外闲溜一趟，顺便蹚向富户家，与姨太太肉麻一阵。次日天佑结束好到石帆村，暗暗藏了一柄锋利匕首，见了临溪耻孝，先生用手一扶，天佑猛然跳起，一柄雪亮匕首直奔先生咽喉。诸生大惊，临溪道人望后急退一步，单拳空击一下，天佑应手翻倒。诸生大怒，鹤声大叫："天佑竟敢弑师！"呼一声，常秀儿、鹤声、少游等将天佑捉了。好天佑灵机一动，反哈哈大笑，面容不改道："幸俺计成，先生所教容弟子叩拜。"天佑竟托言闻先生有临敌确胜之功，故来相试。临溪道人十分不悦，命放了天佑，天佑从容道惊就课。

　　一日，临溪道人道："我剑术已成，万山妖猿早当诛戮。今夜汝等勿惊，俺将与白猿斗剑术。可是俺剑术虽成，妖猿亦一日未怠，胜负未卜。"

　　吕少游等惊怔之下，静看先生神剑。当夜临溪道人放出剑气，回环空中，萤萤一线直接万山，移时果然引起一道白光，光线虽微细，可是光色强烈，较诸临溪道人之剑气罡劲雄胜得多。一双光线飞在空中追逐，进退发出一种异声，十分怕人。临溪先生见敌势劲道，急至高阜。吕少游等恐先生有失，紧随将去。临溪摆手示意，少游等都藏伏窥伺动态。两道霞光越发明朗起来，照耀得天地都似淡淡的月色平铺。临溪道人似乎惊怔，面色皆更。不一时空中一声怪响，临溪道人顿时一个颤抖，自己剑气光霞渐渐收缩，时起时落，似乎勉强挣进。那道白光势如游龙，直逐将来。突然天塌一般响，临溪剑气立息，登时一个歪斜栽倒。那白光唰一声向临溪周身绕了一个大圈，其速如电。吕少游等惊得大汗如淋，忽然汪汪汪一声狗叫，凭空飞落一僧一道，怪模怪状。那道人浑身狗皮，单臂一伸，早将白光登时吸收。临溪道人跃起，那憨头和尚吐出水晶似的二珠，凌空飞起，直奔白光发处。二珠飞腾流走，仿佛追逐什么。移时二珠飞回，临溪道人早稽首参拜。异僧道士道："妖猿已诛，汝不可久延，我将带你于云峰。"说着僧道缓缓去了。

　　临溪携了诸弟子返回，当时令少游等各演剑术毕，临溪道人道："你等剑术颇足用了，只欠修基养气。今白莲教乱已起，乃是应运而生之妖孽，汝等真才不可妄用，意志须坚正，以义侠为本，则不负我一番心血。"

　　于是令诸生退去，只唤过常秀儿道："你先天清越，非俗世之人。且说此飞剑秘诀，自有悟性。"

　　又唤过石鹤声道："石老施主逝世，你须眉袭先祖之志，更不可远游他方。"鹤声唯唯。

令诸生去了，独留天佑娓娓嘱了半晌，方令就寝。次日临溪先生不知所之，只留一小笺，坚嘱诸生谨言善行之意。吕少游等不由怅然，只好一门六人，仍照常至塾互相研究所学。

过了三四月光景，因白莲教闹起，各处党徒如云，延及湖北、四川、河南、陕西四省，声势浩大。招军买马，无论大乡小镇，都设有教会，这一来竟酿成九年刀兵。究竟白莲教怎的起源呢？作者且说一说。

原来当有清乾隆年间，在湖北起了白莲教党，教中供奉白衣大士，除教主之外，分上中下教目，以统系教党多寡为定。凡教徒入教，便在额角裹以白纱，对神明誓后，永不许退教。教中不分男女僧道，一概收留。凡入教的每人有一定金钱把与教主，谓之教礼。这白莲教打了白衣大士的旗号，愚弄百姓，其实便是邪教一流，与黄巾米贼相仿。初创此教，起于湖北襄阳之蟠龙屯，一个女娘子，说起来越发奇怪。

原来蟠龙屯有一富户，名张邦才，当年是个邪僻秀才出身，穷得没法，只得到处欺诈。偏偏恶人当兴，一日张邦才正抱肩徜徉街头，见黑压压一群人，邦才踅去一看，原来众人围了一僧一道，那僧人袒胸跣足，半裸黑臂，带上数个金环子，婆娑跳舞，金环乱响。对面焚了一股香，那道士头绾髻子，身披缁衣，腰束一条面蝠流云带，正在对香似乎叨念什么"白衣大士，普救万方。入教则昌，背教者亡"，邦才注目挤将进去。

欲知邦才所见什么，且看下文分解。

第二十回

得圣经邪教诞生
施奇技感恩敦友

　　且说邦才挤入人群中，见观众目光齐注道士，道士拿一本黄皮书在香头上略为一晃，邦才一看书上写着《白衣圣经》。道士擎了书道："有缘法的便接此书，替天行道。"说着转圈送过，无人敢接。到了邦才那里，邦才心想他若不要钱，俺何妨白得此书，多少还值十来文，再不然还可以燎壶水喝呢，想着伸手接过。

　　道士道："信士熟读此经，定有神救济灾世，也是好的。"说着与僧人去了。从此总未见二僧道。

　　张邦才得了圣经，一总抛在床头。这时邦才穷得要命，家中什物都当卖来治肚饱，只一榻空床，瞅了痛瓜老婆，相对一筹莫展。邦才想了想没法，次日清晨，趁老婆未起，将她裤儿偷当了，随手买来数个干馍，返回见老婆还未起来，邦才先把与她两个馍馍吃了，邦才妻子笑道："你属黄鼠狼的，又哪里偷来的？"

　　邦才道："咱花钱买的，怎说偷的呢？"

　　老婆不信道："还说呢，几乎两天未得食，哪里来的钱呢？"

　　邦才道："你起来便晓得的。"

　　果然老婆起来寻不见裤儿，方知邦才偷换了馍馍吃，登时大怒，索性一行鼻涕两行泪地哭起来道："俺不知哪世作孽了，嫁了你这贼王八。熬你五尺五的大汉子，养不过老婆来，竟指当卖济得事吗？呸，为了肚皮让老婆光屁股，这都是你做的事。干脆说，老娘也跟你混够了，咱便各干各的。老娘不怕走八家养汉子。"

　　老婆说到这里，邦才忽然跳起，猴在老婆身边笑道："真吗？这也是个法子。多少俺也沾点光。左右失不掉一块肉，便稳当来钱钞。"

老婆听了，气得越发哭闹。邦才无法，死长虫一般委在床头，随手抓过《白衣圣经》，看经前数篇均是符水治病，并祝由神术，写得清清楚楚。邦才灵机一动，登时跳起，抚老婆肩头道："你就看俺不能挣饭吃吗？"

说着低低一说书中神术，自己只略习一番，便可以与人治病。老婆半信半疑，邦才又细细翻阅一回，见经中都是咒语，最后竟载有治兵之法，呼风唤雨、撒豆成兵之法。该着邦才当光，次日便临症施术。原来邦才正在参阅一条咒语移病法，听得门外有人喊叫，邦才出去一看，却是一个花子委在门外。邦才道："哼，俺们是同病的，快再赶个门儿吧。"

那花子慢慢抬起头来，见门内走出一个花子，二人相对目瞪一会儿，外面那花子突然啊哟一声，登时翻倒。邦才一看已然死过去了，早有许多人围起来，报知地保。那花子忽又醒过来，只叫痛。邦才一看，原来花子身上生了一个碗口大疽，溃烂得异臭逼人。邦才一看，一想自己看那《白衣圣经》有移疾之妙法，于是便想一试，当时道："怪不得他痛得昏倒，原来生此毒疽。俺来与你治治如何呢？"

花子道："恶疾缠身数年，是以落魄至此。爷台治愈此疾，日后必有相报。"

邦才从家中取来一碗水、一把菜刀，还带了一条红绳。令花子卧在地下，邦才又用笔在净纸上画好符咒，贴在疽上，菜刀放在花子当头，水碗放在刀上，邦才整衣闭目，口中似乎念念有词。只见那碗水似乎左右摆起来，邦才越发咒得紧了，花子便如死去一般。邦才缓步念咒，绕花子三匝，抖开红绳，一头塞入花子口中，一头系在一株老槐树干上。那碗水已然旋转起来，可是水不外溢，只碗越旋越高，直飞过邦才头顶。观众围得风雨不透，看此光景都目瞪口呆，伸脖瞪目地张望着。只见张邦才口中念念有词，忽地顶发四披，怪魔一般抢起菜刀，照定水碗便是一刀，只闻轰隆隆一声怪响，登时满天似乎被大雾遮盖，迷茫茫不见天日，只仿佛花子在雾中动作。邦才念得更急，突然擘刀斫下，大喝一声，登时晴朗朗天气，地上只有碎裂碗块和那花子。可是那花子已然清醒过来，挺身坐起来。观众惊异之下，只见邦才笑道："此不过雕虫小技，诸位何足惊诧？"

花子已然跳起来便拜，邦才扶了道："你虽疽方好，但元气未足，不可大意。惭愧得很，敝舍贫寒，留不得你在此将养数日。"

观众见花子背上贴了一块纸符，以为疽一定还盖在内。有的道："喂，你这先生神术倒是来得伶俐，可是略止一会儿痛，济得什么？"

邦才故作不以为然之态度，轻轻将纸符揭下。花子之溃疽不知怎的不见了。观众一阵嗟诧，拿神见鬼。邦才笑道："诸位莫疑，俺怀此术多年，一向未肯施用。此术名移花接木，凡有重症，年久不愈，只经在下诊断，无不应手回天。"说着指系红绳之老槐树道："诸位看此树怎会枝叶萎败呢？便是将毒疽移在此树上。"

观众一看果然树的枝叶都垂下，不带生气。不由彩声如雷，邦才登时得意之至。从此邦才之术传开来，张邦才自号张半仙，每日登门问病的不可计数。邦才登时阔绰起来，当年的丑事无形中抹掉，谁敢提一字？提到邦才都是竖大指。

却说邦才治好花子，观众散去了，那花子叩问邦才名姓，谨谨记下道："蒙张爷赐一命，在下没齿难忘。俺乃襄阳北之落枫坡人，姓齐名林。"

邦才一听登时一怔道："咦，你是齐爷吗？怎会至此呢？俺记得落枫坡村有一齐员外，有良田百顷，全村均是员外之房产。"

齐林道："那正是先父，已去世多年。俺因纵游江湖，偶得此疾，所以一穷至此。今勉强到得襄阳界，将望家乡，死中庆生，均张爷之赐。如承不弃，愿结为生死之交。"

张邦才知齐林是襄阳富豪，等闲哪能结这个交儿？登时大喜，将齐林肃入。邦才现从邻舍好说歹说借得一条破裤，与老婆穿了，一面说知齐林之事。老婆又惊又喜，一面穿裤，悄悄拧了邦才一把，笑道："恨煞人的，等明儿有了钱，得了锅台要上炕，掉法子整治人儿。"说着站起，用一条麻绳束了裤。

邦才已请进齐林，与老婆指引了，齐林竟呼老婆为老嫂。邦才寻了一个破竹篮子踅出，老婆陪了齐林谈天。老婆见齐林虽然生得七尺之躯，身体雄伟，可是褴褛不堪，心中暗道：这事儿有些尴尬，齐林有名的财神爷，便能如此吗？交这穷朋友，不过是打个平沸儿。

少时邦才踅回，放下竹篮，篮中满满一下食物，还有数条断香几个约锭。就屋中几上摆好，与齐林焚香结义。齐林一看几上摆的，居然是猪头三牲。

诸位道，邦才哪儿来的这些物儿呢？原来邦才与齐林结为兄弟，欢喜已极，急急地跑到烂肉铺，央得一副剔净肉的猪头牙骨，王大户办喜事，索得一尾熟鱼，却是一个光鱼头，带了一条脊骨尾巴、一只鸡架骨。邦才摆上，倒也将就下去了。当时两人拜毕，齐林居次，邦才是大哥。邦才将篮中从王大户索得干馍米饭之类把出与老婆，三人就供桌吃起来。邦才看看猪牙骨，剔得肉渣都无，还是鱼头鸡架可以略尝滋味，三人分吃了。

　　齐林道："大哥不要为难了，俟俺到家中先差人送些吃喝。"

　　邦才笑谢，齐林正色道："大哥如此便错了。俺二人既为兄弟，何分彼此呢？正理当将兄嫂接在俺家，一同度岁月。因为大哥这里也有房子住。"

　　邦才大喜，胡乱过了一夜。次日送齐林返家，邦才因齐林初愈，想借头毛驴子送他去，不想村中因邦才穷得挂不住衣裤，都不借与他。只好送齐林到村外方返回。老婆劈头道："你贼王八尽会做得没挂角的事，交得一个朋友，俺当什么阔绰呢？原来是个穷花子，倒白饶了老娘一顿。若不然咱将猪头鸡骨煮煮，解回馋嘴。"

　　邦才道："你晓得什么？睛好吧，不出二日，管保你吃香喝辣，换换行头。那时你便知道俺没瞎眼睛。"

　　一晃过了三五日，不见什么齐林到来，老婆道："怎样？俺说呢，齐林是个财神爷，肯与你穷王八结义。"

　　张邦才至此时也未免马虎起来，心中暗骂，穷花子竟假冒齐林。正在恼悔，突然门外一阵大乱，呼一声拥入十余大汉，一色的青衣大帽，手持马鞭，大叫道："有人没有？"

　　邦才吓得不敢出去，只见一华服少年，生得虎背熊腰，精神百倍，胯下一柄宝剑，一径入内。见了邦才夫妇，当头一个大揖。邦才避之不迭，少年道："大哥应当受礼的。"

　　邦才一看，不是别人，正是自己义弟齐林，喜得一把拖了只管呆笑。齐林道："大哥且换衣服吧。"于是令仆人呈上邦才夫妇簇新绸缎衣裤，邦才夫妇哪里见过，毛咕咕换好了，方出来安置一切。

　　原来齐林到家，累得歇了数日，所以来迟。齐林与邦才弄来许多用物食物，邦才登时抖起来，真是时运旺盛，城墙也挡不住。邦才从此衣食足了，每日参考《白衣圣经》，邦才本来聪慧异常，富于研究性。不消数月，一部《白衣圣经》大半吃入肚中，符咒治疾颇奏奇效。邦才之名便播传远近，均以张仙称道，邦才大富特富起来，居然弄得三房四妾、婢仆成群。

邦才符水治病，官府得知，认为妖言惑众，一下将邦才打入大狱。百姓哪知就里，都以为邦才是济世的活神仙，群起要求释放。偏偏那官儿正直不过，屡见古时近代匪乱，不外妖言愚弄百姓，而起灾祸，于是晓谕百姓，不得妄附妖人。愚民大怒，竟趁势攻入县城。那官儿大怒，将为首捉杀二人，风波乃息。偏偏邦才合当兴灾运，引起九年白莲教乱，那官儿竟调任而去。新补官儿却目不识丁，硬花银子捐得的官衔，偶患小疾，令邦才治愈。登时将邦才放了，并且非常信仰，来不来便将邦才弄入衙中去。张邦才仰仗自己符咒，暗含着做了不少伤天害理之事。

有一次邦才闲游，见一小鬟引了一货郎儿，到一家朱门放下，那小鬟同货郎儿道："喂，你且等一会儿，俺家小姐便到了。"

邦才认得是柳绅之小鬟，一推门道："咦，小姐来了，等俺取些钱来挑看如何？"

邦才贼眼一闪，早望见门内一位十八九岁女子，生得秀丽丽俊生得很。邦才不由眼光一亮，心中印了一个影子，反回望望自己妾小，没一个中目的，色心不死，自己便做起鬼来。不两日打听得柳绅小姐患病，每日门外车马辐辏，均是看病先生。可是大夫没有一个看出是什么病，小姐又不肯说。后来由柳绅夫人亲自询问，方知女儿得一种异症，却是下阴肿溃。柳绅夫妇愁闷之下，有人便介举邦才。柳绅托人去接洽，邦才道："这种症不亲自眼见，哪能施术呢？并且人家一个姑娘，岂能施手术？未免不便得很。"于是谢绝了。柳夫人痛女心切，眼看死去活来，于是托人传话，邦才能治好女儿病，便将女儿许与邦才。邦才心中大喜，令速备了一个静室，闲人不许入去，只将病人抬入，由邦才施术。该死的张邦才，真个大施其术，将个弱女子污了之下，病也好了，真个嫁与邦才。

又有一次，一家寡妇生得端秀异常，袅袅的纤腰，真个动人。被邦才张见，用招魂术将寡妇强奸，打三两天施术引来，弄得不亦乐乎。寡妇羞恨之下，死在一条麻绳上。好不惨可恸。

邦才作恶如此，他家有个丫头，生得妖妖娆娆，小小的身个，白白俊脸，一双金莲走起路来扭扭捏捏，风骚动人。邦才早看在眼里，不过在他众雌之下，不能得手。一日邦才跑到后园，忽见花丛倩影一闪，正是那丫头。邦才心中一动，赶身过去，只听渐渐之声，原来丫头正剥了光屁股小解。见了邦才脸儿一红，邦才见机会不可失，扑过去就花荫下将丫头强污了。那丫头早有勾搭邦才之心，想得些权势，于是二人半推半就。事毕邦才喜得咧着嘴去了，丫头红扑双颊，蹒跚返回。不想丫头一度春风，竟自怀孕，届期产了一女。邦才这时已将丫头收入房中，小孩取名小仙。光阴荏苒，一晃小仙已十五六岁，出落得水葱一般。窈窕身个，鹅蛋脸，粉白的双颊，衬起柳眉杏目、樱桃小口，一双窄窄金莲，更显得别致。只是天性喜淫，群居诸姨娘中，每每探问人家床上事。

这时邦才才四十余岁，仗了一部《白衣圣经》便自命不凡起来。自己作了一本《化世全书》，内中全是从《白衣圣经》中摘出些用兵之法、合天意循环之道。于是广收弟子，邦才便筑坛说法，百姓水也似的归来。邦才想起，当初自己得《白衣圣经》时，道士曾令俺替天行道，莫非俺还有一统天下之时吗？于是创起白莲教，邦才传出些小咒语，百姓大惑，一家入教，不遗一人的大有人在。邦才自号白莲圣主，他教中得力大教目便是齐林与王三槐、冷田禄、高天德等等。这几个魔头除了齐林之外，都是杀人不眨眼的滚马大盗，手下都有万八千匪徒，一发入教。所以白莲教中颇有能人，同时势力膨胀得厉害。邦才又差了许多教徒散布河南、陕西、四川，各地广布教党，归者如云。最可怪的便是妇女们，如疯如狂，互相谈笑起来，都是红扑扑的脸，津津有味。据说白莲教中勾引她们，便是有一种淫咒，驱使妖鬼作祟，详细情形谁也不晓得。

邦才党徒既多，哪会安生？于是将齐林请来，商议操练教兵，以防官中异外。齐林道："俺教中不过劝人向善，用兵干什么呢？妄自备兵，背反朝廷如何使得？"

邦才将齐林拉入精致小室，悄悄指与他《白衣圣经》看，齐林也觉得有些天假之命似的。邦才又捏造了许多妖言诳惑，齐林道："兄长之命俺哪敢违，望全善才好。"

邦才道："老弟不要迟疑。"

齐林正色道："俺之命得活至此，均兄长所赐。纵使大哥令小弟死，均无所辞。愿听吩咐。"

于是与邦才计议半响，招返各大教目，加紧练兵。于是由齐林发百银军费，直闹了数日，草草就绪。齐林一部驻荆花坞，女教目王美英一部驻牛角坪，冷田禄一部守沙河镇，胡铁一部驻张坡庄。四周排驻好了，如大教目王三槐、苟仲、吴向礼、莫天俦等等，分拨四川、河南、陕西等地，登时风云紧张起来。

却说齐林流入邪教，于是招来许多江湖朋友，势力汹汹。荆花坞、牛角坪接近襄阳城，城内早已白莲化了。究竟齐林是个什么人呢？作者腾下笔来单表齐林。

原来襄阳北有一村，名落枫坡，村中齐姓居半。有一齐员外，家资甚豪，平生一子，取名林字。当齐林六七岁时，生得白洁魁梧，发声洪亮，手脚甚强，有力如虎。就喜抢枪舞刀。家中有些武师，齐林便整日与武师们踏跳，习得一柄单刀，捷疾如风。有一次齐家去了一股江湖巨盗，武师们堪堪不支，突然刀光一闪，早有一贼肥头滚落。却是齐林大骂杀过，连斩五六大贼。诸贼见势，呼哨一声吓跑了。齐员外从此注意武功。本村有一王武师，当年威名久震江湖，因年老偃息田园，不问外事。王武师只一女名美英，天生秀丽多姿，且贞静贤淑。细年从武师习就一身武功，非常了得。齐员外便请王武师课子。王武师家中不丰，于是请携女搬在齐家，辟了一院作为武场。齐林经武师一指点，大开迷网，武功日进一日。不上三年光景，王武师之技完全授与齐林。

这时齐林已十六七岁，王武师年老，便打算女儿美英的终身。想起齐林正是英雄夫妇，天定的一对佳偶。想差人作伐，偏偏齐员外已托人来求亲，不消一些条件，登时结亲。不上二年，王武师殁世，齐林便将美英娶过。小夫妇心满意足，齐员外不消说越发欢喜。不想喜里生悲，员外当年弃世，齐林治丧如仪。员外去世后，齐林独掌门户。平日爱护乡里，散财济困，颇有任侠之风。

襄阳北部正是落枫坡村，三四十里许有一小小山峰，乃是连络荆山之脉。这小山虽不高，却颇险峻。山头起处如伏螺，窄径曲曲，下临深渊。山中起伏螺纹相似，此山便名伏螺山。山中旋回曲折，名为九道弯。山上林木参天，山泉激流，原是很好的景色。春秋佳日，游人接踵纷来。九道弯中，并有十数山家，都过得富庶日月。因为游山之客过多，山家随带操着副业，卖些茶饭，随带旅寓。

这年山中忽然来了一伙大盗，为首魔头绰号五阎罗，生得青面黄发，鬼怪一般。善用一条镔铁杵，重六十余斤。他姓邬名同，原是滚马大盗。

207

当时率了部下，有大头目王斌、许七，占了伏螺山。将山民驱走，只拣姿色秀丽女娘儿留供淫欲之器，闹得山下百姓流离逃避。邬同到处焚掠淫杀，虽有些官捕奉命捉拿，因畏邬同凶悍，只就百姓避难的乱杀一阵，割了头，拣须眉凶悍的，把来做盗目一般地报上，邀集军功。

齐林得知此信大怒，正有一股小匪由王斌统领来攻落枫坡，齐林大笑道："鼠辈真不自量，俺正要铲除民害，真个送上死来。"于是匹马单枪杀出村外。王斌正布下喽啰，本想防备村民逃走，好入村大杀大掠，不想雷也似一声大喝："狗盗快来授首！"王斌猛惊之下，见齐林如飞到来。于是后退一步，摆刀接住齐林，二人就村外杀了个翻翻滚滚。王斌猛然遇此劲敌，再也想不到的。当时一个金刀泼风式，一刀激开来枪，进一步便是一个劈倒泰山，一道白光直奔齐林。好齐林兜马一跃，闪过来刀，着地一抖长枪，散下一片银光，兜了王斌单刀，便是一个毒蛇出穴，斜刺里刺过一枪。王斌偏身闪过，一个龙门跃鲤，直飞过齐林马头，单刀旋来，距齐林脑后不过分寸。齐林闻得刀激空气声，拍马跃起，就马行处一个镫下藏身。王斌大叫："小辈休走！"齐林故作未闻，觉得王斌赶到，掉枪兜马便是一个金鸡食米式，突突突雪花漫溢而下。王斌忽挺刀来拨，叮当当一阵兵器相撞声。齐林这一招儿乃是王武师绝技传与齐林的。王斌虽闪躲捷疾，无奈齐林枪花荡开车轮大小，王斌稍微刀势一缓，扑哧哧登时被搠了四五个透明窟窿。王斌怪叫一声死掉。齐林长啸一声，一马直冲入小喽啰队中。贼卒见为首已死，真是蛇无头不行，呼一声散去。齐林捉了四五小卒返回本村，其余小卒飞报上伏螺山之魔王五阎罗邬同。

邬同气得逆发飞蓬，大叫："这还了得！竟有这等人，敢捋老子虎须！小子们整队杀下山去。"

邬同正在气吼吼欲血洗落枫坡，大头目许七道："大哥莫急，刻下咱们布置山中，以防意外，量一落枫坡小村，只兄弟到便叫他土平。只是王兄败死，那敌人一定不弱，也须小心。"

邬同一听许七之言，于是按下喽啰，先布置山险，以保巢穴。

欲知后事如何，且看下文分解。

208

第 三 集

第二十一回

起衅隙屡动刀兵
窥同门忠言逆耳

话表邬同知道碰见劲敌了，生恐有人来作闹，次日布置防卫当儿，突然有哨山小卒仓皇跑来，喘息道："啊呀，寨主不好了，山下一个汉子，一人一马，自称落枫坡齐林，声言来取寨主首级，小的们拦他不住，几乎杀上山来了。"

邬同大怒叫道："这一定是刺杀王寨目的敌人了。"于是率部下喽啰火杂杂杀下山去。

早有一个威凛凛的汉子，乘了一匹枣骝马，抖着单枪正杀得许多喽兵四下奔逃。邬同在排下喽啰当儿，那汉子已抖枪拍马冲来。

邬同大叫："你是何人，竟舍命送死？"

那汉大叫道："老贼不认得俺齐林吗，快快吃俺一枪。"说着直冲过去。

邬同步下抡杵接战，二人就山下大战，五十余回合不分胜负。

原来齐林少年气盛，自杀得王斌，以为邬同虽凶勇，也不过是自己手下死鬼，哪里放在心下。一鞠问捉得小喽啰，多是良民被邬同逼作强盗，齐林闻知邬同淫杀之凶，大怒。次日便一人去捉邬同，也是在久享太平之时，村中无一团丁，当时齐林见邬同确非王斌武功可比，一条镔铁杵使泼开，直如一条漆油般的怪蟒，纵横伸缩，齐林哪敢怠慢，与邬同大战数十回合，不见胜负，谁也占不得便宜。

齐林未免着起慌来，于是一变枪法，枪花起处，白云缭绕。可是邬同有力如虎，铁杵又重，只旋开铁杵一荡，顿时搅入枪锋中。齐林趁邬同一杵打空，急擎枪便是一个拨云摘月式子，一道寒锋直取敌人咽喉。邬同反杵一盖，齐林中途掣枪，随带一个连环急刺法，邬同吼一声旋开铁杵，进一步一个霹雳击顶。当齐林头顶刷下，齐林惊急，兜马当儿，铁杵已到。慌然抖枪来挡，咔嚓一声，一条枪顿时化为两段。齐林猛然一闪，几乎落马，邬同也怪叫飞杵乱下。齐林左右躲闪，一面去拔胯下佩剑，不想越忙越错乱，剑托手竟挂牢衣带，休想拔出。百忙中邬同一杵搠过，齐林偏身一闪，随手挟住来杵，二人马上步下，各自用力争夺铁杵。齐林马上未免不得劲儿，邬同又神力过人，虎吼一声，直将齐林掀落马下。邬同哈哈一声怪笑，一个轻燕掠翅式跃过，抢开铁杵，当齐林头顶便是一下，齐林挣扎当儿，邬同铁杵如电打下。

突然弹弓响处，邬同应声一个跟跄栽倒。齐林一个健步跳跃起来，早见两个精神四溢、威凛凛汉子，步下如飞，一分两道剑光直取邬同。大叫："狗盗休走。"邬同已挣起来，提杵交战。两个汉子一双宝剑化作两团白气，逼得邬同施展不得铁杵，又加着弹子伤，亏得许七率部杀下山来，救得邬同，逃上山去。

齐林解下宝剑，与两生面汉子一齐赶过去，大叫："恶贼快留下首级。"

许七邬同一面战，一面退转入九道弯口，以高临下，木石如雨打下，齐林与两汉子急避下山来，邬同并不追下。齐林叩问两汉子名姓，二人道："在下乃是同胞兄弟，旧居襄阳界之八卦堡，姓屈，长名伯通，次名伯达，因知邬同为害，特假游猎踏访贼踪。适逢兄台落马，一弹子竟自成功。"

齐林忙通上姓名，伯通兄弟连道久仰。三人谈话之下，甚为相得。齐林道："山贼为害，在下正想诛之不得，幸得二兄弟相助，便请二兄长辱临敝舍，以便赐教方策。"

伯通兄弟道："不敢不敢，俺兄弟幼习武技，齐兄如有用时，只管吩咐就是。"

齐林道："二兄长武功胜在下多多，不必推辞了。"

于是三人一行到齐林家中。齐林妻子王美英听齐林说伯通兄弟之武功超凡，也忙来接见，备酒款客，宾主四人衔杯谈论武事。伯通兄弟武功大有深奥，无一不通晓。齐林夫妇佩服之下，细细询问伯通兄弟，方知伯通乃是清廷建国时代，有个屈桢，英武善战，加封大将军之后人，世居八卦堡。这八卦堡原来由八个村子连成，依山向水，颇带雄劲之气。据说八卦堡当初连村之时，乃是一个游方道士，相好地势，按八卦中之乾、坎、艮、震、巽、离、坤、兑位建起村子。此村建起，道士又将河路疏通了，紧紧兜围，复筑起碉堡，沿碉垒下满栽荆棵，不消数年，蔓延得密层层，便如蒺藜铁刺一般。不知怎的，生人入村，休想辨出东南西北，迷茫乱撞。道士建好此村，顿时聚结江湖，化作了一大盗窟，闹得方原百里外不闻鸡犬。亏得伯通祖上奉皇命剿贼，战了年余，还是将道士诱入营中截杀，方清除了八卦堡。皇上以战将有功，便将八卦村赐与屈姓，伯通世代领统全村。这也不在话下。

且说九道弯大盗五阎罗自那日战败，还被伯通一弹子打入腮帮子，四五个牙齿打落，见敌人英勇，不敢贸然下山。齐林与伯通伯达三人挑战多次，邬同只是不理。齐林大骂，邬同吩咐部下小喽啰裸着体也骂，三人无法返回。伯通道："俺有个主意，可诛邬同，因为邬同见咱三人畏惧不敢出来，今天俺一人去叫战，只声言与我两个弟兄报仇，邬同必下山来战，俺诈败后，再令村中农夫将你二人缚了结上之结，献上邬同，只说老百姓畏大王之威，特捉二人来献。邬同因听俺说，与二弟兄报仇，一定不疑了，那时你二人挣开绑捆，就山中杀起，俺自山下攻上，邬同能跑到哪儿去。"

齐林伯达大喜，于是依计。伯通一人一马，手中一柄大斫刀，直奔伏螺山。邬同得报道："不要理他，那三个汉子厉害得紧。"

小卒道："今天只来了那精壮白洁大汉，大叫与他二兄弟复仇，并要大王如交还他二兄弟，两罢甘休。"

邬同一听诧异道："怪呀，俺没捉得他弟兄呀，既是他一人到来，小的们杀下山去，捉得牛子发落。"

许七率兵先下山来，伯通大叫道："快叫邬同来偿俺二兄弟之命。"

许七一分短戟，顿时化作一道白光，直取伯通。二人就山下杀得乌烟瘴气，许七施展浑身武功，丢开一只短戟，兜了伯通大刀，伯通跃马挺刀便是一个霹雳击顶，许七伏身闪过，一个二龙戏珠式，双戟左右刺过，伯通兜马挥刀一荡，咔嚓嚓双戟断折，许七早已连两个斜筋跌翻。邬同已下得山来观战，见许七战不过伯通，看看伯通再刀挥过，许七便要化作二段，于是大吼一声，挺铁杆杀过。

伯通长啸一声，大叫："狗贼，还我二兄弟，饶你不死。"

邬同不语，铁杵如风，嗖嗖嗖一连五六下刷过来。伯通真好家数，并不慌张，只左右闪过，猛兜转马头，掉刀便是一个拨云摘月式，邬同铁杵起处，一条怪蟒飞过，叮当当激开刀锋，随手进一步，一个古树盘根式，乌云似的铁杵凭空直兜马足。屈伯通哪敢怠慢，兜马一跃闪开，拽刀返卷，一个恶风扫叶式，刀光如云，直刷邬同当头。邬同挺杵来接，伯通早中途掣刀，一个连环刀法。邬同见伯通武功非凡，刀锋雪片般落下，急就地一滚，随手一个金丝缠腕式，一杵斜刺里飞起，就刀式一搅，伯通马上猛然之下，大刀铮的一声荡在一边，邬同已吼一声便是一个顺水行舟式，一杵挨伯通刀锋刷过，直取伯通当胸。屈伯通兜马便走，邬同挥杵一招，许七率部下小喽啰赶过去。伯通马快，反身骂道："狗贼休慌，不交出俺二兄弟，休想善罢。"说着去远。

邬同赶之不及，返回得意道："剩一个小蛮子就好办了，那两个想是惧俺们的威风偷逃，那呆鸟还只管向老子索人。"于是兴冲冲返山。一群山盗简直是一群野兽，见战败了伯通，心里坦然了，都弄个小娘儿，就山曲草地宣淫。可是山盗通常见惯，不足为奇。闹了一会儿，有的事毕，死蛇一般萎缩在女人脚下，有的酣然一觉，邬同正抱了一个小娘儿，突小校报道："山下有许多村民要见大寨主。"

邬同一听诧异道："怪呀，村民闻老子之名都吓得逃不动，怎敢来见俺呢？"

许七道："大哥不如令他们进来呢。"

小校道："村民还捆绑两个精壮汉子，声言来献功呢。"

许七道："不然俺去看看。"

于是许七登山口一望，见十余憨头呆脑村农，押了两伟干长躯大汉，正是齐林与伯达。许七急报与邬同，邬同推开小娘儿，大喜道："怪不得屈伯通来寻他二人，原来被村民捉着了。齐林杀了俺兄弟王斌，此仇岂可不报。"吩咐带上村民。

不一时村民押了齐林伯达到来。村民叩头道："大寨主威名久振，百姓无有不服，昨天他二人在小的村中吃酒，醉了，知是大王敌手，特捉将来献功。"

邬同大悦道："你们功劳不小，但是怎的犒赏呢？那么只好每人

214

一刀。"

村民慌了手脚，早有小喽啰将村民捉了，齐林伯达睁大眼睛骂道："俺二人一时疏忽，致落你狗盗之手，即使你杀了也算不得好汉，你敢放了俺们再决一胜负吗？"

邬同哈哈大笑，伯达道："齐兄莫急。"说着二人只一挣，只闻咔嚓一声，捆绑全断了。二人抽出短刀，白光一亮，大叫"狗贼中俺计了"。邬同赤裸裸百忙中寻不着兵器，一脚踢翻桌子，双手持桌腿，只一劈，顿时舞动一双桌腿打人。许七抽刀当儿，早被伯达一刀了账。村民刚刚被小喽啰捉了未加索当儿，猛然一挣，一齐拔出短刀，将小喽啰斫翻。

齐林伯达围了邬同大战。邬同在生死关头，一只桌腿旋风一般飞卷，齐屈二人白刃如雪，三人在屋中翻滚了数十回合，究竟邬同桌腿施展不开，百忙中瞅个空儿，一个箭步蹿出屋外。偏巧有一小卒仓皇跑来，因不知屋中已动起手来，刚啊呀一声道不好了，邬同正抢出，一桌腿小卒脑袋稀碎，邬同也绊了一个大跟头。齐林伯达飞鸟一般随后赶出，邬同已挺身跳起，一双桌腿着地卷过来，伯达齐林撑刀跃过，恶虎掉尾式返身双刀斫过去，邬同正双桌腿打空，往前一抢，齐林一刀早到，邬同猛然反臂一隔，锵的一声，一条桌腿被削折了。可是齐林也震得往后一趔身形，邬同早又旋身杀来，伯达趁势一刀，邬同一扭身，齐林飞起一足，将邬同踢了一个趔趄。

正在危急之际，突然当当当一连锣声，许多小喽啰纷纷乱窜，一片声响，许多山卒排墙一般倒下，一路人头飞滚，红光四溢。从血巷中杀入一人，正是屈伯通，手中一柄宝剑。小喽啰见势不佳，狡猾的早已溜之大吉，其余见自己人越杀越少起来，呼一声逃得精光。邬同慌了手脚，四顾想逃走，方跃上房去。伯达百忙中无有暗器，拾起地上人头打去，啪一声正打在邬同后背，邬同重又滚下，舞桌腿猛突。伯通掏镖在手，观准一下，邬同顿时栽倒。原来一镖正打在面门，邬同一声未哈死掉。三人大搜全山，许多女子一一遣去，招回村民。这一方大害算了结了，屈氏兄弟在齐家盘旋多日，竟成莫逆。

这时正当桃红柳绿，齐林便想远游，屈氏兄弟遥送十里，三人一面走一面谈，十分依依。伯达道："大丈夫正当足迹遍天下，以求广远。"

伯通笑道："齐老弟，你此游意志何向呢？"

齐林道："不过阅历江湖，以增见闻，或北上入京，借瞻皇都之盛。"

伯通道："空挟绝技，将何用呢？"

齐林道："大则可以效力于国家，小则裨益于乡里。"

伯通哈哈大笑，一路随手折得青柳枝，编成一顶风笠，随手托与齐林道："老弟谨记此言。"齐林接过风笠，揭下自己戴的毡笠，戴上风笠，拜别屈氏兄弟，登路自去。

且说齐林负技远游，广结江湖，识得许多好汉，北入京门，纵览皇都之盛。齐林少年义气之盛，颇有游侠之风，不上数月忽然背上起了一个毒疽，起初齐林并不理会，后来动转都有些费事，经大夫医治无效，川资用尽，只好返家。因恶疽在背，一路鬻技是不能的，只讨饭入得湖北，已沉重异常，巧遇邦才，与齐林治好了。齐林感邦才活命之恩，竟听张邦才之言，与兵造起反来，与浑家王美英两路大兵分驻荆花坞、牛角坪，作掎角之势，气势甚盛，大有吞襄阳之概。

这且慢表，且说石帆村之吕少游、常秀儿等人，自技成大家不肯离散，仍在塾研究武功。这时各村白莲教党已蔓延起来，开坛讲教，男女驱入若狂，内中未免弄出许多暧昧之事。凡教总祭坛，裸衣说法，男女混杂听讲，教主则谓听讲必须斋戒沐浴，裸身以示清心，必由教总施脱衣术。

说也奇怪，只教总秉掌口内念念，万众信徒顿时精光，男女相视，未免羞耻，可是迷惑教总之术，早已忘掉一切，久之被邪说妖术传染，哪里还知耻？妇女满着白衣，轻颦巧笑，望之便如一群雪鸭儿，因此青年男女简直着了迷疯。教总所传之经，原来是许多小邪术，什么脱衣术、饮水无量、火烧不伤、壁上灯、房中术之类，愚民无知，争相学习。每当夜里，常见一行行红灯飞行，未入教之人，见此也便慕为奇术，不入是不能的。白莲教如此愚民，石帆村中常学究知道此事，于是提议本村不许入教，并整起团练。许多青年男女见各村教会之盛，无不羡慕得眼红，有传教入石帆村，被常学究督众乱打一顿，逐出村外。

吕少游等在塾数月，冯天佑一向未见，常秀儿道："狗改不了吃屎，俺闻天佑又出脱房子，胡闹起来。"

倩姑道："不错，那日俺看他挟了一匹彩绸，不知干什么，见了俺透着不好意思之状，俺就怕他那骨碌碌双眼。"说着双颊红了。

亚男拉她道："可不是嘛，倩姑你说不日要游历去了，俺呢？"

216

倩姑笑道："那是自己决定的事，怎来问人。"

亚男抹搭着俊眼，很有些舍不得离别之意。倩姑恐她恋恋道："姐姐你真呆极了，那么不会一同去吗？"

鹤声听了顿时噘了嘴道："少游哥也念颂去呢，你们都去了，就扔下俺一个老傻。"大家哈哈大笑。

秀儿耸肩走过去道："喂，你怎的说这话呢？难道俺老常便不算个人吗？"

鹤声摔袖道："俺就讨厌你，有时板板的游戏，机警异常。"

石鹤声天性淳厚，常秀儿偶与鹤声嬉戏，鹤声无不坠其圈套中。自临溪道人失踪后，常秀儿突改了方针，每日游山玩水，或是诵经练武，有时鹤声寻他闲谈，逢他道气发作，点头砸嘴，望着天空呆痴痴，鹤声与他说话，他都半理不理。

当时常秀儿笑道："俺便知你性儿属醉猫子的，越扶越歪。"说着一阵鬼脸。

鹤声道："人越心中难过，你越捣乱。"说着一搡，常秀儿趁势跳起。突然有人啊呀一声，大家看去，原来天佑掀帘进来，常秀儿一跳，一足正踩在天佑脚上。

鹤声见了天佑笑道："咦，冯兄稀客啊。"

天佑与大家相见了坐下道："石兄弟莫怪，实因为先严之丧，意志颓败得很，所以一直闷在家中。"说着望望倩姑，似乎恐倩姑晓得自己丑事。陶倩姑虽与天佑同村居住，可是倩姑一个贞静女孩子，哪能理会这些事。虽有人传说天佑之事，倩姑闻之不过一笑，早抛向脑后。当时大家闲谈一会儿，冯天佑如芒在背，坐下来待着不稳，过了一会儿，踱在鹤声背后，悄悄拉了鹤声一把，没事人般走过，鹤声也便随去。

天佑早在僻处等待，鹤声过去，天佑面色忸怩道："不瞒石兄弟说，俺自办过丧事后，欠了许多债务。别的没法子，即将房屋抵债，可是俺呢，只好另想出路。俺意思是想远游至京师，看机会觅个栖处。兄弟你若银子现成，先借用一百如何？"

鹤声听了心中暗道，俺听人说天佑的父亲死，只一条芦席包裹拖出，怎的欠这些债务呢？于是沉吟道："冯兄用钱还不好办吗？可是家中有俺亚男姐，俺哪敢决定，俟俺抽空和男姐商议商议，银子是一定接济，借更提不到了。"

天佑道："那么过会儿俺便来取。"说着托故去了。

鹤声沉吟返回，秀儿道："天佑与你干什么去?"

石鹤声道："偏你是机警鬼，难道天佑出去俺便不许出去吗?"

秀儿笑道："得了，不要瞒人，天佑一来，俺断定他有事，你不说俺替你说了吧。"

原来秀儿见天佑行色不定，早已注意，后见他二人相机踱出，顿时悄悄尾在后面，天佑鹤声二人一番话，秀儿早听个明白。当时秀儿道："俺不是说坏话，亚男姐姐这笔银子不与他好。因为天佑是咱们同门弟兄，咱还不愿他好吗? 可是天佑近来闹得简直流入败类了，他少得银子，少酿些事。"

吕少游道："常老弟就那一点子，怎知天佑便不善用呢?"

常秀儿道："天佑蹲蹲俺便知他拉什么屎。"倩姑亚男总是含着微笑。

鹤声道："这没法说不与他的，好像重财轻友。"秀儿不语。

当晚天佑蹍来，鹤声悄悄将银子交与他，吕少游知道天佑来了，想趁没人劝导他一番，不想天佑嘱咐鹤声不必与人提此事，吕少游只好罢论。

且说秀儿看透天佑必有动作，当晚返家后，已二鼓初敲，秀儿结束起来，预备去探旋峰峪，这且慢表。且说吕少游为人忠厚，以己之心体人之心，常秀儿去了，少游与石氏姐弟倩姑等仍在闲谈。原来吕少游欲远游，阅历世道，倩姑一定同行了。因为倩姑自祖母逝世，觉得家中非常冷淡，于是便想挟技做个游侠，倒也潇洒至极。亚男留恋倩姑，也欲同去。唯有鹤声家中无人，又在父母双丧，临溪道人曾嘱咐他不可远游，所以不能去，十分怅然。

这时倩姑已一切备好，不二日即要动身，亚男也匆匆规整随行之物，鹤声尾在背后，十分依依。倩姑道："石弟何必如此呢，我们离去，还有常冯二兄陪伴你，况且俺们不定何时便返来。"鹤声听了越发觉得委屈，嗷了嘴。亚男忽然念道突觉头发沉，接着两个喷嚏。

次日，少游等到来，亚男患起感冒症，常秀儿匆匆走来，悄悄道："怎样，俺说天佑定有动作，果然不错，刻下他杀人而逃。"

大家听了一齐惊征，常秀儿从头至尾一说，原来昨晚常秀儿悄悄跃落垣外，施展步下飞行功夫，一径奔向旋峰峪村。常秀儿天生捷足，顷刻已到村外，一纵身飞过村垒，直奔天佑家。到得天佑家，知天佑已将房子卖掉，不过尚未搬走。常秀儿刚刚入得宅中，见正室灯光明亮，窗上黑影一闪，正是天佑。常秀儿伏窗一窥，见天佑结束伶俐，床上一柄宝剑、一捆包裹，似乎预备远行就道的样儿。常秀儿不由诧异，只见天佑呆呆望着房顶，忽然剑眉一挑，狞然冷笑自语道："这婊子不给她一剑却便宜得很，好好。"说着挂剑在腰下，将包裹用带束在背上，噗一口吹灭灯。常秀儿急闪在树后，天佑已一条黑影刷过，用了一个轻燕掠水式，凭空飞上房去，疾如飞鸟。常秀儿大疑之下，紧紧随去，见天佑来至一家柴门，一跃而入。常秀儿飞上房当儿，早闻得屋中一声惨厉厉怪叫，扑通一声响便倒了。少时天佑满面杀气，拽剑踅出，寻原路而去。常秀儿俟天佑已去，伏窗一看，顿时大惊，原来屋中光溜溜一个妇人，已身首异处。常秀儿知是天佑所为了，心里早已明白，再寻天佑已影儿不见。常秀儿赶觅一阵不见天佑，知已逃走，不由暗叹天佑流落迷途。

当时吕少游道："真有此事吗？那么天佑为何杀人呢？"

常秀儿道："冯天佑当临溪先生在塾，便不器重他，时常说他天性邪僻。先生去后，天佑永不到塾，俺便留神他。为何杀人俺也不晓得，这时不容俺不说说他所为之事，上次俺与吕兄说过，自冯先生逝后，天佑便独包土娼小白马还有许多婊子。天佑如此胡闹，将冯先生遗产青苗地完全出脱，只留一所房子，因为银子水一般流出，将房子索性售出。偏偏天佑又勾搭了本村富户之妾成奸，所以不登小白马之门。天佑卖掉房子，小白马知他有银，半欺半诈地索要，并且以天佑与富户妾之事要挟，当时二人骂叫一场，小白马气嫉之下，便悄悄拨明天佑之丑事。富户大怒，正逢天佑又踏入他家私会，因被富户捉了，敲得兴尽，因此天佑不得登富户之门。他所杀害之妇人，大约是小白马了。"

大家听了常秀儿之言，少游道："可惜天佑之才，竟流入邪途。俟后咱大家见了他，当念同门之谊，劝诫于他。唉，他竟能随意杀人，真也桀骜之至，恐怕不易挽回其天性。"大家无不叹息。

果然旋峰峪村凶杀案传得各处都知，县中追缉凶手冯天佑更急，哪知天佑早逃得无影。吕少游等因此事闷闷，次日吕少游便想就道，偏偏亚男病转沉重了，倩姑只好等待她。亚男因病，请倩姑与吕少游先走，倩姑恐亚男郁闷，于是少游一人先登程去了，倩姑俟亚男病好再说。

且说吕少游轻装负剑，拜别老母登程。倩姑、鹤声、常秀儿当日饯别，相与送出，亚男困于病，甚为着急。吕少游见倩姑也送出，少游道："倩姑姑怎还出来呢，男妹在病中，请姑姑陪伴她好了。"说着拜揖辞别。倩姑也恐亚男不悦，于是返回。鹤声、常秀儿相送十里外，仍是拉不断的话头。

少游笑道："怎劳二弟送出多远呢？"

常秀儿道："不知怎的话总说不完，那么吕哥一路珍重吧。"

鹤声道："表哥只管安心，老太太都有俺们照顾呢。"

吕少游再谢而去，秀儿、鹤声二人返回。少游登程出河南，入直隶省境，一路晓行夜宿。当少游至河南，入开封省会，盘旋数日，一路只有白莲教匪宣扬教党，极盛空前。少游入得封邱，沿途而进，前面便是黄河。吕少游一看滔滔浊水奔流甚急，只好暂寻旅店宿下，俟明日买舟渡河。于是返回，徘徊半晌，天色已黑，不见旅店，少游心中暗道：没别的只好打野盘了。突然丛芦中出来一人，有三十余岁，兔目鹰鼻，刮瘦面孔，满脸紫红糟疯，连耳短胡儿，短衣十分伶俐。

那人望望少游，似乎一怔。少游忙趋上道："在下远道客人，因行途日没，借重您指示旅寓。"

那汉子鼠目一转道："巧得很，客官您便随俺来吧。"

少游正觅不着店，大喜随去了。转弯抹角，穿芦披荻，来到一处小小村店。那汉肃客入内，少游连日奔驰，解下行装，就上房息下。店中只有一个店东与小二堂倌，店东生得身高七尺，紫面黄发，虬髯如戟，说起话来怪声野气，那导少游来的汉子便是堂倌。还有一人却不知在哪里。店东据说姓黄名山，虽野蛮样儿，谈起来却和气。当时少游要了一盘黄焖肉、一角酒，衬起大馒头。堂倌端上黄焖肉，少游尝了一块，虽十分肥嫩，只多些异味，于是酒肉齐进，顷刻风扫残云，食得精光。摸摸肚皮还觉不饱，正想唤堂倌，不由一阵昏沉，少游以为吃醉，方想站起，一个斜筋栽翻，迷糊糊觉得被人抬到炕上，浑身都被人脱去衣服。吕少游虽然昏倒，可是心中明白，只是浑身无力，如泥水一般。

少时听得堂倌道："这牛子直自投罗网，俺看他的行囊沉重，果然得百余白银，没别的，咱三人每人须捞他数十两头。"又一道："哈哈，前些日咱的索线，小灵岩的寨主方得了一行巨镖，至少咱也须过秤四六平分，这巴巴银子也算钱吗?"接着唰唰磨刀之声,那堂倌道:"刀头锋快,切割这牛子。"

少游心中一惊,知道自己初涉江湖,落了贼店。只觉一桶冷水浇在自己身上,这一来顿时醒转,自己何曾在炕上,原来紧绑手足,在宰割案上,一阵阵的臭气吹入鼻孔,四壁悬挂着许多人腿、人脚。一旁立着个麻面凶汉子,正缩起朝天髻子,手中一柄牛耳尖刀,按了少游心窝就想刺入,忽然那店东黄山匆匆踅来道:"刻下又有客人到门了,先搁着这牛子多活一时。"凶汉放下刀与那堂倌整衣锁门去了。

少游已然血脉复原,见人都去了,只一挂绳索崩裂。少游用力过猛,赤身滚落地下,急跳起来寻着衣服穿好。百忙中无有武器,四顾一看,没什么可以使用,那牛耳尖刀又被凶汉拿走,于是就壁上挂的人腿摘下两只,权作武器。一脚踢开门,可是外面黑暗异常,原来却是地窟。曲折上行,发觉上面有青石板盖了入洞口,少游单臂托开石板跳上。

欲知后文,且看下回。

第二十二回

闹贼店人腿制胜
战仙山赤拳英风

且说吕少游自洞口跳出，拽了两只人腿直奔上房。见上房灯烛辉煌，有人谈话。少游侧目一看，却是两个生客，一老一少，老者生得净面长须，身如古松，双目炯炯，非常精神。少年生得虎背熊腰，紫红面孔，颇具英气。二人各带宝剑一口，正对面坐下。少游替二人捏一把汗。那堂倌正端饭暹来，少游大怒，闪在影壁下，俟堂倌走过，大叫："鼠贼，休想害人。"声尽处啪唧一声，一条人腿整个盖在官倌身上。堂倌一个踉跄，盘碗乱飞，堂倌随手一个顺水行舟式跃出广场，捏唇一个呼哨，嗖一声亮出单刀。少游已舞人腿兜上，一个二龙戏珠式，堂倌单刀卷入，少游左右抄过人腿，一阵腥风到处，踉踉跄那堂倌如球般滚跌在地。少游进一步将人腿盖顶打下，堂倌就地一滚，挺刀一个白刃劈风，被少游一条人腿飞来，整整将刀磕飞。堂倌慌了手脚，飞起一脚踢向少游下阴，少游偏身一闪，进一步一个下扫，堂倌一跃未起，顿时仰面栽倒。少游长喝一声，两条人腿飞过，啪唧啪唧，堂倌顿时头颅扁烂死掉。

少游打死堂倌，后面嗖嗖飞过一双黑影，两道剑光直取自己，少游用了一个轻燕穿云式，一分人腿从双剑锋下闪过。但见双剑一卷，早已兜头砍过，少游大怒，刚要放对，剑光之下，却是那老少二位客人。

少游大叫且住动手，少年喝道："什么强盗，竟敢截杀堂倌。"

少游道："他原是贼店强盗，俺便是被害旅客，从人肉坊中逃出，故持此物权作武器。"说着一提手中人腿相示。

二人大怒。正这当儿，那凶汉手中单鞭，店东一支短戟，一齐飞过墙来。见那堂倌已死，知道遇着劲敌，凶汉抖单鞭便奔吕少游，劈头一个乌云盖顶，少游偏身闪过，进一步把一只人腿凭空打去。凶汉急揮鞭，一个怪蟒翻身，鞭头到处，直注少游咽喉。少游挥起左手人腿，竭力一搅，凶汉单鞭已被荡开。少游右手人腿一个下扫，凶汉未及闪腾，啪唧一下，翻了两个筋斗。

　　店东早挥动双戟，与那二位老少客人杀在一起，那老者一柄剑化作一片白光，长啸一声，搅入店东双戟锋中，店东霍地一跃，双戟一分，便是一个漫散梨花式，但见戟光似雪，片片撒下。老者挺剑一拨，双戟分处，老者已一个连环急刺法，一道剑光直取店东咽喉。店东慌了手脚，挺戟一搅当儿，老者已中途揮剑，一个指虚击实，剑下如雨，白光纷纭。店东乱跳闪躲，少年挺剑扫过去，店东见剑影一闪，知道后面有人，未及回顾之下，老者一剑削过，店东一矬身形，嗖一声，把一条辫发带额皮血淋淋削落。店东怪叫一声，跟跄跄撞出丈余。少年大叫："鼠贼休走。"一道剑光赶去，店东慌急之下，又加着头痛如裂，趁少年前进之势，短戟一掷，嗖一声直取少年腹部。少年偏身一闪，用剑拨开来戟，店东已飞上房去，揭瓦来打。

　　这时少游正将凶汉扫翻，凶汉用了一个顺水行舟式，就势滚起，单鞭抖处，一片乌云似的一物飞来，啪唧一下打在面上，不软不硬，凉渗渗气力十足。店东啊哟一声，随即滚下，被少年捉了。那凶汉正使泼单鞭向少游扑来，一个泰山压顶式，一鞭打下，少游闻得空气激动声，反臂挥起人腿隔开，老者已一挫剑锋截住凶汉，战不二三合，凶汉一个怪蟒盘崖式，鞭头直注老者，单剑一搅，进一步，一脚将凶汉踏翻。凶汉一个鲤鱼打挺式跳起便跑，被少年随后一剑戳透后心死掉。

　　老者、少年与少游三人四下搜查一番，没有盗党。启开地窟，内中腥臭扑鼻，使人欲昏，均是杀害行旅，人腿人臂弄得惨凄凄怕人。三人来到正室，将店东提来，满头血水淋淋，闭目不语。

　　少游寻着自己宝剑佩了，老者道："壮士高姓大名，为何落此贼店而后觉呢？"

　　少游一说姓氏，将落贼窟情形一叙，老者道："若非吕壮士发觉贼党，俺二人也做釜中鱼了。"

　　少游请问老者少年姓名，老者道："俺姓耿名吟秋，河南人氏。"因指少年道："此人俺之世侄张啸生，因行镖失事，啸生所以寻得俺来以图踏访，凭老面孔或可索回，不想又落贼店。"

吕少游听了心中一动，沉吟一时道："久仰大名，您可知临溪先生吗？"

吟秋一怔道："那正是在下岳父，壮士怎识得？"

少游从头一叙临溪道人之事，吟秋一把拉了少游，睁着精光炯炯的老眼喜道："怪不得有如此武功，原来是出自名门。"于是竟呼少游为老弟。

少游哪里肯，急道："俺师之女俺们均背后称为娟姑，按理说当称您姑丈，但以世交称叔叔正为得当。"

吟秋大喜，于是与张啸生介绍，将个老头子乐得只管拈须笑。

啸生提过店东，吟秋喝道："你这凶贼设店残杀行旅，想还有余党，快快说来。"

店东猛然睁开凶目喝道："姓耿的休逞威风，老子既落你手，凭着一腔热血交朋友算得什么。"

吟秋道："你怎知俺姓耿？"

店东冷笑道："呸，瞎眼的东西，俺索性说个痛快吧。江湖闻名的刽子手黄澄的便是俺哩，当年黄河女英雄金妮子在日，俺便统在其内，怎会不识得你呢？俺自金妮死后，便流落江湖不利，返来开了这座野店。委实说，张啸生走镖失事，也是老子索线。"说着娓娓说出一番话来。

原来耿吟秋年高便不干镖行，居家纳福。吟秋一子名雄飞，深得乃父之绝技。北京万兴镖局因吟秋一生走镖未失过事，也是武功压制江湖，万兴镖局倚吟秋为梁栋。吟秋辞归镖局，主人便请耿雄飞继吟秋。雄飞本来常随吟秋走镖，江湖中规矩习练得烂熟，江湖朋友望见耿家旗号，避得远远的，万兴镖局自得耿雄飞，镖局又兴旺起来。雄飞又举荐了一镖师，便是张啸生。自啸生到局屡押重镖，可是啸生新出马不似雄飞继吟秋之职，名声早已振入江湖了，啸生初入江湖，一班江湖朋友哪里瞧得起？各处为难。可是张啸生诸处小心，武功高强，克服多少豪客。

这次又押了一行重镖自北京南下，一路晓行夜宿，一日来在直隶河南搭境之处，落在一处村居，此村名落马村。虽是一个村落，但是处在许多小村围护之下，如众星捧月之式，西南半面向山，东北半多是丰林溪水。落马村有一山名仙山，乃是太行支脉。山虽不大，却险峻异常，下临仙水湖，便成了个半面岛屿。

224

在这幽僻山中，发现了一伙强盗，山中三个寨主，大寨主毛云龙，绰号牛魔王，二寨主沙进，绰号黑煞神，三寨主窦云鹏，绰号云里飞，这三个魔头都生得鬼怪一般。毛云龙用一条镔铁杖，重六十余斤，每逢战争，他杀得兴起便逆发飞蓬，杖影如乌云翻卷，凶得厉害；二寨主沙进生得面如锅底，身高丈余，善用一柄铁槊；三寨主窦云鹏狞魔一般，生平凶淫，人命不可数计，善用一双钢锏，步下腾蹦如风，有万夫不当之勇。这三个魔王踞了仙山，利用仙水湖泊，建造了一座大寨，简直如铁壁铜墙，插翅也难飞过。山中有五六百小喽啰，三个强盗虽凶淫，可是对于临近村落一些不扰害。专作打劫行旅，与镖行朋友作对，与黄河水盗等均取得联络，毛云龙又纵出许多头目，散于各处，专探各路镖行。

这且慢表，单说张啸生督了一行镖车落在落马村店中，镖友走得劳乏了，相与抹汗休息下，张啸生走得舌干口燥，就水桶牛饮一会儿，回顾镖友道："喂，伙计略为歇息，咱用饭呀。趁着太阳未落，须赶向前村。"

伙友应诺。于是葱酱卷起大饼，粗如茶杯，伸脖瞪眼地吃嚼起来。正这当儿，突见店外踅入一人，有五十余岁光景，满面短须，身躯高大，红紫面孔，意态颇和气。一身褐衣，头上草笠，肩上一条钱褡子，委实是一个乡老儿。见了张啸生一干人，不由注目，精厉厉目光直注定镖车。移时急速地收缩目光笑道："这是哪儿来的老客呀，喂，伙计赶快弄些饭来，俺吃罢还要赶路。"

店伙道："您吃什么呀，只管吩咐。"

那汉子喝道："好啰唆，左右是饭随意就是，你们若瞧不起俺老乡，咱便先交钱。"说着啪一声，拍在桌上却是一个整元宝。

店伙忙笑道："您怎的咧，咱老主道说上这个吗?"于是提起嗓子叫菜。

少时饭菜齐上，却是一盘红烧牛肉、一盘凉杂拌，外带葱酱的荷叶大饼、一盏酒。那汉子早将酒牛饮了，手捞牛肉便吞，荷叶大饼卷成驴阴一般塞入口中，吃得呜咽有声。少时食毕站起，双手一抹扬长便走，桌上一锭银子仍放在那里。

啸生不由诧异，于是道："此人是哪里的? 倒豪放得很。"店家只微微一笑走开。

张啸生催众上路，行了一程，眼看红日衔山，晚霞飞舞，一行行山雀

225

都各寻栖止。啸生登高望望，在暮色苍茫之下，只有一座山影在目中，村落是渺渺无见。啸生不由慌了手脚。正在四顾无策，忽前面林中人影一闪，啸生望望却是店中那汉子，回头望望似乎一笑，顷刻人影不见。啸生也未在意，于是督车急速前进。

天色已渐渐黑暗下去，张啸生抖起精神，步下提剑，镖车掌上灯笼，一路铁铃响处，喝起镖号。在这静寂的夜色下，四野的寂静被这一行声响突破，听了镖号相应，显得非常严重似的。少时走入了一处阴森森的林木中，旁边树木低垂，排成小巷，镖车前进之下，张啸生紧督在后，夜风吹处，林中发出一片怪声，还隐隐传来些呼哨声，非常怕人。

正行之间，车子突然止住前进，原来前面一条溪水阻隔了，镖友都走得口干舌燥，望见溪水欲饮。忽见溪畔停泊了四五只小船，船上灯火稳稳，啸生大喜。见船上走出几个渔人，似乎是闻声查看。啸生急抱拳趋过道："在下张啸生，因押得重镖行进无路，请诸位方便，将镖寄于舟上，以便明日渡溪，定多馈送船资。"

渔人沉吟道："这许多银子俺们哪里当得？"

一渔人道："与人方便自己方便，镖师您押许多银子在这野地里，真不便得很。可是俺们苦哈哈的，须多与些酒钱。"

啸生道："当得当得。"

众镖友均去饮水，渔人道："且慢，此溪水直通山中，所有山涧积水，毒大饮之肚痛，俺们船上尚有滚水，快把来解渴。"

众镖友听了谁敢饮水，渔人提过半温滚水，众镖友谢了一声，争相饮过。张啸生满满饮了两大杯，也没觉得异味。只水饮下了肚皮，方尝出水有些腥涩之味。

这时船上渔人已趁张啸生等吃水，动手将镖银搬上船，众镖友还致谢不迭，许多镖友饮水毕，一个个摸了肚皮觉得非常舒服。刹那当儿，越发舒服起来，浑身如融化似的。渔人搬上镖银各擎了船篙，哈哈一阵大笑道："诸位朋友，没别的，俺们借一步先行了。"说着长篙一点，四五小舟顷刻飞出四五丈远。

啸生等大惊，沿溪赶去，行不数武，一齐栽翻。可是心里都明白，是中人之毒药，只动不了，眼睁睁四五小舟转入芦丛，影儿不见。及至大家毒力过去，天已大明，眼望着一条浑澄澄的长溪拦在前面，自己镖银失去，只余下空车子一列列摆开。大家白眼相瞅了一会儿，只好由张啸生率领，沿溪寻找一会儿。溪头走尽，却是一片湖水，十分汹涌，啸生知道贼人入湖中，哪能寻觅，并且已相隔一夜光景，贼人安能久延。

张啸生懊丧之余，悔恨自己疏略之过，于是先派人至京镖局报信，啸生便逡巡寻起来，个把月杳如黄鹤。啸生与落马村人打听，左右有否歹人，村人闻了连理不理。啸生没法，想起耿吟秋老英雄来，顿时心中一畅。因为吟秋久闯江湖，大约江湖朋友无不结识。于是转道拜见耿吟秋，一说失镖之事，吟秋沉吟道："俺久偃江湖了，对于这些事也稀疏多了，那么老侄遥遥来此，俺能说不与你帮忙吗？"张啸生再拜，与吟秋即日登程，往落马村一带而来。探访多日，未见下落。这日落在贼店，竟无意中破了此案。原来张啸生在落马村店中所见的怪汉子，便是贼店东黄澄。

黄澄本是黄河水盗，金妮子一党，自秦桧诛了金妮子救耿吟秋后，金妮子之党便流散各地。黄澄便投在仙水寨主毛云龙部下，充当头目。因黄澄老贼江湖老练，于是就僻处开个贼店，以便探访镖客及行旅。这日他探得张啸生押镖将到，黄澄大悦，暗道：凡几个著名镖头俺都晓得，只张啸生这人耳中无闻，一定是个新出马的小卒了。于是化装入店，果然张见一行镖银颇巨，顿时就溪畔安置下，果然不费一刀一枪，竟劫得镖银，献上仙山。

当时黄澄叙出自己来历，张啸生细细一看，黄澄果然是自落马村邂逅怪汉，这时方知镖银一定在仙山了。于是道："黄澄俺且问你，仙山距此多远？"

黄澄一翻双目道："闲话不必说，俺纵横江湖三十余年，杀人放火，今天不幸泄露，朋友快给俺一刀是正经。"

张啸生还想询出些情形，黄澄再不肯说一字，反大骂起来。吟秋道："老贼恶当万死。"于是被啸生一刀了账。

吟秋道："镖银既有下落，便好说了。那仙山贼盗俺早有耳闻，俟托俺老面孔亲自入山索镖。如果不可，再设法捉拿毛云龙不迟。"

张啸生大喜道："既然如此，吕兄无紧要事，可助一臂？"

少游道："当得当得。"

吟秋、啸生本来未食，杀斫半晌，便连少游吃了一盘焖人肉还饿起来。于是搜些柴米青菜，由啸生、少游炊起。天明三人食过饭休息一会儿，三人登程。

吟秋道："此处僻野，留此贼窟，日后仍遗害行旅。"于是一把火焚毁精光。三人看火焚起来，方奔落马村。渡了黄河行不百十里，已至落马村。落在店中悄悄打听明白仙山所在，原来村西的小山便是。

次日耿吟秋便衣不带刀剑，径去仙山。啸生、少游当不放心，吟秋道："谅贼寇不敢野蛮，俺名虽微，也足以震慑此辈。俟俺过午不返，你二人便杀上山去。"二人应命。

吟秋一人出得落马村，来到仙山湖畔，纵目远眺，水光接天，碧色天空返映入水面，现出青碧波纹，一圈一圈地流荡着。湖上寂静静，只有一行行白鹭，仙山倒影，许多茵蔚的树木如自水底生出一般。吟秋望了湖水，离得仙山很远，正在踌躇无法渡过，忽然蕴荻分处，荡来一叶小舟。船上一个中年男子手持竹篙，头绾朝天髻子，半裸单臂，袒出疙瘩肌肉，跣着双足，一面撑舟一面唱道：

英雄生来呀，胆量高。
手挽那雕弓呀，又佩着钢刀。
仙水仙山哟，吾家称霸豪。
皇爷皇母哇，也休想渡此汹滔。

那汉子唱着荡过小舟，见了吟秋一翻凶睛道："咦，这厮属黄鼠狼的，专会听人语言，俺莫语皇爷皇母休想渡汹滔，他便来了。你这厮张什么鸟，再不快去，捉了你，今午做些油炸酱倒也写意。"

吟秋笑道："喂，朋友，俺是当年耿吟秋，今有要事，特来访你家寨主，你来得正好，快渡俺入山。"

那汉子睐了蛤蟆眼，将吟秋打量一会儿，冷笑道："你说得倒松俐，便是哪个也须先通报。"说着捏唇一声呼哨，山空水阔，声音远播。早就此声中飞棹来二只小舟，上面五六精壮喽啰，一色青布包头，一柄鬼头刀，撑舟如飞而来。吟秋递过名刺，那汉子从舟中取出一支箭，将吟秋名刺交与小喽啰。小喽啰撑舟至仙山下，望着山上悬着一排草帘射上，早被山上小喽啰取了报入山中。

却说山中三个寨主，正在命小喽啰打开黄澄献上镖银，想秤来平分，不想小卒呈上名刺，大寨主一看，顿时道："耿吟秋乃当年老英雄，今已多年无闻，来此做甚？"

沙进道："耿吟秋久走镖行，声名久著，他来此一定受人之托，来此探询张啸生镖银之事。"

毛云龙道："这将如何是好？"

三寨主窦云鹏道："大哥何不派山中精卒以示威风，耿吟秋老儿见此等气概，恐他未敢送死的。"

毛云龙道："未知耿吟秋带了多少人马，赶快令他候于寨外。"

于是擂鼓集众，山中小喽啰一队队地由头目率领到来，白刃如雪，霞光返射白日，排成了人巷。山头布满旌旗，鼓吹如雷。少时一叶小舟破风突浪而来，直临仙山。早有小校导来吟秋，三位寨主一看却是一个布衣老者，休说带多少兵马，便是一柄随身刀剑都未带得来。细看吟秋步下委实沉稳，目光炯炯。当时三位寨主一齐趋过相见了，不过互道久仰，毛云龙等以为吟秋一个糟老头儿有什么能为。由毛云龙先握手敬礼。原来江湖朋友，在未会过的朋友接见，这握手中便是试探对方的技艺力，当时毛云龙与吟秋方一接手，觉得热烘烘便如一块火炭攒在自己手心中。当时知道吟秋武功劲练，急运浑身罡气，还被吟秋随手掀得一晃。沙进练得一手铁砂掌的外功夫，与吟秋接握之下，未提防险些闹了个筋斗。窦云鹏知道吟秋非平常武功，自己免得栽个子，恭然肃客。

这时小喽啰鼓吹如雷，白刃闪处，呼啦一分，仿佛是对吟秋掩杀过来，接着喏声如雷。吟秋便如未见，与三寨主笑语直行过去。至山寨大厅上，外面排了许多精壮小卒，挎了刀斧。

毛云龙、沙进、窦云鹏三人与吟秋落座，毛云龙道："耿老英雄名震江湖，久思一见未得，今老英雄辱临真幸甚得很。"

吟秋道："老朽有何能为，寨主未免过奖。"

沙进为人蛮悍，当时道："老英雄武功实深可佩，但敝寨健儿英武还可看吗？"

吟秋哈哈大笑道："以寨主威名，老朽哪敢论断？但寨主虽有雄兵可夸，不过于仙山湖泊罢了，用之未免不得当。"

沙进大怒道："怎的不当，快快说来。"

吟秋便如未见道："以寨主威风，兵士之英武，效力于朝廷，用之于边疆，可称完全将军，如此何所谓呢？"

沙进一听气得须眉飞蓬，面如死猪头色，凶目注视吟秋，吟秋没事人一般，娓娓谈起来。沙进见吟秋老壮之概，未免慑于气概之下。

毛云龙道："耿老英雄到敝寨一定有事，敢请一叙呢。"

吟秋道："正是，不出寨主所料。老朽世谊侄张啸生，因押得重镖在仙水湖失事，老朽受人之托，故来拜谒寨主，请代为查找此失镖，以全俺江湖老面孔。"

毛云龙故作不知，愕然道："此镖俺未闻得呀，谅俺部下兄弟绝不会擅藏此镖。且此一带绿林英雄，无不与敝寨取得联络，既有此镖，焉敢不报俺知？"

耿吟秋见毛云龙不认此镖，于是将张啸生失镖之事说了一遍。毛云龙正色道："焉有此事，俟俺查询部属就是。"

耿吟秋道："那么三位寨主多费心就是。"说着站起来道："在下尚有朋友等待，暂且告别。"于是三寨主送耿吟秋下山，渡过仙水湖去了。

且说吕少游、张啸生二人在落马村店等得一会儿，二人不住地看望日影，眼看红日晌午，不见吟秋到来，二人未免怀疑起来，于是匆匆结束，各佩宝剑飞步赶出落马村。忽见一条人影，远远如一个黑点子，电也似飞奔来，顷刻已到，正是耿吟秋。

二人大喜道："老叔辛苦了，俺二人正欲去接应。"于是随了吟秋回店。

吟秋净面毕，道："毛云龙老贼狡猾得很，竟不承认劫镖的事，可是他已说代咱寻找，咱也没说的了。俟过三五日俺再去一趟，看他如何说法。"于是将毛云龙之言叙了一遍。

吕少游道："俺看老贼无交还此镖之意，不过一味支吾而已。"

吟秋道："正是，如果他不交出镖，必须攻打山寨，且得一番筹划。"

少游道："仙山湖泊，想破山寨看来太不易的，老叔如需用人才，俺同门在家中尚有四人，均有超人之技，好在距此不甚远，何不邀来助战？"

吟秋大悦，少游于是写了书信，请倩姑亚男赶赴落马村，差人飞马传递下去。

张啸生道："仙山若无湖泊，破之极易，但我等不识水性，也是问题。"

吟秋沉吟道："可不是？"

啸生道："俺有一好友姓余名隐，此人武功高强，精通水性，善用一支精钢刺，有万夫不当之勇。只他性格古怪，沉静寡言，不蓄家室，与俺甚为莫逆，如驰书往请，无不立到。"

吟秋道："既有此人更好了。"

张啸生亲自去请，吕少游与吟秋在店中住了四五日，耿吟秋又赴仙山。毛云龙接入，耿吟秋道："寨主多日奔波，俺所恳托那镖事想有些下落。"

毛云龙道："对不住，敝寨所统各部，详查未有此银，容缓缓查找。"

吟秋大怒冷笑道："寨主一直支吾，分明是漠视老朽，此银俺已探听明白，便在贵寨中。"

毛云龙变色站起道："耿老英雄且慢，俺们向无仇恨，何必为此伤和气？且此镖落在敝寨，有何证见可明？"

耿吟秋道："便是寨主部下头目告白。"

毛云龙大怒，哇哇怪叫道："此头目叫何名字，快快说来。"

耿吟秋见毛云龙、沙进、窦云鹏三人个个含怒，壁廊下精卒荷刀排开，大有欲斗之势。好吟秋真是老英雄，并不理会，于是道："老朽赤手空拳，生命早已寄于锋刀之下，但是寨主若问那头目是何名姓，便是那黄澄。"

毛云龙听吟秋说出黄澄，不由一愣，百忙中没有话说。移时道："既说黄澄所说，且寻他来对证不迟。"

吟秋哈哈大笑道："寨主若寻黄澄对证已不可能了，黄澄早做俺刀下之鬼。"

这一句话不打紧，毛云龙气得瑟瑟乱抖，大叫："反了反了。耿吟秋竟敢杀俺得力头目，分明是与俺作对。小的们拿下来。"

耿吟秋双目一张，赛如闪电，正色道："俺以为毛云龙是个英雄，原来如此狭见，真使人笑煞。老朽寸铁不带，你要杀便杀，何必如此张致？快拿刀来，不然纵俺下山，谁胜谁负却不知了。"说着直伸过头颅。

毛云龙虽气得双目发火，看吟秋大无畏之精神，就势喝退左右道："耿老英雄真不愧当年，俺若擅自杀害，未免惹绿林好汉耻笑。张啸生镖银现在敝寨，可是你胜得俺手中铁杖，便奉上镖银，否则休想生还。"

231

吟秋道："如此甚好。"于是送下吟秋，渡过仙水湖自去。

吟秋返回落马村店中，张啸生已返回，并有一生面客人，生得长躯枯瘦，白净面孔，三十左右年岁，连鬓胡须。啸生一指引，方知便是那余隐了。果然好个气概，相见之下，互相倾慕。

吟秋一叙与毛云龙索镖之事，余隐道："耿世叔果然豪壮精练，寸铁不带入虎穴龙潭，真也险得紧哩。如今既已决裂，必须白刃相见了，他人多势众，又有仙山水泊之险，不易取胜。"

吟秋道："俺已邀得助手，大约不日将到，小儿雄飞母子或不日将到的，也是个助手。并且毛云龙与俺单人较武，俺谅毛云龙武功虽极造，可是老夫还不致败北。俟毛云龙败后，交足镖银，凡事都罢，也无须与他为难。"

过了两天，仙山寨主牛魔王毛云龙果然差小校下书，耿吟秋等披书一看，乃是约来日交战，战场仙水湖畔。吟秋重赏小校去了，当日大家预备一切。自吕少游驰书石帆村下书邀陶倩姑石亚男，不想多日未见二人到来，少游纳闷之下，已是较技之日。耿吟秋只带了吕少游张啸生二人，直至仙水湖畔。见一片广场中，正有十余小喽啰巡哨，见了吟秋到来，望湖一声呼哨，早自芦丛摆过十余大战船，满载小喽啰，一色的战衣，挎了雪亮单刀。迎头三只快船，便是山中三位魔王都结束得劲健异常。背后小卒捧定兵器，尤其是毛云龙那条随身镔铁杖，粗而且长，黑亮了如一条怪蟒蜷伏，由二小卒抬了。

耿吟秋一看毛云龙如此排场起来，未免心下忐忑。毛云龙登岸，大家相见，吟秋又与吕少游、张啸生互相指引，一会儿大家握手之下，毛云龙沙进等方不敢小瞧张啸生吕少游。原来二人臂力过大，毛云龙竟被少游掀了一个歪斜。

当时吟秋道："寨主既与老朽较胜负，何必如此举动？"

毛云龙道："因为小的们都要看看老英雄的手段，别无他意的。"

于是两边排下，鼓声三敲，喽啰暴雷似的一声喝号，毛云龙甩脱外氅，一个箭步飞临当场，端的好个狞像。他穿着束身武士衣，下衬红绸甩裤，足踏三脸牛皮靴子，板带束腰，青布包头，伟伟身躯，狰狞面孔，简直是一个凶魔。耿吟秋脱云布袍，内中短打，一双裹腿下踩了一双软底青鞋。二人赤手空拳对面卓立，先比拳脚。大家望望毛云龙一个拔山倒海的壮汉，耿吟秋一个老头子，哪当他一拳？二人旗鼓号下，各道一声小心，顿时交起手来。勾、拦、劈、扑，一路拳法，打得翻翻滚滚。若论诸般拳法家数与刀剑法则大异了，拳法最重气功，罡气过流全身，一拳一脚都有翻山倒海之势。须手眼敏速，步下沉稳，有些好精大拳法的，重功在于臀部，凡进退牵拉之取势，臀部当有千斤之力，如牛抵角，劈山倒海式，都重臀部之力。

　　当时毛云龙耿吟秋二人交手之下，真有入山擒虎、下海捉龙之势。毛云龙自以为很有把握，因为吟秋年老，自己又天赋绝力，至少也须将吟秋摔个十来个筋斗。哪知交手方慌了手脚，吟秋不但步步紧凑，身手非常灵活，毛云龙稍一疏忽，险些被吟秋一腿扫倒。毛云龙顿时大怒，汗下如雨，粗脖红脸，青筋暴露，吼一声稳住身躯，趁耿吟秋正一个黑虎掏心式打来，毛云龙伸出钢钩子似的铁爪来接。不想吟秋中途撤拳，就势一个下取，毛云龙大惊，赶忙一并双腿，一手劈开来拳，进一步一个抱月式，本想将吟秋捉牢，哪知吟秋滴溜溜身形一转，早落在云龙背后，啪啪啪一连数记耳光。毛云龙气得怪吼，呼一声旋过身躯，便是一个劈倒山式，迎头一拳，吟秋偏身一闪当儿，毛云龙一拳又到，大叫哪里走，吟秋闪之不及，随手接着来拳。毛云龙双手来抟，吟秋哪敢怠慢，二人四手相交，一个牛抵架式，进退各自用力回撤。毛云龙猛然一送，吟秋冷不防险些闹个后坐，急左足一退，稳住身躯，二人旋了两个圈儿，各不相下。

　　这时小喽啰呐喊如雷，吕少游、张啸生二人各自手抚剑柄，虎目炯炯。但见云龙一撤步法，就吟秋近身当儿，猛地一抱，一双铁臂将耿吟秋捉了。张吕二人心中突突乱跳，小喽啰鼓角齐鸣，毛云龙一撑铁臂，吟秋已身旋空中，彩声之下，耿吟秋长喝一声，一个蹬山倒式，毛云龙一个踉跄跌出老远，耿吟秋用了个轻燕穿帘，轻轻站牢。毛云龙爬起来，面如新杀红猪头。

　　吟秋道："寨主莫怪，这次虽老朽得胜，但白刃相交，胜负尚未可卜，寨主快快预备来。"

　　毛云龙趁怒，恨不得一刀将吟秋削成两段，于是拍胸道："俺云龙不慎，致有此败，小的们抬过兵器来。"

　　早有二人抬过一条铁杖，毛云龙随手接了，轻如拈草，吟秋一望铁杖黑油油，长约八尺，粗如碗口。吟秋久经大敌，凭自己本领，哪里放在心上？毛云龙盛怒之下，已有些贼气，更不等喝号，早滚身杖影，一片乌云似刷过去。耿吟秋拔剑一晃身形，影子不见了。原来吟秋提气轻身，早已杀入杖影中，二人这一交手，直杀得天地昏暗，尘埃随着旋转，一个是生龙活虎，狂跳如风，一个是轻身巧步，回旋如电，二人大战三五十合，不分上下。

毛云龙霍然一纵身，抖杖一个乌云盖顶，一条杖影旋风一般刷下，吟秋就地一滚，跃出圈外。毛云龙吼一声挺杖赶过，吟秋猛然喝一声，反身一道剑光刺过，毛云龙收不住脚，亏得杖势落下，避开来剑。吟秋趁势一个散花式，白光溢溢，毛云龙挺杖搅开剑光，吟秋已一翻健腕，一个金蛇缠腕，轻身挨杖飞起。毛云龙见吟秋轻捷如猿猴，竟抢杖削来，于是将铁杖往空中一掷，吟秋已随杖飞上半空。毛云龙就吟秋下落势，运足腿力啪的便是一脚，只见一物翻着筋斗飞起，砸死四五小喽啰，却是那条铁杖，吟秋已一个随风飞絮飘落在毛云龙背后。毛云龙以为这一脚一定将吟秋踢死，不想未踢着吟秋，正踢着铁杖上，百忙中腿部挫得生痛。

吟秋已从背后剑影一晃，毛云龙急转身当儿，觉得脖颈上冰凉的家伙，吟秋笑道："寨主怎说呢，耿某手下留情呀。"

毛云龙不由缩脖道："老英雄端的可佩服，敝寨当奉上镖银。"

吟秋收剑，毛云龙脖上不过闹一条白迹，好不懊丧。毛云龙被吟秋战败，沙进窦云鹏诸头目一个个横眉竖目，拔剑在手，吟秋正色道："毛寨主不可无信。"

毛云龙道："明日便送上镖银，还须切嘱吗？"于是收兵下船。

耿吟秋与张吕二人便步而回，一路谈说较艺之事，说着入了一带森林中，张啸生道："为小侄的事，还劳老叔亲自出马，啊呀，毛云龙真也了得……"

一语未尽，突然一声喊，林中许多小喽啰一齐扯起绊脚网，耿吟秋、张啸生一个跟跄方撑住身躯。绊网卷动，张啸生一个筋斗栽倒，耿吟秋一扶当儿，一齐栽倒，左右钩搭齐上，将二人捉了。只吕少游因小解落在后面，听得呐喊急赶来，正是耿张二人被捉，吕少游大怒，挺剑杀过去，小喽啰呼哨一声，押了耿张二人逃走。

吕少游一人势孤，也不追赶。返回落马村店，会见余隐。细叙耿吟秋败毛云龙并张耿中计之事。

余隐道："毛云龙无意归还镖银，且施计捉去耿老叔、张啸生。此事已扩大起来，吕兄快预备攻仙山吧。"

少游踌躇道："俺二人未免势孤，如何能攻入仙山？且俺预邀俺同门人，总未见到，真令人着急。于今之计，俟咱人齐后攻打仙山方为妥当。"

余隐道："当然得如此办法，可是耿老叔与啸生弟被捉，俺甚不放心，今夜俺当亲往探山。"

少游道："俺当随往才是，可是不知水性，只好候个好消息。"

二人商议既妥，当晚余隐换好衣服，吕少游一看余隐好个气概。他身着漆皮鳞纹水衣，窄袖流云，鹿筋束口，兜裆牛皮软裤，下着水波靴子，鹿筋束腰，胯下宝剑飞镖，头上分水鱼皮帽，好不英风逼人。

吕少游道："余兄小心了，今夜只探仙山情形，不可贸然行事。"

余隐道："吕兄放心。"身形一晃，只觉窗外如飞鸟展翅般，余隐已然影子不见了，吕少游不由叹服。

且说余隐径飞跃出落马村栅，趁着微微的月光，飒飒夜风，展开飞行术，嗖嗖嗖疾如流电。顷刻目前现出一片浩荡荡湖水，对面山峰嵯峨，整个地倒影水面，微风吹处，湖水皱成鱼鳞似的波纹，仙山仿佛在移动着。天空清得镜一般，映掩天地，唯有一钩斜月如美人的媚眼。在这景况下使人感到一种不知愉快还是悲哀。领略着夜色，顾盼湖山，余隐呆痴了半晌，方想起自己的所为探山。湖上无有一只巡舟，只芦荻深处透出红灯。余隐悄悄查看，乃是些小喽啰放下的哨船，余隐看了一会儿，倾耳听析，已是三更初敲。于是哧一声扎入湖水，连些声息都无，只荡了一个连环的波纹，余隐入水一连两个扎猛，便如一条大鱼，直游在湖心中。

移时到了仙山下，余隐从水中探出头来，见山麓静悄悄，连些卡房中都没有哨卒。余隐一径登山，沿山径越上主峰，转过对面山口，早遥见对面大寨垒都是坚石堆起来的。沿垒下荆棘编篱，十分坚固。距寨数丈，铲除树木生存，以防敌人攀树而升。余隐沿寨外环视一周，暗暗点头道：山贼寨垒坚固异常，颇合军法，破之甚不易的。只他防守稀疏，是假敌人之攻不备处了。

于是轻身一跃飞上寨垒，纵目四瞩，见寨中房舍四合，纵横街衢，四垒大旗飘展，迎风啪啪山响。余隐一跃而下，倾耳一听，山空人静，只有妇女谈笑声、嘤嘤啜泣声，还有男子野蛮怪叫声。余隐知贼寨淫凶之惨，入夜更不消说了。

想着一纵身飞上房去，一径直临寨中。许多高大房屋，灯光闪闪，内中有男女说话声。接着窗上高大男人影子一闪，似乎来回踱着，移时一个糖沙嗓妇人道："那耿吟秋糟老头子还如此精神，当年俺们虽未会过他，可也听说，算来已有七八十岁了。"

余隐跃下戳窗一窥，见一个高大男子生得怪魔一般，正在大踏步走溜子，一个山汉似丑妇，叉腿子坐在椅上，有四十左右年纪，生得紫红面孔，堆腮高颧骨，疙瘩眉，死猪眼，红糟鼻，月牙口，满面布着钱大麻子，一口黄板牙，双耳如漆，带了双赤金环，简直就是个妖怪，正在大说大笑。床头四五侍女，都生得天仙一般，有的与她捧茶，有的与她捶背，还有的与她解衣服，露出黑猪一般健肉，乳峰满是黑毛。一个侍女打来净巾，与她浑身擦抹。丑妇一面说话，望着男子做出娇媚之态，好不肉麻。

那男子点头咂嘴道："耿吟秋不愧英雄，俺今天战败真无意思得很。"

妇人道："你快别如此窄见，左右吟秋被咱捉了。"

余隐听了，知道那男子便是毛云龙，那妇人似乎是他妻子。当时丑妇饮了一会儿茶，脸上越发红了，于是脱得精光，浑身黑油油，脐下影绰绰，简直是个大黑猪，好不难看。许多侍女无不羞得绯红的双颊，有的掩了口，有的侧着身儿，丑妇全不管她，只颤声道："喂，俺都脱光，你还不上来呀。"

毛云龙不悦道："谁耐烦寻这乐子。"说着一步跨出。

余隐急闪在一株树后，毛云龙大步直入前庭。丑妇屋中骂道："贼王八，老娘赏脸却不要，快与俺唤乖儿来。"

接着有两个女子出来，转向后院去了。余隐急随去。二女子一面走一面垂头丧气，到后院却有四五个十八九岁的童儿，生得娟好如女子，正在围了一方桌掷骰子玩。见了两女子一齐跳起，有的拉手，有的抱胸，还有的从女子身后吻在香腮，老辣些的早抱了女子，一手摸向下体。

二女子气得怪哭道："猴崽子，夫人唤你们呢。"

小童听了一齐慌了道："今天不该我呀！"互相推了半晌，一同去了。

二女子恨道："小猴儿们非主母整治他不可。"

小童去了，余隐闯入，剑光一闪，二女子早已吓得一跳，倒在床上。余隐道："不要害怕，俺且问你，今天你寨主捉得二人，放在哪里？"

236

二女子道："好汉饶命，俺们乃是山下良家女孩，因被山贼抢上山来，幸被大寨主夫人选作侍女，未被奸污，可是时时受人戏耍，早晚为山贼所害。今天虽捉来二人，俺们哪里知道放在什么地方？只常闻贼说水牢地窟，究竟在哪里俺也不知道。"

　　余隐听二女子无谎言，于是道："刚才那四五小童干什么去了？"

　　二女子红了脸道："大寨主母荒淫异常，所以备这小童供她行淫的。"

　　余隐道："俺乃当代大侠余隐，不日便救你们脱离贼党，且勿愁闷。"说着一晃不见了。二女子如梦初醒，幸而不日有人相救，也不言语。

　　且说余隐想先救耿张二人，寻了半晌不见下落。又听二女子说水牢地窟，也未见在哪里。踌躇之下，来到正院，那二女子又走来，入室去了。余隐伏窗一窥，顿时大怒。只见那丑妇正搂着一个小童纵淫，其余小童精光候缺，许多侍女左右侍候，嫩脸羞得火炭一般。余隐暗叹，好在自己为寻耿张，岂可妄杀，于是又奔前院。

　　方双足踏地，突然咕噜一响，地下青石竟翻来将余隐落下去。好余隐霍然一跃，唰一声已飞出，足未站稳，黑乎乎一物当头砸下。余隐急切一看，却是檐头横木。余隐就地一滚闪过，一个箭步跃出丈八远。喘息未定，哗啷啷一阵铃声，嗖嗖嗖庭旁石兽口中吐出连珠箭，直取余隐。余隐宝剑一翻，左右拨动，叮当当箭羽纷纷坠地，正这当儿，当当当一阵锣声响亮，早飞卷过一人，大叫："什么人竟敢探山，可认俺沙进吗？"说着铁槊风一般卷杀过来。

　　余隐更不言语，挺剑杀过去，丢开浑身剑术，只闪动一团白光，杀得沙进铁槊施展不得。正在危急，突然破锣似的一声怪叫，刀光一闪，跃过一人，余隐一看却是丑妇。余隐正将黑煞神似的沙进杀败，突然闯来丑妇人，赤了双臂，下体只着了一条短裤，手中一支金背刀，风团一般卷上。余隐挺剑接了厮杀起来，沙进摆槊搅入，三人丁字形大杀。丑妇骁勇无比，双刀雨点一般落下，还亏得余隐剑术绝伦，勉强战四五十合大败，又加着丑妇的狐臭连连冲入鼻孔，使人欲昏。余隐生恐惊动全寨，不得脱身。于是虚晃一剑，翻身跳上墙去。丑妇、沙进大喊"败将休走"，随后赶来。正这当儿，锣声大鸣，一簇簇小喽啰拥来，"杀杀杀"喊成一片，毛云龙赤身只围了一条被子杀来，窦云鹏先挥兵掩山口。余隐步下如风，顷刻影儿不见。来到山口，正逢窦云鹏布开小喽啰，云鹏见一条黑影直冲将来，大叫窦云鹏在此，余隐大怒，身形一旋，早有三五小喽啰丧在宝剑下。窦云鹏已一分钢铁锏闯来，二人顿时战在一起。余隐因急欲脱身，丢开剑法，直如梨花经雨，白光缤纷，窦云鹏虽劲健如风，哪里敌得？举锏一招，小喽啰长枪齐上，乱扎乱戳。牛魔王黑煞神等已统兵赶来，火把照耀如白昼。余隐不敢久延，挺剑荡开血路，冲下山口。后面窦云鹏、沙进、毛云龙等一齐赶下山来。余隐且战且走，到了山麓，便是仙山湖，三位寨主兜杀下来。

余隐仗剑大叫道："俺乃张啸生好友余隐便是，今夜留你狗盗多活一日。"说着一个毒蛇入水式，哧一声扎入湖水中。

窦云鹏精通水性，本想追下，却被毛云龙阻住道："此人武艺高强，不可追的。"于是返山大搜一番，没什么异处，只所设机关陷阱全毁。重新排好，连夜在山中要隘安排防卡。原来毛云龙当耿吟秋单身入山，约定较艺，便防备自己战败，于是就林中排下小喽啰，一下将耿、张真个捉住，押入水牢。

毛云龙妻子乃是个滚马女盗，生得丑陋不堪，善用一双金背刀，有万夫不当之勇，绰号赛无盐。只是贪淫好色，日夜宣淫不倦，所以多蓄美童，供其性欲。小童见她那副尊容，已然吓得萎缩，哪能如其所愿，所以赛无盐便配了一种春药，小童吃了，居然美具。毛云龙因她英勇，又能造各种机关、毒弩，等闲也不敢拂她意。这夜赛无盐那股子劲又发作了，毛云龙掠得许多美人，还愁消受不了，甘露哪肯布在将萎的花呢？于是托词逃之夭夭，与诸美淫乱起来。正这当儿，杀声大起，赛无盐正纵起肥臀骑在一美童身上，听得杀声，顿时跳起来，百忙中穿上一条裤，挺刀杀出。毛云龙等追走余隐，于是处处加了防备。

且说余隐自水中逃出仙水湖畔，趁着晓月直奔落马村店。吕少游见了急询探山经过，余隐换了衣服，细说了一番。吕少游咋舌道："仙山如此坚固，攻打不易，设法救出耿老叔与张兄便了。"

余隐道："山中有水牢地窟，过两日俺再去探一番便是。"

二人谈了一会儿，各自睡了。因夜里未睡，二人一觉红日过午。吕少游洗漱毕，随便踱出店外，在村中闲遛，想起耿、张之事，不由心中着急。正在眼望着仙山峰儿发痴，突然有人道："喂，你老兄可是本村人吗？在下外路客人，敢问您此村有店没有啊？"

吕少游一看来人却是一个少年壮男，生得环眉虎目，颇有英气，拉了一头驴子，驮了一五十左右妇人，每人胯下宝剑镖囊之类。吕少游忙笑道："客人贵姓呀，俺也是外路客人，此村店倒却很宽阔，请随俺来吧。"

少年拱手道："在下姓耿，河南人氏，您老兄口音与在下相同，莫非是老乡亲吗？"

吕少游一听姓耿，于是道："正是正是，河南耿吟秋您可晓得吗？"

少年一怔道："却是家严，老兄怎晓得？"

吕少游听了，知道耿雄飞来了，那妇人不消说便是秦月娟，顿时大喜，一叙自己来历。月娟听说是秦樾门人，惊喜得跳下驴来，吕少游口称娟姑，三人来到店中，少游与余隐指引。

耿雄飞道："余兄大名，小弟早已倾慕，原是俺啸生哥说的。"

余隐笑道："啸生尽管吹嘘，俺有何能为呢？"

少游抬手道："快莫客套，娟姑既到，咱且商议救出耿老叔是正经。"

月娟雄飞一听顿时惊道："怎的了，难道出什么岔子吗？"

吕少游细细一叙耿吟秋与仙山盗首毛云龙较艺之事，被毛云龙诡计捉去，耿吟秋张啸生押入水牢。

月娟大怒道："鼠贼竟敢如此，只今日俺便去索人，看他如何答对？如不交还人来，再作道理。"

余隐道："正是如此。"

于是大家一齐出发，到得仙水湖，早有许多贼舟排开，耿雄飞大叫道："快请你家寨主答话。"

贼船上许多水兵原是毛云龙派遣守仙水湖的，早有一船飞棹射上号箭。少时飞渡过数只大船，正是毛云龙与沙进、窦云鹏三位寨主，船行如飞，直临彼岸。

月娟道："毛寨主可识得俺秦月娟吗？"

毛云龙早晓得耿吟秋之妻秦月娟，当时贼眼望望月娟，已是个半老佳人，身后三个威风抖擞少年。毛云龙知道秦月娟是来要人，于是道："久仰大名，便请敝寨谈谈如何？"

月娟道："不当打搅，闻说寨主与张啸生为难，不知能否解和，从此和好？"

毛云龙正色道："耿吟秋与俺较艺败在俺手，所以被捉。如想放回耿吟秋，胜得俺手中铁杖便可。"

秦月娟大怒叱道："俺好意来和解，你竟不知好歹，好好好。"说着嗖一声拔出宝剑。

毛云龙已一齐登岸，接过铁杖，着地一抖，一道黑影直取月娟。秦月娟大叱一声，一挫剑锋，化作一道长虹，直搅入杖影中。二人顿时杀在一起，直杀了五六十合，不分胜负。但见剑光流走，杖影纵横，一个暴跳如雷，一个是从容不迫，杀得难分难解。毛云龙见月娟剑法了得，霍地一变铁杖，便是一个乌龙探爪式，一条铁杖黑油油直点向月娟胸部，月娟轻躯一闪躲过，挺剑便是一个风扫败叶式，一道剑光拦敌腰中刷下。云龙侧身反杖一格，月娟早已撤剑，一个虚击刺实法，剑花缭乱，纷纭落下。云龙慌了手脚，挥杖来搅，月娟一变剑法，便是一套纯粹玉女剑，丢下白光，周围满被月娟兜了。那一来毛云龙大急，臭汗如雨，怪吼狂跳，铁杖如风旋下，无奈月娟轻如柳絮，速比鹰隼，毛云龙稍一含糊，月娟咻地一剑搠在他右股。毛云龙吼一声，一个踉跄撞出丈远。

秦月娟大喝道："鼠贼可认得俺秦月娟了。"

毛云龙方想跃起，月娟赶过去，一足又将他踢了个筋斗。毛云龙见势坏，大叫"小的们杀呀"，沙进、窦云鹏槊铜齐举，部下三四百小喽啰一齐围兜杀下。余隐、吕少游、耿雄飞也挺剑杀过，吕少游截住沙进，耿雄飞截了窦云鹏，许多大头目刀剑齐下，围了余隐。秦月娟本想屈伏毛云龙即罢手，不想群贼竟乱杀起来，于是趁怒赶上云龙，二人狠斗半响，被月娟一剑割下那巴斗大小贼头。

这时余隐已被众头目杀败，耿雄飞、吕少游虽能敌得沙进、窦云鹏，但是许多小喽啰长枪大戟，远远乱扎乱戳，最难抵防的是没一些招数，于是败下去。月娟杀了云龙，挺剑去救，突然小卒一分，哇呀呀跳入一个怪魔，月娟一看乃是一个丑妇人，手中一双金背刀，晓得是毛云龙之妻赛无盐了。

当时赛无盐大叫："乖儿快快跟老娘来吧。"

原来赛无盐一眼张见吕少游耿雄飞英俊少年，不由她浑身如通过电流一般。秦月娟大怒叱道："淫妇休得张致，毛云龙已死，你想哪里走?"

赛无盐正丑态毕露，直了眼睛，望着英俊少年肉麻，猛然听得月娟喝骂，一看是个女娘子，一咧蛤蟆口啐道："嘎，原来是和老娘一样的，俺当是什么乖儿呢。"

月娟早挺剑杀过，寒无盐抖开一只金背刀与月娟放上了对。二人真称得棋逢对手，双方战了半晌。日色已暮，秦月娟寡不敌众，大败而走，赛无盐率众赶出十来里，方鼓噪返回。

毛云龙既死，由赛无盐领导全山。沙进见势不佳，劝赛无盐交还镖银，与耿吟秋解和。赛无盐心想阵上那二少年委实俊壮，若掳来搂一搂何等舒适呢？于是道："大寨主新死，此仇岂可不报，俺非将敌人全捉了不可。"

于是与秦月娟等大战于仙水湖畔，一连十几日攻不入，月娟未免着急，余隐道："仙山处于湖水之中，非得自备船只，方可攻打，可是仓皇哪来的船呢？"

少游道："何如悄悄至湖畔，趁势夺船？"

于是与雄飞余隐三人到仙水湖畔，正有十来只大战船停泊，三人喊一声跳在船上，杀翻小喽啰，水手吓得发抖，余隐用剑一指喝道："你等休得害怕，只好生撑船。"

水手叩头道："俺们乃是良民，连船被贼弄至此，好汉饶命。"

吕少游道："快快撑船。"

水手撑起船来，直临仙山山口，三人一望山口排下许多小喽啰，望见三人一齐放箭，雨点般落下，只好仍返湖岸。秦月娟因等三人久不返回，放心不下，也赶来。余隐道："你老人家来得正好，俺们既有了战船，便好进攻了。"

秦月娟上船，令水手撑起船，在仙山半面看了一番，不过向东一进口，山后却是丰林危石，没有道路。月娟道："此山进口防卫甚严，只好由山后进山，但甚不易的。"

余隐道："俺听说此山有水牢地窟，究竟不知在哪里。"

于是询问水手，水手道："水牢不过是一水洞，并非牢窟，这水洞在仙山之南，洞口淹在湖中，但此洞甚长，据说可通过仙山，水洞分数个小洞，可通山寨。因为仙山三寨主窦云鹏精通水性，探得此洞，于是做了一个秘密牢窟，实情俺们也不晓得的。"

余隐得了此消息大悦，当即令船泊在僻静处，自己换了水衣水靠，负了单剑，咻一声扎入水中，影子不见了，月娟惊叹不止。

且说余隐跃入湖中，按船家所说，直奔仙山南部，施展水中功夫，张目四望。湖水本清澈异常，望得非常清楚，许多荇藻之下，澄清的湖水汹汹滚流，当水来路披分着波纹。余隐看那水路有异，奔去一看，果然一个很大洞口。石岸凹凸，青苔碧绿，余隐一个青蛙蹬波式，双臂紧挟腰身，挺直身部，唰一声直扎入洞中。逆水而上，内中黑暗暗，亏得余隐目力不同寻常，觉得洞内越发宽敞了。余隐行了一会儿，左右探身都是山石，索性前进，走过一程，探身向上，忽地目光大亮，自己四顾，已出得水面。半晌方明白，是出山洞已到山后。水手曾说水洞分许多支洞，不知哪一个直通山寨，于是又缩下水去，翻身入洞，细细寻找。既至水洞之中，果然上升，没有石崖，移时竟身出水面。

　　四顾石崖一个悬洞，余隐大喜，跳出水面，沿洞坡式的石崖曲曲上行，越行光亮越大，来到一宽敞所在，内中两盏油灯，南边堆了数十大箱，北首柱上绑了两人，正是耿吟秋张啸生，都苍色垢面，余隐忙拔剑割断绳索。耿、张惊问道："此处幽僻不通山路，何以到此？"

　　余隐草草一叙，吟秋道："水路俺们出不去的，必须从旱路走，但山贼怎能放过？"

　　三人沉吟半晌，没有法子，还是余隐想个主意道："仙山险峻难攻，正好里应外合，使山贼尾首顾不得，老叔与啸生暂屈尊一会儿，俟俺急速返回，令吕兄等攻山，山贼定下山接战。那时俺再返回，与老叔啸生咱三人杀上山寨，使山寨贼子进退不得，一举而破贼，岂不是好。"耿、张道善。

　　于是由余隐将二人重绑起来，余隐更不怠慢，返身而回。从洞中跳入水中，一路泅出，直临秦月娟大船，说出一切经过。月娟道："既然如此，耽搁不得的，俺便攻山挑战了。"

　　余隐稍息一会儿，返身又回，仍按原路到得山洞，正有两个小喽啰来查山洞，突见跳入一汉子，手中宝剑直奔将来，二卒大惊回头便走，余隐叱一声赶去，自一卒背后一剑，一颗首级已滚落老远，那一卒吓得顿时目瞪口呆，如泥塑了。余隐一耳光打倒那卒道："休得逃走，俺乃当代剑客余隐，特来破此山寨，快快领俺出此洞口，饶你不死。"

　　小卒伏地抖着哀告不已。余隐过去先解下耿张二人，二人伸腿弄臂，慢慢先活动血脉。少时动作自由了，每人拿了小卒一柄鬼头刀，令小卒前引，曲曲折折上行下趋。移时出得洞口，却是一片荒林，密杂杂不透天日。张啸生趁小卒不备，反身一刀结果了，踢下洞去。

三人从林中转向山寨，余隐是来过一次的，于是先跳入寨垒，内中喽啰稀少得很，一定是出战去了。三人急急前进，先入寨主寨后，三人落在垣下，推开角门，突然闻得啊呀一声，三人一看原来是两个十七八岁美色女子，正在蹲着小解，猛然吓了一跳。余隐一看却是那夜所遇见的二女子，余隐进一步道："不要怕，俺们是救你们的。"

二女子将尿吓回一半，忘了紧裤，哆嗦乱抖，望着余隐似乎慢慢悟过来道："好汉真个到了，刻下众贼已下山应战，山中只有赛无盐老淫妇又在纵淫，所以俺二人偷偷跑在这里。"说着一走几乎跌倒。原还在赤裸裸，一女子娇羞羞束好裤儿，导三人直到内院，含羞往正室中一指，三人直奔将去。只闻有破锣般的妇人声音，颠耸似的道："猴崽子俺养你干什么用的？"有小童哭泣道："主母饶了俺吧。"

三人一齐闯入，目光一亮下，赛无盐正光溜溜搂了一个小童淫乱。耿吟秋早挺刀便砍，好赛无盐惶然之下，一个大翻身，双手擎了小童，猛然一掷，可怜小童被刀削落脑袋，尸体却将余隐砸了个后坐。赛无盐已然随着赤条条跳起，一身怪肉，腿肢里模糊糊，越发难看。只见她抄起方桌，咔嚓嚓劈落桌腿，飞舞起来。三人见赛无盐凶勇异常，百忙中腥骚骚之风屡屡扑入三人鼻孔，使人欲呕，谁敢进战？于是相继跃出。赛无盐趁势摘了一双金背刀，掷椅飞出。张啸生见淫妇跃出，挺刀杀过去，耿吟秋自后面抢刀夹攻，余隐早挺剑杀出。前寨虽有数十小喽啰，哪里抵得住？大败逃走。

且说赛无盐一丝不挂，与耿、张战了五六十合，怎当耿、张神勇，大败而走，一径跃入前庭。耿张二人赶去，淫妇绕廊而走，张啸生灵机一动，何不自后截战，方想跃过角门空地，恰巧余隐仗剑而来，大叫："不可，前面是滚木，自动毒弩。"张啸生忙敛步反身来逐。这时吟秋一柄刀杀得淫妇手忙脚乱，肥黑屁股已血淋淋垂着一条肉，张啸生趁她一刀搠空，一个下扫，淫妇闪之不及，扑通栽倒，张、耿双刀齐上，好淫妇就地一滚，两道刀光荡开来刃，翻身想跳起，余隐突然一镖打来，淫妇怪叫一声，委顿不起。

欲知淫妇生命如何，且在下文分解。

第二十三回

宿野肆鸡黍飨客
逢凶顽剑底成交

且说赛无盐中了一镖，原来余隐那一镖正中她所以然上，她一生淫杀多少壮男，临死还衔了一家伙去了。当时吟秋一刀割了首级，三人诛了赛无盐。一齐奔至山口一望，见湖中杀得难分难解，余隐道："耿叔叔同啸生弟且守此山，待俺杀下山去。"于是一个扎猛入水，但见浪花一荡，水中一条巨鱼似的游过。

且说秦月娟与吕少游、雄飞三人自余隐走后，令水手撑船直取仙山。小卒报上大寨，赛无盐正新掠得一个美男，看得浑身发火，只吩咐小心守山。沙进大怒道："秦月娟杀了大寨主，又夺得船只，这还了得？小的们整队杀下山去。"

于是统全山兵丁，与窦云鹏一齐掩下，一共十五六只大战船，将秦月娟三人困在垓心。亏得三人剑法绝伦，贼众一总儿未能跃过船来，双方战了多时不分胜负。正在死命相扑，突然山上逃下小喽啰报道，寨主不好了，山中已被敌人占了。沙进大惊，急切欲返大寨，又被敌人紧紧兜杀过来，窦云鹏见势忽然得计，捏唇一声呼哨，早有数十水兵，随了窦云鹏扑通通一齐跳下船去。

窦云鹏从水中钻上头来叫道："哪个敢下来决一胜负？"

月娟三人大惊，生恐贼人钻破船底，一面接战下，果然船下当当当敲起来，三人慌了手脚。这时沙进使泼铁槊，疾风如雨，十余贼船四下兜杀过来，不一时贼人击破月娟之船底，湖水清泉激湍似的冲入。吕少游正接着沙进厮杀，见船已破，一个箭步跳上贼船，身儿一旋，早有十余小喽啰被斫翻，一片红水随流荡出老远。秦月娟雄飞母子看自己船破，急脚登船舷接战。吕少游跃上贼船，月娟雄飞随后飞跳而过，自己之船已滴溜溜沉入水底。

沙进挺槊挥兵复又掩过，窦云龙见月娟三人逃向别船，大怒之下，掏出钩搭，抖手便来搭船，哗啦啦水声突然一响，钻上一人，剑光一闪，早将钩搭割断。月娟一看却是余隐，窦云鹏猛然一怔，望见余隐正是昨天夜里大闹山寨的汉子，顿时大怒。余隐已一个顺水行舟式，当窦云鹏便是一剑，云鹏一分双铜接着大杀起来。二人这一交手，直闹得波浪滔天，水花喷起丈八高。余隐一变剑法，趁窦云鹏一铜刺空，反手一个玉带束腰式，一剑挨水削过，云鹏急变足往前一蹚，一个靠山式闪过，不待余隐进步，霍然一跳，双铜左右取下，便是一个双龙戏珠，余隐一个坐水式，早已没入水中。窦云鹏生恐余隐自水下袭来，双铜急下扫，一个扎猛扎下去，二人在水底杀起来，只见湖水如翻泉汹涌起来。

这时沙进被月娟三人杀败，小喽啰见势不佳，喊一声跳下湖中逃去大半。沙进一柄槊力敌三人，越发不支，步步后退。耿雄飞猛然一个白蛇出穴式，一剑搠去，沙进反身扎下湖水逃走。小喽啰见沙进败走，纷纷逃得精光。

月娟令撑船直入山口，余隐与窦云鹏还在湖中大战，百十合不分胜负。云鹏见余隐英勇有余，想将余隐诱上水面，水兵也可以助手，于是虚晃一铜一个升水法直到湖上，双铜护了下体，余隐相继杀上。云鹏百忙中一看沙进等都逃走了，无心再战，重又扎下湖水中。余隐赶去当儿，窦云鹏已搅起泥沙，浑黄的湖水翻上，余隐不敢鲁莽，于是不追，也便泅至山下登山入口，会见大家，分头搜山。赛无盐尸体光溜溜横在院中，更难看的那胡子先生还衔了一支钢镖。大家搜出许多子女，耿吟秋令纷纷用船载过仙水湖，预备遣送返家去。从地窟中寻得张啸生镖银，先送回落马村店，将贼窟金资什物分与被难男女送返各家。耿吟秋张啸生恐留得贼窟仍被贼占踞为害，于是一把火噼啪啪烧起，看着火光接天，大家才上船返落马村。

这一耽搁便是三日光景，大家回店，店东道："昨天有两少年客人到来，说寻吕爷的，现在里面。"

少游纳闷，入内一看，原来是常秀儿与石鹤声两人，吕少游惊喜道："原来是二弟来了，俺还当是那个倩姑与男妹呢。"

二人道："亚男病好后，与倩姑先走了，说或者在北京可以遇见吕兄。前些日接得吕哥之信，邀请倩姑，但她二人既去，俺二人闲着没事干，吕哥有事，多少可以帮点儿忙，所以赶来，不想一路遇了许多事，故此到来稍迟。"

吕少游忙与耿吟秋夫妇等引见了。吟秋大喜，月娟一看自己父亲的门人都是英雄气概，益加喜悦。

张啸生因押镖出事，已是耽误多日，于是先走了。耿雄飞北京镖局事忙，也匆匆别了大家先去。常秀儿闻知仙山之事已然了结，十分怅然，鹤声道："俺正想杀贼消遣呢？原来仙山贼便如此不经杀。"

常秀儿笑道："这一路你还未杀够吗？"

石鹤声含笑道："贼人的事可恨，才越杀越高兴。"

吕少游吩咐店家备了饭，大家入座。耿吟秋夫妇上首坐了，吕、石、常三人依次坐下，一面吃一面谈，吕少游道："俺自与家中驰书请倩姑，料得三四日便到，你二位怎如此迟缓呢？"

常秀儿道："其中很有原因。"

于是一叙，原来吕少游信到石帆村，倩姑和亚男二人已去，鹤声看得少游等都相继远游去了，正闷闷不悦，接得少游之信，便磨着常秀儿替倩姑来，常秀儿被磨不过道："你未记临溪先生之话吗？"

鹤声道："哪敢忘了呢，这不过离家不远，事后便返回。"

常秀儿道："刻下白莲教闹得凶，咱村正整乡勇，因无首领，正有推举你之意。"

鹤声跳起来道："一定又是你的作怪。前天俺闻说合村公推你，你都脱清，却捉弄俺一个老呆。"

常秀儿正色道："什么话呢？俺哥们何分彼此？因为俺抱定与世无争之心，将来说不定的。"说着板着面孔。

鹤声道："俺可不信你话了，左右俺不要你当成老道。"

常秀儿道："谁说当老道呢，不过清心寡欲，修俺真体。"

鹤声拍手大笑道："哈哈，这是什么呢。"

常秀儿道："只管说闲话，究竟俺们须替倩姑走一趟，因为吕哥一定有要事，不然何必如此之急。"

当日二人收拾随身，每人荷包佩剑，东奔开封。这时各处白莲教匪蔓延，杀烧淫掠无所不为，虽有些不入教的也被逼得参加教党。因为教匪邪术厉害，曾有一倔老儿，见教匪势大，少年如苍蝇附臭，老儿道："自古邪教无有成事的。"只这一句话，当夜合村闻得怪风怒吼，似乎有许多兵将奔走。次日老儿尸身高高挂在斗竿上，血淋淋脏腑都失去。村人纳闷，都去教总处乱神，说是老儿悖诲白莲圣教，天降之罪，百姓大惑。有些好虚诞的先生们大造谣言，有的说那夜分明看见从天上降下红云，许多天兵天将诛了倔老儿。一个小媳妇笑道："可不是的，俺们两口正在白羊似的……"说着红了脸。一个媳妇嘴儿一撇道："得啦，俺替你说吧。你们正在那样儿，便看见什么天神。"说着两指一撺，那小媳妇笑唾道："浪口，等等我的。"说着二人撕扭而去。

还有回便是教匪用邪术专割人发须，不入教的，便有光头之虞，这不过是教党中一种愚惑人之小技。因这割发闹得厉害，曾有一家门外有一大水缸，夜里忽听扑咚声，似乎猫狗落水，家人起来一看，哪有什么？只水面飘着个纸人，手中一把剃头刀，在纸人腹上有纵横曲折的朱符，从此才知是剪纸之术。不入教之家，多置水盆于门外，门上用石灰书自来落水四字。

无奈教匪势炎日炽，竟有小股盘踞村店或山庄作乱。常秀儿石鹤声二人一路行至开封，凭一柄宝剑解散了不少教匪。渡过黄河入直隶界。一日清晨，二人踏了晓月，正行走间，闻得车轮声响，越走越近，二人料是起夜赶路的客人。不想，看看来近，那车推入林中。常秀儿大疑，心中暗道：车子为什么不走大路，而穿林过去。倾耳一听，声音停了，有女人哭声。二人也愣住了，急奔入林。早有十余健汉，每人一柄单刀，押了一辆闷车子。

常、石大喝道："什么人鬼鬼祟祟？"

那健儿见二人劲装佩剑，吓得呼一声逃去，只扔下一车子。二人先打开车门，见内中两个绝俊小媳妇子正相抱了哭。

二人道："你二人为何如何，慢慢说来。"

二女子见常石二人英雄气概，忙自车中出来谢道："幸赖二壮士相救，不然俺二人一定落于奸党。俺二人乃是佟家寨人，因夜遭奸人毒手，用熏香熏过去，所以被奸人窃出。"

正说着远远一溜火光，鸣啰击鼓，风也似赶来一群人，大叫鼠贼留下

247

俺家姑娘，声尽处已然赶到。火杂杂数十壮丁，当头一个凶神似大汉，生得身高八尺，面如锅底，手中一条门闩，双目如铃，注定石常二人猛地叫道："你娘的，竟敢在刘爷面前弄鬼。"说着向常秀儿搂头便是一门闩。

常秀儿偏身闪过，不想那汉早挺门闩一连扫过十余下，势如疯虎。亏得常秀儿身形捷速躲闪，就那汉一门闩打空，一个下扫，那汉子已如大骆驼一般跌翻在地。

常秀儿拔剑喝道："什么人如此鲁莽？"

那二女子连忙摇手娇叱道："刘成不得无礼，这二位壮士便是救俺们的。"

那汉子听了，在地上望望石常二人，就势一骨碌便拜，一面道："你二位贵姓呀，小人便是刘成，外号雷神爷，虽然粗鲁些，就是心眼儿便好，你救下俺小姐，便是小人的亲爷，不然俺可驾不了。"

这一套话说得石常二人又楞又笑。二女子道："刘成休得乱说，快领二壮士到舍下，容拜谢义士之恩。"

石、常忙道："在下赶程事急，姑娘既有人来接，再好也没有了，岂敢言谢。"说着拱手欲走。

刘成正扛了门闩，开路鬼一般前导，听得二人欲走，顿时慌了道："哪个要走，便吃咱一门闩，咱小姐不说家中去拜谢吗？刘成未有叩过头，岂能放过？"

这时天已亮了，常、石心中有事，急欲上路，正在为难，忽从山林中赶来一生面汉子，生得短小精悍，有三十左右年纪，黑红面孔，大眼睛，薄嘴唇，结束劲健。二女子看了道："二哥来了。"

于是将石、常相救之事一叙，那汉子目光一闪，十分精锐，忙抱拳赶上一步道："在下佟文，敢问二位高姓大名？"

石、常叙了姓名，佟文道："舍妹误遭奸人毒计，幸承相救，敝寨离此不远，便请辱临一谈如何？"

二人笑谢之下，佟文道："二兄弟气概非俗，佟文也是义气男子，颇愿结识。"

石、常二人见佟文爽快，于是一行人直入佟家寨。二人遥望佟家寨好个气派，但见奇峰环抱，一泓翠绕，一个个小小山庄雄踞于峻崖拱捧之中，下临湖沼，上有绝壁，分两个山口，沿村四周，青石堆成防垒，迎风飘扬着佟家寨旗帜。刘成捏唇一声呼哨，早从芦苇中飞来数只小舟，佟文请二人上舟，一齐渡过，便是山庄。来到一所阔绰宅舍，佟文带客人到了客厅落座，小童献茶。

佟文与小童道："快请大庄主来。"

小童去了，少时来了一英凛凛汉子，生得魁梧白洁，颔下微须。佟文忙与石、常二人指引，方知此人乃是佟文之兄佟信。当时佟信知石、常便是救自己妹妹的壮士，于是致谢不迭，亲自与石、常斟茶谈起。佟信细细询问石、常，方知是当年异侠秦樾门人，越发起敬。常、石见佟家兄弟谈吐颇豪，互询来历。

原来在直隶河南之交，有一佟家寨，村虽不大，却处于山清水秀之间。此山乃是太行山的小小支脉，上有清溪曲曲下流，山下一湖名佟山湖。佟家寨百姓多半姓佟，处在这渔樵咸宜之所在，都富豪得很，本村庄主便是这佟信了。佟信兄弟二人，有两妹，长名琴，次名棋，贤淑贞静，精于诗书。佟氏二雄生平习就一身武功，结交江湖英豪，坐镇佟家寨，江湖震慑。自白莲教党兴盛，到处化为匪区，佟家寨富豪之地，久为教匪觊觎，因佟氏双雄武功厉害，教匪势不得展。开封白莲教主觉得自己势大，于是下书征粮千石、白银万两、美色女子二百人，佟信得信大怒，立斩白莲教使者。生恐教匪来搅闹，于是大整乡壮，以保守山寨。

且说寨中有一落魄少年，姓万名才。曾在武营中混过数年，后来随了清兵剿击一股土匪，被匪人杀得落花流水。万才不知怎的，还大马金刀驮了银子返家，真抖过几年，后来一荡依然故旧，每日徜徉村头，也不似当年气概了。这回大整村丁，佟信以为他多少在武营混过，便令他充个教头，部下百十壮丁在村头一块空地一队队地操练。佟信悄悄查看，果然万才部下村丁进退指挥得法。佟信大悦，于是大加褒奖。万才拿出当年武官气概，抖着威风，出入村中，万人争看，其实还是那万才。这一来万才大得其意，拿出冷面孔，板得高高的。日子久了，自居教头，壮丁稍有小过，便老大耳光打过，乡丁大恨。

这日，万才部下一个乡丁名叫狗儿的，因在教场正操演之际，望见观众中有一小媳妇子，确是俊俏，不由又丢过一个眼风，万才大怒。于是演罢后，别的村丁都归去了，狗儿方想回去，方踱过教场门，正哼着小曲，忽见万才冷冷眼风刷过，喝令左右拿下狗儿，狗儿大惊，连道未犯规法呀。万才叱道："方才有人告发你在教场上戏人妇女，哼哼，还说什么？"狗儿自己不过看看小媳妇子，这时已被万才喝令拉下大打一顿，噼啪啪打得狗儿乱嚷怪叫，养了十多日方好了。狗儿大恨，细细一打听，原来那小媳妇子却是万才拉的外家小婊子，所以他大发酸劲。

狗儿自那次被打，便想抓个岔子将万才铲下去。一日他见一个花子在村头柳树下困着了，身边一个铁桶，内中四五个气蛤蟆似的大馒头，还有一条油滋滋东西杂在其中，狗儿细细一看，原来是吃剩的一段肥驴肾，狗儿不由咽口涎，暗道：怪呀，这花子倒也不错，哪里弄这好吃食呢？花子一个懒腰坐起，凶睛一闪，望望狗儿，随手拿起驴肾迎头一口，下去大半，一面鼓腮大嚼，一起身滚出一物，白花花却是个整元宝。花子赶忙拾起揣了，望望狗儿似乎恐狗儿望见。狗儿心机一动，心想道：一个花子竟有大元宝，妈的不是那话儿吗？花子去了，狗儿便尾在后面，眼看花子穿入林中，狗儿急转过小道偷望，见花子大踏步转入一个破窑，过了破窑西便是大王庄等村。狗儿暗记了，也未声张，心中暗道：不用万才老小子看俺不着，如果真有匪人被俺探着，报与大庄主，一定大受赏赐。

当夜便结束了去探究竟，就村下隐身山石后，倾耳听了一会儿，没有动静，狗儿正想去望望，突然啪啪啪掌声相接，早自对面飞步出来一条黑影，直奔破窑。窑内出来十余人，每人一柄雪亮单刀，看那黑影驻足悄声道："万爷吗？"便听得有耳中厮熟之人答道："正是，兄弟们久候了。"狗儿纳闷道："这人是哪个呢？声音非常熟呀。"仔细望望，又看不清，猛然想起，人呼万爷，一定是万才狗娘养的了。光景是没好事，俺且给他个老等。只见那些人道："时光不早了，咱快上工做活儿吧。"于是一哄去了。一路唯看刀光还在闪闪，顷刻随着消失了。过了半晌，闻得一群栖雀啾唧惊飞，夜中乱撞，接着杀声喊叫之声，半晌方静了。

狗儿在山石后蹲得浑身冷飕飕，双腿发麻，天已将亮，晓风吹得越紧了。远远十余人踅来，仍入破窑，少时火光一闪，似乎点上灯烛。狗儿目光随着望去，顿时吓了一跳。原来窑中十几凶汉，都盘膝坐了，万才亦在其中，白花花大元宝，你一份我一份地秤起来均分。最后一凶汉道："这些包袱之类，咱便先将它寄放起来。"只见众汉相继立起来，每人提了一包纷纷奔出。狗儿大惊，吓得缩在一团。只见众汉却搬开一青石块，却是一小小山洞穴，将包儿塞入，又将石块堵了穴口，相继散去了。狗儿又伏到天明方返去，一路兴冲冲。

先盹了一觉，便去寻佟信，佟信悄悄将狗儿叫入，狗儿施礼道："特禀大庄主得知，咱村村丁中有勾结匪人的败类。"

佟信站起来道："真吗?"

狗儿道："此人俺先不说出，大庄主快派人悄悄去起证物便晓得了。"

佟文知得此事，亲自与狗儿等去了。由狗儿领导，直至那小洞穴，搬开青石，取出许多包袱。打开一看，包袱中都是妇人衣服及裘裳之类，佟文携回。

当日教场初开，佟信兄弟到来。万才正结束伶俐，手中一柄指挥刀，部下壮丁排成一列，跳浪如飞。佟信兄弟无事人一般，看了一会儿。

少时罢操，佟信与大家道："刻下白莲教匪作乱，俺村虽极力警戒，但仍有歹人从中祸乱百姓。"

诸教头齐道："自乡丁立后，未闻何处仍伏歹人。"

佟信变色道："快快抬过此物大家看。"

早有四五健丁抬两闷箱，打开倒在地上，诸教头一看，却是些衣服布匹之类，都摸不着头脑，于是道："庄主此是何意，俺们实大费猜解了。"

佟信四顾诸人都无异色，独万才面上青了又黄，变更不定。佟信知道一定是万才所为了，于是令左右拿下万才。

万才狡猾异常，从容道："在下承庄主不弃，加为教头，每日尽心未疏职务，庄主何故见责呢?"

佟信大怒道："你休推梦里，难道这些东西你不认得吗? 究竟哪里来的?"

万才正色道："在下哪里晓得，只知是庄主方才弄得来的。"

佟信叱道："夜间你所做之事，已被俺亲自侦知，尚有余党多人，已然就捕，你还想推托不成。"

于是由壮丁推过一个花子，望了万才道："喂，老万，咱铮铮汉子呀，砍掉一颗脑袋算什么呢?"

万才见瞒不住了，只得认通匪人不讳。佟信大怒，先皮鞭大板敲得万才皮肉均烂，将花子推过，佟信道："俺且问你。"

花子哈哈大笑道："得咧，你也无须问，俺便是开封白莲教主火判官牛保部下大教目混天星。因化装探山，巧遇故人万才，所以勾留下来，既被你捉住，还说什么废话。"

佟信本想从混天星口中探些消息，他竟一言不发，只有污骂，于是枭首示众。万才慌了手脚，叩头悔过，村中以为他初犯过，不愿失村人之习，极力保求，万才脱得不死，被开除教头。

万才大恨之下，一径逃下山去，投入白莲教主牛保教中，充数教目，每日大酒大肉，到处淫掠。教中教徒男女混乱，万才大悦，暗道：干鸟吗，俺早知这快乐所在，谁耐烦混在佟家寨。好姓佟的抖得好威风，俺此仇怎报呢？想着呆怔着，突然娇滴滴之声音道："万爷，教主唤你哩。"万才一回头，原来是两个十四五岁小女孩，都是牛保房中的，不消说小女孩虽十四五岁，早被牛保尝去了禁脔风味。万才去了，原来万才新诱得一新入教绝俊姑娘，被牛保得知，竟向万才要求自己搂一搂。万才为讨教主好，于是献上，因此万才大受教主青眼。

牛保拥有千百女教徒，拣美的都是他的姬妾。万才出入教主门下，享受着桃色生活，想起佟信之恨，暗暗做起手脚来。万才在佟家寨住多年，道路深为明了，知佟信妹妹都是绝色，于是便想弄来献与牛保，功劳是更大的了。万才打定主意，拣自己部下健教徒十余人，带了绳索软兜之类，趁夜一只小舟渡过佟山湖水。万才熟知山径，取僻道攀葛附藤而上，穿过一条山洞，越过山峰，便是佟家寨。万才导教徒一径飞跃入佟家后园。

原来这园中杂莳花卉，亭台花鸟，很好的一个花园。出此花园行不数步，便是山口，直至佟山湖，风景绝佳。佟琴佟棋姐妹喜欢地势风雅，便住在临湖一个小院。佟文有一仆人名刘成，天生神力过人，捷足善走，只是性暴而憨，动不动哇呀呀怪叫，所以绰号雷神爷。佟文以为他一定可以学武，哪知教他学了年余，其笨如牛，只要得一条七十斤重的铁棍。佟文觉着妹妹住处偏僻，便令刘成守后院。

这夜刘成巡视一周，弄一壶白干饮着，不由酒醉，就势睡起来。却说万才引诸贼入了后园，听了一会儿十分静寂，于是沿石垣跳入佟家姐妹宿院，万才低声道："兄弟们小心了，刘成那厮凶得紧。"于是自箭道转过，只闻一片鼻鼾如雷。万才大悦，偷伏窗隙一窥，刘成正仰八叉睡倒，身边还有一把锡酒壶，已然底儿朝上，壁上一把单刀，一灯如豆，已结成很大烛花，半明不暗的光线。万才推门而入，悄手悄脚，从壁上摘下单刀，噗一口将灯吹灭，反锁门而去。万才引诸贼直临内院伏下。

室中灯光明亮，只闻有女子声音道："小兰呀，你们先去歇息吧，这儿不用侍候的。"

一时走出一双丫鬟，直入对面小室。点着灯火，只闻一个丫鬟道："好困。"接着一个呵欠。

那一个笑道："兰姐跟俺到外面方便去如何呢？"

那一个道："哟，俺可不去咧，俺听说白莲教闹得凶，惯会使法术摸女人屁股。"

那一个笑道："你不去便罢，还来吓人，俺只好在屋中了。"接着溺盆响声渐渐，似乎撒尿。

少时灯熄了，正室灯光如旧。一声声棋子落声，便闻一女子低笑道："俺就不信，总会输与你。姐姐你看这盘棋你还有望吗？"

又一女子娇声道："手下败将还敢耀武。"接着二人齐笑。

万才等伏窗一窥，正有两个如花的姑娘，当中一红木几，二人偏身对坐弈棋，万才晓得是佟家姐妹。只见佟棋绯红的双颊，低垂玉颈，俊眼直注棋盘，含着微笑，又带着急的样子。万才见二人神注棋盘，正是时机，于是掏出熏香铁盒，将仙鹤头置好，引着盒中香，一缕轻烟从鹤口中吐出。万才戳透窗纸，轻烟注入，与空气混合了。佟氏姐妹虽闻得一种异香直透脑门，因二人神注棋盘，并未理会。顷刻二人浑身发软，沉沉入睡。万才等拥入，先将佟氏姐妹装入山兜，由人负了跳出后园，便入山路，一路好跑。万才早将小舟棹过，飞渡过佟山湖，一行贼徒将二姐妹先入闷车，推得飞跑。万才恐佟家寨发觉赶来，不敢走大路，所以推入林中，巧遇石鹤声、常秀儿二侠，解救下佟氏姐妹。

且说刘成酒醒，张眼一看，屋中黑暗暗，起身掌上灯，以为灯缩捻儿自灭了，听听更柝，五更初敲。刘成摘刀想出院中巡哨，不想刀无有了，顿时大惊，拉门却倒锁了。刘成知道出了岔子，用力一拉，双门噼啪落下。刘成一个箭步跳出，直奔正院。见角门开着，正室灯光尚明，刘成唤起两小丫鬟到正室一看，小姐不见了。刘成慌了手脚，大叫有贼，百忙中无兵器，抄起一条门闩便跑。早有十余上夜壮丁，单刀火把随了，一径抢下山去。到了山口，村丁把守得铁门相似，未见贼人影子，想是从山路抄上山的。刘成等急急下船过了湖，分头大赶。刘成又急又怒，一路胡撞，筋斗连连，幸而被石常二人截住贼人。

当时佟信致谢之下，叫摆酒大款石、常，佟氏姐妹亲来再拜相救，宾主尽欢。石、常二人心中有事，急欲登路，佟信不放。二人告知仙水湖之事，并吕少游函邀陶倩姑、石亚男，自己是奔仙山。佟信道："仙山之贼凶恶已极，俺早欲除此害，可惜俺弟兄山中有事甚急，说不定不日或与白莲教见战，不然俺兄弟一定与两兄同往，借瞻吕少游兄风采，今只好图后会了。"于是送二人下山。一叶小舟渡过佟山湖，依依而别。

石、常这一耽搁便是两日，自佟家寨出发，一路山多，本都是太行山脉，崎岖甚难行走。这日经过一山，但见万峰参天，洪湍激流，二人觅山径不得，正是踌躇之下，见一樵夫负柴而来，二人忙抱拳道："在下远方客人，因欲过此山，无有山径，敢请指示。"

山樵道："此山名双峰山，东西横越，双峰对峙，许多山峰旋回如螺，危险得很，如过此山，须自南道而上。"

说着一指，果然蓬头疏树，交叉一条窄径，便如蜿蜒似的通过。二人谢了樵夫，一径登山，初行还平坦有路，越行越崎岖起来。二人转过山口，数条去路，二人不由不知所从。这时已红日衔山，山峰晦暝变化不定，有时连林木都映得血也似红，有时晚霞飞处便是一片沉昏颜色。

石鹤声道："天色如此，俺们投宿何处呢？"

常秀儿道："那何须顾虑，风行露宿是俺们常有的，只是山径数条，你说走哪一条吧？"

鹤声笑道："你来学管子，俺来做你识途之马。"

于是纵步向正北一路行去，常秀儿果然随去，不想行进一程，一条山溪阻了去路。常秀儿大笑道："好个识途之马，却是马渴了，专奔溪水。"

石鹤声道："不要开玩笑，你看那边一片山草扑倒，仿佛有人时常行走，俺们何妨过去看看。"

于是二人过去一看，对面生着两株老树，相倾在溪水，在横柯架了木板。二人大喜，从容渡过山溪，果然山径坦平。鹤声道："幸运得很，你看红日已落，俺们也前进不得了，随便寻个洞穴住下是正经。"

二人一面走一面留神，未见山洞，却见几株云树笼遮下一椽小屋，竹篱紧簇下正眈了一个老翁。石鹤声常秀儿二人奔过，老翁张开昏花老眼，望了二人笑道："客官敢是投宿吗，快请里边坐。"

石鹤声当头便走，突然汪的一声，一条卷毛黑狗跳过，当头一口，亏得鹤声伶俐，偏身一闪，随便一脚，将狗跳了一个筋斗。老翁带客人直入茅屋，内中四块青石头搭着一木板便是桌子，四五个树根摆在地下，便是小凳，碎石堆成石炕，占全屋之大半，屋角米袋等项。

店翁笑道："山野小肆，简单得很，但多少还便利些行旅。"

二人委实饿了，店翁蒸来黍饭，只随带一碗老咸菜。店翁又从篱上摘得鲜豆荚，把来敬客，石常二人拉店翁同食，店翁笑道："这可是礼从外来咧，主人吃客。"说着就座。

石鹤声道："老店翁这个岁数，好容易种得豆荚，怎不留自己吃呢？"

店翁道："唉，俺如何舍得呢？这豆荚多少卖上钱八分银子，买些什么不好？"

常秀儿道："此处倒清雅得很。"

店翁道："倒还罢了，只是买卖不好做。因山中发现多数野兽，行旅不敢过山，这儿离山下近，还勉强可住。更可怪的是葫芦峰下常常发现光霞，俺以为是老黄爷子作怪？有一次俺耕种回来晚了些，那里便光霞闪烁，更不见什么。"

石鹤声道："咦，俺幼时常听人说，金银掩埋久了便放光，一定是银子了。"

店翁听了精神立振，大笑道："可不的。"说着低声道："悄声悄声，被别人晓得不是耍处。"

鹤声见店翁害起财迷来，于是故意道："老店翁发这财，与你道喜呀。"

店翁不由笑得弥勒佛一般道："同喜同喜，咱得银子便四六平分。"

常秀儿含笑点头不语。店翁如坐针毡一般，忽地跑出复又趑回道："二位爷台，那光霞又出来了。"

二人出室一望，果然天色已黑暗下去，天空几点疏星，东峰上已飞出一轮明月，照耀得全山如同蒙了一层白白霜雪，阴阳背影，非常明显。遥见对面森林中飘然一道光线，如闪电一般。

店翁拍手道："这一定是银子作怪了，快拿锹锨来掘。"说着飞跑去取来铁锹，还拿了一条米袋，预备掘出白花花大元宝，好装入袋中。

常秀儿却不理会，只手托下颔望着月色出神，一面道："好个风景，店翁倒享得清福。"

鹤声笑道："得了，你又着迷了，那么你便伴老店翁修行在这儿得了。"

常秀儿含着微笑道："那敢情好啦，境况下如何许得俺呢？俺真若熬得如此，也就罢啦。"

老店翁道："二位还羡俺吗？俺若熬到二位境遇上，还待来世修行了。"

石、常听了哈哈大笑，常秀儿道："可见人事之不定、思想之不同，于此看来，更无所争了。"

三人说笑来至一片林木中，空山寂静，林风飒飒，三人蹑入，穿林转入窄窄山径，却有一个垂藤掩盖之石门。店翁一指道："霞光便发于此处。"

于是放下铁锹，三人注目，果然闪烁烁发出光气，流走于山峡。常秀儿道："当年临溪先生与少游兄、倩姑赴嵩山取宝剑，光霞便仿佛如此。深山之中，异宝甚多，说不定是什么仙芝灵物。"

石鹤声道："是啊。"

店翁笑道："一定是大元宝，咱便下锹吧。可有一样，果然得了元宝，咱须四六平分。虽说是老朽发现的，也须说是借二位福大。"

说着就发光所在啪啪两锹，白光顿失，三人锹镐齐下，顷刻掘下五六尺，不见什么。店翁得元宝心盛，猛然一镐，只闻砰的一声，激出一溜火光。店翁惊道："坏啦坏啦，一定一镐刨在元宝上，多少掉些银渣儿。"于是去拂土一看，原来是一块青石板，店翁大失所望。

鹤声道："石下一定有的。"

店翁道："对呀，快快起开石头。"

三人起开青石，一个石洞，内中一铁盒，长约五尺，三人弄上来十分沉重，店翁喜得忘其所以，将铁盒放下，店翁两目均直，进一步想去开铁盒，被一圆形石头绊了一个仰八叉，后脑顿时一个爆栗。鹤声忙扶他，店翁已一骨碌爬起来，并不理会，笑道："哈哈，好大元宝啊。"

常秀儿已打开铁盒，却是一柄古剑，鱼皮锦鞘，非常精致，猛然抽出，嗖一声一股寒光，逼人欲栗。石常二人失声道好剑，店翁没精打采，抛锹蹲在一边，一手摸着后脑喘息道："横财不发命穷人，俺当是银子，原来是块破铁片子。早知如此，何必弄这穷腿呢？"说着收拾一切，负了空米袋自去。

石常二人也随去了，见店翁非常可笑，鹤声笑道："老店翁不要败兴，这剑你是无用的，俺们把与你些银子就是。"

店翁顿时掀胡一笑道："一块破铁片子，二位拿去就是，何必赏赐呢？"

鹤声把与店翁十两银，店翁慌了道："这还了得，俺如何承受得。"说着拜谢自语道："怪不得今天喜鹊只管叫，原来二位财神爷到了，小老一生何曾见过整银子，今天也开眼了。"

石、常二人细细把玩，那剑上有天精二字，锋长三尺余，暗纹清晰，锋利无比。店翁已靠墙盹着了，二人于是就寝。一觉天光大亮，店翁早预备好早饭，特备了大馒头，杀只肥鸡子。

二人道："店翁好容易养得肥鸡子，却把来敬客。"

店翁笑道："二位重赏，俺如何报得了？所以宰只鸡敬客。"

二人拉店翁同食，店翁道："俺多年吃素，今天也要开斋。"

三人吃罢，常秀儿又把与店翁一十两元宝，老店翁乐得发慌，百忙中没法酬谢，只将好些馒头装入二人行囊。送客出来，与二人道："自此出发，越走越崎岖了，过了落马冈，便是天峰桥，此处非常难走。乃是一道山冈，两道深涧，洪水奔流，上面满是荆棵荒藤，稍一不留神，便成肉饼。过得天峰桥便是断魂峡、夜叉岭等处，凶险得紧，不但猛兽成群，更有猛兽怪蟒当害。近来听说白莲教作乱，山中颇有些白莲匪人踞山为害。二位爷台赴仙山一带，当走东路，则可躲过此山，想是二位走错路径。"

石常二人一说来路，店翁道："后家寨往北向东便是，今已至此，二位是返路呢，还是就行呢？"

二人道："老店翁放心，俺二人均有宝剑怕他什么。"于是辞了店翁，匆匆登路。

二人一面赏玩风景转入山径，四顾崇山峻岭，万壑洄溑。踱过山冈，好些细石，虽是平坦之路，只那漫地葛条儿，编成了渔网相似，地势越发高上。遥见一峰突起，如卧龙之式，双涧紧挟，中空石穴，洪水浊流，奔腾汹汹，两岸荆树相交，藤葛满布，哪里知下面还有路径？

石鹤声拍手道："妙妙，怪不得老店翁说越行越险峻，常兄你看此处莫非便是天峰桥吗，果然天险之地。"

常秀儿左右顾盼笑道："山行越崎岖越爱寻味儿，咱便趁兴走过天峰桥如何？"

石鹤声跃然道："好。"说着当头开路，行进一程，还不觉难，到得山峰极处，鹤声开路方慌了手脚，因为葛蔓编织之下，说不定凹凸不定，稍一不留神便要落下，或磕撞得头角爆栗，却不时蹿出怪蛇狐兔之类。正在前进当儿，突然哗嘟嘟一声响，涧水顷刻溅起数丈高，水花落处，从水中直立着一根漆柱。二人惊愕之下，只闻一声怪吼，哪里是什么漆柱，却是一条巨蟒，正昂起巴斗大小首级，摆动着当头铁角，一双盆大怪目精光四射。见了石、常二人只曲身，一纵口中雾气，白茫茫刷过，那蟒已脱水飞上来，口中毒雾连连。二人忙往前一跃，那蟒正将落地之时，长尾一掉，直刷过来。二人大叫不好，就地一滚闪过，二人一齐拔出宝剑，抛了行装，见蟒已掉尾扑来，其速如风，百忙中一股腥臭之气熏人欲呕。鹤声大怒，一个随风扫叶式，随手一剑，正逢蟒赶到，那剑啪一下正中蟒角，震得鹤声手腕发麻，而蟒并未理会，反招得性起，旋身扫来。常秀儿稍一迟慢，已是一个跟斗，蟒便张开血口来吞。鹤声慌了，一连四五剑，蟒之盆大铁鳞片片落下。常秀儿趁势一滚，那蟒将毒芯伸过，常秀儿反身一剑，哧一声蟒舌已被削落，血流如注。那蟒猛然一蹿，痛得怪吼，直越过一重山不见了。

二人仗剑呆了半晌，见怪蟒已去，二人不敢追赶。收拾一切，赶忙踱过天峰桥，寻了一僻静所在歇下。鹤声就软土上磨去剑污道："好厉害的东西，俺竟数剑砍之不入，亏了常兄一剑。"

常秀儿正抚弄那天精剑，笑道："虽将毒物削落毒舌，俺二人之生命可也就险得紧哩。"

鹤声一个呵欠道："好困。"

常秀儿道："俺也觉浑身不安，莫非受了蟒毒了，咱且静坐一会儿试看。"于是二人对面坐了，提上丹田罡气流走周身。少时大汗如雨，半晌方恢复原状。

常秀儿望望日色已然平西，映得对面一片红光，二人又饥又渴。少顷闻得山溪潺潺之声，跟寻而去。二人就溪水食起店翁赠予之馒头，仍然前进。行入山峡，已日落西山，晚霞飞舞，一行行山雀啾唧唧飞过。过了一会儿，鸟飞将尽，日色没落了，只余下数朵红云映得全山通红，变出一种可怕颜色。山风吹过，红云消失了，只有山峰的倒影遮盖了峡中的一切。仰目一望，原来疏星不明，现在空中明月虽如霜峰，射在远远高峰尖上，可是切近之山峰，却将明月遮住峰后，山峡中顷刻黑暗了。

石常二人未免着起慌来，倾耳听听，山兽齐鸣，异声狂吼，还夹着许多厮咬格斗之声。常秀儿道："这可怎好呢，天色黑得如此，俺们却落在此险峡，月色还蔽在峰后，倘有猛兽怎办？"

石鹤声道："不然俺们便返回，先出此峡就是。"

常秀儿道："已然至此返回是不易的，月色过一会儿上来了，俺们便没可怕的了。"

这时夜鸟惊啼，猿嘶兽吼，充满全山。声音越来越近，二人先爬上高树。过了一会儿，明月慢慢移上，光霞充满山峡，二人方下来。常秀儿道："此处一定是断魂峡了，今天俺们前进不得，还是觅个山洞隐身，明日再走。"

二人一路寻不见山洞，闻得山泉流声，已至一小小山溪。两旁削壁峙立，从山崖中腰泻下清泉，曲曲回绕过山峡，就崖下一小小山洞，洞口一块横纹青石掩过洞口之半。常秀儿低声道："慢着，怕不是野兽洞穴吗？"

鹤声笑道："不不，你看这一带青草不倒，且那洞口小小的，就是兽洞也不过是狐鼠之类。"说着一手搬开青石，内中很静，月光平线射入，鹤声刚一探头，嗖一声跳出一只山兔，被常秀儿捞着，一提顿时了账，抛在洞口。鹤声道："好了，既有山兔便无大兽。"

二人入洞，鹤声又将青石挡好了，只上面月光充满，望外面非常清晰。二人走乏了，随便盹着。常秀儿为人仔细，生恐有什么山兽为害，虽在睡梦中还察觉声音。夜深人静，山风如刀，虽在初秋仍然冷透骨髓。鹤声一面盹睡，总挤常秀儿，常秀儿正冷得似睡不睡，突然洞外似乎有什么响动。常秀儿大疑，随手一拨鹤声，二人手摸宝剑注目。只闻拂拂两声，从洞口露出一毛茸茸东西，一双明亮眼光射入，复又缩回。二人仗剑取式，少时似乎洞口青石移动了，却是一只牛犊大小青花狼。正欲探爪，鹤声猛然一剑直刺入青花狼目中，那狼怪嚎一声撑跳欲走，常秀儿复一剑了账。这一来山中群狼齐鸣奔来，二人大惊，急将死狼拽入洞，将洞口用石从内垒闭了。顷刻似乎有许多狼奔来，沿岸叫嚎不已，半响返去。

常秀儿道："险得很，俺闻狼最合群，只闻同类啼声，山中群狼齐鸣相接，顷刻便是千百只，倘俺两人被群狼所困，只好死于此洞中了。"

二人打开垒石，望见月色越发明朗，飒飒的夜风徐徐吹来，鹤声冻得直哆嗦，常秀儿笑道："有了有了，俺们何不拾些枯枝烧起，不暖了吗。"

二人跳出，就地松柏枯枝很多，于是拾了堆在崖下，敲火焚着。常秀儿将馒头烧来就老咸菜吃起，鹤声在行囊一摸，只有两个，忙抛入火中烧吃了。觉得不济事，于是用剑削狼肉烧吃，加上咸菜条，非常得味。常秀儿尝了一块，喷鼻清香。二人剥狼整个入火烧起，自外片下肥藏。这时火焰已熄，只剩余烬，狼肉烧得焦而且嫩，股股香味充满峡中。

二人饱食，石鹤声也精神大长，拿过天精剑细把玩道："此剑正当常兄使用，别人是要污宝器的。"

常秀儿笑道："那岂敢呢。"

鹤声笑着望了明月，不由兴起，把剑哈哈大笑道："这月白风清，此处景物是难得的，常兄看俺舞剑助兴如何？"

常秀儿拍手道："好好。"

鹤声道："这天精宝剑俺舞弄有些污名器。"说着放下宝剑，一个箭步跃过，便是一个金鸡独立式，双拳一分，左右推开，猛地一旋身，双足踏进，真有排山倒海之力。常秀儿喝彩之下，鹤声已丢开步法，双拳纷纭，势如风雨，兔起鹘落，林风落叶。闹过一会儿，慢慢势缓，拉开粗声唱道："明月正当头，青春不住，好景更难留。壮士无愁呀，对景试身手。山径幽险呀，多碍足。便当一脚踢去南山头，等我过去，你莫在此住。"

鹤声唱毕，二人拍手大笑，常秀儿正吞一块狼肉笑道："老弟你真爽得很，唱起来也可笑，看俺老常舞剑和一曲子如何呢？"说着拔剑舞起，一片寒光起落之下，便如绕了一层薄云，顿剑唱道："月夜良宵，最怕残漏晓……"一个"晓"字未出，突然一声暴吼，把常秀儿高兴顿时吓回，鹤声正蹲在石上呆望，闻风跳起。二人相顾之下，接着两声怪叫，嗖嗖从峰上越过二物，生得浑身雪白，长毛四披，人也似立定。双目小而且亮，血口一张，竟哈哈大笑，拖得老长口涎，却是两个白熊。

此物凶狠善淫，浑身松油铁皮，刀枪不入，力能拔树。与人熊相似，在山中是稀见之凶物，虽虎豹亦须闻声走避。此物捉住人且不食，只先把玩，撕破衣裤，辨认男女。如是女人，须经它奸淫，那力大无穷之淫物，女人只一经交结，不待完毕早已了账，这时它即把来撕吃。

当时二熊见常石二人乐得狂笑，一径扑来。石常二人何等捷疾，一旋身形，影儿不见。二物相顾似乎惊异，二人已自熊背后杀来。鹤声一连三五剑斫在熊背上，白毛纷落，白熊吼一声返身来夺。鹤声迎头一剑，白熊正抓住宝剑，往后一带，鹤声往前竟带进一步。那熊已提起那双手，铁钩子似的当头便抓。鹤声大怒，单剑一拧，熊手短毛纷纷落下，鹤声夺剑之下，熊手已到，鹤声着慌，运用神力，单手接了熊臂，用力一甩，丈八高白熊白云似的飞滚出数丈。那熊一个健跳而起，一抖威毛随手抓起磨盘大小石块，向鹤声一个泰山压顶砸下。好鹤声速如流电，轻轻闪过，挺剑连刺过去，可是白熊身坚不入，鹤声方慌了手脚。于是想起，随手藏剑搬起石块，啪唧一声，将白熊砸了个仰八叉。鹤声赶去，白熊已起，可是一臂已然下垂，似乎砸伤。白熊单臂纵横，就鹤声剑至猛然夺剑抛出数丈，鹤声失了宝剑，白熊铁掌拍下，鹤声大怒，单手接了熊臂，人熊大拉大打。白熊张口欲咬，偏鹤声力大，白熊总近不得身，鹤声猛然大喝一声，竟将白熊拉倒，生生挖出眼睛。

这时常秀儿已单剑霍霍，那白熊奋臂纵横，可是一身白毛渗着一丝丝红血。少时白熊一个虎扑食式，常秀儿身形一转，已跃向白熊身后，啪的便是一脚，白熊吭哧一声栽倒，常秀儿进一步手起剑落，白熊巴斗大脑袋滚出丈八远，手脚乱动死掉。常秀儿见鹤声正将白熊双目挖出，那熊兀自怪叫乱抓，常秀儿过去一剑结果性命。鹤声累得也便扑通坐在地下喘了一口气道："好凶物呀！"

常秀儿笑道："石老弟赤手搏杀白熊，神力委实可佩，俺若非天精宝剑，也诛不得二凶物了。"

鹤声闭目休息一会儿道："俺老石就有这点子笨力气，今天真个用着了。"

二人说话当儿，闻得虎豹齐鸣，似乎奔来。常秀儿想起一定是烧狼肉的香味招来的凶兽，赶紧将狼肉剥下点儿整个地抛向后山，少时只闻野兽似乎在山后格斗起来。

二人跳荡半夜，渴得嗓眼发火，好容易待得月色西下，山峡变得昏黑之色，一片片的薄云布了天空，几点疏星还在闪烁着，二人索性在山洞盹一会儿。看看天空渐成鱼肚色，鹤声实在耐不得，推石跳出石洞。突然哗啦一声，接着尖厉厉哈哈笑声，鹤声大惊，方想缩头，啪啦啦飞过一只夜禽，原来是一只大猫头鹰，瞪着双灯似的眼睛，又对鹤声叫了两声飞去。鹤声笑道："今天真倒霉了，又撞见这鬼禽，前方不定还出什么岔。"

说话间天光大亮，二人收拾一切起程。天空飞着几缕红云，草儿上还留着透明珠露，鹤声道："俺们先就山泉饮水是正经。"

二人到了溪畔，先净了手，然后捧水吸饮。鹤声站起来，摸摸肚皮笑道："喝得膨胀胀，还觉渴。"于是又吸了几口，二人才登程，一面把来狼肉吃着。

鹤声道："这山路遥远，俺们食粮已尽，当不起饿。"

常秀儿探手行囊中，只有两个大老咸菜，鹤声笑道："那老店翁恐咱干吃馒头，所以多装了些咸菜，何如多装些馒头，俺老石也充实肚皮。"

秀儿道："有了有了，咱只随便打些山鸡山兔，烧来就此咸菜岂不大好。"

鹤声大喜，于是二人随手拾起山石，打了山雀之类。忽然一只苍色老鹰飞来，鹤声应手一石打落，拾起一看，左翼似被弹子所伤，二人诧异道："咦，怪呀，这儿还有猎人吗?"

四顾并不见一个人，只山空寂静，似乎远远闻得有驴子嘚嘚声。二人想先寻个林木稀疏所，烧食山雀，于是转入深林间。似闻有人道："天气不早了，咱路又走错，还是赶紧上路吧。"便闻粗声怪嗓的道："干鸟吗，这真是骑驴的不知赶脚苦，好，好，好，你怕晚了，少时要你先一步如何?"

石常一看，原来是两个驴夫，生得粗眉暴目，青筋横肉，好个凶相。每人手中一条皮鞭子，正蹲在石上抹额汗，两只毛驴子在山石边食咬绿草。一个华服汉子生得肥头大耳，正在瞅了驴夫似乎恐惧，面色变更不定，见有人来忙道："喂，二位奔哪儿啊，咱是一路不是呢?"

石常二人望望那汉子，忙笑道："在下奔仙山的。"

驴夫冷笑道："哈哈，只好拉个碰头交，这时虽一路走，转过夜叉岭，咱奔东南，人奔西北。"

那客人听了又是一惊。常秀儿看二驴夫凶怪之相，一定不是好人，并且倔强之态已露，顿时心中一动，"什么一路呀，俺们虽奔仙山，抄下小路，咱是同行无缘的了。"说着与鹤声去了。

驴夫含着狞笑，那汉道："俺也不赴湖北了，咱便一同随着客人

262

走吧。"

二驴夫冷笑一下，瞪凶睛道："你说得好轻松话儿，雇驴由你，退驴还由你吗？干脆说，你少说这屁话。"

那汉一皱眉头，想发作，又不敢，二驴夫站起道："得咧，俺们放脚早返回多兜个客人，如你这样好客人，俺们赶脚的只好空喝西北风了。动不动讲歇了脚子，里里外外耽搁俺们多少日期？"

那客委实忍不住道："怎你两个左右是理呢？刚才俺说上路，你说骑驴不知赶脚苦，这时又说耽搁你日期了。"

二驴夫一翻白眼道："少说闲话，什么理不理的，咱便是要你说理的。"常秀儿听了，越发替那客人捏一把汗。

少时，常秀儿故意转过小山弯，石鹤声道："车、船、店、脚、衙，无罪也该杀。常兄你见二驴夫多么可恨，俺老石若不是赶路事忙，一定与他二宝贝眼中插棒槌。"

常秀儿道："俺看二驴夫凶狞异常，一定不是善类，那客人前途便有些危险了。俺们趁未过夜叉岭，先观他个究竟。"

二人说着踅过山环，又入正途，就山净石上焚着枯枝，将山雀山兔整个烧起，二人躺在树林下休息。过了一会儿火熄了，只余木炭，出了一种肉香，鹤声委实忍不得，跳过去拨出山鸡，剥下皮毛，撕下鲜嫩的肉儿夹咸菜，吃得摇头摆脑，常秀儿也如法大嚼。

正这当儿，驴声大鸣，便闻驴夫喝道："瞎眼的东西，看不见正路左右边吗？"

二人望见驴夫赶驴到来，那客人骑了一头，那头驮着许多什物，那驴岔向左道，驴夫大怒，一面嚷嚷，一面赶过去。猛然一带驴子，险些将客人闪下驴来。一径带上右路，行经树下，望见石常二人，顿时一怔。

一个鲜红眼睛的驴夫，一眨红眼瞅了瞅石常二人道："咦，他二人怎倒在头里了？"

那个黑麻驴夫道："管他呢，走咱的。"

那客人在驴背上，方想下驴，早被黑麻驴夫带着驴便跑。一面说道："跑了半晌，连口水还未得着，只管磨蹭什么呀。"说着一连两鞭，打在驴子屁股上，人驴如飞，顷刻转过山弯，便不见了踪影。

石常二人食罢，寻些溪水喝了，登路行了一程，见二驴夫正驱驴转入林中。常秀儿道："石老弟，咱就从此抄过，到前面候着，看二驴夫怎样下手。"

于是沿森林抄下去，见山路越发难行，登上山岭，便见对面斜峰交峙，真是处处鸟道盘回，带带羊肠曲径，葛蔓藤交，虎豹怪石。二人行近山泉，屈曲流泓，石崖凭注而下，上架石檩，清潭下积，支流入于涧底。石鹤声拍手道："好个险境。"

常秀儿道："慢着，此处虽好，恐怕就是后面那客人致命之地了。"

鹤声大怒道："好嘛，那咱们便等一会儿救救他也是好的。"

于是就山泉饮水，隐于石后。半晌尚不见驴夫到来，二人一望，见驴夫已驱驴子上了石梁，常石二人悄悄随去。见驴夫与那客人到得石梁上，驴夫一扬皮鞭，两个驴子顿时倒退。

那客道："在这危险所在，是玩的吗？"

驴夫喝道："你是半途中就叫渴了吗，这里有溪水，难道你瞎眼睛，看不见不成？"

那客只得下驴，望望二驴夫凶睛滚动，吓得面色都是黄的。石常二人忙爬上老树，只见驴夫相视会意，然后四顾，黑麻驴夫道："喂，哥们儿此处如何呢？"

鲜红眼驴夫道："可以了，只给他一个水泡面吃比什么不强，还省下腥气两把血。"

那客听了早已吓得哆嗦跌倒，黑麻驴夫道："这样损阴德，山神也要见怪的。"

鲜红眼驴夫早将那客捆得馄饨似的，拾起一拳大石子，硬塞入那客人口中，一径控入石穴，用石块挡了洞口，笑道："你看如何，他便是饿死也不是咱害死的，山神哪能怒咱呢？"黑麻驴夫早将驴上驮着之行囊打开，原来有许多白花大元宝，二驴夫瞅了大笑。

黑麻驴夫望望银子，面上杀气飞腾，冷冷一笑道："喂，你无故害那客人，山神是见怪的，俺替客人报仇吧。"说着嗖一声，拔出单刀，照鲜红眼驴夫当头一刀，鲜红眼驴夫猛然一惊，偏身闪过，黑麻驴夫早又一边数刀斫过去。鲜红眼驴夫急舞皮鞭来挡，单刀落式，皮鞭断折，鲜红眼驴夫急怒之下，鞭杆乱打。黑麻驴夫进一步一刀，半截鞭子啪唧一下，黑麻汉顿时闹了个乌眼青。黑麻汉大怒，刀势一翻，早将鲜红眼汉子戳倒，进一步一脚将鲜红眼驴夫踢落涧底。黑麻汉张臂大笑，先跑去将金银包好，一面自语道："俺平白得这许多银子，幸运幸运。"移时呆了一会儿又道："好汉，光天化日之下，鲜眼竟敢害人，俺替那客人复仇了，山神爷有灵，应回我义举这功，保俺平安押银回家，弄个小媳妇，俺也尝尝女人滋味。"说着龇牙一笑。

常秀儿看了多时，当时见黑麻驴夫捣鬼，当时答道："吾神在此，看你杀人劫财之功，确实功劳不小，二小仙与俺将他带过领赏。"

黑麻驴夫猛闻吓得一哆嗦，四顾不见一人，正在慌悚，又闻道："功绩过大，先赏他一刀。"麻驴夫吓得直跳起来，早见高树上轻轻飘落二人，却是半途遇见烧兔子肉吃的石常二人。

麻汉顿时胆壮喝道："俺替客人报仇，干你什么事？"

常秀儿笑道："俺替鲜红眼驴夫报仇，干你什么事？"

说着石鹤声跳过去，黑麻驴夫早当头一刀。只见鹤声身形一晃，影儿不见，黑麻驴夫慌了之下，只觉脖颈上冰凉一家伙，鹤声笑道："你动一丝儿俺便是一剑。"说着一按，黑麻驴夫脖上顿时一条横口，吓得委顿在地，山嚷怪叫，鹤声将他捆了。

常秀儿道："俺替鲜红眼驴夫报仇，山神一定佑俺。"说着与鹤声二人抬了黑麻驴夫，前后荡悠，猛放手，麻驴夫嗖一声飞出老远，啪一声落在潭中。二人拍手大笑道："恶人均死，该办咱的事了。"

二人说着带住毛驴便奔石穴，突然有人霹雷似的一声，大喝道："杀人利己，该当何罪。"

二人反视之下，早有一道剑光刷过，二人大惊，抛驴应刃抢过，双剑一摆，兜住来剑。但见剑花似雪，直泻而下，敌人却是一个青年壮丁，生得清俊白洁，蜂腰猿臂，一条大辫抛在脑后，好个气概。

欲知后事如何，且看下文分解。

265

第二十四回

纵淫风小仙倡乱
忧国事君起兴师

且说石常二人接少年大战，三五十合不分胜负。常秀儿一紧剑锋，但见剑下如雨，萦绕着少年周身，鹤声转来猛攻，少年大败，虚晃一剑便走。鹤声大叫"小辈休走"，声尽处唰唰一边飞来四五支袖箭，鹤声挺剑拨开，最后一箭险些打中，鹤声一个随风落叶，仗剑截住青年。常秀儿见少年势单，自后虚刺一剑，少年反身接战之下，常秀儿猛然一个下扫，少年正一剑劈开鹤声来剑，一跃未起，跟跄跄栽倒，鹤声大叫赶过抢剑便是一下，突然铮的一声，一道剑光飞来架开鹤声之剑，却是常秀儿，少年却合目等死。

常秀儿道："石老弟好生鲁莽。"于是扶起少年道："壮士高姓大名，能见义舍身也是俺辈一流了。"

少年张目见二敌人竟扶起自己，于是道："在下姓吴名小峰，湖北人氏，今跟随二驴夫至此，见二位杀了驴夫带驴便走，疑为歹人。"

常秀儿大笑道："带驴正是去石穴救那被难客人，竟惹吴壮士误会。"

吴小峰忙问二人姓名，二人叙了姓名，互相佩服，忙从石穴救出那客人。已委顿不起，过了一会血脉周流了，方能站起，忙与三人叩头道谢。问他姓名，方知是湖北人名张信，乃是一个恒走北京的巨贾，因有事返家，过此山雇得贼驴夫，险些丧命。

吴小峰听张信说是湖北人，正是自己同省，于是道："张兄府上何处呢？"

张信道："在下襄阳之八卦堡人氏。"

吴小峰道："俺赴八卦堡寻个朋友，此人姓屈名伯通，张兄可晓得？"

张信道："啊哟，那俺怎不晓得呢，正是敝村大庄主。兄弟二人，次名伯达，都神于剑术，为人义气不过。吴壮士既赴八卦堡，在下不愁路途之危险了。"

常秀儿道："吴兄也赴湖北吗？咱正要分路了。"于是告知自己与石鹤声要赴仙山。

吴小峰道："俺前日过落马村，闻说仙山大战，正是名武家耿吟秋合同几个少年英雄，俺本想参战除贼，因湖北事急，经朋友屈伯通之约，急速赶去。"

鹤声道："吴兄赴湖北贵干呢？"

小峰道："唉，湖北起了一种白莲教，灾害百姓。俺闻伯通兄弟与白莲教作对，已杀得尸山似的。教匪势大，所以伯通兄各处邀来朋友。"

常秀儿道："是呀，便是敝处白莲教也闹得很凶。双方事急，吴兄张兄咱再会吧。"

吴张二人深深记了二人姓名居址，张信再拜道："二位壮士半途盘缠如何呢？在下随带无多，颇可一用。"

常秀儿鹤声忙道："不须不须。"张信已分一半约二三百两塞入二人行囊，鹤声笑道："张兄你这不是与咱们开玩笑吗，本来山路难行，再负了这些累物，俺如何受用？"说着交与张信道："改日定当借重，张兄暂收。"张信没法，只好收了仍驮上驴背。四人依依分手。常、石连夜赶下山，及至落马村，仙山已破。

当时常秀儿叙毕，解剑与大家看。吟秋夫妇赏玩一会儿，果然宝物，余隐接剑不由喝彩不迭。余隐与常秀儿非常相得，越谈越投机。余隐性子清越，不爱久住，当日辞众自去，常秀儿问他将赴何处，余隐笑道："俺一生过着漂泊生活，闲云野鹤，哪有定所呢。"说着扬长而去，常秀儿不由怅然。

次日大家分手，吕少游赴京，耿吟秋夫妇返里，唯有石常二人空奔驰数日，反倒不知上哪儿去好。

吕少游道："不然咱便一同走。"

常秀儿道："俺是不去的，石兄弟呢？"

石鹤声道："亚男姐临行嘱咐俺不要远去。"

秀儿笑道："如此干脆咱二人同来同去。"

鹤声还在犹疑，常秀儿道："走走，村中办乡兵，正推你首领，你更得回去了。"

吕少游道："是呀，石老弟正当回去。"石鹤声扭不过，别了少游，二人返回。

这且不表，单说湖北省襄阳之白莲教主张邦才倡乱以来，党徒日众，又有大教目齐林夫妇、高天德、冷田禄、吴向礼等人，声势浩大。如四川、河南也都如乌云欲雨地卷起来。其余不关本书，单说襄阳之大教目齐林与浑家王美英分驻雄兵于荆花坞、牛角坪，渐渐有取襄阳府之势。襄阳知府向金满原是个不识字老爷，乃是和珅权相一脚子人物。

向金满自至襄阳，带了亲信二人，一名贾一鹤，一名王国忠。贾一鹤乃是个落魄酸秀才出身，听说他的老婆颇有些姿色，浪张得厉害，不知何时，与向金满吸溜上了，一鹤戴了一顶青头巾，委实有些不受用。正想发作，敲金满一杠子，不想金满忽然放了襄阳知府，一鹤得这消息，吓得不敢伸头。

一日一鹤闷闷之下，到城外散步，眼望着青山绿水都带愁气，不由叹了一口气暗道："花木冬日虽枯，春风吹处仍有萌芽再荣之时候。俺呢，何时出头？唉，没别的，只好将她索性贴与人家，俺倒弄口饱饭吃。"呆痴痴相了一会儿，觉得噼啪啪落下几个雨点打在头上。一鹤仰头一望，不知何时满天布满乌云，清风吹处，潇潇洒洒不大不小雨点落下。顷刻尘气均消，吸一口气都是清凉的好受用。一鹤大袖蒙头便走，跑入一小土地庙中避雨。廊下正有一个小厮，赤条条躺在供桌上，一手抚弄着蚕蛹般老当家，一手还拿了一物把玩，却是一个大麻蛤子，双壳紧合夹着一条肉柱泥壳，一鹤见状不由失笑。

小厮突然跳起来道："咦，贾大叔吗？你还不快瞧瞧去呢，俺听说向金满新放什么知府，人都说他要发财，您想知府一定是好吃的东西，刚才俺看见向金满上大叔家中去了，一定是送好东西去。大叔不在家，活该大姊子吃体己。"

一鹤一看那小厮乃是街坊孩子，当时一鹤听了这话，心中又苦又辣又酸，暗道：好没来由，俺老婆硬被小向子偷去禁藏。想着冒雨便跑，到了家，门闭得紧紧的，一鹤大怒跳过墙去，直入正室。外面雨声潇潇淋着，走到窗下闻得一片褒声传出，便闻自己老婆接续地说道："俺就怕你那股子邪劲儿发作，压得人通出不来气。"

便闻有男子颤声道："好乖儿莫转动。"

一鹤伏窗一看，顿时气冲脑门，一股怒火烧上来。原来屋中正是自己老婆，正赤条精光被金满搂了。一鹤正想闯入，只听金满又道："俺新放襄阳知府，白花花银子水也似流入你怀，你应该与俺怎么一个舒适呢？"

老婆俊眼一转，两颊绯红如两朵红云，娇声笑道："啊哟，还怎样呢？这可由你了。"

金满道："俺赴任也踌躇，因为舍不得你。"

一鹤听了心中一动，老婆道："那不是活法子吗？一鹤正穷得要掉牙，再说咱三人长久如此，也不是事，不如与一鹤点儿差事，随你赴任，俺不是也跟去了吗？"

金满大喜，一鹤一听醋气全解，又悄悄藏了。只见金满拉了老婆手，望望天空雨已止了，老婆蓬松鬓儿、绯红的脸儿，金满回身搂着吻了个香方去。

少时老婆笑吟吟哼着《二姑娘思夫》入室，一鹤随后跟进去，老婆正褪下裤子，拿了一块湿殷殷布去擦拭下身，猛然吓了一跳。一鹤直猴上去，老婆一推起来啐道："好没人样，大清白日什么样子。"

一鹤笑道："大清白日才有样子呢，不用说别的，你的火气刚刚被雨浇煞，怎会顾俺呢？"

老婆一听一鹤话中有因，顿时一怔暗道：方才俺送出金满，明明将门关了，他怎会进来呢，想他一定早在家中，自己丑态想一定被一鹤看个明白。索性滚入一鹤怀中低声道："你莫糊涂，咱家如今败落怎会发迹呢？俺虽勾搭金满，也是为你呀。"于是将金满放知府事一说。

一鹤道："俺也是如此想。"

从此便将金满请入，三人打了一锅糨糊。金满深信一鹤，凡事都有一鹤的坏水。王国忠是金满的内弟，生得傻大粗黑，平生练就武功。当年曾流入胡匪，也被金满荐入武营，充个千总。

白莲教常闹起，金满不但不加制止，反加入教中，也到张邦才教坛去听讲。因为张邦才知道糊涂知府，于是派人下书，宣扬教道，知府得知便派了贾一鹤去教中查看。一鹤在暗绿灯光之下，见许多教徒，赤裸着白臂儿，绯红嫩脸，一个个含娇带嗔。一鹤色中饿鬼，如坠迷人洞中，一夜当儿，将一鹤弄得颠颠倒倒，一连多日忘了自己是干什么来了。

返到衙中，向金满喝道："俺要你查看教中消息，怎一去多日呢？"

一鹤老着脸道："老爷舒服极了，不信你便听一下。"于是形容经过，将个金满闹得如坐针毡，再也耐不得。正逢一鹤老婆端茶而来，金满瞅了瞅，顿时将老婆按倒，一鹤参观一会儿道："差得多呢。"

当日金满打道前往，一连多日不肯回衙，又将张邦才之女张小仙认了金满干爹。金满多日后返衙，将小仙带回衙中。小仙出落得天仙一般，邦才将自己之白莲圣经完全传与小仙。

这时正当盛暑，天空撑定一把火伞，自春未雨，田苗将枯。许多教徒请教主张邦才求神祈雨，张邦才运用法术，七日不食，真个甘露大降，田园均足。百姓大感，归者如云。邦才便自命不凡起来，预备潜号。

襄阳总镇马君起为人忠耿，英勇多谋，当知府入教，他便屡次陈说厉害阻挡，无奈向金满不听君起之言。君起看看白莲起来，闷闷不乐，只悄悄将部下兵士练得生龙活虎相似，军中有谈白莲教之妖言的立斩。

一日君起想起国事，搔首不得主意，慢慢踱出城外。顺大路走去，望见一处处百姓门首都插白旗，均是白莲教徒，不由长叹。正在呆怔，突然扑啦一声，扑面落下一只野鸭儿，还带了一支箭。君起诧异之下，早从林中跑来两匹大马，上面二精壮汉子，生得英风凛然，二人手中一张弓，前面壮汉笑道："阿哥，你看俺身手如何呢？"

后面白洁汉子笑道："射一鸭子何足为奇？你看俺一箭射此雕。"

君起仰头一看，正自南飞来比翼二雕，只见白洁男子拈弓搭箭，一个回头望月式，嗖的一箭，君起不由拍手喝彩，原来一箭直贯双雕坠地。二汉子忙翻身下马抱拳笑道："献丑献丑。"

君起多日愁闷偶然撇开，心下未免一畅，于是道："二位壮士高姓大名，端的好箭法哩。"

二汉子一叙姓名，君起惊道："原来二位便是名震湖北的屈伯通兄弟，久慕久慕。"于是自报姓名。

伯通兄弟知便是襄阳总镇的马君起了，连忙施礼道："原来是总镇老爷，失敬失敬。"

君起忙笑道："屈兄不要拘泥，那俺怎敢当呢。"

原来君起虽坐着襄阳总镇，一些官派没有，真是与民同乐，自己公事之暇，常到野外寻野老谈天。襄阳流行一种口号，是糊涂知府，贤明总镇，伯通兄弟早已有闻。当时三人谈了一会儿，十分相得。

伯通道："总镇为什么自己来踏青呢？"

君起见问，不由一皱眉道："俺因现在白莲教兴盛，朝廷任用人才不得当，所以如此，白莲教是要作乱，将来也是国家一大疮痍，怎样收拾呢？终日闷闷，常到野外散心。"

伯通奋然道："白教邪说蛊惑愚民，早当根绝，如今他羽翼将成，恐怕难以下手了，总镇如有用俺处只管吩咐。"

君起大喜道："得屈兄伯仲俺手足可免麻木了。"说着天晚，三人别过。

次日君起亲自赴八卦堡访屈氏双雄，宾主甚洽。君起说起知府向金满入教之事，不由唏嘘，伯通叹道："上行下效，自古如此，怎的知府便如此不明？怪不得有糊涂知府之称。"

君起道："俺闻擒贼擒王，必先诛张邦才，而后可扫其教党。"

伯通沉吟道："白莲教势大，如杀其首，教乱立起，如何是好？"

伯达叫道："白莲教之乱正在潜势待机，如当今不除，祸延将深。"

君起道："正是哩，俺也如此想。"

伯达道："可诱张邦才入襄阳，一鼓擒下岂不得手？"

伯通道："慢着慢着，杀邦才致匪攻城如何是好？"

伯达道："蛇无头不行，既诛白莲教首，余者瓦解，焉有攻城之力？"

伯通道："不可不防备。"

君起道："俺为襄阳总镇，岂可坐视白莲教跳梁。如其部下不服，俺尚有重兵在握，就势剿灭白莲教党，便请屈兄从中助一臂之力。"

伯通允诺，生恐事情弄坏，于是驰书先邀自己好友吴少锋、秦逸人等赶来备战。

且说君起去后，自己筹备一切，这时襄阳城内已白莲教化，因为知府老爷都入教，何况百姓呢？闹得乌烟瘴气，男女如狂，左不过淫邪所染。张邦才妖法惑民，每每夜间发现怪异，或见一行行红灯飞走，或乌云笼罩下，许多裸体美女做出种种淫乱，声言床上术是传与教徒的，人经此指点，日久有返老还童之益。或有许多怪魔鬼使，口中吐出火焰，说是瘟神派下大小瘟母来散布瘟疾，当之便死，非入教禳解便无此害，种种邪说。马君起部下兵士交头谈说，都背了总镇耳目。

马君起想除张邦才，因为自己反对白莲教，张邦才绝不肯来。想了一会儿，忽然得计。于是入衙，向金满正赤臂吸水烟，满面青灰淫侈之气，见了总镇到了，忙请入相见，落座，向金满夙常无甚体统，赤臂便肃客。

当时君起道："府尊想是苦夏，怎瘦得多了？"

金满笑道："不觉哇。"说着一面吸着烟，到镜前一望道："可不是的。"说着放下烟袋，一个呵欠道："好懒，总没精打采的，总镇怎一向未来谈天？"

君起道："因为府尊入了白莲教，教务很忙，所以无事未敢打搅。"

金满一缩脖做个鬼脸道："俺劝你入教，你偏不肯，内中多是乐子，什么那个这个的，有乐子咱便寻。怪不得名白莲教，原来内中有女娘儿，真有白莲花那样白净可爱，也可以叫迷人教了。"

马君起见金满丑态忘形，虽闻之刺心，勉强笑道："真吗，府尊不要诳人的。"

金满早有意勾结张邦才入城，因碍于总镇马君起不肯，一向未有办到。当时闻得君起之言，似乎有意，暗道：人都说俺老向是色鬼，原来君起也是假面具，今他色劲儿熬不过了。于是颠头晃脑道："不信你便试一下，喂，老马呀，你不说俺瘦了吗？你想老兄坠迷香洞中，昼夜被美人咂去血，如何不瘦呢？如今教主传出一种宝贝药，只吃一丸儿，一宵你也休想闲着，那么今天咱便一同入教去。"

君起道："府尊悄声，被人闻了不笑话吗？俺因与张邦才弄得很不对头，先会见一回，才好去呢。"

金满听了顿时大喜道："对对，咱便明日请张邦才入城会聚，前隙便化无了。"君起称善辞出。当日大整兵马，声言接迎白莲教主。

且说向金满大喜之下，忙将一鹤请来告知君起之意，一鹤沉吟道："马君起夙日见人便瞪眼，如何有此诚意？"

金满笑道："老贾就这点子，专爱多心，难道人都是贼吗？如此便不用做什么了。"

一鹤耸肩笑道："岂有此理，咱不是还有俏事呢，如邦才到了不惊咱桃花梦？"

金满笑得咧着大嘴道："张邦才岂敢呢，俺弄着他的女儿，他还得高兴呢。你想大大襄阳府城稳当当到手，岂不是个乐子？再者咱弄他女儿一些未缺，怕什么的。"

原来张邦才自知府老爷入教，真是幸运极了，心中知道襄阳唾手可得，只碍了一个马总镇，不但不入教，还有扫荡白教之意，邦才未免提了一颗心。亏得手下大教目各守住要隘，自己方放下心。邦才为了笼络知府老爷，便将金满请入宅，当夜舍出妻妾侍夜。金满左拥右抱，摸摸那个光润臀儿、这个酥软温香的玉乳，金满迷糊糊直闹了一夜，一连宿了多日方回去。在邦才家中，见邦才女儿小仙生得娟秀异常，金满迷色哥，见了魂灵又被勾去了，便送与小仙许多金珠，终日念念。

一鹤道："府尊一定是着了迷。"

金满笑道："偏你怎惯钻入人心眼儿呢，你知俺迷了谁？"

一鹤笑着一挤眼道："一定是那小仙了。"

金满笑道："老贾你看小仙水灵灵眼儿，白白脸儿，啊哟，若光溜溜搂一宵多么受用。"

一鹤笑道："真是一掐一股水的嫩，就是弄不着。若想美人在抱，须央俺老贾不可。"

金满听了扑通一声跪下道："我的活爹，快说说法子吧。"

一鹤揪起金满道："法子倒有，那么怎样报酬俺呢？"

金满嘻着嘴道："由你由你。"

一鹤心中暗道：俺老婆被他弄得那话儿都旷大了，老向拥了四五妻妾，都是如花似玉美人，还不足。他那妻妾引人怪痒的，那么咱也须弄他妻妾一回。于是道："你好那个难道俺不好吗？"

金满笑道："好办好办，俺房里的兰丫头、芳丫头，你将去玩一宵如何呢？"

一鹤道："不成不成，俺牺牲老婆都把与你，这时你便舍出两个丫头，还是被你尝去头水货，如何成呢？"

金满笑道："得咧，老贾你一定是要咱房中人了，为了美人也没法，今天你便宿在衙中吧。"

于是一鹤住在衙中，与金满妻妾闹了个联床大会，一鹤预先服了春不老淫药，大家无遮，将金满妻妾一一尝个尽兴。

金满眼睁睁自己妻妾被一鹤淫污，未免有些不受用。次日一鹤道："无功不受禄，俺既受你雅意，也该出个主意了。你既为襄阳府尊，张邦才正巴结不得，何不认小仙做义女。"

　　金满大怒道："俺意在与小仙做夫妇，这不是开玩笑吗？"

　　一鹤道："你看不等说完你先不耐烦了，等收为干女之后，接她入衙，以后事不由你了吗，还用说吗？"

　　金满大悦，于是将小仙接入衙。小仙天生淫物，在衙居了数日，金满故意将她安在自己住室内间，每夜金满与小妾淫乐。小仙听得亵声，一夜难眠，觉得浑身如火，双颊绯红，偷偷一看越发耐不得，就桌上冷水饮了一口，方杀下火性。多日未眠，这日天热得火也似。小仙困极躺在床上，大汗如雨，浑身衣服都沾在身上，索性脱光，只一条绫被掩了肚睡着。且说金满早蓄野心，这个机会如何肯弃过？悄悄溜进屋去，早已浑身如融，呼吸急促了。见小仙赤裸裸横陈玉体，青丝低垂，掩了粉颊，一双玉乳明显地垂下，悄悄掀去绫被，玉体毕露，影绰绰一双玉藕腿，只穿了一只红粉色绫袜。金满早猴上去，小仙梦中一个寒栗，浑身如绳子绑紧一般，猛一张眼，自己怀中正是知府老爷，已然猴着色相没人样起来。小仙虽觉不好意思，但干柴烈火，半推半就，良久方毕。

　　小仙拢着鬓角，媚眼看了金满一眼，金满已死蛇一般起不来，口中还乱念一气。小仙一指戳到金满额角咘地一笑道："看你这色鬼，早晚死在女人肚上才是报应呢。"从此小仙与金满日夜宣淫，金满精力不足，顾不了妻妾，便一总儿归一鹤兜揽。可是小仙天性最淫，金满哪能使她欲足，明白地与衙中小厮等胡混，马君起闻知气得发昏。

　　当时金满派一鹤去联络张邦才，邦才道："府尊是俺干亲家没得说咧。只有马君起倔头倔脑，见人横眼，俺不去的。"

　　一鹤心中暗道：什么干亲家，已成妈的干女婿了。当时道："张教主不要怀疑，刻下马君起也要入教，因与教主有隙，所以请教主入城解合一下，天大事都化无了。"

　　邦才拍手道："老马想也熬禁不过了，哈哈，俺说呢，年轻轻人儿，谁见了那个不痒痒的。这便好了，俺正派大教目齐林自荆花坞进兵取襄阳，这就免得动刀兵了。"

　　次日邦才打点入襄阳，向金满、马君起接入襄阳城中，大教目齐林随往。马君起故作真诚见礼，并叙自己无状。

张邦才笑道："马兄太客气了，从此都是自家人了，前隙揭开，共谋大事。"

君起道："教主如不弃，愿效前躯，在下部下尚有精兵数千。"

邦才大喜道："俺意是先一统江南，从湖北、四川、河南、陕西四省入手，刻下俺教下已分布各地，四川已为王三槐所据，河南牛保，其余均在潜势，今得马兄又一硬膀臂。"说着连连举杯，大家吃起酒来。

马君起急派心腹人飞马至八卦堡，悄悄将屈氏弟兄请来。马君起见邦才等吃得八分酒意，每人贼性发作，胡说乱道。

齐林道："酒筵之间岂不大失脸面。"邦才等竟招来美女助兴痛饮，舌根都硬，只搂了美女肉麻。

齐林大怒退出，君起推故亦出。齐林叹道："马总镇夙称明贤，今日怎也坠入白教？"

君起哪敢稍露马脚，顿时正色道："齐兄这是什么话，白莲教乃明朗之道，英雄看时势而起，此正俺之时机到了。"

齐林叹道："事已至此，俺有何言。"说着君起已去远。

且说君起会见屈氏双雄道："刻下妖人醉倒，二兄有什么高策？"

伯通道："捉下而已。"

君起道："邦才邪法厉害得紧，专会土遁、空中化身之术，可先备狗血粪汁之类，以防其逃。"

于是备下污物，马君起统一部兵先围了衙。君起单身仗剑闯入衙内，却不见一人，马君起大慌，捉了贾一鹤妻子一问，方知邦才已醉入内室，与金满淫乐一会儿，醉睡过去了。君起大怒，招入将兵拥入，邦才大醉如泥，稳当当绑了。金满酒后色性大发，正与小仙取乐，突然君起仗剑冲入，大叫捉下奸人，小仙早望见剑光一闪，想要起来，金满色鬼正吃紧当儿，如何肯放，百忙中见君起怒目横睛杀来，猛然一吓，顿时精脱死掉。小仙一跃推脱金满风流尸首，赤条条抢起一柄宝剑，往外便闯。君起见状气得双目均赤，大叫"淫贼休走"，当头截住，顷刻杀在一起。噼啪啪屋中什物乱飞，剑影纵横，二人战了十数回合，小仙虚晃一剑，一个箭步蹿出屋外。小仙本来玉体白嫩异常，便如一个羊脂美人，浑身毕露，更可笑的是脐下红桃花跳荡之下，还带了些白露珠儿。当时小仙一跃便如一道白光，飞跃出院，君起大叫无耻妖女，快快留下首级，随后飞出。

早有营带林俊、富占魁一双铁戟截住厮杀，小仙赤条条单剑一旋，叮当当荡开来戟，便是一个顺水推舟式，平撑宝剑削过。富占魁赶忙一跃，掉戟来刺当儿，小仙娇喝一声，一翻手腕一道剑光直刺过去，富占魁未及闪躲，一剑削去半个脑袋死掉。林俊慌了手脚，君起赶到方敌住小仙。张小仙急切之下，一柄剑便如梨花着雨，纷纭泻下。君起岂是弱手，撑剑一拔便是一个毒龙分水，直突入小仙剑锋中，小仙退一步闪过来剑，反臂一个回头望月式，一剑直刺君起咽喉，君起偏身一闪，进一步挺剑便是一个双龙博珠，单剑连刺二路。小仙左右用剑一荡，未及还剑，君起早就地一滚，二路美人掷梭剑法，剑锋平溢，遍地兜走。小仙纵跃闪躲，累得娇喘不已，雪白的臀儿上都被剑伤。百忙中营带林俊更是讨厌，一条长戟单寻小仙屁股后或前阴乱扎乱戳，还亏得小仙身形捷疾，那话儿上还被戟锋划了个小口。小仙大败之下，想用妖法逃走，于是就地一滚，口中嘟念咒词，猛然跃起，向西方空招一剑，娇喝一声，顷刻茫茫白雾直泛下来。君起大叫"妖人休走"，看法宝。说着拿过预备下灌满青竹筒中的狗血粪汁，猛然朝小仙打去，但见一道红光，咕嘟嘟直注小仙满身，腥臭异常。小仙猛着此双眸难睁，百忙中一股异味流浸入口角。稍一迟慢，早被君起一腿扫翻，满天白茫茫大雾也不知何时消失了。

当时襄阳兵抢来，将小仙捆了。一鹤知道衙中大杀大斫，吓得便跑，方跑入内院只闻刀剑乱碰。一鹤略一探头，见小仙赤身栽倒，马君起凶神似的挺剑刷过去，一鹤亮头皮吓得冒气，啊哟一声，回头便跑出了衙，想报知王国忠。转过北城，早见王国忠马上大斫刀，与二精壮汉子杀在一起，正是屈伯通兄弟，因为伯通在襄阳名声早播，向金满到任便思巴结，好容易会得一面，屈氏兄弟哪里看惯这等俗物，从此谢绝一切，所以一鹤认得他兄弟。一鹤惊得目瞪口呆暗道，屈氏兄弟怎也跑赶此处，与王国忠杀起来。正这当儿，只见伯通旋风一般，一溜剑光，王国忠兜马之下，马足早应手飞落，王国忠一个仰面栽下。突然齐林领教徒百十人赶到，围了伯通、伯达，王国忠换马助战当儿，齐林因醉全被伯通捉了。王国忠兜马率众逃出城外，一鹤看势不好，随后逃走。

且说马总镇捉了小仙父女，伯通献上齐林，大搜襄阳，一面闭了四门，抽调兵马守城，将整个襄阳城顿时守得铁桶一般，满城杀气飞腾。君起令将三犯锁了，好生看守。张邦才酒醒之后，四肢被人捆了，这一惊非同小可。一挣当儿，早有个长大官卒过去便是两个耳光，打得邦才热烘烘发火，知道事不妙了。少时见小仙赤条条被拥入，四五个健丁，只管摸索小仙玉乳，少时一卒拿一条女裤与小仙穿了，捆绑停当装入铁笼。邦才懊丧不迭，好在自己恃法术，觉得忍过一宵便会逃走的。

过了一时，齐林垂头被人推入，三人相见互打干眼。原来齐林本是个义气少年，感自己被邦才之救而加入教党，以为教党不过诲世化人，未想到骑虎不下，弄成这个大逆之罪。当齐林与伯通争战，便抱着一番惭愧，所以轻轻被捉。

伯通道："齐兄弟非诚心为逆，你能悔罪俺保你不死。"

齐林涨红面皮道："承兄相顾，齐林岂敢以私废公。"

伯通叹道："齐老弟大公义通之心，可惜用之非当。"齐林垂头不语。伯通命暂押，于是将邦才父女与齐林同押了。

马君起知道邦才之党羽不肯甘心，当日与伯通兄弟分拨布防，当值伯达单人巡哨，至押邦才之所，悄悄一看，见守卒都靠墙打盹，邦才忽然口中念念有词，捆绑绳索已然脱下，邦才跳起去解小仙齐林之绑，伯达大惊，生恐他妖术逃走，大喝抢入。邦才打了个旋转如乘云雾一般，自屋中飘至院中，眼看飞起，伯通慌了，尽力子一跳，一剑到处，邦才如鬼嘶一般，仰面栽下。原来断落一足。伯达为人鲁莽，更有个细致心眼儿，生恐妖人再逃，就势剑切了邦才首级。屋中守卒惊起，见伯达杀了邦才，提了一个首级走来，吩咐守卒小心看守小仙齐林。守卒生恐二人作法逃走，于是大粪狗血之类，只管自二人头顶浇下。

伯达直入大营，叙杀邦才之事，君起惊道："贼逆竟改逞妖法逃走，亏得伯达兄恰恰赶到。"

伯通道："此等逆首不可留了，以免再逃。"

且说王国忠贾一鹤都是白莲教得力人物，见教主被捉，急急逃回，先至牛角坪，会见齐林妻子王美英，叙说教主被捉。美英大惊，急急通知沙河镇大教目冷田禄、张坨庄大教目胡铁等。教徒大怒，齐会在牛角坪，决议攻取襄阳。一面命各路兵马挺进，先发下精细密探混入襄阳，打探消息。次日，快探来报，教主首级已挂在襄阳城楼，闻说明日张小仙齐林就刑戮于东门法场。诸教目大怒，于是预备劫法场。当日分头出发，王美英化装卖解女子，冷田禄扮成解女丈夫，带了一切应用直抵襄阳。其余教目有的化装成小贩，有的扮作乡佬，一齐去了。

且说马君起定计捉杀了张邦才，一连两三日未见教匪动静。君起大喜道："想教党不敢滋事了，真是杀一教百。此白莲教党既清，只差着解散，也无须上报了。明日将小仙齐林就地正法，以示军威。"

次日，先将法场严布兵士，场外方许观刑，君起命把总常林清、伊大山先押法场。二人率兵到得东门外，早见黑压压一伙人围得风雨不透，一面掌声如雷，彩声连连，王清林伊大山布下兵士，一望人群中原来是卖解夫妇。那女娘儿头绾双髻，青绸裹额，粉白面孔，衬起樱口杏目。上身紧身窄袖绸衣，外罩湖色披风外氅，下着红绸甩裤，腰束一条流花丝带，当头结了个牡丹花式，双带垂丝，直至足下，窄窄金莲蹬了一双凤头鞋子，彩穗分处雪亮地藏了一双钢锥，胯下一面牛皮小鼓，纤手起处，敲动出一种动人声调。那男子却是短衣红撒裤，平底薄鞋，头上瓜皮小帽，抹了燕尾小须，手中一面小锣，当嘟嘟与女子鼓声相节奏。

只见男子随手掷起小锣，接了一转身，一个跟斗做个鬼脸道："喂，家里的，卖糖的敲糖锣，干什么说什么。咱只管敲得锣声喧天，是没有赏钱的。喂，咱且弄他一场。"说着跳过，锣响处，猛然一抛，当嘟嘟直从女人腿根下转过。女子咯咯一声娇笑，玉手一扬噼啪两个耳光，男女一阵鬼脸，一连几个筋斗。

正在热闹之际，当嘟嘟锣声响处，观众呼啦一散，早有数十官兵劲装跨马冲过。随后白刃耀目，从城内拥出两队精兵，当中押了张小仙齐林二人直奔法场。一声号令，兵士排开，每人抱了一柄单刀，将犯人提出，四个刽子手架了，一劲推来。那卖解男女只提了宝剑便跑，还有许多推车担挑小贩也都丢了车担杂入人群中。这时犯人跪倒，抖下辫发，刽子手单刀一亮，便要斫下。突然从游人中现出一鲜艳女子，一个轻燕换翅式，嗖一声刷在当场。宝剑一挥，架开刽子手单刀，顺手削翻二人。官兵惊愕之下，全场大乱，把总常林清、伊大山大叫有警，官兵单刀施舞，四下兜来。突然官兵四下乱窜，早有许多杂色人物亮出单刀杀入，那女子宝剑敌住常伊二人，张小仙齐林早由两个小贩模样的人负了便走。那女子娇喝道："白莲教党，全伙在此。"官兵此时已被杀得七零八落，常林清中剑死掉，伊大山挨了一镖。

马君起闻讯，赶到法场中，死尸倒很多，可都是官兵，白莲教党一个也不见了。君起大怒，统兵追下，出不五六里，被胡铁一部埋伏兵杀得大败而归，幸亏屈氏兄弟赶到，救回马君起。返回襄阳，伯通道："事已至此，咱还得赶快严防教匪来袭，才是正解。"于是伯达守西门，伯通守东北二门，马君起亲自守南门，真是刀枪霍霍，旌旗蔽日，军容大振。

且说张小仙齐林二人眼看血溅法场，不想竟被人劫走。那劫法场之人便是王美英冷田禄等大头目了。王美英劫走犯人，直抵牛角坪美英大营。张小仙玉容惨淡，只穿了一条裤，上身还在赤裸裸，一身狗血粪汁，忙忙更衣沐浴。齐林垂头闷闷暗道：俺一个铁铮铮汉子，误入邪教，但张邦才救俺一命，俺岂可忘恩背他呢？俺一步走错，二步岂能再错，不能从一而终，显见反复，非大丈夫之所为。啊呀，邦才兄呀！想着虎目落泪，望襄阳切齿道："马君起鼠辈，必要你死无葬身。"于是大聚教党。

齐林道："国不可一日无君，咱教岂可一日无主？教主既死，咱等当誓雪此仇，速奉教主之女登教主位，未知兄弟们意下如何？"

教徒大喜，当日奉张小仙登坛受位，数万教徒均来拜贺。小仙当日白绫束额，双分灯笼发鬓，素披风内衬粉色紧身，大红绸裤，直掩了金莲。丝带束了纤腰，当头垂屏结子，挎着一柄三尺宝剑，真个俊秀异常，有飘飘若仙之势。左右排开大悍目，一个个如狼似虎，越加威风，小仙亲自宣扬教旨，并陈说张邦才之死，一阵娇柔香语，如黄莺之歌，教徒大惑。张小仙就白莲教主位，用她那娇姿早已吸住了数万党徒，小仙说张邦才之死，党徒大怒，雷霆似的大叫，誓扫襄阳。于是奉小仙为白莲圣女，即日起兵攻取襄阳。

小仙道："诸位莫急，自教主登极乐后，尸骨仍在暴露，该死的马君起竟将那头颅挂在城楼，必须设法先盗来头颅，然后攻襄阳，使教主灵魂有所安宿才对。"诸教目称善。

王美英道："教主何必多此一举，俟来日攻襄阳，俺虽不才，一显身手，定取回头颅，献与教主麾下。"

小仙大喜道："美婶婶劳你了。"

齐林正色道："教主何出此言，俺们同党即像一家，何有彼此之分。"

于是大点进兵，齐林取东门，胡铁取西门，美英攻南门，冷田禄攻北门，分四路火杂杂杀奔襄阳。

且说襄阳总镇马君起自齐林张小仙被劫后，知道教徒不肯甘心，于是连日与屈氏兄弟商议破敌之策。屈伯通道："白教乱象已成，可恨各省官僚均匿而不奏朝廷，将来有养疽成患之时，纵使总镇有剿白教心，恐力不及，正是大厦将倾一木难持。俺观白教之势，非同微小疮痍可比。于俺之计，一面申报朝廷，一面压制教党，同时速调各镇兵马助守城池。这时白教蔓延得非常快，蟠龙屯张小仙，当邦才之时，便有取襄阳之意，如今却不可大意，况他教中尚有许多悍目，均不可不在意。俺好友吴小峰、秦逸人均住湖北，吴小峰现在河南，俺想先邀二人来，二人颇有勇智，逸人尤精阵法，尝精研易理，变化出许多奇阵。俺当年时与他盘旋，所以知道。逸人为人高静，终日遨游山水清秀间，不涉江湖十年左右了。如得此人，与总镇添个硬臂。"马君起大喜，于是差人与吴秦二人下书。

伯达又荐一勇士，名斐起，当年伯达北游至辽东塞外，路过添风山。已天晚，行入长林，一阵轻风吹来，簌簌怪响，一钩淡月斜挂东方，树隙透出月光，点点如疏星坠地。伯达为人豪爽粗莽，觉得此处好玩，便就山峡盘膝息下。突见远远咆哮过二兽，驰行如风，顷刻已到，吓得伯达跳起拔剑。早见随后一条黑影风也似逐来，却个一漆黑大汉，飞逐双豹，大汉赤手空拳，见了伯达大叫截住呀，伯达哪知就里，二豹早分头窜逃，一连几跃过涧不见了。

那汉似乎大怒，大踏步抢过，抡起油钵般拳头叫道："你这小子真不要脸，怎便放过豹子呢？"说着双拳往伯达当头砸下。吓得伯达偏身一闪，那汉一拳打空，啪一声砸在石上，青石立裂。伯达一跃闪开，那汉转怒，反身直取伯达，跳挪如风，看他拳脚之劲猛，足有排山倒海之力，伯达哪敢怠慢，挥剑截住，二人杀了一个更次，找个平手。

那汉勇力有余，究竟手法不敌伯达，被伯达一腿扫了个筋斗，那汉巨体一溜滚爬起来道："咦，你那汉子能踢倒咱，真佩服得很，那么你与俺一剑也值了。"说着伸过脑袋。

伯达一看那汉非常古怪，忙收剑道："壮士并非歹人，何鲁莽至此？"

那汉笑道："谁要你不帮咱捉豹子？"

伯达不由扑哧一笑，暗道：人都说俺粗鲁，比起他来要精细几倍。越看那汉越觉粗莽得可笑，于是道："壮士上姓，府上哪里？"

那汉道："你不杀俺了俺告诉你，什么姓不姓的，俺叫斐起，住无定所，俺自小时在山中，后来投在活阎王麾下做起杀人放火的生活，俺委实看不惯活阎王收煞人又不听俺劝说，所以混了年八月的，与活阎王一言不合，火并了山寨，活阎王被俺揪掉头，一把火焚没大寨。贼众数百人都与俺作对，说俺故意与他们过不去，要他们没有归宿，所以每日吃饱便在山下与俺厮闹，俺杀不过他们，逃在深山。今天没有得食儿，追下一豹，你又不帮一手。喂，你这汉子倒好玩得紧，比俺强得多了，你若愿意搭伴，咱二人便干一场子，这山中好玩，也免得山贼欺咱一人力孤。"

伯达笑道："如此说你倒是好人，怎一向混在此场？"

斐起道："什么好人，俺只知心眼儿实在好。"

伯达道："人居此地何日是了？不若随俺到内地玩玩，收煞收煞性格，那勇力很是难得。"

斐起喜极笑了一阵，扑地与伯达磕一顿头道："不遇着你谁来救俺呢，啊哟，俺闻内地的皇上武将厉害，不去不去。"

伯达笑道："皇上武官来统治我们的，人不归王化便如野兽。凭你勇力忠心，或也混个武官。"

斐起摇头道："不希望，哟，说了半天你是谁呢？"

伯达一说姓名，斐起道："俺帮中都叫老大哥，那么便叫老大哥。"

伯达道："老大哥是贼中称呼，咱们岂可学贼，你便叫俺屈兄是了。"

二人越谈越投机，斐起虽浑怔，颇慕贤良。是夜二人打一狼兔烧吃度夜，次日二人登程。自直隶入河南，转道八卦堡，伯达便将斐起留在家中。日久斐起性格更改，并不是横暴，乃是山野风气未开，性子野蛮。他自随伯达兄弟便不然了，每日习武，特打造一条重五十斤铁杵，为人和气好问，与村人混熟了，倒觉得好玩。伯达见斐起没事，便命他挑水种菜，干些力气活。后来山贼白莲教齐起，八卦堡操练村丁，斐起就一名教练，很是得力，现在仍在八卦堡。

马君起急令人去请斐起，一面发下快探。这日马君起得报，说白莲教有兴兵之势，因为荆花坞牛角坪等悍目均动兵，有赴蟠龙屯听令之概。同时牛角坪女将王美英与荆花坞取得联络，二处距襄阳最近，白莲教出兵一定自牛角坪挺进。马君起急聚诸将商议，接快报连连报道："总镇不好了，刻下白教起四路兵马攻取襄阳。"君起啊哟一声，传令各部守城预备厮杀。伯通弟兄与诸城武官司一齐纷赴守隘。

且说那教主张小仙，发下四路大兵浩荡荡杀奔襄阳城下，马君起登城一望，教徒头包白绫，迎风飘着便如一片如雪，白刃霍霍，映得日光惨淡，旌旗迎风，除了悍目麾旗，均是一色白莲花儿，自远而近，刷到城下，唰啦啦布下阵。旌旗交错下，闪出一匹雪狮马，马上一员女将，正是著名悍将王美英。左有头目王澄，右有头目哈金。美英马上素装，头绾高髻，双环重眉，粉白面孔，娇媚中带着英武。她身披白绸战袍，内透出粉色紧身，前后掩心甲丝带束腰，双佩弓矢，红绸甩裤，衬起一双鸦青弓鞋。当头彩穗中挺出锋利钢锥，手中一条蛇矛，越显得英俊。她马上长矛一挥，随着飞出一队娇姿女郎，一色的劲装，每人一柄雪亮的刀，就美英矛式，左右分排开雁翼式，射住阵角。

君起好不气愤，顾左右道："看此真应运妖孽，臭花娘子竟敢如此。"说着面色青铁般，目如双炬，指美英大骂。

美英咯咯一笑道："马总镇，俺算佩服你的勇气，你事既败，何不知时务，起早使个顺风船儿，有甚不好处？"

君起大怒，呸一口唾沫啐下，张目叱道："臭花娘子，娼妇，不知廉耻，竟敢在俺面前弄口舌，岂知君起是朝廷命臣，誓扫此跳梁小盗。"说着一箭嗖一下射去，美英不提防，一箭已到，慌得一低头，咻一声连包髻白绫射透。君起投弓恨道："恨俺学艺不精，不然贼妇已丧俺矢下。"

美英被箭吓了一跳，知君起非同寻常，娇叱道："谁与俺挑战，捉下君起？"

悍目哈金大叫飞马冲出，掉手中开山斧，驰行阵前，大叫谁来送死。原来哈金生得傻大漆黑，善用一柄劈山斧，勇力过人，乃是与冷田禄一党，落草大杨山巨盗，也投入白教。他与王澄是生死弟兄，投入白教被拨在王美英部下。二人淫纵异常，却落得偷摸美英部下娘子军，只瞒了美英。因为王美英虽入邪徒，深戒宣淫，有犯者必戮。不比冷田禄胡铁等部淫风之炽，兵士都弄得青黄血枯。

当时哈金奋勇挑战，君起道："谁能捉此贼？"早有把总王清林大叫"末将愿往"，君起道："将军小心！"清林已诺声如雷，翻身上马，兵士递过丈八长矛，火杂杂杀下城来。城门开处，王清林一马当先，飞过吊桥，随后一挥长矛，一队兵士一道长蛇般拉出排开，哈金大叫"快来送死"，王清林大叫"快来受绑"。哈金盗贼性子，气得棕刷胡飞蓬起来，吼一声拍马冲过，直取王清林，二人顿时截住大杀。清林虽是兵士出身，但家传矛法委实了得，凤日君起十分信任。当时清林接着哈金，二马旋绕杀了三五十合，不分上下，哈金大怒，猛地一拍马，坐马一蹿，正逢清林一矛搠到，哈金双手持斧着力一搅，拨开来矛，一马已抢出圈外，清林顺手一个毒蛇出穴式，锋头直取哈金后心，哈金未及兜马，哧一矛刺透战衣，亏得内中护心甲，清林猛然双手一滑，矛锋竟斜刺里突滑开，马上探身，自哈金左臂下突过矛锋，哈金单臂一挟，清林早已抽回矛，不想哈金大斧一个回头望月，反臂当头劈到，清林着慌，双腿一挟，坐马直跃出丈余远。哈金大吼赶过，王清林故意拨马便走，本想趁哈金赶来刺其不备，不想哈金马快，双手抢斧已赶到马后，一下直劈死清林，便连坐马都死掉。哈金自谓无敌，跃马大叫。

马君起气怒之下，大叫马来，左右带过马，掉大斫刀上马，把总伊大山道："总镇身负重责，岂可轻动，俺愿取哈金首级。"马君起道声小心，大山横刀飞马杀出，截住哈金。这时双方战鼓齐鸣，伊哈二人搅作一团，一双重兵器杀得好个凶实。

马君起正督兵参战，突兵士报道："好叫总镇得知，刻下白教分发四路兵取襄阳，胡铁已攻西门，与屈伯达对垒。只东北二处为白教悍目齐林、冷田禄，刻下已与屈伯通争战，因东北两面，伯达恐顾不到，请总镇速发兵马。"

马君起又惊，挥手道："速探军阵情状速报。"一面发出数兵去救。这时城下哈伊二人打得难分难解，君起上马掉三环套月式大砍刀，统一部兵飞下吊桥助战，为的是早退美英兵，好助伯通。

且说哈金伊大山二人不相上下，刀斧纷纭，杀得烟尘乱抖。哈金越杀越勇，一柄大斧呼呼风响，大山也是不弱，刀光翻卷，趁哈金一斧劈下，大山兜马闪过，随手一翻健腕，长刀霍霍，一个飞虹套月，刀头已就哈金颈项一绕，吓得哈金一缩脖，掉斧来拨。大山早擎刀在手，一个指虚刺实，刀自马肚下撩上，哈金来斧一挡，不想大山大刀回撤，中途突过，哈金想不到刀已削来，忙上马侧身，大刀哧溜一下，斜着刀锋自哈金左肩头削下，顿时哈金怪叫一声，险些落马，一片鲜血淋下。大山早一紧刀锋，一阵蛮劈狂剁。哈金因杀了王清林，自己以为无敌，所以与大山斗战，随便应付，做出不慌急之态，不想被大山一刀削去一块肉。哈金大怒，哇呀一声狂叫，兜马退一步双手抢斧冲上，嗖嗖嗖，大斧化作一道白光，直上直下，兜了大山长刀，大山见势忙挥刀来战。只见哈金一个玉带横腰式，大斧平撑着自大山腰际旋过，吓得大山马上伏身，大斧挨着辫发刷过。大山忙掉刀跃马，不想哈金顺手一个老渔撒网式，掣住大斧，翻卷着横劈下来。大山急力一挟马，那马长尾一扬，四蹄腾空，嗖一声跃出三丈余。哈金大叫"败将休走"，飞马便赶，大山更不回头，拍马风也似在阵前兜了一圈，哈金非捉大山不可。

这时双方战鼓如雷，喊声震天，王美英抿着小嘴笑，马君起却替大山捏一把汗。哪知大山却是有些主意，撒马如飞，哈金也风也似赶到，一路还怪叫不止，大山听得哈金近了，猛然一勒马头，哈金正双手高举大斧，意思是赶上便是一下劈个痛快，不想大山住马，二人已距丈余，哈金马走如风，猛然止不住，嗖一声已到大山马边，哈金大斧着力劈空，马上一探身儿，大山早顺手一把抢了哈金后脖颈，右手拖了长刀，哈金还在双手死命拽斧，一面挺脖乱挣。

双方兵士怪叫，战鼓震天，美英见哈金吃亏，飞马抢出去救，君起见了，大叫"贼花娘子竟敢乱杀起来"，说着飞马舞大刀直取美英。美英救不得哈金，只好抖长矛接住君起，君起究竟刀法不凡，出阵便是八门劈法，前后左右上中下，单劈双刺，走马如龙，刀光乱卷，顿将活跳跳美英弄得手忙脚乱，忙兜马左右乱闪，一面抖矛着地，飞起一片银光，突入刀影中，与君起搅作一团。

且说哈金被伊大山用计捉了脖颈，二人乱扭，大山左手拿着长刀头乱削，哈金反不过臂来，早被削了数刀。好在大山也是不得手，虽削了数刀不过片下皮肉。哈金双手投斧拔出佩刀，大山见了往下着力一按，长刀搁在哈金脖上，索性放手，双手按刀只一拉，哈金一颗头垂在胸前死掉。

正在这当儿，悍目王澄飞马赶救，已不及了。大山杀了哈金，挥刀想冲敌阵，王澄早一马抢到，手中一条画戟接着伊大山，就阵上杀起。王美英与马君起二人刀矛战了五十余合，不分上下。君起气愤填胸，举刀如风，一面奋战，一面大骂。美英听君起"淫妇淫妇"地大骂，未免不受用。娇叱一变矛法，一个散花式，双手持矛着力一抖，托地簇起一团银光，突突突漫散着矛锋，激入刀影中。君起长刀一拨，矛光飞开，君起大叫，一个摘月式，刀势已突到，距美英俊脸分寸远近。美英忙一伏身，君起顺手一翻长刀，便是一个拨云式，刀头向下劈过。美英知道君起一定有这一手，早双手挺矛，往君起肚虚刺一矛。君起望了赶忙抽刀来挡，美英嘤咛一声，抖矛早一个连环急刺法，随手散开矛锋，嗖嗖嗖荡开车轮大小一片矛光，已突入刀影中。君起慌得拍马后退，双手平抢大刀，直突矛锋。美英怎敢大意，见大刀旋来，忙撤矛当儿，君起挟马进一步，青龙出水式一刀平突过。美英眼看刀光一闪，慌得偏身闪开，不想君起手法好不厉害，随手一带长刀，一个顺手捉鱼式，白亮亮大刀平剁下来。美英忙欲抖矟闪开，不想大刀已到，自己马方纵起屁股一跳，咪一刀连马尾整个切落。那马咳的一声怪嘶，后足霍然一蹬，已高悬在空，美英方挥矛一撑当儿，早骑马脖溜下，一个仰面朝天，一条矛抛出老远。

双方兵士怪叫，君起飞马大叫"淫妇受死"。白教队中抢出许多悍目救美英，君起部下武官齐出，双方白刃相交，君起大刀一旋，诸目一色的火尖枪正突将来。突然着刀一盖，咔嚓五六悍目之枪齐折。悍目四下一跃，君起荡开马，直取美英。王美英落马，见君起英勇已一马抢来，美英忙一个龙门跳鲤式，跃起当儿，君起一刀搠到，美英一慌，咪一声刀光戳透后股，美英踉跄往前一栽。君起大喜，大叫淫妇，突然美英翻身一挣跳起，马君起正直冲去，不防美英早脱手一口飞刀，直奔脑门。好君起一低头儿，那七寸长飞刀正好入头上辫发，连那红缨顶帽都透了。君起吓了一跳，再看美英已被部下救去，君起四顾双方悍头大战，忙挥刀一振，部下兵士抢过，直冲白教阵。

美英主将受伤，兵士没人统治，竟纷纷乱逃。亏得许多悍目指挥教徒挺进，与官兵互相截杀。君起马上大刀，奋勇冲入白教阵中，一刀到处，便是三五个人头飞滚，悍目截不住，只好退下。官兵勇气顿时一振，君起刀劈悍目马英、关老大，伊大山战败王澄，教匪呼一声退下，便如海潮，拥挤得乱蛆一般翻滚。君起趁势挥兵直进，白教徒抵不住，一片喊杀而逃。闹得尘埃迷蒙，滚滚有似黄风一般。君起见白教大败，马上对部下武官道："咱便趁势杀入匪窟，不难一鼓扫平。"诸武官奋力挺进。

且说王美英虽然受伤，心中不服，又气又恨。自己挺矛上马，无奈股上受伤，骑不得马，心中一想初战即败，有何面孔？于是统一部兵先走，伏在林中，兵士一齐擎弓搭箭等候。美英亲自持鼓，只鼓声一响便放箭。一会儿教徒波浪一般卷到，白刃迎风便如浪花错落。美英放过教徒，看看君起飞马横刀赶来，美英一声鼓响，教徒一齐放箭，雨点般射过。君起久经大敌，一闻鼓响便是一怔，兜马当儿箭已到，身中两箭，官兵还往前拥，看见总镇大麾卷回，方回军头，君起断后。美英射退官兵，不敢再追，统兵扼住南路，一面探那三路消息。

且说君起兵击胜鼓返回，早有快报报道："教目胡铁攻西门，与屈伯达见阵，未分上下。只屈伯通一人连挡东北二路雄兵，而教目齐林、冷田禄是著名泼悍，总镇速发救兵。"

君起听了道："南路王美英败退，俺即少一顾及，不过须防死灰复燃，乘虚来攻，所以俺不能亲自去助伯通，谁能去助伯通？"

突闻雷也似的叫道："末将愿往。"大家一看却是千总蓝月，为人勇敢善战，平生习就一只索鞭，马上功夫很不错，他与王清林、伊大山都是营中得力武官。

当时君起道："多加小心。"蓝月已飞身上马，统自己部下兵直奔东门。

且说屈伯通单身守东北两面，偏偏又是白教悍目。伯通见二路匪兵精强非常，不敢大意，于是吩咐小心，自己驰马城头，展望一番。见齐林自东门排下阵，齐林浑身劲装，白绫包头，胸前颤着一朵白莲花，手中一柄画戟，好不英气。伯通见齐林望望城上，似乎有些懊丧之态，伯通点头，心中道：当年齐林何等英气，如今竟误入歧途，不但他自己觉得无味，便连俺也替他可惜。忽然齐林猛一抬头望见伯通，不由低头，军阵排下并不进兵，伯通令千总翁豹好生守城，不得出战。于是转到北门，正逢冷田禄耀武扬威，马上一柄大砍刀驰过阵前挑战，千总吴有声统兵已冲下吊桥，排下阵，双方鼓如雷，有声大叫"冷田禄快来就绑"。话未了，冷田禄挟马突来，与吴有声刀斧战在一团。

欲知二人胜负如何，请阅下文分解。

第二十五回

白莲兴乱妖气罩襄郡
碧发激流火并诛奸人

　　且说吴冷二人在城下杀起，冷田禄一柄大砍刀，吴有声一双阔刃板斧，战了数十余合不分上下。冷田禄一变刀法，蛮劈直进，有声双斧霍霍自亦不弱。田禄趁有声单斧当头劈空，忙后退一步，挺刀一个拨云望月式，刀光一闪，已突过斧锋。吴有声双斧一带，一个牛抵架式，竟铮然一声架开来刀，兜马便冲。冷田禄何等角色，怎容有声越近一步？忙横刀跃马一个怪蟒出穴式，刀锋直突，自有声斧下搠到有声前胸。有声近不得，左斧一荡激开大刀，右斧一个顺风扫叶式，明晃晃劈入。田禄正大刀拨在一边，见有声右斧劈来，掉刀柄一拨，有声一斧劈空，被田禄一刀柄拨在臂肘，喤啷大斧落地。田禄已吼一声刀势一紧，唰唰唰一连数刀，有声手忙脚乱，右手单斧，一面闪一面挥斧。无奈田禄勇悍异常，休想欺近一点儿。因为武功一道是长兵忌近，短兵忌远，有声单斧总杀不透田禄刀影中，一定伤不了敌，究竟自己武功不及田禄，当时有声手忙脚乱。

　　伯通早已望见，忙调兵下城。这时田禄已卖个破绽，有声见势兜马劈入，这一来田禄大刀兜了有声单斧，望来刀一拨，田禄更不顾来斧，只虚刺一刀，有声赶忙来挡。不想田禄中途撤刀，一个虚刺，刀光自下而上，哧一声齐头削去有声半个脑袋。田禄飞马往官兵阵便冲，伯通因自己略顾着东西二面不敢轻战，在城上拈弓搭矢，望田禄迎面一箭。田禄好不了得，大刀当头一挡，一支箭平中刀面上，铮然一声，哧一下斜刺里滑飞。田禄猛然一惊，伯通一箭又到，田禄百忙中顾不得，正穿透左耳，滴着鲜血，回马返身指伯通骂娘，暗箭伤人不算得本领。虽如此说田禄心中早闻知屈氏兄弟威名，不由得耸然，飞马回阵。

伯通折了吴有声，忙调上兵马，正逢蓝月赶到，伯通道："蓝兄来得正好，便助守此路。田禄为人英悍，十分了得，便是吴有声均丧他刀下。蓝兄且勿轻易出战，俟俺先退东路然后共力破田禄。"

蓝月冷笑道："谅冷贼何能，吴有声武功夙日无名，若得俺必手到捉得冷田禄。"

屈伯通变色道："总镇命令来助战，便得归俺调度。况轻敌者必败，如有违令的斩首。"蓝月方不敢言。

伯通将北路交与蓝月把守，坚嘱不得出战，于是便奔东门。只闻战鼓如雷，齐林正与千总翁豹在城下杀得难分难解，齐林一条画戟神出鬼没，翁豹虽勇，大刀竟施不开，战了三十余合，翁豹只落得招架。伯通恐怕翁豹有失，忙挥兵掩下城去。

伯通纵马出阵，长刀一招叫道："二位住手。"说着飞马大刀架开二人兵器，二人一齐跳出圈外。

伯通道："齐老弟可认得伯通吗？"

齐林羞愧满面，马上掉戟道："大哥，俺怎会不认得？当年落枫坡之交，小弟一向疏于问候，多多得罪。"

伯通怆然道："老弟休提当年，更使人感慨不尽。只今日白教兴起，国家多事，当年我辈曾说，大丈夫不能为国，当卫护闾里，老弟怎竟忘言？"

齐林俯首不答，已而叹道："俺以为白教不过劝善之道，未想至此。"

伯通马上笑道："如今既明，为何仍执迷，甘心助逆。"

齐林道："俺一负心再负心，更不如人了。"

伯通大怒道："呸，有目不识善恶，自古良善不居逆党，你心已从逆，还有何说？"

齐林低了头，又望望伯通道："大哥良言容我思忖。"说着挥兵退下，不战而走。

翁豹挺兵想赶，伯通止住道："休小觑齐林，此人武功智略绝胜俺等，不过羞见俺罢了。"于是引兵上城。齐林兵退五里，迟迟不得主意。想起自己沦为逆党，又恐辜负张邦才，不由怆然。

且说伯通知道齐林悔恨，绝不能攻城，放心转赴北部。突然快报飞道："啊呀，不好了，千总蓝月违命下城出战战败，已被冷田禄抢上关

288

来。"屈伯通听了，吓得飞马驰兵往救，早见许多官兵一拥退过，蓝月马上双索鞭，嘴角上一块刀伤，被杀得衣甲不整奔逃。伯通让过蓝月，统兵并进，先着一部排守城头，弓矢齐备，伯通随后掩过。早见冷田禄当先纵马，领教徒呐喊冲入城，白刃翻处，蓝月之兵四下奔逃，伯通将刀一抬，部下唰啦排开，伯通大叫"冷田禄中俺之计"，冷田禄听了，又见伯通来得突兀，顿时一怔，以为真个中计，忙欲退后。不想教徒争先入城，水也似的流来，怎能立退，反冲乱前军。伯通已大刀卷来，冷田禄挺大刀接着，二人一双大砍刀霍霍，杀作一团。伯通丢开招数，一柄刀化作一团翻卷白光，恁冷田禄怎的悍勇，心中不知就里，也不敢久战，二十余合拨马便走。伯通挥兵直进，教徒见主将退回，一股精军冲来，又争先后退，反在城里翻卷乱搅。伯通一声号令，城上乱箭射下，冷田禄部下奔窜，互相白刃相交，人头乱滚，好容易冲出，死伤无数。冷田禄身带四五箭，突围而走。

蓝月自知违令，想趁此掩杀遮掩遮掩，伯通更不令追，鸣金收兵。蓝月道："诱兵之计已成，可惜未捉下田禄，屈兄守此路，俺去助西城伯达。"伯通暗笑点头，蓝月飞马领兵去了。西城兵已退了，原来胡铁攻西城与伯达争战，不相上下，不想探马侦得三路兵退报到，胡铁不知就里，生恐吃亏，也随着退下去。伯达追赶五六里掳获而回。蓝月兵到伯达已回。

且说四路教匪兵退牛角坪，虽说未至大败，但也未胜利，王美英冷田禄均带重伤，胡铁折了好些兵马，独齐林未损一马。

美英悄悄问齐林战事，齐林道："俺何从战来。"于是将屈伯通正言规劝自己之话一说。

美英惊道："你一定听伯通之言，有背反教主之心。"

齐林叹道："当年咱与伯通兄弟生死之交，如今彼此相杀，只为俺步入歧途，可是俺只知白教普救灾黎，未想到淫邪至此。如刻下教主不分内外，宠冷田禄等一干大教目，明白纵淫，弄得任人均知，俺们处要其中，谁分薰莸，所以俺明白可进则进，可退当退，不然一败涂地，身名俱裂。"

美英冷笑道："你说得可也对，既有今日，何必当初？张邦才怎样托付你来？"

齐林不由唏嘘道："俺不忍负恩，俺之生命均是张兄再生，俺一生慊

289

爽，无迟迟不决之事，此事竟使俺进退两难。因为不听屈大哥良言，终至失败，又负好友，不然又对不住教主，真使俺踌躇。”

美英道：“踌躇什么，忠臣女子不可从二，你虽负屈兄也是各为其主罢了。”

齐林恍然道：“是啊，哟哟，不可不可。”

美英见齐林为难之形，气得噘了小嘴，赌气不理他。齐林一时自语，一时点头，有时还跺跺脚道：“不该不该。”

正痴迷当儿，忽有蟠龙屯人到来，齐林招入，却是张小仙派来人请齐林议事。齐林匆匆结束上马去了。到得蟠龙屯，入见张小仙，方一进门，贾一鹤四面瞅瞅走过，一把拖了齐林惶然道：“齐兄咱是一家人，俺愿意万全，所以必须避免自家争权争势，俺告诉你，刻下有人在教主面前说了你的坏话，说不定教主今天拿你错缝，你可小心呀。因为咱教之兴败，都在几个得力人物手中，你快去吧，小心小心。”说着四下望望，似乎怕人看见跑去。

原来贾一鹤自从襄阳与王国忠两个宝贝逃出，一径投入小仙教中，马君起虽四下搜求二人多日，哪里寻得着？一鹤为人机警多智，当他秀才时代便邪僻不正，消闲还翻阅孙武兵书，读得稀熟烂透，又各处搜求奇门之术，所以他肚皮里好些杂耍儿。当他到小仙教中十分得力，因为他天生就一张利口，小仙不得不听他的。一鹤只缺一样，不能宠入罗帷，便是他身躯瘦枯，阳道不伟。小仙一切教务便倚一鹤为左右手，所以通常离不开。小仙内宠有冷田禄、魏保、彭起等等，最得宠的便是冷、魏、彭三人，三人出入内室，互相猜忌，但小仙调度得法，还不至相残。彭起资格最老，是先于齐林入教，若论时间彭起当邦才未邀齐林，便各处传教。彭起生得身胚高伟，白净面孔，外表很不错，当年也是邦才的拐棍。后来齐林入教，文武出众，又是邦才把弟，不由得教务偏重齐林，将个元勋彭起气得终日饮酒醉骂，决定与齐林誓不两立。齐林知得了，便避免一切，免伤教中体面。

因为白教起初体面不过，后来滥收教党才一坏到底。张邦才不过掏着假面具，一点点势力大了，假面孔也揪掉，这其中可苦了齐林。万也未想到白教原来如此，与古时邪教米贼黄巾一般无二。齐林正因教中不该以淫风为号召，劝了邦才好些话，邦才虽听劝，但自己不过在教务累赘下，车薪杯水而已，济得什么事。

一日齐林闷闷之下，到郊外游玩散心。方至栅门，突闻喊嚷哭骂之声如狼嗥鬼嘶。齐林惊怔之下，早见一群歪戴帽子斜瞪眼的教徒，风也似抢入，抬着一乘小轿，直奔小巷，随后赶入一位五六十岁老太婆，跑得脚上丢掉一只鞋，散下白裹条，蓬着乱发，手中一条拐杖，便如凶神附体，一路狂叫赶来。只见一片杖影卷到教徒身后，大叫道："他妈的没天日咧，你便是强盗，俺也与你们拼拼。"说着噼啪啪一阵乱打，早有数个教徒不防当儿头上顿时隆起老大爆栗。教徒大怒，早有三五人拥过道："娘的，给脸不要哇，咱家彭大爷高兴赏脸，要玩玩你女儿，不是求之不得吗？还敢如此逞头上脸，打打打。"说着七手八脚，将老太婆放倒，油钵般的拳头嘣嘣嘣捶在老太婆背上。

齐林一看，原来是教徒们在外如此横行霸道，顿时赶过叱住教徒，教徒们瞪眼望齐林，相顾失笑道："俺当哪个？原是他不相干，咱家彭大爷说早晚给他顿犒劳尝尝。"说着呼哨而去。齐林一听，教徒定是彭起部下，怪不得彭起近些日来对俺冷言冷语，俺未伤他呀，唉，这班小人还能共大事吗？一定忌俺得教主信任才有此言。

说着一看老太婆已委顿在地，气得昏迷了。一会儿醒过，齐林问她为什么，老太婆哭道："您可望见那群强盗哪里去了没有，俺老婆不要命了，寻去拼死活。"

齐林道："老太太慢着，究竟为他什么，俺能替你出气，俺便是齐林。"

老婆子道："你是齐爷吗，俺听说白教中只有齐爷还像个人，那么俺便告诉你。俺姓孙，世居襄阳蟠龙屯村外，因为俺也这大年纪了，一家只有个女儿，她又多病，所以邻居等劝入教听经，还有术治病，所以俺携了女儿青子入教，已十多日了，每当开坛听讲。不想被教徒看中青子，今日拥去一群教徒，硬将青子抢上小轿，说是教主说的，青子不是凡人，所以教主要她陪伴法驾，将来是能度化成仙的。齐爷，论说也是好事，不过咱母女相依为命，谁能舍得？不想教徒翻了脸，骂道，你这婆子给脸不要，老实说，咱头子便稀罕你女儿俊俏样儿。所以俺明白了，一径赶来，又被教徒打倒。"说着哭起拍地叫天。

齐林怒道："竟有这等事，明天一定要回青子送去，妈妈放心。"孙婆子叩头去了。齐林无心去踏青，一径返回，派人到彭起部中要青子。彭起自得了青子先预备一精室，两个丫头送来青子，彭起看看青子，迷齐着两眼乐得乱性，一挤眼两丫头出去，彭起方一手去拉青子，青子一回手一把正抓彭起脸上，长血滴下，险些连眼抓瞎。彭起大怒，叱令捆起来。二丫头入去，将青子捆了。

彭起叱道："咱爱你，你怎不知好歹？好好，哪里由得你，与她脱去衣服。"

二丫头方想动手，只闻有人道："彭爷在吗？"

彭起隔帘一望，却是自己亲信小厮，于是唤入。小厮道："齐爷派人到来求见。"

彭起趁怒道："小齐子干吗？先押了这女子。"于是去了。

早见齐林派来二悍目，与彭起施礼，呈上齐林书信，彭起打开一看，原来是要孙姓女子，并说了一些闲话。彭起大怒道："齐林处处掣俺臂肘，他要孙姓女儿干吗？如此空头人情俺还送呢。"说着双手一下撕碎那信，猛地一扬手，顿时呼一声散了好些白蝴蝶，指着二悍目道："便烦你二人回说，齐林想倚势欺俺是不成，不然便拼个死活，难道怕他与俺咬鸟不成？"

二目道："齐爷是为好呀，既是同党，何必如此为小事破脸？再说放回孙家女子，于教中面孔好得多，不然弄到教主耳中，彼此不好。"

彭起怒道："什么教主，教主管得着这个吗？休再多话，不然先割掉你头。"

二目不敢再言，告知齐林，齐林大怒，去见张邦才，告诉彭起抢掠女子之事。邦才道："一个民间女子算什么，为了这个伤咱得力教目，好多不美。"

齐林正色道："教主不是如此说，咱教不是为了普救灾黎吗？如此反与百姓添了一群狼虎，自来未有淫侈而成大业。如彭起之事，必须惩究，不然教务必将涣散，或流入邪途受万年唾骂，均在教主唯否之间。"

邦才意思想惩彭起，不过彭起是最勇的教目，很是得力，并且自己所作所为，均不足压制彭起，于是只应不实践。齐林早有防备，打听邦才未戒彭起，次日齐林自备了些酒席，邀请诸教目。

请帖到彭起处，彭起笑道："怎样？俺觉得齐林不敢招惹咱，瞧昨天未放孙姓女子，他不但未来作闹，还又来请。不用说，一定当众与俺老彭告个罪，这一下子俺彭起面孔重了，从此便掌握教权，让齐林还须退一步。"于是预备赴筵，彭起自昨天齐林派人要孙姓女子，虽自己说了些蛮言，后来自己一想，倘如齐林翻脸，免不了一场厮打，提防意外，所以来寻青子晦气。

次日彭起去赴筵，大摇大摆来了，见了齐林还道："咱老兄老弟的了，不算什么，今天这酒咱须多吃他几杯。"

齐林见诸目到齐，齐林道："因为教务纷忙，未能与诸弟兄谈谈。今天偷个空儿，咱尽兴饮一场子，过一会儿齐林还有所请教呢。"

诸目道："不敢不敢，齐兄有什么事体便请吩咐是了。"

齐林笑道："岂有此理，齐林见识少，说得对大家遵照，不然大家纠正。可有一样，齐林性格弟兄们也知道，视恶如仇。"说着有人请入席，齐林导诸目入座，齐林每人与斟一杯道："兄弟们各尽此杯，但此杯不知是合事酒还是流血酒。"

诸目一怔，有的道："难道有警报吗？"

齐林道："什么警报，便是教中之事。"

这时彭起见齐林话头不对，目光还不时瞟过冷冷的双睛，彭起心中含糊，想道，齐林好便好，不然就此揭锅，他不尝尝咱的拳头，不知彭起是什么角色。于是趁怒吃酒，诸教目不知就里，欢呼痛饮。

酒肉齐上，一阵鲸吃怪响。突然齐林满饮一杯，红扑扑脸站起，啪嚓蹾下酒杯，摇手道："兄弟们打搅了，咱慢饮一会儿，听俺有所奉告。"

诸教目停杯道："齐兄有话只管说来。"

齐林笑道："真无奈，近来被无耻之徒，借本教名义去撞骗欺压百姓。"

诸目叫道："这还了得，坏咱教名再也容不得，齐兄侦得便当报知教主捉下治罪，齐兄可识此人吗？"

齐林道："同座饮酒，怎会不知？"

这一句话诸目互相乱瞅，早见齐林精目直盯着彭起。彭起知道齐林分明是说自己，又搭着喝得半醉，红着双目杀气满面。齐林沉了脸儿又道："好在兄弟初犯，如知改悔齐林也不追究，兄弟们便请各饮一杯，如有不饮的便是那个人。"

说着——斟满杯，杯到彭起面前，彭起变了颜色，擎杯啪一声掷在地上，诸目哗然，彭起已站起指齐林道："姓齐的真将人冤苦了，难道俺须受你压制不成？孙家女儿，不错，在俺部中。休说你来干涉，便是教主出来还须思量思量，俺彭起怕过谁来。"

诸目见了忙摇手道："彭兄慢着，咱不是偏靠一边的话，既是齐兄说了，咱便从此改悔，有什么不好？"

彭起翻白眼道："论说是依兄弟之言，不过姓齐的太欺人了，如要俺放孙姓女，等俺弄够了，不然姓齐的便去夺。"

齐林一听彭起撒起野来，顿时大怒叱道："你这狗也似的人，本不足俺理你，看你有过不知改悔，俺便教训你。"

彭起一腿踢开桌子，哗啦啦杯盘乱滚，大叫道："姓齐的胜不得咱拳头，俺便叫你婆子。"

齐林气得白了脸，彭起抄起一碗向齐林砸去，齐林一闪，砰啪哗啦，汤汁杯盘飞溅，齐林早双拳一分，一个轻燕掠水式，隔着好些桌子跃过，彭起早抄起座椅，迎齐林当头掷下，齐林一闪，顺带一脚，正踢在彭起手腕上，座椅落地，彭起攒起双拳截住齐林，二人登时拳脚纷纭，加着桌椅杯盘响得好不热闹。诸目齐叫住手，二人哪里听得见？也是诸目都恨彭起凤日跋扈，乐得齐林打他一顿出气，谁肯相劝，不过坐着喊喊罢了。

当时彭齐二人四手相交，打了十余照面，不分上下。彭起莽熊一般，双拳如风，齐林怎肯缓手，二人一路拿法，推、拉、拦、劈、勾、撩、扫、抵、扔、踢、跺，三门十二路，各奋平生之勇力，扑通通跳浪如风。彭起展不开手脚，虚晃一拳，一个箭步跃出室外，方叫一声"姓齐的"，早见齐林随后一条影逐过，就势一个劈山倒海式，单拳当彭起脑后劈下。彭起忙一偏闪过，左手起处，拦齐林中腰，一个玉带横腰，接着右腿一伸，一个疾风扫叶，意思是想扫倒齐林。齐林一跃闪过，就彭起臂下一捻，一个黑虎掏心，单拳突过。彭起一扭身齐林一拳突空，二人平立，彭起进一步自后一脚，齐林反臂一个海底捞月险些抄着彭起。彭起收足当儿，齐林就臂一伏身，一腿扫过，亏得彭起一个鹞子翻身式躲过。未及转身，齐林大叫赶过，一拳突过，彭起正反臂来隔，啪一声双手相接，彭起连忙转身，右手已搏作一团。

彭起自恃身大力猛，突然一推，不想齐林就手一拉，险些将彭起拉倒。彭起右足当先，撑住身躯，已手忙脚乱，二人抓作一团，推拉得团团乱转。彭起猛地脱出一手，就齐林未及攒力，双手捉住齐林一手，只一拧，齐林单臂挡不得彭起双臂之力，顿时背过单臂。彭起铁青了面孔，飞起一足往齐林后背便踹，诸目吓得变了颜色。原来彭起一足下去，齐林至少拉脱一臂。当时诸目狂叫，突见齐林反臂一个回头托月式，一手啪叽一下子，撑在彭起下颌，用力一托，彭起下颌托起，扬着脸，瞪着眼，呼呼出粗气，百忙中额汗如雨。彭起连足都抬不起来，只得放手，不然下颌一定被齐林托落。当时彭起放手，齐林方转身，彭起喘过一口气来，齐林故意跟跄往前一栽，彭起飞步赶去，齐林一滚，彭起忙飞身上跃，不想齐林单足向上，只一勾，彭起身子方一跳，哪站得稳，扑通闹了个仰面向天，摔了后脑怪痛，一阵阵双目冒金花。齐林早一个龙门跃鲤式跳起，啪啪啪一连三五脚跺在彭起腿上。彭起委顿在地，口中只有骂，齐林骑在彭起身上，握紧拳头没头没脑乱捶，打得彭起满地乱滚。

齐林道："姓彭的，认得齐林也会打不？"

彭起骂道："娘的，除非打死俺方算服你。"

齐林冷笑道："打死你谁受罪。"

于是取来一条皮鞭，抽打彭起鲜血满身，骂得无力了。齐林方令拉出，着人到彭起部取了青子，送交孙婆子领回去，母女叩拜一番，齐林道："俺这里有银子五百两，你母女便远去投亲。"孙家母女哭拜逃去。

彭起被齐林撅了尖儿，到营中方醒过，知道齐林又放走青子，自己只落顿打，恨齐林入骨，养了月余方好。齐林打了彭起，觉得痛快，从此教徒居然不敢任意胡为，真是杀一儆百。齐林将折服彭起之事告知邦才，邦才道："你虽打了他，但仇日深，咱教若互相仇视如何是好？"于是备了一席酒，请诸目打合事。彭起自被打，心中虽恨恨，又怕齐林的双拳，委实一点儿情面不留，这时邦才做合事，只好趁势溜下，不过能免得目下吃亏。于是老着脸去了，由邦才诸目与彭、齐周旋，彼此道无状，彭起红着脸，真有说不出酸劲，从此彭、齐还勉强相安。彭起也不敢再任性，不过暗暗使劲儿，谋杀齐林。

后来邦才之女张小仙已十七岁，天生妖淫，便滥偷教目或小厮，与彭起打得火热。活该彭起有那色福，阳道伟壮，面目俊秀，均是小仙迷恋之处。邦才死后小仙登教主位，彭起马上权宠并增，提起彭起来，教中是第一响亮的。小仙守了这活宝，又勾搭上大悍目冷田禄等等，任意宣淫。王美英齐林劝说多次，小仙口应着，仍不改淫声。

这日小仙招来彭起，预备取乐。彭起喜得心花怒放，抱了小仙道："你多日未招俺来，一定被冷田禄等偷了油。"

小仙一指戳在彭起额角，抿着嘴笑道："你不用吃醋，俺若不爱着你点儿那个受用，就你那倔强性儿，早一刀切掉你。"

彭起缩脖道："了不得，真有这样心，俺的倔强也是你惯成的，便砍掉头岂不冤煞。"说着就小仙粉颊上香了两口。

小仙向帐内一努嘴，彭起会意，一径将小仙送入帐。二人方要没人样，突然有人道："老彭在此吗？"

彭起一听是贾一鹤语音，小仙推开彭起，彭起眼都红了，还是不肯动。一鹤早已趸入笑道："俺一猜便着，你们取得好乐，岂知襄阳之战情吗？"

小仙听了见一鹤耸然之形，认为事败，一手拢着鬓角，花颜失色。一鹤突然一缩脖扑哧一笑道："俺看你们太没人样儿了。"小仙方放心。原来小仙虽统治白教，为人淫荡妖妍，她那淫性发了，什么人都不忌见，一鹤虽未得入幕之荣，但是小仙心腹，随意出入，小仙用的丫头都免不了是一鹤老包。

当时小仙笑怒道："你这猴子又唬吓俺，究竟有什么情报呢？"

一鹤道："不瞒教主说，你们取不得乐了，刻下咱四路大兵败退，俺得此消息连发数探，方知四路均未得手。因为马总镇英武美哉，又有屈氏弟兄，所以咱未得手。若论兵力咱教胜襄阳十倍，还未得手，真是兵在精不在多，尤其在大将的人，俺看彭兄便起，快返防要紧，从此咱并须加紧练兵，如此仅以乌合之众如何敌得马君起？还想做大业如何成？"小仙淫性未过，挥退一鹤，与彭起闹了一会儿，彭起方垂头奔脑返防。

当时得到襄阳快报，原来四路大兵均退，尤其悍目冷田禄王美英二人损兵折将。小仙大怒，拟再发重兵，一鹤道："教主不可大意，据俺看来此兵发不得了，不然也是空折兵马，咱当暂缓进兵，加紧练兵，以图一鼓下了襄阳。"

小仙怒道："住口，军贵神速岂可迟延，倘马君起请得援兵如何是好？"

一鹤沉吟一会儿道："教主不必虑此，现下官僚虽有一半个有脸面的，但怕事的多，只咱不去拨撩他，恐他不敢。再说咱先分兵汉水取樊城，一部去取谷城，一部去取南漳，同时教主兵屯蟠龙屯，再派大悍目兵扎于襄阳隔水对望的张家湾，这一来襄阳在包围圈中，马君起怕不成釜底游魂？"

小仙一听，乐得手舞足蹈，贾一鹤道："咱诸位扼守，俟襄阳破后，咱有根基地了，同时分兵取荆州沙市，先控制长沙敌将，再取武昌，如此与川中王三槐取得联络了，那河南陕西均在俺们先制发中。"小仙听一鹤说得天花乱坠，笑得小嘴合不拢来。

正这当儿，四路兵马均派人到来，三路损兵折将，独齐林未损一兵，小仙不由纳闷，下令缓兵。彭起知道齐林未折兵，心中忌恨，悄悄打听，原来齐林不战则退，于是算抓住齐林错缝，顿时狗颠跑向小仙处。正逢一鹤从内出来，已初更时分，一鹤笑道："教主未招你，你干什么来了？"

彭起道："有点儿事报告教主。"

一鹤凝神道："什么事？"

彭起道："什么事哪能告诉你，便是昨天襄阳之战，俺得了一些消息。"

一鹤一把拖了彭起道："老彭不是我说，咱都是自家人，不应当争权夺势，不然不散了班子？"

彭起笑道："贾兄说些什么？"

一鹤笑道："你休瞒俺，是不是齐林之事？"

彭起顿时一怔，故作无事之人一般摇首道："不是不是。"

一鹤道："那么你便告诉我听听。"

彭起乱挣，一鹤道："彭兄俺告诉你，总以教务为重，不能自家猜忌。自古关门咬死架的，无论什么党派，均得一败涂地。所以总须顾大局，刻下白教新创，根基未立，便自家猜忌起来，如何收拾。"

彭起笑道："瞧你好不絮叨，俺说齐林干吗？"

一鹤道："不说好了。"

彭起去了，会见小仙，小仙正晚妆初浴。见了彭起笑道："你这人单瞅俺心眼儿行事，俺因为连日未得暇，今天正想着人寻你。"

彭起早猴将上去，一手与小仙整着蓬发，将小仙服侍舒帖了，彭起伏在小仙肚上道："你瞧，现在教中拥十余万教徒，又有诸悍目，反败在马君起手里。"

小仙道："兵家胜败不可预定，也是咱骄兵之故。"

彭起哼一声道："教主须查明白，欲胜清兵须先整内部，内部心齐无往不利。"

小仙道："是呀，内不和焉能御外。俺看咱教自圣主登天，内部越发坚结了，因为诸目是圣主亲信，无不尽心努力，俺虽年幼，一切又有齐林叔婶，所以教务整备得比先还坚结。"

彭起冷冷一笑道："自古奸佞表面均是忠懂。"

小仙一听，怔然道："你说哪个？"

彭起不言，小仙推着彭起再问，彭起笑道："不过随便说话，左右俺劝你诸般小心，总得记下知人知面不知心。"

小仙大疑道："难道教中有背反的吗？如此必须铲除以去后患。"

彭起道："因为俺听说襄阳之战，败退有原因。"

小仙双目瞅着彭起嘴，彭起道："俺听说齐林与屈伯通未战，只二人阵上咕哝什么，齐林便退兵了。因此冷田禄攻入北城，反被屈伯通驱兵凶杀，所以折了许多兵。田禄何等骁勇，还中三五箭。"

小仙听了沉思一会儿，自语道："哼哼，怪不得齐林能不折一兵，原来如此。啊哟，齐林是圣主弟兄，取得亲信，怎会如此反复？"

彭起道："屈伯通与齐林如此生死弟兄，焉知不真？"

小仙猛然想起道："是呀，如此没错了。齐林夫妇在教中声势颇大，必须设法诛除，但他夫妇勇力过人，又拥重兵，趁势造反越发与马君起添硬臂了。"

彭起道："这有何难？明天只差人伪称议事，将齐林请来，他如坦然来了，一定有蔑视教主之心，趁势捉下，一刀砍杀，以儆将来。如他不来，一定是心中惧怕，教主便知会各路兵攻杀齐林，有什么难处。"

小仙大喜，二人说好计划，又淫媚一会儿，彭起次日方去。

夜里的话早被一鹤听得，暗道：彭起害群之马，齐林教中梁柱，如果杀害，教徒必然涣散，如此斗争内部如何成事？哈哈，老彭好不歹毒，齐林来也砍杀，不来也砍杀，可恨教主迷于男色，竟糊涂如此。

次日果然小仙派人去请齐林，一鹤忙去见小仙道："教主未先发调悍目去攻襄阳城，如失此机，马君起布好防备，岂不后悔？再说招来齐林有何事体？齐林现在军中防守要隘，如何脱得身？倘防务有失如何是好？"

小仙道："俺请齐林议事。"

一鹤道："教主不要听人虚言，离间得力悍目。教主欲成大事，第一破除猜疑，否则教徒涣散，怕不教务立解？"

小仙道："决不能听人之言，但军法不正无以束众，所以俺要整整军纪。"一鹤叹息而去。

一会儿齐林到了，正逢一鹤。所以一鹤一见齐林，先悄悄告知齐林小心一切。齐林还以为是自己取襄阳未得手之故，于是入见小仙。大厅上正有五六大教目，齐林一看小仙朝南坐了，左首坐着大悍目刘奇、胡春、牛全义，右坐韦成虎、耿彪，见了齐林一齐站起，齐林与小仙施礼，小仙站起道："齐叔叔辛苦了。"

齐林惭然道："败兵之将还敢劳教主道劳。"

小仙命齐林坐下，齐林坐在一旁，小仙道："叔叔现在营中做甚？"齐林道："攻襄阳不胜，所以各部均加紧练兵，以备再战。"

小仙道："是呀，俺要问问，听说襄阳之败全在诸目不用心之故。"

齐林道："诸目焉有不愿得胜之理？不过事前少加防备，又以教众未受精训，与襄阳马君起精兵相抵，未免不能相持。所以各部均加紧练兵，以图善后补。"

小仙怒道："俺闻叔叔未见阵先退，俺以叔叔可恃，故托以大事，怎便如此草草，莫不另有用心？"说着眉梢一挑，面色惨淡。

齐林忙道："怎敢有异心？但教主不可听信虚言，以乱诸目之心，俺不战因为屈伯通为人英勇，又探得诸路已退。将官统兵，进退必须明白，否则共折兵马，三军既退，俺再进焉能不败？又以屈伯通为俺盟兄，虽在争战首当礼让，所以送个整人情，他人不查，故作伪报，教主勿信。"

小仙冷然咯咯一笑道："以私害公，该当何罪？俺看你权势过大，定有不测之心。"

齐林道："教主不可妄听虚言，使上下涣散，俺当年受邦才兄活命之恩，一死难报，怎敢负心？"

诸目也说："齐兄决定没错的，教主勿疑。"小仙怒道："你等竟敢附逆，快快捉下齐林。"

早有十余壮丁抢出，将齐林捉下，齐林连叫何罪，诸目一齐央告，小仙冷笑道："俺心腹人告密，齐林果然有勾结马君起之行为，推出斩首报来。"

十余人拥了便走，诸目慌了，一齐拦住，小仙娇叱道："你等也要助逆？"

诸目跪下道："齐兄一向忠于教务，俺等敢以首级保齐兄，绝没有通敌之事，教主不可妄听佞言。"

小仙大怒，嗖一声拔出单刀，便奔齐林。齐林道："齐林死不瞑目。"

突然锵啷一声，小仙之刀被一人架开，却是个绝俊娘子，大家一看却是得力女目邬一娘，背后跟着钻入枯瘦虾腰的贾一鹤。一娘一剑架开小仙之刀道："教主慢着，齐兄忠于教务，便有些错儿你须担待一点儿，怎便动手杀人，岂不离散众心？"

小仙挑着眉道："齐林有通敌之行。"

一娘道："既有通敌之行，教主可查得实据吗？如此真可该正军法，可是误听传言不足为凭。"

小仙道："岂有此理！"

一娘道："教主说来何为实证，否则误杀大目俺恐于教务不利。"

小仙红了面孔哧哧没得说，一娘逼问，小仙没法道："彭、彭、彭起亲叙焉有不真？"

一娘掷剑道："俺觉得便有奸人捣鬼，教主只知彭起可信，但未知彭起与齐兄，当年为了孙姓女儿之仇。"

小仙心中也明白了，但口不肯认错，只觉小肚下硬邦邦一物只管乱顶，小仙一看却是贾一鹤，正跪在前面叩头，一颗肉头在小仙香裆中乱撞，诸目趁势道："齐兄还不谢过教主。"

齐林连忙叩头道："齐林知罪，望教主看大家面孔。"

小仙也便扶起齐林道："叔叔，岂不折煞侄女，此事既明，俺是不能不追究的。"大家一阵哄过，小仙留大家用过午餐方散。

且说齐林知道是彭起说自己坏话，暗暗与诸目道："彭起为人跋扈嫉能，今不除必为后害。"

诸目道："彭起为教主心腹，不可鲁莽。"

齐林叹道："俺齐林现在处进退均难之处，刻下教务虽说繁兴，但教徒多无法纪，不杀彭起无以警众。"说着去了。大家以为齐林返防，原来齐林趁怒愤恨之下，单身去寻彭起。

彭起正因说了齐林坏话，以为一下子除去齐林，自己不但去了目中之钉刺，而且马上手握白教大权，乐得屁股均要笑。他在小仙处自恃当嘟奇货得宠，小仙左右丫头小厮均是彭起耳目，彭起金钱巴结的，只小仙动一动，便有人报与彭起。

这日小仙去请齐林，齐林到了，彭起早闪开，便打发人探消息。一会儿传到，说齐林与小仙谈话，彭起暗道：小仙倘说破，自己可坏咧。忽然得报齐林被捉，彭起乐得乱跳道："如此成功了。"说着到了自己密室，看着五六个妖娆小娘，摸摸那个抱抱这个，最后闹个无遮大会，彭起赤裸裸在诸小娘肚上。忽然人报齐林被诸目与邬一娘救下了，不但教主不追究，还备酒留餐。彭起这一惊非同小可，马上搂了小娘不知所云，心想道：齐林不该死，便是教主不杀他，她不至说出是俺老彭的坏，好好，齐林等着俺的手段。想着又淫兴大发，与诸小娘胡闹得不可开交。

正这当儿，只闻外面一阵大乱，加着叱咤声，便有兵大叫道："齐爷您是彭爷相好，军中规法必须先报的。"

只闻有人喝道："住了，什么相好？俺寻老彭有点儿事交对，干你们什么事？"接着喊叫，外面小厮跑来道："啊呀齐林来了。"

彭起正在吃紧，一纵身跳起，早闻齐林叫道："老彭，你不对呀，怎背地地说人坏话，论论该割舌头不哇。"

声尽处嗖一声跳入一人，可不正是齐林。浑身短打，头上盘了大辫，面上一团杀气，手中一柄泼风似的佩刀。四顾见彭起立在床上，五六裸体美人，连彭起都赤着身体好不难看。

齐林大怒叫道："还有天日吗？"说着直取彭起。

彭起见了齐林，知道没好，百忙中抓不着衣服，见齐林突来，忙扯起一床被，猛然一抡，忽地一阵风响，彭起已赤裸裸跳起，舞着被直旋过齐林头上。那被一兜当儿，正将齐林之刀裹住，猛然一撤，险些将齐林之刀兜飞。齐林连忙一带单刀，彭起已自上旋过，拖了被随后抄起躺椅，向齐林掷去。齐林一个毒蛇穿穴式，自椅下钻过，单刀直突彭起后心，彭起趁势一跳，操单刀，反臂一下，锵啷一声正磕着来刀，激得火光乱飞。这时诸美人赤裸裸乱钻，齐彭二人一双单刀已翻滚搅作一团，一路吆喝声与单刀相碰声，扑咚咚将一个小小教室把来做战场，哪里容得二虎相争，屋中

301

什物齐飞。

　　齐林见了彭起已怒甚，彭起知道没好，一柄刀乱砍乱剁，疾如风雨。齐林趁彭起一刀戳空，忙进一步，一个鞘内藏锋，突过一刀。彭起看得分明，一翻健腕着力一拨，随手一个顺水投梭式，自齐林刀影下刺入一刀，偏身一闪，让过来刀，侧进一步，一个劈风式。彭起见势，急抽刀平撑着刀，锵啷一声，齐林一刀正剁在彭起刀面。彭起趁势推进，一个疾风扫叶式，雪亮的单刀唰一声已旋过，彭起这一刀离齐林肋下分寸。齐林闪无可闪，只好双足蓄足力气，一纵身跳起来，直落彭起背后。彭起手势过猛，竟一刀削在木几上，顿时削落一块几角。齐林早自彭起身后攻上，彭起早已知道，一伏身滚过，随手一带单刀，一个穷岸泻瀑，那刀向下平荡过一片白光，就齐林足下一绕。齐林见来刀势猛，稍一迟误，便有削足的危险，忙将单刀着地一个老渔撑梭式，叮当当，彭起之刀磕在齐林刀上。齐林就势一撑身，平越彭起身上，彭起赤条条见齐林捷疾如电，百忙中不见了齐林，早呼一声自身上飞过，反手便是一刀，彭起慌得一滚身跳起，齐林单刀早到，哧溜溜一下，顿时削落一条肉垂在臀下，鲜血滴流。

　　彭起啊呀一声，往前一蹿，齐林已大叫赶上，彭起逃不脱，反身狠斗。可恨自己赤条条一丝不挂，腿胁下当啷一物非常捣乱。二人又杀了十余回合，彭起委实抵不得，趁齐林一刀掷来，彭起一闪便跑，随手抄起檀木墩。齐林以为彭起要砸自己，正蓄好足势，不想彭起猛然往上窗上一砸，轰然一声，窗棂破个大洞，彭起随后一个青蛙蹬波式，平挺身躯，哧一道肉影跃出窗外。齐林大叫："淫夫休走，齐林是取你首级来咧。"说着随后跃出，不想足未着地，突然一道刀光，哧一声正搠透齐林左臂。原来彭起知道齐林后逐，伏在窗外，趁齐林一跃之势，猛然一刀搠个正着。

　　当时齐林跄踉踉一个筋斗，彭起大吼赤身杀过，齐林右手挺刀截住，彭起大叫："姓齐的，今天咱一死一生。"说着一紧刀锋，二人旋转杀作一团。齐林刀势一紧，一会儿杀得彭起手忙脚乱，单刀乱落。齐林越发不放松，彭起见势不佳，虚晃一刀，撒腿便跑，一路大叫弟兄们杀呀。

　　许多部下头目拥来，齐林喝道："彭起作逆，奉教主命来捉，谁敢动手？"

　　教徒本来恨彭起凤日薄待部下，动不动拿出教目嘴脸呵斥敲打，当时诸目谁肯上前。彭起光身赤足，呱唧唧一阵乱跑，齐林虎似逐过，彭起没法，反身再斗。只一会儿被齐林一脚踢飞单刀，进一步一腿将彭起扫倒。彭起还想挣逃，齐林随即一脚，踢得彭起翻着身儿乱滚。

齐林叫道："老彭还有何说？你在教主面前说俺坏话。"

彭起以为齐林至多不过打自己一顿，忙喝道："姓齐的收起威风，你与屈伯通阵上会话，不战而退，是虚言吗？今天彭起交你一颗头便是。"说着大骂。

齐林单刀架在彭起脖上，彭起见得冷冰般的刀刃，登时吓得倒吸一口凉气，道："齐兄齐兄，咱哥们儿不至动这个，俺有罪过你罚俺就是。"

齐林冷笑道："哈哈，你耍得好威风。俺告诉你，你打教中旗号欺压百姓，俺们这是私仇还不算回事，俺今天便是来取你首级，与百姓出口气，与教中一个警戒。"

彭起这时不敢蛮横了，齐林眼望着彭起尺余长的那话儿笑道："你便算吃他亏了，老彭俺先与你去这害。"说着顺手一削，一刀齐根削落阳物，那物一条鱼般啪嗒声滚落。彭起早怪叫一声，翻了两个滚昏过。齐林随手一刀，砍了彭起首级，提起来道："老彭对不住。"说着扬长竟去，滴了一溜长血。

齐林提了头一径到小仙处，小仙正招了一鹤、牛金义、胡春、韦成虎等人，商议进兵谷城等处，先发制敌。突然齐林凶神一般抢入，手中一颗人头道："教主，奸人彭起被俺割了首级。"说着咕咚咚抛在地上，正是彭起之头。

小仙见了花容大变，惨白面孔，指齐林道："齐林跋扈至此，竟敢擅杀我大悍目？"

原来小仙视彭起一个活宝，供自己解愁，那伟具正当小仙欲海。顿时怒不可抑，拔剑在手，直取齐林。齐林也怒，拔刀在手。胡春一把拉住小仙，一鹤牛金义等人一齐拦在当中，小仙急得暴跳道："齐林欺俺太甚，目中还有俺吗？"

齐林怒道："教主不识贤佞，如彭起等人死有余辜。不然鼓动是非，离间教徒，今日就戮是为教中除一大害。教主如明了此理，便请治俺擅杀之罪，如在齐林死后也算忠于教务了。"说着双目炯炯，直射向小仙。小仙听齐林之言本来正大，自己所作所为不过为自己淫欲，但失爱人，怎的也止不住恨愤。

303

正这当儿，突然飞步抢入二人，大家一看却是发下快探报道，探得樊城、张家湾、谷城等处均落马君起手中，因为他已前一日分兵助守。大家一听一齐怔了，一鹤道："刻下军事正急，咱正应团结御敌，怎还自相残杀起来？唉，樊城与襄阳隔汉水作掎角之势，况他又得过谷城，均足包围俺等，可惜咱军事迟误。"小仙也懊丧不及。

齐林正色道："教主如赦俺之罪，愿先取樊城，如樊城得手，顺势再取光化，扼老河口，到得河南陕西四川三省连络。况老河口水路，南有汉水，直通武昌，便是襄阳水路紧接亦是夺守之地。"

一鹤拍手道："着哇，齐兄便当将功折罪。教主宜听齐兄之言，那老河口并扼秦陇，为豫陕川三省咽喉。如咱兵自南北齐进，襄阳唾手可得。啊哟，不妥不妥，如取樊城必经东路，走西路则经谷城，均有清兵把守，东路又有张家湾，也为马君起所有，水路不易过得，不如先取谷城，沿汉水顺势取光化，同兵之势一扫樊城，襄阳前后受敌，怕不一鼓攻下吗？"

齐林道："贾兄说得是。"

小仙虽痛惜彭起，但敢没奈何，况马君起用军如神，不知不觉已固守边城要隘，这时正用人之时，哪能再杀大将？于是发齐林取谷城，胡春、韦成虎、牛保、牛金义四大目助战。齐林谢罪，当日与四悍目约定谷城会见，于是飞马返回荆花坞，调动兵马，连夜悄悄兵进谷城境。中途与那四悍目会军，浩荡荡杀奔谷城去了。

且说小仙发下大兵，一鹤献计道："齐林去取谷城，一定马上得手，但咱军须先入南漳做基地，同时调大悍目兵集张家湾，俟齐林兵入光化，取樊城时，便一齐动兵进取张家湾，谅马君起有分身术也顾不到。"

小仙于是欲调回大悍目王美英，张坨庄调回胡铁，一鹤道："教主调此二人做甚？"

小仙道："二人英勇，去取南漳。"

一鹤道："不必，南漳一城不过有三五百兵马，何用此二人，不是小题大做了吗？况刻下二人均守重隘，如果动兵，马君起从后袭了如何是好？又当齐林去取谷城光化，有诸目紧击襄阳，马君起一定不敢分兵相助。教主下令固守操军，如探得襄阳有救谷城等情势，立即兵袭襄阳，使君起首尾不相顾。"

小仙依言，发令又将襄阳隆将王国忠调补彭起之缺，将彭起掩埋。一鹤荐邬一娘去取南漳，小仙笑道："你瞧俺倒忘了，一娘武功高强，干事最精细，便要她去好了。"于是着人请邬一娘，一娘来了谢过自己唐突之罪，小仙令一娘去取南漳，一娘领命收拾本部，往南漳出发。

且说邬一娘一个三绺束发女娘子，怎也混入教匪中，一定是妖淫之辈，偏偏不对。邬一娘不但文武均通，并且贤淑非常。她原是河南人，幼年落涸，坠入青楼，她做妓时结识一客名夏江，湖北人，乃是一个富贾之子，夏江生得短小肥胖，性懦弱，只是腰包充足，偏偏看上一娘。夏江与一娘相处年余，夏江总是绵羊般驯顺。

一日夏江踅来道："俺想与你赎身，可恨窑主索身价万两，俺已递了八千两，但你意思如何呢？"

一娘泣道："俺一落涸女子，何足用情？若此八千金已不资，俺脱此地狱生活，固是幸运，但身价太大。"

夏江道："只你愿意便不惜万两金。"于是马上交万金赎出一娘返湖北。一娘感激得没法，唯有对夏江多着一番心。

夏江幼年习文未成，改习武，因他身材不满四尺，肥而且粗，心智不敏，还有些闷劲，归根文武不成，通常能舞舞闷棍。一娘本身富家出身，又习得一身武功，非常了得。自夏江娶了一娘，夫妇研究武功，夏江只有傻笑，夏江一个三寸丁角色，怔弄得一娘如花妻子，真个不配。可是一娘目中只有一夏江，夏江只有一娘，夫妇相爱。

夏江的父亲经商在外，夏江经管家事，又含糊挺不起门户，时常有无赖等来寻作闹。夏江没法，偷偷把与百十两银子觉得了事。不想烧纸引鬼，一下子来了好些混混来吃这肥羊肉，吓得夏江不敢出头。一娘大怒，亲自出去理论，诸无赖见一娘花朵般人儿，相顾一笑，说些不三不四，还有挨挨蹭蹭，被一娘一顿拳脚，一个个抱头鼠窜，方知一娘这雌老虎撩拨不得，从此无人敢来作闹。

这年夏江商业不幸，亏累百余万，一连五六处商号齐闭，一结账夏江铁桶般家私顿时整个赔出。夏江父亲又托靠友挣扎，好容易购得好些北地珍贵药材，运川中售卖。要是人当败家处处不幸，中途船覆，满船药材顺水飘流，又亏一头巨款。夏江没法，将房产折变，偏偏天不作美，夏江父亲连愁带悔，一下死了。夏江本来是没主张的人，只急得会哭。一娘帮同治葬，家中片瓦无存，夏江一身一点儿本领没有，空望望一娘跟自己受

305

罪，不由得每日唉声叹气。新房主一日三五次催夏江搬出，夏江叹道，几年光景一贫至此，俺还搬什么，于是向一娘道："俺顾不得你了。"这一声已泪下如雨，趔出。

一娘不见夏江进来，出去一找，原来夏江已一条麻绳吊在庭前青松上，正在双足乱蹬乱踹死挣。一娘跑过解了，夏江一会儿醒过叹道："你救俺做甚，这不受罪?"

一娘道："不要如此，天下地方大得很，便没咱二人之食?"

次日一娘与夏江去了，流落江湖。一娘沿路唱曲，也足温饱。夏江道："俺倒累你了。"

一娘道："俺们愿生死在一团，如此流落生活，彼此不离好足一生。俺想咱不若鬻技可多得油水，存下点儿将来再谋生计。"

于是每日唱曲，一点点存下两八分银子，买了些锣鼓刀剑等应用之物，从此打场卖技。一娘不明就里，初用真实武功，观众不但没人丢钱，一点点散掉，还有的说这等武艺还来献眼，还不如庙会上花刀王玩得伶俐。又一笑道："咱看这鬻技小娘花不溜丢，到煞可人的。"一娘一听原来如此，真是行家看门道，力巴看热闹，于是改了花招对打，每一上场，一娘的双刀真个彩声如雷。又搭着一娘秀色确有吸引性，每日收场钱如流水，夫妇不但温饱，下余好些。

这日一娘来到蟠龙屯，正逢白莲教初起。村中有个土棍，绰号独眼虎。因为他平生好杀，蛮勇异常，与人斗争，被人镖瞎一眼，因有此号。独眼虎横行一方，欺压乡党，凡有过路富商与走江湖杂艺人，必须投刺拜谒。遇有女技人，独眼虎品评美否，稍有姿色的，一定留宿，他玩得尽兴，方许他往。一娘哪里知道这个，到蟠龙屯打开场，锣鼓半响，没人丢一目。一娘纳闷，夏江见无顾客，敲得皮鼓隆咚咚一片山响。一会儿自庵口撞来十余个歪戴帽斜瞪眼少年，一色的洒鞋毡笠。当头一个鲜眼睛汉子敞披着大衫，内中短打，蝴蝶飞粉色大衣，丝带束腰，红绸甩裤，便如戏台上的黄天霸。那汉手中一双铁球，来回磨得隆隆怪响。十余人叉腰排立，尖锐的目光一齐瞟到一娘俊脸上。

一短粗堆腮汉子拍手笑道："咦，好俊娘儿。"说着大鼻头红溜溜的，向其中乱嗅道："喂，哥们儿俺们打毛淫如何? 咱是你一两，我一两，凑上十多两子。"

诸无赖相与拍手，鲜红眼汉子嘴里打了个哨道："那么便商议一下，喂，你这娘儿愿意吗？咱是一人一两银，谁的头水还是抽彩，不比你跳挣一天捞得多？左右弄不掉一块肉。"

一娘早望见诸汉行色是本地恶少来捣乱，听他胡吵得不像话，顿时一敛面孔道："诸位尊重一点儿。"

诸汉一翻怪眼道："咦，婊子竟敢挡俺们高兴，老子们高兴，弄到你头上不是赏脸吗？"

一娘大怒，呸一口唾到诸汉脸上，诸汉子虎吼乱跳道："反了反了，怔敢将咱虎须，打打打，先捉这只老乌龟。"

于是便奔夏江，吓得夏江往一娘背后乱躲，一娘趁诸汉拥来，一伏身一个风卷残云式，一腿横扫过云，诸汉想不到一娘会有如此手脚，顿时扑通通四五个汉子栽翻，后面还有四五大汉抢来，被倒地汉子一滚撞，一齐绊了一个跟跄。一娘拍手大笑。诸汉一阵蛆虫般乱滚起来，一个个青鼻红脸，大叫众拳齐上。一娘娇叱一声，粉拳打入，便如一团旋风，好不捷疾，引得诸汉东扑西撞，互相磕撞。一娘猛然一转身，双拳一分，打入诸汉阵中，诸汉一溜歪斜，不倒翁一般纷纷乱窜，顷刻个个鼻青脸肿，跟头连连。诸汉见势慌了手脚，胆小的早溜之大吉，站得远远地跳骂，只剩二三个狞性无赖，被一娘一一捉翻，打得怪叫。一娘叱道："不然不晓得俺的厉害，滚开，有本事只管来。"说着小脚一个个踢出丈八远，摔得无赖眼爆金花，跑出里把地方反望，一齐大骂道："贼婊子，有骨头挺着，等俺们找人打你。"一娘稍一动身，吓得无赖反身便跑。回头望望一娘没事人一般，方漫骂而去。

一娘依然打起锣鼓，突然一老头儿望望无赖去了，惶然道："你们离乡背井，真也煞不易，俺是为好，你们捅破马蜂窝了。方才那群汉子是本村一霸，连四乡都不敢招惹他们，他们是独眼虎手下打手，那独眼虎武功了得，凶淫得厉害，凡江湖人均须投刺拜谒，凡为娘儿须经独眼虎看过，美的便留宿。想你们一定不晓得，所以无赖便来捣乱。俗语说，强龙难斗地头蛇，卖艺汉子你便早早躲开吧，不然独眼虎一定寻来作闹。"

夏江吓得怔了，一娘万福道："多谢您指教，俺们即便收场子了。"

老头儿四顾道："幸这般人未来，俺可惹不起。"说着惶然去了。

一娘知道惹了独眼虎，免不了寻来作闹，好在自己身怀绝技，夏江听老头儿说吓得抢着收拾一切。一娘道:"不要怕,如果咱尽顾这些还走江湖吗?"

夏江道:"不要置气,多一事不若少一事,究竟咱是外路人。"一娘一听也是,夫妇二人收拾一切,息了锣鼓而去。

不想方转过巷口,早闻一阵喊叫,便如狗嗥一般。夏江吓得哟了一声,抱头便走,一娘一把拉住道:"怕什么,这班人不给他个厉害是不行的。"夏江听一娘的话,顿时气壮,尾在一娘屁股后张望。一会儿一阵啪啪啪乱跑声,一娘夏江望去,果是一群神头鬼脸无赖,一个个结束得奇奇怪怪,有的还弄了戏台式铀中衣裤、武士帽等,一拥而来。当头一威凛凛汉子,全身劲装佩刀,青布包头,望到脸上却是一只眼,不用说是独眼虎了。

一娘放下行囊,诸无赖早到,大叫:"臭花娘子老实服侍咱,不难为你。"一娘大怒,只见独眼虎单刀一招,无赖一齐排开,独眼虎张眼一望,见一娘容颜不由直了眼,嘻着口道:"好块肥羊肉,小的们与俺上。"无赖一拥去捉,一娘略展身手,无赖左右扑不着。一娘俟无赖一群恶狗般咆哮逐来当儿,猛一回身,一腿横扫,扑通通排头滚倒一溜,乱骂乱叫。独眼虎一看不像话,大叫闪开,只见诸无赖呼啦一闪。

要知后事,请读下文。

第二十六回

邬一娘料敌决胜算
斐壮士赤手建奇功

　　且说众无赖呼啦一闪，早见独眼虎瞎着一目，一个箭步跃过，卓然立定，大叫："花娘子，来来来，咱较一场子，你若赢不了咱爷们儿，俺便是你干老头子。"

　　一娘一听独眼虎一口地痞口吻，委实不受听，杏目射出精光，娇叱一声，双拳直取独眼虎。当头一个劈倒山式，一拳突过，好独眼虎偏身让过来拳，侧退一步，左拳捏紧，就一娘来拳只一个顺水投梭式，探臂一拳。一娘忙一翻健腕，就独眼虎一拳掬来当儿，退一步飞起一脚。独眼虎猛然一个海底捞月式，一手抄过，一娘早撤足就独眼虎手势未回，便是一个掬心式。独眼虎侧身往前一跃，一娘一拳掬空，累得往前一进步，独眼虎已到自己背后，虎吼铁臂来抱。一娘一跃身斜刺里飞过独眼虎头上，足未站稳，独眼虎又扑将来，一娘更不闪躲，趁独眼虎跳到，猛然一伏身，一腿扫去。独眼虎本想一下捉住一娘，不想独眼虎一下扑空，往前一探身，被一娘一脚挂在脚上，一条铁锥般钢尖直戳入肉内。独眼虎痛得哎哟了一声，猛然一跃，哧一声，直剐成尺八寸口儿，鲜血湿透外衣，独眼虎一个踉跄跌出丈余，继跳而起，气得独目哧溜溜，吼一声便抢。一娘将独眼虎打倒笑道："狗豕般人，真不值得理论。"说着去拾行囊，意思是想罢手。

　　偏独眼虎狞性，赶到一娘背后，托地一拳，一娘反手一把接住，顺手一拉，独眼虎顿时闹了个狗吃屎，鼻头几乎抢平。诸无赖大怒，嗖嗖掠出单刀。独眼虎跌得独目直爆金花，大叫"反了反了"，跳起拔刀在手，一招与诸无赖齐上，一窝疯狗似的白刃翻卷。一娘大怒，赤手打入，运用轻妙之功，引得诸无赖左右乱逐，白刃翻处，只见一条情影飘忽纵绕，诸无赖自相磕撞，嘴巴拳头被一娘打得发昏。独眼虎见一娘身轻如燕，一团花朵吹入轻风中一般，越发一紧刀锋，呼呼风响，好容易将一娘挤到壁角。独眼虎见有势可乘，赶追一步，雪亮单刀直从一娘当胸突过，口中大叫"哪里去"，只闻啊呀一声怪叫，顿时肉血齐飞，再看一娘已不知所向。原来一娘见刀到双足，蓄势跳起来，正有一无赖自旁边突然抢过，一刀未刺着一娘，却当了一娘替身，稳当当挨了一刀，鲜血激了独眼虎一身。独眼虎气得暴叫，撤刀返身四顾当儿，一娘已自后噼啪两记耳光，打得独眼虎脑骨如裂，一路歪斜撞倒。诸无赖见势忽一闪纷纷逃走，只余下独眼虎被一娘连踢两脚。

独眼虎哪里吃过这亏，张目大骂："娘的，臭花娘子，竟敢打俺？哈哈，只要俺不死，你休想逃出咱手，至少要你脱得光溜溜，由咱性儿玩一宵。"

一娘粉拳砰砰砰掷下，独眼虎冷笑道："妙妙，舒适不过，这样美人儿捶打一顿是求之不得的。"

一娘不言，拳脚齐上，起初独眼虎还挺胸倔强，最后打得乱滚，委实熬不过。夏江还拉劝，一娘道："这等人非要他明白俺不可。"说着又是两掌，打得独眼虎嘴巴流血，忍不过叫道："啊哟，我的妈呀，饶过了吧。"

一娘不由笑道："你也有这一声儿时候。"于是提了行囊便走。

突然有人叫道："喂，你这娘子真好身手，快来谈谈。"

一娘回头一观，却是一中年汉子，望得英俊伟躯，颔下微须，笑着走来，抱拳十分和气。一娘万福道："爷台贵姓，方才鲁莽献丑得很。"

那男子道："在下齐林，便是落枫坡人氏，刻下应白教主张邦才之邀，特来与他帮忙。"

一娘一听是齐林，忙道："久仰久仰，原来便是齐爷哩，俺名邬一娘。"说着一指夏江，"这便是俺丈夫夏江。"

夏江与齐林见礼，齐林道："江湖尽多奇士，教主时常叹说没有能人，能人可多，只怕不求。邬娘子你身怀绝技，何不寻个出路，免得久落江湖。"

一娘道："俺虽通些武功，但不过浅陋，未得人携提。"

齐林笑道："不要过谦，武功都瞒不得咱的双目的，那么便随俺来谈谈如何？"一娘见齐林慷慨意气，于是随去。

齐林先将夏江夫妇引见王美英，四人谈话之下，甚是相得。美英笑道："刻下白教正用人之际，夏嫂儿不得知肯入教否？"

邬一娘道："娘子不弃怎敢推托。"

齐林将一娘荐到邦才处，邦才道："千军易得，一将难求。"于是与一娘一部兵马统领，夏江补个大教目名，其实都是一娘亲自料理，夏江不过虚有名儿罢了。一娘为人和气，爱说笑，可是治部下甚严，每日教练。所以一娘部下教徒生龙活虎一般，纪律颇整。夏江虽是个脓包货，但为人和气，不拘小节，平日与教徒一起吃喝说笑，可是当有事传令，夏江候在大帐，排排样儿，因此落了个老好子名儿。他除了与一娘床上事儿，隔几日被一娘唤入同寝，不然他是另宿，旁的小娘一概不瞅，只夫妇相见互相瞅着笑脸，委实显得亲爱。一娘为人不妖不淫，所以后来邦才死后，小仙登坛，妖淫好杀，只见了一娘便如芒刺在背。其实小仙还是教主，是心中不正，见了一娘未免惭愧，所以一娘一切见解，小仙都不敢驳回。一娘也是看得明，小仙听服自己之言，自己也不常阻止小仙。

这且按下，且说一娘奉命取南漳，大整兵马，往南漳进发。夏江这时居然坐下雪狮子马，手中一柄大斫刀，浑身结束起来，也透着威风凛凛。原来夏江自充一名大悍目，武功委实稀松，又悄悄跟一娘学了一套刀法。好在夏江还有些笨力气，舞起大刀呼呼风声，倒也热闹，其实唧当不过。

这次取南漳，一娘悄悄令夏江做先锋，夏江吐舌道："俺的本领你还不晓得吗，俺的先锋一定军锋不振，免不了与士气有碍。"

一娘笑道："是呀，不过南漳县城没多少兵马，虽说有武官万惠英勇，但咱兵多又有后援，这功你不取更不用出头了。"

夏江沉吟道："对，可有一样，你可别误了援兵，咱可撑不住。"

一娘笑道："瞧你多么畏缩，人若打起精神，什么没有难的，不然志气先颓焉能取胜？"

夏江一听也是道理，于是精神为之一振，顿时打点进兵。自己传令后，领了一部兵马先进，马上督兵，好不威风。兵士从未见过夏江还有这等气概，士气千丈。夏江一部兵马直抵南漳。

且说南漳挨近荆山，东有襄山，南有蛮水，也是个背水向山之地。蛮水支流环兜县城，城外便是马兰山，也是荆山支脉。那时守将万惠与把总刘兰均是君起提拔起来的，为人英勇善战。知道白教作乱，已一度袭襄阳，万惠早有防备，先发刘兰领一部人马，在城北马兰山埋伏了，因为城内兵少，以备夹攻敌军。刘兰善用一条长矛，马上十分了得。当时伏兵马兰山，不日探得白教进兵来袭南漳，先锋夏江。刘兰听说，不由哈哈大笑道："夏江是邬一娘丈夫，生得不满四尺，有名的脓包，如今先挫他一阵，以振军威。"于是调动兵马，一面报上万惠，防守城池。

次日夏江兵到马兰山，夏江觉得一娘有把握绝没错，耀武扬威，倒提了大斫刀，督兵直进。突然一声号炮，一片杀声，夏江马上吓了一跳，兜马欲走，忽一想，怕什么，想援兵将到，于是一挺胸，敌兵突然唰啦啦抢出一部兵马。当头一员清将，马上丈八长矛，一招部下排开，旌旗闪处，有把总刘兰官衔。夏江抖起精神，大叫止住军头，拉开队。

刘兰一望夏江那怪形，不由马上大笑，用矛一指冷笑道："夏江也来作闹，少时俺戮你几矛，不然你便解兵归降，饶你不死。"

夏江见刘兰轻视自己，不由大怒叫道："刘兰早降。"

说着掉刀自战，刘兰挺矛相迎。夏江开始真也厉害，大刀嗖嗖闹了一阵，后气不接，不三五合，被刘兰杀得手忙脚乱，拨马往回便走。刘兰大叫赶来，夏江抱头纵马，早有两个头目截住刘兰，杀得翻翻滚滚。夏江回头望望，刘兰英勇异常，马上一条矛银花翻卷，一个漫散梨花式，着地飞起一片矛光，突突突激入二人双刀中。一头目敌不住双刀乱劈，稍一含糊，哧一矛一头目落马。那一头目慌得大刀一盖，不想用力过猛，累得往前一探身，被刘兰一矛刺中马尾，那马一跃后蹄，将那头目整个扔下。刘兰将矛一招，部下杀过，大叫捉下夏江。刘兰已到，夏江拍马叫道："我的佛爷。"落荒乱跑。刘兰不舍，赶二三里生捉夏江，夏江部下四散逃走。

急报知邬一娘，一娘花容失色，催军速进，一彪白教兵马浩荡荡杀到马兰山。一娘马上一跳，见马兰山屹然现在目前，那错落的山峰与青蔚蔚的枝叶直如掩蔽了山径一般。一娘生恐受人暗算，忙发出快探，一会儿报说马兰山口尸横血迹犹存，探得千总刘兰已将夏爷解入南漳。

一娘叱道："探得还有敌军埋伏没有？"

探子道："刘兰兵已撤去。"

一娘大喜，马上下令速过山口，一行兵马抄过山头，已望见南漳城池。一娘马上笑道："万惠守南漳，究竟吃马兰山蛮水之亏。"

悍目道："南漳临山近水，进攻退守无不得当，怎说吃亏？"

一娘道："自古用兵多倚山水之险，兵骄疏于防守，你瞧万惠竟一战得胜，马兰山兵马撤尽，是与敌人一进攻南漳之路，假如马兰山兵在，俺们至少须费回手脚。"说着一直抵南漳城下。

邬一娘以为南漳孤城，兵马又少，一定马上破城。一娘排下兵马，早见城上穿梭似的雄兵，旌旗飘着，麻林似的长矛，当头一威凛凛武官，正是万惠。

一娘马上用手一指道："万惠早降。"

万惠笑道："贼婆娘你家三寸丁已被俺捉了，还张致什么？"

一娘大怒叫道："谁与俺捉下万惠？"

早有大悍目张得胜，马上一柄大刀，大叫"万惠快来受死"，万惠忙调兵马，大叫马来，左右拉过马，万惠手中一条方天画戟，飞身上马，放下吊桥，万惠当即统兵飞过吊桥。

原来南漳城虽不大，却坚固异常，东有襄水之险，南有蛮水汹涌，南环南漳城池，便如一座水城一般。蛮水之浒，便是马兰山荆山支脉。当时万惠兵过吊桥，马上一挥大戟；唰啦啦兵士一道长蛇式排开，兵士久练，雄赳赳一齐抱着雪亮长刀。一娘一见亦是一惊，暗道强将手下无弱兵，那马总镇提拔的人均是如此，怪不得人说万惠了得，真个名不虚传。张得胜不等万惠排阵，早大叫挺大斫刀杀过。万惠大怒，磕马冲过截住张得胜，二人在阵上盘马大战，五六回合不分上下。得胜大刀舞得呼呼风响，趁万惠一戟搠空，双手撤刀一个叶下摘桃，大刀一拨来戟，一道刀光平突过去。万惠一伏身闪过，挺戟一个平地生雷式，着地飞起一戟，突突突银光散漫，单取上中下三路。得胜兜马一跃反臂一刀，只闻当一声，万惠之戟一下子刺在大刀平面上，哧溜一滑，张得胜见势挟马转来，挺刀便是一个散花盖顶式，雪亮的刀光就万惠头顶上一绕。万惠更不抵挡，拽戟拍马便走，张得胜大叫败将休走。这时双方战鼓如雷，喊杀震天，只见阵上万惠兜马一绕，回顾得胜马上虎吼追来，万惠挟马便走，一会儿绕了一圈，万惠回望又走。

邬一娘见万惠并非战不过得胜，又见万惠不时回望，知道用计，忙叫张得胜多小心。只见得胜已飞马逐到万惠马后，未得动手当儿，万惠猛然一挟马，掉过马头，得胜正拍马如声，呼一声抢到万惠马后，相距丈余远近。万惠大叱一声，手中戟平抖起来，嗖一声正挑入得胜当胸，马行正速

313

猛际，一驻足后蹄翘起，将得胜直扔上半空，万惠大戟一撤，血淋淋肠胃带出。

一娘大怒，飞马挺矛直取万惠。万惠挺戟接住，二人翻滚滚杀作一团，五六十回合不分上下。万惠是勇力有余，一娘是从容不迫，直杀得三军息鼓呆望。一娘见久战不下，趁万惠一戟突过，一闪让过，不等万惠回战，飞起一矛，一个金鸡食米式，突突突矛锋如雪，风飐梨花般泻下钢锋。万惠大吼一声，横目着力一搅，一娘之矛刺不透，趁势抽矛一个毒龙出水式，唰一声一道矛影刺过。万惠好不了得，一偏身闪过，顺势挟着矛头，右手挺戟便刺。一娘慌了手脚，一歪身闪过，顺手抄着来戟，双方马上对拽，二马也跟着滴溜溜转起圈儿。一娘力弱，马上未免太吃力，一纵身跳下马来，万惠也翻身下马，二人直拽滚作一团。万惠猛然一放手，大叫："野婆子，万惠赤手捉你玩玩。"一娘也不肯示弱，索性掷了矛，二人赤手较作一团。衣襟撕得粉碎，一娘究竟力不敌万惠，一会儿喘作一团，铁尖鞋子也脱落一只，只尖尖白绫袜儿，越发别致。

二人正争持中，突然白教部下一阵大乱，呼啦啦往前便拥，杀杀杀喊成一片，南漳兵也白刃飞卷，迎教徒来势卷上。一会儿教徒一分，一个大悍目与一敌将杀过，旌旗冲到，大书千总刘兰。一娘大惊，早见自己部下四下溃逃，一条血巷中官兵袭来，杀得教徒怪叫。一娘不敢战，乘势抢了自己之矛，上马便走。万惠大叫："野婆子中俺计了，快快投降。"一娘落荒而走，白教兵马也乱窜。前有万惠，后有刘兰夹攻，教徒逃不脱，多有奔入襄水逃去。一娘马上大叫："适逢绝路，大家奋力一战。"教徒都红了眼睛，"不战亦死，何如一拼？"吼一声一阵狂风般冲入阵中。一娘马上抖矛当先，一路矛光，挡者便倒，竟被冲开一条血巷逃过马兰山。万惠得胜，追五六里鸣金而回，刘兰仍埋伏马兰山中。

一娘夏江两战均败，好不懊丧，残兵陆续赶到，损兵大半，忙报上张小仙。小仙大怒道："谅南漳小县竟能如此。"立欲发兵攻打南漳。

贾一鹤笑道："兵在精不在多，尤其在将官调度得法。如一娘勇力还败在万惠手，均是疏于计较。于俺看，取得南漳咱全部移入，不如乘此移动大兵，速下南漳。然后与齐林部会师，围攻襄阳，一鼓可下。"小仙大喜，当日下令，全军收拾一切，以备进兵。

且说邬一娘兵败，愤丧之至，想再振军威又损失过大，不易复起。踌踏之下没法，想起夏江被生擒，倘遇不测怎好？想着芳心无主，坐卧不安。当夜二更时分，自己悄悄结束起来，她身上青绸甩裤，纤腰束了一条生丝板带，当头四屏结子，一双小脚着了铁尖薄底软鞋。头上双髻，青绸裹额，背上斜插三尺钢锋，胯下一应之物好不伶俐婀娜。一娘心中暗暗祝祷，到得南漳救得夏江，绝不与万惠为难。想着悄悄飞跃出营。倾耳一听，远远更柝犬吠，临风徐来，四野静悄悄，唯一轮明月挂在空中，锋芒映射下来，大地上如发了一层薄霜。远远蓬头树木，着夜风吹得摇摇就动，发出一种恐怖声。

一娘在这景况中一径奔马兰山，一路丢开飞行步法，电也似刷过。到得马兰山，一娘不由恨恨自己竟兵败如此，看起来自己无能，也是万惠善于用兵。行尽一程，一片腥风吹来，一娘不由仰面长叹，自语道："白教乱起，生灵一场屠杀是免不了的。可恨俺怎便没眼睛，依附逆党？唉，白教早知如此，俺夫妇哪跟走清秋大路。事已至此，还有何说。"叹息着经过一片战场，尸横污血，还有的重伤兵士死而复醒，呻吟不已，一娘不由掩面。

过得马兰山，回望山势飞突，半月式兜围了南漳，一阵潺潺水声，便是蛮水激流声，一娘不由痴立，心想道：欲取南漳须先夺马兰山，但过马兰山又有蛮水，也是南漳一个大屏障。想了一会儿顺蛮水行去，望望滚滚汹滔，不由转过山头，已到城左，乃是蛮襄二水汇流之处。一娘猛悟，暗笑道："俺真糊涂，南漳虽固，何不自襄水上流发一部人马窃取后路，一面兵攻马兰山，万惠首尾不能全顾，怕不一鼓破城？"

想着大喜，猛然想起自己是干什么来了。听听更鼓正当三敲，只有水声激流，不闻人马喧哗。一娘返回将南漳城周视一周，寻着河路狭窄处，轻身提气一跃而过，城下一行行垂柳，一娘倩影投入柳荫。城上巡卒见一条黑影，连点儿声响都无，疑神疑鬼作闹趄去。一娘伏了一会儿，听得四野静寂，掏出百仞飞爪，一抖手铁爪牢抓城头。一娘用力拉两下，一拧纤腰，双手附索攀上，哧哧哧手移足随，猴子似的好不捷疾。一娘上了城头，将飞爪起下藏好，从背上拔出宝剑。登城下眺，一览无余，见城内民房错落，静悄悄一点儿人声不闻。一娘一纵身下城，伏身听了一会儿，方转入一条小巷。两旁绿树夹道，月影平照下来，一娘往前一望，似乎前面一条横街，巷口便是横列了民房，一娘方要出巷口，突然梆声敲处，早见数个长大人影闪动，一娘忙一闪身转向树后，探出头去张望。原来数人却是上夜更卒，一色劲装，肩上荷了明晃晃标枪。

突然一卒大叫"拿下奸细"，一娘吓了一跳，芳心扑扑乱跳之下，更卒虽口中大叫，却一齐倾耳，突一更卒笑道："哥们儿你惯闹这把戏吓人。"

那卒笑道："你不知道，俺随万爷多年，有一次万爷带兵剿匪，那匪头儿绰号来无影，据说他身轻如毛，动不动便窃入敌营，切人首级，因此万爷夜里多加防备，便教与俺们吓唬夜行人之法，真个收大效果。如今邬小娘子伶俐俐，据说她来去绝踪，凶得很，说不定来作闹。"

一卒笑道："不必多虑，谅邬小娘子怎的英勇，也不是咱主人敌手。你瞧白日两战，杀得白教望风而逃，便如夏江三寸丁角色，居然也来胡闹，现在仍押大营，听说他哭了一天，那脓包货何必来丢丑。"

一娘一听心如刀绞，暗道：真也是，他素日胆小，如今钢刀加颈时候，怕不吓掉魂儿？

一卒又道："刻下万爷连夜拟下大兵，差千总刘兰抄过马兰山后，明日教匪一定还来作闹。刘千总俟教匪过后，先夺教匪大寨，然后从后兜攻，哈哈，邬小娘子休再张致，怕不送上姥姥家去。"说着一行人嬉笑趱过。

一娘听更卒之言，又怕又幸，如自己不闻万惠之计，明日一定连基地失掉。想着先去救夏江，于是出了小巷，飞身上了临街民房。登脊一眺，远远一阵马嘶加着呵斥声，却是马夫与马添草料。一娘心想，万惠大营一定距此不远，军马在此，大营焉能距远？于是顺道自马厩上越过，果然遥见一片兵营。大旗迎风飘着，沿路许多卡房，均是长大士卒逡巡。一娘自马厩上跃过，在敌营遍寻一回，不见夏江影子。一娘听了更声已入四更，不由得着急。正徘徊当儿，遥见对面火光闪动并哗哗水响，一娘赶过去，却有数个厨夫造起饭来。一娘心想，非捉他一人不能得到夏江下落。见厨夫过多，一定打草惊蛇，于是伏身看望。突吭哧似乎有人搬运重物，一娘一看却是一小厮，挑着满满两桶水过去。一娘得计，一会儿小厮倒了水，晃着水桶一路哼着小曲走来，一娘悄悄过去，冷森森宝剑架在小厮脖头上，小厮吸了一口凉气，哟了一声，一娘低叱道："俺邬一娘便是，你如声张，一剑切掉头。"小厮小曲也唬掉，只瞪目张口呆了。

一娘一臂提到僻静处叱道："俺只问你夏江押在哪里，实说饶你不死。"

小厮抖着道："娘子，俺是厨下伙夫，只听说是得白教悍目，叫什么瞎姜，已交县太爷打入大狱，俟消停一点儿，送到上司请赏。"

邬一娘道："这话真吗?"

小厮道："哪敢虚言。"

一娘提起小厮道："大狱在哪里，快随俺来。"小厮被一娘挟了一直奔大狱。转弯抹角，一会儿到了。一娘将小厮捆好，一径送上一株临街老树上。小厮连动一点儿都不敢，一娘将小厮寄放好了，方飞跃入狱。遍寻一会儿，死囚房内，一个铁笼内正押了夏江。一娘飞上房去，四顾没有人来，听了更鼓正转到别处，一娘方跃下撬开窗子窃入，悄悄一拍铁笼，夏江一张眼，见一娘在面前，不由双目滚下泪来。一娘道："不要怕，俺特来救你。"说着双臂运力，拆毁铁笼，取去夏江。

夏江道："俺笨重得很，倒累得你。"

一娘道："俺只为救你，不可沾外事。"说着挟了夏江，巡跃出大狱。身形一晃，一道倩影，电似的刷到城下。

夏江只觉两耳生风，一张目一娘已将自己放下，夏江道："这是哪里?"

一娘道："这是南漳城池。"说着掏出百仞飞爪抓，牢抓城墙，将夏江拦腰送下，自己缘索而下，一会索飞抓收回。仍负了夏江过得蛮水，直奔马兰山。

夏江叹道："咱夫妇不该落为逆党，俺委实担不得惊怕。"

一娘道："不打紧，咱先敷衍一时再作道理。"

夏江道："已出虎口，咱便慢慢行吧。"

一娘放下夏江，行过山口，这时五更初敲，明月已落下去，反倒乌黑起来。突然一阵唧啾鸟啼，呼啦啦冲飞过一群山雀。一娘一怔道："深夜鸟飞，一定有些道理，没的不是敌人袭咱大寨不成?"想着心慌，忙登山一望，只觉对面人声嘈杂，自树影处一团风也似突来。一娘想得更卒之言，万惠差刘兰抄过马兰山埋伏，想是埋伏兵了。于是与夏江赶忙过了山口，赶到大寨，连夜移寨。

天明了，邬一娘夏江已将军营移开马兰山，一面差人密报教主张小

317

仙。小仙忙招贾一鹤等商议。一鹤道："教主既欲兵取南漳，刻下一切移动就绪，何不当日起寨，与邬一娘会兵，再作道理。"小仙依言，当日动兵移入南漳境，蟠龙屯留大教目王国忠把守。

且说邬一娘与小仙会兵，与夏江自缚去见，小仙道："兵家胜败无定，夏嫂何必如此?"

一娘道："败兵之将教主恕罪，俺已夜探南漳，城池巩固，武官万惠防御得法，又有马兰山襄蛮二水之屏障，如以力取未尝不可。不过此小小县城大费时日，损兵折将，也不值得。俺观襄水蛮水汇流于南漳之南，如派一部水兵，自襄水上流袭其后，再用精兵攻其前，一鼓下城。"

小仙沉思一会儿，一鹤道："一娘说得是，可是此水路万惠善于用兵，焉能不防?"

一娘道："万惠以为二水是天险，以未设防，只有刘兰一部真须防备。"于是将夜救夏江听得更卒之言一叙。

一鹤拍膝道："幸运幸运，如果中敌计咱教立危。如今教主当用何计破敌?"

小仙道："俺看将计就计先擒刘兰，后取南漳，万惠羽翼剪去，不难攻下。"

一娘一鹤一齐拍手道："正是如此。"

如是小仙传令一娘夏江取南漳，派水兵大教目黎坤、柳方珍二人，统一部下人马自襄水袭南漳之后，开大船二十只。小仙与一班大悍目按兵，单等捉刘兰。

且说邬一娘夏江夫妇统兵前进。夏江漏网之鱼，心中不得主意，猴在马上四顾惶然。一娘心中好笑，悄悄道："你不必怕，也得做个样儿，不然三军涣散，谁与你出力。"

夏江道："俺委实吓破胆子，俟后咱别干这险门子勾当了。"吃一娘叱了一顿，夏江方挺起胸来，一振大刀道："喂，今天你可帮俺呀。"

一娘笑道："今天没错，你瞧咱全军齐发，凡事有俺，你不过做个配角，上次你的先锋军也是俺援兵稍迟之故。"

夏江方放下心，分二路并进，兵进马兰山。一娘故意鸣鼓进兵，吓得夏江摇手道："既知刘兰埋伏此处，怎还敢大张旗鼓?"

一娘笑道："故意要他晓得。你瞧他一定袭咱大寨，这便是教主之计，刘兰乘虚袭咱寨，便回不得了。"说着兵过马兰山口，直抵南漳城下。

南漳守将万惠两败夏江，万惠当日大犒三军，不想夜里走了夏江，全军惊怔。从大狱树上寻着挑水伙夫，一问方知夜里一俊绝小媳妇生将夏江救得去了。万惠拍膝道："此一定邬一娘了，也是俺疏于防范，好在夏江无能之辈，走了不算什么。"

突然人报道："刻下白教移兵至马兰山。"

万惠喜道："俺计成了，小仙如在军中一鼓擒了，正是擒贼先擒王，全军便算覆灭了。"说着传令齐军，兵士当日饱食，以备拒敌。一会儿探马报来说，邬一娘夏江统全军杀来，万惠哈哈大笑道："俺知道邬一娘上次之败，这次一定统全兵力而来，如此刘兰袭敌寨马上成功，以久胜之兵反攻敌后，焉能不破。"说着一声号令，城内兵马如飞，各统带率兵登城。

万惠浑身结束，登城一望，见当头大麾上书先锋夏江，万惠见夏江坐在马上，用戟一指叫道："夏江还敢送死。"

夏江道："今天绝捉不得俺了。"说着挥刀排下阵挑战。

万惠统兵冲下城来，飞过吊桥，用一根竹竿挑着一只花花绿绿的小鞋子，兵士叫道："夏江，你的老婆连小鞋子都送过来，咱快拉个长交如何？"

夏江大怒，叫道："姓万的真将人冤苦咧。"说着舞力冲出阵去。早有统带林茂跃马挺矛截住夏江，二人在阵前一往一来五六回合，夏江那开门炮本领，闹一阵后气不接，落马便走。万惠阵上鼓声如雷，林茂见夏江武功稀松，这功劳不立还等何时？吼一声赶下夏江，直冲入阵中，林茂大叫一声飞马抖矛便突阵，不想一马闪处，绝俊小娘娇叱一声长矛刺到。林茂惶然收不住马，被小娘一矛挑落马下死掉。

万惠一看杀林茂的小娘正是邬一娘，俊脸一团杀气，咬着牙儿冲过。万惠大骂"妖妇"，挺戟接战。二人三十余合不分上下，万惠百忙中一变戟法，一路大撒花式，突突突锋芒乱卷，一娘嘤咛一声，兜马跳出圈外，就万惠来势抖矛刺过，搅入万惠戟锋中，二人直杀得烟尘迷空，百十合不分上下。万惠心盼刘兰自后袭敌，邬一娘胸有成竹，知道刘兰怎也到不了此处，只盼水路兵马早攻南漳后路。

且说自襄水上流二十只大战船去取南漳。大教目黎坤柳方珍二人统精通水战教徒五百人，一帆顺风，顷刻将近南漳城，黎柳二人听听却无杀声，于是停泊芦苇中，发下一只小船探消息。探子驾船去了，顺流而下，直到城下，远远见五六只大船停泊，船上平排下许多强弓，百余水兵逡巡。探子知道有防备，忙棹船欲去，不想早被官兵张见，一叫停船，探子狠命撑船便走，后面官兵生疑，报知把总李秀发船赶下。探子逃不脱，一个扎猛扎入水中逃去。李秀捉了一只空船，知道一定有敌，忙棹开战船，一面先报入城。

正这当儿，一阵战鼓随风飘来，李秀得消息是万惠拒敌，李秀布好战船，一会儿顺流冲下好些敌船，兵士一色的长矛立在船头。李秀手中双斧，大叫"来船慢进"，声尽处敌船冲到，一字排开。

原来探子逃回，报知黎柳二人，黎坤道："敌人有防备如何是好？"

柳方珍道："各尽其职，不胜再作道理。"

忽然一阵鼓声夹着杀声，黎坤道："大概邹一娘已动兵。"说着下令开船，于是二十只大船火杂杂开过去。

李秀望见敌船开来，生恐怕近城池，忙击鼓动兵迎上去，一行五只战船一字排开。李秀双斧明晃站在船头。见敌船过多，忙吩咐把总刘琪驾一支大船，精兵五十人分作两路。黎坤手中一条白蜡大杆，端得四平八稳，大叫突敌。水手一齐奋力，五六只大战船当先冲去，顺流甚速，只舵手撑定舵绝没倾覆道理。李坤见来船凶得紧，生恐撞翻自家船，只得棹开战船。黎坤之船嗖一声激得水花翻卷，竟自突过。李秀一叫挥斧一招，与把总刘琪之船左右兜上。不想柳方珍一部呐喊赶到，李秀没法只好弃了黎坤，截住柳方珍。方珍手中一条点钢矛，一个老渔撑篙式，飞身跳过李秀大船，立在船头上抖矛便刺，李秀见白教凶勇，顿时大怒，双斧一分，当一声磕开来矛，顺手一个顺水推舟式，一斧挨矛柄削过去，方珍将腕一翻，闪过来斧，后退一步，手起一矛一个金鸡食米散开矛头，明晃晃一片白光溢下。李秀手中一只短斧，舞开了如一片闪电，二人就船头杀了五六十合，不分上下。

李秀一面争战，只听得战鼓如雷，杀声震天，李秀知道是刘琪与黎坤争战，不由得心中不稳，百忙中一望，早见黎坤大杆点翻刘琪之船，一拥杀上岸来。李秀一惊之下，心中着慌，咬咬牙关，双斧一径斫入矛影中。方珍见势生恐短兵欺近，自己长矛抖不开，步步退下。李秀双斧一分，一个二龙戏珠式，左右劈过双斧，方珍忙抖矛虚刺一下，后退取势，扑通一声整个滚落在河中，因为方珍只顾眼前，忘了后无余地。方珍落水，李秀用斧一招，三只大船便奔黎坤。方珍落水泅上头来，望见李秀已去远，随后赶去，大叫"李秀留下首级"。李秀望见方珍发了一镖，方珍一缩脖哧一声飞镖落水。一会方珍一个猛子已到李秀前面，李秀大怒，正想入水捉方珍，突然水花一浑，自水中钻上一人，却是把总刘琪，手持双铜大叫道："不好了，黎坤已登岸攻城。"李秀顾不得答话，叫水手火速开船抢上去。

方珍正挺矛自水中来刺，被刘琪双铜截住，二人水中搅作一团，扑通通直闹得水花乱卷，激起丈八高水花。方珍水中抖不开矛，抛了矛拔出佩刀接战，二人杀了二十余合不分上下。刘琪一面战，偷眼望见李秀领船败下，黎坤自岸上与李秀双方兵士张弓对射起来。李秀站在船头，挥兵再进，白教已架起云梯入城，斫落大锁，教徒一拥杀入。方珍见自家得胜，一缩身形不见了。刘琪寻不见柳方珍，迎着自家船，李秀已中箭身亡，刘琪统船逃走，自张家湾入襄阳。报告马君起，君起大怒，于是预备兵救南漳。

且说柳方珍赶上黎坤，一同协力杀入南漳，守将抵挡不住，一径退下去。万惠与邬一娘双方不相上下，万惠盼刘兰兵久未到，心中有些模糊起来。正这当儿，突然一阵大乱，呼一声自城内拥出一部残军，统带武官血淋淋浑身浴血。这一来全军大乱，邬一娘长矛银花乱卷，滴水不漏地兜了万惠。夏江见城上白教旗麾插遍，知道自家得手，挥兵掩杀。官兵进退不得，红着眼挺刀奋进，顷刻人头乱滚。万惠心慌意乱，杀不过一娘，兜马便走。黎坤柳方珍二人自城内杀出，将万惠兵杀得四散奔逃，万惠咬牙冲锋，一条戟连挑五六大悍目。遇见统带，方知自己中计。

万惠满面凄惶，统带道："咱先冲出重围再作道理。"

万惠道："俺负守城之责，全城陷落俺不能苟生。"说着策动再战，邬一娘统兵围来，黎坤夏江等围了万惠，万惠身带重伤，落马切齿自刎而死。

邬一娘收降其部下，兵士飞报张小仙，小仙统兵移军南漳。原来小仙兵驻马兰山，自邬一娘夏江去取南漳后，小仙令大兵偃旗息鼓，只拨少数老弱兵士守棚，以做诱敌之计。却说千总刘兰兵伏马兰山中，探得一娘果然统兵过山口，往南漳面去。刘兰大喜，立即动兵抄过小路，直取一娘大寨。刘兰一看寨棚上稀拉拉几个守兵，见了刘兰大军似乎害怕。刘兰大叫："千总在此，逆党早降。"棚上兵士呼一声逃空，刘兰统兵直抵城下，突然一声鼓响，刘兰吓了一跳，早见城上布满精兵，一色的布巾包头，当头绝俊俏小娘，便是妖妇张小仙。后面排下好些雄赳赳悍目，身旁站着弯虾似的贾一鹤，一手捋着小胡，瘦臂指刘兰笑道："刘千总，咱当年在襄阳与向老爷都是一莫弟兄，如今你中咱计了，俺已取得南漳，兵破襄阳，何不早降？"

刘兰心知中计，不由大怒，长矛一指骂道："背国逆贼，一旦事败死无葬身，还敢张致。"说着将矛一招攻城。

一鹤冷笑道："瞧你怎便不识抬举。"说着一挥手，城上竖起一面大旗，一声梆子响，矢发如雨。刘兰舞矛拨矢急退兵时，杀声震天，部下兵士突纷纷乱窜，早闻咚咚鼓声，大股敌军自后攻入，当头大旗书白莲圣教悍目孟祥。刘兰仰天叫道："俺计不成反中贼计，既令俺死有何不可。"于是挥兵拒敌。小仙一鹤自城上冲下来攻，孟祥步下一柄厚背刀截住刘兰，把总凌生分兵拒住小仙，双方杀得尘埃迷空，人头弹丸般飞滚。刘兰双目均赤，马上大叫奋战。孟祥见刘兰了得，哪敢稍息，趁刘兰一矛突空，一闪让过，随手一刀平削过去，刘兰只挺矛一拨，当一声，矛刀相接，孟祥抢进一步刀光一闪，当刘兰头上劈下，刘兰挟马一跃，退出丈余远。孟祥大吼赶去，刘兰拍马便走，回望孟祥赶到背后，手起一矛，哧溜一下，直挑入孟祥腹中，刘兰着力一搅，孟祥五脏溢流死掉。

这时小仙杀败凌生，官兵被杀得鬼叫四溃奔走，刘兰见大势已去，满面惨痛，长啸一声冲突入敌阵中。一鹤正指挥兵马，刘兰切齿大骂，飞马赶去，吓得一鹤单刀落地，马上抱头便跑。刘兰不舍，直赶入后阵中，被教徒围住活捉了去，一鹤连魂灵几乎吓掉。

小仙活捉刘兰，凌生战死军中，马君起得消息派兵自襄水进救南漳。兵未到，快报报道，原来万惠已死，南漳全失。

马君起惊道："逆党用兵如此神速，幸俺先取得张家湾，不然成釜底之鱼。但牛角坪、荆花坞之白教颇有进兵之势，如谷城失守则教匪呈半圈式。"

伯通道："总镇既申报上司，闻说湖北总督已奏上朝廷，发兵剿教匪，总镇不应取守势，使教党羽翼生成。"

伯达奋然道："正是如此。"

马君起摇手道："俺并非看不到此，因为襄阳生事，如失守教匪必顺势夺沙市，窥荆州，取长沙，踞荆山汉水，羽翼立成。"

伯通咂舌道："俺也想到此，但久延益使教匪势大，可惜俺好友均未到，不然可以助守城池。总镇亲统大兵先扫荆花坞、牛角坪，再平张坨庄，与汉水张家湾守将并进，一鼓取南漳，教匪顿时瓦解。"

君起笑道："听伯通兄说来煞是痛快，俺之不动兵，一为养锐，一为候援兵到，免得后顾之忧。啊哟，教匪一向未来骚扰，恐怕抄过蛮水先取谷城光化，如此俺们前后受敌，便连张家湾也守不住了。"

伯通道："不致如此，况谷城尚有重兵，焉能危而不报？再说教匪乌合无力及此。"

君起道："因贾一鹤逆贼为人多智，也许防备万一。"于是决定先派把总刘琪统水军赴张家湾，副将张良处增援，一面派人赴八卦堡先请斐起来助战。

君起连日大点兵马，这时各县调得精兵齐聚到来。君起先分兵驻扎城外，以便攻守策应，一面令伯通统一部兵马攻牛角坪，威胁教匪，使之不敢轻动。分拨定了，诸将领命而去。当日斐起未等君起派人已到，由伯达导见总镇马君起，君起一见斐起，真个生得身材魁梧，威风凛然。当即道："斐壮士仗义助战，国家之幸。"

斐起躬身道："斐起塞外野人，无见无识，总镇包涵些是了。"

伯达道："斐老弟，俺与你去信数日，难道久未接着不成？"

斐起道："岂有此理，俺当接到兄信，因为不识字，寻人看一遍。知道总镇看得起俺，便打算早来。因为刻下教匪闹得厉害，大部还顾些体统，现在很有些小股，均是流氓土棍，约合十数人，结伙骚乱，因此俺带领全村武备，怎敢撒手？前数日一部教徒首领是大土豪刘三知县，知道屈兄昆仲不在庄中，竟索钱粮，否则村外见个上下。遇俺这个拧性脾气，向来没吃过这个。次日统村丁等候，一会儿交起手来，刘三知县被俺铁杆挑杀，余党星散，因此小部教匪不敢再明目胡闹。可是左右邻村一天比一天闹得凶，颇有些移入咱村，百姓当此年荒月乱，处处灾民，屈兄你说咱不收吗？俺安顿避难百姓，一耽搁又是几日。亏得来了一位屈兄好友，名叫吴小峰，但俺不认得，不敢收，咱村富户张信同吴小峰一路来。原来张信

323

在途中几乎被驴夫害死，亏得小峰救护。小峰与张信一同来的，俺便将村事交与小峰。"

伯达嘻着嘴向君起道："家兄好友到了，此人任侠，诛强扶弱，江湖颇有侠声。便是斐老弟也办得好，除非小峰这样的人不能糊涂涂交与他大事。"

斐起憨笑道："总镇莫怪，俺是粗鲁人，办事不牢，因之时受人愚弄。后来俺想了个方法，凡是自己之事，不沾他人之手，如此果然再没不牢之事了。"

伯达道："还有几位能人，蓬莱秦逸人、河南耿吟秋父子、余隐、张啸生等好汉，想均未到。"

斐起摇头道："未到。"

马君起心中顿时宽敞多了，忙与斐起备酒接风。斐起只知敬官长，见君起如此，觉得浑身束缚一般。

饭后突快报道：南漳白莲教匪，自水路派大战船三十只、精兵五百去取张家湾。统兵悍目柳方珍、黎坤、王德，分三路并进。君起心中虽惊，好在张家湾已有重兵，并有副将张良扼守。接着快报又报道：教匪驻张坨庄，大悍目趁势动兵，有攻襄阳之势。同时屈伯通已兵攻牛角坪，与王美英争战甚烈。

君起挥下探子道："张坨庄教首胡铁，为人粗暴勇悍，他动兵不过，欲撞掣伯通之意。"

斐起奋然道："总镇当如何退敌？"

马君起道："兵来将挡，只是胡铁凶悍异常，等闲非其敌手。"

斐起道："在下不才，愿取胡铁首级于麾下。"

君起大喜，立点一部兵马，发令斐起拒胡铁。斐起统兵去了。襄阳分拨兵马，伯达君起与一干武官协力守城。

且说斐起兵抵张坨庄，胡铁正统兵而出，双方对阵排开，胡铁步下双斧，火燎鬼一般，站在阵前。一看见对面阵上斐起，生得与自己正是一对，倒提着一条乌油油铁杵。胡铁大叫："来将何人，敢抗俺兵？"

斐起料是胡铁了，顿时飞步出阵，铁杵一挥，左右兵士唰啦一声拉开，官兵一挥刀压着阵角，斐起大叫道："胡铁逆贼竟敢造反，刻下朝廷派下大兵扫清白教，快快投降，朝廷不加罪，不然事败斩首。"

胡铁持迷焉能醒悟，冷笑道："刻下清廷国运将终，正归我白教。"

斐起听了大怒道："逆贼不悟，便莫怪俺了。"说着大踏步逐过，胡铁双斧一分截住，二人就阵上杀起。二人一色的沉重兵器，顿时杀作一团，呼呼风声，一阵叱喝声好不凶实，二人战了十余回合不分上下。突然二人猛然一分，斐起铁杵着地飞起一条乌蟒，就胡铁双斧缠去，胡铁双斧变作一双闪电，突击得好不迅速，直闹得尘埃蔽日。双方军士瞪目注定二人，忘了是血淋淋的厮杀。突然咚咚隆一阵战鼓，二人兵器越发舞凶了。斐起趁胡铁一斧劈空，身子往前一扑当儿，忙退步双手挺杵点过，胡铁忙撤步之下，杵锋已到，没法只将左斧猛然一拨。突然当的一声，火光四溢激飞，二人一齐喤啷啷撞出圈外。斐起就势一伏身单杵着地一旋，胡铁正蓄势想跃过，顺手双斧撑地一跃闪过，不想斐起一带铁杵，一个老渔撒网式扫向腰际，胡铁右斧往腰下平扫过去，砰然一声磕回大杵，顺手一个顺水行舟式，雪亮的斧锋直削向斐起颈项。斐起一伏身让过，胡铁就手双斧一分，一个双龙出水，左右平势过去，斐起闪不开，只一滚身，平横铁杵，一个绊马式，铁杵扫过，胡铁忙一跃，斐起随即一滚，一径滚过胡铁身下。胡铁恐受敌人暗算，往前一蹿，只觉脑后呼一声，慌得双斧牛抵架式反架。这一来不打紧，斐起自胡铁后一个金刃劈风式劈下一杵，那十足气力，当的一声，胡铁随即一歪身，一斧被击落。斐起一杵劈在石上，青石顿时粉碎。斐起往前一探身，与胡铁平身站定。斐起用手便抓，胡铁欲单斧去劈，又被敌人抓住，斐起索性掷杵，双手便搏。

胡铁生平练得铁砂掌，自以为正对身手，掷斧赤手格斗，二人拳脚齐飞，顿时一路拿法，真有排山倒海之力。胡铁暗运右臂之力，一掌劈戳斐起当胸，不想斐起顺手抓着，二人四手相交。这时胡铁方知道自己铁砂掌失效了，因为斐起力大，任你什么掌他只攒了不放，稍没功夫的早筋折骨断了。当时二人进退进拉，一路赤手拿法，胡铁好容易腾出一手，拦斐起颈项一缠，斐起一缩身形闪过来拳，随即一个疾风扫叶式，一腿平刷过去，中腰一拳，胡铁闪不及，跄踉踉撞出丈余栽倒。斐起大叫拾杵便赶，胡铁一跃而起，与斐起相距不过咫尺，猛然一回身，正抢在斐起怀中，斐起铁臂将胡铁捉了回阵。

白教悍目怪吼去夺，斐起一招手，部下官兵呐喊杀过去，一片白亮刀光卷处，马上冲入敌阵。教徒正因胡铁被捉，吓得不敢争战，这一来呼一声先退下去，原来在战场上全在一时锐气克敌，只要当先冲破敌阵，敌军一退百随，任你千军也是反攻不过。当时双方白刃相交，教徒前阵后退，后阵不知就里，随着急先逃去。斐起将胡铁捆了，见敌势已颓，于是挥兵追杀。

教匪退入张坨庄，斐起挺杵当先，随教徒冲入村栅，后面官兵海潮一般冲突而入。庄内大悍目吴换、刘琦见官兵侵入，忙调动教徒兜来，斐起杀得血淋淋拽着铁杵火燎鬼似的格斗。大街小巷满是双方兵士，吴换步下双刀，刘琦一条铁戟，大叫"敌将快来送死"。斐起正大踏步前进，顿时止步，一声不哈，抢杵向吴换头上便是一个劈雷击顶，一条乌油油铁杵刷过，刘琦大叫"小心了"，吴换慌得偏身一闪，斐起一径抢过。

欲知后事如何，且看下文分解。

第 四 集

第二十七回

钟帮头知过献奇谋
龚教目诈降夺九港

话接刘吴二人并力左右杀过，刀戟齐上，斐起挺杵一旋，叮当声磕开刀戟，一个毒龙出水，大杵突入二目兵器中，三人丁字式站定杀得乌烟瘴气，六七合不见上下。斐起生恐持久自己部下受人包围，孤军深入，也便危险得紧。当时朝二目虚晃一杵，回头便走。刘吴二人以为斐起不敌，大叫："黑小子慢走，怕你回不去了。"说着一齐冲逐过去。斐起大步走一会儿，回头望望，见吴刘已近，刘琦挺戟哧溜一下自后刺过，斐起只偏身一闪止步，刘琦飞步抢过去，斐起顺手一抓，抓着刘琦后颈。吴换大叫双刀劈过，斐起缓不过手，只提了刘琦头一抡，将吴换磕了个跟头，刘琦早折颈死掉。吴换一滚跳起，蹿入乱军逃出庄去。

斐起稳当当得了张坨庄，活捉悍目胡铁，连忙报入襄阳。马君起得了消息大悦，连夜派伯达犒劳。张坨庄满是白莲教化，官兵不管男女乱杀乱斫，被斐起止住，晓谕百姓，罪在教首，余者不戮。百姓悄悄将白莲教帜焚掉。伯达到了张坨庄，叙说总镇加奖之意，并解来好酒三十坛、牛羊十只。斐起笑道："幸未辱总镇之命，敢劳总镇犒劳。"

伯达云便替谢赏，于是大点兵马，不过伤亡少数。斐起道："刻下牛角坪屈大哥与王美英交锋，未见上下，张坨庄与牛角坪唇齿相依，大可威胁牛角坪。白教所以不能入襄阳，伯达先使解去悍目胡铁。"于是将胡铁交伯达解入襄阳。

马君起提胡铁叱问教务，胡铁不言，半晌方道："老马，告诉你吧，刻下大江南以南满是白莲教党，清廷不过踞江北一带苟安一时，不出二月，俺白教兵破京师，你等还迷糊什么？"

329

君起大怒，立命推出斩首示众。就把颗吹胡瞪目的血头挂在城楼，好不吓人。

且说张坨庄悍目吴换逃出庄来，徘徊之下，只得先投牛角坪王美英处。到得牛角坪，王美英正统兵与屈伯通对峙不下，美英得了张坨庄失守消息，惊得跳起来道："这还了得？张坨庄乃各路之咽喉要隘，是以教主派得力大目胡铁把守，怎失守得这样容易？"

吴换道："攻张坨庄大将听说名斐起，是马君起新提拔的，为人凶勇异常。"

美英好不闷闷，忙派人报入南漳，一面分兵先夺张坨庄，然后再袭襄阳，不致受敌人牵制。张小仙得报，慌了手脚，忙请贾一鹤商议。一鹤想了一会儿，笑道："教主不必忙，俺料马君起虽占有张坨庄，恐怕连牛角坪都有些守不得。可是咱得派下两路大兵，一路自襄水取张家湾，一路取谷城、光化，正是包围之势，使襄阳救兵不得入境，马君起襄阳自守不暇，哪能顾及其他？刻下教士失一张坨庄、牛角坪，都不算什么，只能候齐林之兵马好消息。如得手当儿，张坨庄不攻自得。"

小仙大喜，贾一鹤又道："欲保守牛角坪，非自沙河镇调大悍目冷田禄去助不可。"

小仙道："牛角坪失守，荆花坞、蟠龙屯均不保。不如先固守牛角坪，倘如齐林不得手，亦不致危急，得手时兵便进攻襄阳，是不可得之基地。"于是飞调沙河镇大悍目冷田禄救牛角坪，派教目武连贵补冷田禄守沙河镇。田禄得令大悦。

原来冷田禄为人奸诈，勇力过人，对于攻守颇明要法。他之缺点便是好色贪酒。他镇守沙河镇，连日练兵，真是兵精将勇。田禄生得身高八尺，虎背熊腰，紫脸膛儿，额下微须，仪表甚佳。他在沙河镇筑起教坛，百姓简直没一家不入教的。尤其年轻妇女，一入教后都争奇斗艳，修饰得风姿绰约，半夜三更方返回。一个个红扑扑小脸，互相谈起，先双腮一晕，便如不好意思说，其中暧昧事便提不得了。冷田禄色中饿鬼，焉肯老实？无形中勾搭教中女教徒。凡有姿色的没有不被他先尝过的。

田禄处在美人群中，任他铁打汉子也熬不过。日久田禄一条虎汉，当不得群雌吸食膏血，房事无力，便各处搜求混账药。因此教中传开了方儿，淫风特炽。据说配那种药，内中有人胎、狗精、獭肝等。色情狂的男女为了性欲，不知杀了多少婴胎，其中孽简直作大了。田禄玩弄沙河镇小娘有些腻烦，便派人各处搜求美色。他自见了王美英，登时双眼直了，认为稀见美人，百般计较，总是未得手。又搭着美英为人贞静不二，冷田禄未得，念念不忘。沙河镇与牛角坪隔得又远，尚接着荆花坞，所以田禄有意赴牛角坪，又没有可托词。并且荆花坞守将齐林与田禄性子不投，田禄未敢大意。

自齐林被调统兵取谷城后，田禄托词与美英斟酌军事，曾去一次。王美英正直无私，哪知田禄醉翁之意，另有用心。酒后田禄面对美人，开畅狂饮，喝得红扑扑脸，言语挑逗。美英大怒，一想酒后是人不免，不由面色变更不定。田禄什么角色，早已望出，借醉酒为名，狂闹一阵。次日田禄故意托言酒醉无状，美英为人不拘小节，也便一笑。田禄又认为美英有意，还想勾留。美英道："刻下冷头领镇守沙河镇要隘，不可疏防。"田禄没法，怏怏去了，暗恨自己鼠胆，不敢动手，错过机会，再想去更没可说。突得小仙令去助美英，田禄大悦，当时动兵赴牛角坪。

且说屈伯通自得君起之令，统兵压制牛角坪，兵抵牛角坪，美英早得了消息，暗道：伯通为人刚直英武，不可轻敌。且他当年与齐林八拜之交，此人颇重义气。俺何不诡计先捉他？

于是打定主意，次日伯通催兵前进，突人报道，前面有一部人马。伯通道："必是伏兵。"但此处伏兵无有屏障，越固军心，击鼓进兵。行不里余，遥见一部教徒，路旁排下两溜水桌，上面茶点之类。伯通行近，止住兵，教徒叫道："来将莫疑，俺家教目王美英知尊麾远来，特来接迎。"

伯通不由一怔，猜不透美英用意。早闻一声鼓角，内中纵马飞出一绝俊小娘，正是美英。马上万福道："大哥统兵远来，特此犒军，以尽微忱。"

伯通道："弟妹此是何意？伯通刻下献身皇家，各为其主。以往莫逆好友，如今仇敌。俺屡次规劝，不能醒悟，朋友之情已尽，便请预备厮杀。"

美英马上故作惶然道："大哥，齐林悔恨无及，深望大哥教诲。"

伯通以为美英是真意，忙道："知进知退方为智士，齐林既有悔意，何不投降？"

美英四顾道："未得其便。"

伯通以为美英是真心，果然退兵去了。当夜美英使人下书，伯通一看，原来是明天约战。伯通大悦，美英一定以此掩人耳目，投降在即。次

331

日点兵挑战，美英早陈兵以待。二人出马，伯通大骂反贼，挺槊直取美英，美英马上长矛截住厮杀。原来美英早已伏下兵马，想自后袭伯通大营。不想二人杀了百十合，伯通虚晃一槊便走，意思是引美英到僻处，决定投降献关。不想美英赶过山口，斜刺里来一路兵马，美英心疑，以为伯通是与自己一般计划，于是兜马便走。伯通见美英回马，又见一部教兵，忙纵马而回。美英回马，自己伏兵也均卷回。原来那突来之兵马，是张坨庄败将吴换。大家知道张坨庄兵败，伏兵恐牛角坪有失，均返回，美英也便退兵。伯通不知就里，也便退兵不动。

过了一日，冷田禄兵到，美英大悦道："冷兄到来，不难擒伯通。伯通被捉，马君起孤掌难鸣，不难破城。"

冷田禄想显显身手，自己决意挑战，单擒伯通。美英道："切莫小觑伯通，他武功强胜我军，俺昨日计未得施，再战可诱伯通深入，一鼓擒下。"于是将田禄兵马伏了，在山僻林内多掘陷坑，伏下绊索。

次日伯通来挑战，美英出战，阵上故意丢个眼色，二人战不五六合，美英飞马败走，伯通赶去。二马电也似飞跑，顷刻转过森林。美英住马，伯通缓辔道："弟妹真有降意，只今夜二更献关，以火为号如何？"

美英笑道："俺丈夫受张邦才之托，焉能相负？伯通你中俺计了。"

伯通怔然，大怒骂道："逆贼断头不悟。"挺槊杀过。

突然一声鼓响，唰啦啦自林中抢出一部教兵，向伯通围攻杀来。伯通一见生恐吃亏，虚晃一槊，飞马回头便走。早闻霹雷般大叫道："屈伯通还认得冷田禄吗？"

伯通一看冷田禄早马上大斫刀杀过，伯通大骂王美英反贼，舞槊截住田禄。美英自后抖矛攻上，三人就林下杀了五六十合，不分上下。冷王二人刀矛前后紧兜伯通铁槊，伯通大怒，将槊回掣一旋，刀矛激开，纵马前跃丈余，就王冷逐过，回手一个望月式，锋芒的铁槊突入王冷兵器中，伯通双手着力一搅，早已抽回矛来。田禄一刀劈下，正被伯通一槊磕回，震得马上一歪身，伯通趋势拍马便走。王冷二人叫道："败将休走。"伯通反身再斗十余合，大败。教兵四下兜圈，将伯通困在垓心。好容易杀开一条血路，舞槊卷出重围，觅小路逃走。突然扑通一声连人带马跌落陷坑中，早有教兵抢出，活捉伯通。

且说伯通之兵自主将逐下美英，阵上击鼓如雷，白教目齐出，杀败官兵。美英捉了伯通，命好生看待，自己升帐，左右解上伯通，反缚双臂，怒目卓然站定。美英早起身道："大哥莫怪，各为其主也没得说哩。"

伯通奋然啐道："反复逆贼，伯通只算瞎了眼睛，误交逆友。俺受马总镇高看，死也算得所，休得多言。"

美英道："大哥息怒，决没加害之理。"

伯通大怒，冷笑道："伯通堂堂汉子，非怕死贪生之类。害不害由你。"

美英劝伯通入白教，伯通道："俺不慎交此逆党，哪能再上你的当？"美英命左右将伯通看押起来，不得加弄。

且说马君起得了伯通被擒的消息，手足无措道："伯通兄有失，俺右臂如折。"立命斐起自张坨庄袭牛角坪，一面派伯达统兵加攻。

且说王美英生擒伯通，连忙报入南漳，小仙大悦道："屈伯通与俺们作对，今既被捉，不难破襄阳。"

贾一鹤深恨伯通兄弟，于是道："咱教当兴，才有此兆。伯通为人英勇多智，实非一勇之夫可比。教主既捉得伯通，当枭首以绝后患。且齐林夫妇与伯通当年旧交，焉知不被伯通愚弄？"

小仙听了，命将伯通斩首。命令未传到王美英处，突然快报飞报道，刻下牛角坪危急，因为冷田禄与王美英火并，牛角坪又被张坨庄斐起、襄阳屈伯达二路攻打。小仙惊得花容失色，立聚大教目商议一切。

原来美英自活捉伯通，心中愉快。次日大犒三军，自己备了一席酒与冷田禄贺功。田禄三五日未玩女人，简直受不了。这次被调牛角坪，心中便不怀善意。当夜入席，美英相陪，冷田禄吃了数杯酒道："齐兄哪世修得福？"

美英笑道："他有什么福？刻下入白教也是为了报教主活命之恩，东挡西杀，连日奔忙。"

田禄哈哈大笑道："俺田禄若得齐嫂儿，便可以算福了。"说着目视美英。

美英正满面通红，双目瞪过，与田禄目光相碰。田禄心花怒放，用脚就桌下拨了美英小脚一下道："如何？"

美英大怒，蹾杯叱道："冷田禄太不知进退，你道王美英是什么人，竟敢放肆至此？"叱左右捉下田禄，送教主处治罪。

田禄羞恼成怒，一纵跳起就道："小娼妇，教主怎的？教主还得由俺性儿。你便敢偏头偏脑？来来来，咱较个上下。胜得俺双拳饶过你，不然，哼，不怕你不由俺了。"

美英气得俊眼挑起，大骂田禄人面兽心，抄起座椅向田禄当头一下。田禄抢椅格开，一脚踢翻桌，哗啦啦杯盘齐飞。田禄抛了椅子去逐美英，铁臂一张，拦腰欲抱。美英气得咬着牙关，娇叱一声，双拳打入。见田禄双臂抱来，一矬身一个青蛙蹬波式，自田禄臂下纵过。田禄满想一下捉牢美英，不想扑空，身子望前一探，美英已不见了。田禄惶然回顾之下，美英自后飞起一脚，田禄方望见小脚踹到，忙一偏身，顺手一个捞月式，不想美英见田禄一手抄过，赶忙掣足一个连环脚，二足踢到。田禄正收回手势，一下踢在胯上，田禄踉跄斜着身倒地。美英抢过，田禄一滚身双足一蹬，咻一声直跃出厅外。美英随后一个紫燕穿帘式赶出，田禄愤怒双拳截住美英，二人重新交手，打得翻翻滚滚。教徒知道了大家来劝，王冷二人都红了眼睛，每人拔出雪亮单刀乱斫乱劈，诸目谁敢舍了头颅去做替死鬼？

正在大乱，突然咚咚咚一阵战鼓，美英心慌，虚晃一刀跳出圈外，大叫道："冷田禄猪狗，刻下敌人来袭，先寄下你一颗狗头，俟俺退敌后再交对。"

田禄暴跳大叫："小娼妇，今天非捉你玩个痛快不可。"

美英又气又怒，田禄挺刀逐过，美英没法，舞刀再杀。诸目劝不开分头迎敌。原来斐起得总镇之令，趁夜袭牛角坪，一阵杀败诸头目，几乎被斐起铁杵突入大营。亏得上面毒弩射下，斐起方退。

这时美英田禄各带刀伤，被教目分开。田禄愤恨去了，立招自己兵马在美英大寨内另立一部防地。想起美英拒绝自己，一场相杀，不由羞恼。次日统兵攻王美英，全寨大乱。二人劲装匹马决斗，诸目没法，飞报小仙。小仙听了心中又气又含些酸劲儿，不知怎的调停好。自己久未与田禄胡缠，因此又想起田禄与自己床上之美趣，决计调回冷田禄。

贾一鹤道："沙河镇要隘，非田禄守不得。教主只可派人调和，不可妄调田禄，否则田禄美英均生疑，军心涣散，还了得吗？"

小仙没法说出自己心事，只得派一鹤去和解。不想当日一鹤抱头奔回，蜡渣般瘦脸只叫"啊哟，这可不是玩的"。小仙知道有变，一问一鹤，一鹤吭哧吭哧叙出，小仙吓呆了，大家咋舌不迭。

原来一鹤赴牛角坪，距牛角坪三五里，遥见一彪人马，马上一将却是屈伯通。见了一鹤横目舞槊，大骂反贼赶去。一鹤魂儿都吓掉，掉马飞跑，马上鞭子敲得马屁股肿。伯通死追，一鹤绕林而走，看看赶近，伯通随后一槊，只闻啪嚓一声，伯通之槊锋竟刺陷入巨树中。一鹤在这声里吓得滚落马下，一滚扎入芦塘，弄得泥母猪一般，拾得一命。听得杀声远了，方自芦塘钻出，浑身上下泥污，又不敢乱行，抬头一看对面却是一片荆花，贾一鹤认得是荆花坞了，便寻路到荆花坞，正逢美英带残兵投在荆花坞。一鹤等相见，哭笑不得，一个个狼狈不堪。一鹤说明自己来意，美英不由流泪道："冷田禄人面兽心，调弄女教目，彼此水火，如此兵败深愧教主之重托，望贾兄返去与教主陈述明白，刻下决保荆花坞。冷田禄已统兵大掠，返沙河镇，并声言与俺势不两立，求教主捉下此败类，以正教规。"

一鹤细细询问，方知冷田禄因羞怒之下，反攻美英，次日斐起伯达二路兵到，美英统兵拒敌，突报冷田禄攻入后阵，美英慌得连忙收兵。斐起伯达急力攻打，美英首尾不能相顾，斐起飞身抢上寨栅，铁杵打开栅门，统兵潮水般涌入。伯达斐起二路兵入牛角坪，美英再寻田禄，已带兵去了。美英气得带哭，反兵夺栅，又不当斐屈之勇。伯达先救了伯通，合攻王美英，美英大败，只好带兵退出牛角坪。伯通兄弟与斐起分三路追杀，占了牛角坪。伯通路遇贾一鹤，赶一程未捉得，返兵牛角坪，飞报马君起。斐起自回张坨庄。君起调回伯通助守襄阳，伯达把守牛角坪。

王美英兵败入荆花坞，深恨冷田禄，一鹤返回南漳，报告小仙，小仙也没法加罪田禄又恐失却悍目之心。美英知了不由懊丧，深知白教绝不能成事。美英在荆花坞加意练兵，一面防襄阳，一面决意铲除冷田禄，免遗后患。冷田禄这时格外倔强，探得一鹤赴牛角坪，以为是小仙派去安慰美英，于是自己广招兵士，小仙之令竟有不接受的。这一来小仙令不能行，各大悍目都有各立门户之概。贾一鹤一看不像话，如此未免要散了班儿，终日奔忙劝合，诸目方稍好一点儿。

这时马君起出兵得胜，连夺张坨庄、牛角坪，教徒丧胆。伯通献计趁势取荆花坞、沙河镇，如二处得手，登时将南漳包围了，一鼓可肃清白莲教党，马君起也是此意。因为连日张家湾守将张良与教匪水战不利，襄阳兵正调赴张家湾，所以迟迟。伯通道："张家湾要隘不得不救，斐起深通水性，总镇何不调斐起援张良，俺去守张坨庄，令伯达进兵攻荆花坞。刻下冷田禄与王美英两不相下，可派人招降田禄，自后攻美英，荆花坞立危。"

君起大悟，先调斐起，伯通补守张坨庄，伯通得令攻荆花坞。这时王美英早有戒备，分兵扼守要隘，北防襄阳，西防牛角坪，一面调一部精兵东防沙河镇冷田禄来袭。

这日伯达统牛角坪精兵，浩浩荡荡杀奔荆花坞。王美英得了消息，慌忙调兵火杂杂出村来，就村前分两路排下。原来荆花坞地多荆树，漫地遍生，村西荆花沟乃是两壁高坡，被荆棘掩了。因为那是通襄阳之大路，百姓纠工从中刈除荆棘以通行旅。王美英自失守牛角坪，自引为奇辱，到了荆花坞，先细察地势，认为荆花沟是一扼守要地，于是分二路兵马伏在沟之两入口处，领兵大悍目刘芝、伍万禄二人。二人得了美英吩咐，敌兵到来不得即出，只要闻得号炮一响，马上并掩双口，毒矢齐发，使敌人前后进退不得。两旁尽是壁垒似的荆条，敌人尽成釜底之鱼。

伯达哪知就里，兴冲冲督阵到了荆花坞。伯达四顾，荆棘接天，只有一曲窄径可通。伯达暗道：此处倒危险得很，幸教匪不知地利。不然俺兵至沟中，前后夹攻，俺兵同尽于此。想着有些害怕，止住军头，驻马四顾，不见异处，才敢进兵。平安过了荆花坞，伯达暗笑：王美英究竟不谙兵法，如在此伏下一彪兵马，俺哪能到此？想着叱令兵士速进，一会儿望见荆花坞堡垒，上面空虚虚，只有少数兵士巡梭。见了伯达之兵，有些惶然失措之概。伯达不由疑心，暗道：兵法有云，虚虚实实，看王美英之用兵，仿佛有些神妙，不可大意。于是将兵分作两路，前后响应，直杀到垒下。

伯达大叫开门，突然一声梆子响，突然钻上许多精兵，一色的泼风般短刀，大叫"屈伯达中俺们计了"。伯达虽心中不主，可是部下兵士见这突兀的阵法，未免摸头不着，一个个带惶悚之态。伯达故意冷笑道："王美英这疑兵计，乱不得俺军心。"兵士果然不妄动了。

伯达马上大斫刀一招，部下唰啦啦排下阵式，伯达用刀一指美英骂道："贼婆娘，俺哥子诚心抚恤你夫妇，不想你竟负心背反。刻下朝廷发下大军，不日剿捕教匪。你等不悟，死无葬身。"

美英亦怒道："以往之交至今已断，谁与俺捉下伯达？"

早有大悍目包忠纵马挺矛，统部下杀下垒去，排下阵式。伯达大骂杀过，包忠抖矛接住，二人战了十余合，伯达一阵刀劈，将包忠杀败。包忠绕阵逃去，伯达赶去自后一刀劈作两段。兜马大叫，杀过吊桥。王美英亲自督兵掩下垒去，截住伯达。美英一条长矛，伯达一柄大斫刀，二人杀了五十余合不分上下。美英部下悍目督兵合围，五六个长大悍目夹攻伯达。伯达见势，虚斫一刀，跳出圈外便走。美英与诸目并力赶去，突然伯达猛一回马，一个撒花式，斫刀平挺一搅，诸目兵器激开了，伯达健腕一翻，一个老渔撒网式，大刀一带，自诸目面上一旋，早有一个肥头突然滚落，鲜血激飞，溅了大家满身。诸目不由怔然，伯达策马逃去。美英随后掩杀，伯达大败，径入荆花沟。美英不赶，燃着号炮，隆隆声炮火飞上半空。

伯达正行之间，登时一怔，喝令兵士前冲，早闻得前后杀声，当头布下一彪敌军，却是大悍目伍万禄。伯达一惊之下，才知道非竭力冲锋不成。于是纵马将刀一摆，冲杀过去。部下兵士单刀护面冲过，万禄一声号令，万弩如雨，伯达拔短刀拨矢，奋呼前进。兵士死伤过多，喊一声突过。万禄兵士见敌人欺近，抛弓挺刀来战。伯达兵后退，又被刘芝兵掩杀过来，没法舍命前冲。伯达纵马当先，一路大刀挥处，人头飞滚，鲜血溅满荆花沟。伍万禄见伯达蛮勇，竟统兵破重围，登时大怒，飞马舞刀赶去。二人两柄大斫刀搅作一团，万禄敌不住伯达，刘芝赶到，二人并力杀过。伯达将刀一招，督兵便走。伍万禄不敢追赶，只刘芝抖矛赶下。伯达兵已出沟，损伤大半。见刘芝赶来，伯达正没好气，猛然兜马截住刘芝，二人杀了五六合，伯达大叫便走，刘芝不放，赶不数步，被伯达拈弓搭矢，一箭射透顶门，落马死掉。兵士见主将落马，不敢再追，伯达缓缓去了，损兵及半，好不愧丧。

先报与君起，马君起悔之不迭道："此是俺疏忽之罪。荆花坞地险兵精，有王美英久战上将，不当使伯达孤军深入。"于是派人赴牛角坪送酒犒军。伯达因战败心中懊丧之至，见君起如此宽大，于是请令再攻荆花坞。

且说美英得胜，飞报南漳，小仙正连日战事不利愁闷，得了消息，立令美英趁锐再夺牛角坪，然后与齐林之北路兵马、柳方珍黎坤之东路水军呼应，围攻襄阳。原来柳方珍黎坤二人自取南漳有功，小仙听一鹤之计，先取张家湾，则襄阳之咽喉闭塞。于是派柳黎二人自汉水攻张家湾。

马君起派副将张良久守张家湾，张良为人英勇多谋，探得教匪兵动，于是调兵防守张家湾，与刘琪分兵把守。这张家湾与板桥店都是近水重镇，板桥店早落白教手内，有大教目龚冷斋把守。冷斋乃是一位穷秀才出身，自中秀才后，屡试不第，自己恨愤学武，马上功夫非常了得。冷斋落魄，便加入白教。他文武全备，在教中可以说是呱呱叫的角色。不过冷斋屈身白教也是环境所迫，他常说，人有本领无处发挥，朝廷不招取贤能，不知埋没多少人才，甚至无所归宿，屈身反逆，因此反党中往往人才辈出。冷斋这话若细想起来，何尝无道理？如今这人浮于事当儿，都自极力钻营拍马，只要老天加惠，天生带来的两片巧嘴唇，鼓其如簧之舌，就有饭吃。言下似乎不甚得志。

张良久守张家湾，探得帮头秃三足智多谋，于是派遣亲信，邀请秃三。秃三会见张良，张良一看秃三生得虎也似，双目炯炯生光，见了张良连忙施礼。张良道："帮头统有九港之众，势力颇大，张良欲借重鼎力，固守张家湾，不知帮头意下如何？"

秃三怆然道："在下一介小民，恐负将军之托。将军有用俺之处，敢不效死？"

张良大喜道："刻下白教乱起，势力雄大，俺此国家多故，虽百姓均当负责，歼灭逆党，方不负朝廷之恩。帮头久镇九港，威能服众，愿借帮头之力，指示攻守之策。"

秃三愤然道："将军之言有理，自白教兴乱，俺已知会村民，不得入教。并解说白教之罪恶，是以张家湾独无入白教的。将军欲南取板桥店，西使襄阳安若泰山，必须先练水兵，造战船，坚守九港，筑高坝以防汉水猛流。必要时先交结守将龚冷斋，以缓其攻。俟我布置妥了，一举攻下板桥店。板桥店若破，顺流而下，自汉水袭南漳，与陆上呼应，白教立时瓦解。"

张良听了，不由悚然，暗惊秃三知兵。当日留秃三待为上客，夜间与秃三计划攻守。张良取绝笔画其形势，秃三口叙，张良一一清写。次日派人献与马君起，君起惊道："此正合俺意，献计何人？"

于是差人往询，张良细询秃三履历，方知秃三乃张家湾巨绅钟雨村之子，名钟武杰，为人慷慨好交，出于大侠耿吟秋门下，与吟秋之子耿雄飞自京师走镖，钟武杰技成，别师复返张家湾，夺回九港，一统全村渔户。从此渔户再没血战之事发生，也是武杰之力。

当时张良差人报与马君起，君起笑道："张家湾有张钟二人，俺无后顾之忧。"

张良依武杰之言，先造大船五十只，每日加意精练水战。湖北多水，兵士习惯水性，习来非常容易。又在张家湾东筑高坝，以防汉水，九港均

338

有重防。每日水面战艇往还，军鼓远闻，都是张良武杰练兵。

且说板桥店白教大将龚冷斋日夜闻得张家湾军鼓随风飘来，打听是张良练兵，于是派下精探侦察。探子回报道："张家湾守将张良收了九处港口，与帮头钟武杰取得联络，连日练兵。"

冷斋听罢吓了一跳，惊道："钟武杰英勇多谋，俺初到此便想拉拢武杰，不想张良捷足先登。如此看来张良目识英雄，绝胜俺一筹。如此对守，久后俺必败在张良之手。"

冷斋深恨自己既有笼络武杰之心，竟没有果断，如今不可再得。于是化装为渔夫，只同一水手驾了小舟去探敌人地势，同时使人扮作自己模样，听得警报即速驰去诱敌来追。冷斋计妥，神鬼不知，自驾轻舟逆流而上，直到张家湾辖地。冷斋沿长芦行去，一路留神。果见九处港口，不但水中浮着绊索，上面满筑高垒，强弓伏下，港中排下十数只大船，许多健卒投掷木梭练习身手。冷斋沿芦偷望，九港一般防固。于是转过港口，果然见沿东高坝，迤逦扼住水势，中有扎口，以便度水深浅。冷斋凝神想了一会儿，暗道：张良失计，如俺悄悄掘透堤坝，怕不汉水直灌张家湾，张良基地立失。想着得意，棹船四观村防，果然周密巩固异常，三面水门均是吊桥，双列战船，船上周有甲板，参差如城堞，以为兵士隐身发矢，船舷上满是劲弩。冷斋见了自叹道："张、钟深明兵法，俺怎及得?"于是令水手返船。

自己认为张良那路坝口有破绽，欲胜张良必自此入手。于是又令水手撑船坝口，再详查一会儿。突然一声军鼓，惊破冷斋奇想。早有一只大船如飞逐来，大叫："什么人偷觑!"

冷斋急叫棹船，大船已赶到，一径冲来。亏得冷斋手快，捡了一条竹篙，在船头一点，大船立即棹过，小船平挨着大船冲过。大船上十余官兵一色的长矛，唰唰刺到，冷斋平挺竹篙，便如大杆一般，杀得兵士大败，怪叫棹船逃走。冷斋势孤，不敢久恋，撑船便走。转过长坝，早闻得鼓声震天，冷斋回望，早有五六只大战船如飞逐来，一面大叫："敌将哪里走!"

冷斋转过芦塘，遥望对面战船排开，冷斋大惊，令水手将小船撑入芦中。突然对面鼓声震耳，喊杀之声大起。冷斋以为被人张见，就芦隙偷望，只见大部敌船飞赶一只大船，那船上八个精强水手，速如飞鸟，正是自己预伏下之快船。正这当儿，突然浪头起处，五六只大船如飞撑过芦塘，望那快船而去。冷斋一看，却是钟武杰统率着。冷斋暗笑，再望自己那疑兵快船顺水而下，敌船水手少，不能追逐，一刻不见了快船。冷斋与水手双篙撑起小船，顺河堤而下。遥见许多敌船开回，武杰似乎诧异，站在船头四顾。冷斋拍手大叫："钟三帮头，俺已深入九港口，毕观地势，怎的客到主人倒躲开呢？"

武杰一听，知道是冷斋的把戏，虽怒，知道追也无益，招手叫道："龚兄，俺算佩服你了。可是你藏头露尾，未免显得小气。"

冷斋笑道："不打紧，改日咱旗鼓相当地见面如何呢？"说着拱手自去。

武杰好不恨愤，忙报与张良。张良惊道："冷斋如此机警，委实可虑。"

武杰道："冷斋熟习兵法，今他观咱地势，不日必要动兵，切须小心哩。"

张良道："俺明日经板桥店查看敌人阵势。"

武杰道："冷斋定有防备。"

张良道："俺以为冷斋必以俺不能即去，或不防备。"武杰也以为然。

次日张良劲装，带精卫十数人，一径去了。不想到了板桥店界，突然芦中一声鼓响，冲出两行大船。张良大惊，早已见冷斋便装站在船头，哈哈大笑道："张将军，有失远迎。"

张良登时没话可说，亏得武杰道："龚兄，昨日俺报知张将军，甚服龚兄游戏探敌，所以决心拜访。"

冷斋道："俺早已猜着了，因此来接。"

张良没法，就叫余船停下，竟孤舟深入敌营。冷斋虽两戏张良，可是看张良胆量竟敢深入敌营，不由佩服。二人相见之下谈笑甚欢，当晚冷斋送回张良，张良饮了几杯酒，笑道："龚兄怎不趁俺与钟兄不在营，一鼓可取张家湾。"

龚冷斋笑道："冷斋虽不尚英武，此欺心之事不做。改日双方旗鼓张开，可说不定了。"二人大笑而别，从此二人时有过从。

却说龚冷斋两得张小仙令提取张家湾，冷斋叹道："白教法纪不严，致大教目不能束，因此有王美英失牛角坪之事。刻下冷王水火，张坨庄胡铁败死，军心均震动。俺岂能轻动？"

于是派人下书，陈说利害。小仙大怒道："养兵千日，用兵一时。冷斋怯敌如此，焉能克敌？"

一鹤道："龚冷斋为人勇而多谋，必非取张家湾之机会，所以不动兵。"

小仙怒道："何时是机会？兵贵神速，你瞧马君起，攻下张坨庄，连续推进而取牛角坪。"

一鹤阻不住，小仙下令冷斋动兵。冷斋一面调兵，一面修书说必败之由。小仙得书之次日，冷斋快报飞来，小仙慌了手脚。原来冷斋自得令进兵，心中打算，张良兵精将勇，且官兵刻下锐气百倍，教中本传说官兵无数，军心先没主定，勇从何来？于是心生一计，立聚兵士。冷斋道："刻下教主派人传信，说王美英兵克牛角坪，齐林一路已袭樊城，樊城位于襄阳之北、张家湾之西北，正是唇齿相依，唇亡齿寒，张良必救樊城。咱今夜乘虚取张家湾，一鼓可下。但钟武杰英武善战，大家须小心了。"

兵士果然信以为然，初次觉得敌营空虚，取之甚易。冷斋恐兵士骄敌，所以又说武杰之勇，兵士果然不敢轻视张家湾，奋呼听令，勇气倍增。当夜冷斋饱食兵士，调二十只大战船，分两路齐进。一部袭攻九港口，一部自东取张家湾村，互相响应。当夜二更出发，船上熄火兜将上去。

且说张家湾守将张良因时与冷斋过从，便越加防备。素日练就二十只轻舟，专做巡哨，以防敌人袭入。哨舟首领从渔户中选了一名，绰号海底鱼，名李柱。他深通水性，能伏水底经夜。布防在九港一带，出没于芦荻中。这日李柱派小头目吴贵、刘得富二人，统五只哨船水上巡梭。二人统部下登船去了，在九港口分开五只船，吴贵站在船头，突然听得水鸟唧啾飞鸣乱撞而过，吴贵当时一怔，连忙叫退船，将船泊在芦塘。吴贵道："夜深了，水鸟惊飞，必有大惊扰。大家小心了。"

刘得富道："吴兄守港口，俺去踏道。"

于是自驾轻舟撑出芦塘。夜深人静，得富忽听远远似乎篙拨水声，得富怔然之下，吩咐水手停船相候，自己一个猛子扎入水中。得富水中一连几蹬，矢也似顷刻里扒地。得富探出头来，突然目前黑乎乎，水声激动。得富忙一缩首，又缓缓而上，就水草深处偷望。早见好些大船，上面满载兵士，一色的明晃晃标枪，逆流而上，正是龚冷斋与部下。

得富一看忙缩身入水，一路一连几个猛子返回，会见吴贵，报叙一切。吴贵惊道："如此一定是敌来袭了，快快报与主将。"

于是差人飞报大营，一面调几只大船先扼港口。得富仍去窥查究竟。在九港之南，遇见冷斋，与大悍目赵虎分兵，赵虎去东路，袭张家湾，于是分兵各半。冷斋道："今夜阴霭，又有雾气，十分得手。一闻得炮响，赵兄便围攻村栅，使九港受牵制。只港口破，俺与赵兄便能合兵。"

赵虎依言，统一部兵望东路去了。冷斋火速促军前进。刘得富慌忙返回，李柱已得消息赶到，飞报入张家湾。李柱在港口布下防，听说冷斋分兵来袭，李柱也分兵两路，一路去截击赵虎，并嘱领兵将军刘琪、吴贵二人，将十只战船分伏两长芦中，放过敌人，听得炮响先袭敌后阵，免得赵虎攻张家湾得势。吴刘二人依言抄过港口，伏下船只，果然一会儿赵虎统船悄悄而过。

且说李柱自己统了十只大船，方布下防，张家湾派钟武杰来救。李柱与武杰每人统了十只大船，故意将一部战船明灯排开，二人各统一部伏下。

一会儿龚冷斋远望见灯光，冷斋正因夜深雾大，不敢乱行，望见灯光，冷斋大悦道："那边便是敌人船舶，俺们当先夺得敌船，然后入港口，方免后顾之忧。"左右听令，开船直冲将去，一声号炮，冷斋船衔尾冲到，兵士呐喊如雷，明晃晃的标枪唰唰唰搠过。突然李柱船上水手撑船便走，冷斋大叫督船飞赶。冷斋手中一双短戟，一个撑篙式，望敌船便跃。突然一声鼓响，后面两旁长芦中冲出十数只大船，战鼓如雷。冷斋愣然道："俺中张良算计了。俺此路不得手，赵虎将陷重围。"于是须眉暴张，分兵拒敌。

早见后面两船冲到，灯笼火把，当头大旗飘着，却是名震军中的钟武杰与李柱二人，冷斋不由惶然，面带愧色。钟武杰拍手笑道："龚兄你这盗寇似的袭敌，未免不够面孔。"

冷斋浑身发抖，半晌觉得自己计划反落敌人算计，不由大怒，大叫道："钟武杰，咱各为其主，刻下旗鼓相当，便试咱身手如何？"

武杰大笑道："龚兄你人勇计多，恐你那东路赵虎已得手。俺们首尾不能相顾，怎敢敌你？"

冷斋一听登时怔了，再也想不到钟武杰怎会知得这样清楚。难道俺军中出了奸人？不然俺派赵虎，他哪知道的？啊哟不妥，便是有奸人，也不会如此泄露迅速的。冷斋因此战意便有些不坚，兵士更是出其不意，勇气立消。

原来武杰故意说赵虎得手，其实是表示自己早已料敌如见，使敌人军心涣散。冷斋何等角色，有什么看不透？知道赵虎绝得手不了，巧了还许遭敌人毒手。登时又气又恨，拽了双戟叫道："钟兄休薄视人，冷斋败在你手不过输掉颗脑袋而已。"说着挥船冲过。

武杰之船本是轻艇，怎当大船冲撞。冷斋也知自己必败，所以出其不意，想将武杰船撞翻，生擒武杰。果然突然一声，武杰之船马上转了一圈，河水浸入。武杰落汤鸡一般，下半截满着水浸湿了。登时震怒，手中大杆一卷，飞跃上别船，那船已沉下去了。水兵有的磕破头颅死掉，有的浮水登别船。冷斋还在乱中，望见武杰跃上别船，将短戟一招，十只大船齐开将去。亏得李柱素日对部下水手训练得当，手疾眼快，飞棹荡开来。那时冷斋望武杰之船极力撞去，武杰早防备着，手中一杆观准冷斋船头，着力一点，冷斋之船正前进甚猛，登时一挫横过来，船当逆流，最忌横过船身。因为这行船一道，非有经验不可，每逢船入中流，任他风雨巨浪，只要总使船头顺流，怎的也翻不了，因为船身长的原因。

当时冷斋之船横过去，水手极力撑住船身。冷斋大怒，双戟一分，望武杰船上便跃。武杰手中大杆在一只小船上哪能施展开了？忙用了一个撒花式，大杆平挺，突突突荡开一片杆影，冷斋抢不上去，忙就自己船棹开挨近武杰之船时，一纵身上了武杰小船。武杰掉杆头打上，冷斋双戟铿然架开，一个二龙戏珠式，雪亮的戟锋自武杰左右杆到，武杰慌得一伏身，掷杆一滚，跳在船头，随手拔出单剑杀过去，二人剑戟搅作一团。

这时李柱刘得富二人驾轻舟围杀，冷斋悍目岳仲兰、张三立、苟忠等统众接着厮杀，刘得富手中一条三股钢叉，抖得哗啷啷山响，接着苟忠，岳仲兰截住李柱。李柱一双短铜，舞得上下翻飞，杀败岳仲兰。那张三立一条点钢枪跃过助战，刘得富战不下苟忠，虚晃一叉败下阵去，绕船而走，苟忠大叫飞赶。刘得富没法，咻一声扎入水中。苟忠两柄月牙斧，随后逐下，看见得富自水中钻上头来，在大叫"贼将快来洗个澡儿"，不想苟忠已在自己身后，托地一斧劈下。得富猛然听得哗啦一声水响，接着冷雨般水珠落在头上，忙望前一跃，苟忠一斧已到，将得富后脊劈透，死于水面，鲜血混在水中，一片乌黑。苟忠在水中乱劈敌船，这时李柱被岳仲兰张三立杀败，冷斋武杰二人戟剑不分上下，杀得不可开交。突然李柱败走，被追急了，反手一镖，岳仲兰单刀一拨，拨开来镖，随手接住，自李柱背后回击一镖，李柱才跃上他船，未及回身，一镖打在屁股上，翻身落

水。武杰见势不佳，敌不住龚冷斋，虚晃一剑退下，险些被冷斋一个掷戟刺中。武杰大败。

冷斋心中明白，武杰之败是寡不敌众，于是一招双戟，突围欲走。行不数武，对面开来十数只大船，灯笼火把照耀如昼。冷斋一望吓得没了主意，原来正是张良与一班得力统带。张良卓立船头，大叫："龚冷斋真好妙计！"冷斋稍一迟疑，张良突一物打来，冷斋一闪，啪嚓一声落在船头上。张良拍手笑道："这是你家悍目赵虎，三更半夜扰人清梦，被俺割了头。"冷斋一看，谁说不是赵虎？

原来张良自得了消息，忙拨武杰去援李柱，一会儿赵虎杀到村外，张良因为深夜未得九港消息，不敢大意，又知道龚冷斋为人多谋，于是固守不动。不一会儿赵虎兵忽然乱起来，水面上战鼓如雷，已与一部战船攻杀起来。张良细一看，认得是自家战船，忙调兵冲下。五六只大船前后夹攻，正逢吴贵棹船赶来，张良大叫道："吴贵哪里去！"

吴贵道："赵虎活捉刘琪，俺去救。"

张良道："你统兵自左，俺自右夹攻，可败赵虎。"于是二人分兵，鼓噪前进。

且说赵虎自奉冷斋之令，与三四大悍目偷袭入张家湾，哪知早被敌人窃听得，武杰派吴贵刘琪二人伏下。一会儿赵虎果撑船如飞而过，吴刘二人不动，望见赵虎船远去，方开船跟下去。一会儿炮声震天，赵虎知道冷斋动兵了，于是击鼓冲杀到张家湾栅下，大叫道："张良，俺家龚教目已夺下九港，快快投降！"张良不理，突然一声战鼓，赵虎登时一怔，早有十来只战船冲到，当头大将吴贵刘琪，大叫："赵虎留下首级。刻下你家龚教目被捉，俺军已直取板桥店。"

赵虎惶然之下，托双厚背刀一招，布下战船，不顾攻村。刘琪手中一条铁枪，抖手便刺。赵虎双刀一分格开，顺的一个投梭式，平削一刀，刘琪回掣铁枪之下，赵虎一纵身跳上刘琪之船，二人杀作一团。吴贵双斧一招，统船合围。被大悍目窦朋林豹截住，杀得难解难分。刘琪趁赵虎一刀劈空，着地飞起一枪，直取赵虎之腹。赵虎抬起一腿，偏身闪开，那一刀平削下去，当一声激开铁枪，进一步一刀劈入。刘琪见敌人败入枪影中，未免长枪施展不开，忙后退一步，挺枪一个毒龙出水，雪亮枪锋突然刺过。赵虎故意卖一破绽，回头便走。刘琪双手挺枪，飞也似逐去。不想赵虎猛然一止步，偏身一闪，刘琪一枪虚刺过去，被赵虎让过，双刀衔锋着地削来。刘琪惊极一跳，赵虎一带刀锋飞卷回来，刘琪用枪杆拨刀当儿，赵虎双刀已收，一旋身反到刘琪背后，一脚将刘琪踢下水去，刘琪被部下活捉了。吴贵正与悍目窦朋林豹杀得难分难解，眼见刘琪被捉，丢了林、窦去救，正遇张良。

当时张良自右而进，吴贵劈入左路，赵虎擒了刘琪，以为所向无敌，拽了双刀气吼吼寻人厮斗。张良望得清楚，撑船过去，赵虎望见张良，大叫："你家钟武杰统兵投降，献了九港，你还执迷什么？"

张良大怒道："逆贼来骗哪个？"说着抖开双索鞭跃过船去，便是一个双龙出水式。双鞭一分，两条怪蟒般突出去。赵虎闪过，双刀接住杀起，三五合不见上下。赵虎双刀如风，恨不得一刀剁翻张良。那张良越杀越勇，鞭法变化无穷，嗖嗖嗖鞭影缭乱。赵虎双刀劈不入，未免着慌。张良突然鞭式一变，趁赵虎一刀劈空，张良收回索鞭，猛地一撒，便如一条长蛇昂起头刷过。那鞭锋兀突，当赵虎顶门拄到。赵虎低头一闪，不想张良鞭法了得，便如浑身之力已运到鞭锋上，竟望下突去。猛然一带，赵虎吓得滚身闪开，便如蓬头鬼双刀乱劈。原来赵虎被张良一鞭绕到顶上，一带挑开盘发。这时赵虎心慌意乱，双足一纵，自张良胁下纵过，意思想入水逃走。张良身捷步敏，反身一鞭，啪一声平拍在赵虎背上，赵虎跟跄跄口吐鲜血栽倒，被张良部下切了头。这时吴贵与一班统带杀败敌军，吴贵斧劈窦朋，林豹落水逃去。张良杀散白教兵士，夺了数只大船，救了刘琪。张良令刘琪吴贵驾战船防守栅外，吩咐部下武官回营守村，自己统五六只大船飞也似前进，截击龚冷斋去路，果然遇见冷斋正杀败钟武杰，镖伤海底鱼李柱，想趁势逃去。

当时张良布开大船，阻住去路。龚冷斋一见赵虎之头，知道赵虎失利，登时大怒，用戟指张良道："俺计不成，有死而已。张将军快来决一上下。"

张良手中双索鞭，大叫："龚兄冲破俺阵，放你过去，否则没有面孔。"

冷斋见张良言语讥笑自己，不由怒极大叫，撑船而过，双戟舞得风响。张良知道冷斋双戟沉重，不敢轻敌，于是将大船一齐顺过排下，即使敌人冲来也没有翻沉之虞。当时张良接着冷斋，一双索鞭与一双铁戟真是棋逢对手，五六合不分上下。后来钟武杰赶到，冲杀过来。冷斋部下敌不住，望前冲来。冷斋跳出圈外，大叫："事急了，弟兄们长兵冲锋。"

兵士一色的白巾包头，换了长矛，突然一声号令，水手棹船冲去。白教徒长矛如林一般刺到，张良兵士均是短刀，以为水战用不着长矛，登时纷纷中矛翻倒。一部教徒冲出重围，反船夹攻，张良水面上军鼓震天，人声如沸。冷斋趁势且战且走，直杀到天晓，方突围败走。冷斋身带重伤，双方远远箭战一会儿，冷斋败走，顺流而下。张良击得胜鼓，连忙飞报入襄阳。

且说冷斋兵败而回，懊丧之至。一点兵士，死伤过半。又失了悍目赵虎等人，冷斋好不悲悼。部下诸目道："不如请兵再攻。"

冷斋道："俺曾说非至攻张良时候。因张良固守张家湾，有九港围护，兵精将勇。且近日襄阳连日得胜，兵气甚锐。"

于是实报入南漳，小仙大怒道："龚冷斋两拒进兵之令，故此不用武，致败。减我军威，此不惩何以儆众？"于是派人去板桥店调回冷斋。

冷斋有什么不知道？见教主无故调自己，当时与来人道："教主调俺回南漳，本当即往，刻下正与张良对峙，谁守板桥店？此处一失，张良必顺流入蛮水，取南漳后路，教主立危。俟教主发下补守板桥店人，俺方敢动身。"

派去人道："教主令调回教目，其余即不必顾全了。"

龚冷斋大怒道："未得补守之人，俺之责任仍在。况将在外君命有所不受。"

派去人没法返回，报与小仙。小仙怒道："冷斋必有异志。"于是请贾一鹤商议。

一鹤细询一切，惊道："龚冷斋教中台柱，教主如疑心必迫生异心。如板桥店失守，南漳前后受敌，教主将如何？且冷斋自知必败，曾说在头里。教主当加抚慰方足安其心。"

小仙于是派贾一鹤去犒军，一鹤至板桥店，冷斋出迎道："败军之将，理当受裁处，教主反来犒军，是恩加教徒，冷斋必竭诚效死。"

一鹤道："教主知龚兄料敌如见，今兵败乃教主所使，故此欲调回龚兄加以慰藉，别无他意。"冷斋方释疑。一鹤遍视壁垒，防守果然得法，返南漳告知小仙。从此冷斋与张良对峙，未见一阵。

马君起自得张良捷报，下令张良就锐势兵攻板桥店，以牵制南漳，张良也有此意。因知冷斋谋勇不敢轻动。一日，张良驾了一只快船偷偷去观板桥店阵容，正在周巡观看，突被哨兵张见，飞报冷斋。龚冷斋大喜，悄悄拨下一部精兵，驾大船去袭张良大营，又拨一部水兵去截张良归路。自己乘船喊一声冲出。大叫："张良哪里走？"

张良见敌兵来捉，生恐受敌人算计，掉舟吩咐水手飞跑。行间冷斋伏兵两面杀出，截住去路。张良大叫道："已至绝路，败死可以报国，战胜可以挫敌。"说着双目圆睁，叫水手划舟冲突。前面伏兵四只大船，大教目岳仲兰、余巴，二人一色的单刀，大叫："张良今天还有何说？"

张良骂道："背国逆贼，何敢抗我！"说着双索鞭一抖，哗啷啷一阵怪响，两道怪蟒般飞出，真取岳仲兰，仲兰见双鞭势汹汹刷来，偏身一闪，挺单刀杀过。二人鞭刀杀了三五合，余巴挺刀夹攻。张良大怒，双鞭呼呼怪响，化作一团乌云乱卷，岳余不敢大意。突然张良趁余巴一刀搠空，猛然右手索鞭拄出，只闻哗啷啷一声响亮，一鞭怪蟒般直取余巴咽喉。余巴吓得一缩脖当儿，那索鞭已就颈一缠，张良霍地一掣，余巴登时被鞭卷起，雪亮钢锋斜拄透胸部，怪叫一声翻落河中。岳仲兰正抢来救，不想鲜血激在自己面上，吓得不敢接战，回身哧一声扎入水中。

后面龚冷斋已赶到，恐张良逃走，在船头拈弓搭箭，嗖一下正中张良颊上，连二齿射落。登时倒于船头。水手见势拼命撑船便跑。正这当儿，冷斋得报，自己发去袭张家湾之兵，被钟武杰一阵杀败逃回。原来张良早防备着，马上杀败敌人。武杰并不追赶，统二十只大战船来援张良，正逢张良中箭。武杰忙自两壁芦苇丛杀出，阻住冷斋。冷斋见武杰船多，恐不敌，不战而去。

武杰救回张良，拔出羽箭，幸未深入。马君起促战，张良忙报上因查敌阵中箭之事，暂缓攻取板桥店。君起派人抚慰张良，并送药饵。张良感甚，吩咐部下小心守护，说不定冷斋乘虚来攻。果然冷斋当夜来袭，见防守甚严，竟自回去。

张良叹道："龚冷斋料敌如见，知进知退，此人非设法诛杀不可，不然国家一大患。如说降此人为国效力，也是一相当将才。"于是有意说冷斋来降。

冷斋屈身白教，本是不得已。自己怀才不遇，他又说人都说秀才无行，他屈身白教，得小仙重用，自以为还算有知道自己的，所以一心扶保小仙，张良怎能说动他心？张良是爱才如命，想冷斋这多智善战，荐于国家免得湮没贤能。自己两番去说，冷斋不许。

一日冷斋忽愤然来访张良，自言愿降。张良见其突兀，哪里肯信？冷

347

斋笑道："俺料及此，俺之屈身白教，是不得国家之用。小仙总算知遇。妇人女子，真是近则不逊远则怨，白教不能长存于此可见。人必三思而后见智，况大丈夫当投明主，俺何为倚身逆党，受人唾骂？故此来投。张兄如不见容，俺当归田独善其身，亦俺之志。"

张良仍不信，冷斋面色厉冽，自怀中取出一书。张良一看，是小仙与冷斋责其失利，调归南漳书。

张良道："此书何用？"

冷斋愤然道："兵有胜负，焉能尽胜？小仙调俺，是取俺之头，以儆诸目。俺冷斋未有断头之罪，盲目授首，是无智盲勇。小仙之不容人，白教败在旦夕。俺既见至此，不能再持迷自取杀身。"

张良咋舌道："未得总镇之命，不敢擅自收降。"

冷斋大笑道："张兄以此推托，是负俺诚意。未闻将在外请令于君。"

张良以冷斋之恳诚，信以为然，准冷斋投降。冷斋大喜，返去立聚部下来降。

忽报冷斋之部下大悍目岳仲兰、张三立、苟忠、毛承祖等人不服冷斋，与冷斋火并。张良忙调兵去板桥店，早见龚冷斋浑身血迹，仓皇统一部兵士，驾十只大船败逃，后面数十只大战船，船上布满白教徒。岳仲兰站在船头，大叫："龚冷斋人面兽心，教主待你不薄，何故造反？"

冷斋戟指骂道："你等断头不悟，刻下教务冗杂，悍目均各立门户，焉能持久？你等不知进退，死无余地。"

苟忠用箭射冷斋，双方白刃相交。冷斋不敌大败，正逢张良。冷斋掩面道："张兄救我。俺本意统全军来归，不想岳仲兰不识时务。"

张良见冷斋浑身浴血，兵不及甲，统兵迎上，一阵杀退追兵。冷斋恨道："彼等至死不悟，死有余辜。张兄何不趁势攻下板桥店，顺流直下而取南漳？"

张良大悦，冷斋自请为先锋，与张良合兵，三十余只大战船，直奔板桥店。岳仲兰等已分头扼守港口，村垒满布精兵。岳仲兰倒提着一把雪亮单刀，指冷斋大骂，冷斋亦骂。突然一声梆子响，乱箭雨点般落下。冷斋急令退兵，已死伤不少。龚冷斋挥戟拨矢，奋呼冲锋，突一矢正中左臂，一个踉跄栽倒，左右急救。张良赶到，冷斋怆然道："俺之降即板桥店之降，不意竟有此错。岳仲兰逆首俺恨不立戮其首。"

张良见冷斋还伤，甚是可悯，于是令冷斋先去，自己督兵攻打。岳仲兰死命扼住港口，乱箭如蝗，使敌军不能欺近。张良正在极力攻打，突然一声炮响，右有毛承祖，左有张三立，两路兵乘船杀到。毛承祖一双板斧，跳浪甚凶，岳仲兰当头催船杀过，三路兵将张良困在垓心。亏得冷斋挎了左臂，只右手单戟，促船杀入，救了张良败走，岳仲兰等追杀一阵去了。

且说张良返回，因仓皇去救，所以败在岳仲兰手，甚是懊丧。得了龚冷斋心中却十分安慰。次日大犒三军，设筵款待冷斋。张良席间向冷斋道："大丈夫当知时势，如龚兄目光可谓明亮。"

冷斋道："俺初降未立一功，张兄如信任，愿守九港，必挫白教。俟左臂稍好，即夺板桥店。"

张良一想，九港有李柱镇守，李柱精明绝悍，足以监视冷斋。如果冷斋没有异心，确是一个硬臂膀，有异心使李柱暗查，一刀杀掉他以除后患。张良算停当，拨冷斋与李柱守九港。李柱来见张良，张良嘱其加意查冷斋行动，七八日后李柱去报张良，冷斋克尽其职，交与李柱分守九港。李柱恐有变，令冷斋守后四港，自己守前五港。纵使冷斋作乱，前有张良钟武杰，怕他什么。冷斋于四港分筑壁垒，兵士无事便掘土担石赶筑，人报与李柱与武杰二人去查，问冷斋何用筑垒，冷斋道："港口无有屏障，如敌袭破港口，张家湾立受敌围。如据垒可以抗战。"钟李深服其言，张良也释疑。

光阴如驶，一晃有月余，张良去巡视九港，冷斋所守格外坚强，兵士也精健，张良大喜。一日冷斋请钟武杰李柱筵会，二人吩咐部下加意守港，二人初更时到冷斋大营，冷斋便服肃客，道："连日防敌未得与二兄畅谈，今天闲暇，咱痛饮一场。"

一会儿三人入席，吃酒谈天，冷斋甚是慷慨，举杯连连。突然与钟、李各斟一杯道："二兄尽此一杯。"

二人一饮而尽，冷斋擎杯笑道："龚某一穷秀才出身，居然也大马金刀，跳荡疆场上，说起来未免胡闹。"

武杰正色道："龚兄说得哪里话？大丈夫正当如此，方不负男儿一生。"

冷斋叹道："谁说不是？俺常想，四海之大，贤能甚多，均未得人之提拔，深为可惜。刻下白莲教之盛，内中未尝乏人才。二兄说此辈是什么人？均是怀才不遇之辈，借此为托迹罢了。如俺龚冷斋，亦何尝不是呢？

幸遇张兄可谓知遇，但犹恨其已晚。俺落溷之人，不能反复献身国家。女子从一而终，为节，志士从一谓忠。俺龚冷斋何所谓呢？白教之不可依，俺岂不知？"说着双目一挑，精光四射。

李柱擎杯道："龚兄住了，言何矛盾至此？且迟迟不决者害事。"

冷斋怆然站起，长揖谢道："李兄指示得当，龚某敢不决心？"

李钟二人听冷斋之言辞锋利，不可捉摸，不由相视用足互相拨了一下，二人起身道："刻下防港的人不得久延，龚兄咱就告辞了。"

冷斋道："二兄何故未终席而去？哈哈，二位，对不住，李兄令俺决心，俺哪敢不从？"说着一变面色道："俺已派人夺了前港，你二人还在梦里。"

李钟一听，心中一跳，惊慌之下，冷斋大叫拿下李、钟。嗖嗖嗖自壁后跃出十余长大武士，一色的长刀扑过，武杰李柱大怒，拔刀直取冷斋，大骂冷斋反复小人。冷斋冷笑道："俺计夺九港，何为反复？你等目不识善恶，有何可怨？"说着拔刀与二人杀作一团。

十余武士合围过来，李柱一脚踢开桌子，亮晶晶单刀一旋，早削落二武士头颅。冷斋与武杰杀作一起，满屋杯盘齐飞。一个客厅中，怎容得十数人狠斗？武杰虚晃一刀，一个轻燕掠水式，唰一声飞跃在院内。足未站稳，冷斋大叫赶过，早有一队精兵赶来，一色的标枪唰唰戳到。武杰平挺单刀激开来枪，进一步一抹，二三兵士倒地。冷斋挺刀自后剁下，武杰偏身让过，顺手一个毒龙出水，单刀斜刺里突刺至冷斋胯下。冷斋抬起右腿，身一旋，顺手一刀，当一声格开来刀。武杰未及擎刀，冷斋已一伏身一个结草式，自下部兜来。武杰单刀挂地，一个龙门跃鲤式，飞起丈八高，冷斋出其不意，武杰已平旋单刀，一个散花式，亮晶晶单刀荡开方丈大小，一片白光，嗖嗖嗖刀影纵横，直削下来。冷斋见武杰居然如此的轻功，当时一烨身挺刀欲搅，突然啪一刀冷斋啊哟一声，直蹿出丈余。原来武杰一刀削落冷斋朝天髻子，齐头短发披下来。武杰不敢再赶，大叫风紧，打了两个口哨，招呼李柱，自劈开武士之围，一个紫燕穿帘式翻上垣去。冷斋随后便赶，全寨兵士将要隘卡了。武杰双目皆赤，冲透卡兵，直到港口，哧一声，扎入水中逃走。李柱听得武杰呼哨之声，虚晃一刀杀出，跃上垣去逃掉，先去张良营中报信。

张良得了消息大怒，一面扼守要塞，一面发兵去攻冷斋。不想兵到，冷斋早筑下之壁垒，这时方有用了。冷斋兵据垒一阵乱箭，射退来兵。张良大怒，几次冲到垒下，怎奈壁垒坚如生成。突然人报龚冷斋有夺坝口之意，因为东路有些船只灯笼火把。张良无法，只好先救坝口。战船抵坝口，遥见对面数只小船，满张明灯，几个兵士击鼓。张良嗒然道："冷斋并非袭坝口，乃是虚张声势，撤俺兵力。"于是赶过，果然小船顺流息鼓，飞逃而去。张良恨愤之下，听杀声一点点息了，一行行残兵退回，方知究竟。

原来冷斋先与岳仲兰定计，取九港方可掣张家湾。正逢张良招降，龚冷斋两次拒绝，忽然得计，于是假造小仙责自己战败书献与张良，又恐张良疑心，故与岳仲兰等反目。兵士不知就里，真个杀斫，果然瞒得张良。又免张良攻取板桥店，这日冷斋悄悄派心腹人去板桥店写了一封书，用猪尿泡装了，密扎其口带去，献与岳仲兰。仲兰一看，原是约五更时分，兵取前五港。仲兰得报，立与诸目连夜调兵候发，二更后出发，三更早到。一声号令杀入前港，冷斋发兵自后突杀，五港守目慌然接战，哪里来得及？何况钟李二人不在前港。及至钟武杰赶到，兵已退出。武杰镖打苟忠，刀劈教目伍胜，统败兵合在张家湾。

这时天光大亮，李柱等狼狈不堪，合在张家湾大营。李钟因败战，自缚待罪。张良道："此俺误收冷斋之过。"亲释二人，忙飞报入襄阳。君起得息大惊，于是发斐起去助战。斐起到了张家湾，张良图再夺九港，无奈冷斋预筑下坚垒，十分坚固。张良懊丧之至，自恨不如冷斋，郁郁卧病营中。武杰等不敢传出张良卧病之话，恐冷斋趁势来攻。龚冷斋自有九港，势力便浸入张家湾。

欲知张良如何，请阅下文。

第二十八回

襄水操军老将退冷斋
谷城决胜莫忠降白教

　　且说龚冷斋计夺九港，兵力雄厚，那张家湾已被白教包围，冷斋练兵有取张家湾之势。忽快探报道，襄阳派援兵救张家湾，援将斐起深通水性，善用铁杵，勇力过人，刻已被拒守坝口。冷斋大惊，跄然跳起跌脚道："俺夺九港，已扼敌之咽喉，再得坝口方为完全。前俺视察坝口，俺意开坝口之堤，水冲九港，今敌人扼守，开堤冲俺九港如何是好？此坝不得不速夺，以挈敌势。"

　　于是派人捷报入南漳，同时动兵夺坝口。兵未动得，荆花坞报知王美英前后受敌，因冷田禄投降，与马君起夹攻王美英。冷斋怆然道："真有这等事了？自家火并，白教将瓦解。冷田禄为人勇力过人，唯骄傲跋扈，势所必反。"于是细细询问探子，方知究竟。

　　原来屈伯达攻取荆花坞失败，马君起深悔自己太疏略了，因为荆花坞地险兵精，屈伯达分兵攻守，未免照顾不到，于是令伯达按兵不动。突然又得伯达快报，因探得冷田禄自沙河镇兵驻荆花坞之东，有取荆花坞之势，不如趁势进兵，或俟王、冷火并后，取渔人之利。忽然又得伯通差人下书，君起打开一看，是趁王、冷火并，先招降冷田禄，只田禄一降，王美英绝守不得荆花坞。如荆花坞有失，教匪大势即冷，不难取南漳。君起大喜，连夜驰书伯达，不得动兵。

　　伯达按兵观势，一面发下快火探，果然探得冷田禄自沙河镇进兵劫王美英。不想兵抵荆花坞东南黄土岗地面，被王美英伏兵截断田禄之兵，田禄急挺刀去战美英，不料王美英见了田禄回头便走。田禄大笑，拍马赶去大叫："美人休走，今天伴俺困一宵。"舞刀飞赶。不想转过林木，突然一声巨炮飞上半空，田禄大惊，勒马之下，唰啦啦自左右冲过两路精兵，大叫："冷田禄还不下马就绑？"

田禄不知就里，突然王美英咯咯笑声，田禄四顾，见王美英马上挺长矛，大笑道："冷田禄，真王美英在这里呢？"田禄方悟，原来自己飞赶王美英乃是伪扮。

当时田禄知道中计，马上挺刀便冲。突然王美英将矛一招，兵士拥过，美英趁势拈弓搭箭，嗖一箭已射中田禄坐马，一下将田禄颠落马下。田禄跳起来抡刀乱劈逃走，损兵折将，王美英追五六里方返。田禄想不到受此挫折，大骂王美英臭花娘子，非捉得誓不息兵。

伯达知冷田禄战败，忙报与马君起。君起大喜道："田禄之败，即是王美英之败。"于是派人去说田禄来归。翁豹献计道："总镇不如趁势攻取沙河镇。田禄初败，必无抗力。沙河镇破，荆花坞亦不能守，一举两得。况冷田禄为人桀骜性成，收降不易，即其降亦恐不坚。"

君起道："不可不可，王美英虽与田禄水火，她是出其不得已。如果俺兵取沙河镇，王美英不但不能趁势夹攻田禄，必力救沙河镇。田禄与王美英之嫌立解，如此俺反做和事佬了。"

于是派翁豹之兄翁虎，深夜去沙河镇，说田禄来降。翁虎为人胆大善辩，当夜更衣便装，悄悄出城，直抵沙河镇。被田禄部下巡卒捉了，翁虎道："俺是襄阳马总镇差来使人，请见你家冷教目的。快快导俺去，有急事相商。"

巡卒听说是襄阳来人，飞报冷田禄。这夜冷田禄正饮酒，想起攻王美英失利之事，拍案大骂。巡卒报到，田禄蹴杯诧异道："马君起派人干什么来了？"于是招入翁虎。

翁虎见冷田禄血色面孔，怒容满面，忙施礼道："在下翁虎，受襄阳总镇之命，特来见冷教目。"

田禄双目炯炯注视翁虎，拍案吼道："翁虎你来瞒哪个？俺闻马君起两败于王美英之手，襄阳破在旦夕。今派人来必有作用。"

翁虎笑道："马总镇之败，乃是试敌之实力，冷教目看马总镇攻张坨庄，戮胡铁，再取牛角坪，而败王美英。今美英负隅荆花坞，也不过喘息而已。总镇未挥兵直下，乃是不欲仅凭武力，而愿布皇恩，德化其心，是以迟迟。今闻冷教目与王美英水火相并，马总镇甚替教目危险。物必先腐而后虫生，国之将亡，必起于内乱。白教不能久存，于此可见。故此马总镇威德服人，不乘人之危，俟冷教目与美英胜负定，然后举兵一扫逆党，以靖王室。"

冷田禄大怒，跳起来大叫："这还了得，捉下翁虎！"

早有二武士擒下翁虎，田禄叱道："刻下白教布满天下，誓扫清廷。你敢来说不吉之言？"

翁虎面不变色道："冷教目死已临头，还自夸大。"

田禄越怒，翁虎道："四路重兵已失其二，水路龚冷斋连败，只南漳孤城，不出月余，小仙败死。何况白教内幕法纪不严，强弱相欺。"

冷田禄一听不由一怔，翁虎故意点头道："冷教目你与王美英之反目，张小仙如何处理？"

田禄不言，翁虎笑道："王美英夫妇掌白教大权，小仙必调冷教目。"

田禄久恨齐林夫妇权势之大，此次小仙果拟调自己，一定是齐林夫妇之动议。当时田禄和缓多了，请翁虎坐下道："小仙确调俺回南漳，也不过免俺与美英火并之意。"

翁虎只是笑，田禄道："翁兄以为何意？"

连问两次，翁虎道："小仙调你是割头以绝后患，借此又可威加诸大目而已。"

田禄登时悟过，心中暗道：白教权势均在齐林夫妇掌握，俺何必为他等流血效力？况刻下清兵势大，白教濒危，早晚瓦解。何不早作道理。当时大骂齐林。

翁虎摇手道："冷教目住口。大丈夫知进知退，不思计较如此何用？"

冷田禄哈哈大笑道："俺纵横江湖十余年，无拘无束，俺便不日捉了王美英，走他娘的。"

翁虎道："以冷教目之英武，如弃暗投明，前程远大。"

田禄道："没有进门之路。"

翁虎一指自己道："俺便是度化冷教目来了。"于是一说君起招降之意。

这时冷田禄被翁虎说得心平气和，暴躁全无了。登时大喜道："总镇肯收降，愿效前驱。"

翁虎道："何以为誓？"

田禄一把揪着颔下蝎须，长刀一挥，唰一声割下一绺，掷刀道："心不诚便如此须。翁兄快将去报与马总镇。"

翁虎接了揣入，飞报入襄阳。马君起立提田禄为千总，冷田禄杀人大盗出身，芝麻大官儿是希望不到的，喜得打跌。次日得君起令攻取荆花坞，王美英还瞒在鼓里，突然闻报田禄来袭，美英大怒，正想派人报与小仙发兵，先绝田禄内患，然后兵迫襄阳。人未派下，田禄已攻到。美英调兵接战，突快报道："刻下牛角坪清兵出动，大将屈伯达已兵过荆花沟，两路伏兵突起。不想早被伯达防兵截住，一阵杀退归营。不想已被敌军夺了大营，刻已退回。屈伯达长驱直入，已逼近堡垒。"

美英心慌意乱，不知所为。登垒遥望，田禄之兵已布下阵势。田禄马上大斫刀大叫单挑王美英，一面辱骂。美英忙分兵拒伯达，领兵悍目韦成龙、朱六。美英坚嘱只许坚守，不许出战。自己去战田禄。美英兵至东栅，只闻四下战鼓齐鸣，王美英不敢大意，统兵刷下栅去。美英马上一条丈八长矛，勒马一招，部下排开阵势。美英纵马而出，左右哈金龙、马三胜等悍目。

田禄马上笑道："王美英骚婆儿，咱斗三百合。胜得俺手中大刀，饶过你，不然活捉你须由俺摆布哩。"

美英切齿大骂冷田禄猪狗，田禄冷笑，兜马抢出，早有悍目朱杰飞马大叫"冷田禄反贼"，舞开山大斧截住田禄。田禄抡开大刀，二人登时杀作一团。二马交胫，八蹄乱动，二人一色的沉重兵器，杀了五六合不分上下。田禄愤怒，兜马一跃跳出圈外，朱杰拍马逐过。不想田禄是故意卖弄手段，见朱杰赶来，猛地一兜马闪过，趁势大刀平抡，朱杰一马冲到，正勒马之下，早被田禄一刀拦腰切断。

田禄大叫："骚婆娘，还想逃到哪里去？"说着拍马腾云雾一般，直取王美英。美英出其不意，亏得哈金龙、马三胜二人马上双枪齐出，只闻咔嚓一声，双枪齐折。田禄势如疯虎，大叫："活捉个美英玩玩！"哈马二人半截枪只望田禄马头乱打。田禄大怒，策马挺刀冲杀的当儿，美英早拍马抖矛，直取田禄。哈马二目各换一柄长刀压阵。冷王二人登时搅作一团，刀矛齐举，三十余合不分上下。两阵上战鼓如雷，只见冷王二人翻翻滚滚，进退离合，杀得乌烟瘴气，各自逞威风，将两阵兵士都吓呆了。不闻鼓声，只众目射往冷、王。

冷田禄一心捉美英，美英恨不得一矛戳透田禄头颅，二人越杀越勇。突然田禄长刀一挥，一路大开刀法，八八六十四劈，分左右中上下，蛮劈突入矛影中。美英不敢大意，就田禄一刀突空，偏身一闪，着地抖矛一个

355

金鸡食米式，突突突矛光纵横，雪亮的矛锋荡开车轮大小一片白光。田禄掣刀横劈一刀，激开来矛。美英一个顺水投梭，一矛点向田禄下体。田禄挟马一跳闪开，反臂挺刀奋追。拨开来矛，一个疾风扫叶，亮晶晶大刀凭空旋来。美英一低头当儿，田禄中途掣刀，斜刺里兜下。美英挟马霍地跃出圈外，田禄大叫飞也似便赶。美英抖辔飞跑，猛然反臂一矛，田禄见矛到突兀，马已抢进，偏身一闪，随手抄着来矛。美英掣矛当儿，田禄一手持刀便斫。美英矛又抽不回，一面马上闪开，一面双手拔矛。田禄一手夺矛，一手抢刀也不大得手，索性抛了长刀，双手夺矛。二人各自用力，咔嚓一声，长矛立断，二人不约而同地闪得几乎落马，每人一截矛乱打乱扎。

美英半截矛杆当然不合算，二人打了一会儿，越凑越近。田禄将矛头一横，护了面门，吼一声挟马扑过，一把抓牢美英。美英抛了半截矛双手来搏，被田禄一拉，二人一同滚下马来。田禄扔了矛头，与美英搏在一起。一会儿美英娇喘不已，额角上颗颗汗珠滚下。田禄大喜，口中乱骂。若论马上功夫，美英与田禄无分上下，论起拿法来，美英女人气弱，怎敌田禄虎也似汉子？十余合美英不敌，被田禄一把抓了左臂，顺手一拧，美英已背转身去。田禄大笑叫道："哪里走？"双手捧起来，不想美英情急之下，用了个龙门跳鲤式，一屈纤腰，又霍然一伸，登时飞身跳开。田禄狂喜之下，也是防疏。见美英逃走，大怒，抄起半截矛头飞赶，回手一矛唰一声挑开美英高髻，那乌云般青丝四披而下。美英慌得一伏滚倒，田禄大笑，铁臂一张去抱。美英娇叱一声，一个鸳鸯脚，腾身踢过。啪嚓一下，冷田禄鼻尖登时中一小脚，饮尝纤趾风味的田禄登时成了血鼻子。美英二足踢到，却被田禄顺手一抄，脱下一只绣履。原来美英马上迎战，照例不穿铁尖鞋子，不然田禄之鼻不仅流血，一定穿透鼻梁。当时田禄踉踉跄跄险些撞倒，美英已跃起，一手按发奔回本阵。田禄大怒，挥兵便冲，被美英一阵乱箭射退。田禄引兵再冲，美英已鸣金收兵。田禄攻打一会儿不下自去。

美英入栅，打听西路战情，原来伯达挑战不见动静，向垒上望望，只有好些兵士，伏下劲弓弩矢，伯达一看，也未攻打，只就栅外支起军幕，预备久围。美英知得了，越发慌了。自己困守荆花坞，敌人强兵压境，于是派人赴南漳请兵，一面坚守。不想五六日不见兵到，营内粮草均绝，兵士饿得东倒西歪。一日冷田禄屈伯达挑攻五六次，美英着慌，打听田禄降马君起，夜里派人与小仙下书，叙田禄选择，火速统兵擒田禄。不想派下两次人，均被田禄部下捉了。田禄大骂："张小仙果然有杀俺之意。"于是火杂杂与伯达约同力攻美英。二路兵到荆花坞，悍目哈金龙、马三胜杀了伍万禄，开门投降屈伯达。田禄不信，非献王美英不准降。马三胜道："刻下荆花坞四面被围，救兵又不到。王美英不知去向，所以投降。"田禄伯达深恐有变，于是绑了哈马二人入荆花坞，果然没事方信。

原来王美英自连发二人去南漳求救，不见消息。这夜美英提剑亲自巡梭，突闻有人叹道："俺们不幸误入白教，与皇家对抗，造成反逆。又逢困守之势，连日不得一饱。瞧冷教目倒会使顺风船，见事不佳，先降了，挣个千总头衔，哪点不好？偏咱王教目拧性，降了免大家受罪，哪点不好？"

又一人道："女人做事便是如此，不进不退。听说哈金龙几个大悍目有降清之意，偏他妈的咱不是哈教目部下。"

美英一听，又怒又恨，悄悄一窥，却是几个上夜兵士，一个个青黄饥色。美英又有些不忍，叹息自去。转到西栅，突见黑乎乎数十人影乱闪，美英以为敌人侵入，慌得赶去，登时吓了一跳，六神无主，原来是一部教徒趁夜逃亡都去降敌。美英怔了一会儿，仰天长叹，俊脸一阵阵发烧，自语道："王美英想不到落此地步。现在人心涣散，荆花坞破在旦夕，俺虽为负责之人，当与之共存亡，但仅顾此小小荆花坞，何以立大业？"于是悄悄收拾教中重件，连夜越栅逃去。草就告教众书，压在砚下，大意嘱教徒投降，自己是势不得已而走。

当时屈伯达冷田禄会师入荆花坞，飞报君起。马君起大喜，立派人犒军，令伯达退守牛角坪，令冷田禄兼守荆花坞。这一来田禄势力雄厚。

这日马君起正筹划进取南漳，突人报外面有二人求见。马君起一看名刺，蓬莱秦逸人，河南耿吟秋。马君起听伯通谈过二人，登时大喜，飞步迎出。早见二人候在客厅，一人生得枯瘦，双目生光，一头白发，领下雪也似长须，尺来长短，年纪约有六十余岁。一个生得丰颊虎背，面目古怪，乌油油的长髯，长衣束带，背负宝剑，仪表非俗。马君起忙道："二位敢是秦耿二逸士了，在下马君起，久慕大名，幸会幸会。"

二人忙施礼，各通姓名，白须的便是老侠耿吟秋，黑髯的便是蓬莱隐侠秦逸人。原来二人得了屈伯通之书，便束装就道。先至八卦堡村，适河南大侠张啸生也到了，会见吴小峰，诸英雄都是老交儿，多年未会，登时

357

甚是欢愉，互道契阔。

吴小峰道："伯通兄现在襄阳助马总镇，据说与白莲教匪大战。便是俺也得伯通之书，俺因正欲入湖北，所以早到了。便替屈兄守村，他兄弟均去襄阳。日前伯通有信到，询问诸兄来了不曾。"

秦逸人道："伯通驰书邀俺们，一定为白教之乱。明日俺便赴襄阳如何？"

耿吟秋张啸生均有此意，三人决定明日赴襄阳。吴小峰道："俺离不得此村，因刻下教匪颇多，散布各处都有。八卦堡村民不准入教，村中富庶又为教徒所觊觎，屡有窥村之意。便是前几日八卦堡接到一封书，是白教中悍目褚祥的，要求在八卦堡筑坛传教，请村中预备白米百石、银子二千两，否则攻打村坊。当时俺得书立即撕毁，叱出来使。今已五六日不见动静，俺派下探子回报说，在武当山深处，白教移动颇忙，颇有窥八卦堡之势。所以俺连日不敢疏防，有负伯通兄之托。俺打算刻下八卦堡中缺少能人，三位兄台不须都赴襄阳。"

张啸生道："如此也是，那么俺便伴吴兄是了。"

耿秦二人决定次日便动身入襄阳来了。马君起大喜道："二位老英雄来得正好，刻下官军势大，连下白教四重镇，又招降大悍目冷田禄。只昨日张家湾守将副将张良报道，说与张家湾对峙之板桥店白教目龚冷斋为人谋勇兼备，他原第秀才，熟读兵法，日前诈降袭夺张家湾九港成功，因之张良大势立挫。"

说着取出地图，令秦耿二人看了。二人看了一会儿，耿吟秋道："九港为张家湾要扼，失之便形成孤立了。"

秦逸人咋舌道："张家湾虽是襄阳要塞，但倘使失陷，咱北有樊城，南有沙河镇，张家湾一隅白教绝守不了的。如其退守板桥店，咱刚兵取张家湾，同时沙河镇动兵夹攻，板桥店就立足不住，反无盘踞之地。"

马君起道："沙河镇因冷田禄之降新近收得，以前白教屯沙河镇，威胁张家湾。"

秦逸人摇手道："总镇看此图便知，究竟板桥店与沙河镇等处，开成一壁垒，宜守不宜攻。白教之板桥店动兵，是牵制襄阳，恐白教别有作战之法。如其自谷城入光化，取樊城，与板桥店取得联络，襄阳立危。"

马君起道："俺早已在谷城预伏精兵，有警哪能不报？"

秦逸人迟疑道："俺观如此，不然教徒不能空劳张家湾之失，致失四镇。或者教匪失算亦未可知。于今之计，连自沙河镇动兵，则冷斋不敢去取张家湾。"

君起深以为然。只秦逸人说教匪另有攻战之法，君起不信。正说着，伯通自张坨庄赶来，有急事相商。君起连忙请入伯通，与秦、耿见了。

伯通道："二兄来得正好，因为冷田禄初降，其为人反复。故俺来此，与总镇说明，调回冷田禄，另遣守将，免日久生变。只托言冷千总辛苦功高，调襄阳听用，田禄一定不疑。在总镇手下，好免其生变。"

马君起大悦道："俺也有此意。"于是令伯通回防，下令调回田禄。

令到田禄营中，田禄大怒道："俺诚心投降，马君起反疑俺。"

使人道："总镇以千总功高，理应调回休息，借此随时可请教。"

田禄一武夫，登时又喜悦。大教目吴换自胡铁败死，投入荆花坞，王美英又败，吴换遂在田禄麾下，同降马君起。当时吴换道："马总镇刻下军事正急，沙河镇要隘，向为冷兄所守，今既投降襄阳，马君起马上调入襄阳，心中疑虑。冷兄如去，如鸟入笼中，无日得出，从此势力全消。"

冷田禄又迟疑起来，一连两日不决。马君起已派耿吟秋来接防，田禄慌了手脚。又素闻老英雄耿吟秋威名，忙与吴换等商议。吴换道："冷兄不可接受，速下令动兵拒耿吟秋。咱有沙河镇荆花坞，何不自立旗号？何必依人麾下呢？"

悍目刘得柱道："不可不可，刻下王美英新败走，闻说已在南漳请兵。小仙派邬一娘协力来取沙河镇。咱再与马君起水火，是自取死亡。必取一面结纳，方可拒战。"

冷田禄道："俺与美英势不两立，且俺两攻美英，小仙必欲捉俺，以镇全军，绝不能容。"

吴换欲田禄自起旗帜，刘得柱劝田禄择一而从，争论不休。田禄细想还是择一而从对，何况又有耿吟秋提兵压制边境。于是整兵入襄阳。马君起看待田禄甚周到，在君起监督下，令田禄挡西面。田禄大喜，携同吴换、刘得柱等把守西城。

秦逸人知道君起调田禄独守西城，忙见君起道："总镇调回田禄，是削其势，使其不得自裁。今又派守西城，是复其原势，将来变心如何是好？"

君起也惶然，逸人道："速派大将监视其行动，只言助守。"

君起道："不可，俺已派田禄独守西门，给予权势，再派人明显是心疑，互相猜忌。田禄心不安，无变之心必使生变。"

逸人道："总镇之言甚当。"

君起道："俺料田禄在此不敢变心，不可久提防，否则反动其心。"遂搁罢论。

且说田禄回了襄阳，耿吟秋接守沙河镇与荆花坞，刻日下令部下兵驻襄水之浒，每日击鼓操军。又备下数十只大战船，不时驰骋河中。原来沙河镇乃是一条小河而名，那小河名为青沙河，曲流入襄水。凡水路运输多在沙河口解运，因此特殊繁荣。沙河镇距张家湾十多里，距板桥店不过隔沙河。襄水耿吟秋之操军，是威胁板桥店，使龚冷斋不敢迫张家湾。果然冷斋计划取张家湾，不敢进兵。在这时张良已在张家湾发战船五十只，另建大港，统兵大将钟武杰、李柱，与斐起之兵驻坝口，取得攻守联络。冷斋因斐起扼守坝口，又非常蛮勇，自己想进兵又被耿吟秋牵制，倘一轻动，便有失了板桥店的危险，所以冷斋深有戒心，宁使无功，不使失利。耿吟秋张良均知冷斋非等闲之辈，也未敢轻动。因此双方竟对峙一个来月，未经一战。

冷斋自诈降夺九港口，飞报入南漳。小仙大悦，发人犒军。贾一鹤笑道："教主怎样？俺说冷斋料敌如见，攻不取不攻。以往是非攻之时候。"

小仙明白深知冷斋并非怯敌，乃是知己知彼，于是与冷斋书深为夸赞，并嘱其相势而动，务忠于白教。冷斋大喜，将小仙书遍示诸目。从此冷斋操军演阵，白教称冷斋兵为虎军，言其猛勇，为全军之冠。

且说冷斋自据九道港湾口，有进窥张家湾之心。不过东有斐起威镇港口，与张良作掎角之势。突人报沙河镇冷田禄反教降敌，被马君起调入襄阳，新更老将耿吟秋。冷斋惊愕道："俺正要派人往说田禄，复反马君起，可以破襄阳。不料君起先发制人，田禄既入襄阳，俺计不得再施，冷田禄亦难再脱监视。"

于是吩咐部下小心防守，细探沙河镇守将，果然是久仰大名的耿老英雄。冷斋心中不悦，连日未动兵，下令部下不得妄动，只坚守壁垒。果然耿吟秋每日击鼓操军，见冷斋未动，也便收军。

冷斋道："耿吟秋不过为牵制俺兵势，刻下马君起夺得四重镇，一定兵取南漳，所以先不及此。"

冷斋按兵不动，张良新败，正乐得息兵养锐。冷斋按兵之下，发出四路快探打探消息。马君起果然令耿吟秋坚守沙河镇，以防水路教匪。令伯达兵取南漳，派秦逸人协助，发精兵两千、勇将六七员，伯达提兵与秦逸人浩浩荡荡杀奔南漳。君起发翁虎镇守荆花坞，蓝月守牛角坪，以免耿吟秋兼顾不到。

且说伯达本与秦逸人等均是莫逆之交，二人一同领兵望南漳进发。伯达为人豪爽，不习计较，知秦逸人多智知兵，先请教逸人进兵之策。

原来秦逸人乃是蓬莱人氏，幼入蓬莱山，从承露观道士游。道士号玉清，游方至此。玉清精武功，据说是内派正宗。通常不下山，除了耕山种谷外，便徜徉清秀间。逸人从玉清数年，武功大就。玉清令逸人下山，并云自己也不日漫游。逸人下山，隔些日去望玉清，到得承露观，玉清已坐化，垂眉合目，庄严异常。逸人悚然拜倒，突然玉清肉身复张目笑道："逸人，我本说漫游，今已返来，你来得正好，便从此诀别吧。"

逸人吓了一跳，望望玉清说不出话来。玉清道："不要疑惑，我修道有年，今至炉火纯青时候。人以神为主，肉身不过皮囊而已。神之向往，无所不达。神离肉身，则无有不知。"

逸人方悟，玉清又道："逸人，我有宝剑一口，把与你以做纪念。"

于是告知逸人藏剑所在。逸人往取回来，玉清已坐化。逸人带剑下山，备干柴火化玉清肉身，葬于蓬莱深处。

逸人天性寡言笑，除熟习武功，又读兵书。家有田园数亩，耕种自食，真也安闲自在。逸人漫游江湖，交结诸侠，与屈氏兄弟尤为交厚。伯通劝逸人出山为国效力，逸人道："俺闲散惯了的人，不耐这束缚。情愿一生老于山林，予愿已足。"自此仍返蓬莱旧居。这次得了伯通之约书，不得不去。

当时逸人见伯达与己商议进兵之策，逸人又道："兵贵神速，因为南漳虽失四镇，尚希望龚冷斋取得张家湾，则四镇之兵不敢动。渠必没有防备。于今之计，咱连夜进兵，以迅雷之势，一鼓可突破南漳。"

伯达道："南漳尚有马兰山之险。"

逸人道："马兰山口必有重兵扼守，不知有僻路没有？"

伯达道："闻说邬一娘取南漳，两败于马兰山。是千总刘兰抄小路出奇制胜。"

于是招兵士有熟悉马兰山僻路的，选数人。逸人道："既有僻路，咱二人可分兵进取。伯达兄引兵自正面前进，俺引兵先抄过马兰山，出奇兵制敌。"

二人计妥，逸人引一半兵先去，由熟悉之兵引过山僻。虽有少数卡兵，被秦逸人大军捉杀，于是屯兵伺机，一面发下快探。

且说伯达预料逸人兵到，连夜悄悄兵至马兰山，人衔枚马戴嚼，小仙兀自不知就里。伯达兵抵马兰山，见山口静悄悄，伯达暗想，小仙兵驻南漳，马兰山是南漳之屏障，兵家必争之处，不能没有兵守护，于是迟迟不敢进。

把总朱然道："俺旧是同千总刘将军守马兰山口，此口分双叉，左右可通。不过中有一岭，利用此岭建有壁垒，左右可断二路，千总刘兰因此连胜。不意白教分兵猛突，左路侵入，右路亦不能顾，因此失败。后闻小仙用贾一鹤之计，于左右又建二营，以备接应。"

伯达道："如此更难突破了。"

朱然道："刻下咱兵士气旺盛，敌人出其不意，不如突夺岭上大营。只此营入握，左右邀击，二营可破。否则亦可坚守。"

伯达大喜，用朱然为先锋，伯达随后统兵突进。朱然步下单戟，悄悄领兵入山口，下令兵士上山。到得岭上，果见巍然一部大营。这夜明月在天，遍山便如罩上一层白霜。白教守将田成印乃是滚马大盗出身，平生善用一双板斧，使泼了便如水银泻地，蛮勇异常。自入白教因为马兰山口重地，贾一鹤拟请夏江夫妇守马兰山口，小仙以田成印勇力过人，所以拨成印守此。哪知成印勇而无谋，又贪淫好杀。一鹤知道了，与小仙道："马兰山口为南漳之门户，如失了门户，敌人便长驱直入。田成印虽勇，却少谋略，不堪此任。不如拨邬一娘去把守，万无一失。"

小仙迟疑之下，突人报荆花坞女将王美英败回，小仙惊得花容失色。一会儿美英入见小仙，备叙田禄背反之事。小仙大怒道："俺待田禄不薄，怎便背反！"

一鹤道："田禄为教中悍目，今忽降敌，教主失一硬臂。俺料田禄之降是将错就错，非出真意。不如趁此发兵攻打沙河镇，俺愿从军前往，说田禄献沙河，将功折罪。"

小仙大悦，于是派王美英再统兵攻沙河镇，一鹤参赞军机。美英道："敌众咱少，恐不敌反打草惊蛇。不如再发一员大将，一鼓攻下沙河镇。"

小仙道："不然便调回田成印同往，邬一娘替成印守马兰山口。"

美英知道成印与田禄正是一类贪淫好色之徒，忙道："教主不必如此，田成印为人勇力过人，性子刚愎，定不听节制，反为不美。不如发一娘同

362

往，还免得回调成印。"

小仙依请，立发一娘同美英攻沙河镇，一鹤也随行。不想兵方发，突然田成印败死之信报到，小仙吓得目瞪口呆。细询情由，原来伯达自月夜进兵，朱然一部兵马攻上山岭。田成印因为自以为山险，刻下四镇军事正急，马君起没工夫顾此，因之不加防守。每日下山扮作强盗，去劫杀村庄。这日又掠得两个绝色小娘，藏在帐中淫乐。上行下效，一点儿不错，田成印如此，其部下不会老实，却苦了左近山庄，几乎绝了女人。

这日田成印拥了二美纵淫，直闹得垂头耷脑，方昏昏睡去。朱然兵临营外，上面少数守兵才晓得了。朱然叱令攻打，上面抵挡不住。朱然奋勇撑戟飞身跃上垒去，早有十余教兵围来。朱然铁戟一旋，五六支长枪咔嚓嚓折断。朱然一个疾风扫叶式，猛地双手抡开铁戟，自下兜上，呼一声早见二教兵凭空飞起丈八高，啪唧一声摔死垒下，教兵吓得怪叫四溃。朱然跃下，打开栅门，放进自己士兵。伯达已赶到，大军稳当当突入敌营，全寨大乱。教兵梦中惊觉，纷纷溃窜，赤身露体乱跑。

田成印听得杀声，一跃下床，赤裸裸一丝不挂，惶然之下又寻不见马匹，持斧抢出。成印虎也似汉子，可以说丧在二美人之手。成印倒提了双斧，觉得浑身软软洋洋，头脑昏眩，双目视觉迷糊。四面杀声逼近，全寨兵士狼狈飞奔。成印摸头不着，正在迟疑之下，突然唰啦抢过一彪人马，月光之下望得分明，却是敌军。当头大将大叫："屈伯达在此！"田成印出其不意，心慌意乱，知道寨守不得了，想逃出据守左右二寨。伯达已马上长刀一挥，一片白光卷过，成印蛮性发作，大骂："敌将计取俺营，算不得好汉。"抢双斧截住伯达，二人刀斧相交，十余合不分上下。

田成印敌了一会儿，气力不接。伯达大刀飞卷，一个玉带横腰式，大刀拦成印腰削过。成印一矬身形闪过，双斧未及劈下，伯达双手一带大刀，横抹回来，成印双斧一架，锵然一声，火光四激。成印趁势一滚，自伯达马肚下跃过，双斧来劈。伯达马上不见了成印，夹马一跳，直跳出丈余。成印一声未哈，随后赶去。伯达知成印赶来，兜马偏路一闪，返身猛然一刀旋过。成印稍一含糊，大刀已到，自肩头斜削下来，伯达割首纵马而去。这时朱然、马信、黄得功等杀散教兵，据守大营。马兰山虽有左右二寨，因不知就里，又不敢去救，伯达竟得大营。

次日右寨悍目伊大山、左寨悍目龙祥二人得了消息，忙调兵来攻，伯达早已防备好了，一阵劲弩射死教兵百十人，退守本寨去了，飞报小仙。

小仙正拨美英一娘去取沙河镇，贾一鹤也预备弄弄唇舌，说回田禄。小仙得了这消息，不得主意，又派人追回美英大军，一鹤等大惊道："马兰山失守，南漳已成孤立之势，幸左右二寨固守，速增兵防守。一面兵攻伯达，夺回正营。"

小仙依言，暂缓取沙河镇。当即发美英统兵援右寨伊大山，一娘援左寨龙祥。二路兵到，伯达方不敢动兵。教徒攻了两次不得手，突然不攻了，各自坚守。伯达心知理由，一定是秦逸人之兵发作了。

果然逸人遣人报到，原来逸人知伯达得手，连夜起兵突过马兰山，教兵猛然见敌兵深入，吓得不战而走。秦逸人一彪人马直逼南漳。亏得城外健将王国忠一军与逸人厮杀。王国忠原是襄阳知府向金满之妻弟，于马君起计擒张邦才之后逃出，依附白教。王国忠善用大砍刀，勇力过人，自彭起与齐林火并败死，一鹤荐国忠补彭起守城外。这日国忠得了秦逸人兵过马兰山消息，飞报小仙，连一鹤都吓呆了。

小仙道："君起用兵如此迅速，怎预先未得消息呢？便是小路也有咱卡兵。"

一鹤道："刻下咱教连战不利，俺看秦逸人之兵是与伯达之兵呼应。既已深入，教主不可大意，生死关头均在此时。"

小仙急跺小脚，一鹤摇手道："教主别慌，如此越使兵心不定。行军以沉着为主，于今之计，不如令板桥店龚冷斋动兵取张家湾，以缓君起之兵。"

小仙发人飞马去了，忽齐林派人来到，小仙慌了，以为又是恶信。原来齐林自杀了彭起，险些与小仙都火并起来。后被调去取谷城、光化、樊城，齐林得令，会同四大悍目胡春、韦成虎、牛金义、牛保，率兵齐发。齐林先返荆花坞，将一切交妻子王美英。齐林本与四目约定谷城会师，齐林令兵去后，到得蛮水，便会见四目，合兵渡过蛮水，遥望谷城便在目前。谷城县令莫忠本是旗大爷，诸事蹒跚，向没个痛快，只见钱眼开。到得谷城刮得百姓膏脂饱入私囊。因教匪之乱，马君起便派武官纪英带兵把守谷城，谷城虽与襄阳无关隘要，却是西路门户，所以马君起非常重视。纪英为人刚勇异常，探得教匪有兵取谷城势，忙调拨兵马以备防守。莫忠知齐林统五路兵杀来，吓得没主意，于是请来纪英。

莫忠道："刻下齐林统五路来取谷城，纪兄有何计划？"

纪英道："兵来将挡，又何计较？"

莫忠道："岂有此理？人必见时势，知进知退。俺以为抗众，自寻灭亡，不若迎降。"

纪英怔然，望了莫忠道："俺辈负守城之责，当以身许国，与城相存亡。如何说此灭天理之言？"

莫忠见纪英震怒，拂袖站起，登时心机一转动，哈哈大笑道："有纪兄俺又何虞？俺生恐纪兄心不紧，故来相试。如今俺如平石落地，决与城共存亡。"

纪英信以为真，奋然道："纪英只有一腔热血，以备酒在战场。莫兄放心，速备兵拒敌。"莫忠假作喜悦。

次日齐林兵漫山野围来，谷城兵无不惊心，一阵阵军鼓随风飘来，震撼天地。纪英挥兵守城，齐林见纪英怒目城头，齐林叫道："刻下白教所向无敌，休得迟疑，早降免城陷授首。"

纪英大骂道："背国逆贼，还敢张致！纪英不死休想破城！"

齐林叱令攻打，纪英退下，一声号令，石矢交下，教徒死伤百余，没法退下。入夜齐林调兵合围，将谷城围得风雨不透。莫忠吓得乱抖，暗道：纪英抗战，城破俺免不了陪他一死，此生才不值呢。人必须顺势而行。于是伏下杀机，备了酒席，纪英到来道："刻下敌临城下，俺们怎有心吃酒？"

莫忠道："纪兄连日劳苦，俺此酒是与兄助精神，奋威杀贼。"

纪英大喜，按剑坐下，抄起酒壶痛饮一阵。莫忠道："敌兵过众，如何是好？"

纪英道："俺派人趁夜悄悄下城，赴襄阳求救。"

莫忠道："除此计别无他法。"于是令添酒。

左右正添酒，突然外面一阵鼓角，纪英蹾下酒杯道："城防岂可疏忽？莫兄不奉陪了。"

莫忠扯住道："新添好酒，纪兄尽此壶杀贼不迟。"

莫忠送到纪英口边，纪英一气咕嘟嘟饮下，跟跄站起便走。未及上马，浑身无力，上得马却又落下。纪英心中大悟，一定受了莫忠之骗。果然莫忠派引人来，稳当当捆了纪英。纪英气得恨不得生嚼莫忠。莫忠道："纪兄对不住，俺为保持头颅，不得不如此。"

纪英说不出话来，被莫忠捆了。莫忠立时登城，城外白教兵围着，一色的白巾包头，平铺数里。莫忠不由胆寒。在城上大叫道："请齐林答话。"

教徒请来齐林，莫忠道："在下谷城县令莫忠，因城小兵薄，愿率百姓请降。"

齐林大喜，莫忠道："便请退兵，约束免杀。"

齐林素军纪甚严，下令杀人者偿命，于是退兵。

胡春道："如俺兵退莫忠不肯降，趁势掩杀，如何是好？"

齐林道："谷城兵不及千，焉能成事？莫忠为人卑薄，不必虑及。"

莫忠俟天明开城投降，齐林兵入谷城，莫忠绑纪英献功，纪英这时清醒了，一口唾啐在莫忠脸上，大骂反贼。莫忠笑道："老纪如后悔，俺便与齐爷说一声，留你个活口。"

纪英大怒，切齿道："背国反贼，纪英七尽之躯，何畏刀斧？上可以报皇恩，下不辱所生。"说着抢上厅去。

左右拽住纪英，反绑双臂。纪英气得目如铜铃，齐林等均惊悚。莫忠道："诸位爷台，这便是谷城县武官纪英，因他不顺天命所归，不肯降，所以被俺捉下，特来献功。"

齐林道："清廷官员都如马君起、纪英，白教必不能与抗争。"于是与莫忠道："当你说降，纪英曾说什么？"

莫忠道："他主与城存亡，俺以白教之师，天命所归，是以绑纪英来献。"

齐林大怒，叱令绑了莫忠。莫忠大叫无罪。齐林叱道："你不纳忠言，不忠于清，何面目生于人世？"

莫忠跪下央求，齐林一挥手，二武士推出，马上斩首，血淋淋人头献上。齐林与诸目道："人不忠于主便当如此。"

左右推上纪英，齐林忙离座道："闻说纪将军善兵法，何一日便使城陷？"

纪英道："俺昧于奸人之计，不可说无勇，否则你等已成俺阶下囚。"

齐林大笑道："清廷无道，白教义师，不日下京师。如肯投降，共扶新主。"

纪英大怒，大骂齐林出此逆言。齐林深服纪英英勇，想纵使去。纪英笑道："如纵俺去，可以整兵再夺谷城。"

齐林不敢大意，纪英因之遇害。齐林不费兵力，稳得谷城。马君起再也想不到的，还以为谷城不会有失。

366

齐林得了谷城，先不去南漳告捷，先统兵取光化，一面留大悍目胡春守谷城。胡春自齐林去了，提兵又取了保康、房山二城。齐林因战气甚盛，自己想先下光化，再报入南漳，使小仙惊服自己用兵之速。不想兵到襄水，快探来报，前面襄水无一船只。齐林下令搜船，得了十数渔舟，想一点点地渡兵。不想一部兵马行入中流，突然船夫放下篙，一齐抹脸，取出单刀，力叫："俺们乃太平店武官李武部下兵士。"

白教徒大惊，纷纷大乱。领兵悍目韦成虎见势挺刀统兵赶杀诸船夫，双方杀了一会儿，船夫不敌，哧哧哧一齐跃入水中。一会儿凿透船底，舟身滴溜溜沉下水去，许多兵士成了落汤鸡子，有的浮水逃去，不会水的喝得肚皮气蛤蟆一般，顺水流去。韦成虎了一猛子泅水逃回。

齐林得了消息，不敢渡河，先扎营固守。一面督兵自造大战船二十只，以备渡河攻取，一耽搁二十余日。

太平店守将原是光化守备，吴良秀派下，名甘清，为人机智善战，生平用单索鞭，勇力过人。他自驻守太平店，先看地势。太平店本是光化门户，与光化正唇齿相连。甘清因太平店接近襄水，于是先练水兵三百名，造战船三十只。沿太平店一带排下防守水兵，武官李武、袁晋三。

这日甘清得报谷城失守消息，慌忙知会水兵武官防守，李武道："齐林统大兵数千压境，以咱三百之兵与抗，无异以卵击石。"

袁晋三道："李兄有何计较?"

李武道："以寡敌众，非计谋不可。太平店壁垒不坚，只有襄水可守。咱发十余船只，故隐在芦丛。齐林兵到无船可渡，必搜索渔船。俟兵渡中流，凿透船底，淹死敌军。"

二人计妥，果然活淹死齐林士兵六七百人。哪知齐林大兵逾万，折兵数百人算得什么，反使齐林深具戒心，自己造大船三十只，以备攻取太平店。李袁二人知道齐林连日造船，二人慌了手脚，忙报与甘清。甘清知道太平店兵少，难敌齐林大军。自己一面固守，悄悄到襄水相地势，趁月夜驾轻舟而去。远远遥望对岸，灯光明亮，一阵阵军角震动，却是齐林拨韦成虎、陈三练兵，造了三十只大战船，驰行水面。

甘清窃看敌船庞大，船身长十多丈，中立双桅，密排下劲弓，舱边避箭草围。甘清暗惊，渡过中流一带长芦，傍芦边便是齐林大军幕。甘清心中道：齐林究竟不知兵，行军之法，背水不依林。齐林之军接近长芦，又当深秋，芦荻黄枯，俺何不火攻敌兵，不消多少兵将，只一把火使敌军同归灰烬。

想着返回，召李武、袁晋三二将，吩咐火攻齐林。李袁被提醒了，连夜调兵。次日河中不见一船，齐林得此消息，大笑道："李武袁晋三以寡敌众，已是勉强。今见俺大船造就，料得将袭太平店，均先逃走。"一进拟分兵先渡襄水。

牛金义道："齐兄一向用兵小心，今敌军退守，焉知非诱敌之计？俺看将军分作两路，一路沿襄水直抵光化对岸，威胁光化，一部攻太平店，则光化与太平店失去联络。"

齐林深以为然，当日分兵，派牛保窦世德二人去光化襄水对岸，自己预备取太平店，然后与牛保之兵呼应，围光化。

且说李武袁晋三二人得了甘清密计，故意撤船，使齐林放心。当晚各船一切应用备好，十余小船每船十余兵士，兵士只带短刀，每人负干柴一捆，悄悄去了。到得对岸，齐林之船还在练兵，李武吩咐士兵一齐引火。松油、硫黄引着干柴，望枯芦内便投。顷刻芦荻着火，齐林兵还不知。一经延烧着营幕，兵士方才惊觉，不去救火，先纷纷溃逃。齐林大惊之下，提剑大叫："必有奸人，乱动者斩首！"诸目方止住兵士。

水路韦成虎陈三二人蓦见火起，驾船赶来，李武正在退船，双方杀了一阵。李武兵少，本意是烧敌营而来，且战且走。韦成虎回顾通红的一带烈火，金蛇纵横，烧得好不怕人。不顾追杀李武，赶来救火。直焚了一夜，齐林营次日已成灰烬，兵士焦头烂额，死伤及千。齐林好不悔恨，离开水边，草创一寨按兵。

齐林得意之师不想连败在太平店三百水兵手中，越想越气。当时令韦成虎陈三动兵取太平店，韦成虎得令，立调三十只大船，与陈三分兵两路去攻太平店。李武袁晋三早统三百水兵接战，与韦成虎对阵。

韦成虎手中双戟，卓立船头。李武大叫："韦成虎，恨未烧死贼头！"

韦成虎大怒，蝟须飞张，双戟一撑，唰一声跳过李武之船上。李武挺刀来斗，二人就船头刀戟绞作一团。成虎短戟沉重，越杀越勇，李武抵敌不住，虚晃一刀便走。成虎大叫赶去，突然李武一回手，早有二飞刀衔绫飞来。成虎一低头，一刀从头上飞过，二刀又到。成虎单戟一拨，当一声拨落水中。李武见两刀未中慌了，望水中一跃当儿，成虎赶到背后，一戟挑死李武。袁晋三被陈三截住逃不脱，成虎督船先抢上岸，晋三见事败，丢了陈三自刎而死，太平店没有守了。

成虎兵入太平店，船渡过齐林全军，重整兵马杀奔光化。甘清正得报，襄水对岸有白教数千，有渡河之势。甘清大惊，因此路向无水兵，只好先分兵拒敌渡河，于是派千总尤竹声领兵五百去了。次日快探飞报到，方知太平店已陷，二将败死。甘清知道已成之势，不如调回尤千总坚守城池，于是追回尤竹声。

竹声道："敌兵深入，甘将军固守城池，俺去襄阳请兵。"甘清深以为然。

突报齐林大军兜围来，甘清猛闻如晴天霹雳，吓得啊哟一声。竹声道："敌兵已临城下，俺即离光化请兵。"

甘清无法，派竹声去了，坚嘱小心。竹声匹马去了，不想撞见齐林之兵。竹声心想左右光化守不得，俺何必寻死，于是降了齐林。甘清还死等救兵，固守三日，这日竹声随齐林出阵招降甘清，甘清惊愕，气得大骂竹声逆贼，立调全军击鼓冲出，马上一条索鞭舞得呼呼风声，连杀悍目王杰、高泽，竹声望见甘清，吓得掉马便走，甘清挟马便赶，大骂："反贼，光化断送你手！"竹声走不脱，兜马来战，被甘清一鞭打下马，甘清跳下战马，割了头，提起来对面连啐数口，引剑自刎而死。

齐林遂入光化，深服甘清之忠勇，入城束军不得扰百姓。又命人寻着甘清之尸，死仍紧提竹声之头，齐林令葬于光化城外。

飞报入南漳，这时小仙正因马君起连日攻夺，失了四重镇，又经伯达秦逸人两路兵迫近，慌得欲调回齐林来救。得了齐林捷报，一鹤喜道："教主不须调齐林了，不日屈伯达秦逸人二路兵必退。"

小仙不信，贾一鹤笑道："如不中俺之预料，愿当军令。只派兵先助王国忠抵抗秦逸人便是。"

小仙派悍目赵俊、贾瑞庭、萧四等去援王国忠。悍目到了国忠营中，王国忠正因秦逸人剑法了得，不敢出战。贾瑞庭为人刚愎，目中无人，登时笑道："王兄可曾出战？"

国忠道："俺负保南漳存亡之责，焉能轻动？自秦逸人兵临寨外，大小三五战，咱军无不失利，昨天连斩咱悍将马天福、谢宽，刻下军中震撼，秦逸人来挑战，俺未敢轻动。"

瑞庭鼻孔中一笑道："马谢二人，军中无名。"

王国忠见瑞庭骄敌，气得不理他。突然营外鼓声如雷，兵士飞报道："秦逸人只引兵十余人挑战。"

王国忠大怒道："秦逸人引十余兵来挑战，是夸耀自己之威风，藐视咱教无人。"

突然贾瑞庭大叫道："这还了得？俺不才愿取秦逸人首级。"

王国忠方说一声"小心了"，贾瑞庭火杂杂驱出，大呼马来。左右带上马，瑞庭手中大砍刀，飞身上马，统部下杀出。

早见秦逸人一部兵士，不过十余人，一字排开。瑞庭马上瘟神爷一般，挥刀布开兵士。秦逸人步下宝剑，头上青绸包裹，用剑一指瑞庭道："你是何人？快叫王国忠来授首。"

瑞庭大怒道："贾瑞庭白教上将，特来取你首级。"说着拍马直取秦逸人。一个开山式，大刀凭空劈下。突然逸人身形一晃，竟自不见。瑞庭大刀劈空，累得往前一探身，只觉凉风一摆，自头上刷来。瑞庭吓得夹马一跃，兜转马头当儿，逸人已逐在马后。瑞庭平劈过一刀，逸人偏身闪过，顺手一个虚刺法，一连数剑，招得瑞庭大刀乱砍。逸人趁瑞庭一个长虹套月式，大刀就自己颈上刷过，逸人一滚身，自瑞庭马肚下而过。瑞庭见逸人身形如电，百忙中又不见了。兜马当儿，秦逸人自后抢上，凉渗渗的宝剑已到瑞庭脖颈上。瑞庭吓得怪叫，夹马欲走，不想秦逸人便如一贴老膏药，宝剑一总不离瑞庭颈项。瑞庭这时才知道秦逸人厉害，但已迟了，不敢再战，磕马乱跑，被秦逸人一剑取了头。这时王国忠、赵俊、萧四等悍目都在城上参阵，见瑞庭不敌逸人，赵俊、萧四、王国忠齐出，秦逸人已提了瑞庭之头去了。

王国忠忙将瑞庭骄敌阵亡之信报与小仙，小仙道："可惜勇将冷田禄降敌，不然可以敌秦逸人。"

贾一鹤道："悍将梁澄因嗜酒好杀，不得任用。现在郭德部中，何不派他敌秦逸人？"

小仙方想起。原来梁澄山东人氏，性刚跋扈，贪淫嗜酒，日不杀人便不快意。生平用一条铁杖，重六十左右，舞起来呼呼风声，一片乌云般翻卷。小仙曾选拔人才，梁澄勇冠三军。因其贪淫好酒，不能领兵，所以不能重用，只拨在大头目郭德部下，充一名头目，其实不过名目而已。他终日饮酒醉后各处胡撞，日夜纵淫，不然便须杀人玩玩，军中都讨厌他，绰号呼他魔王。

当时小仙派人去请梁澄，人返来说，梁澄不知何处去了。小仙俟傍晚又派人去，梁澄方在酒醉，拥娘儿纵淫。小仙无法，只得俟明天再说。

次日早上早已闻得战鼓随风飘来，人报王国忠兵败，折大头目赵俊、刘少臣，小仙大惊。原来秦逸人昨天斩了贾瑞庭，次日趁势起兵将瑞庭之头抓着去搦战，王国忠道："谁敢去抗秦逸人？"

诸目因贾瑞庭军中上将，还不免丢掉一颗头，出战免不得做剑下鬼，大家没有搭茬儿。王国忠大怒，亲自出战，突然赵俊与刘少臣悄悄道："秦逸人勇力过人，必须二人方能取胜，刘兄助俺如何？"

少臣以为二人夹攻，决定没闪失，于是二人随王国忠统兵杀出营外。秦逸人已布上阵，秦逸人提剑指瑞庭之头道："黑小子倔强得很，如今也丧在俺宝剑下。你等识时务早降，免遭诛戮。"

赵俊刘少臣二人一齐冲出，两匹马左右直取秦逸人。秦逸人步下见二人一色的丈八蛇矛，雪亮的矛锋一闪刺到。逸人望前一蹿，赵刘二人见逸人闪开，忙兜马挺矛赶来。逸人就二人来矛单剑一拨，双矛激开，逸人已单剑泻下雪花般锋刃，接住二人厮杀，十余合不分上下。突然秦逸人单剑一变剑法，提起轻功，但见白光翻飞，赵刘二人觉得前后左右均是逸人身影，二人长矛有些施展不得。赵俊忙兜开马，双手挺矛，趁逸人与刘少臣争战，一个毒龙出水式，蓄足气力，一矛突过。秦逸人见赵俊兜马之下，心中早有防备，忙一偏身闪过。赵俊一矛突空，明晃晃矛锋迎刘少臣刺去。少臣慌了，一带坐马哧溜一下，那矛正中马头，坐马咴的一声，人也似立起来。刘少臣从马屁股溜下。赵俊慌忙之下四顾不见逸人，忙掉矛兜马之下，只见剑影一闪，逸人已挺剑站在面前。赵俊长矛抖不开，夹马欲走，早被逸人随手一抹了账。刘少臣跌落马下，爬起来已寻不见坐马，秦逸人提了赵俊之头赶到，少臣方爬起，又被逸人用人头击倒，一剑切为两段。

双方鼓声如雷，秦逸人将剑一招，三军奋呼杀过去。王国忠、萧四等悍目且战且走，一面挥大军迎战。秦逸人见敌众，自己得胜也便不追，鸣金而去。王国忠连战均败，又折了大悍目，好不愧丧，忙报与小仙。

小仙惊愕，再招梁澄去抗秦逸人。梁澄到了，小仙说知己意，梁澄道："教主早用俺，早破襄阳。如要俺敌秦逸人，王国忠必须调回。俺有王国忠之权势兵力，方可败逸人。"

小仙没法，只得应了。贾一鹤忙道："大将勇而无谋，究竟不能成事。昔楚汉相争，汉王屡败于项羽，而垓下一战，项羽终难免一死，是有勇少谋之故。梁澄贪淫好杀，不得士心，不能与以大权，否则必败无疑。"

小仙迟疑不能决。忽报秦逸人又兵攻王国忠，请教主速设法救援。小仙急切无法，令梁澄去接替王国忠。梁澄大喜，结束起来，手握铁杖，小仙一看他高及盈丈，青色面孔，环眼帚眉，赤鼻高纵，一部络蝎须掩了血口，好不狰狞可怕。小仙道："梁教目速去抗秦逸人，俺单听捷报是了。"

梁澄道："俺不才定取秦逸人首级献于麾下。"小仙大喜，梁澄已大踏步去了。

王国忠正坚守大营，秦逸人击鼓进兵，梁澄带领部下百余人，也不晓得布阵，只吼一声冲入秦逸人阵中。逸人挥兵来救，分兵拒战。王国忠知秦逸人了得，不敢大意，只坚守不出。梁澄手挥铁杖，步下冲入敌锋中，一路乱劈盖，凶神一般。秦逸人之兵哪见过这鬼怪般人，呼一声退下，与前面兵士互相乱搅起来。亏得逸人兵士素有训练，逸人忙赶到前面，一旗紧随身后。兵士见逸人突阵，又挺刀卷回。梁澄一路只叫："哪个是秦逸人，快来与老子斗三百合！"一经望逸人大旗杀过，秦逸人一看梁澄，有第一等教目梁澄之标帜。逸人挺剑截击，截击之下，不想梁澄一概不懂什么叫阵法规律，一味蛮杀狠劈，势如疾风骤雨。手起一杖，将逸人大旗打折。这一来逸人兵望不见主将，登时失了统系，乱窜起来。

逸人大怒，叱道："黑小子，秦逸人在此！"梁澄一听凶目一闪，锐光直射。见逸人只一柄短剑，登时哈哈大笑道："秦逸人原来如此。"说着舞铁杖杀过去。逸人见梁澄小觑自己，挺剑接住梁澄。梁澄铁杖一路劈法，分八开六十四路，嗖嗖嗖一片乌云般乱卷。逸人见来势甚凶，不敢大意，又以梁澄铁杖沉重，不敢轻接其锋，只运用轻功巧技迎战。一个是势如猛虎，一个是从容不迫，直杀了百十合不分上下。

欲知二人胜负，请看下文分解。

第二十九回

王无双威震沙河
夏教目火烧正寨

　　且说梁澄秦逸人在阵上剑杖相杀，直斗了百十合不分上下。秦逸人见梁澄越杀越勇，心想以力敌绝对不可。梁澄见秦逸人居然能与自己争战，登时气得蝟须飞张，双目均赤，跳浪狂吼，一紧杖势，嗖嗖嗖杖影迷离，上下乱卷，兜了逸人剑锋。秦逸人见梁澄瘟神爷一般，百忙中怪叫狂吼，头上逆发四飞。逸人知道敌人性暴躁，于是一紧宝剑，取轻妙之功夫，故意使梁澄发怒。只见梁澄趁逸人掣剑之下，双手挺杖，望逸人当头点过。逸人一缩身形闪过来杖，不等梁澄掣杖，顺手一个顺水投梭式，右手挺剑，平削下去。只见一道白光挨梁澄之杖突过。梁澄见势只得倒退一步，眼看敌人宝剑速如流电搠到，忙将铁杖一翻，平击下来。秦逸人见梁澄铁杖沉重，不敢大意，连忙中途抽剑，梁澄大叫，顺势将铁杖一旋，一伏身一片杖影挨地平兜过去。逸人何等身手，见杖已到，一个龙门跃鲤式，凭空跃起丈余，直从梁澄头上落下。一面单剑平撑，一个白云盖顶式旋下一片剑光。梁澄正双手挺杖，着地旋过，登时不见了逸人影子，恍见白亮亮剑光一闪，已自头上削到，那剑花错落，便如雪片般溢泻，好不怕人。梁澄慌得就地一滚，双手平挺铁杖，望逸人剑锋中搅入。只闻叮当两声，逸人早已不见了。原来秦逸人之剑被梁澄铁杖激开，逸人斜刺里飞落梁澄身后。梁澄不见敌人踪影，也是一惊，惶然跳起来四顾之下，秦逸人早到身后。梁澄只略为张见逸人轻捷身形一晃，望前一蹿当儿，逸人一剑突到，哧溜一下，削在梁澄屁股上。当时梁澄怪吼一声，直跳出数丈。秦逸人风团似的逐过，梁澄忍痛回身，秦逸人已在背后。当时二人又杀作一团，直战了百十合不分上下。逸人暗惊梁澄之勇，心想以计取方可。

正这当儿，突然一声鼓角，杀声震天。逸人一看，原来王国忠统兵助梁澄，左有悍目萧四，右有王国忠。逸人部下抵之不住，纷纷溃下。王国忠马上大斫刀一招，教兵四下兜围来。逸人丢了梁澄，用剑一招，自己兵马唰啦啦扎住，双方大战一场。逸人以寡敌众，又加上梁澄一个怪魔，生恐吃亏，于是鸣金收兵。

梁澄带伤而回，好不愤恨，决心活捉秦逸人。当夜王国忠与梁澄等一干大悍目商讨来日应战之策，王国忠道："秦逸人智勇兼全，俺与他数次对阵，连败于逸人之手，所以教主派梁澄兄拒逸人。今日之战，梁兄挂彩，如此看来无人可敌逸人。于俺之计，请教主亲自督军，或可克敌。"

萧四道："不然，教主意持咱教，岂可轻动？还是使王美英邬一娘自马兰山左右动兵，攻屈伯达。只怕达败，逸人兵不敢进。"

梁澄大怒，拍案叫道："住了！俺自领命拒秦逸人，汝等皆须听俺命令。今日之战你等盲目动兵，致使俺首尾不顾而败，还敢妄议？"

王国忠怒道："俺等见你受伤才出兵，是救你之命，怎说动兵致败？"

梁澄当拒秦逸人时，曾说调回王国忠，自己统领国忠全军，贾一鹤知梁澄无谋，所以荐王国忠协助，不想梁澄不能相容。当时梁澄大怒，跳起来道："屡败之将还敢反口？"

王国忠萧四等大怒骂道："姓梁的不过郭德部下一无名细目，竟敢蔑视俺等！"

梁澄大叫"反了"，飞步跃过，铁臂一张，去抓王国忠。国忠随手抄起座椅，当梁澄头上一下。梁澄未提防，马上头角起了数个爆栗。王国忠一纵身，自方桌上跳过，萧四等一干悍目赤手去搏梁澄，登时扑通通搅作一团。梁澄身大力猛，铁臂纵横，双目均赤。诸目害怕，因之纷纷均退。早有二目被梁澄生生撕杀。

萧四王国忠等人逃入南漳，报与小仙。小仙大怒，欲捉梁澄。一鹤道："梁澄勇力过人，将来亦白教之大害。正当先除。不过刻下秦逸人一股铁军，无人可挡。教主如逼之过急，反使梁澄背反，则白教立危。不如暂缓，使梁澄心不变，力拒强敌。俟逸人败死，设计刺杀梁澄，以绝后患。"小仙大喜。

正说着梁澄派心腹到来，小仙招入，令一鹤王国忠等全都避开。梁澄使人道："梁教目与秦逸人对战受伤，所以使俺报与教主，不必担忧，来日必捉秦逸人。今日之败，乃王国忠等不服统制之故，已被梁教目逐出大营，望教主勿听信奸人之言。"

小仙道："俺已许梁教目接王国忠之军，因日来战事正急，是暂拨国忠助战。梁教目能单人拒逸人，俺已调王国忠回南漳，补梁教目旧缺，仍在郭德部下。"于是挥下使人。

梁澄听说王国忠降级，大笑道："教主深知俺英武，明日必阵擒秦逸人，以示俺勇力。"连夜调动大兵，防守要隘。

且说王国忠返回，小仙道："王教目连日劳辛，正当休养。"

王国忠道："俺拒秦逸人屡屡败阵，怎敢自居功高？"

小仙道："逸人智勇，非王教目南漳已危。俺之利用梁澄，不过暂时缓急而已。"

国忠道："同是为教务，何分彼此？不过俺以为梁澄勇力过人，智谋不足，不可付之大任。倘其失败，连带南漳危险，教主不可大意。"

小仙道："俺已调大悍目郭德为第二坚寨，以防意外。"

王国忠道："俺以为梁澄不是逸人对手，不出三日必败。俺愿领部下兄弟协助马兰山左右二寨，力攻屈伯达。伯达败，秦逸人定不敢进。俟西路大将齐林兵克光化，教主再令板桥店守将兵取张家湾。光化破，齐林必先兵压樊城，张家湾樊城为襄阳咽喉，与之存亡同命，一鼓可破。"一鹤也赞称，小仙即日派王国忠一军，赴马兰山左寨，伊大山、王美英、萧四一军协助右寨，龙祥邹一娘二路兵取正寨。

屈伯达见白教兵大数聚此，知有夺正寨之意，同时得到秦逸人书，知道步步得利。屈伯达登时明白白教用意，是攻正寨以胁秦逸人。于是拨聚兵马坚守大寨，任左右寨急力攻打，只不出兵。只用木石毒弩以高临下，因之左右大军竟未得手。

再说秦逸人与梁澄接战，见他蛮勇过人，自己细细一想，梁澄之勇难以力取，来日再战，引他跳浪力竭，再奇招诛杀。于是连夜派人下战书，约明天对阵，梁澄大喜。

次日清晨，两军齐聚，擂鼓对阵。逸人步下倒提宝剑出阵，叫道："梁教目快来答话！"

梁澄气昂昂闪出，用杖一指逸人道："你小小身量，不经俺一杖。何不早降？"

逸人笑道："黑小子，逸人虽身长不及五尺，却浑身均是功夫。你长及丈，一身臭肉。刻下大兵已到，不日踏平白教，你还敢张致？"

梁澄大怒，挺杖直取秦逸人。秦逸人见挑怒梁澄，忙后退一步。梁澄铁杖已到，逸人一闪身躲过，滴溜溜一转，身形已然不见。梁澄惶然之下，只将杖一旋，正逢逸人一剑突到，当啷一声激开。逸人后退之下，梁澄已吼一声逐过，大叫"秦逸人休走"，一路杖影旋过。逸人见梁澄已至，虚晃一剑侧身便走，二人来来往往战了百十合，逸人运用轻功，引得梁澄追逐奔走，一条杖沉重异常，呼呼一片乌云般翻卷。二人杀了半日，梁澄手法疏了，臭汗满头。

逸人见是时候，霍地一变剑法，恍如五六个人影，围了梁澄乱转，剑花水晶漫泻般洒下。梁澄双目迷离，视觉不清，只见秦逸人趁梁澄一个怪蟒盘崖式一杖当头平旋劈下来，忙一伏身闪过，就地一滚，一个结草式，明晃晃剑锋搠到。梁澄一跃当儿，逸人已一滚身，自梁澄足下滚过。梁澄望前一蹿，觉得逸人在背后长啸一声，逸人啪一脚踢在梁澄背上，梁澄跄跄望前便倒。梁澄单杖一撑止步，气得哇哇怪叫，反身一个鞘里藏锋式，平突一杖，乌油油地直奔逸人。逸人正飞步仗剑赶到，收不住足式，忙一矬身，一个金丝缠腕，挨杖飞起。雪亮的宝剑哧一声削过去。梁澄慌得乱闪，无奈逸人便如粘在自己身上一般。梁澄忙双手一扔铁杖，扔上半空。逸人正身挨铁杖飞起，梁澄观准逸人落势，飞起一脚便踢。若论这一招非常了得，只敌人稍一含糊，登时踢死。不想逸人一个随风飘絮式，斜刺里飞落。梁澄当啷一声正踢在铁杖上，马上一足挫回，跄跄便倒。梁澄见逸人已到面前，登时惶惶之下，狠命地连跃两跃想跑，被逸人赶到，趁跃式一剑贯透咽喉，手舞足蹈死掉。

逸人趁势宝剑一招，部下兵士喊一声鼓声惊天，排山倒海般突破白教坚阵。白教徒见梁澄鬼怪般悍勇，还不免在逸人剑下一死，吓得不敢抵抗，决河流般地溃走。逸人追杀一阵，夺了梁澄大寨。这一来逸人威名大震，白教徒提起秦逸人都脑浆痛。

小仙得报梁澄败死，惶然失措。亏得大悍目郭德早有防备，秦逸人方未得逞。贾一鹤素日以智囊自居，这时竟无计可施。除了飞调大悍目黎见忠、吴长才、陶六、纪小天、沙飞龙等人去拒秦逸人，又派三十快船自蛮水援龚冷斋，使冷斋分兵入张家湾，则可缓逸人之势。一面下令，各路兵

376

马大举进攻敌军，以灭官军之威力。

且说龚冷斋自取得九道湾，将九港合并了，筑成一道连络的坚长壁垒，直如铁壁铜墙。本想完成九道湾之后，便着手夺坝口，不想张家湾名将张良自失九道湾，深有戒心，知道坝口关系全军兴亡，先着猛将斐起把守。斐起深通水性，就坝口扎兵，欲水淹九道湾。又恐危及张家湾，因此未动手。冷斋生恐被淹，两夺坝口，均被斐起杀败，活捉教目尹向山，杵劈刘班、苟全义。冷斋见斐起了得，只好听命。好在九道湾与张家湾接近，虽高下悬殊，但所差无几，张良恐投鼠忌器，也不致决坝口。况又据报老英雄耿吟秋拒守沙河镇，每日击鼓操军，颇有乘虚取板桥店之势。因之冷斋也不敢大军离开板桥店，只与吟秋张良之军成为鼎足之势，互不相下，彼此戒备。

这次又得小仙命令攻取张家湾，并拨到大战船三十只。冷斋心想，上次俺计夺九港成功，得教主援军，如大将黎坤、柳方珍统领，今守九道湾，便是此二人。如今三十只大船可分拒耿吟秋，板桥店便无后顾之忧。

且说小仙新派下三十只大船，领兵大将朱芝、伍保印、狄左循，统兵五百，被冷斋拨拒耿吟秋，沿沙河排下，与吟秋水兵相对，只青沙河相隔。

耿吟秋守沙河镇，本是为牵制冷斋，见冷斋居然布下大军，显见得冷斋有取张家湾之心，于是按兵不动。果然过了两日，白教大目朱芝、伍保印二人统兵来攻。耿吟秋水兵大将王无双、郑雄都是江湖老英雄。无双善用双锤，有万夫不当之勇，平生习得一绝技，便是飞锤，其形如流星，百步外百发百中。郑雄善使双枪，绰号双头蛇，尤其厉害。

当时二人见冷斋拨派大军，有与沙河镇为难之势。郑雄道："沙河镇要隘，王兄怎个计较？"

无双又寻思道："冷斋新来大军，人心未定，出其不意，可以攻灭。"

二人计妥，忽吟秋差人来下书，二人得书一看，乃是说冷斋此路兵马乃是阻止沙河镇水兵，其目的是攻张家湾。如其来袭，不必出战，可于其造港时破之。只此路攻破，冷斋即不敢动兵。二将如命。

果然朱伍二目到沙河，统兵先攻敌阵，王郑二人将战船排成半圈式，不鸣军鼓，朱伍二人不敢进兵。细探望一会儿，不见敌兵大部，方呐喊猛突。双方接近了，王无双一声号令，舱内伏兵齐起，万弩如蝗飞起，便如急雨盖下。朱伍二人抵挡不住，急急回船。折兵百余人，败回本寨，王郑二人只按兵不动。次日探子飞报到，原来龚冷斋已亲统大兵取张家湾，与钟武杰、李柱交战，不见上下。吟秋又派人促王郑二将火速兵攻沙河对岸，郑、王得令，次日傍晚时分，饱食兵士，预备一应之物，二更时分火杂杂起兵三百人、大战船二十只，直取朱芝大港。王无双与郑雄二人分兵，每人统十只大船，自左右袭攻。朱芝、伍保印自攻王无双未得手回去，将三十只大船分为前后两部，朱芝居后部，沿堤排下，伍保印狄左循二人领大船二十只为前部，就一处芦荻深处作为基地。二人又分左右，自谓得意，不想这日王郑二人夜袭将来，那一望无碍的长芦港，顷刻被火光照得通红，一阵阵哭叫之声随风徐来。

原来王无双郑雄二人左右二路攻去，是夜月明星稀，风轻浪静。王无双先派下数个精哨，泅水而下，随后王郑之兵悄悄袭去。一会儿哨兵报道，前面深芦中似有伏兵。王、郑止住船头，竟不敢前进了。王无双亲自驾了一艇快舟去探望究竟，见一部长芦丛生，便如一壁长堤一般，周行一圈，发现敌军蔽在芦后，分南北排下。王无双登时大喜，心想无论敌兵是否伏兵，只其地利不当。想着返回，催军火速左右攻上。无双在右，郑雄在左，两路大兵到了芦荻洲，一声号炮，飞下半天。两路兵士呐喊，撑船便冲。伍保印狄左循二人不及提防，又不知敌人多少，抵挡不住，二十只大船混在中军不能冲突。敌兵一色长枪，杀得教徒鬼叫。无双又在芦荻深处纵火焚烧，长芦着火，一片红光接天，浓烟笼罩下，纵横飞突出万道金蛇，好不怕人。教徒吓得不敢再战，狠命地突开一条路，望后溃退，死伤过半。

无双正逢狄左循驾了一只大船自芦荻深处溃出，船尾已然燃着火，不住地吐出浓烟。无双大叫："逆贼还逃到哪里去！"狄左循手中一柄厚背刀，大骂王无双。无双叫水手撑船追下，左循走不脱，反船来战。突然突突突自战船甲板边喷出浓烟，紫红色的火光已烧到左循脚下。这一来左循方慌了手脚，见无双之船到，不管好歹，一踊身跳上。无双大船船上兵士见左循跳过，长枪一齐搠到了。好狄左循手中厚背刀一旋，铮铮几声，兵士长枪拨开，赶进一步，雪亮大刀一抹，三五水兵肉头飞滚。无双大怒，抢开一双铁锤杀过，左循生死关头切齿狠斗，二人杀了二十余合，不见上下。

无双趁左循一刀刺来，偏身一闪，双锤分处，一个双龙出水式，乌油油双锤左右击过。左循望后一退步，轻轻闪过，不想无双双锤一翻，进一步一个疾风扫叶式，着地旋过。左循一跃，落在无双身后，右手厚背刀猛力一个霹雳击顶式。无双百忙中不见了左循，反臂一锤，只闻当啷一声，火光四溅，左循见刀翻着个儿飞落河中。左循之刀被锤磕飞，慌得回头便走，绕船想拔刀再战。无双自后落了一飞锤，打在左循身上，左循趔趄趄趄跌倒，口吐鲜血昏过去，被无双活捉了。

这时郑雄杀败伍保印，纵火火毁白教战船，斩获二百余人。伍保印不敢再战，落荒逃走。只统了三五只大船，望后部乱撞将去。后部大将朱芝原是水盗出身，善用单刀，勇力过人。这夜梦中惊觉，踱在船头望见一片火光，直冲霄汉。那浓白的烟丝挨河面涌来，一片喊杀声震撼沙河。朱芝大惊之下，急掉兵马去救。十只大船未出港，突闻一声乱吼，早有三五只大船斜刺突来。朱芝不知是自家之船，挥船来战。那来船速猛异常，横冲直撞过来，砰的一声，将排开之船撞翻。虽然来船一同沉没，可是朱芝阵式突破，登时余船衔尾冲入，双方乱杀一阵。朱芝单刀杀到，正逢伍保印，方知是自家战船。

保印叫道："了不得，前部被敌人焚毁大港，大将狄左循败死，刻下敌将王无双、郑雄两路攻到，速做准备。"

正这当儿，突然一声鼓角，随后逐到十数只大船。月光之下，可不正是官军？当头大将郑雄，手中一双铁枪，舞着突过。白教徒惶然之下，数只船未及列开，已被郑雄突破，纵横乱搅，郑雄趁势攻上。朱芝大怒，亮晶晶单刀拨开来枪，与郑雄交起手来。保印手中一条索鞭，哗啦啦一抖，赶来助战。突然斜刺里又突然冲过一部战船，当头领兵大将王无双，一双铁锤，蝌须如戟，闪电般目光注过来，突然一挥铁锤，部下合围，兵士长枪麻林船刺到。无双舞锤直取保印，保印素知无双之勇，抡鞭接战。

二人打了三五照面，无双性起，一纵身跳过伍保印船上。保印后中索鞭一拽，望前一跃，反身再战。无双铁锤如风，上下飞卷，保印一鞭点到，无双偏身一闪，左锤轻轻一拨，保印之鞭登时注空。无双迈进一步，右锤迎头打下。保印闪之不及，忙一缩身形，双足一蹬，一个青蛙蹬波式，嗦一声自无双胁下跃过，返身抖鞭，拦无双之腰裹来。无双何等身手，忙望前一跃，就势反手一锤。保印正因无双闪开，中途掣鞭，一个毒龙出水式，平注过来，那雪亮的鞭头便如一颗毒蛇之头，正逢无双之锤，锵然一声，马上挫回来。那九截索儿哗啦一声响之下，鞭锋顷刻反卷回来。保印惶然之下，猛然一拽索鞭，险一些注在自己身上。保印不由慌了手脚，鞭法错乱了。无双趁势双狂齐上，保印抵之不住，步步后退。见无双双锤左右打下，忙用了一个虚击法，意思先退无双之锤。无双见索鞭一道长蛇般突到自己顶门，双锤连忙掣回，保印之鞭却中途抽回，半月式兜下去，一个疾风扫叶式，无双跰足跳起，径直飞过保印之头上，落在背后。保印觉得自己一击至少兜翻无双，想不到无双闪开，四顾之下，空觉一阵冷风，忙一缩头当儿，无双右手铁锤猛力击下，啪嚓一声，保印一颗头连骨屑都无，死于船上。

无双打死保印，挥船合围，将朱芝之兵困在垓心。朱芝与郑雄二人刀枪杀了十余合，朱芝一柄单刀上下翻飞，便如拨倒水晶盆般泻下银光，兜住郑雄双枪。杀了十余合，郑雄双枪一拧，跳起丈八高，一个双龙出水式，双枪如电，左右突过。朱芝忙一矬身形，单刀一旋，叮当磕开来枪，反身一个鞘里藏锋式，平突过一刀。郑雄掉枪来拨，朱芝却中途掣刀，一个连环急刺法，一刀搠在郑雄腿上。郑雄一歪身，怪叫跳出丈余，登时震怒，切齿挺双枪抢过，一路鲜血淋淋，突突突双枪明晃晃梨花着雨般漫泻。

朱芝再战当儿，只见四面敌船呐喊围来，一色的长枪突搠，自家兵士成排地倒下。早见群兵合围中，一员大将大叫杀来。朱芝一看，来将正是猛将王无双，忙丢了郑雄，挥刀一招，调开自己战船，平排下阻住来船。无双愤怒之下，双锤使泼，驾一只大船乱冲乱突。朱芝见大势已去，兵无斗志，早纷纷跳水逃走。无双飞船赶过，朱芝正去了郑雄，又被王无双截住去路。郑雄自后夹攻，朱芝大败，舞刀冲战。朱芝逃不脱，绕船逃走，隔着无双之船，望自家船上一跃而过。不过朱芝之船自后想走，朱芝一越未及，落在无双船头，扑地跌翻。

无双火速赶捉，朱芝拽了刀一滚，扑通落水。郑雄望见，一个猛子扎入水中去捉。朱芝自水中泅上水面，回顾见郑雄正拔出鬼头刀，双目乱瞅。朱芝悄悄缩入水中，一连两蹬，直到郑雄身后，平挺鬼头刀突过。不想郑雄正离开原位，朱芝一刀突空。郑雄张见水面一旋，直望前面旋卷将去。久在水中人都有一番经验，凡水中有人，水面必水纹旋绕，变成凹状。当时郑雄望见，知道水中有人，望旋凹处一刀搠过，突然一片殷红直翻上水面，一丝丝的红血流出丈余。水中朱芝被猛然突来一刀，正中颊上，连两颗牙齿刺落，痛得踊身蹿出水面，与郑雄接近，狠命一刀。郑雄吓了一跳，一刀突到，连左耳肩臂削落一片。二将带伤在水中浴血狠斗，十余合不分上下。

这时白教徒被杀一空，战船都被王无双夺了，许多官兵扑通通跳下水，一色的长枪乱扎乱戳。朱芝抵挡不住，一个猛子逃走，不想着沉船中碰在头上，碰得脑浆进流，浮上尸来。郑雄中伤，无双先派船送入沙河镇调养。耿吟秋得了捷报，又派大将李望、窦杏春二人去助王无双。

且说王无双得胜，立刻兵夺白教大港，将沙河两岸全占，一望板桥店遥遥相对。王无双一看夺了沙河，大可威胁板桥店，于是与吟秋书，请精兵扼守沙河两岸，监视龚冷斋行动。耿吟秋果然又派一部人马，拒守沙河。

龚冷斋自得小仙攻张家湾令，一面分兵拒王无双，一面亲自督兵入九道湾，与大将黎坤、柳方珍二人攻打张家湾。冷斋知坝口守将斐起拒守隘要，不敢动兵，如决坝口必致投鼠忌器。于是冷斋大举兵攻张家湾。张良新造大港，守港猛将钟武杰、李柱二将，得报立调大战船五十只应战，龚冷斋本想这一战定攻下张家湾，不想突然快报报到，沙河大将朱芝全军覆没，冷惊得跳起来，拍膝道："朱芝久督大军，竟迷糊至此。兵挨芦荻扎营，是给敌人火攻之隙。其败死固宜，沙河既失，板桥店咽喉闭塞，敌人可直接攻俺大寨。板桥店如失，南漳立溃。"说着大汗满头，珍珠粒般滚下。

突然咚咚咚一阵鼓角，人报清兵大将钟武杰亲统大兵搦战。冷斋面色立变，青黄不定。突然站起，立招诸将道："沙河失守，不过颗粒小疾，且俺大军不日夺得敌港，回兵之势，锐气即克沙河。今敌来挑战，正要趁势挫敌。"

诸将见冷斋说得有理，心知沙河重地失守，却以为冷斋用兵如神，必有决胜之策。诸将不由奋然待战，冷斋升帐发令，令张三立、毛承祖二悍目统精兵三百，驾大船三十只正面迎战。又发林豹林虎二人，分两路自左右抄过长芦港，威胁武杰后阵。冷斋自己与诸将守九道湾，观势策应。

命令发出，冷斋静候消息。只闻鼓声震天，早有人报道：钟武杰白杆挑死悍目吴大受、单雄。冷斋大惊道:"武杰英勇。"于是派猛将黄抚元去助战。

这黄抚元生得身高盈丈,紫膛脸,善用双索鞭,勇力过人。当时领命而去,正逢张三立、毛承祖二人双战武杰不胜,黄抚元大叫替回张毛二人,与武杰争杀。冷斋听得鼓声一声声地紧起来,冷斋立调大兵备好战船,诸将问冷斋调兵何用,冷斋道:"武杰必然兵退,可力攻挫其兵威。"

正在鼓声震天之际,突然鼓声错落,冷斋统兵杀出港口,正见武杰丢了黄抚元鸣金而去。冷斋大叫道:"钟武杰你兵退须瞒不得俺。"说着大船横冲过去。

武杰心慌,原来武杰正与黄抚元杀得难分难解,后阵乱起来,却是林氏兄弟杀到。武杰忙分兵拒敌,生恐失利,鸣金收兵之下,冷斋早算计着了,一阵杀败武杰。亏得李柱统后与诸将来助,救回武杰,杀到天明方始收兵。

冷斋兵入大港,吩咐黎坤柳方珍二将加意防守武杰,不出二日,武杰必大举攻九道湾。二将得令,加意防守。当时冷斋悄悄收兵返板桥店,诸将心中疑惑,冷斋道:"沙河自朱芝等败死,耿吟秋必一面扼沙河,一面兵攻板桥店。俺大兵在外,板桥店立危。俺之激励将士,是先挫武杰,然后退兵,使武杰不敢追。即使耿吟秋沙河战大捷,武杰得报必再攻九道湾。可时俺已令黎柳二将加防,是以俺方敢返板桥店。"

冷斋到板桥店,果然耿吟秋大将王无双兵攻板桥店,白教守将岳仲兰、苟忠抵之不住,正在危急,亏得冷斋赶到,王无双见救兵到,不战而去。

且说钟武杰探得冷斋兵回板桥店,正摸头不着,耿吟秋派人到来,令钟武杰力攻九道湾,使冷斋不得回顾。王无双可夺下板桥店,使白教成瓮中之鳖。武杰顿足叫道:"俺师之计可惜稍晚,不然冷斋必死。"于是又力攻九道湾。而黎坤柳方珍二人防守至严,又有九港坚堤被龚冷斋利用,伏下强弓毒弩,一阵射退武杰。钟武杰只得按兵。

且说张小仙想令冷斋攻张家湾,可退秦逸人、屈伯达之兵。不想冷斋不但未得手,反失了沙河,丧大悍目朱芝等人。小仙越慌了。连日郭德与秦逸人大战不利,亏得郭德双斧了得,与悍目吴长才、范江协力抵住秦逸人,贾一鹤只连促马兰山口左右二寨兵马,力攻正寨。

且说屈伯达自占了正寨，立斩田成印，与秦逸人威震白教，教徒丧胆，只是据住正寨。左右都有白教徒重兵把守，虽双方见了阵，不见胜负。屈伯达知已前进不得，也不去攻，只单等机会。不想白教连添大悍目数个，便那多谋善战的王美英、邬一娘都拨守马兰山。因此伯达一点儿不敢疏忽。俟得秦逸人捷报，本想进兵，白教又派王国忠、萧四来助伊大山龙祥。屈伯达处在左右二敌寨中，哪敢进兵？只报秦逸人，令其急攻，自己死守。一面差人入襄阳马总镇处请兵，后自己与秦逸人伺机统兵深入。伯达派下人去了，左右白教兵一齐发作了，连日力攻。好在伯达以高临下，坚守壁垒，白教攻打不下。

　　这日邬一娘献计道："俺观屈伯达兵精将勇，又有壁垒之固，以高临下，决难力取。且秦逸人节节胜战，无人可当。故此教主促战是缓逸人之攻。如此久延，郭德不利，南漳立危。"

　　王美英道："不如分此路之兵去拒秦逸人，则二路之兵应付得当。"

　　一娘摇手道："林嫂说得虽有理，不过彼此拒守，襄阳无日可下。咱教偏安一隅，焉能成事？不若速战而号召力强。如今之计，必先退东西二路强敌，然后复夺四重镇。"

　　美英道："秦逸人之兵有进无退，屈伯达之兵坚守未动，颇有伺机之势，如何退得？"

　　一娘道："欲破伯达，必如此如此。"于是一说计划，大家大喜。

　　原来一娘之计是派人趁夜登山伏下，当正寨之后，古木参天，一壁垂崖，天然绝地。自田成印守正寨，便在后寨布设卡房，利用其地势之险。当伯达占有正寨，左右邀击二偏寨，因此在后寨设有碉楼重卡。邬一娘计焚后寨，左右兵袭正寨可破。大家依计。

　　一娘派丈夫夏江统部下精兵二百，劲装佩短刀，携带火种，连夜上山。白教以为多日未曾会师，趁此锐气，定然突破正寨。于是右寨伊大山与王美英、王国忠，左寨龙祥、萧四、邬一娘，大整兵马，预备动手。夏江亲自统二百精兵，连夜掩至垂崖。兵士满带铁索鸡爪，以备攀登。伏在森林中。

　　次日之夜，夏江自己寻思，自愧所向无功，今番必自己亲自指挥，以免误事。这日傍晚，夏江一干人把出干粮吃了，夏江四顾山色苍茫，如盖了一层薄雾。已至黄昏时候，一抹斜阳半落坠远远山峰下，丹霞飞舞，野禽齐飞。晚风起处，吹落太阳，东方又送上一轮明月。夏江好不爽快，亲自悄悄去后寨张望，只见一片阴森森树木遮蔽天日，从枝柯交叉之隙透出月色。仰望便如满天小星一般。夏江徘徊一番，不敢深入。倾耳听了一会儿，没有动静，于是又向前行。出了一带森林，夏江不由疑心，想了一会儿，不得主意。想再深入张望，又恐遭人毒手。突然心中一动，暗道：是了，清将用兵惯多妙计，如俺马兰山之败，不是受了敌计的吗？如今有了，咱既奉命火攻后寨，管他有人没人，烧他娘的是正经。啊哟哟，不妥不妥，如一把火烧光大寨，千百清兵生灵全付一炬，可怜得很。那么俺便焚着长林，吓他一场也便是了。

夏江生平好心眼儿，返来立命兵士纵火烧林。小头目道："咱兵攻正寨，怎尽管烧起林子呢？如火势烧将来，连咱都火葬了。"

夏江大怒道："谁敢不遵命？俺看一把火烧光正寨，屈伯达之兵一个也逃不脱，委实可怜得很。如此吓吓他们也即是了。"

小头目知夏江素日懦弱心慈，只好纵火焚着长林。一刻火势猛烈，烧得噼啪乱响，浓烟接天，延山流走，掩盖了去路。火势过猛，只噗噗喷吐，红光时隐时现，延山烧得好不凶猛。夏江这时方慌了手脚，急领兵后退当儿，那火真也无恨，竟迅速地兜烧下来，兵士已被浓烟蒙蔽，乱磕乱撞，一个个烤得头焦发卷。火势越扩大，兵士越挤作一团，夏江一看势不佳慌了，望后冲火路直退下去，只听乱叫乱哭，扑通通从悬崖上直滚将下去。兵士被烧没法，有的攀葛而下，有的滚身不要命，直滚下去。夏江胆小，慌得四顾怪叫。眼看火烧到，狠命地切齿跳下，在半空中直翻筋斗，一阵昏眩，似乎觉得砰一声，不知落在什么所在。见一片乌云低垂，许多神人在乱云中瞅着自己笑道："白莲教本是不正道，不过白教徒误解了替天行道，刻下清祚正盛，白教疮痛之患，九年扫清，速醒速醒。"

夏江看了不敢动，一会儿神人不见了，只觉得身上一阵针刺般痛，啊哟了一声，张目一看，数个教徒架了自己，旁边邬一娘哭倒。夏江愕然之下，四顾不知所以，细细一想，自是奉命火烧后寨，自己从高山跳下，竟落在软蓬蓬的藤丛中。回想以前完全是一个大梦，越想越奇。

邬一娘抆泪道："谢天谢地，俺当你死了。"

这时夏江方觉得身一处处刺痛，一娘道："刻下左右二峰，兵拒马兰山口，伊大山萧四二人赶下伯达去了。"

夏江一问，原来夏江放起火来，左右二寨兵马齐出，呼一声攻上正寨。只见后寨火光烛天，并不见敌人抵抗应战，因此二路兵直突入山寨，哪有什么敌兵，却是个空寨。先锋军王美英、邬一娘二人大叫："退兵！咱中敌人之计！"兵士后退之下，后面兵士趁锐只记下挤，打了个大团，互相红着怪眼，白刃扑哧哧相敬起来。王邬二人见势不佳，只好纵马冲入中寨，仍空虚虚，连一切军需都没有了。二人猜不透，伊大山、龙祥等赶到，萧四叫道："前寨一带老树都砍倒了，想是伯达已逃走。"美英方悟，不费一刀一枪得了正寨。

但伯达为何逃离正寨，诸目不由纳闷儿。美英道："伯达善于用兵，怕不是诱敌之计？赶快分兵拒守大寨。"

于是火杂杂分兵，四下守住大寨。这时三更将尽，后寨一片火光烛天，浓烟掩蔽正寨，直漫焚下来。后寨白教兵发焦胡卷，呐喊后退。风急火烈，顷刻烧了半壁大寨。伊大山等大叫不好，邬一娘道："倘敌人来袭怎好？火速退兵。"

前寨兵士又呼啦啦退下去，后寨兵士被火烧得情急，抱头狂跳乱钻，望人多之处跑去。这一来不好了，兵士延烧着了。直到天明，兵士退下，死伤千来人。虽夺了正寨，竟被无情的火一下子焚光，天明犹延烧不已。白教徒分兵先拒守左右寨，以防敌人。

突快探报道："夜里有一彪人马抄过前寨，望襄阳而去，正是屈伯达。"

白教悍目一齐愕然，龙祥道："日前得报，齐林西路兵节节胜利，想是襄阳危急，故此去了。"

伊大山大叫："追他娘的！"

美英道："伯达兵精将勇，此去必有防备，不可追赶。"

大山大怒道："俺拒守右寨，威震马兰山，齐嫂儿怎藐视起俺来？"立点兵马，与萧四火杂杂兵出马兰山口，迤逦追下去。

且说邬一娘兵驻左寨，半晌方见夏江兵士灰头火燎跑回，大叫："不好了，夏爷兵攻后寨，火焚长林，延烧起来，连自己兵马都烧化在内了。"

邬一娘掩面大哭道："可怜，数百人马都送在俺手里了。"于是统了数十教徒去后寨寻夏江之尸。夏江却卧在许多山藤交生之软蓬上，邬一娘过去一看，夏江身带许多伤，一命呜呼了。邬一娘大哭，教徒将夏江扶下，却有呼吸，一点点醒过。

当时一娘说罢，夏江叹道："俺一生懦弱，委实经不得吓了。咱俩得走清秋大路是正经。"

邬一娘和夏江落魄栖在白教，已是勉强，当时恐兵士走漏风声，挑眉叱道："休说不争气的话，不受折磨不为才俊。"

夏江听一娘呵斥，低头叹息。回忆梦境，分明是神人指示迷途。心中暗想道：俺之入白教迫不得已，谁愿背反朝廷，万人啐骂？谅俺一介平民，胡闹什么？俟有机会，俺夫妇避开白教，一生做个庄稼户足了。

一路不悦返回，正逢伊大山马上倒拽开山大斧，浑身浴血，嘴角上一处箭伤，鲜血淋在战袍，虬髯飞张，挥军去了。伊大山见了诸目愤然道："屈伯达伏兵击断二路联络，是以败北。刻下萧四阵亡，损兵百余人。如今再追，定破屈伯达。"

正说着，南漳派人到来，兵士引入，却是贾一鹤。诸目连忙迎出。一鹤与大家见了，诸目道："贾兄何来？"

一鹤道："俺奉教主之命，来观马兰山形势，以备决胜算。"

龙祥道："刻下已夺得正寨。"

一鹤拍手笑道："襄阳危亡在即，是以屈伯达弃守正寨。"

诸目愕然道："贾兄怎知伯达退走？"

一鹤道："昨天秦逸人兵败大悍目郭德，剑劈大悍目邵冲、徐建业，正在兵迫南漳城池。突然一夜不战兵退，过马兰山而去。教主也未敢追赶，连忙将俺请去。俺认为马君起一定受齐林威胁，先撤兵而去。所以俺来此，一面观战，或伯达同撤兵，便就此布下阵地。伯达果然去了。"

当时一鹤住龙祥大寨，次日分拨大兵出马兰山口，筑起大寨，一面在正寨扎兵，只等襄阳危急，马上兵袭四重镇，使马君起不得兼顾。王国忠兵驻前寨马兰山口五六里外，背山造营，伊大山窦保二人防山口正寨扎下两路大兵。一鹤方去了，与王美英、邬一娘等归南漳。正逢板桥店龚冷斋差人报到，知冷斋取张家湾未得手，反失了沙河，折大将朱芝等。小仙升帐，忙招诸将商议。一鹤等正赶到，小仙皱眉不悦，见一鹤等返来说知一切，小仙以少了东西两路强兵压境，心中宽得多。

一鹤见帐下许多悍目排下，有大悍目郭德、沙飞龙、吴长才、陶六、纪小天、黎见忠、萧三等，邬一娘、王美英二人站在小仙身边。小仙道：

386

"刻下白教连战不利，所幸齐林一军得手，不然南漳危亡。刻下板桥店受沙河敌将王无双、郑雄二人威胁，不敢妄动，诸位有何计策？"

诸将未言，郭德道："教主俺看马君起兵力聚中侧边，教主何不统大军突袭四重镇？一鼓可得襄阳。"

沙飞龙等一班猛将没什么计较，均都道好。小仙目视一鹤，一鹤燕尾小胡动了动，想说什么，又未说出。一娘道："郭兄说得虽也有理，如教主孤军直入，怕不受敌人包围？"

一鹤拍手道："着啊！俺也是这个道理。四外是敌军，咱兵直入，是自投牢笼，如何使得？"

郭德一想也对，只口不肯认错，顿时瞪目道："贾兄你说怎样？"

一鹤道："依俺之计，且不动兵。俟齐林捷报到来，各路兵马并进，一鼓可以克敌。"

郭德大怒道："秦逸人兵临城下，贾兄为何不筹克敌之计？"

一鹤正色道："运筹均在俺身上，斗阵全赖诸将军。再说此时非前可比，如得齐林捷报，则君起前后受敌。俺以两路夹击无不操胜算。"

郭德大怒，指一鹤道："俺身为大将，东挡西杀，你坐谈胜负，焉敢争执？"

小仙喝退郭德，一鹤叹道："白教内部不齐，恐于军不利。"夏江委在人后，摇头咋舌不迭。

次日郭德请令兵取四镇，小仙不许。一鹤道："郭德刚愎，必使挫折方悟。"

小仙恐郭德败了，于是拨大目黎见忠、沙飞龙、吴长才助战清兵五千人，即日动兵。美英一娘知道，埋怨一鹤不阻止，一鹤叹道："白教兴起，久不得志，均内部不睦之害。是以马君起以襄阳孤军，而能克敌。俺何尝不愿言语劝说？"一娘美英慨叹而去。

且说夏江自梦神指示，心中大有恶视白教之慨。这日见郭德使气，又与夏江一个仇视。当时夏江悄悄告知一娘自己火攻正寨之奇遇，一娘安慰夏江道："俺何尝不知白教背反朝廷？俺抱定既来之则安之，是以迟延至此未去。俺看白教刻下淫乱更甚，想俟过些时，伺机而动。"

夏江道："俺委实仇视白教，日后得脱身，愿为庄农，能使咱俩白头偕老，于心已足。你切莫持迷。"一娘应了。

过了几日，郭德捷报到来。原来郭德提大军直出马兰山口，五千大兵分作两路。郭德领一部取荆花坞，大将黎见忠统一部取牛角坪，两路兵下去，漫山尽是白绫包头的白教徒。旌旗蔽空，刀光映目。这时屈伯通镇守张坨庄，早已得报，忙派千总富占魁统兵横断了与牛角坪的通行大路，又嘱诸将好生守庄，自己去牛角坪助战。守牛角坪大将蓝月为人高傲，目中无人。当伯通守襄阳时，蓝月曾违令兵败，致冷田禄攻入，屈伯通未深究。这次伯通到了牛角坪，蓝月笑道："屈兄赶来做甚?"

伯通道："刻下白教大兵五千号称一万来攻，可曾得报?"

蓝月愕然失措，突然兵士飞报道："荆花坞派人到来。"蓝月大叫招入，来人道："俺是翁豹部下兵士，因为白教分兵两路袭来，大悍目郭德取荆花坞，黎见忠取牛角坪。速做准备。"

蓝月慌了道："怎不见探子来报呢?"

伯通道："西路有俺派下千总富占魁统兵把守，切断西窥之路，鹤观白教来势，计划是先破牛角坪、荆花坞，然后分兵三路，东拒沙河镇，西挡张坨庄，大兵深入而取襄阳。"

于是挥下来人，嘱咐报与荆花坞守将翁豹不可大意，切不可轻敌。只暂取固守，俟与沙河镇兵取得联络，然后兜攻白教。来人返回，报与翁豹。翁豹忙招部下大小将士道："刻下白教兵到，乃是孤注一掷之势，不可轻敌。只各守要隘，出战者斩首，疏防者斩首。然后听俺命令，决定攻守之策。"诸将应诺，一齐统兵防敌。

翁豹又差人悄悄告知伯通，蓝月为人刚愎，不服人言，必然防备。伯通笑道："请翁兄放心就是，伯通早已深知蓝月素好大言，不堪重任，是以赶来来助守牛角坪。"来人去了告知翁豹，翁豹方放心了。

且说蓝月。自伯通计捉白教首逆张邦才，白教攻襄阳时，蓝月轻敌，被屈伯通呵斥几句，那时马君起将虎符给伯通掌了，谁敢作声? 只求得保住首级，便是幸中之幸。伯通因蓝月争功，幸北关未失守，也未深究，蓝月反认为伯通不能正军威，非大将之才。这次伯通来牛角坪，蓝月便不高兴了。好在马君起假与伯通兵权，统系四镇之兵，蓝月也不敢言了。

次日白教兵到，蓝月派下探子连连报道："白教大悍目黎见忠、沙飞龙统精兵号称五千，已临黄土坡，有驻扎之势。"

伯通道："黄土坡乃是马兰山对立之牛角坪屏障，为教匪占有，是绝咱出入门户，不可不夺。"

蓝月心中盘算，暗道：黄土坡兵家必夺之地，挨近黄土坡两旁有青龙沟，可伏兵千余。俺何不趁此夺得首功，傲笑伯通一场？想着道："白教兵精将勇，不过远途跋涉，尚无立足之地，必趁势出奇兵攻打，白教锐气既挫，难再崛起，趁势东击郭德必胜无疑。"

伯通一听正合意。蓝月自请领本部袭黎见忠。伯通摇首道："黎见忠白教勇将，知兵善战。况兵多咱数倍，不可轻敌。"

蓝月大怒叫道："俺虽无能，不败白教愿纳首级。"

伯通仍摇首不迭，蓝月叫道："兵贵神速，焉能迟迟至此？"

伯通道："俺们兵微将寡，兵不必胜不动，是以必求万全之策。"

蓝月道："不操胜算焉敢以首级做儿戏？"伯通方许可。

蓝月当日引兵出牛角坪，蓝月深明地理，距黄土坡三五里远，便将兵分作两路，自己引一路投黄土坡西路，把总尤金镖取东路。那黄土坡是一带高阜，南有马兰山。自马兰山北行通青龙沟的石桥，便是黄土坡。那青龙沟半月式兜围黄土坡，中有青龙桥，便是通行大路。黄土坡高原南路雨水均聚青龙沟中，因之兜黄土坡一带长芦，阴森森廿余里远近。当白教未作乱时，青龙沟便是盗会之地，行旅视为绝境，等闲不敢涉足。蓝月早算计至此，所以统兵先伏东西青龙沟芦中。

当时蓝月兵掩过黄土坡，早遥见一带长芦。蓝月引兵伏在芦中，单等白教扎寨造饭时突杀。那尤金镖头领一部兵马抄入东沟，抬头一望，潆洄的长芦直接到荆花坞，与荆棘沟接连起来。远望低下便如浮云起落，苍茫茫好不吓人。这时傍晚时分，向黄土坡一望，尘头荡起。雾茫茫笼罩下，一派喧声随风飘来。斜阳一抹，丹云在天，从云雾之中，一缕缕的烟丝飞上半空。红日没入峰头，镜面般晴空斜斜挂了一钩明月，好个晚景。

这时尤金镖已调齐兵马，伺机而动。一会儿一阵喧声，加着咴咴的马鸣，轻风过处，一声声送到。尤金镖知道白教一定正在扎寨造饭，正在仰望，突然一声号炮，飞上半天。接着呐喊如雷，杀杀杀乱嚷乱叫。尤金镖立即动兵抄去长芦，望黄土坡进发。

且说蓝月挨傍晚时分，心想不可误了机会，如教匪扎下大寨，便难攻了。于是动兵，一声号炮，亲自统兵直掩杀过去。兵士奋勇，一气抢上黄土坡。大悍目黎见忠自兵抵黄土坡，四外巡视一番，认为黄土坡是最好基地，便扎住兵马，引兵建寨造饭。黎见忠久走江湖，乃是江湖著名大盗，英勇善战。这次据了黄土坡高原，以为以高临下，再说可以威胁牛角坪，纵使敌兵应战，也打不出门户，终必闭塞。想不到蓝月兵伏青龙沟，一声喊抢上土阜。白教徒正走得倦乏，赶筑大寨，一面埋锅造饭。黎见忠正想点一路人马先袭牛角坪示威，突然蓝月杀到，马上一柄大斫刀，月光之下呼呼乱卷，一排排的教徒血肉横飞。教徒惶然之下，登时大乱，失了统系，马上搅作一团，行解不开。有的抢了一柄刀，有的赤手空拳，还有的五六个教徒争夺一把刀，互相揪作一团。蓝月趁势兵突过去，白刃翻处，人头乱滚。

蓝月马上大斫刀，大叫："大将蓝月在此，已然兵扼住马兰山口，逆贼速降！"

教徒不知敌兵多少，纷纷溃退。沙飞龙引一部兵来斗，截住蓝月。沙飞龙马上双戟，气吼吼杀过，大骂蓝月"快来送死"。蓝月拍马杀过，二将登时搅作一团，刀戟杀得乌烟瘴气，迷尘乱抖，杀了十余合不见上下。这时黎见忠趁势统兵卷杀过来，蓝月初战虽胜，究竟兵少，这一来被黎见忠突破军阵，兵士乱起来，蓝月无法，只得且战且走，看看退下土阜，再也抵不住。蓝月大怒，长刀一挥，拍马力斗。突然白教兵士风似赶到，从后阵上喧叫起来，一部教兵海潮般呼一声卷过，与前阵之兵搅作一团。黎见忠忙挥刀退军，前后救兵登时乱挤，红着眼互相斫杀起来。黎见忠没法，只领兵退下去。沙飞龙见自家兵崩退，知道后阵有警，心慌战不过蓝月，兜马跳出圈外，拽戟而走。蓝月见势挥兵兜杀，冲得教兵七零八落。蓝月趁势追杀，白教徒挡不住后退，又被尤金镖自后兜杀上来，白教徒哭叫震天，自土阜上一排排地滚下去。

沙飞龙马上双戟，引军想逃下土阜再战，正撞见尤金镖，大叫："逆贼休走，俺已两路切断你去路。"沙飞龙大怒之下，与尤金镖二马相交，又被蓝月自后杀到。沙飞龙怪叫力敌二将，大败，虚晃一戟兜马逃下黄土坡去了。

黎见忠兵逃散不足二三百，没法望马兰山而走，蓝月大胜，分兵赶杀十余里，方击鼓而返。正遇伯通亲引兵来接应，蓝月马上倒提大刀，血淋淋一身污血，见了伯通大叫道："屈兄敢是来分功？"

伯通道："生恐千总有失，特来接应。"

蓝月振刀道："不瞒屈兄说，蓝月凭一柄大刀，杀散白教五千大兵，只明日俺便乘胜兵下南漳。"

伯通一听，望蓝月自满之色，不由心下不然道："千总说得是，自古久胜之将，难免一疏，还是即时回军，从长计较。"

蓝月大喜，起了虏获军需，入牛角坪，一路胜鼓惊天。这时已天光大明，蓝月点兵只折六七人。飞报入襄阳，同时得荆花坞翁豹消息。原来郭德兵抵荆棘沟，见那长沟高耸耸的，夹壁满是荆条，漫野遍山，郭德暗道：这个去处不可大意，倘有伏兵切断归路，怕不全军覆没？如何是好？于是按兵不动。偏巧翁豹早利用此地伏下精兵，不想郭德竟不上钩，远远扎下大营，与荆花坞相对。

次日郭德不过荆棘沟，自沙河镇荆花坞交界处进兵，攻荆花坞。沙河镇耿吟秋，东有大将王无双镇守沙河，龚冷斋是难过沙河，吟秋免去后顾之忧，于是统兵切断沙河大路，另一部去援翁豹。郭德至沙河界，不提防被耿吟秋大将任并天、冷小岚二人切后路。当郭德兵攻荆花坞村，翁豹想不到郭德未过荆棘沟，竟绕道至此。心中算中，此路甚曲折，兵无基地难以久存，于是不战只是坚守。过了一日，郭德果然无有接济而退兵。被翁豹知道了，立调兵马悄悄开了栅赶下去。郭德以为没事，正行之间，突然林中一声号炮，冲出两路敌军，旌旗飘处，却是沙河镇大将任并天、冷小岚二将，马上一色的三环套月式大斫刀，抖得哗啦啦山响。大叫："郭德你有来路没有去路了，快快就绑！"

郭德大怒，马上一双板斧霍地一招，三军排下坚阵。郭德大叫："俺未撩拨你，何故来助翁豹？"

二将笑道："呆贼，还撞梦里。俺四镇兵权操在屈伯通手中，已一齐动兵，南两路杀入马兰山，带攻南漳，四路大兵兜攻，你二路来军已成瓮中之鳖，何不早降？"

郭德大怒之下，半信半疑，只这两路敌军是来得突兀，真说不定中敌之计，不由心中模糊了。三军震惊之下，任并天挥刀直杀过来，郭德身后之头目李胜拍马挺枪应战，二将杀了五六合，任并天忽地兜马跳出圈外便走，李胜抖枪飞马便赶，二将绕了一圈，突地任并天驻马大叫一声，一个回头望月式，雪亮的刀光一闪，电一般平抹过去。李胜一低头不及闪开，唰一声连头带肩斜斜削落一片，撞下马来。任并天更不迟疑，挟马一道电也似直取郭德。郭德一双阔刀板斧，切齿乱骂应战。冷小岚大刀平挺去助并天，吴长才马上丈八长矛截住，四员大将杀得翻翻滚滚，好不吓人。

正在死命相扑，突然咚咚咚一阵军鼓，一彪精兵横冲直突过来，白教兵翻身接战。一片旷野，马上血淋淋做了一片战场。白教徒抵挡不住，忽一声前拥将去。任并天冷小岚二将见白教兵乱搅，郭德虚晃一斧便走，并天赶去，却被郭德翻身一箭射下马来。郭德见并天落马，回马大吼赶去杀并天。并天一个鲤鱼打挺跳起来，郭德已赶到，双斧横切直劈下来，亏得并天身躯敏捷，随了来斧乱转。正在危急，突然白教徒发声喊，哄一声溃下。早见一部兵马冲到，迎面大麾却是荆花坞守将翁豹，马上双索鞭，当头杀透敌阵。后面兵士一道长蛇般，那雪亮刀光乱卷处，白教兵头滚血溅。郭德见势不能追杀并天，拽斧兜马而走，教兵大溃。翁豹与任并天冷小岚合兵，追十余里，大胜而回。

郭德吴长才折兵及半败回，屯兵荆棘坡。遥望荆棘沟，除了天然荆条接天漫地之险，两路尽有堡碉。郭德初败，不敢轻动。吴长才想去南漳请兵再战，郭德大怒道："俺这次之败，并非力不敌，乃是误中敌人算计中。俟西路黎见忠得手，俺兵再攻荆花坞，易如反掌。况俺们自与贾一鹤怄气，吹下大话，这未免太抹脸面了。"吴长才不敢多说，只好与郭德分兵，挨荆棘坡扎了两个寨子，彼此呼应。

且说蓝月得胜，扬扬得意，又得荆花坞捷报。伯通大喜道："二路胜利正好趁此兵出青龙沟压制马兰山。"

蓝月跃然道："以俺得胜之军，兵扼黄土冈，邀击二路敌军，旦夕可擒郭德等。"

伯通道："黄土冈兵家必争之地，蓝千总当初未扼守此地，便是失策，如今不可不夺。只黄土冈势盛，郭德黎见忠之兵均难渡青龙沟。只必须智勇双全之将，方能担起责任。"

诸将没人敢言，只蓝月道："屈兄说得的，但俺兵出得胜，白教闻蓝月之名丧胆。顾扼守黄土冈。"

伯通咋舌道："黄土冈非同他处，俺想调耿老英雄扼守此地，蓝千总衬守沙河镇。"

蓝月大怒道："了不得。俺从马总镇多年，东挡西杀，颇识兵法，屈兄何故藐视俺？谅耿吟秋白头老儿，怎比起俺来？"

正在乱着，突人报襄阳马总镇差人到来。伯通请入来人，却是翁豹之兄翁虎。他自说降冷田禄，马君起很得他协助。君起非常信任。马君起自拨田禄独挡西城，又得伯通之函，列说利害，马君起也追悔不来了。于是将翁虎派入冷田禄部为参军，其实是监视田禄行动。

当时翁虎到来，落座道："俺奉总镇之命，特来报消息。刻下张小仙逆首派大悍目齐林统精兵逾万，已连克谷城、光化，刻下正兵围樊城。"

伯通等听了，惊得跌脚不迭，怆然道："教匪兵为何如此之神速？"

翁虎道："总镇懊丧不迭，曾自以为谷城、光化均有重兵，原来谷城令莫忠害了大将纪英，因此将谷城整个托送与齐林，所以襄阳连影子都不知。齐林恐襄阳探得，以迅雷之势兵取光化，光化守将均战死。光化破了，襄阳方为报。可是敌兵已进窥樊城，如樊城破，襄阳孤立，危亡在即。"伯通不由太息。

欲知伯通说些什么，请看下文。

第三十回

蓝千总拒谏失要隘
贾一鹤侦敌献奇谋

且说屈伯通叹息道："天不成人愿，当时秦逸人曾说及此，不想果成实言。以俺看白教必大动板桥店龚冷斋，兵取张家湾。如张家湾破，冷斋便与齐林取得连络，襄阳大受威胁，而樊城无有固守地，如何是好？"

翁虎道："总镇昨已调回秦逸人、屈伯达去守樊城，所以请屈兄挥四镇之兵，扼住白教进出之路，并令沙河大将王无双、郑雄兵攻板桥店，使冷斋不得攻张家湾，而张良可反兵救樊城。"

伯通点头道："也只得如此。不过齐林兵兜襄阳之后，不易抵挡。不如自张坨庄动兵取谷城，如顺利切断齐林归路，则齐林易破。只夺回光化，则不惧白教。"翁虎大喜，匆匆去了，报与马君起。

且说伯通懊丧之下，决定先驻兵黄土冈，以制郭德、黎见忠两路大兵。蓝月决心要建此功，伯通恐其有失，不许。蓝月拔刀在手，叫道："俺行军十余年，无往不利。如失黄土冈，情愿自裁，以谢朝廷。"并请伯通拨一部大兵，不胜甘当军令。

伯通心想，蓝月勇力过人，可暂抵一时，不如应他，俟俺派人赶赴八卦堡，调取张啸生来，再替蓝月。当时伯通道："此番军事正急，四面敌兵逼近，不比以往。黄土冈关系襄阳存亡，不可大意。"

蓝月领命，伯通拨兵一部，蓝月去了。就黄土冈建起大寨，沿高原设下卡房，瞭望敌军。密排毒弩伏下，好不坚固。蓝月巡视一周，自以为无敌。

再说小仙，自秦逸人悄悄去了，小仙也不敢追赶。伯达同时也去，伊大山龙祥空设毒计，虽得了正寨，伯达已去，反一把火焚光，好不恨恨。

394

原来秦逸人屈伯达二人正军事顺利，杀得教徒胆寒，不想突然得了马君起的命令。原来齐林兵绕道袭了光化，樊城危急。二将吃惊之下，连夜去了。伯达因恐左右受敌，树悄悄放倒了一片，大兵辎重悄悄直从前山去了，生恐教徒发觉来赶。伯达吩咐大将朱然金剑羽二人伏在马兰山麓，自己引了一军去了。果然伊大山萧四起来，被朱然金剑羽二将切断归路，伯达又杀返来，伊大山大败。朱铁戟打死萧四，伊大山溃走，伯达不追，缓缓去了。

秦逸人已到襄阳，马君起满面愁容，说知齐林兵将围樊城之事。逸人道："果然如此，部镇可拨勇将扼守樊城，只樊城守得住，襄阳无危。同时必使伯达兄兵断马兰山，免叫匪得逞。"

正说着，突伯达使人报捷，原来白教已兵攻四镇，马君起越怒，伯达道："自俺与秦兄二路兵退，教匪定兵出马兰山的。今必先败南路，方可固守樊城。"当时马君起拨秦屈二人去助守樊城，樊城把守大将乃是马君起妻弟戚景山，生得身高七尺，浓眉阔口，一部络蝐须，两臂有千斤之力。生平粗暴，军中有二张飞之绰号。他善用一双厚背劈刀，重六十斤，步下非常了得。马君起因景山勇力有余，智谋不足，将他湮没起来，不敢征用。这次以为樊城重地，正没人把守，将景山拨去。景山性暴，自己明白，先戒了酒。自到樊城每日操军，自己选了一队敢死军，均是七尺大汉，与景山性子相同，每遇操练便如一群猛虎下山，咆哮得怕人。景山自从戒酒，狠命掩起自己性子来，居然和气不过，樊城人都乐得与景山说笑。好在景山不拘小节，通常没半点儿官气味。他更有可敬之处，就是能服人，这是一般有能为人少得的。景山探得齐林兵围光化，先拨人去报与马君起，一面自统大兵去救光化。不想到得光化，齐林已稳当当入了光化。吴良秀与甘将军败死，景山不由望着光化哭了一场，恨恨不已。便在樊城排下大兵，以防敌兵。这次戚景山又得了秦屈二人统兵相助，大喜道："得二兄帮助，俺便可身先杀贼，免后顾之忧了。"

且说齐林兵入光化，甘将军死节，齐林一生深敬忠义之士，将甘将军葬于光化，先分兵扼守各要隘，然后动兵取樊城。突然南漳派人追报，马兰山秦逸人屈伯达二路精兵深入，请齐林速夺樊城，以牵制南路。齐林一面报与小仙西北得手，一面令大悍目陈三、韦成虎两员悍将先兵取樊城。二将久胜之军，火杂杂望樊城进发，就樊城山扎下大营。二将分两路东西占定，一方可邀击樊城，一方彼此连络。次日鸣鼓动兵，二寨兵马齐出，直临城下，布阵挑战。

这时秦逸人与屈伯达计划，已令戚景山一部兵驻城外之西，地名安家庙，与樊城并立，以图互相接应。这日人报敌将韦成虎、陈三两路杀到城下，秦屈二人登城一望，见白教兵精马壮，一色的白布包头，胸画八卦。明晃晃单刀对着日光一闪一烁，缭人眼目昏花。旌旗迎风，当头排下数员健将，便是韦成虎、陈三与大小教目。只闻咚咚咚一阵鼓响，直陈二人纵马出阵，左右诸将。韦成虎望望城上，用戟一指叫道："城上守将听真，白莲圣教，替天行道，以救万民。顺时者昌，逆天才亡。刻下白莲天兵连下数城，其势破竹，襄阳孤郡，四外受敌，已成釜中游鱼，休再执迷，连带百姓受苦。"

逸人大怒骂道："韦成虎穿窬狗盗，竟敢造反？"

伯达拈弓搭箭，观准成虎嗖的一箭，成虎正得意扬扬，不提防正中肩头，啊哟一声翻身落马，左右急救回阵。陈三大怒，马上一柄开山大斧，大叫："了不得！谁敢捉下屈伯达！"

早有大悍目王占魁马上双斧跃出大叫："在下王占魁，谁敢敌俺？"

叫了数声，不见城上动静。王占魁大笑道："哈哈，屈伯达原来如此。"说着双斧一挥，意思便想挥兵攻城。突然一声战鼓惊天，斜刺里飞出一彪精兵。王占魁猛然一怔，见来兵个个精壮，一色的短衣提刀，当头大旗写着"大将戚景山"。早见景山步下握一双厚背劈刀，一部络虬髯蓬蓬飞着，霹雷一声怪叫："反贼休走！"声尽处，直抢上来，手中双刀一分，一个双龙出水，左右抢开，直取王占魁。占魁见景山生得可怕，又来得突兀，只那雷一般叫嚷，已吓回王占魁的威风。见景山抢到了，忙将马一勒便走。景山双刀早到，不容占魁少动，扑哧一声，拦腰削断，血淋淋的污血飞溅得丈八远，双方兵士呐喊如雷。陈三见了，登时拍马挺开山大斧冲出，截住景山。戚景山步下双刀，当头唰唰唰一连五六刀劈过，直弄得陈三马上手忙脚乱。二人战了五六合，屈伯达统兵杀出樊城，陈三大败。两军混战一场，白教被杀得尸横遍野，陈三身中双矢，几乎遭擒，大败而回，与韦成虎分守双寨。

且说樊城得胜，秦屈戚三人商议退敌之计，景山道："今日白莲教之败，足使其胆寒，明日俺领一部兵马挑战，以兵士锐气，一鼓可胜。"

秦逸人道："戚兄言之有理。不过白莲教踞有光化，总是襄阳之劲敌。正当设法北进，占得光化还是得计，否则虽守得樊城，兵不能攻，守终不可。"

屈伯达拍手道："正是正是，俺有一计，便是趁今日之胜，夜袭敌营。如得手，兵逼光化，或可一鼓得胜，亦未可知。"

戚秦二人道好，逸人道："兵不可尽出，城池重要。还是戚兄与俺去攻敌，屈兄守城如何？"

伯达道："俺智不如秦兄，如不得手，反使樊城守之不当，便更危险的。如秦兄守城，举足以抗敌。俺虽败死无恨。"

逸人大喜，于是自己负守樊城之责，令戚景山、屈伯达二将袭敌。又派大将金仲友替戚景山守安家庙。一切吩咐定了，饱食兵士，整兵伺机出发。

且说韦成虎陈三均带伤败回，又折了二三大将，好不懊丧。韦成虎一面派人报与齐林，一面请来陈三商议。韦成虎道："俺自从齐兄同军，无往不利。不意今竟败在樊城。陈兄有何计可挽回颓势？"

陈三道："只有俟齐兄派大兵到来，重新决战。"

韦成虎道："不可不可，俺们身为大目，如此太失脸面。依俺之计，今夜趁势兵袭樊城，可以得手。"

陈三连道："使不得。樊城秦逸人为人智勇兼备，又有戚景山敢死军、屈伯达突阵之勇。况今日新胜，锐气正盛，岂可自投罗网？"

韦成虎哈哈大笑道："俺正利用敌军之胜，方取得胜算。"

陈三怔然，韦成虎道："敌军旗开得胜，定傲笑你我无能。兵法有云，骄兵者败。俺料今夜敌军必不防备，故可一鼓得胜。"

陈三方服韦成虎之说，二人定妥，当晚初更，兵士收兵一切，一齐出发，分两路去了。韦成虎带了一部兵马，自西抄过小路，劫安家庙之后路。陈三自东北抄过，以举火为号，便攻樊城。二人以为得计，伏兵去了，只留下两个空营，拨了百十个兵士，两个小目把守。不想樊城也兵出袭敌，戚景山取东陈三之营，屈伯达取西韦成虎之营，两路出发了。已二更时分，韦陈二目因小心，生恐敌人有警戒，俟到二更时未敢动手。不想戚景山却是痛快，兵到陈三大营，不管三七二十一，一声号炮，与屈伯达之兵一齐攻打。本来营中没有多少把守之兵，见敌兵奋勇，营上小头目抵敌不住，先开门纳降了。屈戚二人不费一枪一刀之力，得了两营。屈伯达先问韦、陈哪里去了，方知也去袭敌。伯达大喜道："樊城有秦逸人，安家庙有大将金仲友，绝没一失。"于是拨兵扼住要路。

却说韦成虎叫放了把火，举兵大进。安家庙守将金仲友为人精明强悍，马上善用月牙铲，自负守安家庙之责，连夜警戒，见火起一股敌兵杀到，架起云梯望垒上便登，一面大叫："戚景山早降，俺兵已破樊城。"金仲友一听，知敌人便是假张旗鼓，不然不会仍以为守将是戚景山。当金仲友望下一看，见云梯连连爬上教兵，有的已上垒，与上面守兵白刃相交。仲友大怒，挥刀连杀五六教徒，直踢下垒去，大叫放火。垒上兵士点了火把，一团团地丢了下去。云梯上教徒禁不得烧，有的爬上半空，烧滚下去，有的五六大教徒连连爬上，云梯烧折了，马上一串儿滚将下去，顷刻浓烟四起，教徒烧得头发焦卷，不敢再上。

成虎望得分明，马上双戟大叫道："戚景山小辈，俟俺攻入，万刀切碎你。"

金仲友叫道："怕你入不下。呸，呆贼，俺是金仲友，戚将军已夺你大寨去了。"

韦成虎不信，攻了一会儿攻不下，反被仲友一阵乱箭射死百十兵士，没法退回。

且说西路陈三望见火起，也便勤兵攻樊城，城上连一个兵都望不见。陈三大喜，暗道：怪不得成虎说敌人胜必骄傲，瞧此真如言了。于是令兵士悄悄搭云梯，一径爬入城中，有五六十人，可是半晌不见发作。陈三之兵群聚在城外，本想俟入城之兵斫落大锁，开门纳入。哪知城内之兵早被逸人预伏之兵捉了斫头。逸人登敌楼一望，夜中望不清，只见城下黑乎乎，如乌云般卷动。逸人知是敌人待机，暗中好笑。令兵士安排弓矢木石，一声号令，齐打下去。城下白教哪知就里，死伤无数退下，逸人只不追。

原来秦逸人望见安家庙火起，知道有事，便下令部下不准妄动。果然陈三来袭，入城之兵稳当当被绑了杀死。当时陈三兵溃，黑夜中又不敢大意，只望安家庙去了，会见韦成虎，都是一般未得手。生恐再受敌人算计，只好回营。到了大营，天已将晓，韦成虎大叫开门，城上一声木梆，钻上许多兵士，一员大将却是屈伯达，大叫："韦成虎，俺已夺你营多时了。"

成虎又惊又恐，大叫攻打。陈三韦成虎挥兵攻打，突然一声巨炮飞上半空，一路敌兵自后冲来。韦陈二目忙分兵当儿，垒上屈伯达乱箭直下，白教兵只好后退。后面又有敌兵杀将来，当头大将却是知名勇士戚景山。陈三韦成虎二人模糊不知就里，戚景山大叫道："狗贼中俺之计。"说着步下双厚背刀劈杀过来。韦陈二人斧戟双战戚景山，景山一双劈刀上下翻飞，陈韦二人心慌，敌不得景山，虚晃兵器退下。伯达自营中冲出，与景山协力，杀得教徒乱窜鬼叫，决河堤般望北逃走，戚、屈不追。韦、陈一径败入光化，点兵折了数百。

光化齐林正欲派援兵，见陈三韦成虎血染战袍，各带重伤逃回，方知全军大败，又失了双营。齐林道："你二人久战，向无失闪，所以俺派去抗秦逸人，不意有此败。胜负兵家之常，你二人还敢兵取樊城吗？"

二人道："有何不敢？愿将功折罪。"

齐林道："此番抗秦逸人，俺当亲自统兵。"

于是留大将窦世威把守光化，世威乃是大悍目窦世德之胞弟，为人勇力过人，长于知兵。齐林亲统大军去取樊城，从将韦成虎、陈三、牛金义等大悍目。入樊城界，与屈伯达戚景山对抗，六七日不见上下。

一日齐林得南漳报，原来南面大悍目郭德兵夺了牛角坪之黄土冈。齐林大喜道："黄土冈兵家必争之地，南可以扼马兰山，北可以邀击牛角坪，且与樊城相对。如二路得失，关系全军存亡。"

正说着探子来报，张坨庄守将屈伯通，兼握四镇兵权，因黄土冈失守，伯通一面兵拒郭德，一面调张坨庄之兵，有取谷城之势。东调沙河镇耿吟秋大兵，动兵攻板桥店，已与龚冷斋大战于板桥店。齐林愕然道："西路之军不过伯通虚张声势，以兵攻谷城，使俺军不敢大意力攻樊城。只沙河镇之兵，攻板桥店是牵制冷斋，使不得不顾，而使张家湾大将张良兵援樊城。樊城有秦逸人、屈伯达等，俺兵已感困难，倘张良再兵力聚中，俺兵无日过得樊城，俺之大计等于画饼充饥了。"说着烦闷异常，传令按兵，与屈伯达戚景山二将对峙。

且说牛角坪屈伯通生恐千总蓝月有失，于是派富占魁切断大路，自己免了后顾之忧，兵援牛角坪。派蓝月把守黄土冈。这黄土冈正当四重镇之南，为行军必争之地。因黄土冈握青龙沟中心地带，地势转高，登冈可以遥望四方，尤其与牛角坪有唇齿相依之关系。自蓝月把守黄土冈，自恃勇力，又当初胜，哪将白教放在目中。于是兵驻冈上，与大将尤金镖督兵赶筑起碉垒，以备攻防。突快探飞报道，白莲教大目郭德等在黄土冈之西沿青龙沟扎下大营，有取黄土冈之势。蓝月哈哈大笑道："俺正等白教动兵来攻，以俺精兵只不下冈，一阵飞弩，使他来无去路。"

尤金镖、金向礼等将在座，金向礼道："当出兵之前，屈伯通见曾说，领兵大将须知己知彼，方无战败之虞。黄土冈虽然地势险要，兵将英勇，仍须小心为上，否则上骄下傲，必败无疑。请蓝千总在意。"

蓝月正兴高采烈，登时如一桶冷水当头浇将下来，不由大怒，拍案叱道："俺从马总镇东挡西杀，颇著功绩。未曾出军你先念不吉之言，于军不利。左右推出斩首来报。"

诸将忙劝，蓝月道："不看诸将面上，即时斩首。金向礼惑乱军心，绑起来看管，看俺得胜后发落。"

左右将金向礼绑起去了，尤金镖道："金向礼乃总镇得意之人，久著功劳，蓝千总何故如此？"

蓝月道："向礼有勇无谋，未曾出军先念不吉之言，是乱俺军心。恐其有不良之意，故先监起。"

尤金镖道："向礼之言不可不纳。"

蓝月大怒道："你同出一党！"斥退金镖。

金镖退出，见向礼反绑了双臂在押。向礼见金镖道："不出五日，蓝月必败。渠不纳忠言，人心涣散，望尤兄善言劝导，不可以黄土冈做儿戏。倘失黄土冈，牛角坪立危。俺不得用，此次出征不能为国效力，空负马总镇嘱托之意。"

尤金镖道："俺亦得罪蓝千总，当竭力再进一言。"二人别过了。

过了两日，黄土冈大寨造成，屹然雄巍，铁桶一般。蓝月视一番笑道："俺有如此坚垒，任白莲教十万大兵也通不过黄土冈。可笑金向礼竟嫉俺之功，乱俺军心。看俺得胜后羞辱他一番。"

大将尤金镖、茹天寿、耿精忠等在侧，尤金镖道："俺自从马总镇麾下，略知兵法。俺想马总镇每次出军，孤军深入，必分兵以取连络。蓝千总何不发一部兵马，派大将两员扎在冈下，与冈上取得连络，即使有警，不至波及冈上大寨，岂不牢固？"

蓝月大笑道："黄土冈大寨以高临下，东西遥望青龙沟在目，南北扼视马兰山、牛角坪，如在掌握中，何必分兵，自薄抗敌之力？"遂不听金镖之言。

且说白教大悍目郭德因不服贾一鹤之谈兵，请缨统大兵直出马兰山口，分兵两路去袭牛角坪与荆花坞，不想两路失利，郭德因自己在张小仙面前吹下大话，不敢报上，于是会见两路大目黎见忠、沙飞龙，在马兰山阴扎下，四出掠得百姓资财、粮草，黎见忠拟先报入南漳请兵。郭德大怒道："俺兵虽败，不过中敌算计，并未元气大折，何不再战，以图挽回颓势？况咱已在教主面前吹下大话，岂不惹人耻笑？"

大家依言，郭德道："俺意先夺黄土冈，则不难攻下四重镇。因为黄土冈地势扼要，正是南漳襄阳之门户。如敌久守，俺休想窥牛角坪。牛角坪不破，休想入襄阳。如果牛角坪失了黄土冈之屏障，唇亡齿冷，以剩余之威，可破四重镇。"

黎见忠道："正合俺意。"

忽然探子报道："刻下有一彪敌军，领兵大将是马君起部下勇将蓝月，已驻兵黄土冈，建起大寨，有久守之概。"诸将大惊。

郭德道："不想屈伯通亦如此算计。可惜咱稍迟一步，不然黄土冈在握，不费吹灰之力。如此未免大费手脚，既然如此，赶快兵驻青龙沟，以图夺黄土冈。"

于是移兵至青龙沟，将沟中残芦完全刈除，以免敌人利用火攻。并占得青龙沟，将兵分两路，隔着青龙桥造下双寨，与黄土冈便如三星，并排风云好不紧张。白教排下二寨，整个的有夹攻黄土之势。

蓝月在冈上望得分明，指二敌笑道："俺登冈已遥见彼军，其一切行动均如在俺掌握一般，何足危惧？"

尤金镖道："话虽如此说，以俺观敌人有夹击之势，如何抵抗？"

蓝月道："俺兵以高临下，分兵拒守，有何不可？"

尤金镖道："不若分一部兵扎于青龙桥，北面遥击二敌寨，黄土冈有泰山之安。"

蓝月笑道："此举未免是画蛇添足，多此一举。俺兵既强，反使分薄，大可不必。"

耿精忠也说应当分兵，蓝月道："军有大将，俺行军多年，岂见识不如你等？俺与你等说明，兵贵团结合力，譬如左右手共举一物，应手而起。如分一臂，一臂焉能独持？是以俺之意是合则强，分则弱。"

诸将听罢，也以为有理。只尤金镖当蓝月出守黄土冈之时，屈伯通曾悄悄嘱咐尤金镖道："蓝月为人勇智均备，只其为人骄傲，好出大言，为最大之害。今其守黄土冈，俺甚不放心。素知尤兄谨慎，切多在意。如蓝月出军不当，可力劝免。"尤金镖心中记下了。又见蓝月傲笑郭德无能，而郭德已二路兵围黄土冈，委见得敌军非乌合，将非不智勇，登时听了蓝月之论，心下大为不然。不过蓝月性躁，金向礼已遭监押，自己还敢步向礼后尘？只好笑了笑不说了。

下午时光，在黄土冈上，望得分明，敌兵移动甚忙。尤金镖忙去见蓝月道："千总，刻下敌兵调动忙，想有攻战之意。"

蓝月道："敌军一点儿屏蔽没有，虽战必经夜方可，不然不会挑战袭敌。"

接着探子连报道："好叫将军得知，刻下白莲左右二寨埋锅造饭，想不时将动兵，将军速做准备。"

蓝月忙出帐，一望果然二敌寨人马奔走，一阵阵号令军角，一片烟霞罩下，望不甚清，只十分忙乱。蓝月纳闷儿，心想在这白日之下，敌兵行动均在俺目中，渠出兵焉能得胜？想必有用意，忙吩咐诸将多加小心。

尤金镖道："何不趁敌军造饭之际，统一部人马突入，可以制胜。"

蓝月道："敌人虽造饭餐军，必不来攻。其行动或在夜间，俺下令小心守寨，不过防意外而已，乱言者斩首。"尤金镖果然不敢多话。

当日又得襄阳报，知秦逸人、屈伯达、戚景山三人扼守樊城，逐敌退入光化，戚屈二将夺了敌寨，分兵驻守，十分顺利。蓝月大悦道："北路樊城、南路牛角坪均襄阳之要地，二路得手，襄阳无危。"

忽沙河镇耿吟秋派人到，原来吟秋知樊城被兵，忙令沙河大将王无双、郑雄、李望、窦杏春四员大将兵攻板桥店，免龚冷斋兵胁张家湾，使张良不得兵援樊城。这时龚冷斋正得了南漳令，使动兵取张良，则樊城无援。龚冷斋有什么不懂？当时道："沙河镇守将老将耿吟秋岂是常人？俺兵未动，彼将来攻。此在俺计算中。"

果然冷斋兵未动，人报沙河大将王无双兵登岸扎寨。冷斋叹道："果在俺意料中。俺非不知兵，非不善战，奈板桥店乃河路扼要，东有坝口，西有沙河，北有张家湾，三面之敌，兵将精勇，焉能使俺得志？可惜俺冷斋空负大将之才，未遇时势。"

当日冷斋与小仙书，陈说意见。内中曾有樊城、牛角坪为襄阳之铁关，不易攻破。然不破，不能窥襄阳寸步，故应遣精兵先取其一。小仙得书，招来一鹤、王美英等商议，大家看了冷斋之论，美英道："冷斋深谋智勇，见必无讹。教主应采纳良言。"

一鹤咂嘴晃头道："冷斋之意正与俺意暗合。俺以为冷斋之责过重，不可轻动。况有三路大兵监围，不求进取，只求拒守，已非他人所能。故教主须体察冷斋苦心，应加其兵力，时时加兵牛角坪，令齐林北路并进，冷斋所谓铁关，非破其一不可窥襄阳寸步，真是至理名言。如一关破，颓势立牵制诸隘。因之冷斋可兵袭张良，沙河求襄阳不足，无力攻冷斋，只夺得张家湾，东路又可入襄阳，此即三路并进之计，教主以为如何？"

小仙一想何曾不是？登时大悦道："不看冷斋之信，不聆贾兄之解说，俺仍在痴迷中呢。"于是一方令齐林力攻樊城，一方兵援郭德。板桥店龚冷斋因王无双之逼近，动不得寸步，没暇去扰张家湾。除了知会九道湾守将柳方珍、黎坤加意防守，自己整兵抗无双。

王无双本是为了牵制冷斋，自沙河上岸扎了两个大营，遥遥相对，冷斋果然不敢动兵了。王无双与冷斋见了两阵，互有胜负。无双什么角色？心知攻板桥店不是机会，也便罢兵，只严监视冷斋。冷斋虽心中明白，但也不敢妄动，因深知王无双智勇，东路因之没什么动静。

白教大悍目齐林得了小仙之令，自光化出兵，图夺樊城。果然人报张良分兵，自樊城东上岸。齐林惊道："此路兵马必援樊城而来，可是张良用兵如神，他兵过樊城之东，是想趁俺兵攻樊城，光化空虚，易于攻破，使俺兵不能前后瞻顾，进退不得，可成瓮中之鳖。"

于是令窦世德兄弟守光化，牛金义领兵去小道截杀张良之兵，齐林亲领大兵逼樊城。部下大将有陈三、韦成虎、牛保等等。齐林久胜之师，以为一定旗开得胜。初次韦成虎陈三二兵败溃，这次齐林兵出未至樊城，已被屈伯达戚景山二虎将截住，杀得难分难解。见了五六阵不得手，彼此警戒，对峙了个来月，齐林好不心急。再请援兵又太迟缓，没法只好伺机而动。

且说守黄土冈之千总蓝月，自踞有高原，便傲笑一切，诸将屡劝不听。那日见白教双寨人马奔走，炊烟漫空，诸将以为一定敌将动兵。蓝月心想，自己处在高原，遥望敌军一瞥，心想白日敌人绝不动兵，即使动兵，也是自求败辱。于是叱令诸将小心，不得乱言。果然闹了一日，白教又静下去了。蓝月道："俺早料定白教不敢妄动，今俺兵精将勇，正好攻敌。诸将调兵以备来日大战。"诸将见白教闹了一日，居然不敢真来挑战，大家也不再多言了。

这日尤金镖率了部下巡哨，见耿精忠督了一部人马，自青龙桥往冈上动水。精忠见了尤金镖道："尤兄，蓝千总占得黄土冈，八方得势。只冈上无水，必须取于青龙桥。倘敌人兵扼桥口，只三五日，不须战，兵士干也干溃了。"

尤金镖一想果然有理，忙入帐见蓝月。蓝月正浑身劲装，一手摸弄剑柄，一手托着一本兵书翻阅。尤金镖忙施礼，蓝月道："尤兄必有事来。"

尤金镖道："方才俺巡哨，见兵士自冈下之青龙桥运水上冈，甚为困难。倘一旦开战，敌人绝俺们饮水之源，如何是好？"

蓝月哈哈大笑道："尤兄过虑。敌何计至此？再说土冈之上未必没有泉水，敌人焉能困俺？"

尤金镖道："此不是万全之计。倘冈上掘不出泉水，如何是好？"

蓝月道："汉诸葛平蛮，曾拜井得泉。此天赐泉水，俺忠心为国，岂不能感动鬼神？绝我兵饮水之源，尤兄放心。"

尤金镖不由心下好笑道："此乃无根之指望，千总不可执迷。俺有一计，可保饮水不缺。"

蓝月道："尤兄何计？"

金镖道："千总拨一彪人马，由俺统率，在青龙桥扎下，一可保得青龙桥泉水，二可与冈上联络。纵使敌人兵围黄土冈，也不能逞志。"

蓝月道："尤兄三番五次总欲分兵，难道另有用意不成？"

尤金镖道："同是为国，有何用意？不过既见过，不敢不说，千总莫疑。"

蓝月道："俺身为大将，难道运筹不如你等？且退，休得乱言。"

尤金镖无法退出，遇见耿精忠、茹天寿，金镖叹道："黄土冈将失守。"

二将惊道："尤兄何知？"

金镖道："千总手握重兵，整个托于神鬼庇荫。俗云，尽人事听天命，再不成是命也。今蓝千总知冈上缺水，而想必能感动天地鬼神，水必不能缺。如此自寻败辱。"

二将听了道："如何是好？"

尤金镖道："既知其将败而从之败是盲目，望二兄加意守冈，俺将另有计较。"

二将叮嘱分手，耿茹二将有了戒心，令兵士在冈上掘一大池，砌以石块，令兵士连日运水注入池中，以备水缺。

过了一日，蓝月欲调兵攻战，突人报道，尤金镖不从将令，偷偷逃下冈去，占了青龙桥。蓝月大怒，拍案叫道："俺知尤金镖定有反意。"

正说着，尤金镖差人到来，蓝月唤入。来人道："尤将军派小人报与千总得知，因刻下军事正急，不日白教有进兵黄土冈之势，恐千总孤立无援，特此自率兵马驻青龙桥，以图遥击敌军。未得将令，俟将功折罪。"

蓝月叱道："休得胡说。白教一战丧胆，焉敢轻战？尤金镖故违将令，是乱我军心，众将整兵捉拿逆党。"

左右将官道："刻下白教四迫，自家焉可敌视？望千总先退敌人之兵，后捉金镖不迟。"

蓝月怒道："焉可姑息？使俺令不行，何以服众？"

诸将道："今已入夜，不可轻动。否则白教乘虚来袭，如何是好？"

蓝月道："不然明天动兵不迟。"说着气愤愤大骂尤金镖。

当夜三更时分，诸将各返防次。是日天色阴暗，星光在天，从云隙处稀疏疏透出几点。一阵阵长风暴起，守垒兵士突然发现冈下树影里似乎有许多黑影奔走，便如飘浮之云气，忙报上守将。诸将一望，分明是夜间之兵马奔走。正惶然之下，突然一声号炮，喊声大举，遥见对面青龙桥地方一片火光冲天，喊杀之声随风飘来。蓝月统兵登垒拒守，早见敌兵四合，将黄土冈围了个风雨不透。蓝月究竟是久战大将，下令不得妄动，任敌兵三番五次突攻，蓝月只不出战，只与兵士远远放箭，望人厚处射去。敌人不得逞，直到天明，望得清处，白教兵浑身劲装，一色的单刀，围着黄土冈。

且说郭德、黎见忠一干大悍目，自分兵两路兵驻青龙沟，即是有围黄土冈之计划。这日黎见忠道："黄土冈高原，没有山泉，水取自青龙桥，何不占了青龙桥，使蓝月断了水源，不攻自破。"

郭德大喜，令人探听，果然官兵自青龙桥运水上冈。郭德道："既然如此，快夺青龙桥。"马上派黎见忠兵取青龙桥。

突人报青龙桥之南已有敌将尤金镖驻守了，黎见忠愕然道："不意俺竟落后，敌人占有青龙桥，反切断俺兵连络。哈哈，有了，今已相守多日，便就此夜兵围黄土冈。"于是去与郭德商议。

郭德道："如围黄土冈，怕不受尤金镖背后之夹攻？"

黎见忠道："是呀，尤金镖占了青龙桥，便蓄意如此。"诸目想了一会儿，没作道理。

吴长才道："青龙桥两面长芦，何不焚着长芦，使敌军尽成灰烬？"大家称好。当夜全军齐发，将预备下之干粮充饥。原来当郭德兵驻青龙沟，知道黄土冈上能眺望全军，生恐出军造饭，被敌人知道，因之那日大造干粮，只要兵动，不须造饭了，因此瞒过蓝月。

当夜郭德统兵围了黄土冈，黎见忠之兵自青龙桥两岸放起火来，尤金镖知道有警，因桥烧断了，想去救也过不得青龙沟，又被黎见忠兵截住，双方大战一场。尤金镖抵抗不住，沿沟统兵而去，到了荆花坞投翁豹去了。

且说天明了，蓝月一望敌兵，还不在意。鸣鼓出兵杀下冈去，却被郭德兵杀回，一连困了两日，山上果然缺了水，只耿精忠茹天寿二寨有点儿池水，被三军一抢，登时精光。竟有的为了夺水动刀子，闹个你死我活。蓝月叫掘井取水，兵士掘下十余丈，连点儿水星儿都没有。到了第三日，人马渴得几乎生烟，没水饭不能做，马不能吃草，蓝月方慌了手脚。连夜祭天地拜神求水，井底仍是干干的。蓝月方知，这急来抱佛脚的勾当一发不中用了。又令兵士冲敌，想夺青龙桥。郭德知清兵没水，军心乱了，怎肯疏守？一阵杀败蓝月。

这夜蓝月愁得没法，听得人喊马嘶，一片杀声。人报道："兵将渴与饿，不能拒敌。刻下郭德统兵杀上南冈，破了寨垒。"

蓝月大惊，叹道："俺悔不听尤金镖之言，致有此败。黄土冈有失，牛角坪立危。"说着拔出宝剑，面色青黄。

左右忙架住道："将军有为之身，何不杀下冈去，请兵夺冈？如此死得太不值了。"

蓝月哈哈笑道："俺何面目再与诸将相见？何脸面再见屈伯通？啊呀，是了，郭德逆贼，蓝月不死势不两立。"于是大叫马来。

左右道："马三日未得水，不能出战。"

蓝月叹道："俺作孽连战马受罪。"说着抄起大斫刀，统众冲下北冈。

大目吴长才马上挺矛来战，被蓝月等战败，因此冲出重围，望牛角坪逃去。正行间，对面一彪人马冲来，吓得蓝月叫苦。既至切近，却是屈伯通派下援军，领兵大将穆桂。见蓝月已兵败，只好不前进了，与蓝月合兵，飞报入牛角坪。

原来尤金镖败走，绕至荆花坞，想令翁豹出兵援蓝月，翁豹道："荆花坞军事正急，焉能轻动？倘有过失如何是好？还是速报与屈伯通方为妥当。"

尤金镖大怒道："同是皇家之兵，翁兄未免自私。"

翁豹正色道："各有各的责任，不然什么是统系？况且自此援蓝月须绕过青龙桥，不然如何过那青龙长沟？尤兄休得狐疑，翁豹守荆花坞关系非不重大，因沙河镇之势，可压制板桥店，是以张家湾守将张良，可从容援樊城，如荆花坞失守，沙河镇腹背受敌，焉能兼顾？同时樊城、张家湾均不能守，是以俺认为荆花坞之兵绝不可动。"

尤金镖听了，也以为然。在荆花坞略事休息，便投牛角坪。屈伯通正被马君起请去商讨军事，金镖急得暴跳，忙差人发报伯通。伯通赶紧返回，方知黄土冈被围。伯通忙调勇将穆桂去援，不想一耽搁，黄土冈已落敌人之手。

蓝月等到了牛角坪，伯通忙招诸将追问失守经过，守黄土冈四员大将都自绑待罪，由蓝月叙说一切。

伯通怒叱道："蓝月你行军多年，岂不知行军扎寨必需泉水？"

蓝月道："一时疏忽了。"

伯通叱问尤金镖道："俺知蓝月此行必败，故托付于你。你军中老将，既见渠孤寨扎于高岗，为何不言？"

尤金镖道："俺屡劝蓝千总不信，所以自领一彪人马占了青龙桥，不想又遭敌人之计。"

蓝月道："悔不听诸将之言。"于是将金向礼劝说之事叙了一遍。

伯通拍案大怒道："你部下既有人劝说，如何不纳？今黄土冈失守，

407

牛角坪不保，你立下军令状，俺无法救你，否则何以服众？军中令不行，全军失统。左右推出斩首！"

诸将吓得面面相觑，二武士架了蓝月，蓝月流泪道："蓝月死有余罪，家有老母，年望古稀，望屈兄善为恤悯，蓝月死亦瞑目。"

伯通不由怆然道："都在俺身上。"

蓝月又顾诸将道："刻下多故之秋，扫荡逆党，均在将军身上，勿效蓝月。"说着大步驱下。一会儿一颗血淋淋的人头献上，诸将无不掩面。

伯通流泪道："蓝千总勇力过人，惜不能为国久建功绩。然亦死于国事，可以瞑目了。"挥手令收尸运入襄阳厚葬。又与马君起书，叙说蓝月失黄土冈之事，请恤其老母。

马君起听说黄土冈失陷，好不闷闷。又伤蓝月之死，令人招来蓝月之母。原来蓝月即是襄阳人，其父蓝茂林曾官两广游击，从长龄将军平苗，死于王事。蓝月之母颇明大义，诗礼之家。曾说过蓝月刚愎，必不得重用，果然应了。

蓝月之母来了，拜见马君起。马君起道："蓝月罪所不赦，其生前忠于国事，故恤身后金千两。"其母再拜领金而去，君起又派衙内可靠丫头两名，早晚服侍蓝母。

且说伯通杀了蓝月，尤、耿、茹三将忙道："同是黄土冈败将，请即治罪。"

伯通道："你等言不见听，从此小心即是。"诸将拜谢。

伯通道："黄土冈既失，料白教必来攻牛角坪。牛角坪孤立之势，焉能抗敌？牛角坪之西，南面有一芦塘可以伏兵，但不可扎寨，不过遥击敌军而已。"于是派大将穆桂伏兵芦塘，以便接应牛角坪。穆桂去了，伯通将军分作四路，分守要隘。

且说白教大目郭德得了黄土冈，得意之至。仍分二寨，自己兵扎冈上，黎见忠沙飞龙兵扎青龙桥。一面发人报上南漳，一面发了四五探马，打探屈伯通动向。

且说张小仙得了郭德捷报，好不喜悦，立招诸目商议。贾一鹤道："上次龚冷斋请兵援郭德，虽去了一部，不过力太薄弱，趁咱得胜之际，教主可派大兵力援郭德，攻破牛角坪，立即分兵西取张坨庄，东击荆花坞，北袭襄阳。"

小仙道："孤军深入，焉能得胜？"

一鹤道："马兰山以北均是咱大军，怎说孤军？且张坨庄已成孤立，再令谷城守目胡春兵入西面，不难立下。荆花坞、沙河镇自顾不暇，焉能再威逼板桥店？如此冷斋攻张良的机会又来了。张家湾失守，襄阳即成釜底游鱼，活也没多日了。"

小仙喜道："如贾兄之言，足有破竹之势。"

一鹤道："只取得牛角坪便易取襄阳。"

当日小仙派大将方兆吉、蒲捷作一路，兵援郭德，又派邬一娘、夏江、成德山作二路，又令马兰山大悍目王国忠、伊大山、窦保等接应。这一来郭德势力大了，笑着向派去之人道："贾一鹤曾与俺过不去，这次俺胜了，他怎么样？"

派去之人道："一鹤甚为喜悦。他说应该拨兵往援，以图大事。于是又计划先夺牛角坪，然后三路兵取张坨庄、荆花坞、襄阳。"

郭德愕然道："正合俺意。俺以为一鹤在教主面前专事讨好，原来如此，是顾全大局。如俺辈私心争持，真也愧煞。"于是又派人赴南漳，请一鹤参赞军机，并叙自己悔过之意。小仙大喜。

一鹤道："郭德如此，不得不往。此乃白教吉兆，教主委实可喜。"即日别了小仙，赴黄土冈。

郭德统诸将迎入，一鹤道："郭兄兵出得胜，一鹤特来道贺。"

郭德道："贾兄恕罪，以后军机全在贾兄身上。"

次日排筵大请诸将，犒劳三军，兵气甚盛。一鹤与诸将遍视黄土冈地势，扎下了三个大寨，半月式兜了牛角坪。那三个大寨，黄土冈中寨郭德把守，右寨邬一娘、夏江、成德山、蒲捷把守，左寨黎见忠、沙飞龙、方兆吉把守。

伯通得了消息，立派人赴襄阳请兵，本想令张坨庄守将江智广兵攻谷城，以牵制齐林。不想白教兵迫牛角坪，不容动兵。守牛角坪尚且不足，焉能他顾？

且说芦塘伏兵大将穆桂，不想白教兵至，寨栅一经延长在芦塘。穆桂暴起，与邬一娘等杀了一阵，寡不敌众，被成德山一戟挑死，残军败入牛角坪。伯通好不愁闷。

次日白教动兵，先锋邬一娘马上一条丈八银矛，望牛角坪上一指道：

"守将快快投降。"

伯通骂道："妖妇还敢张致？"说着亲自挥马而下。诸将从下，排下阵式。伯通手拽铁槊，顾左右诸将道："国家多故，妖氛四起。如此类妖妇均是妖邪之辈，竟敢称兵作乱。谁与俺捉下妖妇！"

一娘一听伯通骂自己为妖妇，本来平民愣附逆选择，无怪伯通骂得对。只见一将纵马而出，大叫："末将茹天寿愿取妖妇首级。"说着马上大砍刀，直劈杀过来。夏江拍马相迎，不三合被天寿一刀戳在马屁股上，将夏江颠落马下。夏江大叫："啊哟，我的佛爷！"天寿一柄大砍刀当头砍将去，突然嘤咛一声，早见一娘兜马一道长风卷过，手起一矛，刺天寿于马上，清兵齐出救回，夏江绝处逢生，屁滚尿流逃回本阵。

伯通见一娘英勇，大怒之下，拍马舞槊抢过，截住一娘。二人盘马杀了二十余合，不见上下。伯通大怒，霍地一兜马，托地跳出圈外。一娘纵马挺矛杀过，伯通回马闪过来矛，铁槊平挺，一个鞘里藏锋式，明亮的槊锋直取一娘。一娘马上伏身，小脚儿磕着马肚，跳出丈八远。伯通一槊突空，一娘早挺矛一个连环式，突突突一连五六矛搠来。伯通叫声"来得好"，铁槊一荡，登时磕开来矛，抖搿便如一道长风，欻然直搂到一娘马前。一娘忙用矛杆来拨，无奈伯通马快，怎容分说，看看一槊盖在头上。一娘兜马一跳，不及回马，只听得伯通长啸一声，已到背后。一娘反矛一下，咔嚓一声，长矛激折了。一娘一个镫里藏身闪过来槊，那坐马已自逃回阵去。一娘步下拔出宝剑，一路结草式，意思是想砍伯通马足。因为这路功夫非熟习单刀来不及的，马上长兵器防这路招数是非常不易。伯通见一娘马上战败，当时决意捉一娘，登时抛槊下马，拔剑截住一娘。二人步下双剑，杀得翻翻滚滚，三五十合，一娘大败，且战且走。成德山忙纵马来救，又被耿精忠大刀截住。一娘累得香汗滴下，虚晃一剑败回。伯通大叫"妖妇休走"，将剑一招，部下冲过，真有排山之力，冲得白教七零八落，纷纷乱窜。伯通挥军便赶，本想先占一娘大寨，不想黄土冈郭德赶到，伯通杀了一阵，生恐牛角坪有失，鸣金奏凯回军。

且说一娘初次便大败，好不懊丧，正在闷闷，夏江猴进来，一面咂嘴道："了不得。"

一娘惊道："怎的了？"

夏江道："俺委实混不起了。"

一娘啐道："亏你是个七尺汉子，这般没出息，却吓俺一跳，俺当怎么了。"

夏江道："俺懦半世，难道你不晓得？只牛角坪一战，不着你一矛咱小命便交待了，至今想起来后怕。我说呀，咱别只管迟迟不决了，干脆走咱清秋大路。你瞧刻下白教还像样儿吗？自出兵一路骚扰还不算，掠得人家妇女淫乱，最为可恨。这是咱干的勾当吗？不见便罢了，弄到眼皮底下，再装盲者便是甘心堕落。俺无能是天性，心慈也是天性。宁可冻饿，不吃这碗饭了。"

一娘听了，心中好不难过。心知丈夫忠厚，自己竟错走一步，于是道："你不必急，俺已打定主意了，伺机而动。看白教之乱方兴未艾，俺既知不可附逆，焉能久延？"

夏江道："看屈伯通也是八卦堡的平民，竟能为皇家尽忠剿贼。俺们适得其反，令人目为妖星淫贼。"

一娘不由面赤，连连叹息。夫妇决心伺机脱离白教。

且说伯通得胜，固守牛角坪。郭德忙请一鹤商议对策，一鹤道："屈伯通智勇兼备，取之不易。必以计较或可有成。"

郭德道："贾兄有何妙计？"

一鹤道："明日俺亲往料敌阵，见机用兵方妥。"

次日贾一鹤带了数目乘马悄悄赴牛角坪侦探，一鹤见牛角坪壁垒甚坚，防守颇合兵法，只地势不好，一片平原，无一点儿屏障，只东南一片林木。正在观望，指指点点，早被清兵望见了，飞报伯通。伯通大喜，立点了一部兵马，令大将尤金镖开了西门绕过，伯通在垒上故意冷不防一阵军鼓，一鹤等马上吓了一跳，早见垒上敌军排下，伯通劲装卓立，大叫："贾贼敢来探营？"

一鹤兜马便走，伯通搭箭拽弓，嗖的一矢，合该一鹤不死，伯通百发百中神箭，竟未中一鹤，只将一鹤头上小帽射落。一鹤抖滚下马，诸目救起扶上马，伯通早开门飞下一彪兵马便赶。一鹤落荒而走，看看赶上，诸目放走一鹤，虎吼来斗，杀了十余合，兜马飞跑。望前面一鹤已入森林，追逐将去。一鹤一马只望林中奔走，突然一声号炮，迎头排开一彪人马，马上一员大将，大叫："尤金镖在此等候多时了，贾贼还不下马受绑！"一鹤拨转马头便走，一连五六鞭，啪啪啪打在马屁股上，那坐马如腾云雾般地驰去。尤金镖大叫，统部下兵赶去，正逢诸目赶来截住金镖，金镖不顾，只去赶一鹤，无奈诸目长枪大刀一些不放松。伯通赶到了，一鹤已失去了，只杀了二目。伯通道："贾贼不该死，如捉得此人白教不难消灭。"懊丧而回。

且说一鹤趁诸目与伯通交锋，飞马逃回黄土冈，吓得面无人色，草叙一切，郭德亲统兵援诸目时，诸目折了二人败回。一鹤得了性命，当日献计道："牛角坪有屈伯通，不易取得，东南有一片森林，可从此着手，掘地道入牛角坪，里应外合。且牛角坪平原地方，无河流山岳，掘地甚易。"

郭德依言，连夜派人掘地道，直通牛角坪。次日一鹤令郭德等轮流挑战，以系住伯通。

且说伯通见白教一日间三番五次挑战，不分得失胜负即便收军，不由心中大疑。因为白教逼近，哨兵也不能派出，最远不过十里田地内巡哨。这夜伯通悄悄派了两个精细探子，打探白教行动。二探行至森林处，想穿林而过，可以避些耳目。不想方蹓入林，见林中似乎有人行动。再行当儿，目前一黑，当时吭哧一声，跌倒在软绵绵的土堆上，二人不敢前行，抽身逃回，报与伯通。

伯通大悟，挥下探子，立招诸将道："俺近日便知白教鬼祟，因为来军挑战，均是敷衍而已，今探得林中有人，并有浮土，一定是图掘地道入牛角坪了。看白教军事如此，已三五日，大约不日将入牛角坪，诸位有何计较？"

尤金镖道："何不即夜派人入林，掩其入口，令其地道中人完全闷死。"

伯通道："此是好计，不远掘地洞口必有白教兵把守，倘一惊动反为不美。不若沿牛角坪南垒下掘一深壕，即使白教掘通，一齐擒捉。同时利用此洞，发一部兵士通过，伏在林中，趁白教不备之际，发兵袭夺黄土冈，岂不得手？"

诸将大喜，即夜令耿精忠带兵五百人，沿垒之南面掘下长壕，深五六尺余。果然过了一日，教徒掘入垒内，到了壕处，不有再掘，百十兵士灰头土脸爬出，每人一把短斧，伏在壕内。时将黄昏，被耿精忠发现了，号令捉下。百十白教兵见了，拔斧抵抗，一会儿被清兵杀死大半，余者望洞内想逃，不想均争先入洞，一个小小洞口，登时挤得一个也进不去了。耿精忠大叫降者免死，白教徒丢了兵器请降，耿精忠一一绑了，交与伯通发落。耿精忠之兵立即顺洞道直至林内伏下。

且说郭德得了消息，自己兵入牛角坪了，当夜大动兵马，以备攻打伯通。同时知会右寨邬一娘、左寨黎见忠一齐动兵。不想伯通正是趁郭德不备劫寨，双方竟相遇，互相杀将起来。郭德兵少，战不过清军，狼狈败走。伯通随后赶将去，只闻得一片杀声起自后面，伯通回顾，猛然想起牛角坪兵薄，倘有失怎好，急急返兵。正逢邬一娘夏江统大兵围攻，已有数十健卒云梯高架，一径登垒，与上面守军白刃相交。伯通大怒，叱令冲锋。伯通舞槊当先，背后诸将一齐突过。一娘正马上一条丈八长矛，指垒上大叫"伯通早降"，伯通兵一阵突入一娘阵中，登时兵溃，望前拥将去。中军挤作一团，自家兵都不知就里，互相杀起来。一娘怔然之下，早见一彪健军飞似的杀透坚阵，屈伯通舞槊，当头大叫："妖婆子，还敢张致？却中俺之计。"

邬一娘大惊，暗想伯通怎的能到这里？俺一定中计了。急退当儿，伯通杀到，一柄铁槊如风似卷将来，呼呼呼搂头兜下。一娘左右闪躲，深知伯通武功非同寻常，哪敢大意？又挂念大寨，只虚刺两矛，拨马便走。蒲捷步下双刀，领兵赶到，与一娘合军，且战且走。伯通追杀一阵，一娘大败，折兵百余人。伯通得胜，不敢远离牛角坪，返回不见耿精忠返来，正在关键，突人报耿将军占黎见忠大寨，刻下因白教合围，困在寨中。伯通得报，急令健将尤金镖率本部兵马往救耿精忠。

金镖赶到，精忠正欲突围，见救兵到了，开门杀出。黎见忠挥兵混杀一场，直杀到天色大亮，方始收兵，双方折兵百十人。原来耿精忠自兵伏林中，见伯通动兵，一会儿闻斗杀声，精忠知双方动兵，于是统兵直取黎见忠大寨。黎见忠兵方出寨，内中空虚，被耿精忠攻入，杀散守寨教徒。黎见忠知道郭德与伯通两军相遇，生恐受了敌人暗算，失了大寨，立即回兵，早有残兵报道，耿精忠兵夺大寨。黎见忠大惊，挥兵火速围攻。精忠还以为伯通得手，大叫："逆贼你黄土冈大寨已失，还不早降？"

黎见忠大怒，叱令围攻，唰啦啦大兵围将来。耿精忠在垒上望敌兵多，围得密层层不敢恋战，只令兵士放箭。黎见忠部下当不得，只好后退。正双方相持不下，郭德派兵来救，黎见忠方知黄土冈没失，放心大胆竭力攻打。耿精忠箭尽，又加上郭德之兵抵抗不住，几次冲出想逃，均被

413

白教杀回，亏得尤金镖赶到。

次日伯通点兵，折了百余。郭德妙计未成，好不愤恨，令各部小心，不得妄动。一鹤拱肩缩背到来笑道："军中固有胜负，不想敌人机警若此，险些被伯通将计就计。"

郭德道："贾兄此计不成，如何是好？"

一鹤道："俺尚有一计，此计不成即没计较了。"

郭德问计，一鹤道："试视张坨庄西接谷城，东望牛角坪，地势颇高，北连襄阳，如得张坨庄便可三面攻牛角坪。郭兄何不加兵张坨庄？"

郭德道："伯通善于用兵，知俺加兵张坨庄，岂不分兵拒守？徒使俺劳而无益。"

一鹤道："兵贵神速，可速往取。伯通知已晚了。"

郭德道："闻说伯通当时入牛角坪，便深知张坨庄之重要，故派大将富占魁兵驻二镇交界之处，地名稻地，此乃二镇通行大路，已然切断，可见伯通非不知张坨庄之紧要，焉能容俺置喙？"

一鹤笑道："谁说不是富占魁兵驻稻地？听说与把总林连甫分兵，林连甫兵驻稻地之左，素与富占魁不睦。占魁恃勇，刚愎好酒误事，且林连甫是俺同乡，咱只火速发两路兵马，一路挑拨富占魁，一部趁占魁出战，掩下夺营，使占魁进退无门，俺自领一军招降连甫。富占魁败，张坨庄不保。郭兄以为何如？"

郭德大喜，派吴长才一路兵马抄过青龙沟伏兵，又派邬一娘去攻占魁，自己去攻牛角坪，使伯通不疑。贾一鹤分拨停当，自己引一路人马，带大目沙飞龙去招降林连甫，如不降便力攻连甫，坚嘱郭德不得妄动。各路兵马去了，郭德调兵亲自攻牛角坪去了。

且说邬一娘得令动兵，夏江道："瞧你不是不日脱离白教，怎越发效起劳来？"

一娘叱道："休要胡说，刻下未有所归，不得散心。"

夏江不言，一娘悄悄道："谁来骗你？你瞧白教淫掠之惨，俺怎不见？不过欲他去，不得使人看破行踪。如你只管乱吵，须不是耍处。"

夏江点头，邬一娘留蒲捷守寨，自己与夏江点兵，火速去了。到了稻地，原来是一片稻田，借用青龙沟沟水灌溉，是以名稻地。远远望见两座大寨左右扎下。一娘奉命攻右寨，故直取右寨。

且说富占魁乃是伯通亲拔的大将，为人忠勇。善用一双金背刀，重六十余斤，马上功夫非常了得，军中有虎将之号。占魁常说，大丈夫当负国家重任。那时占魁穷得宿在野寺中，许多叫花子听了都笑道："你一个穷花子，死了不过是个街头倒卧，活着多一个打扫爷爷奶奶的剩饭，还说什么国家重任？重任倒有，哪便轮到你头上？"

占魁笑道："不然俺一腔铁血洒在哪里？"

大家越发可笑，道："你瞧你活着都顾全不了，还担忧死后呢。没有掩埋闹得四条腿棺材，倒也干净利落。如此便不愁你的臭血没处洒了。"

占魁后来混入武营，马君起拔选武士，富占魁中得头选。君起一问富占魁出身，原来富占魁便是湖北大户富姓之子弟，在前十多年，富占魁之父官山东盐运使，被诬正了国法，连家资一并查封。富占魁已二十余岁，中了武秀才，因此也便落魄下去。君起知占魁出身并非低贱，将他提拔入伍，十分得力。这次从屈伯通出征，功劳昭著，所以委以重任，把守稻地。俗语说，智者千虑，尚有一失。富占魁此次兵守稻地，与把总林连甫分立二营。当年襄阳知府向金满盲目入白教，林连甫也参入在内。后来金满事败而死，林连甫又扯得顺风旗，依在君起部下。因此富占魁曾解劝过连甫，连甫不听，二人因而不睦。

欲明后事，请看下文。

图书在版编目（CIP）数据

白莲剑影记／赵焕亭著. — 北京：中国文史出版
社，2019.3
（民国武侠小说典藏文库·赵焕亭卷）
ISBN 978 - 7 - 5205 - 0817 - 9

Ⅰ.①白… Ⅱ.①赵… Ⅲ.①侠义小说 – 中国 – 现代
Ⅳ.①I246.5

中国版本图书馆 CIP 数据核字（2018）第 264651 号

点　　校：袁　元
责任编辑：卢祥秋

出版发行：中国文史出版社
社　　址：北京市海淀区西八里庄 69 号院　邮编：100142
电　　话：010 - 81136606　81136602　81136603（发行部）
传　　真：010 - 81136655
印　　装：廊坊市海涛印刷有限公司
经　　销：全国新华书店
开　　本：720×1020　1/16
印　　张：27.5　　　字数：451 千字
版　　次：2019 年 3 月第 1 版
印　　次：2019 年 3 月第 1 次印刷
定　　价：83.00 元